K

SWA

Marcel Proust 10 Temmuz 1871'de Auteuil'de doğdu. Bütün yaşamını etkileyecek astım krizlerinin ilkini 1881'de geçirdi. 1890'da Hukuk Fakültesi'ne ve Siyasal Bilgiler Okulu'na kaydoldu. Arkadaşlarıyla birlikte *Le Banquet* dergisini kurdu; burada edebiyat eleştirileri yayımladı. 1893'te, *Swann'ın Bir Aşkı*'nın "taslağı" olabilecek nitelikte bir metin yazdı. 1894'te Dreyfus olayı başladı. Marcel Proust Dreyfus yanlılarını destekledi. 1895'te felsefe lisansı diplomasını aldı. 1898'de Dreyfus olayı büyüdü. Aynı yıl Zola'nın "J'accuse" ("Suçluyorum") adlı açık mektubu *L'Aurore* gazetesinde yayımlandı. Proust 1908'de büyük yapıtını (*Kayıp Zamanın İzinde)* yazmaya koyuldu. 14 Kasım 1913'te *Swann'ların Tarafı* yayımlandı. 1914'te *Guermantes Tarafı*'nı Grasset Yayınevi'ne hazırlamaya başladı. 1918'de *Çiçek Açmış Genç Kızların Gölgesinde* yayımlandı. 10 Aralık 1919'da bu kitap Goncourt ödülü aldı. 1921'de *Guermantes Tarafı II* ile *Sodom ve Gomorra I* yayımlandı. Aynı yıl Proust Gallimard Yayınevi'ne *Sodom ve Gomorra II*'yi verdi. 1922'de *Mahpus* ile *Albertine Kayıp* daktiloya çekilmeye başlandı. Proust, ekim ayı başında bir bronşit krizi geçirdi, bunu zatürree izledi. Yazar, 18 Kasım 1922'de öldü. *Mahpus* (1923), *Albertine Kayıp* (1925), *Yakalanan Zaman* (1927) ölümünden sonra basıldı.

Roza Hakmen 1956'da İzmir'de doğdu. 30 yılı aşkın bir süredir İngilizce, Fransızca ve İspanyolcadan edebiyat çevirileri yapıyor.

Başlıca çevirileri: Marcel Proust, *Kayıp Zamanın İzinde, Sainte-Beuve'e Karşı, Hazlar ve Günler, Edebiyat ve Sanat Yazıları*; Miguel de Cervantes Saavedra, *Don Quijote*; Henry James, *Güvercinin Kanatları*; Tim Parks, *Kader, Avrupa*; Anna Kavan, *Kartal Yuvası*; Marguerite Yourcenar, *Rüya ve Kader*; Alice Munro, *Firar* ve *Nefret, Arkadaşlık, Flört, Aşk, Evlilik*; John Cheever *Toplu Öyküler* 2,3,4; Javier Marías, *Yarınki Yüzün*; Eduardo Berti, *Düşlenen Ülke*; Kazuo Ishiguro, *Avunamayanlar*, *Gömülü Dev*; Ian McEwan, *Çocuk Yasası*.

Marcel Proust'un
YKY'deki kitapları:

Kayıp Zamanın İzinde:
Swann'ların Tarafı (1999)
Çiçek Açmış Genç Kızların Gölgesinde (1996)
Guermantes Tarafı (1997)
Sodom ve Gomorra (1997)
Mahpus (2001)
Albertine Kayıp (2001)
Yakalanan Zaman (2001)

Kayıp Zamanın İzinde (Delta, 2010)

Hazlar ve Günler (2013)
Edebiyat ve Sanat Yazıları (2015)
Üst Kat Komşusuna Mektuplar (2015)
"Kalan Son Güzel Kâğıdım" - Mektuplar (2018)
Swann'ın Bir Aşkı (2020)

Stéphane Heuet'nin uyarlaması ve çizimiyle
Kayıp Zamanın İzinde:
Swann'ların Tarafı – Combray
Swann'ların Tarafı – Swann'ın Bir Aşkı - I
Swann'ların Tarafı – Swann'ın Bir Aşkı - II
Swann'ların Tarafı – Memleket İsimleri: İsim
Çiçek Açmış Genç Kızların Gölgesinde - I
Çiçek Açmış Genç Kızların Gölgesinde - II

Kiyazli
Tekboynuzuma
seni çok
seviyorum bu
yıl senin için
çok ama
çok
güzel
olsun ♡
mutlu yıllar
31 Aralık 2023
Pazar
olafic
Balina ♡

MARCEL PROUST

Kayıp Zamanın İzinde
Swann'ların Tarafı

Roman

Çeviren
Roza Hakmen

YKY
YAPI KREDİ YAYINLARI

Yapı Kredi Yayınları - 1175
Modern Klasikler - 32

Kayıp Zamanın İzinde – Swann'ların Tarafı / Marcel Proust
Özgün adı: **A la recherche du temps perdu – Du côté de chez Swann**
Çeviren: **Roza Hakmen**
Şiir çevirileri: **Ahmet Güntan**
Redaksiyon: **Mehmet Rifat**

Kitap editörleri: **Elif Gökteke - Ersel Topraktepe**
Düzelti: **İncilay Yılmazyurt**

Kapak tasarımı: **Davut Yücel**
Sayfa tasarımı: **Mehmet Ulusel**
Grafik uygulama: **Akgül Yıldız**

Baskı: Mega Basım Yayın San. ve Tic. A.Ş.
Cihangir Mah. Güvercin Cad. No: 3/1 Baha İş Merkezi
A Blok Kat: 2 34310 Haramidere / İstanbul
Telefon: (0 212) 412 17 00
Sertifika No: 44452

Fransızca ilk baskı: Du côté de chez Swann, Grasset 1913
Çeviriye temel alınan baskı: A la recherche du temps perdu I – Du côté de chez Swann,
Éditions Gallimard, 1954
1. baskı: İstanbul, Nisan 1999
29. baskı: İstanbul, Temmuz 2023
ISBN 978-975-363-910-4

Yapı Kredi Kültür Sanat Yayıncılık Ticaret ve Sanayi A.Ş.
İstiklal Caddesi No: 161 Beyoğlu 34433 İstanbul
Telefon: (0212) 252 47 00 Faks: (0212) 293 07 23
https://www.ykykultur.com.tr
e-posta: **ykykultur@ykykultur.com.tr**
facebook.com/**yapikrediyayinlari**
twitter.com/**YKYHaber**
instagram.com/**yapikrediyayinlari**

Yapı Kredi Kültür Sanat Yayıncılık
PEN International Publishers Circle üyesidir.

Sayın Gaston Calmette'e

Derin ve içten minnetimin ifadesidir.

Marcel Proust

BİRİNCİ BÖLÜM

Combray

I

Uzun zaman, geceleri erken yattım. Bazen daha mumu söndürür söndürmez, gözlerim o kadar çabuk kapanıverirdi ki, "uykuya dalıyorum" diye düşünmeye zaman bulamazdım. Aradan yarım saat geçtikten sonra da, artık uykuya geçme vakti geldiği düşüncesiyle uyanırdım; hâlâ elimde zannettiğim kitabı bırakıp ışığımı söndürmek isterdim; az önce okuduklarım hakkında fikir yürütmeye uyurken de devam ederdim, ama fikirlerim biraz farklı bir seyir izlerdi; kitapta sözü edilen şey benmişim gibi gelirdi bana; bu bir kilise de olabilirdi, bir dörtlü de, I. François'yla Şarlken arasındaki rekabet de. Bu sanı uyanışımdan sonraki birkaç saniye boyunca da varlığını sürdürürdü; mantığıma aykırı düşmez, ama gözlerime çekilmiş bir perde gibi, mumun artık yanmadığını fark etmemi engellerdi. Ardından da, önceki hayatta var olan düşüncelerin ruhgöçünden sonra bilinmez olması gibi, benim için anlaşılmaz bir hale gelmeye başlardı; kitabın konusu benden kopardı, onu düşünüp düşünmemekte serbest olurdum; aynı anda görme duyuma kavuşur, etrafımda gözlerimi, belki daha çok da zihnimi dinlendiren hoş bir karanlık bulunca çok şaşırırdım; zihnim bu karanlığı sebepsiz, anlaşılmaz, gerçekten karanlık bir şey olarak algılardı. Saatin kaç olduğunu merak ederdim; uzaktan duyduğum tren düdükleri, tıpkı bir ormanda öten kuşlar gibi mesafeleri vurgular, ıssız kırların enginliğini betimlerdi, kırın ortasında, yakındaki istasyona doğru hızlı hızlı ilerleyen yolcuyu hayal eder, yeni yerlere, alışılmadık hareketlere, az önceki sohbete, kendisine gecenin sessizliğinde hâlâ eşlik eden, yabancı lambanın altındaki vedalaşmalara ve yakında yaşayacağı dönüş huzuruna borçlu olduğu heyecan sayesinde, izlediği bu küçük yolun hafızasına nakşolacağını düşünürdüm.

Yanağımı bir şefkat duygusuyla yastığın tıpkı çocukluğumuzdaki yanaklar gibi tombul ve körpe olan güzel yanaklarına gömerdim. Saatime bakmak için bir kibrit çakardım. Neredeyse gece yarısı.

Mecburen seyahate çıkıp geceyi bilmediği bir otelde geçirmek zorunda kalan hastanın bir nöbetle uyandığı ve kapının altındaki ışık huzmesini görerek sevindiği an. Ne mutluluk, sabah olmuş bile! Hizmetkârlar az sonra kalkar, zili çaldığında imdadına gelirler. Acılarının dineceği umudu, ıstırabına katlanma metaneti verir hastaya. İşte, ayak sesleri duymaktadır; sesler yaklaşır, sonra uzaklaşır. Kapının altındaki ışık huzmesi yok olmuştur. Saat gece yarısıdır; havagazını kapatmışlardır; son hizmetkâr da gitmiştir ve bütün gece çaresiz ıstırap çekmesi gerekecektir.

Tekrar uykuya dalardım, ara sıra, bir iki saniyeliğine, doğramaların canlıymışçasına çıtırdamasını işitecek kadar, gözlerimi açıp karanlığın kaleydoskopuna bakacak kadar, anlık bir bilinç ışıltısı sayesinde eşyaları, odayı ve benim yalnızca küçücük bir parçası olduğum ve duyumsuzluğuna hemen dönüverdiğim bütünü sarmalayan uykunun tadına varmaya ancak yetecek kadar kısa sürelerle uyanırdım. Bazen de uykumda zahmetsizce, hayatımın ilk yıllarına, sonsuza dek geçmişte kalacak bir yaşa döner, çocukça korkularımdan birini, mesela –benim için yeni bir dönemin başlangıcını simgeleyen– saçlarımın kesildiği güne kadar yaşadığım bir korkuyu, büyükamcamın buklelerimi çekmesi korkusunu tekrar yaşardım. Uyurken saçlarımın kesildiğini unutmuş olur, büyükamcamdan kurtulabilmek için uyanmayı başardığım an, derhal hatırlardım, ama rüyalar âlemine geri dönmeden önce tedbirimi alıp başımı sımsıkı yastığıma gömerdim.

Bazen, uykumda, bacağımın ters bir duruşundan, Âdem'in kaburgasından Havva'nın doğuşu gibi, bir kadın doğardı. Tatmak üzere olduğum hazzı bana hazdan vücut bulmuş olan bu kadının sunduğunu zannederdim. Sıcaklığımı onun bedeninde hisseden bedenim onunla birleşmek isterdi, uyanırdım. Yanından henüz bir iki saniye önce ayrıldığım bu kadınla karşılaştırınca, diğer insanlar bana pek uzak gelirdi; yanağımda öpücüğünün sıcaklığını hissederdim, vücudum onun ağırlığı altında ezilmiş olurdu. Bu kadın, bazı defalar olduğu gibi, hayatta da tanımış olduğum bir kadının hatlarına sahipse eğer, bütün benliğimle tek bir amaca, tıpkı arzuladıkları bir şehri gözleriyle görmek için seyahate çıkan ve hayalin büyüsünü gerçeklikte tadabileceklerini zanneden insanlar gibi, ona kavuşmaya hasrederdim kendimi. Hatırası yavaş yavaş silinirdi, rüyamdaki kızı unuturdum.

Uyuyan kişi, saatlerin akışından, yılların ve dünyaların sıralanmasından oluşan bir halkayla çevrelenmiştir. Uyanırken içgüdüsel olarak bunlara başvurup yeryüzünün hangi noktasında olduğunu, uykuya daldığından beri ne kadar zaman geçmiş olduğunu bir çırpıda okuyuverir; ne var ki sıralamalarda karışıklıklar, kopukluklar olması mümkündür. Gece uykusuzluk çekip sabaha karşı, alışılmışın çok dışında bir pozisyonda, elinde kitabıyla uyuyakalmışsa mesela, havada kalmış olan kolu, güneşi durdurup geriletmeye yeter, uyandığı anda saati bilemez, az önce yattığını zanneder. Daha da ters ve farklı bir konumda, mesela akşam yemeğinden sonra bir koltukta oturur halde uyuklarsa, o zaman yörüngesinden çıkan dünyalar iyice allak bullak olacak, sihirli koltuk zamanda ve uzayda son sürat dolaştıracaktır kendisini; gözlerini açtığı an, birkaç ay önce, başka bir ülkede yatmış olduğunu zannedecektir. Ama benim kendi yatağımda bile, zihnimi tamamen gevşeten derin bir uykuya dalmam, zihnimi yattığım mekânın düzleminden koparmaya yeterdi, gecenin ortasında uyandığım zaman, nerede olduğumu hatırlamadığım için, ilk anda kim olduğumu dahi bilmezdim; en ilkel, en basit şekliyle belki bir hayvanın içinde kıpırdadığı şekliyle, varoluş hissini taşırdım sadece; bir mağara adamından daha âciz olurdum; ama sonra, hatıra denen şey –henüz bulunduğum yerin hatırası değilse de, daha önce yaşadığım ve şimdi de içinde bulunabileceğim yerlerden birkaçının hatırası– kendi başıma içinden çıkamayacağım bu boşluktan beni çekip almak üzere gökyüzünden uzatılmış bir yardım eli gibi, bana geri dönerdi; uygarlığın asırlarını bir saniyede aşıverirdim, petrol lambalarının, ardından devrik yakalı gömleklerin hayal meyal görünen bulanık suretleri, benliğimin esas özelliklerini yavaş yavaş tekrar bir araya getirirdi.

Çevremizdeki nesnelerin durağanlığı, bu nesnelerin başka nesneler değil de, onlar olduklarından emin olmamızın, yani düşüncemizin onların karşısında durağan olmasının zorunlu bir sonucudur belki de. Ne olursa olsun, şurası bir gerçek ki, bu şekilde uyandığım zamanlar, zihnim nerede olduğumu anlayabilmek için boş yere çırpınır, nesneler, ülkeler, yıllar, her şey etrafımdaki karanlığın içinde döner dururdu. Kıpırdayamayacak kadar uyuşmuş olan bedenim, yorgunluğunun aldığı şekilden yola çıkarak uzuvlarının konumunu saptamaya çalışır, buna göre, duvarın yönünü, eşyaların yerlerini anlamaya, içinde bulunduğu odayı yeniden oluşturmaya, isimlendirmeye çabalardı. Bedenimin hafızası kaburgalarının, dizlerinin, omuzlarının hafızası, yatmış olduğu birçok odayı art arda sunardı kendisine; bu arada, hayal edilen odanın şekline bağlı olarak yer değiştiren görünmez duvarlar zifiri karanlıkta fırıldak gibi dönerdi. Zamanların ve şekillerin eşiğinde duraksayan zihnim henüz ayrıntıları yan yana getirip odayı tanıyamamışken, bedenim tek tek her odayla ilgili olarak, yatağın türünü, kapıların yerini, pencerelerin ışık alma durumunu, bir koridor olup olmadığını, ayrıca o odada uykuya dalarken aklımdan geçen ve uyandığımda tekrar aklıma gelen düşünceleri hatırlardı. Yönünü tahmin etmeye çalışan, uyuşmuş tarafım, kendisini mesela tepesi sayvanlı, büyük bir yatağa, duvara dönük olarak uzanmış hayal ederdi; bunun üzerine derhal, "Şu işe bak, annem bana iyi geceler demeye gelmediği halde, uyuyakalmışım sonunda" diye düşünür, yıllar önce ölmüş olan büyükbabamın sayfiyedeki evinde zannederdim kendimi; zihnimin katiyen unutmamış olması gereken bir geçmişin vefalı bekçileri olan bedenim ve üstüne yatmış olduğum tarafım, büyükbabamların Combray'deki evinde, yattığım odanın tavana ince zincirlerle asılı, kavanoz biçimli, Bohemya işi camdan idare lambasının alevini, Siena mermerinden şöminesini hatırlatırdı bana, o anda tam olarak gözümde canlandıramamakla birlikte şimdiki zaman zannettiğim, az sonra tamamen uyandığımda daha net olarak göreceğim o çok eski günlerdeki halleriyle hatırlardım hepsini.

Sonra başka bir pozisyonun hatırası canlanır, duvar farklı bir yöne kaçıverirdi: Mme de Saint-Loup'nun sayfiye evindeki odamda olurdum; aman Tanrım, saat en aşağı on olmalı, akşam yemeğini bitirmişlerdir! Her akşam, Mme de Saint-Loup'yla mutat gezintimizden döndüğümde, frakımı giymeden önce yaptığım şekerlemeyi bu kez fazla uzatmışım. Öğle sonrası gezintisinden en geç dönüşlerimizde bile, penceremin camında günbatımının kızıl yansımalarını gördüğüm Combray günlerinden bu yana yıllar geçmiştir çünkü. Mme de Saint-Loup'nun Tansonville'deki evinde başka türlü bir hayat sürülmektedir, sadece geceleri dışarı çıkmaktan, bir zamanlar güneşte oyun oynadığım yollarda şimdi ay ışığında yürümekten başka türlü bir zevk almaktayımdır; akşam yemeği için giyinmeden önce uykuya daldığımı zannettiğim oda, gezintiden dönerken, uzaktan, gecenin içindeki tek fener olan lambanın ışığıyla aydınlanmış halde gördüğüm odadır.

Bu fırıl fırıl dönen, karışık hatıralar en fazla birkaç saniye sürerdi daima; çoğunlukla, bulunduğum yer konusundaki kısa tereddüdüm sırasında, tıpkı koşan bir atı izlerken, kinetoskopun bize gösterdiği, birbirini izleyen pozisyonları tek tek ayıramayışımız gibi, bu belirsizliği oluşturan çeşitli tahminleri birbirinden ayıramazdım. Ama hayatım boyunca yattığım odaların kâh birini kâh başkasını görmüş olur, uyandıktan sonra daldığım uzun tahayyüllerde de, tek tek bütün odaları hatırlardım: Yatarken, yastığın bir köşesi, yorganın üst kısmı, bir şalın ucu, yatağın kenarı ve *Débats Roses*'un bir sayısı gibi, birbiriyle son derece ilgisiz şeylerle yaptığımız, kuşların tekniğiyle, uzun süre bastırarak adeta perçinlediğimiz bir yuvaya başımızı gömdüğümüz kış odaları; buz gibi havalarda, (yuvalarını bir yeraltı geçidinin dibine, sıcak toprağın içine kuran denizkırlangıçları gibi) dışarıdan kopuk olmanın hazzını yaşadığımız, şöminedeki ateş bütün gece yandığı için, birden alevlenen kor parıltılarının delip geçtiği, kocaman bir sıcak ve dumanlı hava örtüsüyle sarmalanmış, elle tutulamayan bir girintinin odanın ortasına oyulmuş sıcak bir mağaranın içinde, ısı sınırları değişken olan, köşelerden, pencereye yakın veya şömineye uzak, soğumuş bölgelerden esip yüzümüzü serinleten esintilerle havalanan bir sıcak hava kuşağında uyuduğumuz odalar –aralık panjurlara yaslanmış ay ışığının büyülü merdivenini yatağın ayakucuna kadar uzattığı, bir ışının ucunda, esintiyle sallanan baştankara gibi, neredeyse açık havada uyuduğumuz, ılık geceyle birleşmiş olmaktan hoşlandığımız yaz odaları– bazen, ilk gece bile içinde fazla bedbaht olmadığım, tavanı tutan ince, hafif sütunları zarafetle birbirinden uzaklaşarak yatağın yerini tayin eden o neşeli, XVI. Louis üslubu oda; –bazen aksine, tavanı normal bir tavanın iki katı yüksekliğindeki, piramit biçimli, kısmen maunla kaplanmış küçük oda: Daha ilk andan itibaren, yabancı vetiver kokusuyla manen zehirlendiğim, mor perdelerin düşmanlığından ve ben orada yokmuşum gibi bağıra çağıra gevezelik eden duvar saatinin küstahça umursamazlığından hiç kuşku duymadığım; bir köşesini verevine kesen, dört köşe, ayaklı, garip ve acımasız aynanın, alışılmış görüş alanımın yumuşak bütünlüğünde kendine beklenmedik, çıplak bir yer açtığı; zihnimin şekline tam olarak kendini uydurabilmek, bu dev huniyi tepesine kadar doldurabilmek için, saatler boyunca parçalanmaya, kendini yukarı doğru uzatmaya çabalayarak geceler boyunca azap çektiği; benimse, gözlerim tavanda, kulağım kaygılar içinde, burnum huysuzlanarak, kalbim çarparak yatağımda uzandığım ve sonunda alışkanlığın perdelerin rengini değiştirdiği, saati susturduğu, eğik ve zalim aynaya merhamet etmeyi öğrettiği, vetiver kokusunu tam olarak kovamasa da gizlediği ve tavanı adamakıllı alçalttığı o küçük oda. Alışkanlık! Zihnimizin haftalar boyunca geçici bir düzende azap çekmesine göz yuman alışkanlık, ama o olmasa, kendi imkânlarıyla sınırlı kalan zihnimizin bize içinde yaşanabilecek bir barınak sunamayacağı için, her şeye rağmen bulduğu zaman sevindiği, o becerikli ama ağırkanlı düzenleyici!

Şüphesiz artık iyice uyanmış olurdum, bedenim son bir kez dönmüş, iyilik meleği kesin bilgi, etrafımda dönüp duran eşyaları durdurmuş, beni kendi odamda, yorganın altına yatırmış ve komodinimi, yazı masamı, şöminemi, sokağa bakan pencereyi ve iki kapıyı aşağı yukarı doğru yerlerine koymuş olurdu. Ama uyanıştaki cehaletin, net bir görüntüsünü sunmasa da en azından var olma ihtimaline beni hemen inandırdığı odalarda bulunmadığımı ne kadar bilsem bile, hafızam harekete geçirilmiş olurdu bir kez; hemen uykuya dönmeye çalışmazdım genellikle; gecenin büyük bölümünü bir zamanlar Combray'de, büyükhalamın evinde, Balbec'te, Paris'te, Doncières'de, Venedik'te ve daha başka yerlerde yaşadığımız hayatı, mekânları, orada tanıdığım insanları, onlara ilişkin kendi gözlemlerimi ve başkalarının anlattıklarını hatırlamakla geçirirdim.

Combray'de her akşamüstü, annemden ve büyükannemden ayrılıp uyuyamadan yatmak zorunda kalacağım saatten çok önce, yatak odam kaygılarımın sabit ve sancılı odağı haline gelirdi. Beni fazlasıyla bedbaht gördükleri akşamlar, eğleneyim diye akşam yemeğinden önce lambamın üzerine bir sihirli fener takmayı âdet edinmişlerdi; bu fener, Gotik çağın en önde gelen mimarlarının ve cam ustalarının yaptığı gibi, donuk duvarları canlandırıyor, titrek ve anlık bir vitrayı andıran, efsanelerin anlatıldığı, elle tutulamayan harelenmelerle, rengârenk, doğaüstü görüntülerle dolduruyordu. Ama bu benim üzüntümü artırmaktan başka işe yaramıyordu, çünkü o değişik ışık bile, yatma işkencesinin dışında odama tahammül edebilmemi sağlayan alışkanlığı yok ediyordu. Artık odamı tanıyamıyor, trenden inip ilk kez gittiğim bir otel veya "şale" odasındaymışım gibi tedirgin oluyordum.

Golo, kafasında kötü emellerle, kesik kesik hareketlerle ilerleyen atının üzerinde, bir tepenin yamacında yer alan koyu yeşil, kadifemsi, üçgen korudan çıkar, sıçraya sıçraya zavallı Brabant'lı Genoveva'nın şatosuna doğru yol alırdı. Şato, fenerin oluklarına sürülen çerçeve içindeki oval camın şekline uyacak biçimde yuvarlak kesilmişti. Görünen şey, şatonun duvarının bir parçasıydı sadece, önünde de, Genoveva'nın, belinde mavi kemeriyle hayallere dalmış olduğu geniş bir fundalık vardı. Şatoyla fundalık sarıydı, ama ben onları görmeden de ne renk olduklarını biliyordum, çünkü çerçevenin içindeki camdan önce, Brabant isminin altın parıltılı esmer tınısı, renklerini açıkça göstermişti bana. Golo bir an durur, büyükhalamın yüksek sesle okuduğu hikâyeyi üzgün üzgün dinler, gayet iyi anlıyormuş gibi gözükür, ihtişamdan yoksun sayılamayacak bir uysallıkla, hareketlerini metinde verilen bilgilere uydururdu; sonra da, aynı kesik kesik hareketlerle uzaklaşırdı. Atının üzerindeki ağır ilerleyişini hiçbir şey durduramazdı. Fener yerinden kıpırdatılsa da, Golo'nun atının penceredeki perdelerin üzerinde ilerlemeye devam ettiğini, perdenin kıvrımlarıyla şişip aralıklarına battığını görürdüm. Golo'nun atı kadar doğaüstü yaradılıştaki kendi bedeni de, karşısına çıkan bütün maddi engelleri, yolunu kesen nesneleri kendi kemik yapısına katıp içselleştirerek, hepsinin üstesinden gelirdi; hatta kapı tokmağına bile rastlasa, kırmızı giysisi veya hep aynı asaleti ve hüznü koruyan, ama bu omurga naklinden ötürü en ufak bir şaşkınlık belirtisi göstermeyen solgun çehresi derhal kapı tokmağının üzerine yerleşir, her zamanki yenilmezliğiyle üstünden kayıp geçerdi.

Merovenjler döneminden çıkıp gelmiş duygusu veren ve böylesine eski bir tarihin yansımalarını etrafımda dolaştıran bu parıltılı görüntülerde bir büyü buluyordum elbette. Bununla birlikte, zaman içinde kendi benliğimle doldurduğum, benliğim gibi ona da herhangi bir dikkat göstermediğim bir odaya esrarın ve güzelliğin böyle zorla girmesinin beni ne kadar huzursuz ettiğini anlatmam mümkün değildir. Alışkanlığın uyuşturucu etkisi ortadan kalkınca, son derece hüzünlü faaliyetlere girişiyor, yani düşünmeye, hissetmeye koyuluyordum. Kullanımı benim için neredeyse içgüdüsel hale gelmiş olan, sanki ben çevirmeden, kendi kendine çalışıyormuş hissi veren ve bu yüzden de benim gözümde dünyanın diğer bütün kapı tokmaklarından farklı olan odamın kapı tokmağı, bir um, Golo'ya aura işlevi görüyordu. Akşam yemeğinin uğunu haber veren zil çalar çalmaz, Golo'yu ve Mavi Sakal'ı bilmeyen, buna karşılık annemle babama ve sığır haşlamasına aşina olan iri avizenin mutat ışığını yaydığı yemek odasına koşuyor, Brabant'lı Genoveva'nın bahtsızlıkları yüzünden benim için daha da değerli hale gelmiş olan annemin kollarına atıyordum kendimi; bu arada Golo'nun işlediği suçlar, benim kendi vicdanımı daha bir titizlikle incelememe sebep oluyordu.

Akşam yemeğinden az sonra, annem, hava güzelse bahçede, kötüyse herkesin çekildiği küçük salonda kalıp ötekilerle sohbet ederken, ben annemden ayrılmak zorundaydım maalesef. Kötü havalarda herkes içeri girer, bir tek büyükannem dışarıda kalırdı, çünkü büyükannem, "sayfiyede evin içine tıkılmayı günah" addeder, çok yağmurlu günlerde dışarıda durmama izin vermeyip beni kitap okumaya odama gönderdiği için babamla sürekli tartışırdı. "Çocuğu gürbüz ve enerjik hale getirmenin yolu bu değil" derdi hüzünle, "üstelik bu yavrucağın hem bedenini, hem de iradesini güçlendirmesi gerekiyor." Babam omuz silkip barometreyi incelerdi, çünkü meteorolojiden hoşlanırdı; babamı rahatsız etmemek için gürültü yapmamaya çalışan annemse, şefkatli bir saygıyla ona bakar, ama babamın üstünlüklerinin esrarına nüfuz etmek istemediğinden, bu bakışları çok da fazla uzatmazdı. Oysa büyükannemi, her havada, hatta yağmurun bardaktan boşanırcasına yağdığı, Françoise'ın kıymetli hasır koltukları ıslanmasınlar diye alelacele içeri aldığı zamanlarda bile, yağmurun dövdüğü bomboş bahçede, alnı rüzgârın ve yağmurun sağlıklı etkisine iyice açık olsun diye dağılmış ak saçlarını geriye atarken görmek mümkündü. "Nihayet bir nefes alabiliyoruz!" diyerek –babamın sabahtan beri hava düzelecek mi diye sorduğu, tabiat duygusundan yoksun yeni bahçıvanın büyükannemin zevkine göre fazlasıyla simetrik olarak düzenlediği– iki yanı ağaçlı, ıslak yollarda heyecanlı, kesik kesik, küçük adımlarla ilerlerdi; yürüyüş ritmini belirleyen şey, koyu mor renkli eteğini baştan aşağı lekeleyip her yağmurdan sonra oda hizmetçisini umutsuzluğa düşüren çamurdan korunmak gibi asla aklına gelmeyen bir kaygı değildi katiyen, fırtına sarhoşluğunun, sağlıklı yaşamanın öneminin, benim aptalca eğitimimin ve bahçedeki simetrinin ruhunda yarattığı çeşitli çalkantılardı.

Büyükannemin bu bahçe turları akşam yemeğinden sonra gerçekleştiğinde, bir tek şey onu içeri girmeye ikna ederdi; o da –dönüp dolaşıp, düzenli aralıklarla, bir böcek gibi, içkilerin oyun masasının üzerine dizilmiş olduğu küçük salonu aydınlatan ışıkların karşısına geldiği anların birinde– büyükhalamın, kendisine, "Bathilde! Gel de kocanın konyak içmesine engel ol!" diye seslenmesiydi. Büyükhalam, büyükannemi kızdırmak için (büyükannem babamın ailesine öylesine farklı bir zihniyet getirmişti ki, herkes ona takılır, üstüne varırdı), içki içmesi yasak olan büyükbabama birkaç yudum içirirdi gerçekten de. Zavallı büyükannem içeri girer, konyağın tadına bakmaması için kocasına hararetle yalvarırdı; büyükbabam kızar, her şeye rağmen bir yudum konyağını içer, büyükannem de üzgün, cesareti kırılmış bir halde, ama yine de gülümseyerek bahçeye dönerdi, çünkü son derece alçakgönüllü, şefkat dolu bir insandı ve başkalarına beslediği sevgiyle kendi şahsına, kendi acılarına karşı aldırışsızlığı, daima bakışlarında bir tebessümde toplanırdı; bu tebessüm, çoğu insanın çehresinde görülenin tersine, sadece kendisine yönelen bir alay içerir, bizlere ise, sevdiklerine ancak tutkuyla ve okşayarak bakabilen gözlerinden bir öpücük yollardı adeta. Büyükhalamın kendisine çektirdiği bu işkence, daha baştan mağlup olan büyükannemin büyükbabamın elinden içki kadehini almak için gösterdiği nafile çaba, boş yere yakarışları ve çaresizliği, zaman içinde görmeye alıştığımız, hatta gülerek bakıp kendi kendimizi işkence olmadıklarına ikna etmek için kararlılıkla, neşeyle işkencecinin tarafını tuttuğumuz olaylardandı; o zamanlar beni öylesine dehşete düşürürlerdi ki, büyükhalamı dövmek isterdim. Ama daha, "Bathilde! Gel de kocanın konyak içmesine engel ol!" sözlerini işittiğim anda alçaklık bakımından yetişkin bir erkeğe dönüşüverir, hepimizin büyüdüğümüz zaman, karşımızda acılar ve adaletsizlikler gördüğümüz zaman yaptığımız şeyi yapardım: Bunları görmek istemezdim; hıçkıra hıçkıra ağlayarak evin en tepesine, damın hemen altında, çalışma odasının yanındaki süsen kokulu küçük odaya çıkardım; ayrıca dışarıdaki duvarın taşları arasından fışkırmış yabani frenküzümünün, aralık pencereden içeri uzanmış çiçekli bir dalı da rayihasını yayardı bu odaya. Gündüzleri penceresinden Roussainville-le-Pin kalesinin burçları bile görünen, aslında daha belirli ve bayağı bir kullanım amacıyla yapılmış olan, kuşkusuz kilitlememe izin verilen tek oda olduğundan, uzun zaman boyunca, dokunulmaz bir yalnızlık gerektiren bütün faaliyetlerimde, yani okuma, tahayyül, ağlama ve tensellik için bir sığınak görevi yaptı bana. Heyhat! Bitmez tükenmez öğle sonrası ve akşam yürüyüşleri sırasında, büyükannemin yaş dönümüyle birlikte, tıpkı sonbaharda sürülmüş topraklar gibi neredeyse mor bir renge dönüşmüş olan, dışarı çıkarken takıp hafifçe yukarı kaldırdığı tülle ortadan ikiye bölünmüş, üzerlerinde daima ya soğuktan ya da hüzünlü bir düşünceden kaynaklanan iradedışı gözyaşlarının kurumakta olduğu, çizgi çizgi, esmer yanaklarını, hafifçe yana eğilerek gökyüzüne çevrilmiş olan o güzel yüzünü dönüp dolaşıp önümüzden geçerken gördüğümüzde, kendisini üzen, kaygılandıran şeyin kocasının perhize aykırı ufak tefek kaçamaklarından çok, benim iradesizliğim, sağlıksızlığım ve bunların istikbalime düşürdüğü gölge olduğunu bilmiyordum.

Yatmak üzere yukarı çıkarken, tek tesellim, ben yatağa girdiğimde annemin beni öpmeye geleceğini bilmekti. Ama bu iyi geceler öpücüğü o kadar kısa sürer, annem o kadar çabuk aşağı inerdi ki, onun yukarı çıkışını, sonra da minik hasır örgü kordonlu, mavi muslinden bahçe elbisesinin çift kapılı koridordaki hışıltısını işittiğim an, benim için ıstırap dolu bir andı. Kendinden sonra gelecek olan ânı, annemin yanımdan ayrılıp tekrar aşağıya ineceği ânı haber verirdi bana. Bu yüzden de, o kadar sevdiğim bu iyi geceler öpücüğünün mümkün olduğunca geç gerçekleşmesini, annemin henüz gelmemiş olduğu rahat sürenin uzamasını ister hale gelirdim. Bazen, annem beni öptükten sonra odadan çıkmak üzere kapıyı açtığında, onu çağırmak, "bir öpücük daha ver" demek isterdim, ama yüzünün derhal asılacağını bilirdim, çünkü annemin yukarıya beni öpmeye çıkarak, bana bu huzur öpücüğünü getirerek üzüntüme ve sıkıntıma verdiği taviz, bu merasimleri saçma bulan babamı kızdırıyordu; annem de, kapının eşiğine varmışken fazladan bir öpücük istemeyi alışkanlık edinmeme izin vermek şöyle dursun, bu iyi geceler öpücüklerinden, bu ihtiyaçtan, alışkanlıktan toptan kurtulmamı istiyordu. Annemi kızgın görmekse, daha bir saniye önce, eğilerek yüzünü yatağıma yaklaştırdığında, sanki ben dudaklarımla onun gerçek varlığını ve uykuya dalabilme gücünü çekip alabileyim diye, Komünyon ayininde kutsanmış ekmeği uzatırcasına bana sunduğu o sevecen çehresinde bulduğum huzuru tamamen kaçırırdı. Yine de, annemin aslında odamda pek kısa bir süre kaldığı bu akşamlar, yemeğe misafirimiz olduğu için yukarıya, bana iyi geceler dilemeye çıkmadığı akşamlarla karşılaştırıldığında çok hoş sayılırdı. Misafirler, kısa süreliğine civarda bulunan birkaç yabancının dışında, Combray'deki evimize gelen tek kişi sayılabilecek M. Swann'la sınırlıydı genelde; komşumuz olan M. Swann bazen akşam yemeğine (o uygunsuz evliliği yaptığından beri, annemle babam karısını misafir etmek istemediklerinden, yemeğe daha seyrek gelir olmuştu), bazen de yemekten sonra habersiz gelirdi. Evin önündeki ulu kestane ağacının altında, demir masanın etrafında oturduğumuz akşamlar, bahçenin girişinden, "zili çalmadan" giren ev halkından birinin harekete geçirdiği, madeni, susmak bilmeyen, ürpertici gürültüsüyle geleni sağır eden, yaygaracı çıngırağı değil de, yabancıların çaldığı zilin utangaç, oval, yaldızlı çifte çınlamasını duyduğumuzda, herkes derhal, "Misafir mi, kim acaba?" diye sorardı, oysa gelenin M. Swann'dan başkası olamayacağını pekâlâ bilirdik; büyükhalam, davranışı sözlerine ters düşmesin diye yüksek sesle, doğal olmasına gayret ettiği bir tonda konuşarak, aramızda fısıldaşmamamızı, gelen insan için bunun son derece tatsız olduğunu, hakkında duymaması gereken şeyler konuştuğumuzu zannedebileceğini söylerdi; keşif kolu olarak kapıya gönderilen büyükannem hem fazladan bir bahçe turu yapmasına bahane çıktığı için her zaman sevinir, hem de bu fırsattan faydalanıp, oğlunun, berberin iyice yapıştırdığı saçlarını parmaklarıyla kabartan bir anne gibi, yoldan geçerken güllere biraz olsun doğallık kazandırabilmek için, fidanları dik tutan sırıklardan birkaçını gizlice yerinden sökerdi.

Hepimiz, sanki çok sayıda muhtemel saldırgandan kuşkulanabilirmişiz gibi, büyükannemin düşman hakkında getireceği haberi beklerdik kıpırdamadan; az sonra büyükbabam, "Swann'ın sesi bu, tanıdım" derdi. Gerçekten de kendisini ancak sesinden tanır, kemerli bir burna, yeşil gözlere ve Bressant tarzında taranmış, kızıla çalan sarı saçlarla çevrili geniş bir alna sahip çehresini pek seçemezdik, çünkü sivrisineklerden korunmak için bahçede mümkün olduğunca az ışık yakılırdı; ben, belli etmeden, şurupları getirmelerini söylemek için içeriye giderdim; büyükannem şurupların sadece misafir olduğunda ikram edilen, istisnai bir şeymiş gibi görünmemesini daha kibarca bulduğundan, buna çok önem verirdi. M. Swann, büyükbabamdan çok daha genç olmakla birlikte, kendisiyle çok samimiydi; hayattayken büyükbabamın en yakın dostlarından biri olan babasının bazen bir hiç yüzünden coşkuları sekteye uğrayan, düşüncelerinin yönü değişen, üstün nitelikli, ama garip bir adam olduğu söylenirdi. Büyükbabam sofrada sık sık, baba Swann'ın gece gündüz başında beklediği karısının ölümünden sonraki tutumuna ilişkin, hiç değişmeyen anekdotlar anlatırdı. Arkadaşını uzun zamandır görmemiş olan büyükbabam, Swann'ların Combray yakınındaki köşküne, onu görmeye koşmuş, naaşın tabuta konuşuna şahit olmasını istemediği, gözyaşları içindeki M. Swann'ı bir süreliğine ölü odasından çıkarmayı başarmış. Hafif güneşli bahçede küçük bir yürüyüşe çıkmışlar. M. Swann, ansızın, büyükbabamın koluna girerek haykırmış: "Ah! Kadim dostum, bu güzel havada sizinle dolaşmak ne büyük mutluluk! Bütün bu ağaçlar, akdikenler, takdirinizi hiç belirtmediğiniz gölüm, bütün bunlar güzel gelmiyor mu size? Yüzünüzden düşen bin parça. Şu tatlı esintiyi hissediyor musunuz? Oh! Kim ne derse desin, hayatın güzel yanları da var, sevgili Amédée!" Sonra birdenbire, ölmüş olan karısını hatırlamış ve herhalde böyle bir anda bir mutluluk hissine nasıl kapıldığını anlamaya çalışmanın fazla çetrefil bir iş olacağını düşünmüş olacak ki, aklına zor bir soru takıldığında daima yaptığı gibi, eliyle alnını sıvazlayıp gözlerini ovuşturarak kelebekgözlüğünün camlarını temizlemekle yetinmiş. Bununla birlikte, karısının ölümünün üzüntüsünü bir türlü atlatamamış, ama bu tarihten ölümüne kadar geçen iki yıl boyunca büyükbabama, "Ne tuhaf, zavallı karımı çok sık düşünüyorum, ama her seferinde azar azar düşünebiliyorum ancak" dermiş. "Rahmetli Swann'ın deyişiyle, sık sık, ama her seferinde azar azar", büyükbabamın en sevdiği ifadelerden biri haline gelmişti ve çok çeşitli şeylerle ilgili olarak bu ifadeyi kullanırdı. Bana kalsa, Swann'ın babasını bir canavar olarak görürdüm, ama yargısına daha çok güvendiğim ve benim için mahkeme kararı niteliğindeki hükümleriyle ileride mahkûm etme eğiliminde olacağım hataları affetmemi sağlayacak olan büyükbabam, "Hiç olur mu! Melek gibi adamdı!" demişti.

Oğlu M. Swann, özellikle evlenmeden önce, uzun yıllar boyunca Combray'de kendilerini sık sık ziyaret ettiği halde, büyükhalam, büyükannem ve büyükbabam, M. Swann'ın katiyen vaktiyle ailesinin görüştüğü çevrede yaşamadığını ve evimizde Swann soyadı sayesinde adeta kimliği gizlenen bu adamın aslında Jockey Kulübü'nün en seçkin üyelerinden biri, Paris Kontu'nun ve Galler Prensi'nin en aziz dostu, Saint-Germain muhiti yüksek sosyetesinin el üstünde tuttuğu bir kişi olduğunu –bilmeden ünlü bir soyguncuyu barındıran namuslu otelcilerin yüzde yüz masumiyetiyle– akıllarından bile geçirmediler.

Swann'ın sürdüğü bu parlak yüksek sosyete hayatı konusundaki cehaletimiz, kısmen ölçülü ve ketum kişiliğinden kaynaklanıyordu şüphesiz, ama kısmen de, o dönemde burjuvaların toplumu herkesin doğumundan itibaren kendini ailesinin mevkisine yerleşmiş bulduğu ve istisnai bir meslek hayatının ya da beklenmedik bir evliliğin sağladığı fırsatlar olmadıkça bu mevkiden daha üst düzeyde bir kasta nüfuz edemediği, kapalı kastlardan oluşan bir tür Hindistan gibi tasavvur etmelerinin sonucuydu. Baba Swann sarraftı; "oğul Swann" da, hayatı boyunca, servetlerin, tıpkı belirli bir vergi mükellefleri kategorisindeki gibi, belli gelir düzeyleri arasında oynadığı bir kastın üyesi olmak durumundaydı. Babasının kimlerle görüştüğü bilindiğinden, kendisinin de kimlerle görüştüğü, kimlerle ilişki kurmak "durumunda" olduğu belliydi. Başkalarıyla düşüp kalkıyorsa, bunlar delikanlılık ilişkileriydi ve babamlar gibi eski aile ahbapları bu ilişkileri görmezden geliyor, M. Swann yetim kaldığından beri, büyük bir sadakatle ziyaretimize gelmeye devam ettiğinden, bu konuda özel bir hoşgörü gösteriyorlardı; ama bizim tanımadığımız bu dostlarının, yanımızdayken rastlasa, selam vermeye utanacağı türden kişiler olduklarına bahse girebilirdik. Swann'a ille de ailesiyle eşit konumdaki diğer sarraf evlatları arasında, şahsi bir toplumsal katsayı biçilmek istense, bu katsayı biraz düşük olurdu, çünkü çok sade bir insan olduğu ve antika eşyalara, resme, öteden beri "aşırı bir düşkünlük" sergilediği için, artık koleksiyonlarını yığdığı eski bir konakta oturuyordu, ne var ki, büyükannemin gidip görmeyi çok istediği bu konak, büyükhalamın oturmayı yüzkarası saydığı bir semt olan Orléans Rıhtımı'nda bulunuyordu. "Bari bu konuda uzman mısınız? Sizin iyiliğiniz için soruyorum; satıcılar size sahte resimler kakalıyordur mutlaka" derdi büyükhalam Swann'a; Swann'ın aslında hiçbir konuda söz sahibi olmadığını düşünür, sohbet sırasında ciddi konulardan kaçınan, sadece en küçük ayrıntılarını bile atlamadan yemek tarifleri verdiğinde değil, büyükannemin kız kardeşleri sanat konularına değindiğinde de incelikten tamamen uzak bir kesinlik merakı sergileyen Swann'a entelektüel açıdan da olsa, fazla değer vermezdi. Büyükannemin kız kardeşleri kendisini bir resim konusundaki fikirlerini söylemeye, takdirini belirtmeye zorladıklarında, Swann neredeyse kırıcı sayılabilecek bir suskunluğa gömülür, buna karşılık, resmin hangi müzede bulunduğu veya hangi tarihte yapıldığı konusunda somut bir bilgi verebiliyorsa, açığını kapatırdı. Yine de her ziyaretinde bizim tanıdığımız insanlarla, Combray'nin eczacısıyla, aşçımızla, arabacımızla ilgili, başından yakın zamanda geçmiş yeni bir olayı anlatıp bizi eğlendirmekle yetinirdi genellikle. Bu hikâyeler büyükhalamı güldürürdü elbette, ama Swann'ın anlattığı olaylarda daima kendine yakıştırdığı gülünç rol yüzünden mi, esprili anlatımından ötürü mü güldüğünü pek bilmez, "Hakikaten bir âlemsiniz Monsieur Swann" derdi. Büyükhalam ailemizin biraz bayağı sayılabilecek tek ferdi olduğundan, yabancıların yanında Swann'dan söz açılınca, istese Haussmann Bulvarı'nda veya Opéra Caddesi'nde oturabileceğini, babası M. Swann'dan kendisine en az dört beş milyonluk bir miras kaldığını, ama böyle tuhaf bir hevese kapılmış olduğunu belirtmeyi ihmal etmezdi. Bu tuhaf hevesin insanlara o kadar eğlenceli geldiğini düşünürdü ki, M. Swann yılbaşlarında bir kutu kestane şekeriyle Paris'teki evine ziyarete geldiğinde, başka misafiri varsa, mutlaka, "Söyleyin bakalım Monsieur Swann, Lyon'a giderken treni kaçırmayacağınızdan emin olmak için hâlâ Şarap Deposu'nun yakınında mı oturuyorsunuz?" derdi. Ardından da kelebek gözlüğünün üzerinden, göz ucuyla öteki konuklara bakardı.

Ama oğul Swann sıfatıyla, "burjuvazinin kaymak tabakası"nın, Paris'in en saygıdeğer noterlerinin, dava vekillerinin evlerinde ağırlanma "hakkına pekâlâ sahip" olan (ve bu ayrıcalığı biraz boşlayan) bu Swann'ın, adeta gizli, bambaşka bir hayatı olduğunu, Paris'te, yatmaya evine gittiğini söyleyerek bizden çıktığında köşeyi döner dönmez yolunu değiştirip o güne dek hiçbir sarrafın veya sarraf ortağının uzaktan yakından görmediği bir salona gittiğini büyükhalama söyleseler, büyükhalam kulaklarına inanamazdı; Aristaios'la arkadaşlık etmek, Aristaios'un kendisiyle sohbet ettikten sonra, (Vergilius'un anlattığına göre coşkuyla karşılandığı) Thetis'in krallığına, ölümlü gözlerin göremediği bir âleme dalması daha kültürlü bir hanıma ne kadar şaşırtıcı gelirse, büyükhalam da o kadar şaşırırdı; büyükhalamın aklına gelmesi daha muhtemel bir benzetme yapacak olursak, bu durumu, (Combray'deki pasta tabaklarımızda resimlerini gördüğü) Ali Baba'nın kendi evine akşam yemeğine gelmesi, sonra da, tek başına kalınca, akla gelmedik hazineleri barındıran göz kamaştırıcı mağaraya girmesi kadar olağanüstü bulurdu.

Swann bir gün Paris'te, akşam yemeğinden sonra ziyaretimize geldiğinde, frak giymiş olduğu için özür dilemiş, Françoise, o gittikten sonra, arabacıdan, Swann'ın "bir prensesin evinde" akşam yemeği yediğini öğrendiğini söyleyince, büyükhalam başını örgüsünden kaldırmadan omuz silkip, "Evet, kibar fahişeler âleminden bir prensesin evinde!" diye serinkanlı bir alaycılıkla cevap vermişti.

Bu yüzden de, büyükhalam Swann'a oldukça kaba davranırdı. Bizim davetlerimizi Swann'ın bir lütuf kabul etmesi gerektiğini düşündüğünden, yaz mevsiminde ziyaretimize mutlaka bahçesinden toplanmış bir sepet dolusu şeftaliyle veya ahududuyla gelmesini, her İtalya seyahatinden bana sanat şaheserlerinin fotoğraflarını getirmesini çok doğal bulurdu.

Evimize ilk defa gelecek olan misafirlerin karşısına çıkaracak kadar nüfuzlu bulunmadığından Swann'ın davet edilmediği önemli yemek davetleri için ne zaman bir *gribiche** sosu veya ananas salatası tarifi gerekecek olsa, hiç çekinmeden Swann'ı çağırtırlardı. Fransa hanedanı prenslerinden söz açılacak olsa, büyükhalam, cebinde belki de Twickenham'dan bir mektup taşıyan Swann'a, "Sizin de, benim de asla tanışmayacağımız, zaten tanışmak da istemeyeceğimiz şahıslar, değil mi efendim?" derdi; büyükannemin kız kardeşinin şarkı söylediği akşamlar, piyanoyu itme, sayfaları çevirme işlerini Swann'a yaptırır, başka yerlerde peşinden koşulan bu şahsa koleksiyon parçası bir bibloyla, ucuz bir eşyayla oynar gibi dikkatsizce oynayan bir çocuğun safiyane hoyratlığıyla muamele ederdi. Şüphesiz aynı dönemde birçok kulüp erkeğinin tanıdığı Swann, büyükhalamın gözündeki Swann'dan, yani Combray'deki küçük bahçede, akşamları zilin çekingen, çifte çıngırtısı işitildiğinde peşinde büyükannemle karanlığın içinde beliren, sesinden tanıdığımız, anlaşılmaz, belirsiz şahsiyete Swann ailesi hakkında bütün bildiklerini katıp onda cisimleştirerek yarattığı Swann'dan çok farklıydı. Ne var ki, hayatın en önemsiz ayrıntıları açısından bakıldığında bile, insan herkesin gözünde özdeş, isteyenin bir şart-

---

* Zeytinyağı, sirke, katı yumurta, salatalık turşusu, kapari ve çeşitli otlarla hazırlanan bir sos.

nameyi ya da vasiyetnameyi inceler gibi inceleyebileceği, maddi bir bütün teşkil etmez; sosyal kişiliğimiz başkalarının düşüncesinin yarattığı bir şeydir. "Tanıdığımız birini görmek" diye adlandırdığımız basit eylem bile, kısmen zihinsel bir eylemdir. Baktığımız insanın dış görünüşünü ona ilişkin bütün kavramlarımızla doldururuz ve gözümüzde canlandırdığımız bütün içinde, hiç şüphesiz bu kavramlar daha fazla yer tutar. Sonuçta yanakları öylesine kusursuz bir biçimde doldururlar, burun çizgisini öylesine şaşmaz bir kesinlikle izlerler, sesin tınısıyla, sanki saydam bir kılıfmışçasına, öyle bir uyumla bütünleşirler ki, bu çehreyi her gördüğümüzde, bu sesi her duyduğumuzda, karşımızda bulduğumuz, işittiğimiz şey bu kavramlardır. Başka insanların Swann'la karşılaştıklarında, çehresinde hüküm süren ve adeta doğal bir sınır olan kemerli burnunda duran zarafeti görmelerini sağlayan, Swann'ın yüksek sosyete hayatına ilişkin sayısız özellik, bizim ailenin şekillendirdiği Swann'da bilgisizlik nedeniyle eksik bırakılmıştı şüphesiz; ama bizimkiler de, bu sayede, nüfuzunu yansıtmayan bu boş ve geniş çehreyi, bu azımsanan gözlerin derinliğini, sayfiye komşuluğu hayatımızın, haftalık akşam yemeklerinden sonra oyun masasının etrafında veya bahçede birlikte geçirilen aylak saatlerinin –yarı hatıra, yarı unutuş olan– o belirsiz ve hoş tortusuyla doldurabilmişlerdi. Dostumuzun bedensel kılıfı, bu tortuyla ve ailesine ilişkin kimi hatıralarla öylesine iyi doldurulmuştu ki, bu Swann, eksiksiz ve yaşayan bir varlık haline gelmişti; şimdi hafızamda bir yolculuğa çıkıp, daha sonra ayrıntılı ve doğru bir biçimde tanıdığım Swann'dan bu ilk Swann'a –çocukluğumun sevimli hatalarını barındıran ve öteki Swann'dan çok, sanki hayatımızda da, tıpkı bir müzedeki gibi, aynı döneme ait portrelerde bir aile havası, benzer tonlar varmışçasına, o dönemde tanıdığım diğer insanlara benzeyen o ilk Swann'a– boş vakitlerle, dinlenmeyle dolup taşan, ulu kestane ağacının, ahududu sepetlerinin ve bir çimdik tarhunun rayihasını taşıyan ilk Swann'a geçtiğimde, bir insanın yanından ayrılıp bir başkasının yanına gidiyormuş izlenimine kapılırım.

Oysa büyükannem bir gün, Sacré-Cœur'de tanıştığı (ve ikisi de birbirlerine bir yakınlık duydukları halde, bizim kast kavramımızdan ötürü ilişkiyi ilerletmek istemediği) bir hanımdan, ünlü Bouillon ailesinin bir ferdi olan Villeparisis Markizi'nden bir ricada bulunmaya gittiğinde, markiz kendisine, "Sanırım M.

Swann'ı yakından tanıyorsunuz, kendisi yeğenlerim Laumes'ların çok iyi dostudur" demişti. Büyükannem bu ziyaretten hem Mme de Villeparisis'nin bir dairesini kiralamasını tavsiye ettiği, bahçeye bakan apartmanı, hem de merdivende yırtılan eteğini dikiversinler diye avludaki dükkânlarına uğradığı yelekçiyle kızını çok beğenmiş olarak, coşku içinde dönmüştü. Büyükannem bu insanlara bayılmıştı, kızın pırlanta gibi bir kız, yelekçinin de hayatında gördüğü en seçkin, en hoş adam olduğunu söylüyordu. Çünkü büyükannemin nazarında seçkinlik toplumsal mevkiden tamamıyla bağımsız bir şeydi. Yelekçinin bir cevabına hayran olmuştu, "Sévigné bundan iyi ifade edemezdi!" diyordu anneme; buna karşılık, Mme de Villeparisis'nin evinde karşılaştığı bir yeğeninden, "Ah kızım, ne bayağı adam!" diye söz ediyordu.

Ne var ki, markizin Swann'la ilgili sözlerinin büyükhalamın nazarında Swann'ı yüceltmek değil, Mme de Villeparisis'yi alçaltmak gibi bir etkisi olmuştu. Sanki büyükannemin söylediklerine dayanarak Mme de Villeparisis'ye beslediğimiz saygı, ona bu saygıya layık olmadığını gösterecek bir şey yapmama sorumluluğunu yüklüyordu ve markiz de, Swann'ın varlığından haberdar olarak, akrabalarının onunla görüşmesine izin vererek bu yükümlülüğünü yerine getirmemişti. "Ne! Swann'ı tanıyor ha? Mareşal Mac-Mahon'la akraba olduğunu ileri sürüyordun bir de!" Bizim ailenin Swann'ın ilişkileri konusundaki fikirleri, daha sonra çok düşük seviyeli, yosma diye tanımlanabilecek bir kadınla evlenmesiyle de onaylanmış gibi geldi kendilerine; zaten o da karısını bize tanıştırmaya hiç kalkışmadı, evimize ziyaretlerini giderek seyrekleştirmekle birlikte, tek başına gelmeye devam etti, ama bizimkiler, bu kadından yola çıkarak, Swann'ın –evlendiği kadını o çevrede bulduğu zannıyla– genellikle girip çıktığı, kendilerinin tanımadığı çevre hakkında bir hükme varabileceklerini düşündüler.

Bir keresinde, büyükbabam gazetede M. Swann'ın babası ve amcası Louis-Philippe döneminin en gözde devlet adamları arasında sayılan X... Dükü'nün evindeki pazar öğle yemeği davetlerinin en sadık müdavimlerinden biri olduğunu okudu. Büyükbabam Molé gibi, Dük Pasquier gibi, Broglie Dükü gibi kişilerin özel hayatına düşünce yoluyla sızmasını kolaylaştıracak bilgilere, küçük ayrıntılara pek meraklıydı. Swann'ın onları tanımış olan insanlarla görüşmesine müthiş sevindi. Büyükhalamsa, aksine, bu habere

Swann açısından olumsuz bir yorum getirdi: Görüştüğü kimseleri doğduğu kastın, kendi toplumsal "sınıf"ının dışından seçen bir kişi, büyükhalamın nazarında korkunç bir düşüşe uğrardı. Bu gibi şahıslar ileri görüşlü ailelerin mevki sahibi kişilerle evlatları için şerefli bir biçimde sürdürüp istifledikleri bütün değerli ilişkilerin meyvelerinden bir anda vazgeçiyorlarmış gibi gelirdi ona (hatta büyükhalam, ahbaplarımızdan bir noterin oğluyla ilişkisini bir prensesle evlendi diye kesivermişti, onun gözünde bu, saygıdeğer noter oğlu mevkisinden kraliçelerin zaman zaman lütuflarını esirgemedikleri anlatılan eski oda hizmetkârlarının ve seyislerin dahil olduğu maceracılar sınıfına düşmek demekti). Büyükbabamın bir daha sefere akşam yemeğine bize geldiğinde, Swann'ı bu yeni keşfettiğimiz dostları konusunda sorguya çekme niyetini kınadı. Öte yandan, büyükannemin ablalarıyla aynı asil ruha sahip olan, ama zihniyetleri farklı, evde kalmış iki kız kardeşi, eniştelerinin böyle saçma sapan konuları konuşmaktan nasıl zevk alabildiğini anlayamadıklarını belirttiler. Yüce şeylere özlem duyan insanlardılar ve bu yüzden de, tarihi açıdan ilginç olsa da, dedikodu sayılabilecek şeylerle, genelde doğrudan estetikle veya erdemle bağlantılı olmayan herhangi bir şeyle ilgilenmeleri mümkün değildi. Sosyete hayatıyla uzaktan yakından ilişkili olabilecek her şeye karşı dimağları o kadar ilgisizdi ki, –akşam yemeğinde sohbet havai, hatta sadece somut, maddi konulara yöneldiğinde ve bu iki yaşlı hanım, kendi sevdikleri konuları açamadıklarında, geçici gereksizliğini anlamış olan– işitme duyuları bu konular konuşulurken alıcı organlarını rahat konumuna geçirir, gerçek bir atrofi başlangıcına maruz bırakırdı. Büyükbabam o sırada iki kız kardeşin dikkatini çekmek istediği takdirde, ruh doktorlarının hastalık derecesindeki dalgınlık vakalarında kullandıkları fiziksel uyarılara başvurmak zorunda kalırdı: Bıçağın kenarıyla üst üste birkaç kez bir bardağa vurmak, aynı anda sertçe seslenip ısrarla bakmak, yani psikiyatrların çoğu kez, belki meslek alışkanlığıyla belki de herkesi biraz deli zannettiklerinden, sağlıklı insanlarla olan gündelik ilişkilerine de taşıdıkları şiddet içeren yöntemler.

Swann akşam yemeğine geleceği günden bir gün önce, özel olarak büyükteyzelerime bir kasa Asti şarabı gönderip de, aynı gün halam, *Le Figaro*'nun bir sayısında, Corot sergisinden bir tablonun isminin yanındaki "M. Charles Swann'ın koleksiyonundan" açıklamasını bize göstererek, "Gördünüz mü, Swann'ın adı *Le Figaro*'da çıkmış" dediğinde, iki kız kardeş daha çok ilgilendiler. "Zevk sahibi bir insan olduğunu hep söylemişimdir" dedi büyükannem. "Gayet tabii, senin derdin, *bizler*den farklı görüşte olmak" diye cevap verdi büyükhalam, büyükannemin asla kendisiyle aynı fikirde olmadığını bilerek ve bizim her seferinde kendisine hak verdiğimizden emin olmadığı için, bizi kendisiyle dayanışma halinde karşı koymaya zorladığı büyükannemin fikirlerini toplu halde mahkûm etmeye iterek. Fakat biz sessiz kalmayı tercih ettik. Büyükannemin iki kız kardeşi *Le Figaro*'daki yazıdan Swann'a söz etmek niyetlerini belirttiklerinde, büyükhalam vazgeçmelerini öğütledi. Ne kadar önemsiz olursa olsun, kendisinin sahip olmadığı bir üstünlüğü bir başkasında gördüğünde, bunun bir üstünlük değil, bir dert olduğuna kendini inandırır ve o kişiye gıpta etmek durumunda kalmamak için, acırdı. "Bence bahsetmeniz hoşuna gitmez; eminim ben kendi adımı böyle apaçık gazetede görsem çok rahatsız olurdum, bundan söz edilmesi de gururumu okşamazdı doğrusu." Büyükannemin kız kardeşlerini ikna etmek konusunda büyükhalam fazla da ısrarlı davranmadı aslında, çünkü büyükteyzelerim, bayağılaşma korkusuyla, kişisel imaları ustalıklı dolambaçlarla gizleme sanatında o kadar ileri giderlerdi ki, genellikle imanın yöneldiği kişi bile bunun farkına varamazdı. Anneme gelince, onun tek düşündüğü, Swann'a karısından değil de, taparcasına sevdiği ve söylentilere bakılırsa evlenmesine sebep olan kızından bahsetmeye babamı razı etmekti. "Bir iki kelimeyle söz etmen, nasıl diye sorman yeterli. Böylesi ona kim bilir ne kadar acı veriyordur." Ama babam kızardı: "Hiç olur mu canım! Ne saçma fikir. Gülünç olur."

Yine de Swann'ın gelişi, aramızdan sadece birisi için azap dolu bir endişenin kaynağıydı; o da bendim. Sebebi de, yabancı misafirlerin, hatta sadece M. Swann'ın olduğu akşamlar, annemin benim odama çıkmamasıydı. Ben akşam yemeğini herkesten önce yer, sonra, yukarı çıkmam gereken saat olan sekize kadar sofrada otururdum; annemin bana genellikle uykuya dalacağım sırada, yatağımda emanet ettiği değerli, kırılgan öpücüğü böyle akşamlarda yemek odasından kendi odama kadar taşımam ve soyunurken, tatlı yumuşaklığını bozmadan, uçucu etkisinin dağılıp buharlaşmasına izin vermeden korumam gerekirdi; üstelik tam da bu öpücüğü her zamankinden daha ihtiyatlı bir şekilde kabul etmem gereken bu akşamlarda, onu hızla, herkesin gözü önünde, adeta çalarcasına koparmam gerekir, ruh hastalarının bir kapıyı kapatırken, marazi şüpheleri kendilerini yakaladığında, kapıyı kapadıkları ânın hatırası sayesinde başarıyla şüpheye karşı koyabilmek için başka hiçbir şey düşünmemeye gayret etmeleri gibi, yaptığım şeye özel bir dikkatle eğilmeye zamanım ve iznim bile olmazdı.

Zilin mütereddit, çifte çıngırtısı duyulduğunda, hepimiz bahçedeydik. Gelenin Swann olduğunu bilmemize rağmen, herkes merakla birbirine baktı ve büyükannem keşfe gönderildi. Büyükbabam baldızlarına, "Gönderdiği şarap için anlaşılır şekilde teşekkür etmeyi unutmayın; biliyorsunuz şarap mükemmel, kasa da çok büyük" diye tavsiyede bulundu. "Fısıldaşmaya başlamayın" dedi büyükhalam. "Herkesin alçak sesle konuştuğu bir eve gelmek de pek hoş bir duygudur doğrusu!" "Aa, işte M. Swann. Kendisine soralım bakalım, yarın hava güzel olacak mı?" dedi babam. Annem, kendisinin söyleyeceği bir tek sözün, Swann'ın evliliğinden beri bizim aile yüzünden çektiği üzüntüyü tamamen sileceğini düşünüyordu. Bir ara, Swann'ı bir kenara çekme fırsatını yakaladı. Ama ben de peşlerinden gittim; az sonra, diğer akşamlardaki gibi beni öpmeye geleceği tesellisi olmadan, mecburen annemi yemek odasında bırakıp odama çıkacağımı düşünerek, ondan bir adım olsun uzaklaşmaya gönlüm razı olmuyordu. "Monsieur Swann" dedi annem, "bana kızınızdan söz etsenize biraz; eminim şimdiden babası gibi sanat eserlerine meraklıdır." "Hadi gelin de bizimle birlikte verandada oturun" dedi büyükbabam yanımıza gelerek. Annem sözünü yarıda kesmek zorunda kaldı, ama en güzel mısralarını kafiye baskısı altında bulmaya mecbur olan büyük şairler gibi, bu sınırlamadan bir incelikli düşünce daha çıkardı: "İkimiz baş başa kaldığımızda, tekrar ondan söz ederiz" dedi Swann'a alçak sesle, "hislerinizi ancak bir anne anlayabilir. Eminim kızınızın annesi de benimle aynı fikirdedir." Hepimiz demir masanın etrafında yerlerimizi aldık. Akşam odamda uyuyamadan, tek başıma geçireceğim sıkıntılı saatleri düşünmek istemiyordum; ertesi sabah unutmuş olacağıma göre, bu saatlerin hiçbir önemi olmadığına kendimi ikna etmeye, bir köprü gibi, beni önümdeki korkunç uçurumun ötesine geçirebilecek, geleceğe ilişkin düşüncelere tutunmaya çalışıyordum. Ama duyduğum kaygıyla gerilmiş, anneme yönelttiğim bakışlar gibi dışa doğru dönmüş olan zihnim, dışarıdan hiçbir etkinin içine nüfuz etmesine izin vermiyordu. Düşünceler zihnime nüfuz edebiliyordu, ama ancak beni duygulandıracak güzellik unsurlarının, hatta eğlendirecek gülünçlük unsurlarının tamamını dışarıda bırakmak kaydıyla. Tıpkı anestezi sayesinde geçirmekte olduğu ameliyatı hiçbir şey hissetmeden, tamamen bilinçli bir şekilde izleyen bir hasta gibi, sevdiğim mısraları katiyen duygulanmadan ezberimden okuyabiliyor, büyükbabamın Swann'a Audiffret-Pasquier Dükü'nden söz etmek için gösterdiği çabayı hiç neşelenmeden gözlemleyebiliyordum. Bu çabaların hepsi sonuçsuz kaldı. Büyükbabam Swann'a bu hatip hakkında bir soru sorduğu anda, kulağı bu soruyu derin ama yersiz ve nezaket icabı bozulması gereken bir sessizlik olarak algılayan büyükteyzelerimden biri, ötekine seslendi: "Biliyor musun Céline, genç bir İsveçli öğretmen hanımla tanıştım, bana İskandinav ülkelerindeki kooperatiflerle ilgili son derece ilginç şeyler anlattı. Kendisini bir akşam yemeğe davet etmeliyiz." "Bence de!" diye cevap verdi kız kardeşi Flora. "Ama benim de vaktim boşa harcanmış sayılmaz. M. Vinteuil'ün evinde, Maubant'ı yakından tanıyan yaşlı bir âlimle tanıştım; Maubant, sahnede canlandırdığı kişilikleri nasıl oluşturduğunu kendisine en ince ayrıntılarına kadar açıklamış. Gerçekten çok ilginç. M. Vinteuil'ün komşusuymuş, hiç bilmiyordum; çok da nazik bir beyefendi." "Nazik komşuları olan tek kişi M. Vinteuil değil" diye haykırdı Céline Teyzem, utangaçlığından ötürü yüksek, önceden tasarlayarak konuştuğu için de yapay bir ses tonuyla; bir yandan da, Swann'a anlamlı diye tanımladığı bir bakış yöneltti. Céline'in bu cümleyle Asti şarabına teşekkür ettiğini anlayan Flora Teyzem de bu esnada Swann'a bakmaktaydı, bakışlarında hem bir kutlama, hem de belki sadece ablasının nüktesini vurgulamak istediğinden, belki bu nükteye ilham kaynağı olduğu için Swann'a gıpta ettiğinden, belki de Swann'ın köşeye sıkıştığını zannettiği için onunla alay etmekten kendini alamadığından, müstehzi bir ifade vardı. "Söz konusu beyefendinin akşam yemeği davetimizi kabul edeceğini sanıyorum" diye devam etti Flora, "Maubant'dan veya Mme Materna'dan söz açıldığında, saatlerce hiç durmadan konuşuyor." "Çok hoş olmalı" dedi büyükbabam içini çekerek; tabiat, tıpkı büyükteyzelerimin dimağlarına Molé'nin ya da Paris Kontu'nun özel hayatına ilişkin bir hikâyeden tat alabilmek için insanın kendisinin eklemesi gereken bir tutam tuzu biberi koymayı unuttuğu gibi, maalesef büyükbabamın dimağına da İsveç'teki kooperatiflere ya da Maubant'ın canlandırdığı kişilikleri oluşturuşuna tutkulu bir ilgi duyma ihtimalini katmayı ihmal etmişti. "Biliyor musunuz" dedi Swann büyükbabama, "söyleyeceğim şey sorunuzla ilgisiz gibi görünse de, değil aslında, çünkü bazı bakımlardan dünya pek de fazla değişmedi. Bu sabah Saint-Simon'u tekrar okurken, sizin hoşunuza gidecek bir şeye rastladım. İspanya büyükelçiliğiyle ilgili kitabındaydı; en iyi kitaplarından sayılmaz, bir günlük sadece, ama hiç değilse çok güzel yazılmış bir günlük; bu da sabah akşam okumak zorunda olduğumuzu zannettiğimiz o sıkıcı gazetelerle karşılaştırılınca, önemli bir fark."* "Ben size katılmıyorum, bazı günler gazete okumak benim çok hoşuma gidiyor..." diye araya girdi Flora Teyzem, *Le Figaro*'da, Swann'ın Corot tablosuyla ilgili cümleyi okuduğunu belirtmek için. "Bizi ilgilendiren şeylerden ya da kişilerden söz ettiklerinde!" diye ekledi Céline Teyzem. "Buna bir itirazım yok" dedi Swann şaşkınlık içinde. "Benim gazetelerde eleştirdiğim şey, her gün dikkatimizi önemsiz şeylere çekmeleri; oysa en önemli konuların işlendiği kitapları hayatta üç veya dört kere okuyoruz. Madem her sabah gazetenin şeridini heyecanla koparıyoruz, demek ki bir değişiklik yapıp gazeteye, ne bileyim ben... Pascal'in *Düşünceler*'ini koymaları gerekir!" (Bu ismi ukalalık gibi görünmesin diye, alaylı, tumturaklı bir tonda söylüyordu.) "Yunanistan Kraliçesi'nin Cannes'a gittiğini veya Léon Prensesi'nin bir maskeli balo düzenlediğini de" dedi, kimi yüksek sosyete mensuplarının sosyete olaylarına karşı sergilediği küçümser tavırla, "ancak on yılda bir açtığımız, sayfa kenarları yaldızlı kitaplarda okurduk o zaman. Böylece doğru orantı sağlanmış olurdu." Sonra, hafif bir tonda da olsa, ciddi konulardan söz ettiğine pişman olarak, "Sohbetimize diyecek yok" dedi alayla, "bu 'zirve'lere çıkmaya niye kalkışıyoruz bilmem." Ardından büyükbabama döndü: "Saint-Simon, Maulévrier'nin oğullarına elini uzatma cüretini gösterdiğini anlatıyor. Biliyorsunuz, 'Bu kalın şişenin içinde, öfke, bayağılık ve aptallıktan başka şey göremedim asla' diye söz ettiği, bu Maulévrier'dir." "Kalın ya da ince, ben içinde çok farklı şeyler olan şişeler biliyorum" diye atıldı Flora; Asti şarabı ikisine birden gönderildiği için, o da kendi adına Swann'a teşekkür etmek isti-

---

* gazete, günlük: *journal*

yordu. Céline gülmeye başladı. Afallayan Swann sözüne devam etti: "Saint-Simon, 'Cehaletten mi, madrabazlıktan mı bilmem, çocuklarımın elini sıkmak istedi. Neyse ki vaktinde fark edip engel oldum' diyor." Büyükbabam, "cehaletten mi, madrabazlıktan mı"ya hayran olmuştu, ama Saint-Simon adının –bir edip sıfatıyla– işitme duyusunda tam anesteziye engel olduğu Mlle Céline kızmaktaydı: "Nasıl olur! Bunu takdir mi ediyorsunuz? Bravo doğrusu! Peki, ne demek oluyor bu; insanlar eşit değil midir? Eğer bir insanın aklı ve yüreği varsa, dük olmuş, arabacı olmuş, ne fark eder? Sizin Saint-Simon çocuklarına bütün namuslu insanların elini sıkmalarını söylememişse, pek güzel eğitmiş onları. Tek kelimeyle korkunç. Bir de örnek gösteriyorsunuz!" Büyükbabam bu engel karşısında, Swann'a hoşuna gidebilecek hikâyeler anlattırmanın imkânsızlığını sezerek üzgün üzgün anneme dönüp alçak sesle şöyle dedi: "Bana öğrettiğin, böyle zamanlarda beni rahatlatan bir mısra vardı hani... Tamam, hatırladım! 'Ne faziletler var ki Tanrım, bizi nefret ettirdin!' Ah! Ne kadar güzel!"

Gözlerimi annemden ayırmıyordum; sofraya geçildikten sonra, yemek bitinceye kadar kalmama izin verilmeyeceğini ve annemin babam kızmasın diye, kendisini herkesin önünde, odamdaki gibi birçok kez üst üste öpmeme karşı çıkacağını biliyordum. Bu yüzden de kendi kendime, yemek odasına geçtiğimizde, onlar yemeye başladıktan sonra, gitme vaktinin yaklaştığını hissettiğim zaman, bu kısacık, kaçamak öpücükle ilgili olarak, tek başıma yapabileceğim her türlü hazırlığı önceden yapmayı kararlaştırmıştım; annemin yanağının neresini öpeceğimi bakışlarımla saptayacak, tıpkı bir ressamın poz verme seanslarının süresi kısıtlı olduğunda paletini hazırlaması, çok gerektiğinde model olmadan da yapabileceği şeyleri önceden belleğine ve notlarına başvurarak tamamlaması gibi zihnimi hazırlayacak, bu düşünsel öpücük başlangıcı sayesinde, annemin bana ayıracağı bir dakikanın tamamını onun yanağını dudaklarımda hissetmeye hasredebilecektim. Ne var ki, daha yemek çanı çalmadan, büyükbabam bilinçsiz bir acımasızlıkla, "Çocuk yorgun görünüyor, gidip yatsa iyi olur. Zaten bu gece geç yiyeceğiz" dedi. Anlaşma kurallarına büyükannem ve annem kadar titizlikle uymayan babam da, "Doğru, hadi git yat" diye onayladı. Annemi öpmek istedim, ama tam o anda yemek çanı çaldı. "Yeter canım, bırak anneni, iyi geceler dilediniz ya birbirinize, bu kadar tezahürat da gülünç artık. Hadi çık yukarı!" Böylece yolluğumu almadan gitmek zorunda kaldım; merdivenin her basamağını gönülsüzce, gönlüme karşı koyarak, mecburen çıktım; gönlüm annemin yanına dönmek istiyordu, çünkü annem beni öperek peşimden gelme iznini kendisine vermemişti. Daima üzgün üzgün tırmandığım bu iğrenç merdivenden yayılan vernik kokusu, her gece yaşadığım bu belirli türdeki kederi bir şekilde emmiş, sabitleştirmişti ve belki de bu kederin duyarlılığım üzerindeki etkisini daha da acımasızlaştırıyordu, çünkü zihnim kokuya bürünmüş haldeki kederime karşı çaresiz kalıyordu. Uykuda diş ağrısını kurtarmak için üst üste iki yüz hamle yaptığımız, suya düşmüş bir genç kız veya Molière'in durmadan tekrarladığımız bir mısrası olarak hissettiğimizde, uyanıp da zihnimizin diş ağrısı kavramını her tür kahramanca ya da ritmik kılık değişikliğinden arındırması müthiş bir rahatlamadır. İşte odama çıkmanın kederi, bu merdivene özgü vernik kokusunun solunmasıyla, –manevi istiladan çok daha zehirli olan– son derece süratli, hem sinsi, hem de sert bir biçimde, neredeyse bir anda benliğime nüfuz ettiğinde yaşadığım şey, bu rahatlamanın tersiydi. Odama vardığımda bütün çıkışları tıkamam, panjurları kapatmam, yatak örtüsünü açarak kendi mezarımı kazmam, gecelik biçimindeki kefenimi giymem gerekti. Ama yazın büyük yatağın fitilli dokumadan perdelerinin altında çok terlediğim için odaya konan ilave demir yatağa gömülmeden önce, içimde bir isyan hissi kabardı, bir idam mahkûmu hilesine başvurmak istedim. Anneme bir not yazıp, kendisine ancak yüz yüze söyleyebileceğim önemli bir şey için yukarı çıkmasını rica ettim. Tek korkum, halamın Combray'de olduğumuz zamanlar benimle ilgilenmekle görevli aşçısı Françoise'ın notumu götürmeyi reddetmesiydi. Misafir varken anneme bir not götürmenin ona bir tiyatronun kapıcısının sahnedeki bir oyuncuya bir mektup götürmesi kadar imkânsız görüneceğinden şüpheleniyordum. Françoise'ın yapılabilecek ve yapılamayacak şeyler konusunda anlaşılmaz ya da anlamsız ayrımlara dayanan, zorlayıcı, kapsamlı, karmaşık ve taviz vermez (süt çocuklarını katletmek gibi kan dökücü buyrukların yanı sıra, abartılı bir incelikle oğlağı annesinin sütünde pişirmeyi, hayvanların but sinirlerini yemeyi yasaklayan eski yasaları andıran) yasaları vardı. Yapmasını istediğimiz kimi işlere karşı birden gösterdiği inatçı direnişe bakılırsa, bu yasalar Françoise'ın çevresinin ve bir köy evindeki hizmetkârlığının katiyen esinlemiş olamayacağı birtakım toplumsal karmaşıklıkları ve sosyete inceliklerini öngörmüş gibiydi; insan, tıpkı bir zamanlar orada bir saray hayatı yaşandığına tanıklık eden eski konakların bulunduğu ve kimyasal madde fabrikası işçilerinin –Aziz Theophilos mucizesini ya da Aymon'un dört oğlunu temsil eden zarif heykellerin arasında– çalıştığı sanayi siteleri gibi Françoise'ın da çok eski, asil ve anlaşılamamış bir Fransız geçmişine sahip olduğunu kabul etmek zorunda kalırdı. Bu örnekte, Françoise'ın M. Swann varken benim gibi önemsiz bir şahsiyet için annemi rahatsız etmesinin yangın çıkmadıkça pek küçük bir ihtimal olmasına yol açan yasa maddesi, Françoise'ın yalnızca –ölülere, rahiplere ve krallara olduğu gibi– ebeveyne değil, ayrıca ağırlanan misafire de duyduğu saygının ifadesiydi sadece; bu saygı bir kitapta karşıma çıksa, beni duygulandırırdı belki, ama bu saygıya değinen Françoise olunca, bu konudan söz ederken kullandığı ciddi ve şefkatli ses tonu yüzünden sinirime dokunurdu; hele o akşam, yemek davetine atfettiği kutsallık merasimi bölmeyi reddetmesine sebep olacağından, iyice canımı sıkıyordu. Ama ben, kendime bir şans tanımak isteyip hiç duraksamadan yalan söyleyerek, Françoise'a, anneme bu notu kendi isteğimle yazmadığımı, annemin ben yanından ayrılırken aramamı rica ettiği bir eşyayla ilgili olarak ona bir cevap göndermeyi unutmamamı tembihlediğini bildirdim; bu not kendisine verilmezse annemin mutlaka çok kızacağını da ekledim. Zannederim Françoise bana inanmadı, çünkü tıpkı duyuları bizden daha güçlü olan ilk insanlar gibi, o da kendisinden saklamak istediğimiz gerçekleri, bizim için kavranması mümkün olmayan işaretlerden hemen anlayıverirdi; sanki kâğıdın incelenmesi ve yazının görünüşü notun içeriği ya da hangi yasa maddesine başvurması gerektiği hakkında kendisine bir bilgi verebilirmiş gibi, beş dakika boyunca zarfa baktı. Sonra, "Böyle evladı olan ana babanın vay haline!" anlamına gelebilecek bir tevekkül ifadesiyle odadan çıktı. Bir iki dakika sonra dönüp sofradakilerin henüz dondurmalarını bitirmediklerini, uşağın notu o sırada, herkesin önünde vermesinin imkânsız olduğunu, ama sıra ağızların çalkalanmasına geldiğinde, bir yolunu bulup notu anneme ileteceklerini söyledi. Kaygılarım o anda dağıldı; artık az önce olduğu gibi annemden ertesi güne kadar ayrılmış sayılmazdım, çünkü yazdığım kısa not şüphesiz annemi kızdıracak (üstelik bu numara beni Swann'ın nezdinde gülünç düşüreceği için iki misli kızdıracak), ama hiç değilse görünmez ve mutlu bir şekilde annemin bulunduğu odaya girmemi sağlayacak, annemin kulağına fısıltıyla benden söz edecekti; çünkü daha bir iki dakika önce, –"taneli"– dondurmayla ağız çalkalama kaplarının bile, bana annem bu hazları benden uzakta tattığı için, zararlı ve ölümcül derecede hüzünlü hazlar barındırıyormuş gibi geldiği o yasak, düşman yemek odasının kapıları beni kabul etmek üzere açılıyordu ve olgunlaşıp kabuğunu yırtan bir meyve misali, yazdığım satırları okuyan annemin dikkatini benim coşkun kalbime doğru fırlatacaktı. Artık ondan ayrı değildim; engeller yıkılmıştı, harikulade bir bağ bizi birleştirmekteydi. Üstelik bu kadarla da kalmıyordu: Annem mutlaka gelecekti!

Swann'ın yazdığım notu okusa ve amacını tahmin etse, yaşadığım yürek daralmasıyla alay edeceğini düşünüyordum; oysa daha sonra öğrendim ki, aksine, benzer bir yürek daralması uzun yıllar boyunca onun da içini kemirmişti ve belki de beni en iyi anlayabilecek kişi oydu; Swann, sevdiği kadının kendisinin bulunmadığı, gidip onunla buluşamayacağı bir eğlence yerinde olduğunu sezmenin getirdiği yürek daralmasıyla aşk aracılığıyla tanışmıştı; aşk bir bakıma bu yürek daralmasının kaderidir, onu tekeline alır, özelleştirir; ne var ki, benim durumumda olduğu gibi, yürek daralması içimize aşk, hayatımızda boy göstermeden önce yerleştiğinde, aşkın bekleyişi içinde, başıboş ve serbest dalgalanır, belirli bir duygunun tekelinde değildir, bir gün bir hissin, ertesi gün bir başkasının, kâh evlat sevgisinin, kâh dostluğun emrindedir. Swann, Françoise gelip de notumun iletileceğini haber verdiğinde benim ilk kez tanıştığım mutluluğu da çok iyi biliyordu; bu yalancı mutluluğu, sevdiğimiz kadının onunla buluşmak üzere bir balonun veya davetin verildiği konağa ya da bir tiyatrodaki prömiyere gelen bir arkadaşı veya akrabası bizi çaresizlik içinde, sevdiğimizle konuşmak için bir fırsat kollayarak dışarıda aylak aylak dolaşırken gördüğünde yaşarız. Söz konusu şahıs bizi tanır, teklifsizce yanımıza gelip orada ne işimiz olduğunu sorar. Biz akrabasına ya da arkadaşına acil bir mesaj iletmek zorunda olduğumuz yolunda bir yalan uydurduğumuzda da, meselenin kolaylıkla çözülebileceğini söyleyip bizi girişe alır, beş dakika içinde sevdiğimizi yanımıza göndereceğine dair söz verir. Düşmanca, ahlaksızca, harikulade girdapların sevdiğimiz kadını bizden uzaklara sürüklediğini, bize güldürdüğünü zannettiğimiz o garip, cehennemi daveti bir tek cümlesiyle gözümüzde dayanılır, insani ve neredeyse olumlu kılan iyi niyetli aracıyı ne kadar da çok severiz! (İşte ben de Françoise'ı o anda o kadar çok seviyordum.) Yanımıza gelen ve davetin zalim sırlarına vâkıf olan akrabadan yola çıkarsak eğer, diğer davetlilerin de iblisçe bir yanı olmasa gerektir. Sevdiğimiz kadının bilinmez hazlar yaşayacağı o erişilmez, işkence dolu saatlere, biz de beklenmedik bir gedikten nüfuz etmekteyizdir işte; art arda dizilerek bu saatleri oluşturan anlardan birini, diğerleri kadar gerçek, hatta belki sevgilimiz de rol oynadığından, bizim için ötekilerden daha önemli bir ânı kafamızda canlandırmakta, elimizde tutmakta, ona müdahale etmekteyizdir, hatta onu biz yaratmış bile sayılabiliriz: Bizim orada, aşağıda olduğumuzun kendisine söyleneceği an. Davetin diğer anları da özünde bundan çok farklı olmasa gerektir, daha olağanüstü, bize öylesine ıstırap çektirecek bir yanları yoktur herhalde ki, iyi niyetli dost, "Memnuniyetle iner aşağıya! Yukarıda sıkılmaktansa, sizinle sohbet etmeyi kesinlikle tercih edecektir" demiştir bize. Heyhat! Swann bu tecrübeyi yaşamıştı; sevmediği birinin bir davette bile peşini bırakmamasına sinirlenen bir kadının üzerinde üçüncü şahısların iyi niyetlerinin hiçbir etkisi olmaz. Genellikle iyi niyetli arkadaş aşağıya tek başına iner.

Annem gelmedi ve (bulup bulmadığımı bildirmemi rica ettiği eşyayla ilgili yalanımın ortaya çıkmamasına bağlı olan) izzetinefsime özen göstermeden, Françoise'la şu mesajı gönderdi: "Cevap yok." Daha sonra bu cümlenin lüks otellerin kapı görevlileri, kumarhane görevlileri tarafından, zavallı şaşkın genç kızlara söylendiğini çok işittim. "Nasıl olur, hiçbir şey demedi mi? Ama imkânsız! Notumu kendisine verdiniz, değil mi? Peki, ben biraz daha bekleyeyim." Nasıl ki bu genç kızlar, kapı görevlisi kendileri için fazladan bir lamba yakmaya yeltendiğinde ışığa ihtiyaçları olmadığını söyleyip bir kenarda dururlarsa, görevlinin komiyle havadan sudan konuşmasını, sonra birden saatin farkına varıp bir müşterinin içkisini buzda soğutmak üzere komiyi göndermesini izlerlerse, ben de Françoise'ın bana bir bitki çayı yapma, yanımda oturma tekliflerini reddettim, o mutfağa gittikten sonra da, yatağıma yatıp bahçede kahve içen annemlerin seslerini duymamaya çalışarak gözlerimi kapattım. Ama birkaç saniye sonra, anneme o notu yazmakla, onu kızdırmayı göze alarak, kendisini tekrar görebileceğim ânı adeta ellerimle tuttuğumu hissedecek kadar ona yaklaşmakla, onu görmeden uyuyabilme ihtimalini ortadan kaldırmış olduğumu hissettim; kalbimin çarpıntıları her an biraz daha sancılı hale geliyordu, çünkü kendi kendimi, bahtsızlığımı kabullenerek sakinleşmeye ikna etme çabası, çarpıntımı daha da artırıyordu. Birdenbire bütün sıkıntım dağıldı, tıpkı bir ilaç etkisini göstermeye başlayıp da ağrımızı dindirdiğinde olduğu gibi, içimi bir mutluluk kapladı: Annemi görmeden uyumamaya karar vermiştim; ne pahasına olursa olsun, onunla uzun süre boyunca küs kalacağımızdan emin de olsam, yatmak üzere yukarı çıktığında onu mutlaka öpecektim. Kaygılarımın sona ermesinin yarattığı huzur kadar, bekleyiş de, tehlike arzusu ve korkusu da, olağanüstü bir coşku veriyordu bana. Gürültü etmeden pencereyi açıp yatağımın ayakucuna oturdum; aşağıdan beni işitmesinler diye neredeyse kıpırdamıyordum. Dışarıda da her şey, ay ışığını bulandırmamak için sessiz bir dikkat içinde donup kalmıştı adeta; ay bütün nesnelerin önüne yansıttığı, nesnenin kendisinden daha yoğun, daha somut bir akisle her birini ikizleştirip geriye itmiş, tıpkı daha önce katlanmış olan bir haritayı açar gibi, manzarayı aynı anda hem inceltmiş, hem de büyütmüştü. Kıpırdaması gereken şeyler, tek tük kestane yaprakları, kıpırdıyordu. Ama her yaprağın en ufak ayrıntılarla, en ince ürpertilerle titizlikle tamamlanan, eksiksiz titreyişi, diğerlerine bulaşmadan, onlarla bütünleşmeden sınırlı kalıyordu. Hiçbir sesi yutmayan bu sessizliğin üzerine yayılan, en uzaklardan, muhtemelen kentin öbür ucundaki bahçelerden gelen sesler bile, öyle bir "mükemmeliyet"le, en ince ayrıntılarına kadar algılanıyordu ki, uzaktan geliyormuş hissini vermeleri, sanki sadece *pianissimo* olmalarından kaynaklanıyordu; Konservatuvar orkestrasının kusursuz biçimde, surdinlerle icra ettiği ezgiler de, tek nota bile kaçırılmadığı halde, konser salonunun çok uzağından geliyormuş izlenimini uyandırır ve bütün yaşlı dinleyiciler –Swann biletlerini kendilerine verdiği zamanlar büyükannemin kız kardeşleri de– henüz Trévise Sokağı'nı dönmemiş olan bir ordunun ilerleyişini uzaktan dinlercesine kulak kabartırlardı.

Kendi kendime yarattığım durumun annemle babamın tepkileri açısından, benim için mümkün olan en ağır sonuçlara yol açabileceğini, bir yabancının tahmin edemeyeceği, ancak gerçekten yüz kızartıcı suçların sonucu olabileceğini düşündüğü türden ve o ciddiyette sonuçlar doğurabileceğini biliyordum. Ne var ki, bana verilen eğitimde, kabahatlerin sıralaması diğer çocukların eğitiminde olduğundan farklıydı; bana (herhalde bu kadar özenle uzak tutulmam gereken bir başka kabahat olmadığından) özellikle kaçınmam gereken şeyin ortak özelliklerini, yani sinirsel bir güdüye boyun eğmekten kaynaklandıklarını şimdi anladığım kabahatler olduğu öğretilmişti. Ama o sırada sinirsel kelimesi telaffuz edilmez, bana, yenik düşmemin bağışlanabilir, hatta karşı koymamın imkânsız olduğunu düşündürebilecek bu sebep, açıkça belirtilmezdi. Yine de ben bu kabahatleri öncesinde yaşadığım yürek daralmasından ve ardından gelen cezadan gayet iyi tanırdım; o anda işlediğim kabahatin de daha önce sertçe cezalandırılmamla sonuçlanan başka kabahatlerle aynı cinsten, üstelik çok daha ağır olduğunu biliyordum. Annem yatmak için yukarıya çıkarken yoluna dikildiğimde, benim kendisine koridorda tekrar iyi geceler dilemek üzere uyumayıp beklediğimi görünce, beni artık evde tutmayacaklar, ertesi gün yatılı okula vereceklerdi, bundan hiç kuşkum yoktu. Ne yapalım! Beş dakika sonra kendimi pencereden aşağı atmam gerekse de, umurumda değildi. O anda istediğim, annemdi, ona iyi geceler dilemekti; bu arzuyu gerçekleştirme yolunda, geri dönemeyecek kadar ilerlemiştim artık.

Swann'ı geçirmekte olan annemle babamın ayak seslerini işittim; kapının çıngırağı Swann'ın gittiğini haber verince, pencereye yaklaştım. Annem babama ıstakozu beğenip beğenmediğini, M. Swann'ın kahveli ve şamfıstıklı dondurmadan biraz daha alıp almadığını soruyordu. "Ben dondurmayı pek yavan buldum" dedi annem, "bir dahaki sefere başka bir çeşidini denesek iyi olacak galiba." "Swann'ı ne kadar değişmiş bulduğumu anlatamam" dedi büyükhalam, "enikonu yaşlanmış!" Büyükhalam Swann'ı hep bir yeniyetme olarak görmeye alıştığından, onu birdenbire kendisine yakıştırmaya devam ettiği yaştaki kadar genç bulmayınca şaşırmıştı. Zaten annemle babam da, Swann'ı yarını olmayan, günleri hep boş geçen, dakikalar sabahtan itibaren üst üste yığılıp çocuklara bölünmediği için diğer insanlara oranla daha uzun günler geçiren bütün bekârlar gibi, anormal, aşırı, utanç verici ve hak edilmiş biçimde yaşlanmış bulmaya başlamışlardı. "Sanıyorum herkesin gözü önünde Monsieur de Charlus diye bir adamla birlikte yaşayan o rezil karısı Swann'ı çok üzüyor. Bütün Combray bunu konuşuyor." Annem, buna rağmen Swann'ın bir süredir eskisi kadar kederli görünmediğini söyledi. "Babasından aynen aldığı o gözlerini ovuşturup eliyle alnını sıvazlama hareketini de daha seyrek yapıyor. Ben aslında o kadını artık sevmediğini düşünüyorum." "Tabii ki artık sevmiyor" diye cevap verdi büyükbabam. "Kendisinden uzun zaman önce bu konuda bir mektup aldım; söylediklerine katiyen katılmasam da, mektup karısına ilişkin hisleri, en azından sevgisi konusunda şüpheye yer bırakmıyordu. Gördünüz mü, şarap için teşekkür etmediniz kendisine!" diye ekledi baldızlarına dönerek. "Nasıl teşekkür etmedik? Laf aramızda, bence oldukça incelikli bir biçimde teşekkürlerimi bildirdim" diye cevap verdi Flora Teyzem. "Evet, çok güzel ifade ettin; seni çok takdir ettim" dedi Céline Teyzem. "Sen de hiç fena sayılmazdın." "Evet, nazik komşulara ilişkin cümlemle epey gurur duydum." "Ne! Siz buna teşekkür etmek mi diyorsunuz?" diye haykırdı büyükbabam. "Söylediklerinizi duydum pekâlâ, ama Swann'dan bahsettiğiniz aklımdan geçtiyse kör olayım. Hiçbir şey anlamadığından emin olabilirsiniz." "Yok canım, Swann aptal bir insan değil, takdirle karşıladığından eminim. Kaç şişe gönderdiğini, şarabın fiyatını belirtemezdim ya!" Annemle babam yalnız kalınca biraz oturdular; sonra babam, "Eh, istersen yukarı çıkıp yatalım" dedi. "Nasıl istersen canım, gerçi benim hiç mi hiç uykum yok; oysa kahveli dondurma uykumu kaçıramayacak kadar hafifti; neyse, mutfakta ışık yandığını fark ettim, zavallı Françoise beni beklediğine göre, sen soyunurken rica edeyim de korsemi çözsün." Ardından annem, holü merdivenden ayıran kafesli kapıyı açtı. Az sonra, odasının penceresini kapatmak üzere yukarı çıktığını işittim. Sessizce koridora çıktım; kalbim o kadar hızlı çarpıyordu ki, adım atmakta güçlük çekiyordum, ama hiç değilse artık sıkıntıdan değil, korkudan ve mutluluktan çarpıyordu. Merdiven boşluğunda, annemin elindeki mumdan yayılan ışığı gördüm. Sonra kendisini gördüm ve fırladım. İlk anda, ne olduğunu anlayamayarak şaşkınlık içinde baktı bana. Ardından, yüzünde bir öfke ifadesi belirdi; tek kelime olsun söylemiyordu, zaten bundan çok daha küçük kabahatler işlediğimde bile, günlerce benimle konuşulmazdı. Annem bir şey söylese, benimle konuşulabileceğini kabul etmiş olurdu; kaldı ki böyle bir şey bana daha da korkunç gelir, benim için düşünülen cezanın ağırlığı yanında, suskunluğun, küslüğün çocukça kalacağını belirten bir işaret gibi algılardım sözlerini. Annemin söyleyeceği bir tek söz, kovulmasına karar verilmiş bir hizmetkârla konuşurken sergilenen sükûnete, askere gönderilen bir evlada, iki gün küs kalınacak olsa kendisinden esirgenecek bir öpücüğü vermeye benzerdi. Ama o sırada annem, babamın soyunmak üzere gittiği banyodan çıktığını duydu ve babamın azarından beni korumak için, öfkesinden kesik kesik konuşarak, "Kaç çabuk, koş, hiç değilse baban böye deliler gibi beklediğini görmesin!" dedi. Ben hâlâ, "Gel bana iyi geceler dile" diye tekrarlıyor, babamın elindeki mumun ışığının duvarda yükselmekte olduğunu görüp dehşete kapılıyor, ama bir yandan da, babamın yaklaşmasını bir tehdit olarak kullanıyor, annemin reddetmeye devam ederse, babamın beni orada bulmasından korkarak, "Odana gir, geliyorum" diyeceğini umuyordum. Ama artık çok geçti, babam karşımızda duruyordu. İstemeyerek, kimsenin duymadığı şu mırıltı çıktı ağzımdan: "Mahvoldum!"

Fakat öyle olmadı. Babam, "ilkeler"e aldırmadığı ve onun gözünde "insan hakları" diye bir şey olmadığı için, annemle büyükannem tarafından bahşedilen daha cömertçe anlaşmalarla bana verilmiş olan izinleri sürekli kaldırırdı. Sıradan bir sebeple, hatta sebepsiz yere, alışkanlık haline gelmiş, mahrum edilmemin artık ihanet sayılacağı bir gezintiyi son dakikada yasaklar veya o gece de yaptığı gibi, alışılmış saatten çok daha önce, "Hadi git yat, tartışma istemiyorum!" derdi. Ama aynı zamanda, (büyükannemin kullandığı anlamda) ilkeleri olmadığı için, açıkçası, taviz vermeyen bir insan da değildi. Bir an şaşkın ve öfkeli bir ifadeyle bana baktı, sonra, annem çekinerek olanları kısaca anlatınca, hemen, "Canım, yanına gitsene çocuğun" dedi; "zaten uykun olmadığını söylüyordun, biraz odasında oturursun, benim hiçbir şeye ihtiyacım yok." "Ama hayatım" diye cevap verdi annem utana sıkıla, "uykum olup olmaması değil ki mesele, bu çocuğu böyle alıştırırsak..." "Alıştıracak değiliz canım" dedi babam omuz silkerek, "görüyorsun çocuk üzülmüş, perişan görünüyor yavrucak; biz de işkenceci değiliz ya! Çocuk hastalansa daha mı iyi? Odasında iki yatak var nasılsa, Françoise'a söyle, sana büyük yatağı hazırlasın, bu gece onun yanında yat. Hadi iyi geceler, benim sinirlerim sizin kadar hassas değil, ben yatıyorum."

Babama teşekkür edilemezdi; gülünç duyarlılıklar diye adlandırdığı bu tür davranışlar sinirine dokunurdu. Kıpırdamaya cesaret edemeden olduğum yerde duruyordum; babam hâlâ iri cüssesiyle karşımızdaydı; beyaz geceliği ve baş ağrısı çekmeye başladığından beri geceleri kafasına doladığı morlu pembeli Hint kaşmiriyle, M. Swann'ın bana verdiği Benozzo Gozzoli gravüründe Sara'ya İshak'ın yanından ayrılması gerektiğini söyleyen Hz. İbrahim'i andırıyordu. Bu olayın üzerinden yıllar geçti. Babamın mumundan yayılan ışığın tırmanışını izlediğim merdiven duvarı uzun zamandır yok. Benim içimde de, daima var olacağını zannettiğim birçok şey yok oldu, onların yerini alan yenileri ise, o sırada tahmin edemeyeceğim yeni üzüntülere ve yeni mutluluklara yol açtılar; buna karşılık, eski üzüntülerimi ve mutluluklarımı da şimdi anlamakta güçlük çekiyorum. Babamın, anneme, "Çocuğun yanına git" demesi de uzun zamandır imkânsız. Böyle anları bir daha asla yaşayamayacağım. Ama kısa bir süredir, kulak kabarttığım takdirde, babamın karşısında bastırmayı başardığım ve ancak annemle yalnız kaldığımızda koyverdiğim hıçkırıkları gayet iyi duyabiliyorum yine. Aslında o hıçkırıklar hiç sona ermedi; şimdi etrafımda hayat daha suskun olduğu için onları tekrar duyar oldum; tıpkı gündüzleri şehrin gürültüsü tamamen bastırdığı için çalmadıklarını zannedebileceğimiz manastır çanlarının gecenin sessizliğinde tekrar çalmaya koyulmaları gibi.

Annem o geceyi benim odamda geçirdi; evden ayrılmak zorunda bırakılmayı bekleyecek kadar ciddi bir kabahat işlediğim anda, annemle babam, o güne dek güzel davranışlarıma karşılık verdikleri mükâfatlardan çok daha büyük bir lütuf bağışlıyorlardı bana. Böyle bir lütufta bulunurken bile, babamın bana davranışı, önceden tasarlanmış bir plandan ziyade tesadüfi kararların sonucu olan, kendine özgü keyfi özelliğini koruyordu, kazanılmış bir hak değildi. Hatta belki babamın beni yatmaya gönderirkenki, sertlik adını verdiğim tavrı da, annemin veya büyükannemin tutumları kadar layık değildi bu adlandırmaya, çünkü mizacı bazı bakımlardan annemle büyükanneme oranla benimkinden çok daha farklı olan babam, onların çok iyi bildiği bir şeyi, her akşam ne kadar bedbaht olduğumu o güne kadar tahmin edememişti; ne var ki, annemle büyükannem beni çok sevdiklerinden ıstıraptan korumaya çalışmıyorlar, sinirsel hassasiyetimi azaltabilmem ve irademi güçlendirebilmem için, ızdırabımın üstesinden gelmeyi öğretmek istiyorlardı bana. Bana daha farklı türden bir şefkat besleyen babam buna cesaret edebilir miydi bilmem; kederimi bu sefer anlamış, o zaman da anneme, "Git çocuğu avut" demişti. Annem o gece benim odamda kaldı ve sanki bekleyebileceğimden çok farklı olan bu saatleri bir pişmanlıkla gölgelememek için, annemin benim yanımda oturduğunu, elimi tuttuğunu ve azarlamadan ağlamama izin verdiğini görüp olağandışı bir şeyler olduğunu anlayan Françoise, kendisine, "Hanımefendi, küçük beyin nesi var, niye böyle ağlıyor?" diye sorduğunda, "Kendi de bilmiyor ki Françoise, sinirleri bozuk; hadi bana büyük yatağı hazırlayıverin, sonra da yatmaya çıkın" diye cevap verdi. Böylece, kederim ilk kez cezalandırılması gereken bir kabahat değil, resmen tanınan iradedışı bir rahatsızlık, benim sorumlu olmadığım sinirsel bir durum olarak görülüyordu; acı gözyaşlarımdan artık utanmamanın rahatlığını tadıyordum, vicdan azabı duymadan ağlayabilirdim. Annem odama çıkmayı reddedip uyumam gerektiğine dair küçümser bir cevap gönderdikten bir saat sonra, meselenin Françoise nezdinde de bana yetişkin bir insan onuru bağışlayan ve beni aniden adeta bir keder büluğuna, gözyaşlarının rüştüne ulaştıran, insani bir boyuta kavuşmuş olmasından ötürü, epeyce gurur duyuyordum doğrusu. Mutlu olmam gerekirdi; değildim. Bana öyle geliyordu ki, annem, ilk kez, muhtemelen kendisini üzen bir taviz vermişti bana, benim için tasarladığı idealden ilk kez feragat etmişti ve bütün yürekliliğine rağmen yenildiğini kendine ilk kez itiraf ediyordu. Bana öyle geliyordu ki, eğer buna zafer kazanmak denebilirse, bu zaferi anneme karşı kazanmış, tıpkı bir hastalık gibi, üzüntü ya da yaşlılık gibi, annemin iradesini gevşetmeyi başarmış, zihnine boyun eğdirmiştim; bu gece, yeni bir dönemin başlangıcı olacak, acıklı bir tarih olarak kalacaktı. O anda cesaretim olsaydı, anneme, "Hayır istemiyorum, burada yatma" derdim. Ama annemin mizacında, büyükannemden kendisine geçen hararetli idealizmi yumuşatan pratik, günümüzün ifadesiyle gerçekçi bilgeliği iyi tanıdığımdan, artık olan olduğuna göre, hiç değilse bu huzur verici zevki bana tattırmayı ve babamı rahatsız etmemeyi tercih edeceğini biliyordum. Şüphesiz annemin güzel yüzü, şefkatle ellerimi tuttuğu, gözyaşlarımı dindirmeye çalıştığı o gece, hâlâ gençliğin ışıltısıyla parlıyordu; ama ben böyle olmaması gerektiğini düşünüyordum, annem kızsa, öfkesi çocukluğumda alışık olmadığım bu yeni şefkat kadar üzücü olmazdı benim için; inançsız elimle annemin ruhuna gizlice ilk kırışıklığı, ilk beyaz saçı yerleştirmişim gibi geliyordu bana. Bunu düşününce hıçkırıklarım iyice arttı ve o zaman, karşımda asla acıma duygusuna kendini bırakmayan annemin benim kederime ansızın yenildiğini, gözyaşlarını tutmaya çabaladığını gördüm. Benim bunu fark ettiğimi anlayınca, gülerek, "Gördün mü minik civcivim, küçük kanaryam, böyle devam edersen anneni de kendin gibi aptala döndüreceksin. Hadi, madem ikimizin de uykusu yok, böyle üzülüp duracağımıza bir şey yapalım, senin şu kitaplarından birini okuyalım" dedi. Ama yanımda hiç kitap yoktu. "Büyükannenin isim günün için sana aldığı kitapları şimdi çıkarmamı ister misin? İyi düşün, yarından sonra hediye almadım diye üzülmeyecek misin?" Aksine çok memnun olmuştum; annemin getirdiği, kâğıda sarılı paketteki kitapların sadece kısa ve geniş olduklarını tahmin edebiliyordum, ama bu bir anlık, örtülü ilk bakışta bile, yılbaşı hediyesi olan boya kutusuyla geçen yılki ipekböceklerini gölgede bırakacakları belliydi. Kitaplar, *Şeytanlı Göl, Tarla Çocuğu François, Küçük Fadette* ve *Usta Gaydacılar*'dı. Daha sonra öğrendiğime göre, büyükannem önce Musset'nin şiirlerini, Rousseau'nun bir kitabını ve *Indiana*'yı seçmiş; değersiz kitapları şeker ve pasta kadar sağlığa zararlı bulan büyükannem, deha ürünlerinin bir çocuğun zihni üzerindeki etkisinin açık havayla deniz rüzgârının çocuğun bedeni üzerindeki etkisinden daha tehlikeli olacağını düşünmez, en az o kadar diriltici olacağına inanırdı. Ama babam bana hangi kitapları hediye etmek istediğini öğrendiğinde büyükanneme neredeyse deli muamelesi yapınca, o da, hediyesiz kalmayayım diye, kalkıp tekrar Jouy-le-Vicomte'taki kitapçıya gitmiş (o gün hava çok sıcak olduğundan, döndüğünde o kadar perişanmış ki, doktor anneme büyükannemin böyle yorulmasına izin vermemesini tembih etmiş) ve George Sand'ın dört köy romanıyla yetinmiş. "Yavrucuğum" diyormuş anneme, "çocuğa kötü bir kitap hediye etmeye gönlüm razı olmadı."

Aslında büyükannemin gönlü zihinsel bir yarar sağlamayacak olan herhangi bir şeyi satın almaya asla razı olmazdı; özellikle de, rahatlığın ve gururun tatminlerinden başka şeylerden haz almayı öğreten güzel şeylerin sağladığı yarara değer verirdi. Birisine faydalı denilen türde bir hediye, bir koltuk, bir sofra takımı, bir baston alması gerektiğinde bile, bunların "antika" olanını seçerdi; eşyaların eskimişliği yararlı olma özelliklerini onun gözünde adeta siler, bizim ihtiyaçlarımızı karşılamaktan çok, eski zaman insanlarının hayatını bize aktarma işlevini yüklenirlerdi sanki. Benim odamda en güzel sanat eserlerinin, manzaraların fotoğrafları olsun isterdi.

Ama bunları satın almaya geldiğinde, fotoğrafta görülen şey estetik bir değere sahip olduğu halde, fotoğraf denilen mekanik tasvirde bayağılığın ve faydanın hemen hâkimiyet kurduğu kanısına varırdı. Bu yüzden de kurnazlık etmeye çalışır, ticari bayağılığı tamamen ortadan kaldıramasa da, hiç değilse azaltmaya, onun yerine sanat katkısını mümkün mertebe artırmaya, adeta çok sayıda sanat "katman"ı eklemeye gayret ederdi: Chartres Katedrali'nin, Saint-Cloud Fıskiyeleri'nin, Vezüv'ün fotoğrafları yerine, büyük bir ressamın bunları resmedip etmediğini Swann'dan öğrenip, Corot'nun *Chartres Katedrali*, Hubert Robert'in *Saint-Cloud Fıskiyeleri*, Turner'ın *Vezüv* resimlerinin fotoğraflarını almayı tercih eder, böylece sanat oranını artırırdı. Ne var ki, fotoğrafçı sanat eserinin veya tabiatın tasvirinin dışında tutulup onun yerine büyük bir ressam konmuş olsa da, bu yorumun kopyasını çıkarmak, yine fotoğrafçıya düşüyordu. Bayağılıkla yüz yüze gelen büyükannem, dolan vadeyi uzatmaya çalışıyordu tekrar. Swann'a eserin bir gravürünün bulunup bulunmadığını soruyor, mümkünse eski ve kendinin dışında, ek bir yararı olabilecek, örneğin bir sanat eserini şimdi göremeyeceğimiz bir durumda betimleyen (Leonardo'nun *Son Akşam Yemeği*'nin zarar görmeden önceki halinin Morghen tarafından yapılmış gravürü gibi) gravürleri tercih ediyordu. Şunu belirtmem gerekir ki, hediye alma sanatının bu şekilde yorumlanması her zaman parlak sonuçlar vermiyordu. Tiziano'nun fonda lagünün yer aldığı bir deseninden edindiğim Venedik fikri, basit fotoğraflardan edineceğim izlenime kıyasla gerçeğe çok daha uzaktı kuşkusuz. Büyükhalam büyükannem aleyhinde bir iddianame tertip etmek istediğinde, büyükannemin genç nişanlılara ya da yaşlı çiftlere hediye ettiği, daha ilk kullanma teşebbüsünde eşlerden birinin ağırlığı altında çöküveren koltukların hesabını tutamıyorduk artık. Ne var ki büyükannem geçmişten bir çiçekçiğin, bir tebessümün, bazen güzel bir hayalin hâlâ görülebildiği bir ahşabın sağlamlığıyla ilgilenmeyi çapsızlık olarak değerlendirirdi. Eşyaların bir ihtiyacı karşılayan unsurlarını bile, bu işlevi artık alışık olmadığımız bir şekilde yerine getirmelerinden ötürü, tıpkı modern dilde, alışkanlığın aşındırdığı istiareleri fark edebildiğimiz eski ifadeler gibi büyüleyici bulurdu. İşte isim günüm için bana hediye ettiği George Sand'ın köy romanları da, antika bir mobilya gibi, artık sadece köylerde karşımıza çıkan, kullanımdan kalkmış, tekrar eski renkliliklerine kavuşmuş ifadelerle doluydu. Büyükannem, bir mülkü eğer Gotik bir güvercinliği varsa veya insanın zihnini zamanda imkânsız yolculukların özlemiyle doldurarak üzerinde olumlu bir etki yaratan eski şeylerden bir başkasına sahipse kiralamaya daha hevesli olacağı gibi, bu kitapları da diğer seçeneklere tercih etmişti.

Annem yatağımın yanına oturdu; eline kırmızımsı kapağı ve anlaşılmaz ismiyle gözümde belirgin bir şahsiyet ve esrarengiz bir cazibe kazanan *Tarla Çocuğu François*'yı almıştı. O güne kadar gerçek bir roman okumamıştım. George Sand'ın tipik bir romancı olduğunu duymuştum. Bu yüzden de, *Tarla Çocuğu François*'da tanımlanmaz, harikulade bir şeyler bulmaya şimdiden hazırdım. Biraz tahsilli bir okurun, birçok romanın ortak özellikleri olarak tanıyacağı, merak ya da merhamet uyandırmayı amaçlayan anlatım yöntemleri, endişe veya hüzün uyandıran kimi ifade biçimleri, –yeni bir kitabı, birçok benzeri bulunan bir şey gibi değil, kendinden başka varoluş nedeni olmayan, benzersiz bir insan gibi algılayan– bana, *Tarla Çocuğu François*'nın özünden damıtılmış, baş döndürücü bir koku gibi geliyordu. O gündelik olayların, sıradan nesnelerin, alışılmış kelimelerin altında, adeta tuhaf bir tonlama, vurgulama seziyordum. Olay gelişmeye başladığında, o sıralar kitap okurken bazen sayfalar boyunca bambaşka hayaller kurmaya daldığımdan, iyice anlaşılmaz geldi bana. Benim dalgınlığımın olayın akışında açtığı boşluklara kitabı annem yüksek sesle okuduğunda bir de onun bütün aşk sahnelerini atlaması ekleniyordu. Bu yüzden de, değirmencinin karısıyla çocuğun birbirlerine karşı tutumlarında ortaya çıkan ve ancak doğmakta olan aşktaki gelişmelerle açıklanabilen garip değişiklikler bana müthiş esrarengiz geliyor, bu esrarın kaynağının tanımladığı çocuğu nedenini anlayamadığım bir şekilde, canlı, kızıl, büyüleyici rengiyle sarmalayan, o anlaşılmaz, tatlı "Tarla Çocuğu" sıfatında bulunduğuna hükmediyordum. Annem sadık bir okuyucu değildi, ama öte yandan da, içinde gerçek duygular bulduğu eserleri okurken, saygılı ve sade vurgularıyla, o güzel, yumuşak sesiyle harika bir okuyucuydu. Hayatta kendisinde böyle bir merhameti ya da takdiri sanat eserleri değil de, insanlar uyandırdığında bile, sesinde, davranışında, sözlerinde, bir zamanlar çocuğunu kaybetmiş bir anneyi üzebilecek bir neşe tezahürü, bir ihtiyara yaşını düşündürebilecek bir doğum günü, yıldönümü anıştırması, genç bir bilgine can sıkıcı gelebilecek ev işleri konularını bulundurmamaya nasıl bir saygıyla özen gösterdiğini görmek, insanı duygulandırırdı. Aynı şekilde, George Sand'ın –annemin hayatta her şeyin üstünde tutmayı büyükannemden öğrendiği ve benim neden sonra, kendisine kitaplarda da her şeyin üstünde tutmamayı öğreteceğim– o iyi yüreklilikle, manevi asaletle dolu olan romanlarını okurken de, annem, o güçlü akışı bozabilecek her türlü bayağılığı, yapmacıklığı sesinden uzak tutmaya dikkat ederek, adeta onun sesi için yazılmış olan ve sanki bir bütün olarak duyarlılığının kapsamı içinde yer alan cümlelere gerektirdikleri bütün doğal sevecenliği, sınırsız yumuşaklığı katardı. Cümleleri gereken tonda seslendirmek için, onlardan önce var olan ve onları esinleyen, ama kelimelerin belirtmediği samimi vurguyu bulurdu; bu vurgu sayesinde, fiil zamanlarındaki çiğlikleri yumuşatıverir, hikâye bileşik zamanına ve -di'li geçmişe iyi yürekliliğin yumuşaklığını, şefkatin hüznünü katar, bitmekte olan cümleyi başlayacak olan cümleye doğru yönlendirir, sayıları farklı olsa da, heceleri düzenli bir ritme sokmak için hızını kâh artırır kâh düşürür, o sıradan metne adeta duygusal ve kesintisiz bir canlılık verirdi.

Vicdan azabım yatışmıştı, annemin yanımda olduğu o gecenin tatlı akışına bırakmıştım kendimi. Böyle bir gecenin bir daha tekrarlanamayacağını, hayattaki en büyük arzumun, yani gecenin hüzünlü saatlerinde annemi odamda tutmanın hayatın zorunluluklarına ve herkesin isteğine zıt olduğunu ve bu yüzden de, bu arzumun o gece gerçekleşmesine izin verilmesinin suni ve istisnai bir durum teşkil ettiğini biliyordum. Ertesi gün yüreğim yine daralacak, annem yanımda kalmayacaktı. Ne var ki sıkıntılarım hafiflediğinde onları anlamaz oluyordum; üstelik ertesi akşam henüz çok uzaktaydı; sıkıntılarım benim irademden bağımsız ve sadece onları benden şimdilik ayıran zaman yüzünden önlenebilirmiş gibi gelen şeylerden kaynaklandığına göre, aradaki süre içinde fazladan bir güç kazanamayacağım halde, hazırlık yapmaya vaktim olacağını düşünüyordum.

İşte, uzun zaman boyunca, geceleri uyanıp tekrar tekrar Combray'yi hatırladığımda, sadece belirsiz bir karanlığın ortasında, bir havai fişeğin ya da projektörün geri kalanı karanlığa gömülmüş olan bir binada aydınlattığı kesitleri andıran ışıklı bir yüzey görürdüm hep:

Küçük salon, yemek odası, kederlerimin habersiz sorumlusu M. Swann'ın içinden geçip geleceği karanlık ağaçlı yolun başı ve holden oluşan, oldukça geniş bir taban, holü geçip ilk basamağına ulaştığım, çıkması bir işkence olan ve tek başına bu eğri büğrü piramidin son derece dar gövdesini oluşturan merdiven; piramidin tepesinde de, annemin geçtiği, camlı kapılı küçük koridorla benim yatak odam; özetle, soyunma dramımın hep aynı saatte görülen, etrafındaki her şeyden tecrit edilmiş, karanlıkta tek başına beliren (eski piyeslerin en başında, taşra gösterileri için tarif edilen dekoru andıran), vazgeçilmez dekoru; adeta Combray dar bir merdivenle birbirine bağlanan iki kattan oluşmuş ve saat hep akşamın yedisiymiş gibi. Aslında sorulacak olsa, Combray'de başka şeyler de bulunduğunu, Combray'nin başka saatlerde de var olduğunu söylerdim. Ama bunlardan hatırlayacaklarımı bana sadece iradi hafıza, zihinsel hafıza sağlayacağı ve onun geçmişe ait bilgileri geçmişten hiçbir şey barındırmadığı için, Combray'nin geri kalanını düşünmeyi canım hiçbir zaman istemezdi. Onların hepsi aslında benim için ölmüş sayılırdı.

Sonsuza dek ölmüşler miydi? Mümkündür.

Bütün bu meselelerde tesadüfün büyük rolü vardır ve ikinci bir tesadüf olan ölümümüz de, ilk tesadüfün lütuflarını uzun müddet beklememize izin vermez.

Kaybettiğimiz kişilerin ruhlarının, daha ilkel bir varlığın, bir hayvanın, bitkinin veya cansız nesnenin içinde tutsak olduğu yolundaki Kelt inancını çok makul bulurum; bu ruhları gerçekten de kaybetmişizdir, ta ki, birçokları için hiç yaşanmayan bir gün, ruhun hapsolduğu ağacın yanından geçinceye, ruhu barındıran nesneyi tesadüfen ele geçirinceye kadar. O zaman ruh irkilip ürperir, bizi çağırır ve onu tanıdığımız anda büyü bozulur. Bizim tarafımızdan kurtarılan ruh ölümü yener ve bizimle birlikte yaşamaya başlar tekrar.

Geçmişimiz için de aynı şey geçerlidir. Geçmişi hatırlama gayretimiz nafile, zihnimizin bütün çabaları boşunadır. Geçmiş zihnin hâkimiyet alanının, kavrayış gücünün dışında bir yerde, hiç ihtimal vermediğimiz bir nesnenin (bu nesnenin bize yaşatacağı duygunun) içinde gizlidir. Bu nesneye ölmeden önce rastlayıp rastlamamamız ise tesadüfe bağlıdır.

Uzun yıllardır, akşamları yatışımın tiyatrosu, dramı dışında Combray'ye ait her şey benim için yok olmuşken, bir kış günü eve döndüğümde, üşümüş olduğumu gören annem, alışkın olmadığım halde, biraz çay içmemi önerdi. Önce istemedim, sonra, bilmem neden, fikir değiştirdim. Annem birini gönderip, Küçük Madlen denilen, bir tarak midyesinin oluklu çenetleri arasında biçimlendirilmiş gibi görünen o kısa, tombul keklerden aldırdı. Az sonra, o kasvetli günün ve iç karartıcı bir yarının beklentisiyle bunalmış bir halde, yaptığım şeye dikkat etmeden, yumuşasın diye içine bir parça madlen attığım çaydan bir kaşık alıp ağzıma götürdüm. Ama içinde kek kırıntıları bulunan çay damağıma değdiği anda irkilerek, içimde olup biten olağanüstü şeye dikkat kesildim. Sebebi hakkında en ufak bir fikre bile sahip olmadığım, harikulade bir haz benliğimi sarıp soyutlamıştı. Bir anda hayatın dertlerini önemsiz, felaketlerini zararsız, kısalığını boş kılmış, aşkla aynı yöntemi izleyerek, benliğimi değerli bir özle doldurmuştu; daha doğrusu, bu öz benliğimde değildi, benliğimin ta kendisiydi. Kendimi vasat, sıradan ve ölümlü hissetmiyordum artık. Bu yoğun mutluluk nereden gelmiş olabilirdi bana? Çayın ve kekin tadıyla bir bağlantısı olduğunu, ama onu kat kat aştığını, farklı bir niteliği olması gerektiğini seziyordum. Nereden geliyordu? Anlamı neydi? Nerede yakalanabilirdi? İkinci bir yudum alıyorum, ilk yudumdan fazlasını bulamıyorum, üçüncü yudumda, ikincide bulduğum kadarı da yok. İçmeye son vermem gerek, iksirin etkisi azalıyor sanki. Aradığım gerçeğin onda değil, bende olduğu belli. İksir onu benim içimde uyandırdı, ama onu tanımıyor, yapabileceği tek şey, benim yorumlayamadığım bu tanıklığı giderek azalan bir şiddette tekrarlayıp durmak; daha sonra, kesin bir açıklama elde etmek üzere, en azından bu tanıklığı tekrar, bozulmamış haliyle emrimde bulmak istiyorum. Fincanı elimden bırakıp dikkatimi zihnime çeviriyorum. Gerçeği bulmak ona düşüyor. Ama nasıl? Zihnin kendi kendini aştığı, hem araştırıcı, hem de arayacağı karanlık diyarın tamamı olduğu ve bilgi dağarcığının hiçbir işine yaramayacağı durumlarda hep hissedilen o muazzam belirsizlik. Mesele yalnız aramak da değil, yaratmak. Henüz var olmayan ve sadece kendisinin gerçekleştirebileceği, sonra da ışığıyla aydınlatabileceği bir şeyle karşı karşıya zihnim.

Verdiği mutluluğa ve diğer ruh hallerini silen gerçekliğine mantıklı herhangi bir kanıt sunmayan, ama bu mutluluğu ve gerçekliği apaçık ortaya koyan bu bilinmez ruh halinin ne olabileceğini kendi kendime sormaya koyuluyorum yine. Onu tekrar ortaya çıkarmak istiyorum. Zihnimde, çaydan ilk yudumu aldığım âna geri dönüyorum. Aynı ruh halini yeni bir aydınlanma olmadan buluyorum. Zihnimden bir gayret daha göstermesini, kaçan duyguyu geri getirmesini istiyorum. Zihnimin bu duyguyu yakalamak için yapacağı hamleyi hiçbir şey kesmesin diye, bütün engelleri, ilgisiz düşünceleri bir kenara itiyor, kulaklarımı ve dikkatimi yan odadan gelen seslere tıkıyorum. Ama zihnimin yorulup başarısız olduğunu hissedince, tam tersine, az önce yasakladığım şeyi bu sefer teşvik ediyor, onu dağılmaya, başka şeyler düşünmeye, son bir denemeden önce kendini toparlamaya zorluyorum. Sonra bir daha önünü tamamen boşaltıyor, karşısına o ilk yudumun henüz tazeliğini koruyan tadını koyuyorum tekrar ve içimde, çok derinlerde bir şeyin, zincirlerinden kurtulurcasına yerinden oynadığını, yukarı çıkmak istediğini seziyorum; ne olduğunu bilmiyorum ama yavaş yavaş yükseliyor; aştığı mesafelerin mukavemetini hissediyor, uğultusunu işitiyorum.

Benliğimin derinliklerinde böyle çırpınan şey, bu tada bağlı olan, onun peşinden bana gelmeye çalışan bir görüntü, görsel bir hatıra olmalı. Ama çok uzak ve karmakarışık bir çırpınma içinde; çalkalanan renklerin ele geçmez girdabının karıştığı belli belirsiz yansımayı ancak sezer gibi oluyorum; ama şeklini seçemiyor, bu tek tercümandan, akranı, yanından hiç ayrılmadığı yoldaşı olan tadın tanıklığını bana tercüme etmesini isteyemiyor, ona hangi özel durumun, geçmişin hangi döneminin söz konusu olduğunu soramıyorum.

Bu hatıra özdeş bir ânın çekiminin ta uzaklardan gelip benliğimin derinliklerinde kışkırttığı, coşturduğu, deştiği o geçmişteki an bilincimin aydınlık yüzeyine ulaşacak mı? Bilmiyorum. Artık hiçbir şey hissetmiyorum, o durdu, belki tekrar aşağı indi; kim bilir bir daha karanlığının içinden yukarı çıkacak mı? Tekrar baştan başlayıp on kere ona eğilmem gerekiyor. Her defasında da, bizi bütün zor görevlerden, önemli işlerden caydıran tembellik bu çabadan vazgeçmemi, çayımı içip sadece o günkü dertlerimi, ertesi günün zorlanmadan tekrarlanabilen isteklerini düşünmemi öğütledi.

Sonra ansızın o hatıra karşımda beliriverdi. Bu tat, Combray'de pazar sabahları (pazarları Missa saatinden önce evden çıkmadığımdan), Léonie Hala'mın günaydın demeye odasına gittiğimde, çayına ya da ıhlamuruna batırıp bana verdiği bir parça madlenin tadıydı.

Madlenin görüntüsü tatmadan önce bana hiçbir şey hatırlatmamıştı; belki o zamandan beri pastane raflarında sık sık madlenler görüp yemediğimden, görüntüsü Combray günlerinden ayrılıp daha yakın geçmişteki günlere bağlandığı için; belki de bunca zaman hafızanın dışında terk edilmiş olan hatıralardan geriye hiçbir şey kalmadığı, her şey dağıldığı için, şekiller –ağırbaşlı, sofu kıvrımlarının altında müthiş bir şehvet gizleyen küçük pastane midyesinin şekli de– ortadan kalkmış, ya da uyuşukluktan, bilince ulaşmalarını sağlayacak genişleme gücünü bulamamışlardı. Ne var ki, uzak bir geçmişten geriye hiçbir şey kalmadığında, insanlar öldükten, nesneler yok olduktan sonra, bir tek, onlardan daha kırılgan, ama daha uzun ömürlü, daha maddeden yoksun, daha sürekli, daha sadık olan koku ve tat, daha çok uzun bir süre, ruhlar gibi diğer her şeyin yıkıntısı üzerinde hatırlamaya, beklemeye, ummaya, neredeyse elle tutulamayan damlacıklarının üstünde, bükülmeden hatıranın devasa yapısını taşımaya devam ederler.

Halamın ıhlamura batırıp bana verdiği bir parça madlenin tadını tanır tanımaz (bu hatıranın beni niçin bu kadar mutlu ettiğini henüz bilmediğim ve bunu keşfetmeyi çok daha sonraya erteleyeceğim halde), Léonie Hala'mın odasının bulunduğu, sokağa bakan eski gri ev, bir tiyatro dekoru gibi gelip annemler için yapılmış olan, arkadaki bahçeye bakan küçük eve (o âna kadar gördüğüm tek kesite) eklendi; evle birlikte, sabahtan akşama, her mevsimde kent, öğle yemeğinden önce beni gönderdikleri Meydan, alışveriş yaptığım sokaklar ve hava güzel olduğunda yürüdüğümüz yollar da görüntüde yerlerini aldılar. Ve tıpkı Japonların, suyla dolu porselen bir kâseye attıkları silik kâğıt parçalarının suya girer girmez çözülüp şekillenerek, renklenerek belirginlik kazandığı, somut, şüpheye yer bırakmayan birer çiçek, ev, insan olduğu oyunlarındaki gibi, hem bizim bahçedeki, hem M. Swann'ın bahçesindeki bütün çiçekler, Vivonne Nehri'nin nilüferleri, köyün iyi yürekli sakinleri, onların küçük evleri, kilise, bütün Combray ve civarı şekillenip hacim kazandı, bahçeleriyle bütün kent çay fincanımdan dışarı fırladı.

II

Paskalya'dan önceki son hafta Combray'ye gittiğimizde, uzaktan, çepeçevre kırk kilometrelik bir mesafeden, trenden gördüğümüz haliyle Combray kentin tamamını özetleyen, temsil eden, ufka onun adına, onun sözünü eden bir kiliseden ibaretti; yaklaştığımızda da, kilisenin, kırların ortasında, rüzgâra karşı, koyunlarını etrafına toplamış bir çoban misali Ortaçağ'dan kalma sur kalıntılarının yer yer primitiflerin tablolarındaki küçük kasabalar gibi kusursuz bir çemberle kuşattığı evlerin yünsü, gri sırtlarını koyu renkli uzun harmanisinin etrafında sımsıkı bir araya toplamış olduğunu görürdük. Yörenin boz taşından yapılmış, önü merdivenli, kalkan duvarlarının gölgelediği evlerin sıralandığı sokaklar güneş alçalmaya başlar başlamaz "salon" perdelerinin açılmasını gerektirecek kadar karanlık olduğundan, Combray'de yaşamak biraz kasvetliydi; ağırbaşlı aziz isimleri taşıyan sokaklardı bunlar (çoğu, Combray'nin ilk senyörlerinin tarihçesiyle ilgiliydi): Saint-Hilaire Sokağı, halamın evinin bulunduğu Saint-Jacques Sokağı, parmaklıkların önünden geçen Sainte-Hildegarde Sokağı ve bahçenin küçük yan kapısının açıldığı Saint-Esprit Sokağı; Combray'nin bu sokakları, hafızamın o kadar ücra, benim gözümde şu andaki dünyanın renklerinden öyle farklı renklere boyanmış bir bölgesinde bulunuyorlar ki, aslında hem onlara hâkim Meydan'daki kiliseyi, hem de sokakların hepsini sihirli fenerin görüntülerinden daha gerçekdışı buluyorum; öyle anlar oluyor ki, şimdi Saint-Hilaire Sokağı'ndan geçmek, L'Oiseau Sokağı'nda –hava deliklerinden çıkan mutfak kokusu hâlâ ara sıra içimde aynı sıcaklıkta, aynı şekilde kesik kesik yükselen eski L'Oiseau Flesché Oteli'nde– bir oda tutmak, Öbür Dünya'yla, Golo'yla tanışıp Brabant'lı Genoveva'yla sohbet etmekten çok daha harikulade, tabiatüstü bir temas olurmuş gibi geliyor bana.

Büyükbabamın evinde kaldığımız kuzininin –büyükhalamın kızı olan Léonie Halam, kocası Octave Enişte'nin ölümünden sonra, ilk başlarda Combray'den, sonra Combray'deki evinden, ardından odasından, en sonunda da yatağından çıkmaz olmuştu; artık hiç "aşağı inmiyor", sürekli olarak belirsiz bir keder, zafiyet, hastalık, sabit fikir ve ibadet hali içinde yatıyordu. Özel dairesi, çok daha ileride Grand-Pré'ye bağlanan Saint-Jacques Sokağı'na bakardı (buna karşılık, üç sokağın arasındaki Petit-Pré, kentin ortasında bir yeşil alandı); hemen hemen her kapının önünde kumtaşından üç yüksek basamağın bulunduğu bu monoton, boz renkli Saint-Jacques Sokağı, Gotik tasvirler yontan birinin İsa'nın doğumunun veya çarmıha gerilişinin heykelini yapabileceği taşa doğrudan oymuş olduğu bir geçit alayı gibiydi. Aslında halam artık evinin sadece birbirine bitişik iki odasında yaşıyor, öğleden sonraları, odalardan biri havalandırılırken ötekine geçiyordu. Bunlar, –tıpkı bazı yerlerde, havanın ya da denizin geniş alanlarında, bizim göremediğimiz sayısız tekhücreli hayvanın bir ışık, bir koku yayması gibi– havada asılı duran faziletin, bilgeliğin, alışkanlıkların ve gizli, görünmez, dolu dolu, ahlaklı bir hayatın yaydığı bin bir kokuyla bizi büyüleyen taşra odalarındandılar; şüphesiz doğal kokulardı bunlar ve tıpkı yakındaki kırlar gibi mevsimin rengini taşırlardı, ama evcilleşmiş, insani ve içeriye ait, meyve bahçesinden dolaba giren yılın bütün meyvelerinden ustalıkla damıtılmış, harikulade, duru bir karışım oluştururlardı, mevsimlerle değişirlerdi, ama birer mobilya gibi eve yerleşirler, kırağının keskinliğini sıcak ekmeğin hoşluğuyla yumuşatırlardı; bir köy saati gibi aylak ve dakik, işsiz güçsüz ve düzenli, tasasız ve ihtiyatlıydılar, çamaşır kokusu, sabah vaktinin kokusu, ibadetin kokusuydular, kaygıyı artırmaktan başka işe yaramayan bir huzurda ve içinde yaşamadan geçip gidenler için sınırsız bir şiir kaynağı olan bir yavanlıkta mutluluğu bulmuşlardı. Bu odaların havası, öylesine besleyici, öylesine leziz, süzülmüş bir sessizlikle dolup taşardı ki, ben özellikle Paskalya haftasının hâlâ soğuk olan ilk sabahlarında, Combray'ye yeni geldiğim için tadına daha çok vardığım bu havanın içinde, adeta bir oburlukla yürürdüm; halama günaydın demek üzere odasına girmeden önce, beni birkaç dakika ilk odada bekletirlerdi; bu odada kıştan kalma bir güneş şöminenin önüne, ısınmaya gelmiş olur, iki tuğlanın arasında erkenden yakılmış olan ateş bütün odaya bir is kokusu yayar, odayı köylerdeki geniş "ocak önleri"ne veya insanın altında durup dışarıda yağmurun, karın yağmasını, hatta içeri kapanmanın rahatlığına gemilerin kışın limanlarda barınmalarının şiirselliği de eklensin diye, bir sel felaketinin baş göstermesini istediği, şatolardaki dev davlumbazlara benzetirdi; dua iskemlesiyle baş dayayacak yerlerinde daima tığ işi örtüler bulunan desenli kadife koltuklar arasında gidip gelirdim; sabahın nemli ve güneşli serinliğiyle mayalanıp "kabarmış" olan ve odanın havasını adeta pıhtılaştıran iştah açıcı kokuları ateş bir hamur gibi yaprak yaprak pişirir, kızartır, şişirir, görünmez ama elle tutulur bir köy pastası, dev bir "ponçik" haline getirirdi; bu kokuların arasında, gömme dolabın, konsolun, dallı çiçekli duvar kâğıdının daha gevrek, daha ince, daha revaçtaki, ama aynı zamanda daha kuru olan aromalarını tadar tatmaz, daima itiraf edilmeyen bir açgözlülükle, dönüp çiçekli yatak örtüsünün ortalama, yapışkan, yavan, ağır, meyveli kokusuna gömülürdüm.

Yan odada halamın alçak sesle kendi kendine konuştuğunu duyardım. Her zaman epeyce alçak sesle konuşurdu, çünkü kafasının içinde, fazla yüksek sesle konuşursa yerinden oynatacağı, kırılmış, yüzer gezer bir şey bulunduğunu zannederdi, ama tek başınayken bile, uzun müddet hiç konuşmadan da durmazdı, çünkü konuşmanın boğazına iyi geldiği, kanın boğazında durup kalmasını önlerse, çektiği nefes daralmalarıyla iç sıkıntılarının azalacağı kanısındaydı; ayrıca, içinde yaşadığı mutlak atalet halinde, en ufak duyumlarına bile olağanüstü önem verirdi; bu duyumlarına atfettiği hareketlilik, onları kendine saklamasını güçleştirir, aktaracak bir sırdaş bulamadığı takdirde de, kendine duyururdu; bu aralıksız monolog, tek faaliyetiydi. Ne yazık ki, yüksek sesle düşünmeyi alışkanlık haline getirdiğinden, yan odada birinin bulunup bulunmadığına her zaman dikkat etmezdi; kendi kendine şöyle konuştuğunu sık sık işitirdim: "Uyumadığımı kendime mutlaka hatırlatmalıyım." (Çünkü en büyük iddiası asla uyumamaktı ve bu iddianın izleri, bu iddiaya gösterilen saygı, hepimizin lisanına damgasını vurmuştu: Françoise sabahları onu "uyandırmaya" gitmez, odasına "girer"di; halam gündüz vakti bir şekerleme yapmak istediğinde, "düşünmek" ya da "dinlenmek" istediği söylenirdi; sohbet ederken kendini kaybedip, "beni uyandıran ses" veya "rüyamda gördüğüm" dediğinde ise, yüzü kızarır, hemen toparlanırdı.)

Birkaç dakika sonra, içeri girip halamı öperdim; Françoise çayını hazırlar, halam kendini huzursuz hissediyorsa, çay yerine ıhlamur isterdi; kaynar suya atılacak olan ıhlamuru eczane torbasından bir tabağa boşaltmak benim görevimdi. Kuruyunca bükülen sapların oluşturduğu değişken kafesin girift bezemeleri arasında solgun çiçekler, bir ressam tarafından düzenlenip en estetik şekilde yerleştirilmişçesine açılırlardı. Görünüşleri değişmiş olan yapraklar, son derece ilgisiz şeyleri, saydam bir sinek kanadını, bir etiketin yazısız arka yüzünü, bir gül yaprağını andırır, ama tıpkı bir kuş yuvası yapar gibi istiflenmiş, ufalanmış ya da örülmüş olurlardı. Suni bir düzenlemede yer almayacak bin bir gereksiz ayrıntı –eczacının hoş bir savurganlığı– tıpkı bir kitapta tanıdık bir isme rastladığımızda şaşırmamız gibi, bunların La Gare Caddesi'nde gördüğüm gerçek ıhlamur sapları olduğunu, işte bu yüzden, yapay değil, hakiki oldukları ve kurudukları için değiştiklerini anlamanın hazzını yaşatırdı bana. Her yeni kişilik mutlaka eski bir kişiliğin başkalaşımı olduğu için de, minik gri toplara bakıp açmamış yeşil tomurcukları tanırdım; ama özellikle ufacık altın gülleri andıran çiçekleri asılı oldukları narin sap ormanında ortaya çıkaran, pembe bir ay ışığına benzer tatlı parıltı, –bir duvarda, silinmiş bir freskin yerini meydana çıkaran ışıltı gibi, ağacın "renklenmiş" kısımlarıyla renklenmemiş kısımları arasındaki farkın işareti– bu taçyaprakların eczane torbasını süslemeden önce, bahar akşamlarını rayihalarıyla dolduran çiçeklere ait olduklarını gösterirdi bana. Renkleri hâlâ o mum ışığı pembesiydi, ama çiçeklerin günbatımı denebilecek bu şimdiki güdük hayatlarında, yarı yarıya sönmüş, küllenmişti. Az sonra, halam ölü yaprak veya solgun çiçek lezzetini sevdiği ıhlamuruna küçük bir madlen batırır, yeterince yumuşayınca da, bir parçasını bana uzatırdı.

Yatağının bir tarafında limon ağacından, iri, sarı bir konsolla hem eczane, hem de ana altar işlevi gören bir Meryem Ana heykelciğiyle bir Vichy-Célestins şişesinin altında dua kitaplarıyla ilaç reçetelerinin, kısacası, halamın yattığı yerden ibadetini de, perhizini de sürdürmesi, ne pepsin, ne de akşam duası saatlerini kaçırmaması için gerekli her şeyin bulunduğu bir komodin dururdu. Yatağın öteki tarafı pencereye bitişikti; halam oyalanmak için, sabahtan akşama kadar gözünün önünde uzanan sokağa bakıp İranlı prensler gibi Combray'nin gündelik ve ezeli tarihçesini takip eder, sonra da Françoise'la birlikte yorumlardı.

Halam, yanında daha beş dakika oturmamışken, kendisini yorarım korkusuyla beni dışarı çıkartırdı. Sabahın bu erken saatinde henüz peruğunu takmadığından açık olan, kemiklerin, dikenli bir tacın sivri uçları veya bir tespihin taneleri gibi göründüğü solgun, donuk alnını dudaklarıma uzatır, "Hadi yavrucuğum, git artık, git ayin için hazırlan; aşağıda Françoise'a rastlarsan, söyle ona sizinle fazla oyalanmasın, birazdan yanıma çıkıp bir ihtiyacım var mı diye yoklasın" derdi.

Yıllardır halamın hizmetinde olan ve bir gün tamamen bizim hizmetimize gireceğini o sıralar aklından bile geçirmeyen Françoise, gerçekten de bizim Combray'de olduğumuz birkaç ay boyunca halamı biraz ihmal ederdi. Çocukluğumda, biz henüz Combray'ye gitmezken, Léonie Halam kış mevsimini Paris'te, annesinin evinde geçirdiği sıralar, Françoise'ı o kadar az tanırdım ki, yılbaşında büyükhalamın evine girmeden önce, annem elime bir beş frank sıkıştırır ve "Sakın yanlış kişiye verme. Ben, 'Günaydın Françoise' der, o sırada senin koluna da hafifçe dokunurum, o zaman verirsin" derdi. Halamın loş sofasına girer girmez, karanlığın içinde, şeker elyafından yapılmışçasına dimdik ve kırılgan, göz kamaştırıcı bir başlığın kıvrımlarının altında, peşinen takınılmış bir minnet tebessümünün iç içe yayılan halkalarını görürdük. Koridorun küçük kapısının eşiğinde, bir nişin içindeki azize heykelciği gibi kıpırtısız, ayakta duran Françoise'a ait olurdu bu tebessüm. Bu kilise karanlığına gözler biraz alışınca, Françoise'ın çehresinde çıkar gözetmeyen bir insanlık aşkı, yılbaşı armağanı umudunun kalbinin asil köşelerinde yoğunlaştırdığı, yüksek sınıflara yönelik sevecen bir saygı okunurdu. Annem sertçe kolumu çimdikler, gür bir sesle, "Günaydın Françoise" derdi. Bu işaret üzerine parmaklarım açılır, avucumdaki para, kararsız da olsa uzatılmış olan bir ele düşerdi. Ama Combray'ye gitmeye başladığımızdan beri, Françoise en iyi tanıdığım insan olmuştu; biz onun gözdeleriydik; en azından ilk yıllarda, bize hem halama gösterdiği saygıyı gösterir, hem de daha coşkulu bir sevgi beslerdi, çünkü ailenin bir parçası olmamızın sağladığı itibara (Françoise, bir ailenin fertleri arasındaki görünmez kan bağına Yunanlı trajedi yazarları kadar saygı duyardı), her zamanki efendileri olmayışımızın cazibesi eklenirdi. Bu yüzden de, Paskalya arifesinde Combray'ye vardığımız zaman, annem Françoise'a kızının, yeğenlerinin hatırını, torununun sevimli olup olmadığını, büyüyünce ne olacağını, büyükannesine benzeyip benzemediğini sorduğunda, bizi müthiş bir sevinçle karşılar, genellikle o günlerde Combray'de buz gibi bir rüzgâr estiğinden, havaların henüz ısınmamış olmasına bizim adımıza hayıflanırdı.

Françoise'ın annesiyle babasının yıllar önceki ölümüne hâlâ ağladığını bilen annem, ikisi baş başa kaldıklarında tatlı tatlı onlardan söz eder, hayatları hakkında bin bir ayrıntı sorardı.

Annem, Françoise'ın damadından hoşlanmadığını ve damadının varlığının kızıyla sohbetini engellediğini, kızıyla birlikte olmaktan aldığı zevki kaçırdığını sezmişti. Bu yüzden de, Françoise Combray'ye birkaç kilometre mesafedeki evlerine ziyarete gideceği zaman, annem gülümseyerek, "Françoise, ya Julien'in işi çıkmışsa, evde yoksa, bütün günü Marguerite'le baş başa geçirmek zorunda kalırsanız, çok üzülürsünüz, ama kaderinize razı olursunuz, değil mi?" derdi. Bunun üzerine Françoise güler, "Hanımefendi her şeyi biliyor, hanımefendi Mme Octave için getirtilen ve insanın kalbinin içini gören X ışınlarından beter" der (X'i kendisi gibi bir cahilin bu bilimsel terimi kullanmasına gülerek, sahte bir zorlanmayla, kendi kendiyle alay ederek telaffuz ederdi) ve onunla ilgilenilmesinden ötürü mahcup, belki ağladığını görmeyelim diye ortadan kayboluverirdi; kendi gibi bir köylünün hayatının, mutluluklarının, üzüntülerinin kendinden başkasını ilgilendirebileceğini, sevindirip üzebileceğini hissetmenin hoşluğunu ona ilk yaşatan annem olmuştu. Halam biz Combray'deyken Françoise'dan biraz feragat etmeye razı olurdu, çünkü sabahın beşinden itibaren, peksimeti andıran, kolalanmış, kusursuz kıvrımlı başlığıyla mutfağında da bayramlık kıyafetleri içindeki kadar güzel olan bu zeki, çalışkan hizmetkârı annemin ne kadar takdir ettiğini bilirdi; Françoise her işi iyi yapar, sağlığı yerinde olsun olmasın, hiç sesini çıkarmadan, göze batmadan, arı gibi çalışırdı, halamın bütün hizmetçileri arasında, annem sıcak su veya sade kahve istediğinde gerçekten kaynar sıcaklıkta getiren, bir tek oydu; Françoise'ın dahil olduğu türdeki hizmetkârlar, eve ilk defa gelen bir yabancının en hoşlanmadığı hizmetkârlardır, çünkü belki ev sahiplerinin bu misafire ihtiyaçları olmadığını ve kendilerini işten atmaktansa onu misafir etmekten vazgeçeceklerini bildiklerinden, misafirin gönlünü kazanma zahmetine girişmeyip herhangi bir kibarlık göstermezler; ama aynı zamanda, efendilerinin üzerine titrediği hizmetkârlardır, çünkü efendiler bir misafirde olumlu izlenim bırakan, fakat genellikle iflah olmaz bir beceriksizliği gizleyen o sahte letafete, yaltakçı gevezeliğe değer vermezler ve onların gerçek yeteneklerini tecrübeyle bilirler.

Annemlerin bütün ihtiyaçlarının karşılandığından emin olduktan sonra, Françoise halama pepsinini vermek ve öğle yemeğinde ne yiyeceğini sormak üzere tekrar yukarı çıkar, genellikle önemli bir konuda görüşünü belirtmesi ya da açıklamada bulunması gerekirdi:

"Françoise, Mme Goupil kız kardeşini almaya on beş dakika geç gitti, düşünebiliyor musunuz? Yolda azıcık oyalanır da, kiliseye rahip kutsal ekmekle şarabı dağıtırken varırsa hiç şaşmam.

—Eh, olacağı budur! diye cevap verirdi Françoise.

—Françoise, beş dakika önce gelseydiniz, Mme Imbert'i görecektiniz, elinde Mme Callot'nun sattıklarının iki misli kalınlığında kuşkonmazlarla geçti; hizmetçisinden öğreniverin bakalım, nereden almış. Siz bu sene bütün soslara kuşkonmaz koyuyorsunuz ya, misafirlerimiz için güzellerinden alırdınız.

—Muhterem Peder'den almıştır bana kalırsa, derdi Françoise.

—Ah, Françoise'cığım, muhterem Peder'den almış olur mu hiç! derdi halam omuz silkerek. Siz de biliyorsunuz ki ufacık, işe yaramaz kuşkonmazlar onun yetiştirdikleri. Bunlar kol kadardı diyorum size. Sizin kolunuz kadar değil elbette, benim kolum kadar, bu sene daha da zayıfladılar zavallı kollarım... Françoise, deminki patırtıyı işitmediniz mi? Benim kafam kazan gibi oldu.

—Hayır, Madame Octave.

—Ah, yavrum, yüce Tanrı'ya şükredin, kafanız pek sağlammış. Maguelone Doktor Piperaud'yu çağırmaya gelmiş. Doktor hemen çıktı, birlikte L'Oiseau Sokağı'na döndüler. Herhalde çocuklardan biri hastalandı.

—Yüce Tanrım! diye iç geçirirdi Françoise; tanımadığı birinin başına bir dert geldiğinde, dünyanın öbür ucunda da olsa, mutlaka inlemeye başlardı derhal.

—Françoise, ölüm çanı kimin için çaldı kuzum? Ah, Tanrım, Mme Rousseau için olmalı. Geçen akşam vefat ettiğini unuttum gitti. Ah, ah, zavallı Octave'cığım öldüğünden beri kafam yerinde değil, yüce Tanrı'mın beni de çağırma vakti geldi artık. Kızcağızım, sizin de vaktinizi alıyorum.

—Ne olacak Madame Octave, benim vaktim o kadar kıymetli değil, vakti yaratan, bize parayla satmadı ya. Yine de gidip şu ateşe bir bakayım, sönmüş olmasın."

Françoise'la halam, günün ilk olaylarını bu sabah seansında böylece birlikte değerlendirirlerdi. Ama bazen bu olaylar öylesine esrarengiz ve ciddi bir niteliğe bürünürlerdi ki, halam Françoise'ın yukarıya çıkmasını bekleyemezdi; işte o zaman, art arda dört kere çalınan zilin dehşetengiz sesi evi çınlatırdı.

"Madame Octave, pepsin saati gelmedi ki" derdi Françoise. "Yoksa bir zafiyet mi hissettiniz?"

—Yok canım, derdi halam, aslında doğru, artık zafiyet hissetmediğim bir an yok gibi, biliyorsunuz; bir gün Mme Rousseau gibi kendimi tanıyamadan can vereceğim; ama zili bunun için çalmadım. İster inanın, ister inanmayın, Mme Goupil'i hiç tanımadığım bir kız çocuğuyla gördüm az önce, sizi gördüğüm kadar açıkça hem de. Hadi gidip Camus'den birazcık tuz alıverin. Théodore mutlaka biliyordur kim olduğunu.

—Canım, M. Pupin'in kızıdır, derdi, sabahtan beri iki kere Camus'ye gitmiş olduğundan hazırdaki bir açıklamayı benimsemekten yana olan Françoise.

—M. Pupin'in kızı mı! Ah, Françoise'cığım, ne diyorsunuz? Öyle olsa tanımaz mıyım?

—Büyük kızını demiyorum ki Madame Octave, küçüğü söylüyorum, Jouy'da, yatılı okulda olanı. Bu sabah ben de gördüm galiba onu.

—Ha, o başka, derdi halam. Bayram için geldi herhalde. Şimdi anlaşıldı! Bayram tatiline gelmiş olacak mutlaka. Bu durumda Mme Sazerat birazdan öğle yemeğine kız kardeşine gelir. Tabii canım! Galopin'in çırağı da elinde bir turtayla geçti, gördüm! Görürsünüz bakın, o turta mutlaka Mme Goupil'e gidiyordur.

—Mme Goupil'in misafirleri varsa, az sonra herkes öğle yemeğine gelir Madame Octave, saat epeyce ilerledi çünkü" derdi Françoise; öğle yemeğiyle ilgilenmek üzere aşağı inmek için sabırsızlandığından, halama böyle bir oyalanma fırsatı çıkacağına sevinirdi.

Halam, "Yok canım, on ikiden önce gelmezler" diye cevap verirdi, mütevekkil; bir yandan da endişeyle saate bir göz atar, ama her şeyden vazgeçmiş olduğu halde, Mme Goupil'in öğle yemeğine misafirleri olduğunu öğrenmenin kendisine böylesine heyecanlı, fakat maalesef bir saatten de fazla beklemek zorunda kalacağı bir haz verdiğini göstermemek için, bakışlarını hemen kaçırıverirdi. "Üstelik tam benim öğle yemeğime denk gelecek" diye kendi kendine eklerdi, alçak sesle. Öğle yemeği halam için yeterli bir oyalanmaydı, beraberinde bir eğlence daha istemezdi. "Bari unutmayın da, kremalı yumurtamı düz tabakta verin."

Üzeri yazılı resimlerle süslü tek tabaklar, bu düz tabaklardı ve halam her yemekte, o gün verilen tabağın üzerindeki yazıları okuyarak oyalanırdı. Gözlüğünü takıp hecelerdi: Ali Baba ve Kırk Haramiler, Alâeddin'in Sihirli Lambası; sonra da gülümseyerek, "Güzel, çok güzel" derdi.

"Aslında Camus'ye gidebilirim..." derdi Françoise, halamın artık kendisini göndermeyeceğinden emin olunca.

"Yok canım, gerek yok, Mlle Pupin'dir mutlaka. Françoise'cığım, kusura bakmayın, boş yere yukarı çıkardım sizi."

Oysa halam Françoise'ı boş yere çağırmadığını bilirdi, çünkü Combray'de "hiç tanımadığımız" bir kişi, bir mitoloji tanrısı kadar inanılması güç bir varlıktı ve zaten Saint-Esprit Sokağı'nda veya Meydan'da, bu şaşırtıcı görüntülerden biri ne zaman ortaya çıktıysa, sıkı araştırmalar sonucunda, hayal ürünü kahraman Combray'li birilerinin filanca dereceden akrabası sıfatıyla, yani medeni durumu itibariyle, kişisel veya soyut düzeyde "tanıdığımız biri" boyutlarına indirgenmişti mutlaka: Mme Sauton'un askerden dönen oğlu, Başrahip Perdreau'nun manastırdan ayrılan yeğeni, rahibin Châteaudun'de tahsildar olup da yeni emekliye ayrılan veya bayram için gelmiş olan ağabeyi gibi. Bunlar ilk görüldüklerinde, sırf derhal tanınmadıkları için, Combray'de hiç tanımadığımız insanlar bulunduğunu zannetmenin heyecanı yaşanmıştı. Oysa Mme Sauton da, rahip de, "misafir" beklediklerini çok önceden bildirmişlerdi. Akşam eve döndükten sonra yukarı çıkıp halama gezintimizi anlattığımda, Pont-Vieux'nün yakınında büyükbabamın tanımadığı bir adama rastladığımızı söylemek gibi bir tedbirsizlikte bulunursam, halam, "Büyükbabanın hiç tanımadığı bir adam mı! Olur mu hiç öyle şey!" diye haykırırdı. Yine de bu haber yüreğini biraz hoplattığından, iyice emin olmak isterdi, bunun üzerine büyükbabam çağırtılırdı. "Pont-Vieux'nün orada kiminle karşılaştınız dayıcığım? Hiç tanımadığınız bir adam mıydı? —Tanımaz mıyım canım, diye cevap verirdi büyükbabam, Prosper'di, Mme Bouillebœuf'ün bahçıvanının kardeşi. —Ha, iyi öyleyse!" derdi halam rahatlayarak, yüzü hafifçe kızarırdı; sonra da alaylı bir gülümsemeyle omuz silkip eklerdi: "Hiç tanımadığınız bir adamla karşılaştığınızı söyledi de!" Bana bir dahaki sefere daha dikkatli davranmam ve böyle düşünmeden konuşup halamı telaşlandırmamam tembihlenirdi. Combray'de herkes herkesi, hem insanları, hem de hayvanları o kadar iyi tanırdı ki, halam tesadüfen "hiç tanımadığı" bir köpeğin sokaktan geçtiğini görecek olsa, durmadan bunu düşünür, mantık yürütme becerisini ve boş saatlerini tümüyle bu akıl almaz olaya hasrederdi.

"Mme Sazerat'nın köpeğidir" derdi Françoise, söylediğine kendi de pek inanmamakla birlikte, halamı rahatlatmak için, "kafa patlatmasın" diye.

Eleştirici zihni bir gerçeği bu kadar kolay kabul etmeyen halam, "Sanki ben Mme Sazerat'nın köpeğini tanımıyorum! diye cevap verirdi.

—Haa! M. Galopin'in Lisieux'den getirdiği yeni köpek olmalı bu.

—Ha, o olabilir, evet.

—Pek tatlı bir hayvanmış, diye eklerdi Françoise, Théodore'dan aldığı bilgiyi aktararak, insan gibi akıllıymış, hiç huysuzluğu yokmuş, hep sevecen, hep nazikmiş. Bu yaşta böyle kibar hayvan az bulunur. Madame Octave, ben gitmek zorundayım, oyalanacak vaktim yok, saat neredeyse on oldu, henüz fırınım yanmadı, kuşkonmazlarımı ayıklayacağım daha.

—Françoise, yine mi kuşkonmaz! Siz bu sene basbayağı kuşkonmaz hastalığına yakalandınız, Parisli misafirlerimizi bıktıracaksınız!

—Hiç olur mu, Madame Octave, çok seviyorlar onlar kuşkonmazı. Kiliseden aç dönecekler, görürsünüz, hiç nazlanmadan yerler.

—Onlar şimdi kiliseye varmışlardır bile; vakit kaybetmeyin en iyisi. Haydi siz yemeğinizin başına dönün."

Halam Françoise'la bu şekilde hasbıhal ederken ben de annemlerle birlikte ayine giderdim. Kilisemizi o kadar çok severdim ki; olduğu gibi gözümün önünde şimdi! Altından geçtiğimiz eski, kapkara, kalbur gibi delik deşik olmuş giriş sundurmasının köşeleri (tıpkı biraz ilerisindeki vaftiz kurnası gibi), yamulmuş ve oyulmuştu: Sanki kiliseye giren köylü kadınların harmanilerinin ve kutsanmış sudan alan çekingen parmaklarının hafif dokunuşu, asırlarca tekrarlana tekrarlana tahrip etme gücü edinerek taşı aşındırabilmiş, araba tekerleklerinin her gün sürtünerek sınır taşında izler bırakmaları gibi, taşta izler açmıştı. Orada gömülü olan Combray başrahiplerinin asil kalıntılarının adeta ruhani bir döşeme haline getirdiği koroyerindeki mezar taşları bile cansız ve sert bir madde değildiler, çünkü zaman onları yumuşatmış, bal gibi akışkanlaştırmıştı; kendi dikdörtgen çerçevelerinin dışına taşmışlar, bir yerde, sarı bir dalga, çiçekli, Gotik bir büyük harfi önüne katıp sürüklemiş, mermerin beyaz menekşelerini kaplamıştı; öte yanda tekrar toparlanmışlar, özlü Latince yazıyı daha da sıkıştırmış, bu kısaltılmış harflerin düzenlenişinde bir değişiklik daha yapmış, diğer harfleri haddinden fazla yayılmış olan bir kelimenin iki harfini birbirine yaklaştırmışlardı. Güneşin kendini pek az gösterdiği günler, vitrayların en çok harelendiği zamandı; dolayısıyla, dışarıda hava kapalıysa, kilisede pırıl pırıl olacağını bilirdik; vitraylardan biri, boydan boya, iskambil kâğıtlarındaki papazlara benzeyen, ta tepede, taştan sayvanının altında, gökyüzüyle yeryüzü arasında yaşayan tek bir şahsiyetle kaplıydı, (bazen hafta içi günlerde, öğle vakti, ayin saati değilken –havalandırılmış, boş kilisenin daha insani ve şatafatlı göründüğü, güneş vurmuş güzel ahşaplarıyla, adeta Ortaçağ üslubunda bir otelin oyma taşlı, boyalı camlı lobisi gibi, içinde yaşanabilirmiş izlenimi uyandırdığı ender anlardan birinde– vitrayın eğik, mavi yansımasında, bir an Mme Sazerat'nın diz çöktüğü, yanındaki dua iskemlesine öğle yemeği için karşıki pastaneden aldığı, sicimlerle bağlanmış pötifur paketini bıraktığı görülürdü); bir başka vitrayda, eteklerinde bir çarpışmanın yer aldığı, pembe bir kar tepesi, şafağın kızıllığıyla ışıldayan kar tanelerinin yapışıp kaldığı bir cam gibi, karmakarışık tipisiyle şişirdiği pencereyi kırağıyla kaplamıştı adeta (muhtemelen aynı şafak kızıllığı altar panosunu da öyle canlı renklere boyamıştı ki, bu renkler sanki taşa sonsuza dek sabitlenmemiş de, dışarıdan gelen bir ışık huzmesi tarafından geçici olarak oraya yerleştirilmiş, az sonra kayboluvereceklermiş gibi görünürlerdi); bütün vitraylar o kadar eskiydi ki, yer yer gümüşi eskilikleri asırların tozuyla ışıldar, o güzel, camdan, aşınmış nakışları iplik iplik parlardı. Üst kısımda yer alan vitraylardan biri, mavi rengin hâkim olduğu yaklaşık yüz küçük dörtgene bölünmüştü ve muhtemelen VI. Charles'ı oyalamış olan iskambil oyunlarını hatırlatırdı; ama bir ışık huzmesinin parlamasının veya gezinen bakışlarımın, kâh sönüp kâh yanan vitraya, seyyar ve benzersiz bir yangını taşımasının ardından, cam, bir tavuskuşu kuyruğunun değişken parıltısına bürünür, sonra da titreşen, oynak, alev alev, olağanüstü bir yağmur olup karanlık, kayalık tavandan aşağıya, rutubetli duvarlar boyunca damlar, ellerinde ayin kitaplarıyla ilerleyen annemle babamı yılankavi sarkıtlarla sedeflenen bir mağaranın girintisinde izliyormuşum izlenimi uyandırırdı bende; birkaç saniye sonra, baklava biçimli küçük vitraylar dev bir madalyona yan yana kakılmış safirlerin derinlikli saydamlığını, kırılmaz sertliğini edinmiş olurlar, ama arkalarında, bütün bu değerli şeylerden daha çok sevilen güneşin gülümsediği hissedilirdi; güneş değerli taşları sarmalayan mavi ve yumuşak ışık selinde de, meydanın kaldırımları veya pazardaki hasırların üzerinde olduğu kadar kolay tanınırdı; hatta Paskalya'dan önce Combray'ye gittiğimizde, ilk pazarlar, sırça unutmabenilerden dokunmuş bu göz kamaştırıcı, yaldızlı halıyı adeta tarihten, Aziz Louis'nin torunlarından kalma bir ilkbaharı müjdelercesine sererek, toprağın henüz çıplak ve kapkara olduğunu unutturur, beni avuturdu.

Dikey tezgâhta dokunmuş iki duvar halısında, Ester'in taç giymesi anlatılıyordu (Asuerus'un bir Fransız kralının çehresine, Ester'in de bu kralın âşık olduğu, Guermantes'lardan bir soylu hanımın yüz hatlarına sahip olduğu söylenirdi); halıların solmuş renkleri resme bir ifade, bir vurgu, bir ışık katmışlardı: Ester'in dudaklarında sınır çizgisinin ötesine taşmış bir pembelik dalgalanıyordu; elbisesinin sarısı öyle gevşek, öyle cömertçe yayılıyordu ki, sanki bir yoğunluk kazanmış ve gerileyen fonda ileri fırlamıştı; ağaçların yeşili yün ve ipekten dokunmuş halının alt kısımlarında canlılığını korumakla birlikte üst kısımlarda solmuş olduğundan, sararan, yüksekteki dallar, koyu renk gövdelerin üzerinde daha soluk bir tonda, adeta görünmez bir güneşin aniden yansıyan eğik ışınlarıyla yaldızlanıp silikleşerek belirginlik kazanıyordu. Bütün bunlar ve özellikle de benim nazarımda neredeyse efsane kahramanı olan şahsiyetlere ait değerli eşyalar (Aziz Éloi tarafından işlendiği rivayet edilen, Dagobert tarafından verilmiş altın haç, II. Ludwig'in oğullarının somaki ve mineli bakırdan mezarı), kilisede yerlerimize doğru ilerlerken bende tıpkı bir kayada, bir ağaçta, minik bir gölde perilerin tabiatüstü, elle tutulur izlerine rastlayıp şaşıran bir köylü gibi, adeta bir periler vadisinde ilerliyormuşum duygusunu yaratarak kiliseyi benim gözümde kentin geri kalanından tamamen farklı bir yer haline getirirdi: Kilise dizi dizi kemerleri, şapelleri aşarak, sadece birkaç metrelik bir mesafenin değil, adeta muzaffer çıktığı art arda dönemlerin de üzerinde hâkimiyet kurmuş olan ve asırlar boyunca uzanan nefiyle, dört boyutlu –dördüncü boyut Zaman'dı– bir mekândı sanki; amansız, yırtıcı on birinci yüzyıl, kalın duvarlarının arkasına gizlenmişti; kaba moloz taşlarla tıkanmış, köreltilmiş hantal kemerleri, sadece çan kulesi merdiveninin giriş sundurmasının yanında açtığı derin yarıktan görülebilir, hatta orada bile, kaba saba, suratsız, kötü giyimli erkek kardeşlerini yabancılar görmesin diye gülümseyerek önüne geçen ablalar misali, önde cilveleşerek dip dibe dizilmiş zarif Gotik arkadların arasından zar zor görülürdü; Aziz Louis'yi seyretmiş olan, hâlâ da görüyormuş hissi veren kulesi, Meydan'ın üzerinde gökyüzüne yükselirdi;

yeraltı mezarları ise bir Merovenj karanlığına gömülürdü, burada taştan, devasa bir yarasanın derisini andıran damar damar, karanlık kubbenin altında el yordamıyla bize yol gösteren Théodore'la kız kardeşi, Sigebert'in küçük kızının mezarını bir mumla aydınlatırlardı, mezarın üstündeki derin –fosil izine benzeyen– yarığı, "Frank prensesinin öldürüldüğü gece, şu andaki apsisin bulunduğu yerde asılı duran kristal lambanın, altın zincirlerinden kendi kendine kopup kristali kırılmadan, alevi sönmeden taşa gömülerek, taşı eriterek" açtığı rivayet edilirdi.

Combray Kilisesi'nin gerçekten bir apsisi olduğu söylenebilir mi bilmem. O kadar kaba, estetikten ve hatta dinsel coşkudan o kadar yoksundu ki! Dışarıdan görüldüğünde, apsisin baktığı yol kavşağı aşağıda kaldığından, kaba duvarı hiç düzeltilmemiş, üstü sivri çakıllarla kaplı, moloz taştan, kiliseye benzer hiçbir özelliği olmayan bir oturtmalık üzerinde yükselirdi, vitraylar aşırı yüksekteymiş izlenimi uyandırır, bir bütün olarak da, kilise duvarına değil, hapishane duvarına benzerdi. Şüphesiz daha sonraları, görmüş olduğum bütün o muhteşem apsisleri hatırladığımda, Combray Kilisesi'nin apsisini onlarla karşılaştırmak hiç aklıma gelmezdi. Yalnız bir gün, bir taşra kasabasında, bir köşeyi döndüm ve daracık üç sokağın kesiştiği bir kavşağın karşısında, vitrayları tepede, Combray Kilisesi'nin apsisi gibi asimetrik, kaba ve aşırı yüksek bir duvar gördüm. O zaman, Chartres veya Reims'te olduğu gibi kendi kendime, din duygusunun ne kadar güçlü ifade edilmiş olduğunu düşünmedim de, gayri ihtiyari, "Kilise!" diye haykırdım.

Kilise! Kuzey kapısının bulunduğu Saint-Hilaire Sokağı'nda, bir yanındaki M. Rapin'in eczanesiyle öbür yanındaki Mme Loiseau'nun evine bitişik, teklifsiz; Combray'de sokak numaraları olsa, üzerinde bir kapı numarası olabilecek, postacının sabahları M. Rapin'in dükkânından çıkıp Mme Loiseau'nun evine uğramadan önce uğraması beklenebilecek, sade bir Combray'li vatandaş; her şeye rağmen, kiliseyle onun dışındaki her şey arasında zihnimin asla aşmayı başaramadığı bir sınır vardı. Mme Loiseau'nun penceresindeki küpeçiçekleri, dallarını her yana baş aşağı uzatmak gibi kötü bir alışkanlık edinmişlerdi; –çiçeklerin iyice büyüdüklerinde bütün işleri güçleri kızarmış, morarmış yanaklarını kilisenin loş cephesine dayayıp serinletmek olduğu halde– bu yüzden küpeçiçekleri gözümde bir kutsallık kazanmıyordu; çiçeklerle yaslandıkları kararmış taş arasında gözlerim bir mesafe göremese de, zihnim bir uçurum görüyordu.

Saint-Hilaire'in çan kulesi ta uzaklardan, unutulmaz şekli Combray'nin henüz görünmediği ufka çizildiğinde, hemen tanınırdı; babam Paskalya haftasında bizi Paris'ten getiren trenin penceresinden bakıp, gökyüzünde hızla yükselen, küçük demir horozu bir o yana, bir bu yana dönen çan kulesini gördüğünde, "Haydi, battaniyeleri toplayın, geldik" derdi. Combray'de yaptığımız en uzun gezintilerden birinde, daracık yolun ansızın dev bir platoya açıldığı bir yer vardı; ufuktaki tırtıklı ormanların üzerinde, Saint-Hilaire'in çan kulesinin sivri tepesi tek başına yükselirdi, ama o kadar incecik ve pespembeydi ki, sanki bu manzaraya, sadece tabiattan oluşan bu tabloya birisi minik bir sanat işareti, tek bir insan izi katmak istemiş ve gökyüzüne bir tırmık atıvermişti. Çan kulesine yaklaşıp yanı başındaki daha alçak, yarısı yıkık, dört köşe kule de görüldüğünde, özellikle taşların kırmızımsı koyu rengi çarpardı insanı; sisli sonbahar sabahlarında ise, bağların fırtınalı moru üzerinde yükselen çan kulesi, neredeyse japonsarmaşığı renginde, koyu kırmızı bir harabeyi andırırdı.

Çoğunlukla eve dönerken büyükannem meydanda çan kulesine bakmak üzere beni durdururdu. Kulenin sadece insan yüzüne değil, başka şeylere de güzellik ve vakar katan o doğru, özgün orantıya uygun mesafede, ikişer ikişer üst üste dizilmiş pencerelerinden, düzenli aralıklarla karga sürüleri fırlar, sanki kendilerini görmezmiş gibi yaparak oynaşmalarına izin veren eski taşlar ansızın yaşanmaz olmuş, sınırsız bir hareket kabiliyeti kazanarak kargalara vurmuş, onları itmiş gibi, bir süre çığlık çığlığa havada dönerlerdi. Ardından, akşamın mor kadifesini karmakarışık, her yönde çizdikten sonra, birden sakinleşip tekrar kuleyle bütünleşirler, uğursuzluğu bırakıp uysallaşırlardı; değişik yerlere konmuş olan birkaç karga hiç kıpırdamıyormuş gibi görünür, belki ara sıra havada bir böcek kapar, çan kulesinin tepesinde, dalganın üstünde bir balıkçının kıpırtısızlığıyla bekleyen martılar gibi dururdu. Büyükannem nedenini pek bilmese de, Saint-Hilaire'in çan kulesini bayağılıktan, özentiden ve çapsızlıktan uzak bulurdu; bunlar, büyükhalamın bahçıvanının yaptığı gibi insan eliyle güdükleştirilmemiş olan tabiatı ve deha ürünlerini sevmesine, sağlıklı bir etkileri olduğuna inanmasına yol açan etkenlerdi. Şüphesiz kilisenin görünen bütün bölümleri kiliseyi diğer binalardan farklılaştıran düşünceyi emmiş gibiydiler, ama bu düşünce kendi bilincine çan kulesinde varıyor, bireysel ve sorumlu bir varlık kazanıyordu adeta. Çan kulesi kilisenin sözcüsüydü. Büyükannem zannederim açık seçik dile getirmese de, Combray Kilisesi'nin çan kulesinde hayatta en değer verdiği özellikleri, yani doğallığı ve vakarı buluyordu. Mimarlık konusunda bilgisi olmayan büyükannem, "Çocuklar, benle alay edin isterseniz, kurallara bakılırsa güzel olmayabilir, ama o tuhaf, eski çehresi benim hoşuma gidiyor. Eminim piyano çalsa, *ruhsuz* çalmazdı" derdi. Çan kulesine bakarken, dua etmek üzere kavuşmuş eller gibi yukarı doğru birbirine yaklaşan taştan yamaçlarının coşkulu eğimini bakışlarıyla izlerken, külahın süzülüşüyle öyle bütünleşirdi ki, bakışları da külahla birlikte havaya fırlardı adeta; bir yandan da, batan güneşin sadece en tepesini aydınlattığı taşlara, bu güneşli, ışıkla yumuşamış bölgeye girdikleri anda, ansızın çok daha yukarıda, uzakta görünen, bir şarkının bir oktav yukarıdan, "falsetto"yla baştan alınmasını andıran eski, aşınmış taşlara dostça gülümserdi.

Kentteki bütün faaliyetleri, saatleri ve manzaraları Saint-Hilaire'in çan kulesi şekillendirir, taçlandırır ve kutsardı. Odamdan baktığımda, çan kulesinin sadece arduvazla kaplanmış tabanını görürdüm; yaz mevsiminin sıcak pazar sabahlarında, kara bir güneş gibi parlayan arduvazları gördüğümde, kendi kendime, "Aman Tanrım! Saat dokuz! Önce Léonie Hala'mı öpüp sonra da ayine yetişeceksem hemen hazırlanmalıyım" der, o sırada Meydan'a vuran güneşin rengini, pazar yerinin sıcağını ve tozunu, annemin ayinden önce belki bir mendil almak üzere gireceği (ve dükkânı kapatmaya hazırlanan, az önce bayramlık ceketini giymek ve beş dakikada bir, en hazin koşullarda bile, girişken, sefih, işbitirici bir tavırla birbirine sürttüğü ellerini sabunlamak üzere arka tarafa gitmiş olan patronun iki büklüm eğilerek göstereceği mendillere bakacağı) ağartılmamış bez kokan dükkânın önündeki stor gölgelerini en ufak ayrıntılarına varıncaya kadar bilirdim.

Güzel havayı fırsat bilip Thiberzy'den öğle yemeğine gelmiş olan akrabalarımızı düşünerek, her zamankinden daha büyük bir çörek getirmesini söylemek üzere ayinden sonra Théodore'a uğradığımızda, kendi de iri, nar gibi kızarmış, kutsanmış bir çöreğe benzeyen, güneşin yapışkan pullar ve damlacıklarla kapladığı, sivri ucu gökyüzüne batmış çan kulesi olurdu karşımızda. Akşamları gezmeden dönerken, az sonra anneme iyi geceler dileyip bir daha kendisini göremeyeceğimi düşündüğüm sırada, yani günün sonunda ise, çan kulesi, aksine o kadar yumuşacık bir görüntü arz ederdi ki, kulenin ağırlığıyla ezilen, ona yer açmak için hafifçe çukurlaşıp kenarları kabaran solgun gökyüzüne gömülmüş, kahverengi kadifeden bir minderi andırırdı; etrafında dönen kuşların çığlıklarıyla sessizliği daha da artar, külahı daha yükseğe fırlar, kelimelerle ifade edilemeyecek bir nitelik kazanırdı adeta.

Kilisenin arkasına düşen, kilisenin kendisinin görünmediği sokaklarda alışveriş yaptığımızda bile, her şey evlerin arasından fırlayan, böyle tek başına görüldüğünde belki daha da etkileyici olan çan kulesine göre düzenlenmiş gibi gelirdi bana. Şüphesiz bu şekilde görüldüklerinde daha güzel olan birçok çan kulesi vardır; Combray'nin kasvetli sokaklarından farklı bir estetiğe sahip, damların üzerinde yükselen çan kulelerinden oluşmuş çeşitli resimler nakşolmuştur hafızama. Normandiya'nın Balbec'e yakın, tuhaf bir kentinde, çeşitli nedenlerle sevdiğim ve itibar ettiğim, on sekizinci yüzyıldan kalma iki büyüleyici konağı asla unutamam; merdivenden nehre doğru uzanan güzelim bahçeden bakıldığında, konakların arkasında kalan kilisenin Gotik külahı ikisinin arasından göğe yükselir ve adeta iki evin cephesini noktalar, tamamlar; ama öylesine farklı, benzersiz, halkalı, pembe ve cilalıdır ki, tıpkı kumsalda iki düz, yassı, kusursuz taşın arasına sıkışmış, koni biçimindeki, parlak sırlı bir denizkabuğunun lal rengi, tırtıklı külahının taşlardan ayrı oluşu gibi, konaklarla bir bütün oluşturmadığı açıkça bellidir. Paris'te, şehrin en çirkin semtlerinden birinde bile, öyle bir pencere bilirim ki, birçok değişik sokakta yer alan, bir araya yığılmış damlardan ve mor, bazen kırmızımsı, bazen de, atmosferin çıkardığı en seçkin "suret"lerde, küllerden damıtılmış siyahlıkta bir kubbeden oluşan art arda iki, hatta üç ayrı plan görülür; Saint-Augustin Kilisesi'ne ait olan bu kubbe, bu Paris manzarasına Piranesi'nin kimi Roma manzaralarının havasını verir. Ne var ki, bu küçük gravürlerden hiçbirine hafızam ne kadar zevkle hatırlasa da, uzun süre önce kaybettiğim şeyi, yani nesneleri birer görüntü olarak algılamamıza değil de, benzeri olmayan insanlarmışçasına onlara inanmamıza yol açan duyguyu koyamadığından, hiçbiri Combray'nin kilisenin arkasına düşen sokaklardaki çan kulesi görüntüsünün hatırası gibi hayatımın derin bir bölümünü hâkimiyeti altında bulundurmaz. Combray Kilisesi'nin çan kulesini ister saat beşte, postaneden mektupları almaya giderken, birkaç ev ötenizde, solda, damların oluşturduğu çizgiden ansızın tek başına yükselen bir doruk olarak görün; ister aksine, Mme Sazerat'nın hatırını sormak istediğinizde, bu çizginin diğer yamaçta tekrar alçalışını bakışlarınızla izleyerek, çan kulesinden sonra ikinci sokağa döneceğinizi düşünün; ister biraz daha uzaklaşıp istasyona giderken yandan, dönüşünün değişik bir ânında yakalanmış bir geometrik şekil gibi profilden yeni yüzeylerini ve köşelerini fark edin; ister Vivonne kıyılarından, çan kulesinin külahını gökyüzünün ortasına fırlatmak için gösterdiği çabayla ortaya çıkmış gibi görünen, perspektifin yükselttiği, kendini kasmış, kuvvetli apsise bakın; daima dönüp dolaşıp çan kulesine gelirdiniz, çan kulesi her an her şeye hâkimdi, beklenmedik bir doruktan evlere seslenir, adeta bedeni insanların arasına karışmış olduğu halde kalabalıktan ayırabildiğim Tanrı'nın havaya kaldırdığı parmağıymışçasına, önümde dikilirdi. Bugün hâlâ büyük bir taşra kentinde veya Paris'in pek bilmediğim bir semtinde yol sorduğum birisi, yolu tarif ederken uzakta bir hastane kulesini, köşesinden dönmem gereken bir sokağın başında, rahip başlığının sivri ucunu havaya dikmiş bir manastır çan kulesini kerteriz noktası olarak göstermişse eğer, hafızam o sevgili, kayıp görüntüyle belli belirsiz, ufacık bir benzerlik bile bulsa, yolu tarif eden şahıs, doğru yönde ilerlediğimden emin olmak için dönüp bakacak olursa, benim gezintiyi veya işi unutup oracıkta kalakaldığımı, hiç kıpırdamadan saatlerce çan kulesinin karşısında durup hatırlamaya çalıştığımı, benliğimin derinliklerinde, unutuş ırmağında kaybolmuş bir diyarın yeniden fethedilişini, sularının çekilip yeniden kuruluşunu hissettiğimi görür hayretle; elbette o zaman tekrar yola düşer, az önce yolu sorduğum zamankinden daha büyük bir telaşla yolumu bulmaya çalışır, bir sokağa saparım... ama ... kalbimin içinde bir sokağa...

Ayinden sonra, kiliseden eve dönerken, Paris'te mühendis olarak çalıştığı için uzun tatiller dışında Combray'deki evinde ancak cumartesi akşamından pazartesi sabahına kadar kalabilen M. Legrandin'le karşılaşırdık çoğunlukla. M. Legrandin çok başarılı oldukları bilimsel kariyerlerinin haricinde bambaşka bir edebiyat ve sanat kültürüne sahip olan, bu kültürü mesleki uzmanlıklarında kullanmayıp sohbetlerinde yansıtan kişilerdendi. Birçok edipten daha aydın (o zamanlar, M. Legrandin'in yazar olarak bir şöhreti olduğunu bilmiyorduk ve bir şiirini ünlü bir müzisyenin bestelediğini öğrendiğimizde çok şaşırdık), birçok ressamdan daha yetenekli olan bu kişiler, sürdükleri hayatın aslında onlara uygun olmadığını düşünür ve bilimsel mesleklerine ya hayal güçlerini de kullanarak aldırışsızca, ya da özenli, mağrur, küçümser, hüzünlü ve titiz bir dikkatle yaklaşırlar. Uzun boylu, endamlı, uzun sarı bıyıklı, zarif ve dalgın çehreli, mavi gözlü, yılgın bakışlı, incelikli bir nezaket sergileyen, bildiğimiz herkesten apayrı bir sohbeti olan M. Legrandin, kendisini daima örnek olarak gösteren ailemin nazarında, hayata son derece soylu ve hassas bir biçimde yaklaşan, seçkinlik timsali bir adamdı. Büyükannemin kendisinde bulduğu tek kusur, biraz fazla güzel, fazla kitabi konuşması, hep havada uçuşan, geniş, yumuşak kravatlarındaki ve neredeyse okul çocuklarınınkine benzer düz ceketindeki doğallığın dilinde bulunmamasıydı. Büyükannem onun sık sık aristokrasiye, yüksek sosyete yaşayışına ve "hiç şüphesiz Aziz Paulus'un bağışlanması imkânsız günahtan bahsederken kastetmiş olduğu" snopluğa karşı yaptığı ateşli konuşmalara da şaşırırdı.

Yüksek sosyete hırsı büyükannemin hiç hissetmediği, hatta anlayamadığı bir duygu olduğundan, bu hırsı böylesine hararetle kınamak da ona biraz anlamsız gelirdi. Ayrıca kız kardeşi Balbec yakınlarında yaşayan, Aşağı Normandiyalı bir asilzadeyle evli olan M. Legrandin'in soylulara böyle şiddetle saldırmasını, hatta hepsinin 1789 devrimi sırasında giyotinden geçirilmediğine hayıflanacak kadar ileri gitmesini biraz uygunsuz bulurdu.

M. Legrandin, karşılaştığımızda, "Selam, dostlar!" diyerek yaklaşırdı bize. "Burada uzun süre kalabildiğiniz için şanslısınız; benim yarın Paris'e, küçük deliğime dönmem gerekiyor." Sonra kendine has hafif alaylı, hayal kırıklığı ifade eden, biraz dalgın gülümsemesiyle, "Evimde gereksiz eşyaların hepsi var şüphesiz. Sadece gerekli olan şey eksik: Buradaki gibi kocaman bir gökyüzü parçası. Hayatınızın üstünde hep bir gökyüzü parçası bulundurmaya çalışın yavrucuğum" diye eklerdi bana dönerek. "Ender bulunur nitelikte, zengin bir ruha, bir sanatçı mizacına sahipsiniz, ihtiyaçlarını karşılayın onun."

Eve döndüğümüzde halam Mme Goupil'in ayine geç kalıp kalmadığını sorunca, ona cevap veremezdik. Üstelik kilisede bir ressamın çalıştığını, Kötü Gilbert'in vitrayını kopya ettiğini söyleyip huzursuzluğunu artırırdık. Derhal bakkala gönderilen Françoise, hem kilisede ilahi söyleyip temizlik yaptığı, hem de bakkal çırağı olduğu için çeşitli muhitlerle ilişkisi ve sınırsız bilgisi olan Théodore'u bulamayıp eli boş dönerdi.

"Ah!" diye içini çekerdi halam, "Eulalie'nin geleceği saati iple çekiyorum. Ondan başka kimse bu konuda bilgi veremez bana."

Eulalie, bir ayağı aksayan hamarat bir kızdı, kulakları ağır işitirdi; küçükken hizmetine verildiği Mme de la Bretonnerie'nin ölümünden sonra "emekliye" ayrılmış, kilisenin yanında bir oda tutmuştu; durmadan kiliseye, ayine, ayin saatleri dışında da bir dua okumaya veya Théodore'a yardım etmeye inerdi; geri kalan zamanlarda da, Léonie Halam gibi hasta insanları ziyaret edip sabah ya da ikindi duasında neler olduğunu anlatırdı kendilerine. Eski patronlarının kendisine ödediği mütevazı aylığa ufak bir katkı olarak ara sıra rahibin veya Combray kilise muhitinden bir başka önemli şahsiyetin çamaşır işiyle ilgilenmekte bir sakınca görmezdi. Siyah çuhadan bir harmani giyer ve çenesinin altından bağlanan, rahibelerinkine benzer beyaz bir başlık takardı; yanaklarının bir kısmı ve kemerli burnu, bir cilt hastalığı yüzünden, kınaçiçeği gibi koyu pembeydi. Eulalie'nin ziyaretleri, muhterem Peder'den başka neredeyse hiç misafir kabul etmeyen Léonie Halamın en büyük eğlencesiydi. Halam diğer ziyaretçilerinin hepsini birer ikişer bertaraf etmişti, çünkü onun nazarında hepsi, nefret ettiği iki insan kategorisinden ya birine, ya öbürüne giriyordu. Bu kategorilerden birincisi, başından ilk savdığı, en kötü insanlardan oluşuyordu; bunlar halama "kendini dinlememesini" öğütleyen ve güneşli havada küçük bir yürüyüşün ve güzel, az pişmiş bir bifteğin ona (iki damlacık Vichy suyunun ağırlığını midesinde on dört saat taşıyan halama!) sürekli yatmaktan ve aldığı ilaçlardan daha iyi geleceği tezini –sadece kınayan suskunluklarla veya şüpheli tebessümlerle de olsa– savunan kişilerdi. Diğer kategorideki kişiler ise, halamın zannettiğinden de ciddi bir hastalığı olduğunu, gerçekten söylediği kadar hasta olduğunu düşünür gibi görünenlerdi. Dolayısıyla bir iki tereddütten sonra, Françoise'ın iyi niyetli ısrarları üzerine yukarı çıkmalarına izin verilen ve ziyaretleri sırasında çekinerek, "Hava güzel olduğunda biraz gayret etseniz, acaba..." demeyi göze alarak kendilerine gösterilen lütfa hiç mi hiç layık olmadıklarını kanıtlayanlar da, aksine, halam, "Kötüyüm, çok kötüyüm, sonum yaklaştı, sevgili dostlarım" dediğinde, "Ah! İnsanın sağlığı bir kez elden gitmeyegörsün! Ama daha uzun süre böyle dayanabilirsiniz" diye cevap verenler de bir daha asla kabul edilmeyeceklerinden emin olabilirlerdi. Halam yattığı yerden, bunlardan birini kendisini ziyaret etme niyetiyle Saint-Esprit Sokağı'ndan geçerken gördüğünde veya zilin çalındığını duyduğunda korkuya kapılırdı; bu durumu gülümseyerek karşılayan Françoise, halamın onları geri çevirmek için başvurduğu, daima etkili olan kurnazlıklara ve halamı göremeden dönen ziyaretçilerin bozum olmuş yüzlerine güzel bir oyun gözüyle bakar, gülümsemesi kahkahaya dönüşürdü; aslında bu kişilerle görüşmek istemediği için hepsinden üstün olduğuna hükmettiği hanımını çok takdir ederdi. Kısacası, halam hem uyguladığı perhizin onaylanmasını, hem acılarına üzülünmesini, hem de geleceği konusunda teskin edilmeyi isterdi.

İşte Eulalie bütün bunları mükemmelen yerine getirirdi. Halam kendisine bir dakika içinde yirmi kere, "Sonum geldi, Eulalie'ciğim" dese, Eulalie yirmi kere, "Madame Octave, hastalığınızı o kadar iyi tanıyorsunuz ki, daha dün Mme Sazerin'in de dediği gibi, yüz yaşına kadar yaşarsınız" diye cevap verirdi. (Eulalie'nin tecrübenin getirdiği sayısız tekzibin sarsmayı başaramadığı, en sağlam inançlarından biri Mme Sazerat'nın adının Mme Sazerin olduğuydu.)

"Ben yüz yaşıma kadar yaşama peşinde değilim" diye cevap verirdi, ömrüne belirli bir vade biçilmemesini tercih eden halam.

Eulalie ayrıca halamı yormadan oyalamayı en iyi bilen insan olduğundan, beklenmedik bir engel çıkmadıkça her pazar düzenli olarak yaptığı ziyaretler, halam için pazar günleri önce neşeyle beklediği, ama Eulalie birazcık gecikecek olsa, aşırı açlık gibi bir ıstırap kaynağına dönüşüveren bir zevkti. Eulalie çok gecikirse, bekleyişin zevki işkence haline gelir, halam gözünü saatten ayıramaz, esner, zafiyet hissederdi. Eulalie zili günün sonunda, artık kendisinden umut kesilmişken çalarsa, halam neredeyse fenalık geçirirdi. Aslında pazar günleri bir tek bu ziyareti düşünürdü; öğle yemeği biter bitmez, Françoise halamı "meşgul etmek" üzere yukarı çıkmak için sabırsızlanır, bizim yemek odasını bir an önce boşaltmamızı isterdi. Ama biz (özellikle güzel havaların Combray'ye yerleşmesinden itibaren), kibirli öğle saati Saint-Hilaire çan kulesini sesli tacının on iki çiçeğiyle bir an armalandırıp kuleden aşağı inerek soframızın etrafında, kilise çıkışında teklifsizce bize katılmış olan kutsanmış ekmeğin yanında çınladıktan çok sonra sıcaktan ve özellikle de yemekten ağırlaşmış halde, hâlâ Binbir Gece Masalları tabaklarının başında oturuyor olurduk. Çünkü Françoise artık bize bildirmeye bile gerek duymadığı, değişmez yumurta, pirzola, patates, reçel ve peksimet ana menüsüne, –tarlalardaki ve meyve bahçelerindeki tarıma, gelgitin ürünlerine, ticaretin tesadüflerine, komşuların nezaketine ve kendi dehasına bağlı olarak ve soframız on üçüncü yüzyılda katedrallerin ana kapılarına yontulan dört yapraklı süsler gibi, mevsimlerin dönüşünü ve hayatın olaylarını yansıtacak şekilde– satıcı kadın çok taze olduğu konusunda ısrar ettiği için bir kalkan balığı, Roussainville-le-Pin pazarında görüp çok beğendiği için bir hindi, daha önce o şekilde pişmişini bize hiç yedirmediği için ilikli yabanenginarı, açık hava insanı acıktırdığı ve saat yediye kadar sindirmeye bol bol vakit olduğu için kızarmış but, değişiklik olsun diye ıspanak, turfanda olduğu için kayısı, on beş güne kadar artık kalmaz diye frenküzümü, M. Swann bilhassa bize getirmiş olduğu için ahududu, iki yıl sonra ilk defa tekrar meyve verdi diye bahçedeki ağaçtan kiraz, ben eskiden çok sevdiğim için krem peyniri, bir gün önceden sipariş ettiği için bademli pasta, ikram etme sırası bizde olduğu için bir çörek eklerdi. Bütün bunlardan sonra da, bizler için özel olarak hazırlanmış, ama bilhassa meraklısı olan babama ithafen, Françoise'ın şahsi ilhamı, ikramı olan, bütün yeteneğini sergilediği, özel bir olayı kutlamak için meydana getirilmiş bir eser gibi geçici ve hafif bir çikolatalı krema gelirdi. "Ben çok doydum, artık bir şey yiyemem" diyerek bu kremayı tatmayı reddeden kişi, bir sanatçının kendilerine hediye ettiği bir eserinde bile, niyet ve imzadan başka bir şey önemli olmadığı halde, ağırlığına ve malzemesine bakan hödükler sınıfına dahil edilirdi derhal. Hatta tabağında bir tek lokma bırakmak, bestecinin gözü önünde, parça bitmeden kalkıp gitmek kadar büyük bir terbiyesizlik addedilirdi.

Nihayet annem, "Haydi, bütün gün burada oturma; dışarısı çok sıcak geliyorsa odana çık, ama önce biraz hava al, sofradan kalkar kalkmaz okumaya dalma" derdi bana. Genellikle iğ biçimli alegorik bedenini hareketli bir kabartma halinde kaba taşa işleyen bir semenderin teknesini Gotik kurnalar gibi süslediği pompanın yanına gidip arkalıksız sıraya, leylak ağacının gölgesine otururdum; bahçenin bu köşesinde, Saint-Esprit Sokağı'na açılan bir servis kapısı vardı, evden bağımsız bir yapıymış gibi çıkıntı oluşturan arka mutfaktan iki basamakla doğrudan toprak zemine inilirdi. Mutfağın somakiyi andıran kırmızı, parlak döşemesi bahçeden görünürdü. Françoise'ın ininden çok, küçük bir Venüs tapınağına benzerdi. Peynircinin ve manavın bazen tarlalarının ilk ürünlerini ona adamak üzere, uzak köylerden getirdikleri bağışlarla dolup taşardı. Çatısını da dem çeken bir güvercin taçlandırırdı daima.

Eskiden, bu tapınağı çevreleyen kutsal ormanda fazla oyalanmaz, kitap okumak üzere yukarı çıkmadan önce, büyükbabamın binbaşıyken emekliye ayrılmış olan kardeşi Adolphe Amca'mın zemin kattaki küçük oturma odasına girerdim; açık pencerelerinden içeri, oraya nadiren ulaşan güneş ışınları değilse de, dışarının sıcaklığı girdiğinde bile, terk edilmiş av köşklerine girdiğimizde uzun müddet burnumuzu gıdıklayan, hem devrim öncesini, hem ormanı çağrıştıran o karanlık ve serin koku, bu odadan hiç eksik olmazdı. Ama yıllar vardı ki, Adolphe Amca'mın oturma odasına girmez olmuştum, çünkü amcam, anlatacağım şu olay nedeniyle benim yüzümden ailemle bozuştuğundan beri Combray'ye gelmiyordu:

Paris'te ayda bir iki kere beni amcamın evine ziyarete gönderirlerdi; gittiğimde amcam kısa asker ceketiyle öğle yemeğini bitirmek üzere olur, kendisine mor-beyaz çizgili pamukludan bir iş ceketi giymiş uşağı hizmet ederdi. Adolphe Amcam uzun zamandır ziyaretine gitmediğimden, onu ihmal ettiğimizden yakınırdı homurdanarak; bana bir badem ezmesi veya bir mandalina ikram ederdi, sonra da hiç oturmadığımız, şöminesi hiç yanmayan, duvarları yaldızlı silmelerle süslenmiş, tavanı gökyüzü taklidi bir maviye boyanmış, büyükbabamlardaki gibi kapitone satenden, ama sarı renkte mobilyaları olan bir salondan geçerdik; ardından, amcamın "çalışma" odası dediği bir odaya girerdik; bu odanın duvarlarında, siyah bir fon üzerinde, bir yerkürenin üstüne binmiş ya da alnında bir yıldız bulunan tombul, pembe bir tanrıçanın bir savaş arabasını sürüşünü betimleyen, bir Pompei havası taşıdıkları kanısıyla İkinci İmparatorluk üslubunca benimsenen, sonraları nefret edilen, şimdilerdeyse, çeşitli nedenler ileri sürülse de, bir tek sebepten ötürü, İkinci İmparatorluk üslubunda oldukları için tekrar sevilmeye başlanan gravürler asılıydı. Oda hizmetkârı gelip arabacının saat kaçta hazır olması gerektiğini soruncaya kadar, amcamın yanında kalırdım. Bu soru üzerine amcam derin bir düşünceye dalar, oda hizmetkârı hayran bakışlarla, en ufak bir hareketiyle rahatsızlık vermekten korkarak, amcamın asla değişmeyen cevabını beklerdi merak içinde. Nihayet, son bir tereddüdün ardından, amcam her defasında, "İkiyi çeyrek geçe" der, oda hizmetkârı da hayretler içinde, ama tartışmaya girişmeden, "İkiyi çeyrek geçe mi? Pekâlâ... haber vereyim..." diye cevap verirdi.

O dönemde tiyatroya âşıktım; platonik bir aşktı bu, çünkü annemle babam henüz tiyatroya gitmeme izin vermemişlerdi; hayalimdeki tiyatro ve orada yaşanan hazlar gerçeğe o kadar aykırıydı ki, her seyircinin, tıpkı bir stereoskopa bakar gibi, diğer seyircilerin de kendi başlarına seyrettikleri yüzlerce dekora benzeyen, ama kendine özel bir dekoru seyrettiğini zannederdim aşağı yukarı.

Her sabah koşarak Morris afiş direğine gider, ilanlarda hangi temsillerin yer aldığına bakardım. Duyurulan her temsil, hayal gücümü oyunun adını oluşturan kelimelerin ve tutkalla yer yer kabarmış, hâlâ ıslak afişin renginin şartladığı, her türlü çıkardan bağımsız bir saadetin kaynağı olan hulyalara sürüklerdi. Opéra-Comique Tiyatrosu'nun yeşil afişlerinde değil de, Comédie-Française'in vişneçürüğü afişlerinde yer alan *César Girodot'nun Vasiyeti* ve *Kral Oidipus* gibi garip eserlerin haricinde hiçbir şey *Taç Elmasları*'nın ışıltılı, beyaz sorgucundan *Siyah Domino*'nun parlak, esrarengiz sateni kadar farklı olamazdı benim nazarımda; annemle babam tiyatroya ilk gidişimde bu iki oyundan birini seçmem gerekeceğini söylemişlerdi; oyunlar hakkında isimlerinden başka şey bilmediğimden, her birinin bana vaat ettiği hazzı kavrayıp diğeriyle karşılaştırabilmek için bu isimleri ayrı ayrı derinlemesine incelemeye çalışır, sonunda, bir tarafta göz kamaştırıcı ve soylu bir oyunu diğer tarafta yumuşacık, kadife gibi bir oyunu gözümde öylesine yoğun bir biçimde canlandırırdım ki, ikisi arasında bir tercih yapmam, yemekten sonra meyveli, jöleli pastayla çikolatalı krema arasında bir seçim yapmak kadar imkânsızdı.

Sanat'ın büründüğü çeşitli biçimler arasında, henüz kendisiyle tanışmadığım halde, sezgilerime ilk seslenen tiyatro sanatını icra eden oyuncular, arkadaşlarımla sohbetlerimin yegâne konusuydu. Ayrı ayrı oyuncuların konuşma biçimlerindeki, bir tiradı vurgulayışlarındaki en ufak farklılıklar bile, kelimelere sığmaz bir önem taşıyordu bana sorulursa. Bana bu oyuncular hakkında söylenenlere dayanarak, onları yeteneklerine göre sıraya dizerdim; kendi kendime gün boyu tekrarladığım bu listeler, sonunda beynimde katılaşmış ve dokunulmazlıklarıyla zihnimi tıkamışlardı.

Daha sonra, koleje başladığımda, derslerde öğretmen kafasını çevirdiği anda yazışarak sohbete başladığım her yeni arkadaşa sorduğum ilk soru, tiyatroya gidip gitmediği, onun nazarında en iyi oyuncunun Got, ikincinin Delaunay, vs. olup olmadığıydı. Eğer onun nazarında Febvre Thiron'dan sonra, veya Delaunay Coquelin'den sonra geliyorsa, zihnimde ikinci sıraya geçmek üzere taş gibi sertliğinden sıyrılan Coquelin'in kazandığı ani hareketlilik ve Delaunay'nin dördüncü sıraya gerilerken gösterdiği mucizevi esneklik, sınırsız canlılık, yumuşayan ve zenginleşen zihnime bir gelişme ve hayata dönüş hissi yaşatırdı.

Erkek oyuncular zihnimi böylesine meşgul ederken, bir öğleden sonra Théâtre-Français'den çıkarken gördüğüm Maubant bende aşkın heyecanını, ıstıraplarını uyandırmışken, tabiatıyla, bir yıldızın tiyatro kapısında parıl parıl yanan ismi, sokaktan geçen, atlarının alınlıkları güllerle süslenmiş bir kupa arabasının aynasında gördüğüm, oyuncu olabileceğini düşündüğüm bir kadının çehresi bende çok daha uzun süreli bir heyecan yaratır, beni bu kadın oyuncunun hayatını kafamda canlandırma arzusuyla, nafile ve sancılı bir çaba içinde kıvrandırırdı. En ünlü kadın oyuncuları yeteneklerine göre sıraya dizerdim: Sarah Bernhardt, Berma, Bartet, Madeleine Brohan, Jeanne Samary; ama hepsi ilgimi çekerdi. Adolphe Amcam birçok kadın oyuncu ve ayrıca oyunculardan tam olarak ayıramadığım birçok yosma tanırdı. Onları evinde ağırlardı. Amcama sadece belirli günlerde gitmemizin nedeni, diğer günlerde evine ailesinin karşılaşamayacağı kadınların gelmesiydi; daha doğrusu aile böyle düşünüyordu, çünkü amcam, tam tersine, belki hiç evlenmemiş olan güzel dulları, şüphesiz takma ad olan tumturaklı isimlere sahip kontesleri aşırı bir rahatlıkla büyükanneme tanıştırmayı, hatta kendilerine aile yadigârı mücevherler hediye etmeyi nezaket addederdi ve bu da büyükbabamla arasının birçok kez bozulmasına yol açmıştı. Sohbet sırasında bir kadın oyuncunun adı geçtiğinde, çoğu kez babam gülümseyerek anneme, "Amcanın arkadaşı" derdi; amcamın birçok insan için ulaşılmaz, kendisininse yakın dostu olan kadın oyunculara beni takdim edebileceğini, böylece, bir yumurcak olduğum halde, önemli adamların mektuplarına belki yıllar boyunca cevap vermeyen, onları kapıcıları aracılığıyla kovan kadınların kapısında nafile beklemekten kurtulabileceğimi düşünürdüm.

Bu yüzden de –saati değiştirilen bir dersim yüzünden amcamı bir türlü göremediğim, daha bir süre de göremeyeceğim bahanesiyle– Adolphe Amca'yı ziyarete ayrılmış günlerin haricindeki bir gün, annemle babamın öğle yemeğini erken yemiş olmasını fırsat bilip sokağa çıktım ve tek başıma gitmeme izin verilen afiş direğine bakmaya gideceğime, amcamın evine koştum. Kapısının önünde iki atlı bir araba dikkatimi çekti; arabacının yakasında ve atların gözlüklerinde birer kırmızı karanfil vardı. Merdivende bir kahkaha ve bir kadın sesi geldi kulağıma, zili çaldığım anda da bir sessizlik, ardından kapanan kapıların sesi işitildi. Kapıyı açan oda hizmetkârı beni görünce şaşırdı, amcamın çok meşgul olduğunu, herhalde beni kabul edemeyeceğini söyledi; buna rağmen amcama haber vermeye gittiğinde, daha önce işittiğim kadın sesinin şöyle dediğini duydum: "Ah lütfen, izin ver, bir iki dakikalığına gelsin; çok hoşuma gidecek. Masanın üzerindeki fotoğrafı onun yanındaki resimde görülen annesine, yeğenine çok benziyor, değil mi? Şu çocuğu bir kere görmeyi çok istiyorum."

Amcamın homurdandığını, kızdığını işittim; sonunda oda hizmetkârı beni içeri aldı.

Masanın üzerinde mutat badem ezmesi tabağı duruyordu; amcam her zamanki kısa ceketini giymişti, ama karşısında pembe ipek elbiseli, iri inci kolyeli, elindeki mandalinayı bitirmek üzere olan genç bir kadın oturmaktaydı. Bu hanıma Madame diye mi, Mademoiselle diye mi hitap etmem gerektiğini bilemeyip kızardım ve kendisiyle konuşmak zorunda kalırım korkusuyla, gözlerimi ondan yana çevirmeye pek cesaret edemeyerek amcamı öptüm. Genç kadın gülümseyerek bana bakıyordu, amcam, "Yeğenim" deyip ne benim adımı söyledi, ne de onunkini; büyükbabamla aralarında çıkan meselelerden sonra, ailesiyle bu tür ilişkileri arasında herhangi bir bağlantı kurmaktan kaçınıyor olsa gerekti.

"Annesine ne kadar benziyor, dedi kadın.

—Ama siz yeğenimin sadece fotoğrafını gördünüz, diye ters bir cevap verdi amcam.

—Kusura bakmayın aziz dostum, ama geçen yıl siz hastalandığınızda merdivende karşılaşmıştım kendisiyle. Evet, bir saniye gördüm kendisini, sizin merdiven de epey karanlık, ama bu bile kendisine hayran olmama yetti. Bu küçük delikanlı da annesinin güzel gözlerine ve *buna* sahip" dedi, alnının alt kısmına parmağıyla bir çizgi çizerek. "Saygıdeğer yeğeninizin soyadı sizinkiyle aynı mı? diye sordu amcama.

—Daha çok babasına benzer, diye homurdandı, yüz yüze tanıştırmaya olduğu kadar annemin soyadını söyleyip gıyaben takdim etmeye de gönülsüz olan amcam. Tıpatıp babasına ve rahmetli anneme benzer.

—Babasını tanımıyorum, dedi pembeli hanım, başını hafifçe eğerek, rahmetli annenizle de hiç tanışmamıştım sevgili dostum. Hatırlayacak olursanız, sizinle büyük acınızdan kısa bir süre sonra tanışmıştık."

Biraz hayal kırıklığına uğramıştım, çünkü bu genç hanım, aile içinde ara sıra gördüğüm diğer güzel kadınlardan, özellikle de her yılbaşında ziyaretine gittiğim bir akrabamızın kızından pek farklı değildi. Amcamın o güzel kadınlardan sadece daha iyi giyimli olan hanım arkadaşı onlarla aynı canlı, iyilik dolu bakışlara, içten, sevecen tavra sahipti. Kadın oyuncuların fotoğraflarında hayran olduğum tiyatrovari görünümden, sürdüğünü varsaydığım hayata uygun şeytani ifadeden eser yoktu bu hanımda. Bu hanımın bir yosma olduğuna inanmakta güçlük çekiyordum; iki atlı arabasını, pembe elbisesini, inci kolyesini görmesem, amcamın sadece en seçkin yosmalarla ilişkisi olduğunu bilmesem, seçkin bir yosma olduğuna hiç mi hiç inanmazdım. Kendisine bu arabasını, konağını, mücevherlerini hediye etmiş olan milyonerin bu kadar sade, hanım hanımcık görünen birisi uğruna servetini harcamaktan nasıl zevk alabildiğini merak ediyordum. Bununla birlikte, bu kadının hayatını kafamda canlandırmaya çalıştıkça, ahlaksızlığı beni allak bullak ediyordu; belki bu ahlaksızlık karşımda özel bir görüntüde somutlaşsa, kafam bu kadar karışmazdı – burjuva ailesinin evinden ayrılıp kendini herkese adamasına yol açan, ona güzellik ve kibar fahişelerin kötü şöhretini kazandıran bir skandal, bir romanın esrarı gibi görünmez olan bu kadının, tanıdığım onca kadına benzeyen yüz ifadeleri, sesindeki tonlamalar, artık bir ailesi bile olmayan bu kadını ister istemez bir iyi aile kızı gibi görmeme sebep oluyordu.

"Çalışma odası"na geçmiştik; benim varlığımdan biraz rahatsız olmuş gibi görünen amcam, pembeli hanıma sigara ikram etti.

"İstemem, teşekkür ederim azizim, biliyorsunuz Grandük'ün gönderdiği sigaralara alıştım. Sizin kıskandığınızı söyledim kendisine." Ardından, bir tabakadan, yaldızlı yabancı yazılarla dolu bir sigara çıkardı. Ansızın, "Aslında bu delikanlının babasıyla sizin evde karşılaşmış olmalıyım" dedi. "Yeğeniniz değil mi? Nasıl unuttum? Bana çok iyi, çok kibar davranmıştı" dedi mütevazı, duygulu bir tavırla. Ama babamın ölçülülüğünü ve soğukluğunu bilerek, pembeli hanımın çok kibar diye nitelendirdiği davranışının kim bilir ne kadar katı olduğunu düşünüp babama gösterilen bu aşırı minnetle onun yetersiz nezaketi arasındaki eşitsizlikten ötürü, sanki babam bir kabalık etmişçesine utandım. Daha sonraları, bu aylak ve çalışkan kadınların işlevinin insanın içini sızlatan bir yanının cömertliklerini, yeteneklerini, duygusal bir estetik hayalini –onlar da sanatçılar gibi bu hayali gerçekleştirmezler, gündelik hayatın çerçevesine sokmazlar çünkü– ve kendilerine pahalıya mal olmayan bir serveti erkeklerin kaba saba, yontulmamış yaşayışlarını değerli ve zarif bir çerçeveye oturtmaya hasrettiklerini düşündüm. İşte bu kadın da, amcamın kendisini gündelik ceketiyle ağırladığı odasına o yumuşacık bedenini, pembe ipekli elbisesini, incilerini, bir grandükün dostluğundan yayılan zarafeti armağan ettiği gibi, babamın sıradan bir sözünü de incelikle işlemiş, biçimlendirmiş, ona değerli bir ad vermiş, tevazu ve minnetle dolu o güzel bakışlarıyla süsleyerek sanat eseri bir mücevhere, "harikulade" bir şeye dönüştürülmüş olarak sunmaktaydı şimdi.

"Hadi bakalım, senin gitme vaktin geldi" dedi amcam bana dönerek.

Ayağa kalktım, pembeli hanımın elini öpmek için dayanılmaz bir arzu duyuyordum, ama bunun bir kaçırma eylemi kadar cüretkârca bir hareket olacağını düşünüyordum. Kalbim çarparak kendi kendime, "Yapmalı mıyım, yapmamalı mıyım?" diye soruyordum; sonra, bir şey yapabilmek için, ne yapmam gerektiğini sorgulamaktan vazgeçtim. Körü körüne, mantıksızca, daha birkaç saniye önce bulduğum destekleyici sebepleri unutmuş halde, pembeli hanımın uzattığı elini dudaklarıma götürdüm.

"Ah, ne kadar şeker! Şimdiden çapkın, kadınlara meraklı; amcasına çekmiş. Tam bir centilmen olacak" dedi pembeli hanım, cümlesine hafif bir İngiliz aksanı katmak için dişlerini sıkıştırarak. "Bir gün bana komşumuz İngilizler'in dediği gibi, *a cup of tea** içmeye gelemez mi? Sabahtan bir 'mavi'** çekiverir, olur biter."

"Mavi"nin ne olduğu bilmiyordum. Pembeli hanımın söylediklerinin yarısını anlamıyordum, ama bu sözlerde bir soru gizli olabileceği ve cevap vermemenin de terbiyesizlik olacağı korkusuyla, dikkatle dinlemeye devam ediyordum konuşmasını; müthiş bir yorgunluk hissediyordum.

"Hayır, imkânsız" dedi amcam omuz silkerek, "hiç vakti yok, çok çalışıyor. Okulda hep birinci" diye ekledi, ben bu yalanı işitip düzeltmeyeyim diye alçak sesle. "Kim bilir, belki de ileride bir Victor Hugo, bir Vaulabelle olur, değil mi?

—Sanatçılara bayılırım, diye cevap verdi pembeli hanım, kadınları bir tek onlar anlıyor... Bir onlar, bir de sizin gibi seçkin kişiler. Cehaletimi mazur görün sevgili dostum. Vaulabelle kimdir? Odanızdaki küçük camlı kitaplıkta duran yaldızlı ciltler mi? Unutmayın, sözünüz var, bana ödünç vereceksiniz onları, çok dikkat ederim."

Kitaplarını ödünç vermekten nefret eden amcam bir şey söylemedi ve beni sofaya kadar geçirdi. Pembeli hanımın aşkından çılgına dönmüş bir halde, yaşlı amcamın tütün kokan yanaklarını deli gibi öptüm; amcam epeyce sıkıntılı bir tavırla, açıkça söylemeye cesaret edemese de, bu ziyaretten annemle babama bahsetmesem daha memnun olacağını ima ederken, ben gözlerimde yaşlarla, iyiliğini hiç unutmayacağımı, bir gün minnetimi kendisine göstermenin yolunu mutlaka bulacağımı söylüyordum. İyiliği beni gerçekten o kadar etkilemişti ki, iki saat sonra, yeni kazandığım önemi annemle babama açıkça belirtmediğini düşündüğüm birkaç esrarengiz cümlenin ardından, az önce yaptığım ziyareti kendilerine en ince ayrıntısına kadar anlatmayı daha açıklayıcı buldum. Bu davranışımla amcamın başını derde sokacağımı düşünmüyordum. Böyle bir şeyi istemediğime göre, nasıl düşünebilirdim? Benim sakıncalı bulmadığım bir ziyareti annemle babamın sakıncalı bulacağını da tahmin edemezdim. Bir dostumuz mektup yazmayı ihmal ettiği bir hanımdan onun adına özür dilememizi tembihlediği halde, bizim önem vermediğimiz bir suskunluğa söz konusu hanımın da önem vermeyeceğine hükmedip bir şey söylemememiz çok sık rastlanan

* bir fincan çay.

** Paris'te mavi kâğıda yazılan şehiriçi telgraflara verilen takma ad.

bir olay değil midir? Ben de herkes gibi başkalarının zihnini, sunulan şeylere belirli bir tepki göstermekten âciz, edilgen ve uysal bir hazne zannediyordum; amcamın sayesinde gerçekleşen tanışmanın haberini annemle babamın zihnine sunmakla, bu tanışma hakkındaki kendi iyi niyetli yargımı da arzu ettiğim şekilde onlara aktardığımdan hiç kuşkum yoktu. Ne yazık ki ailem, amcamın davranışını yargılarken benim önerdiğim ilkelerden çok farklı ilkeleri benimsedi. Babam ve büyükbabamla amcam arasında hararetli münakaşalar olmuş; ben bunu dolaylı bir yoldan öğrendim. Birkaç gün sonra, sokakta üstü açık bir arabanın içinde amcamla karşılaştığımda, hissettiğim üzüntüyü, minneti, pişmanlığı ona ifade etmek istedim. Duygularımın yoğunluğuyla karşılaştırıldığında, şapkamı çıkararak bir selam vermenin alçaklık olacağına hükmettim: Amcam kendimi ona sadece sıradan bir nezaket göstermekle yükümlü zannettiğimi düşünebilirdi. Bu yetersiz hareketi yapmamaya karar verip başımı çevirdim. Amcam benim annemle babamın talimatına uyarak bu şekilde davrandığımı düşündü ve onları hiç affetmedi; uzun yıllar sonra ölünceye kadar, hiçbirimiz onu bir daha görmedik.

İşte bu yüzden, Adolphe Amca'mın artık kapalı duran oturma odasına girmeyip arka mutfağın çevresinde oyalandıktan sonra, Françoise dışarı çıkıp, "Kahve servisiyle yukarı sıcak su çıkarma işini bulaşıkçı kıza bırakacağım, benim Madame Octave'ın yanına gitmem lazım" dediğinde, içeri girmeye karar verir, doğrudan odama, kitap okumaya çıkardım. Bulaşıkçı kız cisimleştiği geçici biçimler arasında bir devamlılık sağlayan ve kendisine bir kimlik kazandıran sabit görevleri yerine getirmekle yükümlü bir tüzel kişi, kalıcı bir kurumdu; çünkü en az yılda bir kere, mutlaka değişirdi. Sürekli kuşkonmaz yediğimiz yıl, çoğunlukla kuşkonmazları ayıklamakla görevli olan bulaşıkçı kız zavallı, marazi bir kızdı; biz Paskalya'da Combray'ye gittiğimizde, hamileliğinin epeyce ilerlemiş bir safhasındaydı; Françoise'ın evin içinde de, dışında da, kıza onca iş yaptırmasına şaşıyorduk, çünkü gün geçtikçe şişen, mucizevi biçimiyle bol iş gömleğinin altından kendini belli eden o esrarengiz sepeti önünde taşırken zorlanmaya başlamıştı bile. Bu iş gömleği, M. Swann'ın hediye ettiği fotoğraflarda gördüğüm, Giotto'nun kimi sembolik figürlerinin geniş kaftanlarına benzerdi. Bu benzerliğe de bizzat M. Swann dikkatimizi çekmişti; bize bulaşıkçı kızdan haber soracağı zaman, "Giotto'nun Merhameti nasıl?" derdi. Zaten hamileliği nedeniyle yüzü bile şişmanlamış olan, yanakları dümdüz inip bir kare oluşturan zavallı kızın kendisi de, Arena'daki, erdemlerin kişileştirimleri olan güçlü kuvvetli, erkeksi bakirelere, daha doğrusu anaç kadınlara epey benzerdi gerçekten. Padova'daki *Erdemler ve Kötülükler*'in, bulaşıkçı kıza bir başka bakımdan da benzediğini şimdi anlıyorum. Nasıl ki bu kız, siluetini şişiren sembolü anlamını kavramazmışçasına, sıradan, ağır bir yük gibi karnında taşıyor, bu sembolün güzelliği ve ruhu yüzünde katiyen ifade bulmuyorsa, aynı şekilde kopyası Combray'deki çalışma odamın duvarında asılı, Arena'da "Caritas"* adı altında boy gösteren güçlü kuvvetli ev kadını da, bu erdemi hiç aklından geçmemişçesine, kanlı canlı, bayağı çehresinde merhamet kavramı asla ifade bulmamış gibi temsil eder. Ressamın güzel bir buluşuyla dünya nimetlerini ayaklar altına almıştır, ama tıpkı suyunu çıkarmak üzere üzüm çiğner, daha doğrusu yükselmek için çuvalların üstüne çıkar gibidir; alev alev yanan yüreğini Tanrı'ya sunuşu, daha münasip bir tabirle "uzatıverişi" ise, bir aşçının bodrumun hava deliğinden zemin kat penceresindeki birine bir tirbuşonu uzatıverişini hatırlatır. Kıskançlık figürüne gelince, onda bir kıskançlık ifadesine daha yaklaşılmış gibidir. Ama bu freskte de, sembol o kadar çok yer tutar ve o kadar gerçeğe uygundur, Kıskançlığın dudaklarında tıslayan yılan o kadar iridir ve ardına kadar açılmış ağzını öylesine doldurur ki, yüzündeki kaslar yılanı tutabilmek için, balon şişiren bir çocuğunki gibi gerilmiştir ve Kıskançlığın bütün dikkati –bu arada bizimki de– dudak hareketinde yoğunlaştığından, kıskanç düşüncelere ayıracak vakti yoktur.

M. Swann'ın, Giotto'nun bu figürlerine olan derin hayranlığına rağmen, ben onun getirdiği kopyaları astığımız çalışma odasındaki bu merhametsiz Merhameti, bir tıp kitabında, dildeki bir tümörün veya ameliyat gerecinin gırtlağı ya da küçükdili sıkıştırmasını gösteren bir levhaya benzer bu Kıskançlığı, sıradan, düzgün hatları ve grimsi çehresiyle Combray'de kilisede gördüğüm ve çoğu Haksızlığın yedek kuvvetlerine kayıtlı, sofu, ruhsuz birtakım burjuva güzellerini hatırlatan bu Adaleti seyretmekten uzun süre hiçbir zevk alamadım. Ama daha sonraları, bu fresklerin çarpıcı tuhaflığının, kendine has güzelliğinin sembollere bu kadar geniş bir yer ayrılmış

* Merhamet.

olmasından kaynaklandığını, sembolün simgelenen düşünce ifade edilmediğine göre bir sembol olarak değil, bir gerçeklik, fiilen yaşanan ya da maddeten kullanılan bir şey olarak temsil edilmesinin esere daha gerçek, daha belirgin bir anlam kattığını, mesajını daha somut, daha çarpıcı kıldığını anladım. Zavallı bulaşıkçı kıza baktığımızda da, dikkatimiz sürekli olarak ağırlığını zor taşıdığı karnına çevriliydi, aynı şekilde can çekişen kişilerin dikkati de ölümün kendilerine sunduğu, acımasızca hissettirdiği somut, sancılı, karanlık, organik yanına, ölüm adını verdiğimiz kavramdan çok kendilerini ezen ağır bir yüke, nefes darlığına, susuzluğa benzeyen yüzüne çevrilidir çoğunlukla.

Padova'daki bu *Erdemler ve Kötülükler* bana hamile hizmetçimiz kadar canlı, hizmetçimiz de neredeyse onlar kadar alegorik göründüğüne göre, demek ki epeyce gerçeklik içeriyorlardı. Ayrıca bir insanın ruhunun onda vücut bulan erdemle (en azından görünürdeki) bağlantısızlığı, estetik değerinin haricinde, psikolojik olmasa da, fizyonomik bir gerçeklik barındırır içinde. Daha sonraki yıllarda, örneğin manastırlarda karşılaştığım, hayata geçirilmiş merhametin gerçek birer azize sayılabilecek canlı timsalleri, genellikle işi başından aşkın cerrahların neşeli, gerçekçi, kayıtsız ve sert tavrına, ıstırap çeken insan karşısında hiçbir acıma ve şefkate yer vermeyen, incitmekten korkmayan bir çehreye, yani gerçek iyiliğin sevecenlikten uzak, sevimsiz ve asil çehresine sahiptiler.

Bulaşıkçı kız –Hatanın oluşturduğu tezatla Doğruluğun üstünlüğünü daha da çarpıcı kılması gibi, gayri ihtiyari Françoise'ın üstünlüğünü vurgulayarak– anneme göre sıcak sudan ibaret olan kahveleri dağıttığı ve ardından hafif ılık denebilecek sıcak suları odalarımıza çıkardığı sırada, ben elimde bir kitapla yatağıma uzanmış olurdum; odam, hafif aralık duran panjurların ardındaki öğle sonrası güneşine rağmen, saydam, kırılgan, titreşen serinliğini korur, sarı kanatlarını panjurların arasından geçirmeyi başarabilmiş bir ışık huzmesi bir köşede, ahşapla camın arasına konmuş bir kelebek gibi kıpırtısız dururdu. İçerideki ışık okumaya zor yeterdi, güneşin parlak ışığını sadece La Cure Sokağı'nda Camus'nün (Françoise, halamın "dinlenmediğini", dolayısıyla gürültü edilebileceğini bildirdikten sonra) tozlu kasalara vuruşuyla hissederdim; sıcak günlere özgü, titreşimli havada çınlayan bu vuruşlarla, sanki uzaklarda lal rengi yıldızlar uçuşurdu; ışığın parlaklığını hissettiren bir de sinekler vardı, karşımda adeta yaz mevsiminin oda müziğini icra ederek küçük bir konser verirlerdi; bu müzik, tesadüfen yazın dinlenen ve daha sonra bize o mevsimi hatırlatan, insanların müziğinden farklı bir biçimde çağrıştırır yazı, yaz mevsimiyle arasında daha kaçınılmaz bir bağ vardır; sıcak günlerden kaynaklanan bu müzik, ancak böyle günlerde yeniden canlanır, bu günlerin özünü barındırır içinde ve hayalini hafızamızda uyandırmakla kalmayıp, dönüşünü, somut, yakınımızdaki, her an ulaşılabilir varlığını doğrular.

Odamdaki bu loş serinliğin sokaktaki kızgın güneşle ilişkisi, gölgenin ışıkla ilişkisi gibiydi, yani onun kadar ışıltılıydı ve dışarıda geziyor olsam duyularımın ancak kısmi olarak tadına varabileceği yaz mevsiminin eksiksiz bir görüntüsünü sunardı hayal gücüme; böylece (kitaplarımda anlatılan heyecanlı maceralar sayesinde) akan bir suyun içinde kıpırtısız duran el misali, bir hareket selinin sarsıntısını ve canlılığını taşıyan dinlenmeme uyum sağlardı.

Ne var ki büyükannem, fazlasıyla sıcak hava bozmuş, bir fırtına çıkmış ya da sağanak bastırmış olsa bile, gelip dışarı çıkmam için yalvarırdı. Ben de elimdeki kitabı bırakmak istemeyip okumaya bahçede devam eder, kestane ağacının altındaki hasır ve bezden küçük çardağın kuytusuna, aileyi ziyarete gelebilecek kişilerin beni göremeyeceğini düşündüğüm bir yere otururdum.

Zihnim de dışarıda olup bitenleri seyrederken bile içine gömüldüğüm bir başka yuvaydı. Dışarıdaki bir nesneyi gördüğümde, gördüğümün bilinci nesneyle arama girer, etrafını maddesine doğrudan dokunmamı engelleyen ince bir manevi şeritle kuşatırdı; tıpkı ıslak bir nesneye yaklaştırılan akkor halindeki bir cismin önünde daima bir buharlaşma kuşağı oluşturarak ıslaklığa değmediği gibi, gördüğüm nesnenin maddesi de –ben onunla temas etmeden– adeta buharlaşırdı. Kitap okurken, bilincim birbirinden farklı durumların hepsini aynı anda, adeta alacalı bir ekranda sergilerdi; benliğimin en ücra köşelerine gizlenmiş özlemlerden bahçenin sonunda gördüğüm, tamamen dışsal olan ufuk çizgisine kadar uzanan bu farklı durumlar arasında en öncelikli, en çok bana ait olanı, hareket halindeki bir kontrol düğmesi gibi her şeyi yöneten güdü, okumakta olduğum kitabın felsefi zenginliğine, güzelliğine olan inancım ve hangi kitabı okuyor olursam olayım, bu zenginliği, bu güzelliği kendime mal etme isteğimdi. Okuduğum kitabı

Combray'de, eve çok uzak olduğu için Françoise'ın Camus kadar sık alışveriş etmediği, ama kırtasiye ve kitap bakımından daha zengin olan Borange bakkaliyesinden, onu ilk kez dükkânın bir katedral kapısından daha esrarengiz, düşüncelerle daha fazla donatılmış olan kapısının iki kanadını kaplayan broşürler ve fasiküller mozaiği içinde, iplerle tutturulmuş halde görerek almış olurdum. Yine de kitabı satın almamın asıl sebebi, benim yarı yarıya sezinlediğim, yarı yarıya anlaşılmaz bulduğum gerçeğin ve güzelliğin sırrını, yani keşfi bütün düşüncelerimin bulanık, ama sabit hedefini oluşturan sırrı çözmüş biri gibi gördüğüm bir öğretmenimin veya arkadaşımın tavsiyesi olurdu.

Kitap okurken içeriden dışarıya, gerçeğin keşfine doğru durmadan hareket eden bu temel inancın ardından, benim de katıldığım olaylar zincirinin yaşattığı heyecanlar gelirdi, çünkü bu öğle sonraları, çoğunlukla bir ömür boyu yaşananlardan daha fazla dramatik olayı barındırırdı içinde. Bunlar okuduğum kitapta cereyan eden olaylardı; evet, olayların etkilediği kişiler Françoise'ın dediği gibi "gerçek" değildiler. Ama gerçek bir kişinin mutluluğunun veya bahtsızlığının bize yaşattığı bütün duygular, bu mutluluğun veya bahtsızlığın sureti aracılığıyla ortaya çıkar ancak; tarihteki ilk roman yazarının yaratıcılığı, duygu mekanizmamızda zorunlu tek unsurun bu suret olduğunu ve dolayısıyla, gerçek kişileri ortadan kaldırıvermekten ibaret bir sadeleştirmenin belirleyici bir gelişme olacağını anlamaktı. Gerçek bir insan, kendisiyle ne kadar derin bir yakınlık kursak da, büyük ölçüde duyularımız tarafından algılanır, yani saydam değildir, duyarlılığımıza taşıyamayacağı bir yük bindirir. Başına bir felaket geldiğinde, ona ilişkin kafamızda taşıdığımız bütünsel kavramın ancak küçük bir bölümü çerçevesinde duygulanabiliriz; dahası, o da kendisine ilişkin bütünsel kavramının ancak bir bölümü çerçevesinde duygulanabilir. Romancının buluşu, ruhun nüfuz edemediği bölümlerin yerine eşit miktarda manevi, yani ruhumuzun özümleyebileceği unsur koymaktı. Bu noktadan itibaren, bu yeni türdeki varlıkların eylemlerinin, duygularının, biz onları kendimize mal ettiğimize, artık bizim içimizde oluştuklarına, kitabın sayfalarını coşkuyla çevirirken nefes alıp verişimizi, bakışlarımızın yoğunluğunu onlar belirlediğine göre, bize gerçek gibi görünmesinin ne önemi vardır? Romancı bizi bir kez bu duruma soktuktan sonra, yani bütün duyguların tamamen içsel durumlardaki gibi on kat arttığı, kitabının bizi bir rüya misali, ama uyurken gördüklerimizden daha açık seçik, hatırası daha uzun sürecek bir rüya misali allak bullak edeceği bir duruma soktuktan sonra, bir saat boyunca, gerçek hayatta sadece birkaçının yaşanması bile yıllar sürecek ve en yoğun olanları, meydana gelişlerindeki yavaşlıktan ötürü algılanamayacak, dolayısıyla da asla görünürlük kazanamayacak, olası bütün mutlulukları ve talihsizlikleri peş peşe yaşatır bize (kalbimiz de hayatta böyle değişimler geçirir ve ıstırapların en büyüğü budur; ne var ki biz bunu sadece kitap okurken, hayalden biliriz; gerçek hayatta kalbimizin geçirdiği değişimler, tıpkı bazı tabiat olayları gibi, o kadar yavaş gerçekleşir ki, kalbimizin içinde bulunduğu farklı durumların her birini saptar, buna karşılık, değişim duygusunu yaşamayız).

Roman kahramanlarının hayatının ardından, romanın bedenimle o kadar bütünleşmeyen, yarı yarıya önümde uzanan dekoru gelirdi; olayların geçtiği yerlerin görünümü başımı kitaptan kaldırdığımda gözlerimin önünde bulduğum manzaradan çok daha fazla etkilerdi düşüncelerimi. İşte bu yüzden, iki yaz mevsimi boyunca, Combray'deki bahçenin kızgın sıcağında, o sırada okuduğum kitap yüzünden, bıçkıhanelerle dolu, duru suların dibinde, tere öbeklerinin altında tahta parçalarının çürüdüğü, biraz ileride, alçak duvarlar boyunca salkım salkım mor ve kırmızı çiçeklerin uzandığı, ırmaklarla sulanan, tepelik bir ülkenin özlemiyle dolup taştım. Beni seven bir kadının hayali zihnimde hep var olduğu için de, o iki yaz boyunca, bu hayale akarsuların serinliği damgasını vurdu; hayalimde canlanan kadın kim olursa olsun, mor ve kırmızı çiçek salkımları, tamamlayıcı renkler gibi hemen iki yanından fışkırırdı.

Bunun tek nedeni, hayalini kurduğumuz bir görüntünün tahayyülümüzde onu tesadüfen çevreleyen yabancı renklerin yansımaları tarafından ebediyen damgalanması, süslenmesi, sonsuza dek bu renklerden yararlanması değildi; çünkü okuduğum kitaplardaki manzaralar, Combray'nin gözlerimin önüne serdiği manzaralardan daha canlı olmakla kalmayıp, bir yandan da Combray görüntülerine bir benzerlik arz ederlerdi. Bu manzaralar, yazarın tercihi olduklarından ve ben yazarın sözlerine, her biri birer vahiymişçesine, peşinen inandığımdan, Tabiat'ın derinlemesine incelenmeye değer, gerçek bir parçasıydılar benim nazarımda – oysa içinde bulunduğum manzara, özellikle de bahçemiz, büyükannemin küçümsediği bahçıvanın kuralcı hayal gücünün cazibesiz ürünü olan bahçemiz, katiyen bu izlenimi uyandırmazdı bende.

Bir kitabı okuduğum sırada, annemle babam kitapta tasvir edilen yerleri gidip görmeme izin verseler, gerçeğin keşfinde çok önemli bir adım atmış olacağımı zannederdim. Çünkü kendimizi daima ruhumuz tarafından kuşatılmış gibi hissetsek de, bizi çevreleyen bu ruh sabit bir hapishane değildir; daha ziyade, ruhumuzu aşmak, dışarıya ulaşmak için sürekli hamleler yaparak, onunla birlikte, bir hayal kırıklığı içinde sürüklenir, etrafımızda hep dışarıdan bir yankı değil de, içimizdeki bir titreşimin çınlaması olan ve hiç değişmeyen bir tını işitir gibiyizdir. Nesnelerde ruhumuzun onlara aksettirdiği, kendilerine değer kazandıran yansımayı bulmaya çalışırız; doğal ortamlarında nesneleri zihnimizde birtakım fikirlerle yan yana bulunmalarına borçlu oldukları büyüden yoksun bulunca, hayal kırıklığına uğrarız; bazen bu ruhun bütün gücünü dışımızda olduklarını, kendilerine asla ulaşamayacağımızı açıkça sezdiğimiz insanları etkilemek üzere, beceri ve ihtişama dönüştürürüz. İşte bu yüzden, sevdiğim kadını daima o sıralarda görmeyi en çok arzuladığım yerlerle çevrelenmiş olarak hayal etmemin, bu yerleri bana onun gezdirmesini, bilinmeyen bir dünyanın kapılarını bana onun açmasını istememin sebebi, basit ve tesadüfi bir zihinsel çağrışım değildi; yolculuk ve aşk hayallerim, tek bir kuvvet halinde fışkıran ve yönü değişmeyen yaşama gücümün –bugün sedefli ve görünürde kıpırtısız bir fıskiyeden değişik yüksekliklerde kesitler alır gibi, yapay olarak ayırdığım– farklı anlarından başka bir şey değildiler aslında.

Son olarak da, bilincimde aynı anda yan yana bulunan durumları içeriden dışarıya, onları sarmalayan gerçek ufka doğru izlemeye devam ederek, bir başka türden hazlar buluyorum: Rahat rahat oturmanın, havadaki güzel kokuyu solumanın, ziyaretçiler tarafından rahatsız edilmemenin ve Saint-Hilaire'in çanı çaldığında, öğleden sonranın tükenmiş olan saatlerinin tek tek geçişini fark etmenin, son çan sesiyle birlikte saatlerin toplamını hesaplayıp ardından gelen uzun sessizlikle, mavi gökyüzünde koca bir bölgenin açılışını, Françoise'ın hazırlamakta olduğu, kitabın kahramanıyla beraber yaşadığım yorgunlukları giderecek olan leziz akşam yemeğine kadar okumayı sürdürmemi sağlayacak olan bölgenin açılışını görmenin hazzı. Her saat başında, sanki bir önceki saati haber veren çan çalalı henüz birkaç dakika geçmiş gibi gelirdi bana; son çalan saat, gökyüzünde bir öncekinin hemen yanı başına yerleşir, bu iki yaldızlı işaretin arasında kalan küçücük mavi yay parçasına altmış dakikanın sığmasına inanamazdım. Hatta bazen bu vakitsiz çan, bir önceki saati haber veren çandan iki kez fazla çalardı; yani arada benim işitmediğim bir saat daha çalmış, cereyan eden bir olay, benim için cereyan etmemiş olurdu; derin bir uyku gibi sihirli olan okuma zevki, halüsinasyonlar içindeki kulaklarımı kandırır, sessizliğin gök mavisi yüzeyinden yaldızlı çan sesini silerdi. Combray'deki bahçede, kestane ağacının altında geçen, kendi hayatımın sıradan olaylarını özenle ayıklayıp yerine pınarların suladığı bir diyarın ortasında, garip maceralar ve özlemlerle dolu bir hayatı koyduğum o güzel pazar öğle sonraları, hâlâ sizi düşündüğümde bana o hayatı hatırlatırsınız, hatta bu hayatı –ben okumaya devam eder, gündüzün sıcaklığı giderek azalırken– sessiz, titreşimli, güzel kokulu, berrak saatlerinizin birbirini izleyen, ağır ağır değişen, yaprakların süslediği billuruyla yavaş yavaş kuşatıp sardığınız için, içinizde barındırırsınız.

Bazı günler, öğle sonrasının ortasında, bahçıvanın kızı deli gibi koşarak yoluna çıkan bir portakal fidanını devirir, parmağını keser, dişini kırar, Françoise'la ben koşup bakalım, gösteriyi kaçırmayalım diye, "Geldiler, geldiler!" diye bağırarak okumamı bölerdi. Bunlar askeri birliklerin garnizon manevraları sebebiyle Combray'yi baştan başa katettiği ve genellikle de Sainte-Hildegarde Sokağı'ndan geçtiği günlerdi. Hizmetkârlarımız parmaklığın önünde sıraya dizilmiş iskemlelerde oturup pazar gezmesine çıkmış Combray ahalisini seyreder ve kendilerini onlara gösterirken, bahçıvanın kızı La Gare Caddesi'nde, ta uzakta görünen iki evin arasındaki açıklıktan, miğferlerin parıltısını fark ederdi. Hizmetkârlar aceleyle iskemleleri içeri alırlardı, çünkü zırhlı süvariler Sainte-Hildegarde Sokağı'ndan geçerken bütün sokağı doldurur, dörtnala ilerleyen atlar yatağına sığamayan, azgın bir akarsuyun yamaçlarına taşması gibi, kaldırımları kaplayıp neredeyse evlere sürtünürlerdi.

"Zavallı yavrucaklar" derdi, parmaklığın önüne yeni geldiği halde gözyaşlarına boğulmuş olan Françoise, "bu zavallı gençleri bir çayır gibi biçecekler; düşündükçe içim sızlıyor" diye eklerdi, elini sızlayan yüreğine bastırarak.

"Gençlerin hayatı önemsemediklerini görmek ne güzel, değil mi Madame Françoise?" derdi bahçıvan, Françoise'ı "kızıştırmak" için.

Sözleri boşa gitmezdi:

"Hayatı önemsemediklerini mi? Peki hayatı önemsemeyeceksek, neyi önemseyeceğiz? Hayat yüce Tanrı'nın asla iki kere bağışlamadığı tek nimettir. Heyhat! Ulu Tanrım! Ama doğru, önem vermiyorlar! Ben '70'te gördüm onları; bu lanet olası savaşlarda ölümden korkuları kalmıyor ki; tam manasıyla birer deli olup çıkıyorlar; ciğeri beş para etmez serserilere dönüyorlar, insanlıktan çıkıp aslan kesiliyorlar." (Françoise'ın nazarında, bir insanı, s harfinin üstüne basa basa telaffuz ettiği aslana benzetmek, katiyen yüceltici bir şey değildi.)

Sainte-Hildegarde Sokağı'nın dönemecine kadarki mesafe çok kısa olduğundan, güneşte parlayarak hızla ilerleyen yeni miğferlerin gelişi daima La Gare Caddesi'ndeki o iki evin arasından görülürdü. Bahçıvan daha gelecek çok asker olup olmadığını merak ederdi; kızgın güneş susatırdı kendisini. Bunun üzerine kızı ansızın, kuşatma altındaymışçasına fırlayarak bir çıkış yapar, sokağın köşesine ulaşır ve yüz kere ölüm tehlikesi atlattıktan sonra, bir sürahi meyankökü şerbetiyle birlikte geri döner, Thiberzy ve Méséglise yönünden, aralıksız saflar halinde en az bin kişinin geldiği haberini getirirdi. Birbirleriyle barışmış olan Françoise'la bahçıvan, savaş durumunda benimsenecek tutumu tartışırlardı:

"Bakın Françoise" derdi bahçıvan, "en iyisi devrim, çünkü devrim olduğunda bir tek gönüllüler savaşa katılır.

—Ya! Tamam, buna aklım yattı, hiç değilse daha dürüstçe."

Bahçıvan savaş ilan edildiğinde bütün tren seferlerinin durdurulacağını zannederdi.

"Öyle ya, kimse kaçmasın diye" derdi Françoise.

Bahçıvan da, "Elbette, ne kurnazdır onlar!" diye onaylardı, çünkü savaşın devletin halka oynadığı bir oyun olduğu ve imkân verilse, savaştan kaçmayacak tek bir kişi bulunmayacağı inancından kimse kendisini vazgeçiremezdi.

Sonunda Françoise aceleyle halamın yanına, ben kitabımın başına dönerdik; hizmetkârlar da tekrar kapının önüne yerleşip askerlerin kaldırdığı tozun ve yüreklerin yatışmasını seyrederlerdi. Ortalık sakinleştikten uzun bir süre sonra, alışılmadık bir kalabalık gezintiye çıkar, Combray sokakları yine dolardı. Ve her evin, genellikle böyle bir alışkanlığın olmadığı evlerin bile önünde oturmuş etrafı seyreden hizmetkârlar, hatta efendiler, güçlü bir gelgitin çekildikten sonra kıyıda bıraktığı, nakışlı tüllere benzer yosunlar ve denizkabukları gibi, kapı eşiğini koyu renkli, düzensiz bir şeritle süslerlerdi.

Bu günlerin haricinde, çoğunlukla kitabımı rahat rahat okurdum. Ama bir keresinde ziyarete gelen Swann'ın okumamı bölerek o sırada benim için yepyeni bir yazar olan Bergotte'un kitabı hakkında yaptığı yorumlar, uzun süre boyunca, hayalini kurduğum kadınlardan birinin artık kafamda çatal çatal uzanan mor çiçeklerle kaplı bir duvarın önünde değil, bambaşka bir dekorda, Gotik bir katedralin kapısının önünde canlanması sonucunu doğurdu.

Bergotte'un adını ilk kez, çok takdir ettiğim, yaşça benden büyük bir arkadaşımdan, Bloch'tan duymuştum. Kendisine *Ekim Gecesi*'ne hayranlığımdan bahsettiğimde, trompeti andıran gürültülü bir kahkaha patlatmış ve "Musset beyefendiye beslediğin bu bayağı tutkudan vazgeç" demişti. "Son derece zararlı bir tiptir, zavallı hödüğün tekidir. Aslında itiraf etmem gerekir ki, o da, Racine denen adam da, hayatları boyunca, oldukça ritmik ve hiçbir anlam ifade etmeyen birer mısra yazmışlardır, ki bu da bence, başarıların en büyüğüdür. Biri, 'Beyaz Oloossone ve Beyaz Camyre', diğeri de, 'Minos'la Pasiphae'nin kızı'dır. O iki serseriyi aklayabilecek bu mısralara ölümsüz tanrıların sevgilisi, büyük Üstat Leconte, bir makalesinde dikkatimi çekmişti. Yeri gelmişken söyleyeyim, bu müthiş adam, benim şu sıralar okumaya vaktim olmayan bir kitabı tavsiye ediyormuş. Duyduğuma göre, yazarını, Bergotte denilen beyefendiyi en usta heriflerden biri olarak görüyormuş; ara sıra savunulacak yanı olmayan bir hoşgörü sergilese de, onun sözü benim için Tanrı kelamıdır. Kısacası, bu lirik nesirleri oku, eğer *Bhagavata*'yı ve *Magnus'un Tazısı*'nı yazmış olan muhteşem ritim ustası doğru söylüyorsa, Apollon şahidimdir üstadım, Olympos'un nektarıyla yarışabilecek hazlar yaşayacaksın." Bloch, kendisine "üstadım" diye hitap etmemi alaylı bir tonda rica etmişti, kendisi de bana aynı şekilde hitap ederken alaylı bir ton kullanırdı. Ama aslında bu oyundan zevk alıyorduk, çünkü insanın, adlandırdığı şeyi yarattığına inandığı yaşlardaydık henüz.

Bloch'un, (bana gerçeği ifşa etmelerini beklediğim) güzel mısraların hiçbir anlam ifade etmedikleri takdirde daha da güzel olduklarını söylemesiyle karmakarışık olan düşüncelerimi ne yazık ki kendisiyle konuşup açıklama yapmasını isteyerek çözemedim. Bloch evimize bir daha davet edilmedi. Başlangıçta iyi karşılanmıştı. Gerçi büyükbabam, samimiyeti ilerletip eve getirdiğim arkadaşlarımın hepsinin Yahudi olduğunu söylüyordu, ama buna kural olarak karşı çıkmıyordu –kendi arkadaşı Swann da Yahudi kökenliydi– ne var ki, ona sorulursa, benim tercih ettiğim arkadaşlar, genellikle Yahudiler'in en seçkin örnekleri olmuyordu. Bu yüzden de, eve yeni bir arkadaş getirdiğimde çoğunlukla *Yahudi Kadın*'dan, "*Ey atalarımızın Tanrı'sı*" veya "*Yahudiler, kırın zincirlerinizi*" mısralarını mırıldanırdı; melodiyi sözsüz olarak (la-la-la diye) söylerdi ama, ben yine de arkadaşımın ezgiyi tanıyıp sözlerini hatırlamasından korkardım.

Büyükbabam, daha kendilerini görmeden, çoğunlukla tipik bir Yahudi soyadı bile olmayan isimlerini duyar duymaz, arkadaşlarımın Yahudi olduğunu anlamakla kalmayıp, bazılarının ailelerine ilişkin tatsız ayrıntıları da tahmin ederdi.

"Bu akşam gelecek olan arkadaşının soyadı ne?

—Dumont, büyükbaba.

—Dumont, ha! Aman! Hiç güven olmaz!"

Ardından şarkıya geçerdi:

Okçular, dikkat!
Durmak yok, usulca devam nöbete.

Daha ayrıntılı birkaç can alıcı soru sorduktan sonra da, "Dikkat! Dikkat!" diye haykırırdı; veya işkence mahkûmu geldikten sonra, belli etmeden onu sorguya çekerek farkına bile varmadan Yahudiliğini itiraf etmeye zorlamışsa, hiçbir şüphesi kalmadığını göstermek için,

İmkânı yok! Tutup buraya mı getirdiniz
Bu utangaç Yahudi'yi?

ya da

Sevimli Hebron vadisi, babamın tarlaları

veyahut

Evet, ben seçilmiş ırktanım

mısralarının ezgilerini belli belirsiz mırıldanıp bizlere bakmakla yetinirdi.

Büyükbabamın bu küçük takıntıları, arkadaşlarıma ilişkin düşmanca bir duygunun ifadesi değildi katiyen. Ne var ki ailem başka nedenlerden ötürü Bloch'tan hoşlanmamıştı. İlkönce babamı sinirlendirmişti; babam Bloch'un ıslanmış olduğunu fark edip ilgilenerek sormuştu:

"Monsieur Bloch, hava nasıl dışarıda? Yağmur mu yağdı? Tuhaf şey, barometreye bakılırsa hava çok güzel olacaktı."

Babam bu sorusuna şöyle bir cevap alabilmişti:

"Beyefendi, yağmur yağıp yağmadığı hakkında size bilgi vermem mümkün değil. Fiziksel koşulların dışında yaşamak konusunda çok kararlı olduğumdan, duyularım bana bu konuda uyarıda bulunma zahmetine katlanmıyor."

Bloch gittikten sonra, babam, "Ama evladım, senin bu arkadaşın geri zekâlı" demişti bana. "İnanılır gibi değil! Havanın nasıl olduğunu bile söylemekten âciz! Bundan daha ilginç bir şey olabilir mi? Tam bir geri zekâlı."

Bloch büyükannemin de hoşuna gitmemişti, çünkü öğle yemeğinden sonra, büyükannem biraz rahatsız olduğunu söylediğinde Bloch hıçkırıklarını zor bastırmış, gözyaşlarıyla ıslanan yanağını silmişti.

"Samimi olmasına imkân var mı?" demişti büyükannem. "Beni tanımıyor bile ya da deli olmalı."

Ayrıca herkesi kızdıran bir başka hareketi de öğle yemeğine bir buçuk saat geç ve üstü başı çamur içinde gelip, özür dileyeceği yerde şu sözleri söylemesi olmuştu:

"Atmosfer değişikliklerinin ve keyfi zaman dilimlerinin beni etkilemesine asla izin vermem. Afyon çubuklarının ve Malezya *kris*'lerinin* tekrar kullanıma sokulmasına hiçbir itirazım olmaz, ama onlardan çok daha zararlı ve ayrıca yavan burjuva aletleri olan saat ve şemsiyeyi katiyen kullanmam."

Bloch bütün bunlara rağmen Combray'ye tekrar davet edilebilirdi. Oysa annemle babamın bana layık gördükleri bir arkadaş değildi; annemler, büyükannemin rahatsızlığı nedeniyle döktüğü gözyaşlarının sahte olmadığına hükmetmişlerdi sonunda; yine de,

* El yapımı, süslü Malezya kaması.

duyarlılığımızdan kaynaklanan coşkuların davranışlarımızın tutarlılığı ve yaşama biçimimiz üzerinde pek etkisi olmadığını, ahlaki görevlere saygının, arkadaşlara karşı sadakatin, bir eserin meydana getirilmesinin, bir perhizin uygulanmasının bu geçici, ateşli ve kısır taşkınlıklardan çok, körü körüne uyulan alışkanlıklar temeline oturduğunu içgüdüsel olarak ya da tecrübeyle biliyorlardı. Benim Bloch yerine burjuva ahlak kurallarına göre dostlara verilmesi gerektiği kadarını bana verecek olan arkadaşlarla görüşmemi tercih ederlerdi; bunlar bir gün beni düşünüp içleri sevgiyle dolarak, durup dururken bana bir sepet dolusu meyve göndermezler, ama hayal güçlerinin ve duyarlılıklarının bir hamlesiyle dostluğun görev ve icaplarının dengesini benim lehime çeviremeyecekleri için, aleyhime de çevirmezlerdi. Bu türden kişileri kusurlarımız bile bize karşı görevlerinden kolay kolay saptırmaz; bunlara iyi bir örnek olan büyükhalam yıllar önce bir yeğeniyle bozuşmuştu ve kendisiyle asla görüşmüyordu, ama yine de vasiyetnamesini değiştirmeyip bütün servetini ona bıraktı, çünkü yeğeni en yakın akrabasıydı ve öyle yapması "icap" ediyordu.

Yine de ben Bloch'tan hoşlanıyordum, annemle babam da beni kırmak istemiyorlardı; annem Bloch'la sohbetlerimi zararlı bulduğu halde, Minos'la Pasiphae'nin kızının anlamdan yoksun güzelliğine ilişkin çözümsüz sorularım, beni Bloch'la yapacağım konuşmalardan daha çok yoruyor, üzüyordu. Combray'ye tekrar davet edilebilirdi, ne var ki o, akşam yemeğinden sonra, –hayatımı derinden etkileyecek, önce daha mutlu, sonra da daha mutsuz kılacak olan bir gerçeği– bütün kadınların yegâne düşüncesinin aşk olduğunu ve istisnasız hepsinin direncinin kırılabileceğini söyledikten sonra, büyükhalamın çok maceralı bir gençliği olduğunu ve metres hayatı yaşadığının herkesçe bilindiğini çok güvenilir bir kaynaktan duyduğunu da ekledi. Ben de kendimi tutamayıp bu söylediklerini annemle babama aktardım; Bloch evimize bir dahaki gelişinde kapıya kondu ve daha sonra sokakta görüp yanına yaklaştığımda bana çok soğuk davrandı.

Ama Bergotte konusunda söyledikleri doğruydu.

İlk günlerde, Bergotte'un üslubunun daha sonra öylesine seveceğim yanı, tıpkı bayıldığımız, ama henüz ele geçiremediğimiz bir melodi gibi, bana kendini göstermiyordu. Okumakta olduğum romanını elimden bırakamıyordum, ama tıpkı âşık olduğumuz ilk günlerde, cazibesine kapıldığımızı zannettiğimiz bir kadını görmek için her gün bir davete, bir eğlenceye gitmemiz gibi, kitabın sadece konusuna ilgi duyduğumu sanıyordum. Daha sonra, üslubunun gizli bir ahenk dalgasıyla, içsel bir prelüdle yüceldiği bazı pasajlarda kullanmaktan hoşlandığı, arkaik denebilecek kadar ender rastlanan ifadeler dikkatimi çekti; yine böyle pasajlarda, "hayat denilen boş hayal"den, "bitmez tükenmez güzel görüntüler seli"nden, "anlamanın ve sevmenin kısır ve haz dolu işkencesi"nden, "katedrallerin kutsal ve büyüleyici cephesine sonsuza dek asalet katan dokunaklı portreler"den söz etmeye koyuluyor, benim için yepyeni olan bir felsefeyi harikulade imgelerle ifade ediyordu; arpların o sırada yükselen ezgisini başlatan sanki bu imgelerdi ve bu ezgiye bir yücelik kazandırıyorlardı adeta. Bergotte'un bu pasajlarından biri, diğer bölümlerden ayırdığım üçüncü veya dördüncüsü, birincide bulduğum hazla karşılaştırılması mümkün olmayan bir saadet yaşattı bana; benliğimin derinliklerinde, sanki bütün engellerin, bütün ayrımların ortadan kalktığı, dümdüz, uçsuz bucaksız bir bölgede yaşamıştım bu mutluluğu. Sebebi önceki pasajlarda yaşadığım hazzın kaynağı olan, ama benim daha önce fark etmediğim, o az rastlanan ifadelere düşkünlüğü, o melodik akışı, o idealist felsefeyi bu sefer tanıyıp, artık Bergotte'un belirli bir kitabının zihnimin yüzeyinde tamamen doğrusal bir şekil çizen, belirli bir bölümüyle değil, bütün kitaplarında bulunan "ideal bir Bergotte pasajı"yla karşı karşıya olduğum izlenimine kapılmamdı; buna benzer diğer bütün pasajlar da gelip bu bölümle birleşiyor, ona bir kalınlık, bir hacim kazandırıyor ve bu sayede de zihnimi genişletiyorlardı sanki.

Bergotte'un tek hayranı ben değildim; annemin çok kültürlü bir hanım arkadaşının da en sevdiği yazar Bergotte'tu; Doktor Du Boulbon, Bergotte'un son çıkan kitabını okumak için hastalarını bekletiyordu; işte günümüzde bütün dünyaya yayılmış olan, tipik ve yaygın meyvelerine Avrupa'nın, Amerika'nın, en ücra köylerine varıncaya kadar her köşesinde rastlanan, ama o sıralar henüz nadiren görülen Bergotte merakının ilk tohumları, Du Boulbon'un muayenehanesinden ve Combray yakınındaki bir bahçeden havalanmıştı. Benim gibi annemin arkadaşının ve duyduğuma göre Doktor Du Boulbon'un da Bergotte'un kitaplarında en çok hoşlandıkları şey, o melodik akış, o eski ifadeler, çok basit ve yaygın, ama kullandığı yerlerden de anlaşıldığı üzere, kendisinin özellikle sevdiği başka birtakım ifadeler, son olarak da, hüzünlü bölümlerdeki sertlik, neredeyse boğuk vurguydu. Şüphesiz kendisi de bunların en büyüleyici özellikleri olduğunun farkındaydı. Çünkü daha sonraki kitaplarında, önemli bir gerçekle karşılaşmışsa veya ünlü bir katedralin adından söz ediyorsa, anlatıyı bölüyor ve ilk eserlerinde bütünlüğün içinde yer alan o akışı bir yakarıya, bir isyana, uzun bir duaya dönüştürüyordu; bu akış, ilk eserlerindeki örtülü haliyle, mırıltısının nerede başlayıp nerede bittiği tam olarak saptanamazken, sadece yüzeydeki dalgalanmalarla ayırt edilebilirken, daha hoş, daha ahenkliydi belki de. Onun hoşlandığı bu bölümler, bizim en sevdiğimiz bölümlerdi. Ben hepsini ezbere biliyordum. Anlatısına kaldığı yerden devam ettiğinde, hayal kırıklığına uğrardım. O âna dek güzelliği benim için gizli kalmış bir şeyden, çam ormanlarından, doludan, Notre-Dame Katedrali'nden, *Atalya*'dan, *Phaidra*'dan her söz edişinde, bu güzelliği imgelerle infilak ettirip bilincime ulaştırırdı. Bu yüzden de, evrende, o bana yaklaştırmadığı sürece, benim kendi cılız algılarımla fark edemeyeceğim ne kadar çok şey bulunduğunu hisseder, her konuda, özellikle bizzat görme fırsatı bulacağım şeyler konusunda onun bir fikrine, bir istiaresine sahip olmak isterdim; en çok da eski Fransız abideleri ve bazı deniz manzaraları için geçerliydi bu, çünkü bunları kitaplarında ısrarla anması, onları anlam ve güzellik bakımından ne kadar zengin bulduğunu kanıtlıyordu. Ne yazık ki hemen her konuda, fikrinden habersizdim. Fikirlerinin benimkilerden tamamen farklı olduklarından hiç şüphem yoktu, çünkü bu fikirler, benim yükselerek ulaşmaya çalıştığım meçhul bir âlemden geliyorlardı; benim düşüncelerimin bu kusursuz zihne aptallığın doruğu gibi görüneceğinden emin olduğumdan, hepsini kafamdan silip atmıştım, o kadar ki, kitaplarından birinde, tesadüfen benim de aklımdan geçmiş olan bir düşünceyle karşılaştığımda, sanki iyi yürekli bir tanrı bu fikri meşru ve güzel olduğunu belirterek bana geri vermiş gibi kalbim çarpardı. Uyuyamadığım gecelerde büyükannemle anneme yazdığım şeylerin aynısına Bergotte'un bir sayfasında rastlardım bazen; öyle ki, bu sayfa mektuplarımın başında yer alabilecek bir önsöz niteliği taşırdı. Hatta daha sonraları, bir kitap yazmak üzere çalışmaya başladığımda, yeterince değerli bulmayıp yarım bıraktığım kimi cümlelerin neredeyse aynılarına Bergotte'ta rastladığım oldu. Ama bu cümlelerden ancak onun kitabında okuduğumda bir zevk alabiliyordum; cümleleri ben yazdığımda, düşüncemi tam olarak yansıtma kaygısıyla, zihnimde algıladığım şeye tam benzetememe korkusuyla, yazdığım şeyin kulağa hoş gelip gelmediğini düşünmeye fırsat bulamıyordum ki! Oysa aslında bir tek bu tür cümleleri, bu tür düşünceleri gerçekten seviyordum. Endişeli ve memnuniyetsiz çabalarım, kendi içlerinde birer aşk belirtisi, hazdan yoksun, ama derin bir aşkın belirtisiydiler. Bu yüzden de, bu tür cümleleri ansızın bir başkasının eserinde, yani kaygılardan, sertlikten uzakken, kendime işkence etmeme gerek yokken bulduğumda, tıpkı binde bir yemek yapması gerekmediğinde, nihayet oburluğa vakit bulabilen bir aşçı gibi, kendimi bu sevdiğim cümlelerin hazzına rahatça bırakıyordum. Bir gün, Bergotte'un bir kitabında, yaşlı bir hizmetçiyle ilgili olarak, yazarın o muhteşem, tumturaklı dilinin daha da alaylı kıldığı, ama benim Françoise'dan bahsederken büyükanneme sık sık yaptığım bir esprinin aynısına rastladım; bir başka seferinde, gerçeğin birer aynası olan eserlerinin birine benim ahbabımız M. Legrandin'e ilişkin yorumlarıma benzer bir yorumu dahil etmekten çekinmediğini gördüm (oysa Françoise'a ve M. Legrandin'e ilişkin yorumlarım Bergotte'un katiyen ilginç bulmayacağından emin olduğum, özellikle feragat edeceğim yorumlardı); birdenbire, benim mütevazı hayatımla gerçekler âleminin zannettiğim kadar birbirlerinden ayrı olmadıklarını, hatta bazı noktalarda kesiştiklerini düşündüm ve duyduğum güvenle, mutlulukla, neden sonra kavuşulan bir babanın kollarında ağlarcasına, Bergotte'un sayfalarının üzerine gözyaşlarımı akıttım.

Kitaplarından yola çıkarak Bergotte'u çocuklarını kaybetmiş ve asla teselli bulamamış, güçsüz, buruk bir ihtiyar olarak canlandırıyordum kafamda. Dolayısıyla metinlerini içimden, bir ezgi gibi, belki yazıldıklarından daha *dolce**, daha *lento*** okuyor, en basit cümlede bile şefkat yüklü bir tını buluyordum. Her şeyden çok da, Bergotte'un felsefesini beğeniyordum, kendimi sonsuza dek bu felsefeye adamıştım. Bu yüzden, kolejde Felsefe adlı derse başlayacağım yaşı iple çekiyordum. Ama bu derste, sadece Bergotte'un düşüncesine bağlı kalarak yaşamaktan başka bir şey yapılmasını istemiyordum; o sırada bana felsefe derslerinde bağlanacağım metafizikçilerin Bergotte'a hiç mi hiç benzemeyeceğini söyleseler,

* Bir parçanın tatlı ve yumuşak çalınacağını belirten müzik terimi.

** Bir parçanın yavaş çalınacağını belirten müzik terimi.

ömür boyu sevmeyi arzulayan bir âşığa ileride birlikte olacağı başka sevgililerden söz edilmişçesine umutsuzluğa kapılırdım.

Bir pazar günü bahçede kitap okurken, annemleri ziyarete gelen Swann okumamı böldü.

"Ne okuyorsunuz, bakabilir miyim? Aa, Bergotte mu? Bergotte'un eserlerini kim tavsiye etti size?"

Bloch'un tavsiye ettiğini söyledim.

"Evet, burada bir kere görmüştüm o çocuğu, tıpkı Bellini'nin *Fatih Sultan Mehmet* portresine benziyor. İnanılmaz bir şey! Aynı yay biçiminde kaşlar, aynı kemerli burun, aynı çıkık elmacık kemikleri. Bir de keçi sakal bırakırsa, ikisini ayırmak mümkün olmaz. Ne olursa olsun, zevkli çocukmuş, Bergotte büyüleyici bir zekâya sahiptir." Bergotte'a ne kadar hayran olduğumu görünce, tanıdığı insanlardan asla söz etmeyen Swann, iyi yürekliliğinden, benim için bir istisna yaptı ve şöyle dedi:

"Kendisini çok iyi tanırım, isterseniz kitabınızı imzalamasını rica edebilirim."

Bu teklifi kabul etme cesaretini bulamayıp Swann'a Bergotte'la ilgili sorular sordum. "En beğendiği erkek oyuncu kim, biliyor musunuz acaba?"

"Erkek oyunculardan kimi beğendiğini bilmiyorum. Ama hiçbirini her şeyden çok değer verdiği Berma'nın ayarında bulmadığını biliyorum. Siz Berma'yı hiç izlediniz mi?"

"Hayır efendim, annemle babam tiyatroya gitmeme izin vermiyorlar."

"Çok yazık. Rica edin kendilerinden. *Phaidra*'da, *El Cid*'de Berma; eninde sonunda bir kadın oyuncudur diyebilirsiniz, ama ben aslında sanatta '*hiyerarşi*'ye pek inanmam!" (Swann'ın daha önce büyükteyzelerimle sohbetlerinde de birçok kez dikkatimi çekmiş olan bir huyunu, ciddi konulardan söz ederken, önemli bir konuda fikir belirtiyormuş izlenimi uyandırabilecek bir ifade kullandığında bu ifadeyi, özel, mekanik, alaycı bir tonlamayla, tırnak içine alırmış gibi vurgulamaya özen gösterdiğini fark ettim; sanki ifadenin sorumluluğunu almak istemiyormuş, "gülünç insanların deyimiyle *hiyerarşi*" dermiş gibiydi. Peki ama, gülünç bir ifadeyse eğer, niçin hiyerarşi diyordu?) Hemen ardından ekledi: "Berma'yı izlemek yüce bir keşif olacak sizin için, tıpkı herhangi bir şaheser gibi, mesela, ne bileyim ben..." (gülmeye başladı)

"'Chartres Katedrali'nin Kraliçeleri' gibi." O âna kadar, Swann'daki bu fikrini ciddi biçimde ifade etme korkusu bir şıklık ve Parislilik göstergesi, büyükteyzelerimin taşra dogmatizmine zıt bir şey gibi gelmişti bana; ayrıca Swann'ın yaşadığı muhitte yaygın bir tarz olduğunu ve bu çevrede, önceki kuşakların lirizmine tepki olarak, eskiden bayağı bulunan sıradan, somut gerçeklere aşırı bir değer verildiğini, "cümle"lerin aşağılandığını tahmin ediyordum. Ama şimdi Swann'ın dünya karşısındaki bu tavrında bir kabalık buluyordum. Herhangi bir konuda fikir sahibi olmaya cesaret edemiyor, ancak kesin ve somut birtakım bilgiler verebildiğinde rahat ediyor gibiydi. Ama böylelikle, bu ayrıntıların önemli olduğu yolunda bir fikir, bir varsayım ileri sürmüş olduğunu fark etmiyordu. Bunun üzerine, benim annem odama çıkmayacak diye üzüldüğüm, Swann'ınsa, Léon Prensesi'nin evindeki baloların katiyen önemli olmadığını söylediği o akşam yemeğini düşündüm tekrar. Oysa ömrünü bu tür zevklere harcamaktaydı. Bütün bunlarda bir tutarsızlık buluyordum. Çeşitli konulardaki fikrini ciddiyetle belirtmeyi, tırnak içine almak zorunda kalmadan yargılarını ifade etmeyi, bir yandan gülünç olduklarını ileri sürdüğü meşguliyetlere öte yandan kılı kırk yaran bir nezaketle kendini hasretmekten vazgeçmeyi hangi hayata saklıyordu? Swann'ın Bergotte'tan bahsediş tarzında kendine has olmayan, o dönemde annemin arkadaşıyla Doktor Du Boulbon da dahil, yazarın bütün hayranlarında rastlanan bir şey de dikkatimi çekti. Swann gibi onlar da Bergotte'la ilgili olarak, "Büyüleyici bir zekâya sahip, kendine has biri, anlatımı biraz zorlamalı, ama çok hoş. İmzasını görmeye hiç gerek yok, ona ait olduğu hemen anlaşılıyor" diyorlardı. Ama hiçbiri, "Büyük bir yazar, büyük bir yetenek" diyecek kadar ileri gitmiyordu. Hatta yetenekli olduğunu bile söylemiyorlardı. Söylemiyorlardı, çünkü bilmiyorlardı. Genel fikirler müzemizde "büyük yetenek" diye adlandırılan tipi yeni bir yazarın kendine has çehresinde tanımamız çok uzun sürer. Tam da bu nedenle, bu çehre yeni olduğu için, yetenek dediğimiz şeye tam anlamıyla benzetemeyiz onu. Özgünlük, büyü, incelik, güç gibi adlar vermeyi tercih ederiz; sonra bir gün, zaten yetenek denen şeyin bütün bunlar olduğunu fark ederiz.

"Bergotte'un, Berma'dan bahsettiği bir eseri var mı? diye sordum M. Swann'a.

—Sanıyorum Racine'le ilgili küçük broşüründe söz ediyor, ama tükenmiş olmalı. Yeni basımı da yapılmış olabilir. Öğrenirim. Ayrıca bütün istediklerinizi Bergotte'a sorabilirim, haftada bir mutlaka akşam yemeğine gelir bize. Kızımın yakın arkadaşıdır. Birlikte eski kentleri, katedralleri, şatoları ziyarete giderler."

Toplumsal hiyerarşi konusunda herhangi bir fikrim olmadığından, babamın Mme ve Mlle Swann'la görüşmemize imkânsız gözüyle bakması, uzun zaman önce, onlarla aramızda büyük uçurumlar olduğuna hükmetmeme yol açmış ve dolayısıyla, gözümde itibar kazanmalarına sebep olmuştu. Komşumuz Mme Sazerat'dan duyduğuma göre, Mme Swann'ın kendini kocasına değil, M. de Charlus'e beğendirmek için yaptığı gibi, annemin de saçlarını boyayıp dudaklarına ruj sürmemesine hayıflanıyor, Mme Swann'ın bizi küçümsediğini düşünüyordum; bu da özellikle Mlle Swann açısından üzüyordu beni; çok güzel bir kız olduğunu duymuştum ve her defasında aynı hayal ürünü, büyüleyici çehreyi kafamda canlandırarak, sık sık onun hayalini kuruyordum. Ama o gün, Mlle Swann'ın bu özel konumunu, bunca imtiyazın ortasında, doğal ortamındaymışçasına yaşadığını, annesiyle babasına akşam yemeğine misafirleri olup olmadığını sorduğunda, onun için sadece eski bir aile ahbabı olan, o altın değerindeki konuğun adını, o ışıltılı heceleri: Bergotte cevabını duyduğunu, onun yemek sofrasında dinlediği samimi konuşmaların, yani benim için büyükhalamın sohbetine tekabül eden sohbetin Bergotte'un kitaplarında ele alamadığı konulara ilişkin, benim Tanrı kelamı kabul edeceğim ve dinlemeyi çok isteyeceğim sözleri olduğunu, gezmeye gittiği kentlerde yanında, ölümlülerin arasına inen tanrılar gibi, bütün ihtişamıyla, tanınmadan Bergotte'un yürüdüğünü öğrenince, hem Mlle Swann'ın ne kadar değerli bir varlık olduğunu, hem de beni görse, ne kadar kaba ve cahil bulacağını düşündüm; onunla arkadaş olmanın hoşluğunu ve imkânsızlığını öyle yoğun biçimde hissettim ki, içim aynı anda hem arzuyla, hem de umutsuzlukla doldu. Artık onu düşündüğümde, çoğunlukla bir katedralin giriş sundurmasının önünde, bana heykellerin anlamını açıklarken, beni onaylayan bir tebessümle, arkadaşı sıfatıyla Bergotte'a tanıştırırken hayal ediyordum. Ve her defasında, katedrallerin bende uyandırdığı düşüncelerin, Ile-de-France tepeleriyle Normandiya ovalarının büyüsü, Mlle Swann'ın hayalimdeki suretine yansıyordu: Onu sevmeye hazır olduğum anlamına geliyordu bu. Bir insanın, bilinmeyen bir hayatın parçası olduğunu ve ona olan aşkımız sayesinde bu hayata nüfuz edebileceğimizi zannetmek, bir aşkın doğmasında en temel unsurdur ve başka hiçbir şeyin önemsenmemesine yol açar. Bir erkeği sadece fiziksel görünümüne bakarak değerlendirdiklerini iddia eden kadınlar bile, bu görünümde özel bir yaşayışın yansımasını bulurlar. İşte bu yüzden askerlerden, itfaiyecilerden hoşlanırlar; üniforma çehreyi beğenmeyi kolaylaştırır; zırhın altında farklı, maceracı ve şefkatli bir yüreği öptüklerini zannederler; genç bir hükümdarın, bir veliahtın, ziyaret ettiği yabancı ülkelerde, en çok arzulayacağı gönülleri fethetmek için, belki bir sarraf için şart olacak düzgün profile ihtiyacı yoktur.

Ben bahçede, büyükhalamın ciddi işlerle ilgilenmenin yasak olduğu, dolayısıyla kendisinin dikiş dikmediği pazar günleri dışında yapılmasına anlam veremediği kitap okuma faaliyetimi sürdürürken (hafta içi günlerde, "Ne, sen hâlâ kitap okuyarak *eğleniyor* musun, bugün pazar değil ki" derdi, eğlenme kelimesini çocukluk ve zaman kaybı anlamında kullanarak), Léonie Halam da Eulalie'nin gelmesini bekleyerek Françoise'la sohbet ederdi. Françoise'a, az önce Mme Goupil'i, "şemsiyesiz, Châteaudun'de diktirdiği ipek elbiseyle" geçerken gördüğünü bildirirdi. "İkindi duasından önce uzak bir yere gidecekse, elbisesi sırılsıklam olabilir."

"Olabilir, olabilir" (olmayabilir de anlamında) derdi Françoise, daha olumlu bir ihtimali kesinkes dışlamak istemediğinden.

"Tüh" derdi halam, alnına vurarak, "şimdi aklıma geldi, Mme Goupil'in kiliseye kutsal ekmekle şarap dağıtılırken mi vardığını öğrenemedim sonunda. Unutmayayım da Eulalie'ye sorayım... Françoise, çan kulesinin arkasındaki şu kara buluta, arduvazların üstündeki şu uğursuz ışığa bakın, bugün kesin yağmursuz geçmeyecek. Böyle devam etmesi imkânsızdı, aşırı sıcaktı hava. Yağmur ne kadar erken başlarsa o kadar iyi, çünkü fırtına patlamadıkça şu Vichy suyu da midemden aşağı inmeyecek" diye eklerdi; Vichy suyunun midesinden aşağı inişini hızlandırma arzusu, Mme Goupil'in elbisesinin mahvolduğunu görme korkusundan çok daha baskındı.

"Olabilir, olabilir.

—Hayır, yağmur yağınca meydanda sığınacak pek bir yer de olmuyor. Ne, saat üç mü oldu? diye haykırırdı halam birden, yüzü bembeyaz kesilerek. Demek ikindi duası başladı, pepsinimi unuttum! Şimdi anlıyorum Vichy suyunun niye midemde ağırlık yaptığını."

Halam derhal mor kadife kaplı, yaldızlı dua kitabına sarılır, o telaşla, bayram günlerine ait sayfaların yerini işaretleyen, sararmış kâğıttan dantel şeritlerle çerçevelenmiş resimleri düşürür, bir yandan damlalarını yutarken, bir yandan da kutsal metinleri hızlı hızlı okumaya başlardı; Vichy suyundan bunca uzun zaman sonra alınan pepsinin, suyu yakalamayı ve midesinden aşağıya indirmeyi başarıp başaramayacağını bilememenin yarattığı kaygı, okuduğu şeyi anlamasını biraz güçleştirirdi. "Saat üç olmuş, zaman nasıl geçiyor!"

Camda bir şey çarpmış gibi ani bir ses, ardından, sanki yukarıdaki bir pencereden aşağı kum atılıyormuş gibi gevşek, hafif bir dökülme sesi duyulur, sonra dökülme sesi yayılır, düzenli bir ritim kazanır, akışkan, titreşimli, melodik, gür ve evrensel bir hal alırdı: Yağmurdu bu.

"Gördünüz mü Françoise, ben dememiş miydim? Nasıl da yağıyor! Bahçe kapısının çıngırağını işitir gibi oldum, bir gidip bakıverin, bu havada kim dışarıda olabilir?"

Françoise gidip dönerdi:

"Mme Amédée'ymiş" (büyükannem) "dolaşmaya çıkıyormuş. Yağmur da şiddetli halbuki.

—Şaşırmadım doğrusu, derdi halam, gözlerini devirerek. Hep söylerim, onun kafası başkalarınınkine benzemez. Şu anda dışarıda onun yerine ben olmak istemezdim.

—Mme Amédée her zaman diğer insanların tam zıddını yapar" derdi Françoise tatlılıkla, büyükannemi biraz "kaçık" bulduğunu söylemek için, diğer hizmetkârlarla yalnız kalacağı ânı beklemeyi tercih ederek.

"İşte akşam duası saati de geçti! Eulalie gelmez artık, diye iç geçirirdi halam; bu havadan korkmuş olmalı.

—Ama saat beş olmadı ki Madame Octave, saat daha dört buçuk.

—Dört buçuk mu? Azıcık gün ışığı girsin diye küçük perdeleri açmak zorunda kaldım. Saat dört buçukta! Bereket Duası gününden bir hafta önce! Ah, Françoise'cığım! Yüce Tanrı belli ki çok kızmış bize. Ama dünyanın gidişatı da pek kötü! Zavallı Octave'cığımın dediği gibi, yüce Tanrı'yı çok unuttuk, o da intikam alıyor."

Halamın yanakları Eulalie gelince aniden kızarırdı. Ne yazık ki o daha içeri yeni girmişken, Françoise gelir ve dudaklarında sözlerinin halamda uyandıracağından emin olduğu sevince katıldığını gösteren bir tebessümle, dolaylı anlatım kullanmasına rağmen, kusursuz bir hizmetkâr sıfatıyla ziyaretçinin sözlerini harfiyen aktardığını belirtmek üzere kelimeleri tek tek heceleyerek konuşurdu:

"Madame Octave eğer dinlenmiyorsa, kendisini kabul edebilirse, muhterem Peder çok mutlu olacakmış. Muhterem Peder rahatsızlık vermek istemiyormuş. Muhterem Peder aşağıda, kendisini salona aldım."

Aslında rahibin ziyaretleri halamı Françoise'ın zannettiği kadar mutlu etmez, Françoise'ın rahibin geldiğini her haber verişinde çehresinde sergilemeyi görev bildiği sevinç ifadesi, hastanın duygularıyla tam olarak çakışmazdı. Rahip (sanattan hiç anlamasa da derin bir etimoloji bilgisine sahip olduğundan, daha fazla sohbet etmemiş olmaktan ötürü pişmanlık duyduğum, üstün nitelikli bir insandı) önemli ziyaretçilere kilise hakkında bilgi verme alışkanlığıyla (hatta Combray bölgesine ilişkin bir kitap yazmaya niyetliydi), bitmek tükenmek bilmeyen, üstelik hiç değişmeyen açıklamalar yaparak halamı yorardı. Ziyareti bir de böyle Eulalie'nin ziyaretiyle çakıştı mı, halamda şüpheye yer bırakmayan bir memnuniyetsizlik yaratırdı. Halama kalsa, Eulalie'nin ziyaretinin tadını iyice çıkarmayı, herkesi birden ağırlamamayı tercih ederdi. Ama rahibi kabul etmeme cesaretini kendinde bulamayıp Eulalie'ye rahiple birlikte kalkmamasını, o gittikten sonra kendisiyle baş başa biraz oturmayı istediğini işaret etmekle yetinirdi.

"Muhterem Peder, ressamın biri şövalesini sizin kiliseye yerleştirmiş, bir vitrayı kopya ediyormuş diye duydum. Doğrusu bu yaşıma geldim, hayatımda hiç böyle şey duymadım! Dünya ne hale geldi! Üstelik kilisedeki en çirkin şey!

— Bence kilisedeki en çirkin şey demek biraz abartılı olur, çünkü Saint-Hilaire'de görülmeye değer bölümler bulunmakla birlikte, zavallı bazilikamın bazı bölümleri de epeyce eski, bizim piskoposluk bölgesinde hiç restorasyon yapılmamış tek bazilika! Doğrusu giriş sundurması kirli ve eski, ama yine de muhteşem bir yapı; Ester duvar halılarına gelince, şahsen üstüne para verseler almam, ama uzmanlar Sens duvar halılarından sonra ikinci sırada sayıyorlar adını. Ayrıca biraz fazla gerçekçi bazı ayrıntıların yanı sıra, şaşılacak bir gözlem yeteneğinin ifadesi olan ayrıntılar bulunduğunu da kabul etmek gerekir. Ama o vitrayların lafını bile duymak istemiyorum! Aynı hizada iki döşeme taşı bulamayacağınız bir kilisede gün ışığını içeri sızdırmayan, hatta o adını koyamadığım renkteki yansımalarıyla gözü yanıltan pencereler bulundurmak mantığa sığar mı? Üstelik döşeme taşlarını değiştirmeyi de reddediyorlar; gerekçesi de bu taşların Combray başrahiplerinin ve Guermantes senyörlerinin, yani hem bugünkü Guermantes Dükü'nün, hem kendisi de bir Guermantes olan kuzini ve eşi Guermantes Düşesi'nin ataları, eski Brabant kontlarının mezarları olması." (İnsanlarla ilgilenmeye ilgilenmeye bütün isimleri birbirine karıştıran büyükannem, ne zaman Guermantes Düşesi'nin adı geçse, düşesin Mme de Villeparisis'nin akrabası olduğunu ileri sürerdi. Herkes kahkahalarla gülmeye başlar, büyükannem de almış olduğu bir davetiyeye istinaden kendini savunmaya çalışırdı: "O mektupta bir Guermantes lafı geçiyordu diye hatırlıyorum." Ben de bir tek bu durumda, diğerleriyle birlikte büyükannemin karşısında yer alır, onun yatılı okuldan arkadaşıyla Brabant'lı Genoveva'nın torunu arasında bir ilişki olabileceğini kabul edemezdim.) "Halbuki bakınız, Roussainville, eski çağlarda fötr şapka ve duvar saati ticareti nedeniyle gelişmiş olmakla birlikte, bugün bir çiftçi yerleşimi. (Roussainville'in etimolojisinden pek emin değilim. Eski adının, *Radulfi Villa*'dan türeyen Rouville olduğunu düşünmek eğilimindeyim, Châteauroux'nun *Castrum Radulfi*'den türediği gibi, ama bundan bir başka gün söz ederiz.) İşte bu Roussainville Kilisesi'nin hemen hepsi yeni, enfes vitrayları var; meşhur Chartres vitraylarına eşdeğer olduğu söylenen o muhteşem *Louis-Philippe'in Combray'ye Girişi* vitrayının Combray'de bulunması daha anlamlı olurdu. Daha dün, Doktor Percepied'nin bu konulara meraklı olan kardeşiyle konuşuyordum; bu vitrayın olağanüstü bir işçiliği olduğunu söylüyordu. Ama çok usta bir sanatçı olduğu söylenen, ayrıca çok da nazik bir insan izlenimi uyandıran o ressamın kendisine de sordum, diğerlerinden bile karanlık olan bu vitrayda ne buluyorsunuz diye.

—Eminim Monsenyör'den rica etseniz, size yeni bir vitray bağışlar, derdi halam baygın bir sesle, yorulacağını düşünmeye başlayarak.

—Düşünebiliyor musunuz Madame Octave? derdi rahip. O feci vitrayla ilgili yaygarayı başlatan, Monsenyör'ün ta kendisi; vitrayın bir Guermantes olan Brabant'lı Genoveva'nın torunlarından Guermantes Senyörü Kötü Gilbert'i Aziz Hilarius tarafından günahları bağışlanırken temsil ettiğini kanıtladı.

—Aziz Hilarius nerede peki? Ben hatırlamıyorum.

—Canım, vitrayın köşesinde sarı elbiseli bir hanım vardır, hiç dikkatinizi çekmedi mi? İşte o, Aziz Hilarius, bildiğiniz gibi kimi illerde Aziz Illiers, Aziz Hélier, hatta Jura'da Aziz Ylie diye anılır. *Sanctus Hilarius*'un bu yozlaşmış biçimleri, azizlerin isimlerinin uğradığı en tuhaf değişim sayılamaz aslında. Mesela, sevgili Eulalie, sizin adınızı aldığınız *Sancta Eulalia*, Burgonya'da neye dönüşmüş, biliyor musunuz? *Aziz Éloi*'ya, yani azizeyken aziz olmuş. Gördünüz mü Eulalie, öldükten sonra ya sizi de erkeğe dönüştürürlerse?

—Muhterem Peder hep böyle şakacıdır.

—Gilbert'in kardeşi Kekeme Charles dindar bir hükümdardı, ama akıl hastalığı sonucu ölen babası Deli Pépin'i küçük yaşta kaybetmiş olduğundan, disiplinsiz büyüyen bir gencin bütün kendini beğenmişliğiyle saltanat sürdü; bir kentte yüzünden hazzetmediği birini görecek olsa, kent ahalisinin tamamını katlederdi. Charles'dan intikam almak isteyen Gilbert, Combray Kilisesi'ni yaktı; o sırada var olan eski kilise, Théodebert'in, maiyetiyle birlikte bu yakınlarda, Thiberzy'de (*Theodeberciacus*) bulunan kır evinden Burgonlar'la savaşmak üzere ayrılırken, Aziz Hilarius kendisine savaşta zafer kazandırdığı takdirde, azizin mezarı üzerinde yaptırmayı vaat ettiği kiliseydi. Gilbert'in yaktığı eski kiliseden geriye bir tek mezar kaldı; Théodore sizi indirip gezdirmiş olmalı. Gilbert daha sonra Fatih William'ın" (rahip bu ismi farklı telaffuz ediyordu) "yardımıyla talihsiz Charles'ı bozguna uğrattı; bu yüzden de birçok İngiliz kiliseyi ziyarete geliyor. Ama Combray'lilerin gönlünü kazanmayı başaramamış olmalı ki, halk sabah duasından çıkarken Gilbert'in üzerine çullanıp kafasını kesti. Théodore'da bu konudaki açıklamaların yer aldığı bir kitapçık var, isteyenlere ödünç veriyor."

"Yine de kilisemizin tartışmasız en ilginç yanı, çan kulesinden görünen muhteşem manzara. Şüphesiz sizin sağlığınız pek yerinde olmadığından, meşhur Milano Katedrali'ndeki basamak sayısının tam yarısı olan doksan yedi basamağımızı tırmanmanızı önermeyeceğim. Sağlıklı insanlar bile haklı olarak yoruluyor, üstelik kafanızı kırmak istemiyorsanız, iki büklüm tırmanmak zorunda kalıyorsunuz, üstünüz başınız da olduğu gibi örümcek ağlarıyla kaplanıyor. Her şey bir yana, sıkı giyinmeniz gerekiyor" diye devam ederdi rahip, (çan kulesine çıkabileceği düşüncesinin halamın gururunu ne kadar kırdığını fark etmeyerek) "çünkü tepede öyle bir rüzgâr esiyor ki! Bazıları orada ölümün soğukluğunu hissettiklerini ileri sürüyorlar. Her şeye rağmen, pazar günleri mutlaka panoramanın güzelliğini görmeye, kimileri epeyce de uzaktan gelen dernekler oluyor, hepsi de hayran kalıyorlar. Mesela haftaya pazar, hava güzel olursa, Bereket Duası sebebiyle mutlaka ziyaretçiler olacaktır. İtiraf etmek gerekir ki, tepeden bakıldığında manzara bir periler âlemini andırır; çeşitli aralıklardan ovanın görünümü eşsizdir. Hava açık olduğunda görüş alanı Verneuil'e kadar uzanır. En önemlisi de, genellikle ancak ayrı ayrı görülebilen manzaraların bir arada seyredilebilmesidir, mesela Vivonne Nehri'yle yüksek ağaçlardan oluşan bir perdenin nehirden ayırdığı Saint-Assise-lès-Combray hendekleri, mesela Jouy-le-Vicomte'un (yani *Gaudiacus vice comitis*'in) çeşitli kanalları. Jouy-le-Vicomte'a her gittiğimde bir kanala rastlardım, sonra, bir sokağa sapınca, başka bir kanal çıkardı karşıma, ama o zaman da önceki kanalı göremezdim. Kafamda hepsini bir arada canlandırmaya çalışsam da, pek başaramazdım. Saint-Hilaire çan kulesinden görünen, bambaşka bir şeydir, bütün yerleşimi içine alan bir ağ görürsünüz. Ne var ki, su olduğu anlaşılmaz, kenti mahallelere ayıran geniş çatlaklar gibi görünür, öyle ki kent, parçalara bölünmüş, ama dağılmadan, bütün halinde duran bir çöreğe benzer. En mükemmel görüntüyü yakalayabilmek için, insanın aynı anda hem Saint-Hilaire çan kulesinde, hem Jouy-le-Vicomte'ta bulunması gerekir."

Rahip halamı o kadar yorardı ki, o gider gitmez, halam Eulalie'yi de göndermek zorunda kalırdı.

"Alın Eulalie'ciğim" derdi cılız bir sesle, el altında bulundurduğu küçük kesesinden para çıkararak, "dualarınızda beni unutmayın.

—Aa, Madame Octave, almasam, biliyorsunuz, ben bunun için gelmiyorum size!" derdi Eulalie her defasında, sanki ilk kez böyle bir şey oluyormuş gibi tereddütle, çekinerek; yüzündeki memnuniyetsiz ifade halamı güldürür, ama bir yandan hoşuna da giderdi; Eulalie ziyaretlerinin birinde parayı alırken her zamanki kadar canı sıkkın görünmese, halam şöyle derdi:

"Eulalie'nin nesi vardı, anlayamadım; her zaman ne kadar veriyorsam aynısını verdim, ama memnun kalmadı galiba.

—Şikâyet edilecek durumda değil halbuki" derdi Françoise iç çekerek; halamın kendisine veya çocuklarına verdiği parayı daima sözünü etmeye değmeyecek ufak paralar olarak, her pazar Eulalie'nin eline sıkıştırdığı, ama Françoise'ın miktarını asla göremediği bozuklukları ise, minnet bilmez biri uğruna delice sarf edilen bir servet olarak görürdü. Françoise'ın derdi, halamın Eulalie'ye verdiği parada gözü olması değildi. Halamın serveti onu yeterince memnun eder, bir hanımın zenginliğinin hizmetkârını herkesin nazarında yücelttiğini, halamın çok sayıdaki çiftliği, rahibin sık ve uzun ziyaretleri, tüketilen inanılmaz miktardaki Vichy suyu sebebiyle, kendisinin, Françoise'ın da Combray'de, Jouy-le-Vicomte'ta ve başka yerlerde bir itibar, bir şöhret kazandığını bilirdi. Cimriliği halam adınaydı; halamın servetini yönetme görevi kendisine verilse, dünyanın en mutlu insanı olur ve bu serveti başkalarından bir annenin yırtıcılığıyla korurdu. Bununla birlikte, iflah olmaz derecedeki cömertliğini gayet iyi bildiği halam, hiç değilse parasını zenginlere dağıtsa, Françoise o kadar itiraz etmezdi. Belki de zenginlerin halamın armağanlarına ihtiyaçları olmadığından, halamı parası yüzünden sevmekle suçlanamayacaklarını düşünürdü. Zaten servet ve mevki sahibi insanlara, Mme Sazerat'ya, M. Swann'a, M. Legrandin'e, Mme Goupil'e, halamla "aynı tabakadan" ve "birbirine yakışan" insanlara verilen armağanlar, Françoise'a ava giden, balolar düzenleyen, birbirlerini ziyaret eden, kendisinin de gülümseyerek takdir ettiği zenginlerin o garip, şaşaalı hayatının âdetlerinden biri gibi görünürdü. Ama Françoise'ın "benim gibi insanlar, benden fazla değeri olmayan insanlar" diye tanımladığı ve ona "Madame Françoise" diye hitap etmeyip kendilerini "ondan daha değersiz" görmedikleri takdirde en çok aşağıladığı kişiler halamın cömertliğinden yararlandığı zaman, durum değişirdi. Halamın kendi öğütlerine kulak asmayıp, iyiliğine layık olmayan kişiler için parasını savurduğunu (en azından Françoise'ın görüşü buydu) görünce, hanımının kendisine yaptığı bağışları Eulalie'ye akıtılan hayalî servete kıyasla pek cüzi bulmaya başlamıştı. Françoise, Combray civarında, Eulalie'nin ziyaretlerinden elde ettiği gelirle rahat rahat satın alamayacağı kadar büyük bir çiftlik bulunmadığı kanısındaydı. Şunu da belirtmek gerekir ki, Eulalie de, Françoise'ın sınırsız ve gizli serveti konusunda aynı tahminleri yürütmekteydi. Genellikle Eulalie gittikten sonra, Françoise onun hakkında pek iyi niyetli olmayan kehanetlerde bulunurdu. Ondan nefret eder, ama bir yandan da korkar ve Eulalie'ye güler yüz göstermek zorunda hissederdi kendini. Eulalie gittikten sonra, bunun acısını çıkarır, gerçi ismini asla telaffuz etmez, ama kime yöneldiğini halamın anlamaması imkânsız, bilmece nevinden kehanetler veya Vaiz'dekiler tarzında genel hükümler savururdu. Perdenin kenarından bakıp Eulalie'nin kapıyı arkasından çektiğinden emin olunca, "Dalkavuklar hoşa gitmeyi, paracıkları toplamayı bilirler; ama gün gelir, yüce Tanrı hepsinin cezasını verir, sabretmek gerek" derdi; yan yan, imalı bakışı Yoaş'ın sırf Atalya'yı düşünerek,

Akıp gider, uzun sürmez mutluluğu kötülerin

deyişini hatırlatırdı.

Ama rahibin de geldiği ve bitmek bilmeyen ziyaretiyle halamın bütün gücünü tükettiği günlerde, Françoise hemen Eulalie'nin arkasından odadan çıkar, "Madame Octave, ben gideyim de siz dinlenin, çok yorgun görünüyorsunuz" derdi.

Halam cevap bile vermez, ölü gibi, gözleri kapalı, adeta son soluğunu veriyormuşçasına iç geçirirdi. Ama Françoise aşağı iner inmez, dört şiddetli zil sesi bütün evi çınlatır, halam yatağında doğrularak haykırırdı:

"Eulalie gitti mi? Şu işe bakın, Mme Goupil kiliseye ekmekle şarabın dağıtılmasından önce varabildi mi diye sormayı unuttum! Çabuk, koşun peşinden!"

Ama Françoise, Eulalie'ye yetişemeden geri dönerdi.

"Ne aksilik!" derdi halam başını sallayarak. "Soracağım tek önemli şey buydu!"

İşte Léonie Hala'mın hiç değişmeyen hayatı, yapmacık bir küçümseme ve yoğun bir sevecenlikle "hep aynı nakarat" diye adlandırdığı tatlı monotonluk içinde geçerdi. Bu nakarat, halama daha sağlıklı bir yaşayış tarzını öğütlemenin fayda etmediğini görüp zamanla mecburen alışkanlıklarına saygı gösteren ev halkının yanı sıra, kasa çakmadan önce Françoise'a halamın "dinlenip dinlenmediğini" sorduran, üç sokak ötemizdeki ambalajcı dahil bütün kasaba halkı tarafından da korunduğu halde, o yıl bir kere kesintiye uğradı. Bulaşıkçı kız bir gece vakti, ağaçta gizli kalıp hiç kimse fark etmeden olgunlaşan meyvelerin kendiliğinden düşmesini hatırlatan bir doğum yaptı. Ama sancıları dayanılmazdı; Combray'de ebe bulunmadığı için, Françoise gün doğmadan Thiberzy'ye ebe aramaya gitti mecburen. Halam bulaşıkçı kızın çığlıkları yüzünden dinlenemedi ve mesafe pek kısa olduğu halde çok geç dönen Françoise'ın eksikliğini çok hissetti. İşte bu nedenle, annem sabah bana, "Yukarı çık bak bakalım, halanın bir şeye ihtiyacı var mı?" dedi. Birinci odaya girdiğimde, açık kapıdan, ikinci odada yan yatmış olan halamın uyuduğunu gördüm, hafifçe horladığını işittim. Yavaşça geri dönmek üzereydim ki, herhalde çıkardığım gürültü uykusunu bölüp ritmini değiştirdiğinden, horultu bir an kesilip sonra daha pes bir tonda devam etti; ardından halam uyanıp başını hafifçe yana çevirince yüzünü gördüm; yüzünde bir dehşet ifadesi vardı; belli ki korkunç bir rüya görmüştü; yattığı konumda beni görmesi imkânsızdı, bense, yanına gitmemin mi, yoksa dönmemin mi daha iyi olacağına karar veremeyerek olduğum yerde kalmıştım; ama halam gerçeklik duygusuna kavuşmuş, kendisini korkutan görüntülerin yalan olduğunu anlamıştı bile; hayatın rüyalar kadar zalim olmamasını sağlayan Tanrı'ya minnet duyarak mutlulukla gülümseyince yüzü biraz aydınlandı; yalnız olduğunu zannettiğinde alçak sesle kendi kendine konuşma alışkanlığıyla, şu sözleri mırıldandı: "Tanrı'ya şükürler olsun! Tek derdimiz, bulaşıkçı kızın doğurması. Halbuki rüyamda zavallı Octave'cığımın dirildiğini, beni her gün gezmeye çıkarmak istediğini görüyordum!" Eli sehpanın üzerindeki tespihine uzandı, ama ulaşamadan tekrar uyuyakaldı; onun tekrar sakin bir uykuya daldığını görünce parmak uçlarıma basa basa odadan çıktım ve ne o, ne de başkası, duyduklarımı asla öğrenmedi.

Bu doğum gibi çok ender olayların dışında halamın nakarat dediği yaşantısı asla değişmezdi derken, düzenli aralıklarla ve her defasında aynen tekrarlanan, tekdüzeliğe ikincil bir tekdüzelik daha katan olayları hariç tutuyorum. Örneğin cumartesi günleri, Françoise öğleden sonra Roussainville-le-Pin pazarına gittiğinden, herkes öğle yemeğini bir saat erken yerdi. Halam bu haftalık aykırılığa o kadar alışmıştı ki, bu düzen bozukluğu da diğer alışkanlıkları kadar vazgeçilmez olmuştu onun için. Françoise'ın ifadesiyle öyle "âdetleştirmişti" ki bu değişikliği, bir cumartesi günü, öğle yemeği için her günkü saati beklemesi gerekse, sair günlerden birinde, cumartesi günkü gibi bir saat erken yemişçesine "rahatsızlanırdı".

Aslında öğle yemeğinin bir saat önceye alınması, cumartesi günlerine hepimizin gözünde kendine has bir hoşgörü, bir sevimlilik kazandırırdı. Normal olarak yemek gevşemesine kadar daha bir saat geçirmemiz gerekecek saatte, az sonra vakitsiz hindibaların, lütfedilmiş bir omletin, hak edilmemiş bir bifteğin sofraya geleceğini bilirdik. Bu aykırı cumartesilerin tekrarı, sakin hayatlarda ve kapalı toplumlarda adeta bir ulusal birlik duygusu yaratan, sohbetlerin, şakalaşmaların ve alabildiğine abartılan hikâyelerin gözde konusu haline gelen dahili, yerel, önemsiz olaylardan biri, neredeyse bir yurttaşlık olayıydı; aramızdan biri destan yazmaya eğilimli olsaydı, bu cumartesilerde bir destanlar dizisinin hazır çekirdeğini bulabilirdi. Sabahtan itibaren, daha giyinmeden önce, ortada hiçbir sebep yokken, sırf dayanışmanın gücünü hissetme zevki uğruna, birbirimize, neşeyle, içtenlikle, vatanseverlikle, "Vakit kaybetmeyelim, unutmayın, bugün cumartesi!" derdik; bu arada Françoise'la fikir teatisinde bulunan halam, günün her zamankinden uzun olacağını düşünerek, "İsterseniz güzel bir dana eti pişirin onlara, bugün cumartesi" derdi. Saat on buçukta, birisi dalgınlıkla saatine bakıp, "Öğle yemeğine daha bir buçuk saat var" diyecek olsa, herkes kendisine, "Oo, sizin aklınız nerede? Bugünün cumartesi olduğunu unutmuşsunuz!" demekten büyük mutluluk duyardı; on beş dakika boyunca buna güler, yukarı çıkıp bu dalgınlığı halama anlatarak onu eğlendirmeye karar verirdik. Cumartesileri, gökyüzünün çehresi bile değişirdi sanki. Öğle yemeğinden sonra, güneş, cumartesi olduğunun bilinciyle tepede fazladan bir saat oyalanır, birimiz gezintiye geç kaldığımızı düşünerek, Saint-Hilaire'in (öğle yemeği veya öğle uykusu sebebiyle bomboş kalmış sokaklarda, balıkçıların bile terk ettiği kıpır kıpır, bembeyaz ırmak boyunca kimseye rastlamayan, sırf bir iki tembel bulutun oyalandığı boş gökyüzünden tek başlarına geçen) iki çan sesini duyup da "Ne, saat daha iki mi?" dediğinde, herkes bir ağızdan, "Öğle yemeğini bir saat erken yedik de ondan şaşırdınız, bugün cumartesi, biliyorsunuz!" diye cevap verirdi. Saat on birde babamla konuşmaya gelen bir vahşinin (cumartesi günlerinin özelliğini bilmeyen herkese bu ad verilirdi), bizi sofrada bulduğunda sergilediği şaşkınlık, Françoise'ın hayatta en çok güldüğü şeylerden biriydi. Afallayıp kalmış ziyaretçinin cumartesi günleri öğle yemeğini erken yediğimizi bilmemesine gülerdi, ama (bu dar görüşlü şovenizme yürekten katılmakla birlikte) gelen vahşinin bu gerçeği bilmediğini aklından bile geçirmeyen babamın, ziyaretçinin bizi yemek odasında gördüğündeki şaşkınlığına daha fazla bir açıklama yapmadan, "Canım, bugün cumartesi!" diye cevap vermesini daha da komik bulurdu. Françoise, hikâyenin burasına geldiğinde, gülmekten gözlerinden akan yaşları siler, eğlenceyi biraz daha artırma isteğiyle konuşmayı uzatır, "cumartesi" açıklamasından hiçbir şey anlamayan ziyaretçinin ağzından bir cevap uydururdu. Biz, Françoise'ın bu ilavelerinden yakınmak şöyle dursun, uydurduğu kadarıyla yetinmeyip, "Bir şey daha söylemişti diye hatırlıyorum. İlk anlattığınızda daha uzundu" derdik. Büyükhalam bile elişinden başını kaldırır, kelebek gözlüğünün üstünden bakardı.

Cumartesi günlerinin bir başka özelliği de, mayıs ayı boyunca her cumartesi, akşam yemeğinden sonra "Meryem Ana ayinleri"ne gitmemizdi.

Orada ara sıra, "zamane fikirlerine kapılan özensiz gençlerin içler acısı haline" çok kızan M. Vinteuil'le karşılaştığımızdan, annem giyim kuşamımda bir aksaklık olmamasına büyük özen gösterir, kiliseye öyle giderdik. Hatırladığım kadarıyla akdikenleri sevmeye Meryem Ana ayinlerinde başladım. Bütün kutsallığına rağmen içine girme hakkına sahip olduğumuz kilisenin her yerinde, altarın üzerinde bile akdikenler olurdu; kutlamalarına katıldıkları mucizelerle ayrılmaz bir bütün teşkil eder, bayram hazırlığı içinde yatay olarak birbirine tutturulmuş dallarını şamdanların, kutsal kâselerin arasından uzatırlardı; yapraklarının üzerinde, göz kamaştırıcı beyazlıktaki tomurcuklar, bir gelinliğin kuyruğuna serpilmiş çiçekler gibi, sayısız minik buket oluştururdu. Ancak kaçamak bakışlar atmaya cesaret edebildiğim bu görkemli süslemelerin canlı olduğunu ve bizzat doğanın, yaprakların arasına yollar açarak, süslemeyi noktalamak üzere bu beyaz tomurcukları ekleyerek bu dekoru hem halk eğlencesi, hem dini tören niteliğindeki kutlamalara layık kıldığını hissederdim. Dalların üst kısmında tek tük taçlar aldırışsız bir zarafetle açılır, kendilerini bir sis gibi çepeçevre saralayan, şeytan örümceği kadar ince erkekorganlar demetini son bir buğulu süs misali, öyle kayıtsızca taşırlardı ki, bu çiçek açma hareketini izlemeye, kafamda canlandırmaya çalıştığımda, dalgın, çevik, beyazlar içinde bir genç kızın başını cilveli bakışlarla, kısılmış gözlerle, hoppaca, hızla hareket ettirmesi olarak düşünürdüm.

M. Vinteuil, kızıyla birlikte yanımıza oturmuştu. İyi bir aileden gelen M. Vinteuil büyükannemin kız kardeşlerine piyano hocalığı yapmış, karısının ölümünden sonra kalan mirasla emekliye ayrılıp Combray yakınına yerleşmişti; onu evimizde sık sık ağırlardık. Ama aşırı ahlak düşkünlüğü yüzünden, kendi ifadesiyle "yersiz, zamane zevkine uygun bir evlilik" yapmış olan Swann'la karşılaşmak istemediği için, artık evimize gelmiyordu. M. Vinteuil'ün besteler yaptığını duymuş olan annem, kibarlık olsun diye, onu ziyarete gittiğinde bestelerini de dinlemek istediğini söylemişti. Bundan aslında büyük bir mutluluk duyacak olan M. Vinteuil, terbiyeyi ve iyiliği öyle bir kuruntu noktasına vardırırdı ki, daima kendini başkalarının yerine koyar, kendi istekleri doğrultusunda hareket ederse, hatta bu isteklerini gösterirse, onları sıkmaktan, bencillik etmiş olmaktan korkardı. Annemle babam kendisini ziyarete gittikleri gün, beni de yanlarında götürmüşler, ama dışarıda kalmama izin vermişlerdi; M. Vinteuil'ün evi Montjouvain, çalılık bir tepenin altındaydı; ben de çalıların arasına saklandığımda, tam karşımda, yarım metre ötemde, ikinci kat salonunun penceresini bulmuştum. Annemle babamın geldiği kendisine haber verildiğinde, M. Vinteuil'ün alelacele birtakım notaları piyanonun üzerine, göze çarpacak şekilde yerleştirdiğini gördüm. Ama annemler içeri girdiğinde, notaları kaldırıp bir köşeye koydu. Geldiklerine sırf onlara kendi bestelerini dinletmek istediği için sevindiğini zannetmelerinden korkmuştu herhalde. Ziyaret sırasında annemin arzusunu her tekrarlayışında da, "O notaları piyanonun üstüne kim koydu bilmem, yeri orası değil" deyip, konuşmayı bilhassa kendisini daha az ilgilendiren konulara çevirmişti. M. Vinteuil'ün bütün tutkusu kızına yönelikti; bir oğlan çocuğu havasındaki kızı o kadar gürbüz görünürdü ki, babasının onun için aldığı önlemleri, kızının omuzlarına sarmak için daima fazladan şallar bulundurduğunu görünce, insan gülümsemekten kendini alamazdı. Büyükannem, yüzü çillerle kaplı bu kaba saba kız çocuğunun bakışlarında çoğu kez ne kadar tatlı, incelikli, neredeyse utangaç bir ifade olduğuna dikkatimizi çekerdi. Mlle Vinteuil bir şey söylediğinde, kendi sözlerini karşısındakilerin kulağıyla dinler, yanlış anlaşılma ihtimalini düşünüp telaşa kapılırdı; o erkeksi, "namuslu adam" yüzü adeta aydınlanarak saydamlaşır ve altından, üzgün bir genç kızın ince hatları ortaya çıkardı.

Kiliseden çıkmadan önce, altarın önünde diz çöktüm; tam ayağa kalkarken, ansızın akdikenlerden acı, baygın bir badem kokusu geldi burnuma; o zaman, çiçeklerin üstünde küçük sarı lekeler olduğunu fark ettim; tıpkı bademli pastanın tadının kızarmış kısımların altında, Mlle Vinteuil'ün yanaklarının tadının çillerinin altında gizlendiğini tahmin ettiğim gibi, çiçeklerin kokusunun da bu lekelerin altında gizlendiğini düşündüm. Akdikenlerin sessiz kıpırtısızlığına rağmen ara sıra yükselen bu koku sanki içlerindeki canlılığın mırıltısıydı; içinde canlı antenlerin gezindiği, çiçeklerinin kızılımsı erkekorganlarına baktığımızda, şimdi çiçeğe dönüşmüş olan böceklerin bahardaki şiddetini, tahriş edici gücünü hatırladığımız kırlardaki bir çalılık gibi, altar da akdikenlerin kokusuyla kıpır kıpırdı.

Kiliseden çıktığımızda, sundurmanın önünde birkaç dakika durup M. Vinteuil'le konuşurduk. M. Vinteuil, meydanda kavga eden çocukları ayırır, küçükleri korur, büyüklere nutuk çekerdi. Kızı kalın sesiyle, bizi gördüğüne ne kadar sevindiğini söyler, hemen ardından, sanki içindeki daha duygulu bir kız kardeş evimize davet edilmek istediğini zannettirebilecek bu şaşkın oğlan çocuğu sözlerinden utanmışçasına, kızarırdı. Sonra babası Mlle Vinteuil'ün omuzlarına mantosunu sarar, kızın kendi sürdüğü küçük bugilerine binip Montjouvain'e giderlerdi. Bize gelince, ertesi gün pazar olduğu ve büyük ayin saatinden önce kalkmayacağımız için, hava sıcaksa ve mehtap varsa, babam bizi doğrudan eve götüreceğine, şan olsun diye, Calvaire Ormanı yolunda uzun bir gezintiye çıkarır, yön ve yol bulma duygusu pek zayıf olan annem, bu gezintilere bir strateji dehasının başarıları gözüyle bakardı. Bazen de viyadüke kadar uzanırdık; viyadükün garda başlayan taştan bacakları benim için medeni dünyanın sınırları dışındaki sürgünü ve yıkımı temsil ederdi, çünkü her yıl Paris'ten gelirken, Combray'ye vardığımızda istasyonu kaçırmamaya çok dikkat etmemiz, önceden hazırlanmamız tembihlenirdi; tren iki dakika durduktan sonra tekrar hareket eder ve benim gözümde Combray'yle sınırlanan Hıristiyan âleminin ötesine doğru, viyadükün üstünde yoluna devam ederdi. Kentin en güzel villalarının yer aldığı gar bulvarından dönerdik eve. Mehtap her bahçeyi Hubert Robert gibi beyaz mermerden kırık basamaklarıyla, fıskiyeleriyle, aralık parmaklıklarıyla doldururdu. Ay ışığı Telgraf bürosunu yıkmış olurdu. Geriye bir tek yarısı kırık bir sütun kalmış olur, ama o da ölümsüz bir harabenin güzelliğini korurdu. Ben ayaklarımı sürüyerek yürür, uykudan öleceğimi sanırdım; ıhlamurların o güzel kokusu, ancak çok büyük yorgunluklar sonucunda elde edilebilen ve zahmetine değmeyen bir mükâfat gibi gelirdi bana. Birbirinden çok uzaktaki parmaklıkların ardında, sessizlikte çınlayan adımlarımızla uyanan köpekler sırayla havlamaya koyulurlardı; gar bulvarı (yerine Combray belediye parkı yapıldıktan sonra), geceleri hâlâ ara sıra duyduğum bu karşılıklı havlamaların arasına gelip sığınmış olmalı ki, şimdi olduğum yerde bu köpek havlamaları çınlamaya, birbirlerine cevap vermeye başladığı anda, ıhlamur ağaçları ve mehtabın aydınlattığı kaldırımıyla bulvarı görürüm.

Babam birden bizi durdurur ve anneme sorardı: "Şu anda neredeyiz?" Yürüyüşten bitkin düşen, ama babamla iftihar eden annem, sevecenlikle, en ufak bir fikri olmadığını itiraf ederdi. Babam omuz silkip gülerdi. Sonra da, sanki anahtarıyla birlikte ceketinin cebinden çıkardığı, bu yabancı yolların sonuna, Saint-Esprit Sokağı'nın köşesiyle birlikte bizi beklemeye gelmiş, tam karşımızda duran bahçemizin küçük arka kapısını gösterirdi. Annem hayranlıkla, "Harikasın!" derdi. O andan itibaren, tek bir adım atmama gerek kalmaz, hareketlerime ne zamandır bilinçli bir dikkatin eşlik etmediği bu bahçede, benim yerime bastığım yer yürürdü; Alışkanlık küçük bir bebekmişim gibi beni kucağına alıp yatağıma kadar taşırdı.

Her zamankinden bir saat önce başlayan ve Françoise'dan mahrum olduğu cumartesi gündüzleri halam için diğer günlerden daha yavaş geçse de, halam zayıf düşmüş, takıntılı bedeninin hâlâ kaldırabildiği tek değişiklik ve eğlence olan cumartesinin gelmesini hafta başından itibaren sabırsızlıkla beklemeye koyulurdu. Oysa halamın ara sıra daha büyük bir değişikliğe heves ettiği olurdu; insanın var olandan başka bir şeye susadığı, enerji ve hayal gücü eksikliğinden ötürü kendi kendilerini yenileyemeyenlerin gelen dakikadan, kapıyı çalan postacıdan, en kötüsünden bir heyecan, bir ıstırap da olsa, bir yenilik getirmesini bekledikleri; mutluluğun susturduğu duyarlılığın aylak bir arp gibi, kendisini kıracak hoyrat bir el de olsa, bir elin dokunuşuyla titreşmeyi arzuladığı; önüne bir engel çıkmadan kendini arzularına, üzüntülerine bırakma hakkını çeşitli zorluklara göğüs gererek elde etmiş olan iradenin dizginleri zalim de olsalar, zorunlu olayların eline vermeyi istediği istisnai anları halam da yaşardı. Herhalde halamın en ufak bir yorgunlukla tükenen gücü dinlenirken ancak damla damla geri geldiğinden, deponun dolması uzun sürer, başkalarının faaliyete yönelttiği, halamınsa nasıl kullanacağını bilemediği, karar veremediği hafif taşma halinin gerçekleşmesi için aylar geçmesi gerekirdi. Eminim ki böyle anlarda –nasıl ki hiç "bıkmadığı" püreyi her gün tekrar tekrar yemenin hazzı sonunda püre yerine beşamel soslu patates yeme isteğini doğuruyorsa– sıkı sıkıya bağlı olduğu tekdüze günlerin birikiminden de, bir an süren, ama sağlığı açısından yararlı olacağını düşünmekle birlikte kendi kendine karar veremediği bir değişikliği gerçekleştirmeye onu zorlayacak olan, evde meydana gelecek bir felaketin beklentisi doğuyordu. Halam bizleri gerçekten severdi, ölecek olsak, arkamızdan seve seve, bol bol gözyaşı dökerdi; kendini iyi hissettiği, ter içinde olmadığı bir anda evde yangın çıktığına, hepimizin öldüğüne, yakında taş üstünde taş kalmayacağına, ama hemen kalkarsa, acele etmeden rahatlıkla yangından kurtulabileceğine dair bir haberin hayalini sık sık kurmuş olsa gerekti; böyle bir olay, uzun uzun üzülerek bizlere olan sevgisinin tadını çıkarmak, perişan bir halde, neredeyse ayakta can çekişerek, ama metanetini kaybetmeden yöneteceği cenazemizde bütün köyün şaşkınlığına hedef olmak gibi ikincil yararların yanı sıra, çok daha önemli bir yarar sağlayabilir, kendisini tam zamanında, hiç vakit kaybetmeden, sinir bozucu tereddütlere fırsat vermeden, yaz mevsimini geçirmek üzere içinde bir çağlayanı da olan, Mirougrain'deki güzel çiftliğine gitmeye zorlayabilirdi. Bitmez tükenmez pasyans oyunları sırasında mutlaka başarısını düşlediği bu türden bir olay asla cereyan etmediği için (aslında daha ilk gerçekleşme ânında, o beklenmedik küçük olayların birincisinde, kötü haberin aktarıldığı, vurgusunu asla unutamadığımız o ilk sözlerde ölümün zihinsel ve soyut ihtimalinden çok farklı olan gerçekliğinin damgasını taşıyan her ayrıntıda umutsuzluğa kapılacağı halde), hayatını ara sıra daha ilginç kılabilmek amacıyla, tutkuyla izlediği, beklenmedik birtakım olayları hayalinden uydururdu mecburen. Durup dururken Françoise'ın hırsızlık yaptığını, kendisinin de emin olmak için kurnazca bir düzene başvurup onu suçüstü yakaladığını kurardı; tek başına iskambil oynarken hem kendinin, hem rakibinin elini oynamaya alıştığından, kendi kendine önce Françoise'ın utana sıkıla özür dileyişini, ardından da kendisinin öfkeyle, hararetle cevap verişini canlandırırdı; aramızdan biri böyle bir anda odasına girdiğinde, onu ter içinde, gözleri çakmak çakmak, kaymış peruğunun altından kel alnı açığa çıkmış halde bulurdu. Françoise –hiç somutlaşmadan kalsalar, halam alçak sesle mırıldanarak onlara bir gerçeklik kazandırmasa, sırf hayal edilmekle halamı yeterince rahatlatamayacak olan– kendisine yönelik bu iğneli alayları belki de ara sıra yan odadan duyuyordu. Bazen halam bu "yatak içi temsili"yle de yetinmez, oyununu sahnelemek isterdi. O zaman, bir pazar günü, esrarengiz bir biçimde kapatılmış kapılar ardında, Françoise'ın dürüstlüğü konusundaki şüphelerini ve ona yol verme niyetini Eulalie'ye açar, bir başka seferinde de, Françoise'a yakında kapıyı yüzüne kapatacağı Eulalie'nin sadakatsizliği konusundaki kuşkularını anlatırdı gizlice; birkaç gün sonra, bir gün önceki sırdaşından bıkar, tekrar hainle yakınlaşırdı; bir sonraki temsilde roller yine değişirdi. Yine de Eulalie'nin ara sıra uyandırdığı şüpheler bir saman alevinden uzun ömürlü olmaz, Eulalie halamla aynı evde yaşamadığından, beslenemeyip çabuk sönerdi. Oysa Françoise'a ilişkin şüpheler konusunda durum farklıydı; halam onunla aynı çatı altında olduğunu sürekli hisseder, ama yataktan çıkarsa üşüteceğinden korktuğu için, mutfağa inerek şüphelerinde haklı olup olmadığını da araştıramazdı. Zamanla, Françoise'ın her an ne yaptığını ve kendisinden neyi gizlediğini tahmin etmeye çalışmak, zihninin tek meşguliyeti haline geldi. Françoise'ın yüzündeki en ufak kaçamak ifadeleri, sözlerindeki küçük bir tutarsızlığı, gizlemek ister gibi göründüğü arzularını yakalar oldu. Maskesini düşürdüğünü Françoise'a da tek bir sözle belli eder, Françoise'ın yüzü bembeyaz olur, halam zavallının kalbine hançer gibi sapladığı bu sözlerden zalim bir zevk alırdı. Ertesi hafta pazar günü, Eulalie'nin bir ifşaatı –yeni doğmuş, alışılmış yolda ilerleyen bir bilime ansızın beklenmedik, yepyeni ufuklar açan keşifler gibi– halama tahminlerinin, gerçeğin çok gerisinde kalmış olduğunu kanıtlardı. "Ama Françoise artık biliyordur bunu, hele kendisine bir araba da verdiğinize göre." "Araba mı vermişim!" diye haykırırdı halam. "Bilmem ki, ben öyle sandım, az önce üstü açık bir arabanın içinde gördüm onu, kurum kurum kurulmuş, Roussainville pazarına gidiyordu. Arabayı Madame Octave vermiş olmalı diye düşündüm." Zamanla, Françoise'la halam, av ve avcı misali, sürekli birbirlerinin kurnazlıklarını önceden tahmin etmeye çalışır oldular. Annem Françoise'ın kendisine elinden geldiği kadar ağır hakaretlerde bulunan halamdan sonunda gerçekten nefret etmesinden korkuyordu. Françoise, giderek halamın en sıradan sözlerine, hareketlerine aşırı bir dikkatle yaklaşır olmuştu. Halamdan bir şey isteyeceği zaman, ne şekilde istemesi gerektiğini önceden uzun uzun düşünüyordu. Dileğini bildirdikten sonra da, gizlice halamı gözlüyor, ne düşündüğünü, neye karar vereceğini çehresinden okumaya çalışıyordu. Ve böylece –on yedinci yüzyıla ait hatıratları okuyan ve Yüce Hükümdar'la yakınlaşmak isteyen bir sanatçı kendi şeceresini tarihi bir aileden geldiğini kanıtlayacak şekilde çıkarmak veya Avrupa'da o sırada saltanat sürmekte olan hükümdarlardan biriyle yazışmak suretiyle bu yolda adımlar attığını zanneder, ama on yedinci yüzyıldakilerle aynı, dolayısıyla geçerliliği kalmamış kalıplara bağlı kaldığı için, aradığı şeye sırtını çevirmiş olur, buna karşılık– engelleyemediği bazı takıntılara ve aylaklıktan doğan bir fesatlığa içtenlikle boyun eğmekten başka bir şey yapmayan yaşlı bir taşralı hanım olan halam, hayatında XIV. Louis'yi hiç aklından geçirmediği halde, onun kalkışına, öğle yemeğine, dinlenmesine ilişkin en sıradan gündelik faaliyetleri bile, tuhaf zorbalıkları sayesinde, Saint-Simon'un ifadesiyle, Versailles'daki hayatın "işleyişi" dediği şeyin ilginçliğine bürünürdü bir anlamda; tıpkı kralın suskunluğunun, keyifli veya kibirli ruh halinin kendisine Versailles'ın ağaçlıklı yollarında bir lütuf dilekçesi sunan bir saraylı, hatta büyük bir senyör tarafından yorumlanması gibi, halam da kendi suskunluklarının, yüzünde beliren keyifli veya kibirli bir ifadenin Françoise tarafından tutku ve korkuyla yorumlanacağını düşünebilirdi.

Halamın aynı anda hem rahibi, hem de Eulalie'yi ağırladığı ve ardından dinlendiği bir pazar gününün akşamında, hepimiz kendisine iyi geceler dilemek üzere odasına çıkmıştık; annem halamın ziyaretçilerini hep aynı saate denk getiren kötü talihine hayıflanıyordu:

"Bu öğleden sonra yine işler ters gitti, değil mi Léonie?" diyordu tatlılıkla. "Bütün misafirleriniz aynı anda geldi."

Büyükhalam araya girerek, "Fazla mal göz çıkarmaz" dedi, çünkü kızı hastalandığından beri, her şeyin daima iyi tarafını göstererek onu yüreklendirmesi gerektiği kanısındaydı. Fakat bu kez babam söze girdi:

"Hazır bütün aile bir araya toplanmışken, sizlere bir şey anlatmak istiyorum, böylece hepinize tek tek söylememe gerek kalmaz. Korkarım ki Legrandin'le aramız bozuldu; bu sabah zor selam verdi bana."

Babamın anlatacaklarını dinlemek üzere odada kalmadım, çünkü kilisedeki ayinden sonra, M. Legrandin'le karşılaştığında ben de yanındaydım; her gün gazete haberleri gibi beni oyalayan, bir eğlence programı gibi heyecanlandıran akşam yemeği menüsünü öğrenmeye, mutfağa indim. Kiliseden çıktıktan sonra, M. Legrandin civardaki köşklerden birinin göz aşinalığımız olan, ama tanışmadığımız sahibesiyle birlikte yanımızdan geçtiği sırada, babam kendisine hem dostça, hem de ölçülü bir selam vermiş, durmayıp yolumuza devam etmiştik; M. Legrandin sanki bizi tanıyamamış gibi şaşırarak, belli belirsiz karşılık vermişti selamımıza; gözlerinde, kibarlık etmek istemeyip ansızın uzaklaşan bakış açılarından, adeta sizi bitmez tükenmez bir yolun sonunda, çok uzakta görüyormuşçasına, karınca kadar boyunuza uygun düşecek minicik bir baş hareketiyle selam vermekle yetinen insanların bakışı vardı.

Oysa Legrandin'in yanındaki hanım iffetli, saygın bir kişiydi; Legrandin'in hovardalık yaparken yakalanmaktan ötürü utanmış olması ihtimal dahilinde değildi; babam kendisini ne şekilde gücendirmiş olabileceğini anlayamamıştı. "Bütün o giyinmiş kuşanmış insanların arasında, kısa, düz ceketiyle, gevşek kravatıyla, öylesine özentiden uzak, içten, sade, neredeyse saf denebilecek bir havası var ki, çok cana yakın gerçekten; bu yüzden de bize küsmüşse çok üzülürüm" dedi babam. Ne var ki aile meclisi, oybirliğiyle babamın kuruntuya kapıldığına veya Legrandin'in aklının o anda başka yerde olduğuna karar verdi. Zaten babamın kaygıları da ertesi akşam dağıldı: Uzun bir gezintiden dönerken, Pont-Vieux yakınında Legrandin'i gördük, bayram olduğu için Combray'de kalıyordu. Yanımıza gelerek elini uzattı. Bana dönüp sordu: "Paul Desjardins'in şu mısrasını biliyor musunuz, küçük kitap kurdu?

Ormanlar kapkara oldu bile, ama gökyüzü hâlâ mavi.

Tam bu saatin incelikli bir ifadesi, değil mi? Paul Desjardins'i hiç okumamış olabilirsiniz. Okuyunuz çocuğum; şimdilerde, duyduğuma göre ahlak dersleri verip ahkâm kesiyormuş, ama uzun bir süre boyunca, berrak suluboya resimleri andıran mısralar yazmıştır...

Ormanlar kapkara oldu bile, ama gökyüzü hâlâ mavi.

Gökyüzü sizin için hep mavi olmaya devam etsin genç dostum; o zaman, benim şimdiki durumumda olduğu gibi, ormanlar kapkara olmuşken, gece hızla indiğinde bile, siz de benim gibi gökyüzüne bakarak avunursunuz." Cebinden bir sigara çıkardı, uzun müddet öylece durup ufka baktı. Sonra ansızın, "Elveda dostlar" diyerek yanımızdan ayrıldı.

Ben menüyü öğrenmek üzere mutfağa indiğim saatte, yemek hazırlıklarına başlanmış olurdu; devlerin aşçılık ettiği masal âlemlerindeki gibi birer çırağa dönüşmüş olan doğa güçlerine hükmeden Françoise kömürü karıştırır, patatesleri buhardan geçirir, iri teknelerden, karavanalardan, kazanlardan, balık tencerelerinden av etinin piştiği çömleklere, pasta kalıplarına, küçük krema çanaklarına kadar çok çeşitli seramik kaplarda, her boydan tencerelerde önceden hazırlanmış olan mutfak sanatı şaheserlerini ateşte tam kıvamında pişirerek tamamlardı. Bulaşıkçı kızın ayıkladığı, bir oyuna ait yeşil bilyeler gibi masanın üzerine dizilmiş bezelyeleri durup seyrederdim; fakat asıl hayranlık duyduğum, başaklarındaki incecik eflatun ve gök mavisi çizgiler aşağıya, –hâlâ fidanın toprağının durduğu– diplere indikçe, sanki bu dünyaya ait olmayan menevişlenmelerle ton ton açılan, koyu mavi ve pembeye bulanmış kuşkonmazlardı. Bu ilahi tonların eğlence olsun diye kendi kendilerini sebzeye dönüştürmüş harika yaratıkları ele verdiğini düşünürdüm; kuşkonmazların yenilebilir, sert etlerinin ardındaki o şafağın ilk renklerinde, o gökkuşağı taslaklarında, o mavi akşam solgunluklarında görebildiğim değerli özü, akşam yemeğinde kuşkonmaz yemişsem, gece boyunca, o harika yaratıklar bir Shakespeare oyunu gibi şiirsel ve kaba olan farslarında lazımlığımı bir parfüm kabına dönüştürdüklerinde de tanırdım.

Françoise'ın kuşkonmazları ayıklamakla görevlendirdiği, Swann'ın buluşu olan lakabıyla Giotto'nun Merhameti kuşkonmazları bir sepetin içine doldurup yanına koyar, dünyanın bütün dertlerini hissedercesine ıstırap dolu bir havaya bürünürdü zavallıcık; kuşkonmazların pembe tuniklerinin üzerindeki gök mavisi hafif taçlar, tıpkı Padova fresklerindeki Erdem'in çelenk yapıp başına taktığı, sepetine sapladığı çiçekler gibi ince ince, yıldız yıldız çizilmiş olurdu. Bu arada Françoise, kimsenin kendi gibi kızartamayacağı, marifetlerinin kokusunu bütün Combray'ye yayan tavuklarını şişte döndürürdü; Françoise'ın öylesine yumuşacık, ağızda eriyiverir hale getirdiği etin kokusu benim için doğrudan onun bir erdeminin kokusu olduğundan, sofrada bize sunduğunda o tavuklar Françoise'ın kişiliğini algılayışımda yumuşaklığın ağır basmasına sebep olurdu.

Babam Legrandin'le karşılaşmamız konusunda aile meclisine danışırken benim mutfağa indiğim gün ise, kısa süre önce yaptığı doğumdan ötürü ağır hasta olan Giotto'nun Merhameti'nin yataktan kalkamadığı günlerden biriydi; yardımcısı olmayan Françoise işlere yetişemiyordu. Ben aşağı indiğim esnada, Françoise kümese açılan arka mutfakta bir tavuğu öldürmekteydi; tavuğun umutsuz ve çok doğal, ama hayvanın boynunu kulağının altından kesmeye çalışan, gözü dönmüş Françoise'ın "Pis hayvan! Pis hayvan!" çığlıklarının eşlik ettiği direnişi, hizmetçimizin ertesi akşam yemekte aynı tavuğun ayin kaftanları gibi sırma işli derisinin ve Komünyon kâsesinden damla damla dökülen kıymetli suyunun gözler önüne sereceği, azizeleri hatırlatan tatlılığını, yumuşaklığını pek ortaya çıkarmıyordu doğrusu. Tavuk öldüğünde, Françoise, akan ama hıncını boğamayan kanı topladı; tekrar bir öfke parlamasıyla düşmanın cesedine bakarak, son bir kez, "Pis hayvan!" dedi. Tir tir titreyerek yukarı çıktım; Françoise derhal kapı dışarı edilse, memnun olurdum. Ama o zaman, kim bana o kadar sıcak bademli kremalı pastalar, o kadar güzel kokulu kahveler, hatta... böyle tavuklar pişirecekti? Aslında bu alçakça hesabı benim gibi herkes yapmak zorunda kalmıştı. Çünkü Léonie Halam –benim henüz bilmediğim bir gerçeği–, kızı için, yeğenleri için seve seve canını verebilecek olan Françoise'ın başka insanlara karşı inanılmaz derecede katı olduğunu biliyordu. Halam buna rağmen onu yanında tutmuştu, çünkü zalimliğini bilse de, hizmetini takdir ediyordu. Tıpkı kilise vitraylarında ellerini kavuşturmuş dua eder halde resmedilen kralların ve kraliçelerin saltanatlarına kanlı olayların damgasını vurduğunu tarihin açığa çıkarması gibi, ben de zaman içinde, Françoise'ın yumuşaklığının, ağırbaşlılığının, erdemlerinin ardında arka mutfak trajedilerinin gizlendiğini fark ettim. Akrabaları haricindeki insanların başına bir felaket geldiğinde, o insan ne kadar uzakta yaşıyorsa, Françoise'ın o kadar merhamet duyduğunu anladım. Tanımadığı insanların bahtsızlığını gazetede okuyup döktüğü gözyaşları, bahtsızlığa uğrayan kişiyi biraz net bir biçimde gözünde canlandırabiliyorsa, derhal kururdu. Bulaşıkçı kız doğumdan sonraki ilk gecelerden birinde, korkunç karın ağrıları çekmeye başladı; annem kızın iniltilerini duyup yataktan kalktı ve Françoise'ı uyandırdı; Françoise bütün duyarsızlığıyla, bütün bu bağırmaların numaradan ibaret olduğunu, kızın "hanımefendilik tasladığını" iddia etti. Bu tür krizlerin olabileceğinden korkan hekim evimizdeki bir tıp kitabının konuya ilişkin sayfasını işaretlemiş ve böyle bir durumda ne yapılacağına dair talimatı o sayfada bulabileceğimizi söylemişti. Annem Françoise'ı kitabı almaya gönderdi, sayfa işaretini de düşürmemesini tembihledi. Aradan bir saat geçip Françoise gelmeyince, annem Françoise'ın yatağına dönmüş olacağını düşünerek sinirlendi ve kütüphaneye beni gönderdi. Orada Françoise'la karşılaştım; işaretli yerin neresi olduğunu merak etmiş, krizin klinik tanımını okuyor, bu durumda, tanımadığı bir örnek hasta söz konusu olduğundan, hıçkıra hıçkıra ağlıyordu. Yazarın değindiği her sancılı belirtide, "Vah vah! Yüce Meryem, Tanrı zavallı bir insana böyle acı çektirmeyi reva görebilir mi? Vah zavallı!" diye haykırıyordu.

Ama ben kendisini çağırınca, Giotto'nun Merhameti'nin başucuna geldi ve gelir gelmez de gözyaşları dindi; bulaşıkçı kız yüzünden gecenin yarısında yataktan kalkmış olmanın sıkıntısında ve sinirinde ne çok iyi bildiği, gazete okurken sık sık yaşadığı o hoş acıma ve şefkat duygusunu bulabildi, ne de aynı aileden olmanın hazzını; tarifini okuduğunda ağladığı acıların aynılarını gözüyle gördüğünde huysuz huysuz homurdandı, hatta iğrenç, alaylı bir tavırla, bizim gittiğimizi, kendisini işitmediğimizi zannederek, "Madem öyle, o işi yapmasaymış!" dedi. "Yaparken iyiydi! Şimdi naz yapmasın! *Bunun* peşinden gittiğine göre, oğlan da uğursuzun teki belli ki. Ah, ah, anacığımın köyünde,

Gönül vermişsen bir köpeğin kıçına
Sanırsın ki kıç değil, benzer gülistana

derlerdi."

Françoise, torunu hafif nezle olduğunda, kendisi hasta bile olsa, gece yatacağına, çocuğun bir ihtiyacı var mı diye yoklamaya gider, işinin başına vaktinde varabilmek için güneş doğmadan yürüyerek on beş kilometrelik yolu teperdi; buna karşılık, yakınlarına beslediği bu sevgi ve ailesinin istikbalini garantileme isteği, diğer hizmetkârlar söz konusu olduğunda sabit bir ilkede ifadesini bulurdu, o da, tek bir hizmetkârın dahi halamın hizmetinde kalıcı olmasına asla izin vermemekti; halama kimseleri yaklaştırmamak onun için bir gurur meselesiydi, kendisi hasta olduğunda bile, bulaşıkçı kızın halamın odasına girmesine göz yummaktansa, yatağından kalkıp Vichy suyunu kendi götürmeyi tercih ederdi. Nasıl ki Fabre'ın gözlemlediği zarkanatlılardan örümcek yabanarısı, kendisi öldükten sonra yavrularının taze et yiyebilmesi için, zalimliğini anatomiyle destekleyerek, avladığı bitki bitleriyle örümceklerin, ayakların hareketini kontrol eden, ama diğer hayati işlevleri etkilemeyen sinir merkezini olağanüstü bir bilgi ve beceriyle deler ve böylece felç ettiği böceğin yakınına bıraktığı yumurtalardan çıkacak kurtçuklara, kaçması, direnmesi imkânsız, ama katiyen çürümemiş, uysal, zararsız bir av sağlarsa, Françoise da evi bütün hizmetkârlar için tahammül edilmez hale getirme yolundaki değişmez amacını gerçekleştirmek üzere, müthiş ustalıklı ve acımasız kurnazlıklara başvururdu; mesela o yaz neredeyse her gün kuşkonmaz yememizin sebebi, yıllar sonra öğrendik ki, kuşkonmazları ayıklamakla görevli bulaşıkçı kızın kuşkonmaz kokusu yüzünden sonunda işten ayrılmasına yol açan, şiddetli astım krizleri geçirmesiymiş meğer.

Ne yazık ki Legrandin konusundaki fikrimizi kesinlikle değiştirmeye mecbur olduk. Pont-Vieux'deki karşılaşmadan sonraki bir pazar günü, babam yanıldığını itiraf etmek zorunda kaldı: Ayin bittiğinde, dışarıdan güneş ve seslerle birlikte kilisenin içine öylesine kutsallıktan uzak bir şey nüfuz etmekteydi ki, Mme Goupil'le Mme Percepied (az önce, ben kiliseye biraz gecikerek girdiğimde gözlerini dua kitaplarından ayırmamış olan, yerime ulaşmamı engelleyen küçük sırayı ayaklarıyla usulca itmemiş olsalar, girdiğimi görmediklerini zannedebileceğim herkes), sanki Meydan'a çıkmışız gibi, yüksek sesle, tamamen maddi konularda bizimle sohbet etmeye başlamışlarken, pazar yerinin alacalı bulacalı karmaşasına hâkim giriş sundurmasının altında, güneş vurmuş eşikte Legrandin'i gördük; kendisini son gördüğümüzde yanında bulunan hanımın kocası onu yörenin bir başka büyük toprak sahibinin eşine takdim etmekteydi. Legrandin'in yüzünde olağanüstü bir heyecan ve şevk ifadesi okunuyordu; yerlere kadar eğildi ve ardından da, muhtemelen kız kardeşi Mme de Cambremer'in kocasından öğrenmiş olduğu, sırtını başlangıçtakinden daha geriye kaykıltan âni bir doğrulma hareketi yaptı. Bu süratli doğruluş, Legrandin'in bu kadar dolgun olduğunu tahmin etmediğim poposunda coşkulu ve kaslı bir dalgalanma yarattı adeta ve neden bilmem, bu salt maddeden oluşan dalgalanma, bu tümüyle tensel, maneviyattan eser taşımayan, bayağı bir gayretkeşliğin fırtınaya dönüştürdüğü çalkantı, birdenbire zihnimde bizim tanıdığımız Legrandin'den apayrı bir Legrandin olabileceği fikrini canlandırdı. Takdim edildiği hanım arabacısına bir şey söylemesini rica etti kendisinden; Legrandin arabaya doğru ilerlerken, tanıştırılmanın çehresine yerleştirdiği çekingen ve vefalı mutluluk ifadesi hâlâ yüzünden silinmemişti. Adeta bir rüyadaymış gibi, kendinden geçmiş, gülümsüyordu; hanımın yanına dönerken, aceleyle, her zamankinden hızlı yürüdüğü için, omuzları bir sağa bir sola, gülünç bir biçimde salınıyordu, hiçbir şeye aldırmayarak kendini bıraktığı mutluluğun elinde cansız ve mekanik bir oyuncak olmuş gibiydi. Biz bu sırada sundurmanın altından geçmiş, ona doğru ilerlemekteydik; Legrandin'in terbiyesi bizi görünce başını çevirmesine müsaade etmezdi, ama ansızın derin bir tahayyüle dalan bakışlarını ufkun o kadar uzaktaki bir noktasına dikti ki, bizi görmesi mümkün olmadı ve selamlaması da gerekmedi. İstemeyerek yolunu şaşırıp nefret ettiği bir lüksün ortasına düşmüş gibi görünen dökümlü, düz ceketinin üstündeki çehresinde saf bir ifade vardı. Meydan'daki rüzgârın savurduğu benekli kravatı, Legrandin'in gururlu inzivasının ve soylu bağımsızlığının sancağı gibi dalgalanmaya devam ediyordu. Tam eve vardığımız sırada, annem kremalı pastayı unuttuğumuzu fark etti ve babamla benden geri dönüp pastayı hemen göndermelerini söylememizi rica etti. Kilisenin yakınında, aynı hanımı arabasına geçirmekte olan ve karşı yönden bize doğru gelen Legrandin'le karşılaştık. Yanımızdan geçerken, yanındaki hanımla konuşmaya devam ederek mavi gözünün kenarıyla, adeta gözkapağının altında kalan, ufacık bir işaret verdi bize; yüz kaslarını katiyen etkilemeyen bu işareti muhatabı katiyen fark etmeyebilirdi; ama duygularının ifadesini biraz dar bir alana sığdırmış olmasını bu duyguların yoğunluğuyla telafi etmek isteyen Legrandin'in bize tahsis ettiği o gök mavisi köşe, sevimliliği aşan, neredeyse muziplik denebilecek coşkulu bir cana yakınlıkla ışıl ışıl parladı; nezaketin gerektirdiği inceliği, gizli bir anlaşmayı çağrıştıran bir göz kırpışına, imaya, dokundurmaya, suçortaklığının esrarengiz havasına kadar vardırdı; son olarak da, dostluk ifadesini sevgi dolu itirazlara, aşk ifşaatına kadar götürdü ve buz gibi donuk çehresinde, aşkla dolu gözbebeği, şato sahibesinin görmediği gizli bir baygınlıkla, sadece bizim için ışıldadı.

Legrandin bu karşılaşmadan bir gün önce, ertesi gün akşam yemeğine beni evine davet etmiş, annemle babamdan gitmeme izin vermelerini rica etmişti. "Gelin yaşlı dostunuza arkadaşlık edin" demişti bana. "Tıpkı bir seyyahın bir daha görmeyeceğimiz bir diyardan bize gönderdiği bir demet çiçek gibi, o ırak yeniyetmelik diyarından benim de uzun yıllar önce geçirdiğim baharların çiçek kokusunu getirin bana. Çuhaçiçeğiyle, düğünçiçeğiyle birlikte, Balzac florasının sevgi demetini oluşturan damkoruğuyla birlikte, Diriliş yortusunun çiçeği çayırpapatyasıyla birlikte, Paskalya sağanaklarının son kartopları henüz erimemişken büyükhalanızın bahçesini rayihalarıyla dolduran kartopu çiçekleriyle gelin. Hz. Süleyman'a layık zambağın görkemli ipek giysisiyle, menekşelerin çokrenkli minesiyle birlikte ve bilhassa, hâlâ son donların serinliğini taşıyan, bu sabahtan beri bekleyen iki kelebek için ilk Kudüs gülünün kapısını aralayacak olan esintiyle birlikte gelin."

Evde, her şeye rağmen M. Legrandin'in evine akşam yemeğine gidip gitmeyeceğim tartışılıyordu. Ama büyükannem, Legrandin'in kabalık etmiş olduğuna inanmamakta direndi. "Kiliseye hiç de sosyetik olmayan, sade giysileri içinde geldiğini kendiniz de kabul ediyorsunuz" diyordu. Ne olursa olsun, en kötü ihtimalle, Legrandin terbiyesizlik etmişse de, bunu fark etmemiş gibi görünmenin daha uygun olduğunu ileri sürüyordu. Doğruyu söylemek gerekirse, Legrandin'in davranışına en çok sinirlenen babam bile, bu davranışın anlamı konusunda yine de bir şüphe taşıyordu belki. Bir insanın kişiliğinin en derin, en gizli yanını açığa çıkaran bütün davranış ve hareketler gibiydi Legrandin'in davranışı: Bunlar o kişinin daha önce söylemiş olduğu sözlerle bağdaşmazlar, asla itirafta bulunmayacak olan sanığın ifadesiyle doğrulanmaları imkânsızdır; kendi duyularımızın tanıklığına başvurabiliriz ancak, bu tek ve anlaşılmaz hatıranın karşısında ise, duyularımızın bir yanılsamanın elinde oyuncak olup olmadığını düşünürüz; dolayısıyla, bu tür –aslında bir önem taşıyan yegâne– davranışlar, çoğunlukla bizde çeşitli şüpheler uyandırır.

Legrandin'le akşam yemeğini evinin terasında yedik, mehtap vardı. "Hoş bir sessizlik var, değil mi?" dedi bana. "Eserlerini ileriki yıllarda okuyacağınız bir roman yazarı, benimki gibi yaralı gönüllere sadece karanlığın ve sessizliğin uygun düştüğünü söyler. Hayatta sizin henüz çok uzağında olduğunuz öyle bir an gelir ki yavrucuğum, yorgun gözler sadece tek bir ışığa, böyle güzel gecelerin karanlıktan damıtarak hazırladığı ışığa tahammül edebilir, kulaklar, sadece ve sadece, mehtabın, sessizliğin flütüyle çaldığı müziği dinleyebilir." Legrandin'in her zaman büyük bir zevkle dinlediğim sözlerine kulak veriyordum, ama kısa bir süre önce ilk kez gördüğüm bir kadının hatırası beni huzursuz etmekteydi; Legrandin'in civardaki aristokratların birçoğuyla tanıştığını öğrenmiş olduğumdan, belki bu hanımı da tanıdığını düşündüm ve cesaretimi toplayıp sordum: "Beyefendi, Guermantes şatosunun sahibesini... sahiplerini tanıyor musunuz?" Bu ismi telaffuz etmek, sırf tahayyüllerimden çekip çıkarmakla ona nesnel ve sessel bir varlık kazandırmış olmamdan ötürü, adeta isim üzerinde hâkimiyet kurmamı sağladığı için bana mutluluk verdi.

Ne var ki bu Guermantes isminin telaffuzuyla birlikte, dostumuzun mavi gözlerinin ortasına minik kahverengi bir çiziğin yerleştiğini fark ettim; sanki gözbebekleri görünmez bir kazı kalemiyle delinmişti ve bu çiziğin haricindeki kısmı mavi dalgalar salgılayarak tepki veriyordu. Gözkapaklarının etrafı kararıp sarktı. Acı bir kıvrımla bükülen dudakları, gözlerinden daha çabuk toparlanarak bir tebessümle kıvrıldı; bakışları vücudu oklarla delik deşik olmuş yakışıklı bir şehidin bakışları gibi acılıydı hâlâ. "Hayır, tanımıyorum" dedi, ama böylesine basit bir açıklamaya, böylesine olağan bir cevaba uygun düşecek doğal, sıradan ses tonunu kullanacağına, kelimeleri vurgulayarak, eğilerek, başını selam verir gibi sallayarak konuştu; tavrında hem –sanki Guermantes'ları tanımaması ancak garip bir tesadüfün sonucu olabilirmiş gibi– şaşırtıcı bir sözümüze inanılmasını istediğimiz zaman gösterdiğimiz ısrar, hem de bizim için üzücü olan bir durumu gizleyemeyeceğimizi anlayınca, dile getirdiğimiz itirafın bizi rahatsız etmediği, kolay, hoş, kendiliğinden bir itiraf olduğu, durumun kendisinin de –Guermantes'larla tanışmamanın– pekâlâ boyun eğilen bir şey değil, bizim tarafımızdan istenen ve –bu örnekte Guermantes'larla görüşmeyi yasaklayan– bir aile geleneğinden, ahlaki ilkeden veya yeminden kaynaklanan bir durum olabileceği izlenimini uyandırmak amacıyla, bu durumu yüksek sesle duyurmayı tercih ettiğimiz zaman sergilediğimiz abartı vardı. "Hayır" diye devam etti, tonlamasını kendi sözleriyle de açıklayarak, "hayır, tanımıyorum kendilerini, tanışmayı hiçbir zaman istemedim, tam bağımsızlığımı korumaya daima özen gösterdim; bilirsiniz, ben aslında devrimci bir kafa yapısına sahibimdir. Bu konuda insanlar çok üstüme geldi, Guermantes'a gitmemekle hata ettiğimi, kaba, yabani bir adam gibi davrandığımı söylediler. Ama böyle bir şöhretim olması beni hiç mi hiç korkutmuyor, çünkü çok doğru! Aslında benim yeryüzünde sevdiğim şeyler, birkaç kilise, iki üç kitap, bir o kadar tablo ve bir de mehtapta, sizin gençliğinizin esintisiyle burnuma ulaşan, yaşlı gözlerimin artık göremediği çiçek tarhlarının kokusundan ibaret." İnsanın zaten tanışmadığı kişilerle görüşmemesi için neden bağımsızlığına düşkün olması gerektiğini ve bu yüzden yabani diye damgalandığını pek anlayamamıştım. Ama anladığım bir şey vardı, o da, Legrandin'in sadece kiliseleri, mehtabı ve gençliği sevdiğini söylerken tamamen dürüst olmadığıydı; şatolarda yaşayan insanları çok seviyordu ve onlarla birlikteyken hoşa gitmemekten o kadar korkuyordu ki, burjuvalarla, noter veya sarraf evlatlarıyla dost olduğunu onlara göstermeye cesaret edemiyor, gerçek ortaya çıkacaksa, kendisi yokken, kendinden uzakta, "gıyabında" çıkmasını tercih ediyordu; yani snoptu. Annemle babamın da, benim de çok hoşlandığımız o kendine has konuşmalarında, bütün bunlarla ilgili asla tek kelime etmezdi elbette. Hatip Legrandin, ben, "Guermantes'ları tanıyor musunuz?" diye soracak olsam, "Hayır, tanışmayı hiç istemedim" diye cevap verirdi. Ne yazık ki, bu cevabı verecek olan Legrandin, bir başka Legrandin'in buyruğu altındaydı; özenle benliğinin derinliklerinde sakladığı ve bizim Legrandin hakkında, snopluğu hakkında tehlikeli bilgilere sahip olduğu için bize göstermediği bu ikinci Legrandin, yaralı bakışlarıyla, gergin sırıtışıyla, aşırı ciddi ses tonuyla bizim Legrandin'i bir anda snopluğun Aziz Sebastian'ı gibi delik deşik ederek bitkin düşüren ok yağmuruyla, cevap vermişti bile: "Ah! Bana işkence ediyorsunuz! Hayır, Guermantes'ları tanımıyorum, hayatımın bu onmaz yarasını deşmeyin." Bu asi çocuk Legrandin, bu şantajcı Legrandin ötekinin güzel lisanına sahip olmamakla birlikte o kadar hazırcevaptı, "refleksle" cevap verirdi ki, hatip Legrandin daha onu susturmaya kalkışamadan konuşmuş olur, bizim dostumuz olan Legrandin, alter egosunun ifşaatının bıraktığı kötü izlenime ne kadar üzülse de, bu izlenimi telafi etmeye çalışmaktan başka bir şey gelmezdi elinden.

Hiç şüphe yok ki, bu, M. Legrandin'in snoplar aleyhinde atıp tutarken samimi olmadığı anlamına gelmiyordu. Legrandin snop olduğunu, hiç değilse kendiliğinden, bilemezdi, çünkü gerçekten bilebildiğimiz tutkular, başkalarının tutkularıdır ancak; kendi tutkularımız hakkında bilebildiklerimizi ise başkalarından öğrenmişizdir. Tutkularımız bizi dolaylı yoldan, ilk dürtülerimizin yerine daha münasip başka dürtüler koyan hayal gücü aracılığıyla etkiler. Legrandin'in snobizmi asla ona bir düşesi sık sık ziyaret etmesini öğütlemezdi. Legrandin'in hayal gücünü o düşesi Legrandin'e her türlü cazibeye sahip bir kadın olarak göstermekle görevlendirirdi. Legrandin de iğrenç snopların bilmediği, anlamadığı zekâ ve faziletin cazibesine kapıldığı zannıyla düşese yaklaşırdı. Legrandin'in de bir snop olduğunu sadece başkaları bilirdi, çünkü hayal gücünün ara faaliyetini anlamaları mümkün olmadığından, bir yanda Legrandin'in sosyete faaliyetlerini, karşısında da asıl sebebi görürlerdi.

Evde, hepimizin M. Legrandin konusundaki hayalleri yıkılmış, kendisiyle çok seyrek görüşür olmuştuk. Annem Legrandin'i hâlâ bağışlanması imkânsız günah diye adlandırdığı snopluk konusunda her suçüstü yakalayışında, müthiş eğleniyordu. Babamsa Legrandin'in horgörüsünü böylesine aldırışsızca, neşeyle ele almakta zorluk çekiyordu; bir yaz tatilinde, beni büyükannemle Balbec'e göndermeyi düşündüklerinde, babam, "Balbec'e gideceğinizi Legrandin'e mutlaka söylemeliyim" dedi; "bakalım sizi kız kardeşiyle görüştürmeyi teklif edecek mi? Kız kardeşinin Balbec'e iki kilometre mesafede oturduğunu bize söylemiş olduğunu hatırlamıyordur herhalde." Sayfiyede insanın sabahtan akşama kumsalda kalıp tuzlu deniz havasını soluması ve kimseyle tanışmaması gerektiğini, ziyaretlerin, gezintilerin deniz havasından çalınmış vakitler olduğunu düşünen büyükannemse, aksine, planlarımızdan Legrandin'e söz edilmesini istemiyor, tam biz balığa çıkacakken Legrandin'in kız kardeşi Mme de Cambremer'in otele çıkageldiğini, bizi onu ağırlamak üzere otelde hapis kalmaya mecbur ettiğini görür gibi oluyordu şimdiden. Ama annem büyükannemin bu korkularına gülüyor, böyle bir tehlike bulunmadığını, Legrandin'in bizi kız kardeşiyle görüştürmeye pek de hevesli olmayacağını düşünüyordu kendi kendine. Ne var ki, bir akşam Vivonne kıyısında kendisine rastladığımızda, Legrandin, bizim ona Balbec'ten söz etmemize gerek kalmadan, oralara gitmeye niyetimiz olabileceğini aklından hiç geçirmeyerek kendi kendine tuzağa düştü.

"Bu akşam bulutlarda bir başka morluk, bir başka mavilik var, değil mi dostum?" dedi babama. "Gökyüzünden çok çiçeklere ait, şaşırtıcı bir sinerarya mavisi. Ya şu minik pembe bulut, bu tonda bir çiçek, bir karanfil veya ortanca yok mudur? Havada böyle bitkisel bir saltanatı yoğun biçimde sadece Manche'ta, Normandiya'yla Bretanya arasında gözlemledim. Orada, Balbec'in, o vahşi yerlerin yakınında öyle sevimli bir koy vardır ki, Auge yöresinin güzelliğini inkâr edemeyeceğim kızıl yaldızlı güneş batışları yanında sıradan ve silik kalır; o rutubetli, ılık havada, akşamları birkaç saniye içinde, benzersiz, ilahi demetler halinde mavi ve pembe çiçekler açar ve solmaları çoğu kez saatler sürer. Bazıları da hemen yaprak yaprak dökülüverir; işte o zaman, sayısız pembe, kükürt sarısı yaprağın baştan başa bütün gökyüzüne saçılmasını seyretmeye doyum olmaz. Opal körfez denilen bu koyda, altın kumsallar, tıpkı sarışın birer Andromeda gibi, komşu kıyılardaki o korkunç kayalıklara, her kış çok sayıda teknenin deniz kazalarına kurban gittiği, orada batan gemilerle ünlü o ölümcül kıyıya bağlı olduklarından, daha da güzel görünürler. Balbec! Yurdumuzun en eski jeolojik yapısı, gerçekten Armor*, Deniz, yeryüzünün sonu, –küçük dostumuzun okuması gereken bir büyücü olan– Anatole France'ın, sonsuz sisleriyle, *Odysseia*'daki Kimmerler'in gerçek ülkesi olarak, eşsiz biçimde tasvir ettiği lanetli bölge. Özellikle de antikçağdan kalma o büyüleyici topraklar üzerine güzelliğini bozmayan otellerin inşa edilmeye başlandığı Balbec'ten iki adım ötedeki bu ilkel, enfes güzellikteki bölgelere kısa geziler düzenlemek, müthiş bir mutluluktur!

—Ya! Acaba Balbec'te bir tanıdığınız var mı? dedi babam. Tesadüf bu ya, bizim oğlan da büyükannesiyle birlikte iki aylığına oraya gidecek; annesi de belki onlara katılacak."

Gözlerinin babama dikili olduğu bir anda gelen bu soruyla gafil avlanan Legrandin, bakışlarını başka bir yöne çeviremeyince, her saniye biraz daha yoğunlaştırarak –bir yandan da hüzünle gülüm-

* Kelt dilinde deniz ülkesi.

seyerek– babamın gözlerine sabitledi, dostça, samimi, göz göze gelmekten kaçınmayan bir edayla, adeta babamın yüzü saydamlaşmışçasına, onun ötesine geçti; o anda, bu yüzün arkasında, çok uzaklarda, canlı renklere boyanmış bir bulut görür gibiydi; bulut, Balbec'te tanıdıkları olup olmadığı sorulduğu anda kendisinin başka bir şey düşündüğünü ve soruyu duymadığını kanıtlayabilmesini sağlayacak hayalî bir tanıktı. Genellikle bu tür bakışlar muhatabın "Ne düşünüyorsunuz?" demesine sebep olur. Ama babam merakla, sinirlenerek, acımasızca devam etti:

"Balbec'i bu kadar iyi tanıdığınıza göre, o yörede dostlarınız mı var?"

Legrandin'in gülümseyen bakışları son bir umutsuz çabayla azami sevgi, belirsizlik, samimiyet ve dalgınlık noktasına ulaştı, ama artık cevap vermekten başka çaresi kalmadığını düşünmüş olacak ki, şöyle dedi:

"Benim her yerde dostlarım vardır; yaralanmış, ama mağlup olmamış, kendilerine acımayan, mağfiretsiz bir tanrıya, acıklı bir inatla, birlikte yakarmak üzere birbirine yaklaşmış ağaç kümelerinin bulunduğu her yerde."

Ağaçlar kadar inatçı, Tanrı kadar mağfiretsiz olan babam, "Ben onu kastetmemiştim" diye Legrandin'in sözünü kesti. "Kayınvalidemin başına bir şey gelirse, oralarda kendini yapayalnız hissetmesin diye sordum tanıdıklarınız olup olmadığını.

—Her yerde olduğu gibi orada da, hem herkesi tanırım, hem kimseyi tanımam, diye cevap verdi, öyle kolay kolay teslim olmayan Legrandin; nesneleri çok iyi, insanları pek az tanırım. Ama orada nesneler bile birer insana, az bulunur, hassas bir mizaca sahip, hayatın hayal kırıklığına uğrattığı insanlara benzerler. Bazen bu, falezde karşınıza çıkan küçük bir şatodur: Gökyüzünde yükselen altın ayın alacalı suları yararak sahile dönmekte olan teknelerin direklerine kendi flamasını çektiği, kendi renkleriyle boyadığı, pembeliğini hâlâ koruyan akşamla kederini paylaşmak üzere yolun kenarında durur; bazen de tek başına, çirkince, çekingen ama hayalperest, ölümsüz bir mutluluk ve hayal kırıklığı sırrını bütün gözlerden gizleyen basit bir evdir. Bu gerçeklikten yoksun diyar, diye ekledi kurnazca bir incelikle, tamamen kurgusal olan bu diyar, çocuklara göre bir kitap değildir, zaten hüzne eğilimli olan küçük dostuma, hassas yüreğine tavsiye edeceğim tarz olamaz kesinlikle. Aşk sırlarının ve gereksiz pişmanlıkların iklimi benim gibi gözü açılmış bir ihtiyara uygun düşebilir, ama henüz biçimlenmemiş bir mizaç için daima zararlıdırlar. İnanın bana, diye devam etti ısrarla, yarı yarıya Breton olan o koyun suları, benimki gibi artık el değmemiş olmayan bir yüreği, yarası dinmeyen bir yüreği sakinleştirebilir, ki bu da tartışılır. Ama sizin yaşınızda sakıncalıdırlar küçük bey. İyi geceler sevgili komşular, diye ekleyerek, her zamanki kaçamak sertliğiyle bizlerden ayrıldı, sonra geri dönüp doktorlar gibi parmağı havada, muayene sonucunu özetledi: "Elli yaşından önce Balbec yasak, sonra da, kalbin durumuna bağlı!" diye bağırdı.

Babam daha sonraki karşılaşmalarımızda Legrandin'e bu konuyu tekrar açtı, onu sorularla bunalttı, ama çabaları boşa çıktı; biz biraz daha ısrar etseydik, M. Legrandin, tıpkı sahte parşömenler üretmek amacıyla, daha kârlı ve fakat şerefli bir iş yapmak için harcayacağı emeğin ve bilginin yüz katını sarf eden âlim dolandırıcı gibi, öz kardeşinin Balbec'ten iki kilometre uzakta oturduğunu itiraf edeceğine, bize bir tavsiye mektubu vermeye mecbur olacağına, Aşağı Normandiya'ya ilişkin bir manzara etiği ve göksel coğrafya kurmayı tercih ederdi, oysa bizim bu mektuptan yararlanmayacağımızdan kesinlikle emin olsa –ki büyükannemin kişiliğini kendi tecrübeleriyle gayet iyi bildiği için emin olmalıydı aslında– vereceği tavsiye mektubu onu bu kadar korkutmazdı.

Akşam yemeğinden önce Léonie Hala'mı ziyaret edebilmek için, gezintilerimizden daima erken dönerdik. Havanın erken karardığı mevsim başlangıcında, Saint-Esprit Sokağı'na vardığımız zaman, evin camlarında güneş batışının yansımaları, Calvaire ormanlarının bittiği yerde de, koyu kızıl bir şerit olurdu hâlâ; aynı şerit daha ötedeki göle de yansır, genellikle oldukça keskin bir soğuğun eşlik ettiği bu kızıllık, zihnimde gezintinin şiirsel hazzından sonra bana oburluğun, sıcağın ve dinlenmenin hazzını tattıracak olan tavuğun kızardığı ateşin kızıllığıyla birleşirdi. Yazın ise, aksine, biz eve döndüğümüzde güneş henüz batmamış olurdu; Léonie Hala'mı ziyaret ettiğimiz sırada, güneşin alçalan, pencereye değen ışınları kalın perdelerle kordonların arasına sıkışır, bölünür, dallanıp budaklanır, süzülür, limon ağacından yapılmış konsolun üzerini küçük altın kakmalarla süsler, odayı yandan, ormanların içindeki inceliğiyle aydınlatırdı. Ama çok ender bazı günlerde, döndüğümüz zaman, konsol anlık kakmalarını çoktan kaybetmiş, Saint-Esprit Sokağı'na vardığımızda, camların üzerinde güneş batışından tek bir yansıma bile kalmamış, Calvaire'in eteğindeki göl kızıllığını kaybetmiş, bazen opal rengine bürünmüş olurdu, giderek genişleyen ve sudaki çizgilerle çatlak çatlak olan uzun bir ay ışığı huzmesi gölü boydan boya keserdi. Böyle akşamlarda, eve yaklaştığımızda, kapının eşiğinde birinin durduğunu görürdük; annem bana, "Aman Tanrım! Françoise bizi bekliyor, halan endişelenmiş olmalı; biz de çok geciktik" derdi.

Vakit kaybetmemek için üstümüzdekileri bile çıkarmadan hemen Léonie Hala'mın odasına, onu yatıştırmaya, onun kurduğu kötü şeylerin başımıza gelmediğini göstermeye koşardık; halamın da gayet iyi bildiği gibi, "Guermantes tarafına" gidilince, eve kaçta dönüleceği hiç belli olmazdı.

"Buyrun Françoise!" derdi halam. "Ben size demedim mi, Guermantes tarafına gitmişlerdir diye? Yüce Tanrım, kurtlar gibi acıkmış olmalılar! Sizin but da bu kadar bekleyince kupkuru olmuştur. Bu saatte gelinir mi hiç! Demek Guermantes tarafına gittiniz!

—Ben sizin bildiğinizi sanıyordum, Léonie" derdi annem. Françoise'ın bizi sebze bahçesinin küçük kapısından çıkarken gördüğünü zannediyordum."

Combray çevresinde, gezinti yapılacak iki "taraf" vardı; bunlar birbirlerine o kadar zıt yönlerdeydiler ki, ikisine gitmek için, evden dışarıya iki ayrı kapıdan çıkardık: Biri, yolda M. Swann'ın arazisinin önünden geçtiğimizden, Swann'ların tarafı diye de adlandırdığımız Méséglise-la-Vineuse tarafıydı, öbürü de Guermantes tarafı. Doğruyu söylemek gerekirse, Méséglise-la-Vineuse'ü, "o taraf" olarak tanıdım sadece, bir de pazar günleri Combray'ye gezmeye gelen insanlarını tanıdım; bunlar, halam gibi bizlerin de "hiç tanımadığı" ve buradan yola çıkarak, "herhalde Méséglise'den gelmiş" yabancılardı. Guermantes'a gelince, onu bir gün, ama çok daha sonraki bir tarihte, çok daha fazla tanıyacaktım; yeniyetmelik yıllarım boyunca, Méséglise benim nazarımda ufuk gibi ulaşılmaz, ne kadar uzaklara gidilirse gidilsin, Combray'ye benzemeyen bir arazinin kıvrımlarıyla gözden gizlenen bir şeydi; Guermantes ise daima "o taraf"ın gerçekten ziyade zihinsel sınırı, ekvator çizgisi gibi, kutup gibi, Doğu gibi, adeta soyut bir coğrafi ifade olarak görünmüştü gözüme. O zamanlar Méséglise'e "Guermantes yoluyla" ya da Guermantes'a Méséglise yoluyla gitmek, benim için batıya doğu yoluyla gitmek kadar anlamsız bir ifadeydi. Babam her zaman Méséglise'den o güne dek gördüğü en güzel ova manzarası, Guermantes'tan da tipik nehir manzarası olarak söz ettiği için, onları bu şekilde, iki ayrı varlık olarak algılıyor, zihnimizin yaratılarına mahsus bütünlükle donatıyordum; her birinin en ufak parçası dahi değerliydi benim gözümde ve o tarafın kendine özgü mükemmeliyetini yansıtırdı, oysa her ikisinin de kutsal topraklarına ayak basmadan önce katedilen, ova manzarası timsali ve nehir manzarası timsali sıfatıyla üzerinde yer aldıkları tamamen maddi yollar onlarla kıyaslandığında, tıpkı tiyatro sanatına vurgun bir seyircinin nazarında bir tiyatronun yakınındaki küçük sokaklar gibi, seyredilmeye değmezdi. Ama hepsinden önemlisi, benim ikisinin arasına, birbirlerinden kilometre olarak uzaklıklarından ziyade, beynimde onlara ayırdığım iki bölme arasındaki mesafeyi, yani nesneleri uzaklaştırmanın yanı sıra, ayıran ve başka bir düzleme oturtan türden zihinsel bir mesafe koymamdı. Bu sınırı daha da mutlak kılan bir başka şey de, aynı gün içinde, aynı gezinti sırasında asla iki tarafa birden gitmeme, bir gün Méséglise tarafına, bir başka gün Guermantes tarafına gitme alışkanlığımızın ikisini adeta birbirlerinden uzakta, birbirlerine yabancı, farklı öğle sonralarının kapalı ve birbiriyle bağlantısız fanuslarının içine hapsetmesiydi.

Méséglise tarafına gitmek istediğimizde, herhangi bir yere gider gibi, halamın evinin Saint-Esprit Sokağı üzerindeki büyük kapısından (fazla uzun bir gezinti olmadığı ve bizi fazla uzağa götürmediği için, pek erken sayılmayacak bir saatte, hava kapalı olsa bile) dışarı çıkardık. Sokakta silahçıyla selamlaşır, mektupları posta kutusuna atar, geçerken Théodore'a Françoise'ın yağı veya kahvesi kalmadığını haber verir ve M. Swann'ın bahçesinin beyaz çiti boyunca uzanan yoldan ilerleyerek kentin dışına çıkardık. M. Swann'ın bahçesine daha varmadan, misafirleri karşılayan leylakların kokusunu duyardık. Leylakların kendileri de, gölgede bile emdikleri güneşle parlayan eflatun ya da beyaz tüyden sorguçlarını küçük, yeşil, körpe yapraklarının arasından, bahçe çitinin üzerinden merakla uzatırlardı. Bekçinin oturduğu, Okçu Evi diye anılan küçük tuğla evin yarı yarıya gizlediği leylakların pembe minareleri ise, evin Gotik çatısından yukarıya uzanırdı. Bu Fransız bahçesinin içinde İran minyatürlerinin canlı ve saf tonlarını koruyan bu genç hurilerin yanında, ilkbaharın *nympha*'ları bayağı kalırdı. Ben bu hurilerin esnek gövdelerine sarılmak, güzel kokulu başlarının yıldızlı buklelerini kendime doğru çekmek isterdim, ama annemle babam Swann evlendiğinden beri Tansonville'e gitmediklerinden, bahçenin önünden hiç durmadan, dümdüz geçer, bahçenin içine bakıyormuşuz izlenimi uyandırmamak için de, çit boyunca uzanıp doğrudan tarlalara açılan yolu değil, yine tarlalara, ama çok daha uzakta bir noktaya çıkan, verevine uzanan bir başka yolu izlerdik. Bir gün büyükbabam babama şöyle dedi:

"Hatırlıyor musunuz, Swann dün karısıyla kızının Reims'e gideceğini, kendisinin de bundan yararlanıp Paris'te bir gün geçireceğini söylemişti? Hanımlar olmadığına göre, bahçenin önünden geçen yoldan gidebiliriz, yolumuzu kısaltmış oluruz."

Çitin önünde biraz durduk. Leylak mevsimi sona ermek üzereydi; bazıları, narin kabarcıkları andıran çiçeklerini yüksek eflatun avizeler halinde sallandırmaktaydı hâlâ, ama yaprakların arasında birçok yerde, daha bir hafta önceki o güzel kokulu, dalga dalga köpüklerin yerini kurumuş, çekilmiş, kararmış, pörsümüş, kokusuz bir köpük almıştı. Büyükbabam babama, M. Swann'la birlikte, karısı öldüğü gün yaptıkları gezintiden beri arazide nelerin aynı kaldığını, nelerin değiştiğini gösteriyordu; bu fırsattan yararlanarak, o gezintiyi bir kere daha anlattı.

Önümüzde, güneşin altında uzanan, kenarı latinçiçekleriyle bezeli ağaçlı yol, doğru şatoya tırmanıyordu. Sağımızda ise, bahçe, aksine dümdüz uzanmaktaydı. Swann'ın annesiyle babası çepeçevre yüksek ağaçların gölgelediği, suni bir göl yaptırmıştı; ne var ki insanoğlu, en suni yaratılarında bile malzeme olarak tabiatı kullanır; bazı yerler daima etraflarında kendilerine özgü bir hâkimiyet kurarlar, bir bahçenin ortasına da, tıpkı insanoğlunun her türlü müdahalesinden uzaktaymışçasına, ezeli damgalarını vururlar, konumları gereği, zorunlu olarak ortaya çıkan ve insanoğlunun eserinin üzerine binen bir yalnızlık onları her yerde çevreler. İşte bu şekilde, suni göle inen ağaçlı yolun altında da, iki sıra halinde, birbirine dolaşmış unutmabenilerden ve cezayirmenekşelerinden meydana gelen, suların yarı ışıklı, yarı gölgeli alnını çevreleyen o narin, mavi doğal çelenk oluşmuştu; gölde saltanat süren, kılıçları şahane bir fütursuzlukla bükülmüş glayöller asalarının armaları olan mor ve sarı zambakları koyunpıtraklarının, ıslak ayaklı düğünçiçeklerinin üzerine yaprak yaprak döküyorlardı.

Mlle Swann'ın yokluğu, –ağaçlı bir yolda karşıma çıkıvermesi gibi korkunç bir ihtimali, Bergotte'la arkadaşlık eden, onunla birlikte katedralleri ziyaret eden ayrıcalıklı kız çocuğu tarafından tanınmam ve aşağılanmam ihtimalini ortadan kaldırdığından– seyretmeme ilk kez izin verilen Tansonville'e kayıtsız bir gözle bakmama sebep oluyordu; oysa büyükbabamla babamın nazarında, aksine, Tansonville'e adeta fazladan bazı rahatlıklar, geçici bir güzellik ekliyor, dağlarda gezintiye çıkılacağı günde gökyüzünde tek bir bulut olmaması gibi, o günü, o tarafa yapılacak bir gezinti için özellikle elverişli hale getiriyordu; onların hesapları yanlış çıksın, Mlle Swann bir mucize sayesinde, babasıyla birlikte, kaçmaya vakit bulamayacağımız kadar yakınımızda karşımızda beliriversin ve böylece mecburen kendisiyle tanışalım diye dua ediyordum. Bu yüzden, çimenlerin üzerinde, mantarı suyun üstünde yüzen bir oltanın yanında unutulmuş, adeta Mlle Swann'ın orada olabileceğini işaret eden bir sepet ansızın gözüme çarptığında, derhal babamla büyükbabamın dikkatlerini başka tarafa çekmeye çalıştım. Aslında Swann o sırada evden ayrılmasının doğru olmadığını, çünkü evinde akrabalarını misafir ettiğini söylemişti, dolayısıyla olta misafirlerden birine de ait olabilirdi. Ağaçlı yollarda hiçbir ayak sesi duyulmuyordu. Görünmez bir kuş, hangisi olduğu belirsiz bir ağacın yüksek dalları arasında gidip gelerek günü kısaltmaya çalışıyor, bir notayı uzatarak çevresindeki yalnızlığı keşfediyordu, ama bu yalnızlıktan aldığı cevap o kadar kesin, kendisine dönen yankı sessizlik ve kıpırtısızlıkla o kadar yüklüydü ki, sanki daha hızlı geçsin diye uğraştığı ânı temelli dondurmuş oluyordu. Sabitleşmiş olan gökyüzünden dökülen ışık o kadar amansızdı ki, insan onun dikkatini çekmek istemiyordu; uykusu sürekli böcekler tarafından bölünen, rüyasında herhalde hayalî bir Maelstrøm akıntısı gören durgun su bile, üstünde yüzen mantarı suya yansıyan uçsuz bucaksız, sessiz gökyüzünde süratle sürükler gibi göründüğünden, mantarı ilk gördüğümde duyduğum heyecanı daha da artırıyordu; neredeyse dik konuma gelmiş olan mantar dalmaya hazırlanır gibiydi, Mlle Swann'la tanışma arzumu ve korkumu bir yana bırakıp balığın oltaya takıldığını kendisine haber vermem gerekir mi acaba diye düşünmeye başlamıştım; – tarlalara giden dar yolda kendilerini izlemediğime şaşıran babamla büyükbabam bana seslenince, koşarak onlara yetiştim. Yol buram buram akdiken kokuyordu. Çit altarlara yığılmış çiçeklerin altında kaybolmuş bir dizi şapelden oluşmuş gibiydi; güneş çiçeklerin altındaki toprağın üzerine adeta bir vitraydan geçercesine, kafesli bir ışık düşürüyordu; çiçeklerin rayihası, tıpkı Meryem Ana yortusunda altarın önünde durduğumda olduğu gibi baygın, çizdiği şeklin sınırları belirgindi; kendileri de süslenmiş olan çiçeklerin her biri, göz alıcı erkekorgan demetlerini, kilisede vaiz kürsüsüne çıkan merdiveni, vitrayın çerçevelerini kafes kafes süsleyen ve çilek çiçekleri gibi etli bir beyazlıkla tomurcuklanan demetler kadar parıl parıl, incecik, ışıltılı damarlarını dalgın bir edayla uzatıyorlardı. Birkaç hafta sonra, bir nefesle dağılıveren pembe ipekten, düz bluzlarıyla aynı güneşin altında, aynı kır yolunu tırmanacak olan yabangülleri akdikenlerle kıyaslandıklarında ne kadar saf ve köylü görüneceklerdi!

Ne var ki, akdikenlerin önünde ne kadar durup o görünmez, sabit kokularını solusam, onu ne yapacağını bilemeyen zihnime sunsam, bir kaybedip bir bulsam da, çiçeklerin çocuksu bir neşeyle, kimi müzik aralıkları gibi beklenmedik aralıklarla tekrarladığı ritme ayak uydursam da, bana hep bitmez tükenmez bir bollukla aynı büyüyü sunuyorlar, ama tıpkı yüz kere dinlesek de sırrını keşfedemediğimiz ezgiler gibi, daha derinine inmeme izin vermiyorlardı. Onlara taze bir güçle yaklaşabilmek için, bir iki dakikalığına, başımı başka bir yöne çevirdim. Çitin ardında yükselen, tarlalara açılan dik bayırda tek tük gelincikler, geride kalmış tembel peygamberçiçekleri, bir duvar halısındaki hâkim kır motifinin halının kenarlarına tek tük serpiştirilişi gibi, seyrek tomurcuklarla yamacı süslüyorlardı; tıpkı bir köye yaklaştığımızı haber veren tek tük evler gibi, henüz birbirlerinden uzak ve seyrek olmakla birlikte, buğday başaklarının dalgalandığı, bulutların kümelendiği uçsuz bucaksız düzlüğü müjdeliyorlardı bana; yağlı ve siyah şamandırasına bağlı ipinin ucunda yükselen, kırmızı sancağını rüzgârda dalgalandıran tek bir gelinciğin görüntüsüyle, kalbim, tıpkı alçak bir düzlükte bir kalafatçının onarmakta olduğu ilk kayık görüntüsünde, daha denizin kendisini görmeden, "Deniz!" diye bağıran bir seyyahın yüreği gibi çarpıyordu.

Sonra, bir süre bakmazsak daha iyi anlayacağımızı zannettiğimiz şaheserlere tekrar bakışımız gibi, yine akdikenlere dönüyordum, ama gözlerim onlardan başka şey görmesin diye ellerimi siper ettiğim halde, bende uyandırdıkları duygu, anlaşılmazlığını, belirsizliğini koruyor, ortaya çıkmak, gidip akdiken çiçeklerine yapışmak için boşuna uğraşıyordu. Çiçekler bu duyguyu açıklığa kavuşturmama yardımcı olmuyorlardı; başka çiçeklerden de bir açıklama isteyemezdim. O esnada, büyükbabam, bana, en sevdiğimiz ressamın, bildiğimiz eserlerinden farklı bir resmini gördüğümüzde veya o güne dek sadece karakalem eskizini görmüş olduğumuz bir tabloyla karşı karşıya getirildiğimizde ya da sadece piyanoyla seslendirilişini işittiğimiz bir parçayı daha sonra orkestradan dinlediğimizde hissettiğimiz sevinci yaşatarak, Tansonville'in çitini işaret edip seslendi ve "Sen akdikenleri seversin, şu pembe akdikene bak, ne güzel!" dedi. Gerçekten de bir akdikendi, ama pembeydi ve beyazlardan da güzeldi. O da bir törene –ama tesadüfi bir seçimle, özel olarak ona tahsis edilmemiş, özünde tatil olmayan herhangi bir günde kutlanan sosyetik törenlerin aksine, dinsel törenler gibi gerçek bir törene– gider gibi süslenip püslenmişti, fakat bunun süsleri daha da değerliydi, çünkü, Rokoko üslubu çoban değneklerini sarmalayan ponponlar gibi, süslenmedik bir tek nokta bırakmayacak şekilde üst üste binmiş çiçekleri "renkli"ydi, dolayısıyla, pembe bisküvilerin daha pahalı olduğu Camus'nün dükkânının ya da Meydan'daki "mağaza"nın fiyatlarından da anlaşılabilecek Combray estetiğine göre, daha üstün nitelikliydiler. Ben de içine çilek katıp ezmeme izin verilen pembe krem peynirini daha çok beğenirdim. Bu çiçeklerin rengi de yenecek bir şeyin ya da çok önemli bir tören için dikilen kıyafetin çok sevilen bir süsünün özel tonuyla aynıydı; bunlar, üstünlüklerinin nedeni açık olduğundan, çocukların gözüne en güzel görünen renklerdir ve bu yüzden de, oburluklarına bir şey vaat etmediklerini, terzi tarafından seçilmediklerini anladıktan sonra bile, çocukların nazarında diğer renklerden daha canlı, daha doğal olmayı sürdürürler. Hiç kuşkusuz, beyaz akdikenler gibi pembenin de çiçeklerindeki şenlik havasının yapay olarak, insan eliyle yaratılmadığını hemen hissetmiş, ama pembe çiçekler karşısında daha büyük bir hayranlık duymuştum; tabiat kendiliğinden, bir altarı süsleyen köy esnafının saflığıyla şenlik havasını ifade etmiş, bu çalıyı aşırı süsleyerek küçük çiçekleri fazlasıyla tatlı bir tona boyamış, bir taşra-Rokoko üslubuyla bezemişti. Dalların üst kısımlarında, incecik dalları önemli bayramlarda altarın üzerinde ışıl ışıl parlayan, saksıları dantelli kâğıtlarla kaplanmış gül fidanlarına benzer, daha açık renkli yüzlerce minik tomurcuk vardı; bunlar aralanınca, pembe mermerden bir kadehin dibindeki gibi, kan kırmızısı bir renk görünüyor, tomurcuklandığı, çiçek açtığı her yerde mutlaka pembe açacak olan akdikenin kendine has, dayanılmaz özünü çiçeklerden daha çok ele veriyorlardı. Çitin içinde yer alan, ama çitin tamamından evde kalacak olan sabahlıklı insanların ortasında, gezmeye gitmek üzere giyinip süslenmiş bir genç kız kadar farklı olan, Meryem Ana ayinine hazırlanmış, adeta şimdiden ayine katılan bu sofu, harikulade çalı tiril tiril pembe elbisesiyle gülümseyerek ışıldıyordu.

Çalının arasından, bahçedeki ağaçlı bir yol görünüyordu; yol kenarındaki yaseminlerin, menekşelerin ve mineçiçeklerinin arasında şebboylar, eski bir Córdoba derisi kadar kokulu, soluk pembeden körpe keseciklerini açmışlardı; çakılların üstünde, yeşile boyanmış, uzun, kıvrım kıvrım bir hortum, çokrenkli damlacıklarını üstündeki çeşitli deliklerden, dikey, prizma şeklinde bir yelpaze halinde, kokusunu soluduğu çiçeklerin üzerine fışkırtıyordu. Ansızın olduğum yerde durdum; yalnız bakışlarımıza hitap etmeyen, daha derin algılar gerektiren, benliğimize bütünüyle hâkim olan türden bir hayalin karşısındaymışçasına, kıpırdayamıyordum. Gezintiden dönüyormuş gibi görünen, kızıl-sarı saçlı bir kız, elinde bir bahçe beliyle, pembe çillerle kaplı yüzünü bize çevirmiş, bakmaktaydı. Siyah gözleri parlıyordu; güçlü bir izlenimi nesnel unsurlarına indirgemeyi daha sonra öğrenmediğim gibi o zaman da bilmediğim için, gözlerinin rengini fark edecek "gözlem yeteneği"ne sahip olmadığım için, uzun süre boyunca, onu her düşündüğümde, gözlerindeki parıltıyı, kendisi sarışın olduğundan, hep keskin bir gök mavisi olarak hatırladım; öyle ki, belki de gözleri o kadar siyah olmasaydı –ilk görüşte en çarpıcı özelliğiydi bu– onun özellikle mavi gözlerine âşık olmayacaktım.

Onu seyrediyordum; ilk başta bakışlarım gözlerin sözcüsü olmakla kalmayıp, pencerelerinden endişeli, donakalmış bütün duyuların eğildiği, baktığı bedene ve onunla birlikte ruhuna da dokunmak, onları ele geçirmek, alıp götürmek isteyen bakışlardandı; ardından, büyükbabamla babamın o anda genç kızı görüp beni uzaklaştırmak için önden koşmamı söylemelerinden o kadar korktum ki, bilinçsizce yalvaran, onu benimle ilgilenmeye, beni tanımaya zorlama gayreti içindeki bakışlar yerleşti gözlerime. Kız, büyükbabamla babamı görmek için gözlerini ileriye, yana çevirdi ve bizim gülünç olduğumuz kanısına varmış olacak ki, kayıtsız, küçümser bir tavırla dönüp yüzünü babamların görüş alanından kurtarmak için kenara çekildi; babamlar yürümeye devam edip onu görmeden önümden geçtikten sonra, o, bana çevirdiği ifadesiz bakışlarını adeta beni görmüyormuşçasına üzerime dikti, bakışlarındaki sabitliği ve gizlemeye çalıştığı tebessümünü bana öğretilen terbiye kuralları çerçevesinde, hakaret dolu bir aşağılamanın kanıtından başka bir şey olarak yorumlamam mümkün değildi; o esnada eliyle yaptığı uygunsuz hareket ise, içimdeki küçük terbiye lügatine göre, aleni bir biçimde bir yabancıya yöneldiğinde, tek bir anlam taşıyordu, o da küstahlık ifadesiydi.

Tiz ve otoriter bir sesle, "Hadi Gilberte, gelsene; ne yapıyorsun?" diye bağıran beyazlı hanımı daha önce fark etmemiştim; onun biraz ötesinde duran, pamuklu kumaştan bir giysi içindeki, tanımadığım bir beyefendi, gözlerini bana dikmiş, yiyecekmiş gibi bakmaktaydı; bunun üzerine gülümsemesi bir anda siliniveren kız, bahçe belini alıp bana bakmadan, uysal, anlaşılmaz ve sinsi bir edayla uzaklaştı.

İşte Gilberte adını ilk kez bu şekilde duydum; daha birkaç dakika önce belirsiz bir hayalken bir kişiye dönüştürdüğü kızı bir gün bulmamı sağlayacak olan, belki de bana verilmiş olan bu tılsımdı. Yeşil hortumdan çıkan su damlaları gibi serin ve sert olan bu Gilberte adını yaseminlerin ve şebboyların üzerinde yankılanırken duydum; içinden geçtiği –ve tecrit ettiği– temiz havayı, bu ismin onunla birlikte yaşayan, seyahat eden talihli insanlara işaret ettiği kişinin hayatındaki esrarla doldururken, harelendirirken duydum; omzumun hizasındaki pembe akdikenin altında, bu ismin sahibiyle, benim asla içine giremeyeceğim meçhul hayatıyla o talihli insanlar arasındaki (benim için bir işkence olan) yakınlığın özünü sergilerken duydum.

Bir ara, (uzaklaştığımız sırada büyükbabam, "Zavallı Swann'ı ne durumlara düşürüyorlar; kadın Charlus'üyle baş başa kalabilsin diye adamı evden gönderiyorlar! Charlus'tü, tanıdım kendisini! Kız da bütün bu kepazeliğe şahit oluyor!" diye mırıldanırken), annesinin Gilberte'le konuşurken kullandığı despotça tonun hatırası, Gilberte'in cevap vermemesi, bana onun birine itaat etmek zorunda olduğunu, her şeyin üstünde olmadığını gösterdiğinden, ıstırabımı biraz dindirdi, içimde bir umut uyandırdı ve aşkımın yoğunluğunu azalttı. Ama çok geçmeden, ya Gilberte'in seviyesine çıkmak ya da onu kendi seviyesine indirmek isteyen yaralı kalbimin tepkisiyle, aşkım yine kabardı. Onu seviyordum, ona hakaret edecek, onu incitecek, beni hatırlamaya zorlayacak vakti ve ilhamı bulamadığıma hayıflanıyordum. O kadar güzel buluyordum ki onu, geri dönüp omuz silkerek, "Bence çok çirkin ve gülünçsünüz, iğreniyorum sizden!" diye bağırabilmek isterdim. Bununla birlikte, ondan uzaklaşıyor, yanımda da, bundan böyle hiç kaybetmemek üzere, çiğnenmesi imkânsız tabiat kanunlarının benim gibi çocuklara erişilmez kıldığı mutluluğun ilk örneğini, kızıl saçlı, teni pembe çillerle kaplı, elinde bir bahçe beli tutarak gülen ve bana uzun, sinsi ve ifadesiz bakışlar yönelten bir kız çocuğunun suretini götürüyordum. Hem onun, hem de benim birlikte duyduğumuz adının pembe akdikenlerin altına bir tütsü gibi yaydığı büyü, onunla ilgili her şeyi, büyükbabamların tanışmak şerefine nail olduğu büyükbabasını, yüce sarraflık mesleğini, Paris'teki evinin bulunduğu, ıstırap kaynağı Champs-Élysées semtini ele geçirmekte, sarmalamakta, kendi rayihasıyla doldurmakta gecikmeyecekti.

"Léonie" dedi büyükbabam eve döndüğümüzde, "bu öğleden sonra keşke sen de yanımızda olsaydın. Tansonville'i görsen tanıyamazsın. Cesaret edebilseydim, o çok sevdiğin pembe akdikenlerden bir dal keserdim senin için." Büyükbabam, belki Léonie Halamı eğlendirmek için, belki de onu dışarı çıkmaya ikna etme umudunu tamamen kaybetmediğinden, gezintimizi bu şekilde anlatıyordu. Halam o araziyi eskiden çok severdi, ayrıca kapısını herkese kapadıktan sonra, kabul ettiği son ziyaretçi Swann olmuştu. Halam, artık Swann kendisini yoklamaya geldiğinde (evimizde hâlâ ziyaret etmek için izin istediği tek kişi halamdı), yorgun olduğunu, ama gelecek sefer ziyaretini kabul edeceğini bildirdiği gibi, o akşam da, "Evet, havanın güzel olduğu bir gün, arabayla bahçenin kapısına kadar gideceğim" dedi. Bu sözlerinde samimiydi. Swann'ı ve Tansonville'i tekrar görmeyi isterdi, ama bu arzusu, kalan gücünün tamamını tüketiyordu; arzunun gerçekleştirilmesi bu gücü aşardı. Bazen güzel havayla biraz canlanır, yataktan kalkıp giyinirdi; daha yan odaya geçmeden yorgunluk baş gösterir, yatağına dönmek isterdi.

Çünkü ölüme hazırlanan, kozasına çekilen yaşlıların o her şeyden vazgeçişleri, halamda da –genellikle görüldüğünden daha genç bir yaşta– başlamıştı; bu olgu, uzayan hayatların sonlarında, birbirine büyük bir aşkla bağlanmış eski sevgililerin, en yoğun manevi bağları kurmuş dostların arasında bile gözlenir; bir noktada, birbirlerini görmek için gerekli yolculuğu ya da evden çıkışı yapmaktan vazgeçerler, yazışmaz olurlar ve bu hayatta bir daha görüşmeyeceklerini bilirler. Halam da Swann'ı bir daha göremeyeceğini, evden asla dışarı çıkmayacağını gayet iyi biliyor olsa gerekti, ama sanırım bu kesin kapanışı bizim nazarımızda daha da acıklı kılan sebep, halam için inzivayı kolaylaştırıyordu: Halamın gücünde günbegün hissettiği azalma onu odasına hapsolmaya zorluyor, her faaliyeti her hareketi bir yorgunluk, hatta bir ıstırap haline getirdiğinden, hareketsizliğe, yalnızlığa ve sessizliğe dinlenmenin tazeleyici, kutsal huzurunu kazandırıyordu.

Halam pembe akdiken çalısını görmeye gitmedi, ama ben sürekli annemle babama halamın Tansonville'e gidip gitmeyeceğini, eskiden ne kadar sık gittiğini soruyor, onları Mlle Swann'ın bana tanrılar kadar yüce görünen annesiyle babası, dedesiyle ninesi hakkında konuşturmaya çalışıyordum. Annem ve babamla yaptığım sohbetlerde, benim için neredeyse mitolojik bir niteliğe bürünmüş olan Swann ismini duyma ihtiyacıyla yanıp tutuşuyordum; bu ismi kendim telaffuz etmeye cesaretim yoktu, ama onları Gilberte ve ailesine ilişkin, kendimi ondan uzakta, sürgünde hissetmeyeceğim konulara çekmeye çalışıyordum; örneğin ansızın, büyükbabamın memuriyetiyle ilgili olarak, ailemizde daha önce bir başkasının da aynı mevkide bulunduğunu veya Leonie Hala'mın görmek istediği pembe akdiken çalısının belediye arazisine dahil olduğunu zannedermiş gibi yapıyor, babamı yanlışımı düzeltmek, güya ben istemeden, kendiliğinden "Yok canım, *Swann*'ın babası bulunmuştu o mevkide, o çit *Swann*'ın arazisine dahil" demek zorunda bırakıyordum. Bunun üzerine, derin bir nefes almam gerekiyordu, çünkü önceden içimden tekrarladıkça ağırlığı artan ve işittiğimde bana diğer bütün isimlerden daha dolu, daha yoğun gelen bu isim, içimde sonsuza dek yazılı olduğu yere gelip oturduğunda, ağırlığıyla nefesimi kesiyordu. Bana verdiği hazzı annemle babamdan talep etme cüretini göstermiş olmak beni utandırıyordu, çünkü o kadar büyük bir hazdı ki bu, kendileri için bir haz olmadığı halde onu bana sunmaları, hem karşılıksız, hem de büyük bir zahmet gerektirmişti muhtemelen. Bu yüzden ölçülü davranıp konuyu değiştiriyordum. Bu davranışımda kuruntunun da payı vardı. Swann ismine yüklediğim benzersiz cazibenin tamamını telaffuz edildiği anda bu isimde buluyordum. O zaman birden, annemle babamın da bu cazibeye mutlaka kapıldıklarını, benim bakış açımı paylaştıklarını, hayallerimi onların da gördüğünü, bağışladığını, benimsediğini düşünüyor, sanki onları yenilgiye uğratmışım, baştan çıkarmışım gibi üzülüyordum.

O yıl annemle babam Paris'e dönüş için her zamankinden daha erken bir tarih belirlediler; yola çıkılacağı günün sabahı, fotoğrafım çekileceği için saçlarım kıvırtılmış, üzerime kadife ceket giydirilmiş, yepyeni bir şapka özenle başıma yerleştirilmişti; annem beni her yerde aradıktan sonra, Tansonville'e bitişik küçük patikada, gözyaşları içinde buldu; dikenli dallarını kucaklamış, akdikenlere veda etmekteydim, üstündeki anlamsız süsleri kaldıramayan bir trajedi prensesi misali, buklelerimi bin bir özenle alnımda toplamış olan münasebetsiz ele karşı nankörlük etmiş, saçlarımın sarıldığı kâğıtları yolmuş, yeni şapkamla birlikte yerlere fırlatmıştım. Annem gözyaşlarımdan etkilenmedi, ama delinmiş şapkamı, mahvolmuş ceketimi görünce kendini tutamayıp bir çığlık attı. Ama ben onu duymayıp ağlamaya devam ettim. "Benim zavallı akdikenciklerim" diyordum, "siz olsanız beni üzmez, zorla göndermezdiniz. Siz beni hiç üzmediniz! Ben de sizi ölünceye kadar seveceğim." Gözyaşlarımı siliyor, büyüyünce diğer insanlar gibi saçma sapan bir hayat sürmeyeceğime, Paris'teyken bile, bahar mevsiminde ziyaretlere gidip aptalca konuşmalar dinlemek yerine, kırlara gidip ilk akdikenleri göreceğime söz veriyordum kendilerine.

Méséglise tarafına yaptığımız gezintilerde, tarlalara bir kez ulaştık mı, akdikenler yol boyu bizi hiç terk etmezlerdi. Görünmez bir gezgin gibi sürekli akdikenlerin üstünde dolaşan rüzgâr, benim nazarımda Combray'nin ayırıcı özelliğiydi. Her yıl, Combray'ye ilk vardığımız gün, gerçekten orada olduğumu hissetmek için, tarlaların arasında koşan rüzgârı bulmaya çıkar, onun ardından ben de koşardım. Méséglise tarafında, o kubbe biçimindeki düzlüğün üstünde, kilometreler boyunca hiçbir engebeye rastlamayan rüzgâr, hep yanınızda olurdu. Mlle Swann'ın sık sık birkaç günlüğüne Laon'a gittiğini biliyordum; Laon Combray'den kilometrelerce uzakta olduğu halde, arada hiçbir engel bulunmaması mesafeyi kısaltır, sıcak öğle sonralarında, ufuktan gelen bir esintinin en uzaktaki buğday başaklarını eğdiğini, göz alabildiğine uzanan düzlüğe bir dalga gibi yayıldığını ve ılık bir mırıltıyla, ayaklarımın dibindeki evliyaotlarının, yoncaların arasında tükendiğini gördüğümde, ikimizin paylaştığı bu ova adeta bizi yaklaştırır, birleştirirdi; bu esintinin onun da yakınından geçtiğini, ondan bana anlayamadığım bir haber getirip kulağıma fısıldadığını düşünür, yanımdan geçerken onu kucaklardım. Solda, Champieu (rahibin açıklamasına göre *Campus Pagani*) adında bir köy vardı. Sağda, buğdayların ötesinde, Saint-André-des-Champs Kilisesi'nin oymalı, rustik çan kuleleri görülürdü; buğday başakları gibi bu iki kule de, ince uzun, kabuklu, petek petek, hareli, sararmış ve pürtüklüydüler.

Elma ağaçları simetrik aralıklarla, başka hiçbir meyve ağacının yapraklarıyla karıştırılamayacak yapraklarının benzersiz süslemesinin ortasında, beyaz satenden geniş taçyapraklarını sergiler ya da utangaç, pembe tomurcuk demetlerini sallandırırlardı. Elma ağaçlarının güneşli toprak üzerindeki yuvarlak gölgesini ve batan güneşin, yaprakların arasında yanlamasına dokuduğu, babamın bastonuyla dürtüp asla yerinden oynatamadığı o elle tutulmaz, yaldızlı ipekleri ilk kez Méséglise tarafında fark ettim.

Bazen kaçak, parıltısız, beyaz bir ay, sahneye daha geç çıkacak olan bir kadın oyuncunun kendi sokak kıyafetiyle, ilgi çekmemek için silikleşerek birkaç dakika boyunca salondan arkadaşlarını seyretmesi gibi, bir bulut misali, öğle sonrasının göğünden geçerdi. Ayın suretini tablolarda, kitaplarda bulmaktan hoşlanırdım, ama bu sanat eserleri –en azından ilk yıllarda, Bloch gözlerimi ve zihnimi daha ince ahenklere alıştırmadan önce sevdiklerim– resmettikleri ayı şimdi güzel bulacağım, o zamanlar ise tanıyamayacağım sanat eserlerinden çok farklıydılar. Bunlar, Saintine'in romanları, Gleyre'in manzara resimleri gibi, ayın gökyüzünde gümüş bir orak misali keskin çizgilerle belirdiği, tıpkı benim kendi izlenimlerim gibi naif ve noksan eserlerdi, büyükannemin kız kardeşleri bunları sevmeme kızarlardı. Onlar, çocukların önüne olgunluk çağında kesinlikle hayran olunacak eserlerin konması gerektiğini, çocukların daha baştan bu eserleri severek zevk sahibi olacaklarını düşünürlerdi. Herhalde estetik değerleri maddi nesneler olarak görüyorlar, dikkatli bir zihnin onları ister istemez algılayacağını, bu değerlerin karşılıklarını kendi bünyesinde, ağır ağır olgunlaştırmaya ihtiyaç duymayacağını düşünüyorlardı.

M. Vinteuil Méséglise tarafında, büyükçe bir gölcüğün kıyısında, sırtını çalılık bir bayıra vermiş bir ev olan Montjouvain'de otururdu. Bu yüzden de, gezintilerimiz sırasında sık sık, bir bugiyi son sürat süren kızıyla karşılaşırdık. Birkaç yıl sonra, onu artık tek başına değil, hep yanında kendisinden yaşça büyük bir kız arkadaşıyla birlikte görür olduk; yörede kötü bir şöhreti olan bu kız, günün birinde Montjouvain'e kesin olarak yerleşti. "Zavallı M. Vinteuil'ün kızına olan sevgisi gözlerini kör etmiş olmalı ki, herkesin konuştuğu şeyi göremiyor, *yersiz* bir kelime duymaya tahammül edemezken, kendi evinde, kızının böyle bir kadını barındırmasına izin veriyor" deniyordu. "Dediğine bakılırsa, üstün nitelikli, pırlanta yürekli bir kadınmış, müziğe istidadı geliştirilseymiş, olağanüstü bir yeteneği olurmuş. Ne var ki kızıyla müzik konusunda faaliyet göstermedikleri açık." M. Vinteuil gerçekten bunları söylüyordu; insanların tensel ilişki kurdukları her şahsın anne babasında daima manevi üstünlükleriyle hayranlık uyandırmaları ilginçtir. Haksız yere kınanan fiziksel aşk, her insanı içindeki bütün iyiliği, fedakârlığı açığa çıkarmaya öylesine mecbur eder ki, bu özellikleri yakın çevrelerinde de dikkati çeker. Fiziğiyle çelişen "hain" rolünü tok sesi ve kalın kaşları sayesinde, aslında layık olmadığı, sarsılmaz "yardımsever huysuz" şöhretine katiyen gölge düşürmeden, gönlünce oynayabilen Doktor Percepied, rahip dahil herkesi gözlerinden yaşlar gelinceye kadar güldürerek, fütursuzca, "Canım!" diyordu, "Mlle Vinteuil'le arkadaşı müzikle uğraşıyorlarmış. Şaşırdınız galiba. Ben bilemiyorum doğrusu. Üstat Vinteuil dün kendisi söyledi. Canım, bu kızın da müziği sevmeye hakkı var. Ben çocukların sanata istidatlarının engellenmemesi gerektiğini düşünüyorum. Görünüşe bakılırsa Vinteuil de öyle düşünüyor. Ayrıca kendisi de kızının arkadaşıyla müzikal faaliyetlere katılıyor. O evde müzikten geçilmiyor yahu! Niye gülüyorsunuz canım? Yalnız biraz fazla uğraşıyorlar müzikle. Geçen gün mezarlığın orada Üstat Vinteuil'e rastladım. Bacakları tutmuyordu."

M. Vinteuil'ün o dönemde tanıdığı kişileri görmezden geldiğini, onları gördüğünde başını çevirdiğini, birkaç ay içinde yaşlandığını, kederine gömüldüğünü, amacı doğrudan kızının mutluluğu olmayan her türlü çabadan vazgeçtiğini, bütün bir günü karısının mezarı başında geçirdiğini bizim gibi fark etmiş olan birisinin adamın kederden ölmek üzere olduğunu anlamaması, dedikoduların farkında olmadığını zannetmesi biraz zordu. M. Vinteuil söylentileri duyuyor, belki inanıyordu da. Belki en faziletli insan bile, en açık seçik biçimde kınadığı sapıklıkla bir gün iç içe yaşamaya koşulların karmaşıklığı nedeniyle zorlanabilir – zaten onunla ilişkiye girmek ve ona acı çektirmek üzere, çeşitli nedenlerden ötürü çok sevdiği bir insanın bir akşamki garip sözleri, anlaşılmaz tutumu gibi çeşitli özel kılıklara bürünen bu ahlaksızlığı tam olarak tanıyamaz da. Ama M. Vinteuil gibi bir adam için, yanılarak sadece bohem çevrelere has zannettiğimiz bir duruma boyun eğmek, başka insanlara kıyasla çok daha büyük bir işkence olsa gerekti; bir çocukta, bazen gözlerinin rengi gibi, sırf babasının ve annesinin meziyetlerini bir araya getirerek, doğrudan tabiatın geliştirdiği bir ahlaksızlık ne zaman kendine gerekli yeri ve güvenliği sağlama ihtiyacı duysa, böyle bir durum ortaya çıkar. Yine de M. Vinteuil'ün kızıyla ilgili muhtemel bilgisi, ona beslediği, tapınmaya varan sevginin azalması sonucunu doğurmuyordu. Somut gerçekler, inançlarımızın yaşadığı âleme nüfuz edemez, bu inançları doğurmadıkları gibi, öldüremezler de; onları sürekli olarak yalanlasalar da, zayıflatamazlar; ardı arkası kesilmeyen bir felaketler veya hastalıklar silsilesi, bir aileyi Tanrı'nın iyiliği ya da aile doktorunun yeteneği konusunda şüpheye düşüremez. Ama M. Vinteuil'ün kızıyla kendisini şöhretleri açısından, başkalarının bakış açısından düşündüğünde, toplumdaki saygınlıklarını ölçmeye çalıştığında verdiği toplumsal hüküm, kendisine karşı en düşmanca hisleri besleyen bir Combray'linin hükmünden farksızdı; kendini kızıyla birlikte çukurun dibinde görüyordu, davranışlarında bir süredir bütün düşüşlerin neredeyse otomatik sonucu olan bir tevazu, kendinden daha yukarıda bulunan, (o güne kadar kendisinden çok daha alt seviyede bulunmuş da olsalar) kendinden üstün gördüğü kimselere karşı bir saygı, onların seviyesine yükselebilme çabası görülüyordu. Combray sokaklarından birinde Swann'la yürüdüğümüz bir gün, bir başka sokaktan çıkan M. Vinteuil ansızın bizimle karşılaşınca, bizi görmezden gelmeye, kaçmaya vakit bulamamıştı; o güne kadar M. Vinteuil'le tek kelime konuşmayan Swann, kendi ahlaki önyargılarının yerle bir olduğu sırada başkalarının yüzkarasını onlara teveccüh göstermek için bir sebep kabul eden, gösterdiği teveccühün muhatabı için ne kadar değerli olduğunu hissederse kendi izzetinefsi de o kadar okşanan bir sosyete mensubunun kibirli merhametiyle, M. Vinteuil'le uzun uzun sohbet etmiş, vedalaşmadan önce de, kızını bir gün Tansonville'e, oyun oynamaya göndermesini rica etmişti. İki yıl önce olsa, bu davet M. Vinteuil'ü kızdırırdı, ama şimdi öyle yoğun minnet duyguları uyandırıyordu ki içinde, daveti kabul etmek gibi bir ölçüsüzlük yapmamaya mecbur hissediyordu kendini. Swann'ın kızına yönelik nezaketi kendi başına öylesine şerefli ve değerli bir destek gibi görünüyordu ki M. Vinteuil'e, bu desteği saklamanın platonik hazzını yaşayabilmek için, belki de ondan hiç yararlanmamasının daha doğru olacağını düşünüyordu.

Swann yanımızdan ayrıldıktan sonra, M. Vinteuil, "Ne kadar mükemmel bir insan!" dedi, esprili ve güzel burjuva kadınların çirkin ve aptal da olsa büyüsüne kapıldıkları bir düşese besledikleri coşkulu saygıyla. "Ne kadar mükemmel bir insan! Son derece uygunsuz bir evlilik yapmış olması büyük talihsizlik!"

Bunun üzerine, en içten insanlar bile riyakârlıkla yoğrulmuş olduğundan ve birisiyle ilgili, o kişi sırtını döndüğü an ifade ettikleri fikirlerini kendisiyle konuşurken bir kenara bıraktıklarından, annemle babam da M. Vinteuil'le birlikte Swann'ın evliliğine yanıp yakıldılar, çünkü onunla aynı türden namuslu insanlar sıfatıyla, ortak ilkelere ve kurallara istinaden konuştukları için, Montjouvain'de çiğnenmediğini zımnen kabul ettikleri ilkeler ve kurallar adına hareket ediyorlardı. M. Vinteuil kızını Swann'lara göndermedi. Buna en çok hayıflanan Swann oldu. Çünkü M. Vinteuil'le her karşılaşmasının hemen ardından, kendisine ne zamandır bir şey soracağını, onunla aynı soyadını taşıyan, zannınca akrabası olan birisi hakkında bilgi isteyeceğini hatırlıyordu. Bu karşılaşmanın ardından da, M. Vinteuil kızını Tansonville'e gönderdiğinde, ona soracağı şeyi unutmayacağına söz vermişti kendi kendine.

Méséglise tarafına yürüyüş, Combray civarındaki iki gezinti seçeneğimizden daha kısa olanı ve bu yüzden de belirsiz havalarda tercih edileniydi; Méséglise tarafında iklim oldukça yağışlıydı, dolayısıyla, sık ağaçlarının altına her an sığınabilmek için, Roussainville Ormanı'ndan fazla uzaklaşmamaya özen gösterirdik.

Güneş sık sık yuvarlaklığını bozan bir bulutun arkasına saklanır, bulutun kenarlarını sarartırdı. Hayatın durmuş gibi göründüğü kırlarda, aydınlık sürmekle birlikte parlaklık yok olurdu;

küçük Roussainville köyünün beyaz sivri çatıları, kabartma halinde, inanılmaz bir incelik ve ustalıkla gökyüzünde şekillenirdi. Hafif rüzgârın havaya savurduğu bir karga uzaklarda tekrar yere düşer, beyazlaşan gökyüzü fonunda, ormanların uzaktaki kısımları, eski malikânelerin duvarlarını süsleyen tekrenkli resimlerdeki gibi daha mavi görünürdü.

Ama bazen de gözlükçünün vitrinindeki nemölçerin tehdidi gerçekleşir, yağmur yağmaya başlardı; su damlaları, hep birlikte uçuşa geçen göçmen kuşlar gibi, sık saflar halinde inerdi gökyüzünden aşağı. Bu damlalar birbirlerinden hiç ayrılmazlar, süratli yolculukları esnasında rastgele hareket etmezler; her biri kendi yerini koruyarak onu izleyen damlayı kendine çeker ve gökyüzünü göç eden kırlangıçlardan daha fazla karartırlar. Yağmurdan kaçıp ormana sığınırdık. Damlaların yolculuğu bitmiş gibi görünürken, daha güçsüz, daha ağır bazı damlalar yağmaya devam ederdi. Ama damlalar yapraklardan hoşlandığı için, biz sığınağımızdan dışarı çıkardık, toprak neredeyse kurumuşken, hâlâ bazı damlalar yaprakların damarları üzerinde oyalanır, yaprağın ucuna asılır, sonra dinlenmiş bir halde, güneşte parlayarak, ansızın kendilerini bırakıp daldan aşağı boylu boyunca kayar ve burnumuza düşerdi.

Yağmurdan kaçmak için Saint-André-des-Champs Kilisesi'nin sundurmasının altına, taştan azizlerin ve ilk peygamberlerin arasına sığındığımız da olurdu. Tam bir Fransız kilisesiydi bu! Kapının üstünde, azizler, ellerinde birer zambak tutan şövalye-krallar, düğün ve cenaze törenleri, muhtemelen Françoise'ın hayal edeceği şekilde canlandırılmıştı. Heykeltıraş, Aristoteles ve Vergilius'a ilişkin kimi anekdotları da, tıpkı Françoise'ın mutfakta sık sık Aziz Louis'den kendisini şahsen tanımışçasına ve genellikle de, onun kadar "adil" olmayan büyükbabamları utandırmak amacıyla aralarında bir karşılaştırma yaparak söz ettiği şekilde anlatmıştı. Ortaçağ sanatçısının ve (on dokuzuncu yüzyılda da var olmaya devam eden) ortaçağ köylüsünün antikçağ veya Hıristiyanlık tarihi konusundaki, saflıkları ve yanlışlıklarıyla dikkati çeken temel bilgilerini kitaplardan değil, hem eski, hem de dolaysız olan, kesintisiz, sözlü, özünden sapmış, tanınmaz hale gelmiş, yaşayan bir gelenekten öğrendikleri hissedilirdi. Saint-André-des-Champs Kilisesi'nin Gotik heykellerinde potansiyel halde, kehanet sonucu mevcut bir başka Combray'li tanıdık da, Camus'nün genç çırağı

Théodore'du. Zaten Françoise da Théodore'u o kadar hemşerisi ve çağdaşı olarak görürdü ki, Léonie Halam çok hasta olup da Françoise onu yatağında çevirmeyi, koltuğuna götürmeyi tek başına beceremediği ve yardıma ihtiyaç duyduğu zaman, bulaşıkçı kızın yukarı çıkıp halamın "gözüne girmesi"ndense, Théodore'u çağırmayı tercih ederdi. Fesat kumkuması olarak haklı bir şöhret yapmış olan bu çocuk, Saint-André-des-Champs Kilisesi'ni süsleyen ruhla ve Françoise'ın "zavallı hastalar"a, "zavallı hanımı"na gösterilmesi gerektiğini düşündüğü saygı hissiyle öylesine doluydu ki, halamın başını yastıktan kaldırırken yüzünde beliren saf ve gayretkeş ifade, baygın Meryem Ana'nın etrafında, ellerinde mumlarla dört dönen, kabartmalardaki küçük meleklerin ifadesine benzerdi; sanki o gri ve çıplak, taştan çehreler, kış mevsiminde ormanlar gibi uykudaydılar, beklemedeydiler ve Théodore'unki gibi saygıdeğer ve açıkgöz, olgun bir elma kırmızılığıyla aydınlanan sayısız halk adamı çehresinde tekrar canlanmaya hazırdılar. Bu küçük melekler gibi taşın üstüne oyulmayıp sundurmadan bağımsız, adeta ıslak toprağa basmamak için taburenin üstüne çıkmışçasına kaide üzerine oturtulmuş, gerçekten daha iri boyutlardaki, ayakta duran azize heykeli, yörenin köylü kadınlarının dolgun yanaklarına, bir çuvalın içindeki olgun salkımlar gibi giysisinin kıvrımlarını şişiren diri göğüslerine, dar alnına, kısa ve isyankâr burnuna, içine gömük gözlerine, sağlam, duygusuz, cesur havasına sahipti. Heykele beklemediğim bir hoşluk katan bu benzerlik, çoğu kez bizim gibi yağmurdan korunmak üzere kiliseye gelen bir köylü kızı tarafından doğrulanırdı; kızın bir heykeldeki yaprakların yanı başında biten yapışkanotu yapraklarını andıran varlığı, sanki sanat eserinin gerçekliğini tabiatla kıyaslayarak ölçme imkânı sağlamak amacını güderdi. Karşımızda, ta uzaklarda görünen, surlarından içeriye hiç girmediğim, vaat edilmiş veya lanetlenmiş toprak Roussainville, az sonra, bizim bulunduğumuz yerde yağmur dindiğinde, Kutsal Kitap'taki bir köy gibi, evleri yanlamasına kamçılayan fırtınanın mızrakları tarafından cezalandırılmaya devam eder veya üzerine yeniden ortaya çıkan güneşin altından, saçaklı, altarlardaki kutsal ekmek kaplarını andıran uzunlu kısalı ışınlarını yağdıran Tanrı Babamız tarafından, önceden bağışlanmış olurdu.

Bazen de hava iyice berbatlaşır, o zaman eve dönüp içeri kapanmamız gerekirdi. Karanlığın ve rutubetin denize benzettiği kırlarda, uzakta, karanlığa ve suya gömülmüş bir tepenin yamacına asılı, tek tük evler, yelkenlerini indirmiş, açıkta kıpırtısız durarak geceyi geçirmeye hazırlanan küçük tekneler gibi parıldardı. Ama yağmurun, fırtınanın ne önemi vardı ki! Yaz mevsiminde yağışlı hava, temeldeki sabit güzel havanın geçici, yüzeysel bir kaprisinden ibarettir; bu güzel hava, kış mevsiminin istikrarsız, kaypak güzel havasının aksine, toprağa yerleşir, üzerlerine damlayan yağmura rağmen neşelerini hep koruyan sık yapraklar halinde biçimlenir, mevsim boyunca, köyün sokaklarında bile, ev ve bahçe duvarlarına mor veya beyaz ipekten bayrağını çeker. Küçük salonda oturup kitap okuyarak akşam yemeği saatini beklerken, kestane ağaçlarından damlayan suyun sesini duyar, ama sağanağın yaprakları cilalamaktan başka bir etkisi olmadığını, ağaçların yağmurlu gece boyunca, yaz mevsiminin teminatı gibi orada durmaya devam ederek güzel havanın devamını sağlayacaklarını bilirdim; yağmur ne kadar yağarsa yağsın, ertesi gün, Tansonville'in beyaz çitinin üzerinde kalp biçiminde, eskisi kadar çok sayıda minik yaprağın kıvrılacağından şüphem olmazdı; Perchamps Sokağı'ndaki kavağın fırtınaya umutsuzca yakarışını, selam verişini hüzünlenmeden seyreder, gökgürültüsünün bahçenin ucunda, leylakların arasında yankılanan son uğultularını kederlenmeden dinlerdim.

Yağmur sabah başlamışsa, annemle babam gezintiden vazgeçerlerdi, dışarı çıkmazdım. Ama daha sonraları, Léonie Halamın miras işleri için sonbaharda Combray'ye gittiğimizde, böyle günlerde, tek başıma Méséglise-la-Vineuse tarafına yürüyüşe gitmeyi alışkanlık haline getirdim; Léonie Halam nihayet ölmüş, ölümüyle, hem izlediği güçten düşürücü perhizin sonunda kendisini öldüreceğini iddia edenleri, hem de öteden beri, hayalî değil, organik bir hastalığı olduğunu ve hastalık halamın canını tükettiğinde, şüphecilerin söyleyecek lafı kalmayacağını savunanları haklı çıkarmıştı; halamın ölümü sadece bir tek kişiye, ama ona da ilkel, insafsız bir acı vermişti. Halamın on beş gün süren son hastalığı boyunca Françoise onun yanından bir dakika bile ayrılmamış, gece yatmak üzere giysilerini bile çıkarmamış, bakımına kimsenin en ufak bir yardımda bulunmasına izin vermemiş, hanımının bedeninden, ancak mezara girdiğinde ayrılmıştı. O zaman anladık ki, Françoise'ın içinde yaşadığı, halamın kötü sözlerinden, şüphelerinden, öfkelerinden kaynaklanan korku, kendisinde bizim nefret zannettiğimiz, ama aslında saygı ve sevgi olan bir duygu yaratmıştı. Kararlarının tahmin edilmesi imkânsız, kurnazlıklarının üstesinden gelinmesi zor, iyilik dolu yüreğinin yumuşatılması kolay olan hanımı, hükümdarı, esrarengiz ve kadiri mutlak efendisi, artık hayatta değildi. Ona kıyasla biz, pek az şey ifade ediyorduk. Yaz tatilimizi geçirmek üzere Combray'ye ilk gelmeye başladığımız, Françoise'ın gözünde halamla eşit itibara sahip olduğumuz günler çok geride kalmıştı. O sonbahar, yerine getirilmesi gereken formalitelerle, noterler ve çiftçilerle yapılacak görüşmelerle uğraşıp duran annemle babam, zaten havanın da engel olacağı gezintiler yapmaya hiç vakitleri olmadığından, benim tek başıma Méséglise tarafında gezinmeme izin veriyorlardı; yağmurdan korunmak için, kocaman ekose bir battaniyeye sarınıyor, karelerinin Françoise'ı dehşete düşürdüğünü gördükçe, battaniyeyi omuzlarıma almaya daha hevesli oluyordum; giysilerin renginin matemle hiçbir ilgisi olmadığı fikrini Françoise'ın zihnine sokmak imkânsızdı, kaldı ki halamın ölümünün bizde yarattığı keder de Françoise'ı hiç mi hiç tatmin etmiyordu, çünkü büyük bir cenaze yemeği düzenlememiştik, halamdan söz ederken özel bir ses tonu kullanmıyorduk ve hatta benim ara sıra bir şarkı mırıldandığım bile oluyordu. Eminim ki bir kitapta karşıma çıkacak olsa, –bu bağlamda ben de Françoise'dan farksızdım– *Roland Destanı*'na ve Saint-André-des-Champs Kilisesi'nin ana kapısına uygun bu matem kavramını benimserdim. Ne var ki Françoise yanımda olduğu zaman, şeytan beni dürtüyor, onu kızdırmak için, bir punduna getirip halamın ölümüne halam olduğu için değil, bütün gülünçlüğüne rağmen iyi bir insan olduğu için üzüldüğümü, halam olduğu halde iğrenç bir insan olduğunu düşünsem, ölümüne katiyen üzülmeyeceğimi söylüyordum; oysa bu sözlere bir kitapta rastlasam, aptalca bulurdum.

Bunun üzerine, bir şair gibi kedere, aile hatıralarına ilişkin karmakarışık fikirlerle dolup taşan Françoise benim teorilerime cevap veremeyeceği için özür dileyip, "Kendimi ifade etmeyi beceremiyorum" derse, bu itiraftan Doktor Percepied'ye yaraşır, alaylı ve acımasız bir sağduyuyla, muzaffer bir haz duyuyordum; "Yine de akrağbanızdı, akrağbalara saygı göstermek şart" diye eklediği takdirde de, omuz silkip kendi kendime, "Ben de tutup böyle yanlış konuşan bir karacahille tartışıyorum" diyor, düşüncenin tarafsızlığı içinde alçaklığı en çok kınayanların bile, hayatın bayağı bir sahnesinde oynarken bürünebildiği çapsızlıkla yargılıyordum Françoise'ı.

O sonbahar yaptığım gezintiler, saatlerce kitap okuduktan sonra gezmeye çıktığım için, daha da zevkliydiler. Bütün sabah salonda kitap okumaktan yorgun düştüğümde, battaniyemi omuzlarıma sarıp dışarı çıkardım; uzun müddet mecburen kıpırtısız kalan, ama olduğu yerde bir canlılık ve hız biriktiren bedenim, bırakılan bir topaç gibi, bu fazlalıkları dört bir yana savurma ihtiyacı duyardı. Evlerin duvarları, Tansonville'in çiti, Roussainville Ormanı'nın ağaçları, Montjouvain'in sırtını verdiği çalılar şemsiye veya baston darbelerine maruz kalır, neşeli çığlıklar işitirlerdi; hem darbeler, hem de çığlıklar beni coşturan, hızlı bir çıkış yoluna kolayca varmayı ağır ve zor bir aydınlanmaya tercih ettiklerinden aydınlığın sükûnetini tadamamış, karışık düşüncelerden başka bir şey değillerdi. Hislerimizin sözde ifadeleri, çoğunlukla hislerimizi bu şekilde, kendilerini tanımamıza imkân vermeyen bir biçime bürünmüş halde dışımıza çıkarmak suretiyle bizi bu hislerden kurtarmaktan öteye gitmez. Méséglise tarafına neler borçlu olduğumu, Méséglise'in tesadüfi çerçevesi ya da zorunlu esin kaynağı olduğu mütevazı keşifleri hesaplamaya çalıştığımda, duygularımızla onların olağan ifadesi arasındaki bu uyumsuzluğu ilk defa o sonbaharda, o gezintilerden birinde, Montjouvain'in yaslandığı çalılık bayırda, hayretler içinde fark ettiğimi hatırlıyorum. Bir saat boyunca yağmura ve rüzgâra karşı neşeyle mücadele ettikten sonra, Montjouvain'in küçük gölünün kenarına, M. Vinteuil'ün bahçıvanının aletlerini koyduğu kiremit kaplı küçük kulübenin önüne geldiğimde, güneş yeniden açmıştı; yağmurun yıkadığı yaldızlı güneş ışınları gökyüzünde, ağaçların, kulübe duvarının, tepesinde bir tavuğun gezindiği hâlâ ıslak kiremit çatının üstünde, yepyeni parlamaktaydı. Esen rüzgâr, duvardaki çatlaklarda bitmiş yabani otları ve tavuğun tüylerini yana doğru çekiyor, hem otlar, hem de tüyler, cansız ve hafif nesnelerin kendini bırakmışlığıyla, boyları yettiğince, rüzgârın keyfine göre uçuşuyorlardı. Güneşin tekrar yansıtıcı bir yüzey haline getirdiği gölcüğün üzerinde kiremit çatı daha önce hiç dikkatimi çekmemiş olan pembe mermer damarları oluşturuyordu. Suyun ve duvarın üstünde, gökyüzünün gülümsemesine karşılık veren solgun bir tebessüm görünce, kapatmış olduğum şemsiyemi sallayarak heyecanla, "Vay be! Vay be! Vay be!" diye bağırdım. Ama aynı anda, aslında bu muğlak sözlerle yetinmeyip, hayranlığıma bir açıklama getirmeye çalışmam gerektiğini de düşündüm.

Yine aynı anda –oradan geçmekte olan, zaten oldukça keyifsiz görünen ve şemsiyenin yüzüne çarpmasına ramak kalınca keyfi iyice kaçıp, "Bu güzel havada yürümek ne hoş, değil mi?" dediğimde soğuk bir cevap veren bir köylü sayesinde– aynı duyguların önceden belirlenmiş bir düzene göre, herkeste aynı anda oluşmadığını da öğrendim. Daha sonraları, ne zaman uzunca bir süre kitap okuyup ardından canım sohbet etmek istese, kendisiyle konuşmak için yanıp tutuştuğum arkadaşım az önce sohbetin hazzını yaşamış olur, o esnada da rahat bırakılıp kitap okumak isterdi. Annemle babamı düşünüp sevgiyle dolmuş, onların en hoşuna gidecek, en akıllı uslu kararları vermişsem, onlar tam da bu süre içinde benim unuttuğum bir kabahatimi öğrenmiş olurlar, ben onları öpmek üzere kollarına atılırken, onlar kabahatimden ötürü bana sertçe sitem ederlerdi.

Bazen yalnızlığın bana yaşattığı coşkunluğa ondan tam olarak ayıramadığım bir başka heyecan, sarılıp kucaklayabileceğim bir köylü kızının karşıma çıkıvermesi arzusundan kaynaklanan bir taşkınlık eklenirdi. Bu arzuya eşlik eden çok farklı düşüncelerin ortasında, ben sebebini tam olarak anlamaya vakit bulamadan, ansızın ortaya çıkan haz, bana o düşüncelerin yaşattığı hazzın bir üst seviyesi gibi gelirdi sadece. O esnada zihnimde yer alan her şeye, kiremit çatıdaki pembe yansımaya, yabani otlara, ne zamandır gitmek istediğim Roussainville köyüne, Roussainville Ormanı'nın ağaçlarına, kilisesinin çan kulesine fazladan bir değer atfederdim; sırf bu yeni heyecanı onların yarattığını zannettiğim için gözümde daha arzulanır olurlar, yelkenimi kuvvetli, meçhul ve elverişli bir rüzgârla dolduran coşku sanki beni onlara ulaştırmak için acele ederdi. Bir kadının ortaya çıkıvermesi arzusu benim nazarımda tabiatın cazibesine bir başka coşku katıyordu, ama buna karşılık, tabiatın cazibesi de kadının fazlasıyla sınırlı bulacağım cazibesini genişletiyordu. Ağaçların güzelliği bu kadının da güzelliğiymiş, bu ufkun, Roussainville köyünün, o yıl okuduğum kitapların ruhunu ellerime o kadının öpücüğü teslim edecekmiş gibi geliyordu bana ve hayal gücüm tenselliğimle temas edip ondan güç aldıkça, tenselliğim hayal gücümün bütün alanlarına yayıldıkça, arzum sınır tanımıyordu. Bunun bir başka nedeni de, –alışkanlığın faaliyetine ara verdiği, nesnelere ilişkin soyut bilgilerimizin bir yana bırakıldığı, dolayısıyla bulunduğumuz yerin özgünlüğüne, bireyselliğine derinden inandığımız, tabiatın ortasındaki tahayyül anlarında hep olduğu gibi– arzularımın seslendiği kadının bana kadın cinsinin herhangi bir örneği gibi değil, bu toprağın zorunlu ve doğal bir ürünü gibi gelmesiydi. Çünkü o sıralarda benim dışımdaki şeyler, toprak ve insanlar, bana, yetişkin erkeklere göründüğünden daha değerli, daha önemli, daha gerçek bir varoluşla donatılmış gibi görünüyordu. Toprakla insanları birbirinden ayırmıyordum zaten. Méséglise'i, Balbec'i arzuladığım gibi, Méséglise'li veya Roussainville'li bir köylü kızını, Balbec'li bir balıkçı kızı arzuluyordum. Koşulları keyfimce değiştirsem, bu kızların bana verebileceği hazzı o kadar gerçek bulmaz, ona inanamazdım. Paris'te Balbec'li bir balıkçı kızla veya Méséglise'li bir köylü kızıyla tanışmak, birinin bana kumsalda görmediğim denizkabukları, ormanda bulmadığım bir eğreltiotu vermesine benzer, kadının bana vereceği hazdan hayal gücümün ona yüklediği bütün hazları düşmek anlamına gelirdi. Ama Roussainville Ormanı'nda bu şekilde, yanında sarılacak bir köylü kızı olmadan gezinmek de, bu ormanın gizli hazinesini, derindeki güzelliğini görememek demekti. Şaşmaz bir biçimde yaprakların arasına gömülmüş halde hayal ettiğim bu kızın kendisi de, benim gözümde o yörenin bir bitkisiydi, yalnız diğer bitkilerden daha üstün bir türdendi ve yapısı yörenin gizli lezzetini diğer türlere oranla daha yakından tatmaya izin veriyordu. Buna (ve kızın bu lezzeti tatmamı sağlayacak olan okşamalarının da farklı olacağına, bu okşamaların hazzını o kızdan başkasıyla yaşayamayacağıma) inanmam kolaydı, çünkü çeşitli kadınlarla yaşanan hazzın bu kadınlardan soyutlandığı, genel bir kavrama indirgendiği ve dolayısıyla kadınların hiç değişmeyen bir hazzın birbiriyle ikame edilebilir vasıtaları olarak algılandığı yaşa gelmemiştim henüz, daha uzun süre boyunca da gelmeyecektim. O yaşta, haz, bir kadına yaklaşırken güdülen amaç, önceden hissedilen heyecanın sebebi olarak zihinde tek başına, ayrı, dile getirilmiş bir halde mevcut değildir bile. Onu tadacağımız bir haz olarak düşünmeyiz pek, daha ziyade kızın cazibesi olarak adlandırırız, çünkü kendimizi değil, sadece kendi benliğimizin dışına çıkmayı düşünürüz. Bilinmeden beklenen, kendiliğinden var olan bu gizli haz gerçekleştiği anda, birlikte olduğumuz kadının sevecen bakışlarının, öpücüklerinin bize yaşattığı diğer hazları öyle bir doruk noktasına getirir ki, özellikle bizim nazarımızda, sevgilimizin iyi yürekliliğine, bizden esirgemediği lütuflarla ve mutluluklarla ölçtüğümüz, bize yönelik dokunaklı tercihine duyduğumuz minnetten kaynaklanan bir taşkınlık olarak ortaya çıkar.

Combray'deki evimizin tavan arasında, süsen kokulu küçük odada, bir keşif yolculuğuna çıkan seyyahın ya da intihar etmeye karar vermiş umutsuz bir insanın kahramanca tereddüdüyle, neredeyse baygınlık geçirerek, kendi içimde, ölümcül sandığım meçhul bir yolda ilerlediğim ve sonunda salyangoz izini andıran doğal bir izin üstüme eğilen yabani frenküzümünün yapraklarına karıştığı sırada, aralık pencereden bakınca kulesinden başka şey görmediğim, ilk arzularımın tek sırdaşı Roussainville Kalesi'ne maalesef boşuna yakarır, köyünün bir evladını bana göndersin diye boşuna yalvarırdım. Şimdi de boşuna yalvarıyordum ona. Manzaranın tamamını görüş alanıma sığdırıyor, bana bu topraklardan bir kadın getirmelerini istediğim bakışlarımla, boşuna tarıyordum onu. Saint-André-des-Champs Kilisesi'ne gitsem de, sundurmanın altında, yanımda büyükbabam olsa mutlaka karşılaşacağım ama konuşamayacağım köylü kızı asla orada olmuyordu. Köylü kızının ansızın arkasından çıkıp bana geleceği, uzaktaki bir ağaçtan gözlerimi ayırmıyordum; dikkatle incelediğim ufuk hep bomboş kalıyor, hava kararıyordu; dikkatim bu kısır araziye, bu tükenmiş toprağa içinde barındırdığı yaratıkları çekip çıkarmak istercesine, nafile kenetleniyordu; böylesine arzuladığım kadına sımsıkı sarılmadan eve dönmeye razı olamasam da, onu karşıma çıkaracak olan tesadüfün gerçekleşmesi ihtimalinin giderek azaldığını kendi kendime itiraf edip mecburen Combray'ye doğru yola koyulduğumda, tıpkı bir manzara resmindeki ağaçlar gibi, aralarından tek bir canlının çıkmadığı Roussainville Ormanı'nın ağaçlarına bu sefer neşeyle değil, öfkeyle vuruyordum. Ayrıca bu kadın karşıma çıksa bile, onunla konuşmaya cesaret edebilir miydim? Konuşsam, beni deli zanneder diye düşünüyordum; bu gezintilerim sırasında biçimlenen ve gerçekleşmeyen arzularımın başkaları tarafından paylaşılmadığını, benim dışımda bir gerçeklikleri olmadığını düşünmeye başlıyordum. Arzularım artık bana mizacımın tamamen öznel, iktidarsız ve boş ürünleri gibi görünüyordu. O andan itibaren bütün cazibesini ve anlamını kaybeden gerçeklikle, tabiatla arzularım arasında hiçbir bağlantı kalmıyordu; tıpkı bir yolcunun trende vakit öldürmek için okuduğu romanın kurgusuyla içinde bulunduğu vagonun ilişkisi gibi, gerçekliğin hayatımla ilişkisi de, ona tesadüfi bir çerçeve oluşturmaktan ileri gitmiyordu.

Belki sadizmle ilgili kafamda oluşan, çok sonraları biçimlenen ilk fikrin kaynağı da, yine Montjouvain'in yakınında, birkaç yıl sonra yaşadığım ve o sırada aydınlığa kavuşmamış olan bir duyguydu. İleride de göreceğimiz gibi, bu duygunun hatırası, bambaşka nedenlerle hayatımda önemli bir rol oynayacaktı. O gün hava çok sıcaktı; annemle babam bütün gün Combray'de olmayacaklarından, bana eve istediğim kadar geç dönebileceğimi söylemişlerdi; ben de Montjouvain'in kiremit çatının yansımalarını seyretmekten hoşlandığım küçük gölüne gitmiş, evin arkasındaki bayırda, eskiden bir gün M. Vinteuil'ü ziyaret eden babamı beklediğim yerde, çalıların gölgesine uzanıp uyumuştum. Uyandığımda hava neredeyse tamamen kararmıştı; ayağa kalkmak üzereydim ki, tam karşımda, birkaç santimetre ötemde, babasının vaktiyle babamı ağırlamış olduğu, kızının şimdi kendi oturma odası olarak kullandığı odaya herhalde yeni girmiş olan Mlle Vinteuil'ü gördüm (tanıyabildiğim kadarıyla oydu; kendisini Combray'de pek seyrek, o da çocukken görmüştüm, oysa şimdi bir genç kız olmuştu). Pencere aralıktı, içeride lamba yanıyordu, o beni görmüyor, ben onun bütün hareketlerini görebiliyordum, ama yerimden kalkarsam çalıların çıtırtısını işitecek ve belki de oraya onu gözetlemek için saklandığımı düşünecekti.

Babası kısa bir süre önce öldüğü için matemdeydi. Biz kendisini ziyarete gitmemiştik; annem, iyiliğini sınırlayan tek şey olan bir erdem yüzünden, yani edebine aykırı düşeceği için gitmek istememişti, ama Mlle Vinteuil'e çok acıyordu. M. Vinteuil'ün önce kızına annelik ederek, çocuk bakıcılığı yaparak, sonra da kızının kendisine yaşattığı acılarla geçen ömrünün son yıllarını hatırlıyordu annem; yaşlı M. Vinteuil'ün son zamanlarda yüzünden hiç eksik olmayan ıstırabı tekrar görür gibi oluyordu; son yıllarında bestelediği eserlerin tamamını, yaşlı bir müzik hocasının, eski bir köy orgcusunun mütevazı bestelerini notaya dökmekten temelli vazgeçtiğini biliyordu; çoğu kâğıda bile geçirilmemiş olan, sadece hafızasında bulunan, bazıları ayrı ayrı kâğıtlara, okunması imkânsız şekilde not edilmiş, gün ışığına çıkmamaya mahkûm bu bestelerin kendi içlerinde hiçbir değerleri olmadığından emindik, ama kendisi için büyük değer taşıdığını ve kızı uğruna feda edilmeden önce, hayatının tek amacı olduklarını bildiğimizden, küçümsemiyorduk onları; annem M. Vinteuil'ün çok daha acı bir fedakârlığını, kızı için namuslu ve saygın bir mutlulukla dolu bir istikbal umudundan vazgeçişini de unutmuyordu; büyükteyzelerimin eski piyano hocasının bu en büyük üzüntüsünü hatırladıkça gerçek bir kedere gömülüyor, Mlle Vinteuil'ün, babasını neredeyse kendi elleriyle öldürmüş olmanın pişmanlığıyla karışık, kim bilir ne acı bir keder içinde olduğunu düşünüp dehşete kapılıyordu. "Zavallı M. Vinteuil" diyordu annem, "kızı için yaşadı, karşılığını göremeden, kızı için öldü. Ölümünden sonra alacak mı bu karşılığı, alırsa nasıl bir karşılık alacak? Ona bu karşılığı ancak kızı verebilir."

Mlle Vinteuil'ün oturma odasının karşı duvarındaki şöminenin üzerinde, babasının küçük bir resmi durmaktaydı; yaklaşmakta olan bir arabanın tekerlek sesleri duyulduğunda, hemen gidip bu resmi aldıktan sonra kendini bir kanepenin üzerine attı ve tıpkı bir zamanlar M. Vinteuil'ün annemle babama çalmak istediği parçayı yanı başına koyduğu gibi, bir sehpayı yanına çekip üzerine resmi yerleştirdi. Az sonra kız arkadaşı içeri girdi. Mlle Vinteuil onu yerinden kalkmadan, elleri başının arkasında kavuşmuş halde karşıladı ve yer açmak üzere, kanepenin bir ucuna kıvrıldı. Ama hemen ardından, bu davranışıyla arkadaşı için tedirgin edici olabilecek bir konumu ona dayatıyormuş gibi göründüğünü düşündü. Arkadaşının kendisinden uzakta bir iskemleye oturmak isteyebileceğini düşünüp kendini patavatsız buldu, hassas yüreği paniğe kapıldı; kanepeye tekrar boylu boyunca uzanıp gözlerini kapadı ve sırf uykusu geldiği için böyle uzanmış olduğunu belirtmek için, esnemeye koyuldu. Arkadaşına kaba, üstünlük kuran bir yakınlıkla davrandığı halde, babasının dalkavukça, mütereddit hareketlerini, ani kaygılarını onda da görmek mümkündü. Az sonra ayağa kalktı, panjurları kapatmak isteyip beceremiyormuş gibi yaptı.

"Açık bırak, hava sıcak" dedi arkadaşı. "Olur mu, dışarıdan görecekler" diye cevap verdi Mlle Vinteuil.

Ama hemen ardından, arkadaşının bu sözleri belirli bir cevap almak amacıyla söylenmiş sözler olarak yorumlayacağını tahmin etti muhtemelen; gerçekten de o cevabı duymayı istiyor, fakat kibarlıktan, telaffuz edilmesinin inisiyatifini arkadaşına bırakıyordu. Bu yüzden de, benim göremediğim bakışlarında, herhalde büyükannemin o çok hoşlandığı ifadeyle, derhal ekledi:

"Görecekler derken, kitap okurken görecekler demek istedim; insan ne kadar önemsiz bir şey yapıyor olsa da, görüldüğünü düşünmek çok tatsız."

Arzusunun gerçekleşmesi için zorunlu bulduğu, önceden düşünülmüş sözleri içgüdüsel bir asaletle, kendiliğinden bir nezaketle söylemiyordu. Benliğinin derinliğinde her an mevcut olan utangaç, yalvaran bakire kaba ve muzaffer savaşçıya yakarıyor, onu geri çekiyordu.

"Evet, bu kalabalık kırlarda, bu saatte seyrediliyor olmamız çok muhtemel" dedi arkadaşı alayla. "Hem ne olacak?" diye ekledi (Mlle Vinteuil'ün hoşlandığını bildiği bir metni ezbere okurcasına, iyilikle, alaylı olmasına çalıştığı bir ses tonuyla söylediği bu sözleri, hınzırca, sevecen bir göz kırpışıyla destekleyerek). "Görürlerse görsünler, daha iyi."

Mlle Vinteuil ürpererek ayağa kalktı. Kuruntulu ve hassas kalbi, duyularının arzuladığı sahneye kendiliğinden uyarlanması gereken sözleri bilmiyordu. Esas mizacından mümkün olduğu kadar uzakta, bürünmek istediği ahlaksız kız kimliğine uygun dili bulmaya çalışıyor, ama onun içtenlikle söyleyeceğini düşündüğü sözler, kendi ağzından çıkınca sahteleşirmiş gibi geliyordu kendisine. Söylemeye cesaret edebildiği tek tük sözleri de, her zamanki utangaçlığı kararsız cüretini felce uğrattığından, yapmacık bir ses tonuyla telaffuz ediyor, "Üşüyor musun, terliyor musun, yalnız kalıp kitap okumak ister miydin?" gibi sorular sıkıştırıyordu aralarına.

"Küçük hanımın kafasında bu akşam pek şehvetli düşünceler var galiba" dedi sonunda, herhalde daha önce arkadaşından duymuş olduğu bir cümleyi tekrarlayarak.

Kız arkadaşı krep bluzunun dekoltesine bir öpücük kondurunca, Mlle Vinteuil küçük bir çığlık atıp kaçtı; zıplayarak, giysilerinin bol kolları kanat çırparcasına havada uçuşarak, sevdalı kuşlar gibi kikirdeyip cıvıldaşarak birbirlerini kovalamaya başladılar. Sonunda Mlle Vinteuil kanepeye, arkadaşı da boylu boyunca onun üzerine düştü. Ne var ki, arkadaşının sırtı, eski piyano hocasının resminin bulunduğu sehpaya dönüktü. Mlle Vinteuil, kendisi dikkatini çekmezse, arkadaşının resmi görmeyeceğini anlayıp yeni fark etmiş gibi, dedi ki:

"Ah! Şu babamın resmi de bizi seyrediyor, kim koymuş o resmi oraya bilmem, kaç kere söyledim, yeri orası değil diye."

M. Vinteuil'ün de babama notalarla ilgili olarak aynı sözleri söylemiş olduğunu hatırladım. M. Vinteuil'ün resmi, kızıyla arkadaşı için, kutsal şeylere karşı çıkış ayinlerinde bir araç işlevi görüyor olmalıydı ki, arkadaşı, herhalde törenin cevaplarından biri olan şu sözlerle karşılık verdi:

"Canım, bırak olduğu yerde dursun, artık burada değil, bizi rahatsız edemez. Sence ihtiyar maymun seni böyle açık pencerenin karşısında görse mızıldanır, paltonu giydirmek ister miydi?"

Mlle Vinteuil, "Aa, ne ayıp!" diye tatlı tatlı sitem etti. Bu sözleri, babasından bu şekilde bahsedilmesinin kendisinde uyandırdığı öfkeyle söylenmiş oldukları için değil de (şüphesiz bu duygusunu böyle anlarda, kim bilir hangi safsataların yardımıyla bastırmayı alışkanlık edinmişti), bencil görünmek istemediğinden arkadaşının kendisine vermeye çalıştığı hazza kendi koyduğu bir sınır oldukları için, iyi yürekliliğini kanıtlıyordu. Ayrıca bu sövgülere cevap verirkenki güler yüzlü ılımlılığı, o riyakâr ve şefkatli sitemi, içten, iyi yürekli mizacına benimsemeye çalıştığı ahlaksızlığın sahte bir iyilikle dolu, özellikle alçakça bir şekli gibi görünüyor olabilirdi. Ne var ki, savunmasız bir ölüye karşı bu kadar acımasız olabilen bir insanın kendisine şefkat göstermesinden alacağı zevkin cazibesine direnemedi; bir sıçrayışta arkadaşının kucağına oturdu ve sanki onun kızıymışçasına, iffetli bir tavırla, öpülmek üzere alnını ona uzattı; böylelikle, M. Vinteuil'ün elinden mezarında bile babalığını almakla, zalimliğin doruğuna ulaştıklarını büyük bir hazla hissetti. Arkadaşı, Mlle Vinteuil'e duyduğu yoğun sevginin ve bu yetim kızın kedere boğulmuş hayatına bir eğlence getirme isteğinin kolaylaştırdığı bir uysallıkla, uzanan başı ellerinin arasına alıp alnına bir öpücük kondurdu.

"Bu iğrenç şeye ne yapmak istiyor canım, biliyor musun?" dedi, resmi eline alarak.

Sonra Mlle Vinteuil'ün kulağına eğilip işitemediğim bir şey söyledi.

"Yo, buna cesaret edemezsin!

—Ben mi cesaret edemeyeceğim buna tükürmeye? *Buna* ha?" dedi arkadaşı, kasıtlı bir acımasızlıkla.

Devamını duyamadım, çünkü Mlle Vinteuil bitkin, sarsak, meşgul, dürüst ve hüzünlü bir edayla kalkıp panjurları ve pencereyi kapadı; M. Vinteuil'ün kızı yüzünden hayatı boyunca çektiği onca ıstıraba ölümünden sonra kızından nasıl bir karşılık bulduğunu biliyordum artık.

Buna rağmen, M. Vinteuil'ün bu sahneye şahit olsa da, kızının iyi yürekliliğine olan inancının sarsılmayabileceğini, hatta bu konuda tamamen yanılmış da sayılamayacağını düşündüm sonradan. Hiç şüphesiz, Mlle Vinteuil'ün alışkanlıklarına görünürde öyle kusursuz bir kötülük hâkimdi ki, bu kadarına ancak bir sadistte rastlanabilirdi; bir kızın arkadaşını bütün hayatını kendisine adamış olan babasının resmine tükürmeye teşvik ettiğini gerçek bir kır evinin lambasının ışığında değil, bulvar tiyatrolarının ramp ışıklarında görürüz daha çok; melodram estetiğinin hayattaki tek temeli ise, sadizmdir. Gerçek hayatta, sadizm vakaları dışında bir kız ölü babasının hatırasına ve isteklerine saygıda Mlle Vinteuil kadar acımasızca kusur edebilir, ama bu tür davranışlarını, böylesine basit ve saf bir sembolizmle, kasıtlı olarak özetlemez; davranışındaki zalimlik başkaları için de, kötülüğü kendi kendine itiraf etmeden yapan kendisi için de, bu kadar açık seçik olmaz. Ama dış görünüşün ötesinde, Mlle Vinteuil'ün kalbindeki kötülük, en azından başlangıçta, katışıksız değildi şüphesiz. Onun gibi sadistler, kötülük sanatçılarıdırlar, oysa mutlak anlamda kötü olan biri, kötülük sanatçısı olamaz, çünkü kötülük onun dışındaki bir şey değildir, ona tamamen doğal görünür, hatta ondan ayırt edilemez; ayrıca böyle bir insan, fazilete, ölülerin anısına, evlat sevgisine bir saygı beslemediği için, bunları çiğnemekten de sapkın bir zevk alamaz. Mlle Vinteuil türü sadistler, öylesine duygusal ve özünde faziletlidirler ki, cinsel hazzı bile kötü bir şey, fesatların ayrıcalığı gibi görürler. Kendilerini bir an bu hazza bırakabilmek için de, fesat bir kimliğe bürünmeye, suçortaklarını kısacık bir an için, titiz ve sevecen ruhlarından sıyrılma yanılgısını yaşayacak şekilde, hazzın insanlıkla ilgisi olmayan dünyasına sokmaya çalışırlar. Mlle Vinteuil'ün bunu ne kadar istediğini, başarmasının ne kadar imkânsız olduğunu gördükçe anlıyordum. Babasıyla taban tabana zıt olmak istediği anda bana hatırlattığı şey, yaşlı piyano hocasının düşünme ve konuşma biçimiydi. Onun kutsallığını lekelediği, hazzı için bir araç olarak kullandığı, ama hazzıyla kendisi arasında kalan ve bu hazzı doğrudan tatmasını engelleyen şey, babasının fotoğrafından çok, yüzünün babasına benzerliğiydi, babasının kendisine annesinden miras kalmış, aile yadigârı bir mücevher gibi kızına vermiş olduğu mavi gözleriydi, Mlle Vinteuil'ün sapıklığıyla kendisi arasına, bu sapıklığa uygun olmayan ve onu genellikle kendini vakfettiği sayısız nezaket gereğinden çok farklı bir şey olarak algılamasına mani olan bir dil, bir zihniyet engeli koyan kibarca davranışlardı. Ona haz fikrini aşılayan, hoş gelen şey, kötülük değildi; hazzı kötü bir şey olarak görüyordu. Kendini hazza her bırakışında, bu haz beraberinde, diğer zamanlarda iffetli ruhunda mevcut olmayan kötü düşünceler getirdiği için de, sonuçta hazda şeytanca bir şeyler buluyor, onu Kötülük'le özdeşleştiriyordu. Belki de Mlle Vinteuil, arkadaşının özünde kötü olmadığı, kendisine o küfür dolu sözleri söylerken samimi olmadığı kanısındaydı. Ama hiç değilse, arkadaşının, sahte de olsalar, ahlaksızlıkları ve bayağılıklarıyla iyiliğe ve ıstıraba değil, zalimliğe ve hazza eğilimli bir insanın ifadelerine benzeyen tebessümler, bakışlar sergileyen yüzünü öpme zevkini tadıyordu. Bir an için de olsa, babasının hatırasına ilişkin gerçek duyguları bu kadar vahşi olan bir kızın kendisi kadar sapık bir suçortağıyla oynayacağı oyunları gerçekten oynadığını farz edebilirdi. Belki de, başkalarına yaşattığı ıstırap karşısında duyduğu, hangi adla anılırsa anılsın, zalimliğin korkunç ve sürekli bir şekli olan kayıtsızlığı herkeste olduğu gibi kendinde de görebilseydi, kötülüğün o kadar ender rastlanan, olağanüstü, şaşırtıcı, rahat ettirici bir hal olduğunu düşünmezdi.

Méséglise tarafına gitmek oldukça basitti, ama Guermantes tarafına gitmek bir meseleydi, çünkü uzun bir gezintiydi ve havanın bozmayacağından emin olmak gerekirdi. Hava üst üste birkaç gün güzel olacakmış gibi göründüğünde; "zavallı tarlalar"a bir damla yağmur düşmüyor diye umutsuzluğa kapılan ve sakin, mavi gökyüzünde süzülen tek tük beyaz bulutlardan başka şey göremeyen Françoise, inleyerek, "Şunlara bakın, dişlerini göstere göstere oynaşıp duran camgözler sanki! Zavallı çiftçilere biraz yağmur yağdırmayı düşündükleri mi var! Buğdaylar büyüyünce yağmur tıpır tıpır yağmaya başlar ama, sonra da hiç ara vermeden, denize mi, toprağa mı yağdığını bilmeden yağar durur artık" dediğinde; babam birkaç kez üst üste, hem bahçıvandan, hem de barometreden, aynı olumlu cevabı aldığında, akşam yemeğinde, "Yarın hava böyle olursa Guermantes tarafına gidelim" denirdi. Öğle yemeğinden hemen sonra, küçük bahçe kapısından Perchamps Sokağı'na çıkılırdı; iki üç yabanarısının bitki derlemek üzere bütün gün aralarında dolaştığı tahıllarla dolu, tuhaf özelliklerinin ve hırçın kişiliğinin kaynağı olarak gördüğüm adı kadar garip olan bu dar, sivri köşeli sokağı şimdi Combray'de aramak boşuna olur, çünkü eskiden bu sokağın olduğu yerde, şimdi okul binası yükselmekte. Ama benim hayal gücüm (Rönesans üslubunda bir vaiz kürsüsünün ve bir on yedinci yüzyıl altarının altında Romanesk bir koroyerinin izlerini görüp binanın tamamını on ikinci yüzyılda olması gerektiği şekilde restore eden, Viollet-le-Duc'ün öğrencisi mimarlar gibi), yeni yapıyı taş taş üstüne bırakmamacasına yıkıyor ve Perchamps Sokağı'nı ortaya çıkarıp "restore" ediyor. Hayal gücüm, restorasyon mimarlarının genellikle bulabildiğinden daha kesin verilere sahip: Çocukluğumdaki Combray'nin hafızam tarafından korunmuş, yakında yok olmaya mahkûm, hâlâ var olan son görüntüleri belki de; yok olmadan önce bizzat eski Combray tarafından benliğime kaydedildikleri için de, –mütevazı bir portre, büyükannemin röprodüksiyonlarını bana hediye etmekten hoşlandığı o harika portrelerle karşılaştırılabilirse eğer– Leonardo'nun şaheserini ve San Marco Bazilikası'nın ana kapısını artık var olmayan halleriyle gördüğümüz o eski *Son Akşam Yemeği* gravürleri ve Gentile Bellini'nin tablosu gibi duygulandırıcı görüntüler.

L'Oiseau Sokağı'nda, on yedinci yüzyılda, senyörlerin çiftçilerle aralarındaki bir anlaşmazlık yüzünden, bir derebeylik sözleşmesi meselesi için ara sıra Combray'ye gelmeleri gerektiğinde, avlusuna Montpensier, Guermantes ve Montmorency düşeslerinin saltanat arabalarının girdiği, eski L'Oiseau Flesché Oteli'nin önünden geçerdik. Sonra, ağaçlarının arasından Saint-Hilaire'in çan kulesinin göründüğü gezinti yoluna gelirdik. Orada oturup bütün gün çan seslerini dinleyerek kitap okumak isterdim; o kadar güzel, o kadar huzurlu bir yerdi ki, çanlar saat başlarını çaldığında, sanki günün sükûnetini bölmeyip arındırır, çan kulesi, yapacak başka hiçbir işi olmayan bir insanın gevşek ve özenli şaşmazlığıyla, –ısının ağır ağır, doğallıkla biriktirdiği birkaç altın damlasını sıkıp akıtmak için– gerektiğinde dolgun sessizliği sıkıştırırdı.

Guermantes tarafının en cazip yanı, gezintimiz boyunca Vivonne Nehri'nin yatağını hemen hiç terk etmeyişimizdi. Evden çıktıktan on dakika sonra, Pont-Vieux adı verilen bir yaya köprüsünden nehrin karşı tarafına geçerdik. Combray'ye vardığımızın hemen ertesi günü, Paskalya yortusunda, hava güzelse vaaz biter bitmez küçük köprüye koşar, evlerde, hâlâ ortalıktaki birkaç temizlik gerecinin şatafatlı hazırlıklar nedeniyle her zamankinden kirli göründüğü bayram sabahı kargaşasında, henüz siyah ve çıplak olan toprakların arasında şimdiden gök mavisine bürünmüş akan, sadece vaktinden önce gelmiş bir grup gugukkuşunun ve erkenci çuhaçiçeklerinin eşlik ettiği, mavi alevli, tek tük birkaç menekşenin külahlarında taşıdıkları koku damlasının ağırlığıyla saplarını eğdikleri nehri seyrederdim. Pont-Vieux'nün öbür ucundaki, teknelerin çekildiği patikanın köprüye yakın kısmı yaz mevsiminde altında hasır şapkalı bir balıkçının kök saldığı fındık ağacının mavimsi yapraklarıyla örtülürdü. Zangoç üniformasının içindeki nalbantı, beyaz koro üyesi üstlüğünün altındaki bakkal çırağını mutlaka tanıdığım Combray'de bu balıkçı, kimliğini asla öğrenemediğim tek kişidir. Annemle babamı tanıyor olmalıydı, çünkü biz geçerken şapkasını çıkarıp selam verirdi; bunun üzerine ben adını sormak isterdim, ama balığı korkutmayayım diye, işaretlerle sustururlardı beni. Nehri epeyce yüksekten izleyen, teknelerin çekildiği patikaya girerdik; nehrin karşı yakası, köye ve uzaktaki istasyona kadar, alçak, geniş çayırlar halinde uzanırdı. Ortaçağda, Guermantes senyörlerinin ve Martinville başrahiplerinin saldırılarına karşı Vivonne Nehri'ni savunma amacıyla kullanan eski Combray kontlarının şatosunun yarı yarıya otlara gömülmüş kalıntılarına rastlanırdı bu çayırlarda. Şatodan geriye, zar zor seçilebilen, yamrı yumru birkaç kule parçası, bir zamanlar kundaklı yayla silahlanmış bir askerin tepesinden aşağıya taşlar attığı, üzerinde duran nöbetçinin Novepont'u, Clairefontaine'i, Martinville-le-Sec'i, Bailleau-l'Exempt'ı gözetim altında tuttuğu birkaç mazgal kalmıştı sadece; eskiden hepsi Combray'yi çepeçevre kuşatan Guermantes derebeyliğine bağımlı topraklar olan bu yerleşimler çoktan yerle bir olmuş, çimenlerin üzerinde ders çalışmaya veya ders aralarında oyun oynamaya gelen papaz okulu öğrencilerinin hâkimiyeti altına girmişti – neredeyse toprağa gömülmüş, biraz serinlemek isteyen bir gezgin gibi su kenarına uzanmış olan bu geçmiş beni düşüncelere gark eder, Combray adına şimdiki küçük kasabanın yanı sıra ondan çok farklı bir kent eklememe sebep olur, sarı düğünçiçeklerinin altında gizlenen anlaşılmaz, eski çehresiyle zihnimi meşgul ederdi. Yumurta sarısı rengindeki düğünçiçekleri çimenlerin üzerinde tek başlarına veya ikişer üçer, gruplar halinde oynamak için seçtikleri bu bölgede çok kalabalıktılar; onları seyretmenin verdiği hazzı damağımla tadamayacağımdan, hazzın tamamını çiçeklerin altın yaldızlı yüzeylerinde toplardım; sonunda bu haz iyice güçlenip işlevsiz güzelliğe dönüştüğü için, çiçekler olduklarından da parlak görünürlerdi gözüme; daha küçücük bir çocukken bile bu böyleydi; o zamanlar, bayırdaki patikada durup düğünçiçeklerine, belki asırlar önce Asya'dan gelerek temelli köye yerleşmiş olan, bu mütevazı ufuktan memnun, güneşi ve su kenarını seven, istasyon manzarasına bağlı, ama kimi eski resimlerimiz gibi halka özgü yalınlıklarıyla şairane bir Doğu şaşaasını hâlâ koruyan, Fransız peri masallarındaki prensleri hatırlatan adlarını tam olarak telaffuz edemediğim düğünçiçeklerine kollarımı uzatırdım.

Çocukların küçük balıkları avlamak için Vivonne Nehri'ne attıkları, içlerini de dolduran nehir suyuyla çepeçevre kuşatılmış sürahileri seyrederdim; katılaşmış bir suyu andıran saydam yüzeyleriyle aynı anda hem "muhtevi", hem de sıvı ve akışkan bir billurun içindeki "muhteva" olan bu sürahiler, kurulu bir sofra üzerindeki duruşlarına kıyasla daha lezzetli ve kışkırtıcı bir serinlik duygusu uyandırırlardı içimde, çünkü arzuladığım serinliği elle yakalanmasına imkân tanımayan oynak suyla damağın tatmasına imkân tanımayan katı cam arasında sürekli tekrarlanan bir kaçış halinde gösterirlerdi. Aynı yere daha sonra oltalarla gelmeye karar verirdim kendi kendime; ikindi kahvaltısı için yanımızda getirdiğimiz yiyeceklerden biraz ekmek alıp yuvarlayarak Vivonne Nehri'ne atardım; suda adeta bir aşırıdoyma meydana gelir, su birdenbire herhalde o âna kadar eriyik durumunda, kristalleşmeye hazır tuttuğu, görünmez, aç iribaşlardan oluşan oval salkımlar halinde ekmeklerin etrafında yoğunlaşırdı.

Az ileride, Vivonne Nehri'nin yatağı su bitkileriyle tıkanırdı. Önce tek tek bitkiler görülürdü, örneğin bir nilüfer, talihsiz bir tesadüfle yerleştiği ters akıntı yüzünden bir türlü rahat edemez, otomatik hareketli bir feribot gibi, bir kıyıya ulaştığı anda hemen karşı kıyıya döner, sonsuza dek bu gidiş dönüş yolculuğunu tekrarlardı. Kıyıya doğru itilirken sapı açılır, uzar, gerilebileceği kadar gerilirdi, kıyıya değdiği anda tekrar akıntıya kapılan yeşil halat kıvrılır, bir saniye bile orada kalmayıp aynı manevrayla tekrar harekete geçtiğinden, zavallı bitkiyi varış değil, kalkış noktası diyebileceğimiz noktaya götürürdü yine. Her gezintimizde aynı durumda bulduğum nilüfer, büyükbabamın Léonie Hala'mı da aralarına kattığı nevrozlu hastaları hatırlatırdı bana; bunlar, yıllar yılı, hep kurtulmak üzere olduklarını zannettikleri ve hep korudukları garip alışkanlıkların değişmez görüntüsüyle çıkarlar karşımıza; kaygılarının ve saplantılarının çarkına kapılmışlardır ve bu çarkın dışına çıkmak için çırpınmaları, sadece çarkın işleyişini sürdürmeye, önüne geçilemeyen, tuhaf ve uğursuz perhizlerini harekete geçirmeye yarar. Nevrozlu hastalara benzeyen nilüferin hatırlattığı bir başka şey de, ebediyen tekrarlanan benzersiz işkenceleriyle Dante'nin merakını cezbeden zavallılardı; tıpkı beni peşlerinden koşmaya mecbur eden annemle babamın yaptığı gibi, Vergilius da iri adımlarla uzaklaşmasa, Dante onu yakalamak zorunda kalmaz, işkencenin özelliklerini ve sebebini, bütün ayrıntılarıyla bizzat o zavallılara anlattırırdı.

Ama biraz ileride nehrin akışı yavaşlardı; ırmağın içinden geçtiği arazinin su bitkileri yetiştirmekten hoşlanan sahibi, Vivonne'un oluşturduğu küçük gölleri birer nilüfer bahçesine dönüştürmüş ve halka açmıştı. Bu bölgede kıyılar sık ağaçlarla kaplı olduğundan, ağaçların geniş gölgeleri suyu genellikle koyu yeşile boyardı, ama bazen, fırtınalı bir öğle sonrasını izleyen sakin akşamlarda eve dönerken, su bölmeli Japon minelerine benzer, mora çalan, çiğ bir açık maviye bürünmüş olurdu. Suyun yüzeyinde, ortası lal rengi, kenarları beyaz tek tük nilüferler çilek gibi kızarırlardı. Daha uzakta çok sayıda bulunan çiçekler daha soluk renkli, daha mat, daha taneli, daha çok kıvrımlıydılar; tesadüfen öyle zarif sarmallar çizerlerdi ki, akıntıya kapılmış giden, bir kır sefasının hüzünlü dağılışını hatırlatan, çözülmüş katmerli gül çelenklerini andırırlardı. Bir başka köşe, frenkmenekşesinin bir ev kadını titizliğiyle, porselen gibi yıkanmış, tertemiz beyazını ve pembesini sergileyen, daha yaygın nilüfer türlerine ayrılmıştı adeta; biraz ötedeyse, yüzen bir çiçek tarhı halinde, birbirine bitişik nilüferler, mavimsi ve cilalı kanatlı kelebekler gibi bu su tarhının saydam eğimi üzerine konmuş menekşeleri hatırlatırdı; aynı zamanda bir gökyüzü tarhıydı bu, çünkü çiçeklere kendi renklerinden daha çarpıcı, daha ilahi renkte bir zemin sağlardı; bu tarh ister öğleden sonra nilüferlerin altında, dikkatli, sessiz ve hareketli bir mutluluğun rengârenk ışıltısıyla yansın, ister akşama doğru uzaktaki bir liman misali, güneş batışının pembesine ve hayallerine bürünerek, daha sabit tonlardaki çiçek taçlarının etrafında, zamanın en derin, en ele geçmez, en esrarengiz –yani sonsuz– yanıyla sürekli bir uyum halinde olabilmek için durmadan değişsin, üstündeki çiçekler daima gökyüzünün ortasında açmış gibi bir izlenim uyandırırdı.

Bu parktan çıkıldığında, Vivonne Nehri yine akmaya başlardı. Kürekleri bırakıp kayığının içine sırtüstü yatmış, kayığı nehrin akıntısına bırakmış, ağır ağır tepesinden geçen gökyüzünden başka hiçbir şey görmeyerek, çehresinde mutluluğun ve huzurun önsezisiyle yol alan bir kürekçiyi kim bilir kaç kere görmüş, kendi keyfimce yaşayabileceğim zaman onu taklit etmeyi istemişimdir!

Suyun kenarındaki süsenlerin arasına otururduk. Aylak bir bulut tatildeki gökyüzünde uzun uzun oyalanırdı. Ara sıra, sıkıntıdan bunalmış bir sazan, kaygılı bir özlem içinde sudan dışarı çıkardı. İkindi kahvaltısı vakti gelirdi. Tekrar yola koyulmadan önce uzun uzun çimenlerde oturup meyve, ekmek ve çikolata yerdik; Saint-Hilaire'in çan sesleri, yatay ve zayıflamış olarak, ama hâlâ yoğun ve metalik bir tınıyla bize kadar ulaşır, onca zamandır içinden geçtiği havaya karışmayıp, tek tek bütün ses dalgalarının birbirini izleyen titreşimleriyle, ayaklarımızın dibindeki çiçekleri yalar geçerdi.

Bazen ormanlarla çevrelenmiş nehrin kıyısında, tek başına, her şeyden uzak, duvarlarını yalayan nehirden başka hiçbir şeyi görmeyen bir kır evine rastlardık. Düşünceli çehresi ve şık tülleri yöreye ait olmayan, herhalde oraya yaygın deyimle "kapanmaya", kendi adını ve bilhassa kalbini elinde tutmayı başaramadığı kişinin adını orada kimseciklerin bilmediğinden emin olmanın acı zevkini tatmaya gelmiş olan genç bir kadın, kapının önüne bağlı bir kayıktan ötesini göremediği pencerede belirirdi. Kıyıdaki ağaçların arkasından geçen insanların seslerini duyunca dalgın bir edayla başını kaldırırdı; bu insanların hayatlarında o vefasız şahsı hiç tanımadıklarını ve tanımayacaklarını, geçmişlerindeki hiçbir şeyin onun damgasını taşımadığını ve gelecekte de taşımayacağını daha yüzlerini bile görmeden, kesin olarak bilirdi. Genç kadının bu vazgeçiş içinde sevdiğini en azından görebileceği yerleri bırakıp onu hiç görmemiş yerlere isteyerek geldiği hissedilirdi. Sevdiğinin geçmeyeceğini bildiği bir yolda yaptığı yürüyüşten dönerken onu görür, gereksiz zarafetteki uzun eldivenlerini, kaderine boyun eğmiş ellerinden çıkarışını seyrederdim.

Guermantes tarafına yaptığımız gezintilerin hiçbirinde Vivonne Nehri'nin kaynağına kadar gidemedik; bu kaynağı sık sık düşünürdüm, varlığı benim nazarımda o kadar soyut ve zihinseldi ki, il sınırları içinde, Combray'den şu kadar kilometre uzakta bulunduğunu öğrenmek, yeryüzünün bir başka belirli noktasında, eski çağlarda, Cehennem'in kapısının bulunduğunu öğrenmek kadar şaşırtmıştı beni. Benim varmayı çok istediğim bir sınıra, Guermantes'a da bu gezintilerin hiçbirinde ulaşamadık. Guermantes Şatosu sahiplerinin, yani Guermantes Dükü'yle Düşesi'nin orada oturduklarını, o anda var olan gerçek kişiler olduklarını biliyordum, ama onları her düşündüğümde, daima Merovenj döneminin esrarıyla ve tıpkı bir güneş batışındaki gibi, "-antes" hecesinden yayılan turuncumsu ışıkla sarmalanmış olarak canlandırıyordum kafamda: Bazen kilisemizde, "Ester'in Taç Giyme Töreni" adlı tasvirde görünen Guermantes Kontesi gibi bir duvar halısına işlenmiş oluyorlar, bazen, ben vaftiz kurnasına yakınsam lahana yeşiline, iskemleme yakınsam mor maviye bürünen, vitraydaki Kötü Gilbert gibi değişik tonlara bürünüyorlar, bazen de Guermantes ailesinin atalarından Brabant'lı Genoveva'nın sihirli fenerin odamın perdelerinde gezdirdiği veya tavana tırmandırdığı görüntüsü gibi katiyen elle tutulamıyorlardı. Buna rağmen, Guermantes'lar, dük ve düşes sıfatıyla, tuhaf olsalar da gerçek insanlardılar benim gözümde; oysa düklükleri, dükü ve düşesi oldukları Guermantes'ı, güneşli "Guermantes tarafı"nın tamamını, Vivonne Nehri'nin kaynağını, nilüferlerini, ulu ağaçlarını ve sayısız güneşli öğle sonrasını kapsayacak şekilde, ölçüsüzce genişliyor, soyutlaşıyordu. Ayrıca sadece Guermantes Dükü ve Düşesi unvanını taşımadıklarını, eski senyörlerini yenmeye çalışıp başaramayınca on dördüncü yüzyılda evlilik yoluyla edindikleri Combray Kontu unvanını da taşıdıklarını, dolayısıyla, Combray'de oturmayan ilk ve tek Combray'liler olduklarını da biliyordum. Combray Kontu'ydular, ismen, şahsen, Combray'nin sahipleriydiler, şüphesiz Combray'ye özgü o garip ve sofu hüznü içlerinde barındırıyorlardı; kentin sahibiydiler, ama belirli bir evin sahibi değildiler, herhalde onlar da, Camus'ye tuz almaya giderken kafamı kaldırdığım takdirde, Saint-Hilaire Kilisesi'nin apsis vitraylarında ancak siyah lakayla boyanmış arka yüzünü görebildiğim Gilbert de Guermantes gibi, dışarıda, sokakta, yeryüzüyle gökyüzünün arasında bir yerde yaşıyorlardı.

Sonraları, Guermantes tarafında, ara sıra koyu renk çiçek salkımlarının tırmandığı çitlerle çevrili, küçük, sulak arazilere rastlamaya başladım. Çok değerli bir bilgiyi ele geçirdiğimi düşünerek bu çitlerin önünde dururdum, çünkü en sevdiğim yazarlardan birinin tasvirlerini okuduktan sonra görmeyi çok arzuladığım o ırmak coğrafyasının bir parçasının karşısındaymışım gibi gelirdi bana. Doktor Percepied'nin bize Guermantes Şatosu'nun bahçesindeki çiçeklerden, güzel pınarlardan bahsetmesiyle zihnimdeki görüntüsü değişen Guermantes, işte bu coğrafyayla, onun, köpüklü ırmaklar tarafından sulanan hayali toprağıyla özdeşleşti. Mme de Guermantes'ın aniden bana sevdalanıp beni çağırttığını hayal ediyordum; bütün gün birlikte alabalık tutuyorduk. Akşam olduğunda da, elimden tutuyor, vasallara ait küçük bahçelerin önünden geçerken, alçak duvarlara yaslanmış ince uzun, mor ve kırmızı çiçekleri gösterip isimlerini söylüyordu. Yazmayı düşündüğüm şiirlerin konularını anlattırıyordu bana. Bu tahayyüller, ileride yazar olmayı istediğime göre, ne yazmak istediğimi artık bilmem gerektiği konusunda beni uyarıyordu. Ama bu konuyu düşünmeye başladığım anda, ölçülemeyecek kadar değerli bir felsefi anlamı içinde barındırabilecek bir konu bulmaya çalıştığımda, zihnim duruyor, dikkatimi yoğunlaştırdığım yerde bir boşluktan başka şey göremiyor, yaratıcı dehaya sahip olmadığımı ya da belki bir beyin hastalığının bu dehanın doğmasına izin vermediğini hissediyordum. Bazen bu sorunu babamın çözeceğini düşünüyordum. Babam o kadar nüfuzlu, mevki sahibi insanlar nezdinde o kadar hatırlıydı ki, hayat ve ölüm yasalarından daha kaçınılmaz yasalar olarak görmeyi Françoise'dan öğrendiğim yasalardan bile muaf tutulmamızı, örneğin, mahallede bir tek bizim evin "yenileme" çalışmalarının bir yıl geciktirilmesini, bakanla görüşüp, kaplıcalara gitmek isteyen Mme Sazerat'nın oğlunun bakalorya sınavına soyadları *S* harfiyle başlayan grubun sırasını beklemeden, *A* harfiyle başlayan adaylarla birlikte, iki ay önceden girmesini sağlardı. Ağır bir hastalığa yakalansam ya da haydutlar tarafından kaçırılsam, babamın yüce güçlerle sıkı ilişkileri ya da yüce Tanrı katındaki karşı konulmaz tavsiye mektupları sayesinde, hastalığımın veya esaretimin, benim için tehlikesiz, önemsiz ve göstermelik olacağından hiç kuşku duymaz, gerçekliğe kaçınılmaz dönüşün, iyileşme veya kurtarılma vaktinin gelmesini beklerdim sakin sakin; bendeki bu deha eksikliği, ileride yazacaklarımın konusunu aradığımda zihnimde açılan o kara delik de, gerçeklikten yoksun bir yanılsamadan ibaret olabilir, hükümetle ve Tanrı'yla, çağımızın bir numaralı yazarı olacağım konusunda herhalde anlaşmış olan babamın bir müdahalesiyle son bulabilirdi. Ama bazen de annemle babam benim geride kalıp onları izlemediğimi görerek sabırsızlandıklarında, o andaki hayatım, babamın keyfince değiştirebileceği, suni bir yaratısı gibi değil, aksine benim için düzenlenmemiş, itiraz kabul etmeyen, müttefiksiz, tek başıma ortasında bulunduğum ve kendi ötesinde herhangi bir şeyi gizlemeyen bir gerçekliğin içindeymiş gibi görünüyordu gözüme. O zaman bana diğer insanlarla aynı şekilde var oluyormuşum, onlar gibi yaşlanıp ölecekmişim ve onların arasında, yazarlık yeteneği olmayanlardan biriymişim gibi geliyordu. Bu yüzden de cesaretim kırılıyor, Bloch'un yüreklendirici sözlerine rağmen, edebiyattan temelli vazgeçiyordum. Tıpkı iyilikleri herkes tarafından övülen kötü bir adam için vicdan azabının ağır basması gibi, benim düşünce boşluğuma ilişkin bu mahrem ve dolaysız hissiyatım da bana yöneltilebilecek iltifatların hepsine ağır basıyordu.

Bir gün annem, "Sürekli Mme de Guermantes'tan söz ediyordun, Doktor Percepied ona dört yıl önce, hastalandığında çok iyi baktığı için düşes doktorun kızının düğününe, Combray'ye gelecekmiş. Düğün töreninde göreceksin Mme de Guermantes'ı" dedi. Zaten Mme de Guermantes'ı en çok Doktor Percepied'den dinlemiştim, hatta doktor bize, resimli bir dergide Mme de Guermantes'ın resmini de göstermişti; düşes üzerinde Léon Prensesi'nin kıyafet balosuna giydiği kostümle resmedilmişti.

Kilisedeki düğün töreninde, Missa ayini sırasında zangoç yer değiştirince, ansızın şapellerden birinde oturan, sarışın bir hanım gördüm; iri bir burnu, mavi gözleri, keskin bakışları, eflatun, kaygan, yepyeni, parlak ve kabarık bir fuları, burnunun kenarında da ufak bir sivilcesi vardı. Sıcaktan alev alev olmuş izlenimi uyandıran kırmızı yüzünde bulanık ve belli belirsiz de olsalar, bana gösterilmiş olan portreyle kısmi benzerlikler bulduğum, özellikle de kendine has yüz hatlarını tarif etmek istediğimde aynı Doktor Percepied'nin Guermantes Düşesi'ni tasvir ederken kullanmış olduğu ifadelerle, büyük bir burun, mavi gözler diye tanımladığım için, kendi kendime, "Bu hanım Mme de Guermantes'a benziyor" diye düşündüm; düşese benzettiğim hanımın ayin sırasında oturduğu şapel Kötü Gilbert'in şapeliydi, bal peteği gibi altın sarısı, yaygın, düz mezar taşlarının altında eski Brabant kontlarının yattığı bu şapel, hatırladığım kadarıyla Guermantes ailesinin bir tören için Combray'ye gelen üyelerine ayrılmış olan şapeldi; Mme de Guermantes'ın portresine benzeyen ve tam o gün, onun bu şapele geleceği gün orada bulunan ancak bir tek kadın olabilirdi, o da Mme de Guermantes'ın kendisiydi! Büyük bir hayal kırıklığı yaşadım. Hayal kırıklığımın sebebi, Mme de Guermantes'ı düşünürken, onu hep bir duvar halısının ya da vitrayın renklerinde, bir başka yüzyılda, yaşayan diğer insanlardan farklı bir biçimde gözümde canlandırdığımı hiç fark etmemiş olmamdı. Mme de Guermantes'ın da Mme Sazerat gibi kırmızı bir yüzü, eflatun bir fuları olabileceği hiç aklıma gelmemişti; yanaklarının oval çizgisi evimizde görmüş olduğum insanları o kadar hatırlattı ki bana, hemen dağılan bir anlık bir şüpheye, bu hanımın kaynağında, özünde, bütün molekülleriyle belki de Guermantes Düşesi olmadığı, kendisine verilen isimden haberi olmayan bedeninin hekim ve tüccar eşlerini de kapsayan, belirli bir kadın türüne ait olduğu kuşkusuna kapıldım. "Buymuş, Mme de Guermantes buymuş!" diye tercüme edilebilecek dikkatli ve şaşkın bir ifadeyle izlediğim görüntünün aynı Mme de Guermantes ismiyle birlikte hayallerimde kim bilir kaç kez karşıma çıkan görüntülerle doğal olarak hiçbir ilgisi yoktu, çünkü bu görüntü diğerleri gibi keyfi bir biçimde benim tarafımdan oluşturulmamış, ilk olarak daha birkaç saniye önce, kilisede çıkıvermişti karşıma; onlarla aynı nitelikte değildi, bir hecenin turuncu tonuyla sarmalanabilen görüntüler gibi, arzuya göre renklendirilemiyordu; aksine, o kadar gerçekti ki, burnun kenarında çıkmış olan sivilceye varıncaya kadar her şeyi, bu görüntünün hayatın yasalarına tabi olduğunu kanıtlıyordu; tıpkı tiyatroda bir dönüşüm sahnesinde, biz karşımızdakinin bir ışık oyunu olabileceğinden şüphelendiğimiz sırada, peri kızının elbisesinde bir kırışmanın veya küçük parmağının hafifçe titremesinin canlı bir kadın oyuncunun maddi varlığını ele vermesi gibi.

Bir yandan da, iri burnun ve delici bakışların (belki ben daha karşımdaki kadının Mme de Guermantes olabileceğini düşünmeye vakit bulamadan görüş alanıma ilk girenler, ilk kancayı atanlar onlar oldukları için) gözlerimde sabitlediği bu yepyeni, değişmez görüntüyle "Bu hanım, Mme de Guermantes" fikrini eşleştirmeye çalıştıkça, fikri görüntünün karşısında, sanki ikisi bir boşlukla birbirinden ayrılmış iki ayrı düzlemmişçesine hareket ettirebiliyordum sadece. Ama kim bilir kaç kez hayalini kurduğum Mme de Guermantes, şimdi gerçekten benim dışımda var olduğunu gördüğüm için, hayal gücüm üzerinde daha da güçlü bir hâkimiyet kurdu; beklediğinden bu kadar farklı bir gerçeklikle temas edince bir an felce uğrayan hayal gücüm tepki göstermeye, bana şöyle demeye başladı: "Charlemagne'dan önce şan ve şöhret kazanmış olan Guermantes'ların vasallarının hayatı ve ölümü hakkında karar vermeye yetkileri vardı; Guermantes Düşesi, Brabant'lı Genoveva'nın soyundan gelmiştir. Burada bulunan insanların herhangi birini ne tanır, ne de tanımaya tenezzül eder."

Ve Mme de Guermantes şapelde, atalarının mezarları üzerinde otururken –çehreye upuzun, son derece gevşek ve esnek bir iple bağlı olduklarından, tek başlarına, ondan uzakta dolaşabilen insan bakışlarının o harikulade bağımsızlığı sayesinde– bakışları gelişigüzel geziniyor, sütunlara tırmanıyor, hatta sahında dolaşan bir güneş ışını gibi, ama okşayışını hissettiğim an bana bilinçli görünen bir güneş ışını gibi, benim üzerimde bile duruyordu. Mme de Guermantes'ın kendisine gelince, oyun oynarken tanımadığı insanlara seslenen çocuklarının şeytanca cüretlerini, ölçüsüz hareketlerini görmezlikten gelen bir anne gibi kıpırtısız oturduğundan, ruhunun aylaklığı içinde, gezip tozan bakışlarının onaylamakta mı, yoksa kınamakta mı olduğunu anlamak, benim için imkânsızdı.

Gitmeden önce kendisini yeterince seyredebilmek bana çok önemli geliyordu, çünkü yıllardır onu görmeyi ne kadar arzuladığımı hatırlıyordum; sanki her bakışım o iri burnun, kırmızı yanakların, bana çehresi hakkında değerli, gerçek ve özel bilgiler gibi gelen bütün özelliklerin hatırasını maddeten taşıyıp içime yerleştirebilirmiş gibi, gözlerimi ondan ayırmıyordum. Artık bu çehreye ilişkin bütün düşüncelerim –belki özellikle de, en olumlu yanlarımızı koruma içgüdüsünün bir şekli olan asla hayal kırıklığına uğramama arzusu– bana onu güzel gösterdiğinden, bedenini etiyle kemiğiyle görüp bir an yanılarak insanlığın geri kalanıyla karıştırdığım bu kadını (o ve o âna kadar kafamda canlandırdığım Guermantes Düşesi aslında bir tek kişi olduklarına göre), yine diğer insanlardan ayırdığım için, çevremdekilerin, sanki o başkalarıyla kıyaslanabilirmiş gibi, "Düşes, Mme Sazerat'dan, Mlle Vinteuil'den daha güzel" dediklerini duydukça sinirleniyordum. Bakışlarımı düşesin sarı saçlarına, mavi gözlerine, boynunun kıvrımına kilitliyor, bana başka çehreleri hatırlatabilecek çizgileri atlıyor ve bilerek tamamlanmamış bu portre karşısında, "Ne kadar güzel!" diye haykırıyordum kendi kendime. "Bu ne asalet! Karşımdaki, gerçekten de Brabant'lı Genoveva'nın torunu, soylu bir Guermantes!" Bütün dikkatimi yoğunlaştırarak aydınlattığım çehresini diğer yüzlerden öylesine tecrit etmiştim ki, şimdi o töreni düşündüğümde, düşes ve bu hanımın Mme de Guermantes olup olmadığını sorup olumlu cevap aldığım zangoç dışında, törene katılanlardan hiç kimse gelmiyor gözümün önüne.

Ama düşesi görebiliyorum; özellikle de, rüzgârlı ve fırtınalı günlere özgü, bir görünüp bir kaybolan sıcak güneşin aydınlattığı ayin eşyaları bölmesinden geçildiği sırada, Mme de Guermantes'ın ismini bile bilmediği, ama düşük seviyeleriyle düşesin üstünlüğünü adeta haykırarak ilan ettikleri için, samimi bir iyi niyet beslediği ve zaten iyiliğiyle, sadeliğiyle saygılarını daha da fazla toplayacağı bütün o Combray'li insanların arasındaki görüntüsü hâlâ canlı hatıramda. Etrafa tanıdık birine yöneltilen, belirli bir anlamla yüklü, kasıtlı bakışlar yöneltemediğinden, dağınık düşünceleri içinde tutamadığı mavi bir ışık seli halinde durmadan dışarı taşıyor, düşes bu mavi ışığın her an değdiği sıradan insanları rahatsız etmesini, küçümsermiş gibi görünmesini istemiyordu. İpeksi, kabarık eflatun fularının üzerindeki gözlerinde okunan tatlı, hafif şaşkınlığı ve ona eklediği hafif çekingen tebessümü hâlâ görür gibiyim. Belirli birine yöneltmeye cesaret edemese de herkes payına düşeni alsın diye ortaya sunduğu, vasallarından özür dileyen ve onları seven bir senyöre özgü bu tebessüm benim düşese kenetlenmiş olan gözlerimle de karşılaştı. O zaman, ayin sırasında, Mme de Guermantes'ın Kötü Gilbert'in vitrayından süzülmüş mavi bir güneş ışınını andıran bir bakışının üzerimde bir an durmuş olduğunu hatırlayıp, "Herhalde benimle ilgileniyor" diye düşündüm. Benden hoşlandığını, kiliseden çıktıktan sonra da beni düşüneceğini, belki akşam Guermantes'ta benim yüzümden biraz hüzünleneceğini sandım. Ve o anda düşese âşık oldum, çünkü nasıl ki bazen bir kadına âşık olmamız için bize Mlle Swann'ın bana bakışında gördüğümü zannettiğim bir aşağılamayla bakması, ona asla sahip olamayacağımızı düşünmemiz yeterli olursa, bazen de Mme de Guermantes gibi iyilikle bakması, ona sahip olabileceğimizi düşünmemiz, ona âşık olmamıza yeter. Gözleri, koparılması imkânsız olsa da, sadece bana sunduğu bir cezayirmenekşesi gibi maviydi; bir bulutun tehdit ettiği, ama yine de bütün gücüyle meydana ve ayin eşyaları bölmesine oklarını yağdıran güneş, tören için yere serilmiş kırmızı halıları sardunya tonlarına boyuyor, Mme de Guermantes'ın üzerlerinde gülümseyerek ilerlediği yünlü halılara kadifemsi bir pembelik, ışıktan bir üsttabaka ekliyor, *Lohengrin*'in kimi pasajlarıyla Carpaccio'nun kimi resimlerine özgü, Baudelaire'in, trompet sesini niçin harikulade sıfatıyla tanımladığını anlamamızı sağlayan, görkem ve neşeyle sarmalanmış bir sevgi, ağırbaşlı bir yumuşaklık katıyordu.

O günden itibaren, Guermantes tarafında yaptığım gezintilerde, edebiyata kabiliyetim olmaması, ünlü bir yazar olma hayalimden temelli vazgeçmek zorunda oluşum bana eskisinden de acıklı gelmeye başladı. Gruptan biraz ayrılıp tek başıma hayallere daldığımda buna öyle üzülüyordum ki, zihnim bu ıstırabı yaşamamak için, adeta acı karşısında kendiliğinden kilitlenerek şiirlere, romanlara, yeteneksizliğim nedeniyle asla gerçekleşemeyecek olan, parlak bir şairlik istikbali düşüncesine yönelmeyi kesinkes reddediyordu. O zaman, ansızın, bütün bu edebi kaygıların tamamen dışında kalan, her yönüyle bu kaygılardan bağımsız bir çatı, bir taşın üzerine vurmuş güneş, bir yolun kendine has kokusu, verdikleri özel hazla ve gördüğümün ötesinde, bana sundukları, benimse bütün çabalarıma rağmen keşfedemediğim bir şeyleri gizliyorlarmış gibi göründükleri için, beni durduruyorlardı. Böyle bir şeyi içlerinde barındırdıklarını hissederek olduğum yerde kıpırtısız duruyor, bakıyor, kokluyor, düşüncemle görüntünün, kokunun ötesine geçmeye çalışıyordum. Büyükbabama yetişmem, yola devam etmem gerekince de, onları gözlerim kapalı bulmaya çalışıyordum tekrar; sebebini anlayamadığım bir şekilde bana dopdolu, açılmaya ve kendilerinin sadece dış kabuğu oldukları bir şeyleri bana sunmaya hazır görünen çatının çizgisini, taşın rengini tam olarak hatırlamaya çalışıyordum bütün benliğimle. Şüphesiz bu türden izlenimler, günün birinde yazar ve şair olma yolundaki, kaybetmiş olduğum umudu bana tekrar kazandıramazdı, çünkü bu izlenimler daima entelektüel değerden yoksun, soyut bir gerçekle bağlantısı olmayan, belirli bir nesneyle ilintiliydiler. Ama hiç değilse bana mantıkdışı bir zevk, adeta bir verimlilik yanılsaması yaşatıyorlar ve böylece, ne zaman büyük bir edebi esere uygun düşebilecek felsefi bir konu arasam yaşadığım sıkıntıyı, çaresizlik duygusunu unutturuyorlardı. Ne var ki, bu şekil, koku ya da renk izlenimlerinin bilincime yüklediği görev, yani arkalarında neyin gizlendiğini görme çabası öyle zahmetliydi ki, bu gayretten kaçınmamı sağlayacak, bu yorgunluktan beni esirgeyecek bahaneler aramaya başlıyordum hemen. Neyse ki, annemle babam bana sesleniyor, ben de o anda araştırmamı anlamlı bir şekilde sürdürecek sükûnete sahip olmadığımı, eve dönünceye kadar bu konuyu hiç düşünmemenin, bir sonuç alamadan boş yere yorulmamanın daha doğru olacağını düşünüyordum. Bunun üzerine, bir şekille veya kokuyla sarmalanmış o meçhul şeyle artık ilgilenmiyor, onu tıpkı balık avına gitmeme izin verdikleri günlerde sepetimde eve taşıdığım, üzerleri tazeliklerini koruyan bir ot tabakasıyla örtülü balıklar gibi, canlılığını koruyan görüntülerle sarmalanmış halde eve götürdüğüm için de, hiç kaygılanmıyordum. Eve vardığımda başka şeyler düşünüyordum, böylece zihnimde (gezintilerim sırasında topladığım çiçeklerin, bana hediye edilen eşyaların odamda birikmesi gibi), üzerinde yansımaların oynaştığı bir taş, bir çatı, bir çan sesi, bir yaprak kokusu, artlarında gizlendiğini sezinlediğim, ama keşfedecek irade gücünü bulamadığım gerçekliğin çoktan ölmüş olduğu birçok değişik izlenim üst üste yığılıyordu. Yalnız bir keresinde –o gün gezintimiz her zamankinden çok daha uzun sürmüş olduğundan, dönüş yolunun yarısında, güneş batmak üzereyken, doludizgin ilerleyen arabasının içinde Doktor Percepied'ye rastladığımıza çok sevinmiş, arabasına binmiştik– bu tür bir izlenimi yaşadım ve onu terk etmeden önce biraz derinine inebildim. Beni arabacının yanına oturtmuşlardı, doktorun Combray'ye dönmeden önce Martinville-le-Sec'te bir hastasına uğraması gerektiğinden, rüzgâr gibi hızlı yol alıyorduk; o hastasını ziyaret ederken biz de kapıda bekleyecektik. Bir dönemeçte, ansızın, hiçbir şeye benzemeyen o çok özel hazzı yaşadım: Martinville'in iki çan kulesinin üzerine batan güneşin ışınları vurmuştu, arabamızın hareketi ve yolun çizdiği zikzaklar yüzünden, çan kuleleri yer değiştiriyormuş gibi görünüyordu, sonradan gördüğüm Vieuxvicq'in çan kulesi ise, ötekilerden bir tepe ve bir de vadiyle ayrıldığı ve ta uzakta, daha yüksek bir platoda yer aldığı halde, onların yanı başındaydı sanki.

Çan kuleleriyle ilgili olarak, külahların şeklini, çizgilerin yer değiştirişini, cephelerine vuran güneşi tespit etmekle, izlenimin derinliğine inmediğimi, bu hareketin, bu aydınlığın arkasında bir şey olduğunu, çan kulelerinin de bu şeyi hem içlerinde barındırdıklarını, hem de gizlediklerini sezinliyordum.

Çan kuleleri o kadar uzaktaydı ve biz onlara o kadar yaklaşmıyor gibiydik ki, bir iki dakika sonra Martinville Kilisesi'nin önünde durduğumuzda çok şaşırdım. Onları ufukta görmenin bana verdiği hazzın sebebini bilmiyordum, bu sebebi keşfetmeye çalışma zorunluluğu da çok zahmetli geliyordu bana; güneşte kıpırdayan bu çizgileri zihnimin bir köşesine atmak ve o anda düşünmemek istiyordum. Öyle yapsaydım, o iki çan kulesi de muhtemelen bana yaşattıkları o anlaşılmaz hazla başkalarından ayırmış olduğum ve derinliğine hiç inemediğim onca ağacın, çatının, kokunun, sesin yanında sonsuza dek yerlerini alacaklardı. Doktoru beklerken arabadan inip annem ve babamla sohbet ettim. Yola çıkacağımızda, tekrar yerime çıkıp oturdum, çan kulelerini biraz daha görebilmek için başımı çevirdim ve az sonra onları son kez, yine bir dönemeçte gördüm. Sohbete pek meraklı olmayan arabacı sözlerime zar zor cevap verdiği ve konuşacak başka kimse olmadığı için, kendi sohbetimle yetinmek zorunda kalarak çan kulelerini hatırlamaya çalıştım. Az sonra, kulelerin çizgileri ve güneşli yüzeyleri bir ağaç kabuğu gibi çatladı, içlerinde gizledikleri şeyin birazını görebildim; daha bir saniye öncesine kadar benim için mevcut olmayan bir düşünce kafamda kelimelerle ifade buldu ve bunun üzerine, az önce çan kulelerini görmenin bana vermiş olduğu haz o kadar arttı ki, adeta sarhoş olup başka hiçbir şey düşünemez hale geldim. Martinville'den epey uzaklaşmış olduğumuz o anda başımı çevirince, çan kulelerini tekrar gördüm; artık güneş batmış olduğundan simsiyahtılar şimdi. Yolun dönemeçleri ara ara onları gözden kaybettiriyordu, ardından, son bir kez göründüler ve sonunda onları göremez oldum.

Martinville'in çan kulelerinin ardında gizlenen şeyin bana haz veren kelimeler halinde karşıma çıkmış olmasına rağmen, güzel bir cümleye benzer bir şey olması gerektiğini düşünmeden, doktordan kâğıt kalem istedim ve arabanın sarsıntısına aldırmayarak, heyecanıma itaat edip vicdanımı rahatlatmak için, yıllar sonra bulduğumda üzerinde pek az değişiklik yaptığım şu küçük metni yazdım:

"Martinville'in iki çan kulesi, kırın ortasında yollarını kaybetmiş gibi ovadan göğe yükseliyordu. Az sonra, çan kulelerinin sayısı üçe çıktı: Geciken Vieuxvicq kulesi cesurca bir dönüşle diğerlerine katılarak karşılarında yerini almıştı. Dakikalar birbirini kovalıyor, arabamız süratle ilerliyordu, ama üç çan kulesi, ovaya konmuş kıpırtısız duran, üzerlerine güneş vurduğu için dikkati çeken üç kuş misali, hep önümüzde, uzaktaydılar. Sonra, Vieuxvicq'in çan kulesi ötekilerden ayrılıp mesafe aldı ve Martinville kuleleri yalnız kaldılar; batan güneş, ışınlarıyla, bu kadar uzaktan baktığımda bile kulelerin yüzeyindeki oynaşmalarını, gülüşlerini görebildiğim ışınlarıyla çan kulelerini aydınlatıyordu. Onlara yaklaşmamız o kadar çok zaman alıyordu ki, daha uzun bir süre yanlarına varamayacağımızı düşünürken, ansızın dönen araba çan kulelerini karşımıza çıkarıverdi; kendilerini öyle fütursuzca arabanın önüne atmışlardı ki, az kalsın sundurmaya çarpacaktık. Yolumuza devam ettik; Martinville'den uzaklaşırken köy birkaç saniye bizi izledi, sonra ortadan kayboldu; ufukta tek başlarına kalan ve bizim hızla yaklaşmamızı seyreden Martinville ve Vieuxvicq çan kuleleri, güneşli külahlarını sallayarak vedalaşıyorlardı. Ara sıra biri geri çekiliyor, ötekilerin bizi biraz daha görmesine izin veriyordu; sonra yolun yönü değişti, çan kuleleri, ışıkta, altından üç mil gibi döndüler ve gözden kayboldular. Ama az sonra, artık güneş batmış, arabamız Combray'ye yaklaşmışken, çan kulelerini son bir kez, çok uzaktan gördüm: Şimdi de tarlaların alçak ufkunda, gökyüzüne resmedilmiş üç çiçek gibiydiler. Üzerine karanlığın çökmekte olduğu bir yalnızlığa terk edilmiş, efsane kahramanı üç genç kızı da düşündürüyorlardı bana; biz dörtnala uzaklaşırken, onlar çekinerek yollarını bulmaya çalışıyorlardı, soylu siluetleriyle birkaç kez tökezledikten sonra birbirlerine sokuldular, arka arkaya dizildiler ve hâlâ pembeliğini koruyan gökyüzünde tek bir siyah, büyüleyici şekil oluşturup tevekkülle karanlıkta gözden kayboldular."

Bu metni yazdıktan sonra bir daha hiç düşünmedim, ama doktorun arabacısının genellikle Martinville pazarından aldığı bir sepet dolusu kümes hayvanını yerleştirdiği koltuğun üzerinde metni yazıp bitirdiğim an o kadar mutluydum ki, metnin beni o çan kulelerinden ve artlarında gizledikleri şeyden kurtardığını hissederek, sanki ben de bir tavukmuşum ve az önce yumurtlamışım gibi, avazım çıktığı kadar bağırarak şarkı söylemeye koyuldum.

Gezintilerimiz sırasında, gün boyunca, Guermantes Düşesi'nin arkadaşı olmanın, alabalık avlamanın, kayıkla Vivonne Nehri'nde gezmenin ne büyük bir mutluluk olacağını hayal ederdim; böyle anlarda mutluluktan başka şeyi gözüm görmez, hayatın bir dizi mutlu öğle sonrasından oluşmasından başka bir beklentim olmazdı. Ama dönüşte, bir yanında meşe ağaçları bulunan, öbür yanında, batan güneşin ışığında, eşit aralıklarla dikilmiş elma ağaçlarının gölgelerinin oluşturduğu Japon desenleriyle süslenen, çitlerle çevrili küçük çayırların uzandığı, Combray'ye giden yolun başında, hemen yakınımızdaki iki çiftlikten oldukça uzaktaki tek çiftliği sol tarafımızda gördüğüm an, aniden kalbim hızlı hızlı çarpmaya başlardı; yarım saate kalmadan eve varmış olacağımızı, Guermantes tarafına gittiğimiz ve akşam yemeğini daha geç yediğimiz günlerde uygulanan kural uyarınca, çorbamı içer içmez beni yatmaya göndereceklerini, dolayısıyla annemin akşam yemeğine misafirimiz olduğu gecelerdeki gibi sofradan kalkamayacağını ve ben yattıktan sonra bana iyi geceler dilemeye, odama gelmeyeceğini bilirdim. O anda içine girdiğim hüzün kuşağıyla daha bir dakika önce içinde neşeyle sıçradığım kuşak arasındaki sınır, kimi zaman gökyüzünde pembe bir şeridi yeşil veya siyah bir şeritten ayıran çizgi kadar belirgin olurdu. Pembe şeritte uçarken gördüğümüz bir kuş şeridin sonuna varır, siyahlığa değer ve içinde kaybolur. Az önce beni çepeçevre kuşatan arzuların, Guermantes'a gitme, seyahat etme, mutlu olma arzularının o kadar dışında kalırdım ki, gerçekleşecek olsalar, hiçbir haz duymazdım. Bütün gece annemin kolları arasında ağlayabilmek için bunların hepsinden seve seve vazgeçerdim! Tir tir titrer, kaygılı bakışlarımı o gece benim şimdiden kendimi içinde hayal ettiğim odamda görünmeyecek olan annemden ayıramaz, ölmek isterdim. Bu durum ertesi sabaha kadar devam ederdi; sabah güneşi bahçıvanı taklit ederek, pencereme kadar tırmanan latinçiçekleriyle kaplı duvara merdivenini dayadığında, yatağımdan aşağı atlayıp bahçeye koşar, akşam olunca annemden ayrılmam gerekeceğini aklımdan bile geçirmezdim. Böylece, dönem dönem birbirini izleyen, hatta bazen aynı gün içinde bir humma nöbeti kadar düzenli biçimde biri diğerini kovalayan farklı ruh hallerini birbirinden ayırmayı Guermantes tarafında öğrendim; bu ruh halleri birbirlerine bitişiktir, ama birbirlerinin o kadar dışındadırlar, aralarında irtibat kurulması o kadar imkânsızdır ki, bir ruh halinde arzuladığım, korktuğum veya başardığım şeyi öteki ruh halindeyken anlamam, hatta tasavvur etmem mümkün değildir.

Bu yüzden de Méséglise tarafıyla Guermantes tarafı, benim için, birbirine paralel olarak yürüttüğümüz hayatlar arasında en olaylı, en dolu olanında, yani zihinsel hayatımda yer alan birçok küçük olayla bağlantılıdır hâlâ. Şüphesiz bu hayatımız, içimizde kendini belli etmeden, ağır ağır ilerler; anlamı ve görünümü bizim için değişmiş olan, bize yeni kapılar açan gerçekleri keşfetme hazırlığına, aslında çok önceden, ama farkına varmadan başlarız; bizim gözümüzde geçerlilik kazandıkları tarih ve saat ise, görünür oldukları dakikadır. O anda çimenlerin üzerinde koşup oynayan çiçekler, güneşte akan su, gerçeklerin görüntüsünü çevreleyen bütün manzara, bilinçsiz, dalgın çehresiyle bu gerçeklerin hatırasına daima eşlik eder; şüphesiz bu tabiat parçası, o bahçe köşesi, mütevazı bir yolcu, hayal kuran bir çocuk tarafından –kalabalığın arasında kaybolmuş bir anı yazarı tarafından incelenen bir kral misali– uzun uzun seyredildiklerinde, ileride, en geçici özelliklerine varıncaya kadar, onun sayesinde yaşatılacaklarını hiç düşünmemişlerdir; oysa coşkunluğum, çit boyunca uzanan, yakında yerini yabangüllerine bırakacak olan akdikenlerin kokusunu, iki yanı ağaçlı, çakıllı bir yolda yankısız bir ayak sesini, ırmakta yetişen bir bitkiye yapışarak bir anda patlayıveren su kabarcığını yılların ötesine taşımayı başarmış, bu arada etraftaki yollar silinmiş, o yolların üzerinde yürüyenler de, onların hatırası da ölmüştür. Bazen bu şekilde bugüne kadar gelmiş olan manzara parçası öylesine tek başına ve her şeyden uzakta belirir ki, zihnimde çiçekli bir Delos gibi başıboş yüzer, hangi ülkeden, hangi iklimden –belki de sadece hangi rüyadan– çıkıp geldiğini bilemem. Ama Méséglise tarafıyla Guermantes tarafını, her şeyden çok, zihnimin toprağının derinliklerindeki maden yatakları, hâlâ ayaklarımı bastığım dirençli birer zemin olarak düşünmem gerekir. Méséglise ve Guermantes tarafında gezindiğim sırada nesnelere, insanlara inandığım içindir ki, onların aracılığıyla tanıştığım nesneler ve insanlar hâlâ ciddiye aldığım, bana hâlâ mutluluk veren yegâne nesneler ve insanlardır. Belki içimdeki yaratıcı inanç tükendiğinden, belki de gerçeklik ancak hafızada biçimlenebildiğinden, bana ilk kez gösterilen bir çiçeği gerçek bir çiçek gibi göremiyorum artık. Leylakları, akdikenleri, peygamberçiçekleri, gelincikleri ve elma ağaçlarıyla Méséglise tarafı, içinde iribaşların yüzdüğü ırmağıyla, nilüferleriyle ve düğünçiçekleriyle Guermantes tarafı benim nazarımda, yaşamayı isteyeceğim, aradığım en önemli özelliklere sahip, yani balık avına gidebilme, kanoyla gezebilme, Gotik kale kalıntıları görebilme, tıpkı Saint-André-des-Champs gibi, buğdayların ortasında, bir saman yığını kadar altın sarısı, devasa ve rustik bir kilise bulabilme şartlarımı karşılayan yerlerin değişmez timsali olmuşlardır; hâlâ yolculuklarım sırasında kırlarda rastladığım peygamberçiçekleri, akdikenler ve elma ağaçları, aynı derinlikte, geçmişimle bir düzlemde yer aldıkları için, kalbimle doğrudan irtibat kurarlar. Bununla birlikte, mekânların bireysel bir yanı olduğu için, tıpkı çocukluğumda akşamları –daha sonra aşka taşınan ve onun ayrılmaz bir parçası haline de gelebilen o kaygının içimde yeşerdiği saatte– eve dönerken, kendi annemden daha güzel, daha zeki bir annenin bana iyi geceler dilemeye odama gelmesini istemeyeceğim gibi, şimdi de, Guermantes tarafını tekrar görme arzusuna kapıldığımda, Vivonne Nehri'ndekiler kadar, hatta onlardan daha güzel nilüferlerin olduğu bir nehir kenarına giderek arzumu tatmin etmem mümkün değildir. O zamanlar, mutluluk ve huzur içinde uyuyabilmem için, benim kendi annemin genelde kusur diye adlandırılan, ama benim diğer yüz hatlarından ayırmadan sevdiğim, gözünün altındaki lekesiyle yüzünü bana doğru eğmesi gerekirdi; bu huzuru ileride hiçbir sevgili veremedi bana, çünkü sevgililere daha inandığımız anda onlardan şüpheleniriz ve sevgililerin kalbine, benim annemin kalbine bir tek öpücükle, bir art düşüncenin sakınımı olmaksızın, bana yönelmeyen bir niyetin izini taşımadan, bütünüyle sahip olduğum şekilde sahip olamayız; aynı şekilde şimdi tekrar görmek istediğim şey de, eskiden bildiğim Guermantes tarafıdır, birbirine sokulmuş iki çiftliğin biraz ötesinde, meşe ağaçlı yolun başında yer alan çiftliktir; güneşin tıpkı bir göl gibi aynalaştırdığı, üzerine elma yaprakları resmedilmiş çayırlardır, bazı geceler rüyamda kendine haslığıyla, adeta gerçekdışı bir güçle beni sımsıkı saran, ama uyandığımda bulamadığım o manzaradır. Hiç şüphe yok ki, Méséglise ve Guermantes tarafları, birbirinden farklı kimi izlenimleri sırf bana hepsini aynı anda yaşatmış olmalarından ötürü içimde ebediyen bir bütün halinde birleştirdikleri için, ileride birçok hayal kırıklığına, hatta birçok hataya maruz kaldım. Kim bilir kaç kez, bana bir akdiken çalısını hatırlattığı için görmek istediğimi anlamadan, bir insanı görmek istedim, basit bir seyahat etme arzusunu bir aşkın yeniden doğuşu zannettim, zannettirdim. Ama yine aynı nedenle, bugünkü izlenimlerim arasında, Méséglise ve Guermantes taraflarıyla bağlantılı olanlar, onların mevcudiyeti sayesinde, diğer izlenimlerimden farklı bir dayanağa, bir derinliğe, fazladan bir boyuta sahiptirler. Méséglise ve Guermantes tarafları, bu izlenimlere sadece bana yönelik bir büyü, bir anlam da katar. Yaz gecelerinde ahenkli gökyüzü vahşi bir hayvan gibi gürler, herkes fırtına yüzünden surat asarken, ben, Méséglise tarafı sayesinde, tek başıma, vecit içinde, yağan yağmurun sesinin ötesinden görünmez ve inatçı leylakların kokusunu içime çekerim.

İşte bu şekilde kim bilir kaç kere Combray günlerini düşünerek sabahladım; o uykusuz, hüzünlü gecelerimi, hatırası daha yakın bir tarihte, bir fincan çayın tadıyla –Combray deyişiyle "rayiha"sıyla– canlanmış olan gündüzleri ve bir de, hatıraların birbirini çağrıştırmasıyla Swann'ın ben doğmadan yaşamış olduğu bir aşka ilişkin, küçük kasabamızdan ayrıldıktan yıllar sonra öğrendiklerimi düşündüm; asırlar önce ölmüş kimselerin hayatına ilişkin böylesine ayrıntılı ve kesin bir bilgi edinmek, bazen en yakın dostlarımızın hayatına ilişkin bilgi edinmekten daha kolaydır ve tıpkı eskiden, imkânsızlığı ortadan kaldıran çare bilinmezken, iki ayrı şehirde bulunan iki insanın konuşmasının imkânsız olduğunu zannettiğimiz gibi, bize imkânsız görünür. Birbirine eklenen bütün bu hatıralar artık tek bir kütle oluşturuyordu, ama yine de aralarında –en eskilerle bir rayihanın canlandırdığı daha yeniler ve bana aktarılmış olan, aslında bir başkasına ait hatıralar arasında– gedikler değilse bile açık seçik çatlaklar, en azından kimi kayaçlarda, mermerlerde, köken, çağ ve "oluşum" farkını ortaya koyan o damarlar, renk değişimleri görülebiliyordu.

İlk uyandığımda yaşadığım kısa süreli belirsizlik, sabaha doğru çoktan dağılmış oluyordu elbette. O anda hangi odada bulunduğumu anlamış, karanlıkta odayı zihnimde canlandırmış, –bazen sırf hafızamın yardımıyla, bazen de solgun bir ışıktan yararlanıp onu gördüğüm yere perdeleri yerleştirmek suretiyle– odayı baştan aşağı yeniden kurmuş, pencere ve kapı boşluklarını aynen koruyan bir mimar, bir halıcı gibi döşemiş, aynaları, konsolu, her zamanki yerlerine yerleştirmiş oluyordum. Ama gün ışığı –son bir korun bakır kornişin üzerine vuran, gün ışığı zannettiğim yansıması değil de, gerçek gün ışığı– karanlığa tıpkı bir tebeşir gibi ilk beyaz ve doğrultucu çizgisini çeker çekmez, perdeleriyle birlikte pencere kendisini yanlışlıkla yerleştirdiğim kapının çerçevesinden çıkıyor, bu arada hafızamın beceriksizce pencerenin yerine oturttuğu yazı masası şömineyi önüne katıp odayı koridordan ayıran duvarı kenara iterek alelacele pencereye yer açıyordu; daha birkaç saniye önce banyonun bulunduğu yere küçük bir avlu yerleşiyor, karanlıkta inşa ettiğim oda, perdelerin üzerinde güneşin havaya kalkmış parmağının solgun işaretini görür görmez kaçmaya başlayarak uyanış ânının girdabında bir görünüp bir kaybolan odaların yanında yerini alıyordu.

İKİNCİ BÖLÜM

Swann'ın Bir Aşkı

Verdurin'lerin "küçük yuva"sına, "küçük topluluk"una, "küçük kabile"sine dahil olabilmek için bir şartı yerine getirmek yeterliydi, ama zorunluydu da: Küçük grubun amentüsünü açıkça ifade etmeden de olsa benimsemek gerekiyordu; amentünün maddelerinden biri, Mme Verdurin'in o yıl himayesi altına alıp ondan söz ederken "Wagner'i böyle çalabilmek yasaklanmalıydı!" dediği genç piyanistin hem Planté'ye, hem de Rubinstein'a "taş çıkarttığı" ve Doktor Cottard'ın teşhiste Potain'den daha başarılı olduğuydu. Verdurin'ler, kendi evlerine gelip gitmeyen şahısların verdiği gece davetlerinin insana fenalık geçirtecek kadar sıkıcı olduğuna ikna edemedikleri "üye adayları"nı derhal elerlerdi. Yüksek sosyeteye ilişkin her türlü meraktan ve başka salonların cazibesi hakkında bizzat bilgi edinme isteğinden vazgeçmek konusunda kadınlar erkeklerden daha isyankâr olduklarından ve ayrıca Verdurin'ler, bu araştırıcı anlayışın, bu hoppalık şeytanının sirayet yoluyla küçük mezhebin gelenekselliğine öldürücü bir darbe indirebileceğini düşündüklerinden, bütün kadın "müritler"i tek tek tasfiye etmek zorunda kalmışlardı.

O yıl, doktorun genç eşi bir yana bırakılacak olursa kadın müritler, Mme Verdurin'in adıyla, Odette diye hitap ettiği, "gözbebeğim" diye nitelendirdiği, kibar bir fahişe denebilecek Mme de Crécy ve piyanistin bir zamanlar muhtemelen kapıcılık yapmış olan teyzesiyle sınırlıydı (oysa Mme Verdurin, zaman içinde kendi isteğiyle bütün ilişkisini kestiği, son derece zengin, hiç tanınmamış, saygıdeğer bir burjuva ailesinin kızıydı ve iffetli bir kadındı); yüksek sosyeteyi hiç tanımayan bu saf kadınları Sagan Prensesi'yle Guermantes Düşesi'nin akşam yemeği davetlerine gelsinler diye zavallı birtakım yoksullara para vermek zorunda kaldıklarına inandırmak o kadar kolay olmuştu ki, kendilerini bu iki soylu hanımın evine davet ettirmeyi teklif eden olsa, kapıcı eskisiyle yosma, küçümseyerek teklifi reddederlerdi.

Verdurin'ler sizi akşam yemeğine davet etmezlerdi; onların evinde, "sofradaki yeriniz daima hazır" olurdu. Gece davetleri için bir program yoktu. Genç piyanist bir şeyler çalardı, ama "keyfi isterse" çalardı, çünkü Verdurin'ler kimseyi zorlamazlardı, M. Verdurin'in ifadesiyle, "Her şey dostlar için, arkadaşlar yaşasın!"dı. Piyanist *Valkyrie*'den at gezintisini veya *Tristan*'ın prelüdünü çalmak istediğinde, Mme Verdurin itiraz ederdi, ama bu müzikten hoşlanmadığı için değil, tersine fazlasıyla etkilendiği için itiraz ederdi. "Yani mutlaka migrenim tutsun istiyorsunuz, öyle mi? Bu parçayı her çaldığınızda aynı şey oluyor, biliyorsunuz. Ben başıma gelecekleri biliyorum! Yarın yataktan kalkabilene aşkolsun!" Piyano çalınmadığı zamanlar sohbet edilirdi; arkadaşlardan biri, çoğunlukla, dönemin gözde ressamı, M. Verdurin'in deyişiyle, "felaket bir espri patlatır, herkesi kırar geçirirdi." En çok gülen de Mme Verdurin olurdu; hatta –hislerini açıklayan mecazi ifadeleri gerçek anlamlarıyla yorumlamayı alışkanlık haline getirdiğinden– bir keresinde Doktor Cottard (o sıralar yeni mezun, genç bir hekimdi) Mme Verdurin'in aşırı gülme sonucu çıkan çenesini yerine takmak zorunda kalmıştı.

Verdurin'lere frakla gitmek yasaktı, çünkü "arkadaşlar" arasında teklif yoktu ve "sıkıcı tipler"e benzememeye çalışılırdı; vebadan kaçar gibi kaçılan bu türden insanlar, sadece mümkün olduğunca seyrek düzenlenen kalabalık gece davetlerine, ancak ressamı eğlendirme ihtimalleri varsa veya müzisyenin tanıtılması açısından bir yarar sağlayabileceklerse çağrılırlardı. Diğer gecelerde, kelime oyunları oynamakla, sofraya takım elbiseyle oturmakla yetinilir ve dostlar arasındaki bu akşam yemeklerinde "küçük yuva"ya hiçbir yabancı alınmazdı.

Ama "arkadaşlar" Mme Verdurin'in hayatında giderek daha çok yer kapladıkça, dostlarını kendisinden uzakta tutan, zaman zaman serbest olmalarına engel teşkil eden her şey, birinin annesi, diğerinin mesleği, bir başkasının kır evi veya sağlık sorunları da, sıkıcı tiplerle ve dışlananlarla aynı sınıflandırmaya girmeye başladı. Akşam yemeğinin hemen ardından, Doktor Cottard durumu tehlikeli bir hastasının başına dönmek zorundaysa, Mme Verdurin, "Belki de bu gece kendisini rahatsız etmeseniz çok daha iyi olur" derdi; "siz gitmediğiniz takdirde bütün gece dinlenir; yarın sabah erkenden gidersiniz, iyileşmiş olur siz gittiğinizde." Mme Verdurin, aralık ayının başından itibaren, müritlerin Noel'de ve yılbaşında "devamsızlık" göstereceklerini düşünüp kahrolurdu. Piyanistin teyzesi, yılbaşında annesinin evindeki aile yemeğine yeğeninin de gelmesi konusunda diretir, Mme Verdurin sertçe haykırırdı:

"Yılbaşı yemeğini *taşra*daki gibi onunla birlikte yemezseniz anneniz ölür mü yani!"

Kutsal Hafta yaklaştığında, Mme Verdurin yine endişelenirdi. İlk yıl Cottard'a cevabından kuşku duyması mümkün değilmiş gibi, kendinden emin bir ses tonuyla, "Siz, sevgili Doktor, bir âlim, laik bir kişi olarak, herhalde Kutsal Cuma'yı herhangi bir günden farksız kabul edip geleceksiniz, değil mi?" diye sormuştu. Ama doktorun cevabını korkuyla bekliyordu, çünkü o da gelmezse, yalnız kalacaktı muhtemelen.

"Evet, Kutsal Cuma... veda etmeye geleceğim, Paskalya tatilini Auvergne'de geçireceğiz çünkü.

—Auvergne'de mi? Pirelere, tahtakurularına yem olmak için mi? Hayırlı tatiller!"

Kısa bir sessizlikten sonra eklemişti:

"Bari önceden haber verseydiniz, bir şeyler ayarlayıp rahat koşullarda, birlikte yapardık şu seyahati."

Aynı şekilde kadın "mürit"lerden, "müdavim"lerden birinin ara sıra "devamsızlık" göstermesine sebep olabilecek bir erkek arkadaşı, bir flörtü olduğunda, ilişkisini kendi evlerinde, kendileriyle birlikteyken sürdürmesi ve dostunu kendilerine tercih etmemesi kaydıyla, bir kadının âşığı olmasını normal karşılayan Verdurin'ler, "Canım, dostunuzu da getirin yanınızda" derlerdi. Mme Verdurin'den hiçbir şeyini gizlemeyecek, "küçük kabile"ye kabul edilebilecek biri olup olmadığını anlayabilmek için, söz konusu dostu denemeye tabi tutarlardı. Böyle biri değilse, onu takdim etmiş olan müridi bir kenara çekerler ve kendi iyiliği için, dostu ya da metresiyle arasını bozarlardı. Aranan şartlara sahip olan "aday"lar ise, mürit konumuna geçerdi. İşte o yıl da, kibar fahişe, M. Verdurin'e M. Swann adında çok hoş bir adamla tanıştığını anlatıp yeni arkadaşının Verdurin'lere kabul edilmekten büyük mutluluk duyacağını ima ettiğinde, M. Verdurin bu ricayı derhal karısına iletmişti. (M. Verdurin her konuda ancak karısından sonra fikir sahibi olurdu; onun görevi, karısının ve müritlerin arzularını müthiş bir yaratıcılıkla gerçekleştirmekti.)

"Bak, Mme de Crécy'nin senden bir ricası var. Sana bir dostunu, M. Swann'ı tanıştırmak istiyor. Ne dersin?

—Canım, böyle kusursuz bir yaratığın ricası geri çevrilebilir mi? Siz susun, size fikrinizi soran olmadı, kusursuz bir yaratıksınız, işte o kadar.

—Madem siz öyle diyorsunuz... dedi Odette yapmacık bir edayla ve ekledi: Biliyorsunuz, *fishing for compliments** yapmıyorum.

—Pekâlâ! Dostunuz sevimli biriyse getirin bakalım."

Şüphesiz "küçük yuva"nın Swann'ın girip çıktığı çevreyle hiçbir ilgisi yoktu; tipik bir yüksek sosyete mensubuna sorulsa, sosyetede istisnai bir mevki sahibi olan Swann'ın kendisini Verdurin'lere takdim ettirmesini epeyce anlamsız bulurdu. Ama Swann kadınları o kadar çok seviyordu ki, aristokrasiye mensup kadınların hemen hemen hepsini tanıdıktan sonra, artık onlardan öğrenebileceği bir şey kalmadığında, Saint-Germain muhitinin kendisine bahşettiği, neredeyse soyluluk unvanı niteliğindeki vatandaşlığa kabul belgelerini fazla önemsemez olmuştu; onları kendi başlarına bir değerleri olmayan, ama taşranın ücra bir köşesinde bir köy soylusunun ya da Paris'te silik bir muhitte bir zabıt kâtibinin kızını beğenmişse, vakit geçirmeden o çevrede bir mevki edinmesini sağlayan birer bono, birer akreditif gibi görüyordu adeta. Çünkü böyle durumlarda, arzu ya da aşk, günlük hayatta artık hissetmediği bir kendini gösterme merakı uyandırırdı Swann'da (gerçi bir zamanlar hayatını yüksek sosyeteye vakfetmeye kendisini iten de bu merak olmuştu herhalde; yüksek sosyete muhitinde zihinsel yeteneklerini havai zevklere harcamış, sanat konusundaki derin bilgisini yüksek sosyete hanımlarının hizmetine sunmuş, onların tablo alımlarında ve konaklarının döşenişinde kullanmıştı); âşık olduğu yabancı kadının gözünde parlamak, Swann soyadının kendi başına içermediği bir seçkinlik sergilemek isterdi. Kadının mütevazı bir konumu varsa, daha da çok isterdi bunu. Nasıl ki zeki bir insan, bir başka zeki insana aptal görünmekten korkmazsa, seçkin bir adam da seçkinliğinin büyük bir soylu tarafından değil, kaba saba bir köylü tarafından anlaşılmamasından korkar. Dünya kurulduğundan beri insanların göze aldığı zihinsel çabaların ve bol keseden savurdukları kibirli yalanların dörtte üçü, kendilerinden daha aşağı seviyede bulunan kişiler uğruna harcanmıştır ve aslında kendilerini küçültmekten başka işe de yaramamıştır. Düşeslerin karşısında sade ve rahat olan

* "iltifat avcılığı"

Swann da, bir oda hizmetçisinin karşısında aşağılanmaktan korkar, gösteriş yapardı.

Swann çoğu yüksek sosyete mensubuna benzemezdi; yüksek toplumsal mevkileri yüzünden belirli sınırları gözetme mecburiyetinden kaynaklanan teslimiyetle veya tembelliklerinden ötürü, ölünceye kadar seçkin çevrelere hapsolan, toplumsal konumları dışındaki gerçekliğin sunduğu hazlardan kendilerini mahrum bırakan, bu konumun gereği olan sıradan eğlencelere veya tahammül edilebilir can sıkıntılarına alışmayı başardıktan sonra da, ellerindekiyle yetinip bunlara haz adını veren birçok insan gibi değildi o. Swann, birlikte vakit geçirdiği kadınları güzel bulmaya çalışmaz, güzel bulduğu kadınlarla birlikte vakit geçirmeye gayret ederdi. Bunların çoğu, epeyce bayağı bir güzelliğe sahip kadınlardı, çünkü Swann'ın kadınlarda farkına varmadan aradığı fiziksel özellikler, en sevdiği heykeltıraşların, ressamların eserlerindeki kadınlara hayran olmasına yol açan özelliklerle taban tabana zıttılar. Kadında derin, hüzünlü bir yüz ifadesi Swann'ın nefsini dondurur, aksine, sağlıklı, dolgun, pembe bir ten ise nefsini uyandırmaya yeterdi.

Seyahatte karşılaştığı, tanışmaya çalışması seçkinliğine aykırı düşebilecek bir ailede, o güne kadar rastlamadığı, özel bir büyüye sahip bir kadın da bulunuyorsa, kadından uzak durup onun uyandırdığı arzuyu bastırmak, onunla birlikte yaşayabileceği hazzın yerine farklı bir hazzı koyup eski metreslerinden birine mektup yazarak onu bulunduğu yere çağırmak, Swann'ın nazarında adeta seyahat etmek yerine odasına kapanıp Paris manzaraları seyretmek gibi hayattan korkakça bir vazgeçiş, yeni bir mutluluğa aptalca sırt çevirmek olurdu. Swann ilişkilerinin oluşturduğu yapıya hapsolmamış, bu yapıyı beğendiği bir kadın gördüğü her yerde, yeni temeller üzerine, yeni baştan kurabilmek için kâşiflerinkine benzer, sökülüp takılabilir bir çadır haline getirmişti. Taşınması veya yeni bir hazla değiş tokuş edilmesi mümkün olmayan ilişkilerini ise, başka insanların ne kadar imreneceği ilişkiler olsalar da, bir başkasına karşılıksız verebilirdi. Kim bilir kaç kez, kendisine yıllar boyunca bir kibarlık yapmak isteyip uygun fırsat bulamamış bir düşesin nezdindeki itibarını bir anda kendi elleriyle sıfıra indirmiş, patavatsızca bir telgraf çekip, düşesten kır evinde kızını görüp beğendiği bir kâhyasıyla kendisini derhal, bir tavsiye telgrafıyla ilişkiye geçirmesini istemiş, bir parça ekmeğe karşılık bir elması elden çıkaran aç bir insan gibi davranmıştı. Hatta sonradan bu duruma gülerdi, çünkü Swann'ın az bulunur inceliklerle telafi ettiği kaba bir yanı da vardı. Ayrıca Swann, aylak bir hayat sürmüş olan ve aylaklığın zekâlarına sanat veya bilim kadar ilgilenmeye değer konular sunduğu ve "Hayat"ın bütün romanlardan daha ilginç, daha romansı durumlar içerdiği fikrinde bir teselli, belki bir mazeret arayan zeki insanlar sınıfındandı. En azından, yüksek sosyetedeki arkadaşlarından en zeki olanlarını bile bu düşüncesine rahatça inandırabiliyordu; başından geçen ilginç maceraları bilhassa Charlus Baronu'na anlatıp onu neşelendirmekten hoşlanırdı; trende karşılaşıp evine götürdüğü bir kadının o sırada Avrupa siyasetinin bütün iplerini elinde tutan hükümdarın kız kardeşi olduğunu keşfeder, böylece Avrupa'daki siyasi durumu çok hoş bir biçimde izleme fırsatı bulurdu örneğin veya bir aşçı kadının âşığı olup olamaması papalık seçiminin sonuçlarına göre belirlenirdi.

Üstelik Swann'ın böylesine hayasızca kendisine çöpçatanlık etmeye zorladığı kişiler, erdemli, soylu dullardan, generallerden ve bilhassa yakın ilişki içinde bulunduğu akademisyenlerden oluşan seçkin topluluğun üyeleriyle sınırlı değildi. Bütün dostları, ara sıra Swann'dan bir tavsiye ya da tanıtma yazısı talep ettiği mektuplar almaya alışıktılar; ricasını ifade edişindeki diplomatik ustalığın birbirini izleyen çeşitli aşklara ve değişik bahanelere rağmen hep aynen devam etmesi, sabit bir kişiliği ve hiç değişmeyen amaçları beceriksizliklerden çok daha çabuk ele verirdi. Uzun yıllar sonra, bambaşka açılardan kendi kişiliğime benzediği için Swann'ın kişiliğiyle ilgilenmeye başladığımda, büyükbabama sık sık anlattırdığım bir şey vardı: Swann'dan bir mektup aldığında, büyükbabam (o sıralar büyükbabam değilmiş henüz, çünkü Swann'ın büyük aşkı benim doğmamdan az önce başlamış ve uzun müddet eski alışkanlıklarına sekte vurmuş) arkadaşının yazısını zarfı görür görmez tanır ve "Swann mutlaka bir ricada bulunuyordur, dikkat!" diye haykırırmış. Büyükannemle büyükbabam, belki güvensizlikten, belki de bir şeyi sadece onu istemeyen kişilere sunmamıza yol açan bilinçsiz, şeytanca güdüyle, Swann'ın yerine getirilmesi en kolay ricalarına bile mutlak surette kulak tıkarlardı; Swann her pazar akşam yemeğine büyükannemlere gelen bir genç kıza kendisini takdim etmelerini rica edecek olsa, bütün hafta boyunca genç kızın bulunacağı yemeğe başka kimi davet edebileceklerini düşünüp durdukları ve çoğu kez kimseyi bulamadıkları halde, böyle bir davetten büyük bir mutluluk duyacak olan kişiye haber vermez, Swann kendilerine genç kızdan ne zaman söz etse, artık onunla görüşmüyormuş gibi yapmak zorunda kalırlardı.

Bazen büyükbabamların ahbabı olan ve o güne dek hep Swann'la görüşemediklerinden yakınan bir çift, günün birinde, bir tatmin duygusuyla ve belki biraz da imrendirme arzusuyla Swann'ın artık kendilerine çok sevecen davrandığını ve yanlarından hiç ayrılmadığını haber verirdi. Büyükbabam onların memnuniyetine gölge düşürmek istemez, ama yine de büyükanneme bakarak,

Nedir bu muamma böyle?
Hiçbir şey anlamadım.

veya

Ey kaçak hayalet...

ya da

Böyle durumlarda yapılacak en iyi şey,
Kapamak gözlerini.

diye mırıldanırdı.

Birkaç ay sonra, büyükbabam Swann'ın yeni dostuna, "Ee, Swann'la hâlâ sık sık görüşüyor musunuz?" diye sorduğunda, muhatabının yüzü asılır, "Benim yanımda adını bile anmayın onun!" derdi. "Ama aranızdan su sızmıyor sanıyordum..." Swann, aynı şekilde büyükannemin bazı akrabalarıyla da birkaç ay boyunca çok sıkı fıkı olmuştu, hemen her akşam evlerine yemeğe gidiyordu. Sonra aniden, hiç haber vermeden, ziyaretleri kesildi. Hastalandığına hükmettiler; büyükannemin kuzini tam haber almak üzere Swann'ın evine birini gönderecekken, çalışma odasında, aşçı kadının hesap defterinin arasında unuttuğu, Swann tarafından kaleme alınmış bir mektup buldu. Swann bu mektupta aşçı kadına Paris dışına çıkacağını, bu yüzden artık gelemeyeceğini haber veriyordu. Aşçı kadın Swann'ın metresiydi ve ondan ayrılacağı zaman da, başka kimseye bir açıklamada bulunmayı gerekli görmemişti.

Metresi aksine yüksek sosyeteden bir kadınsa ya da en azından, yüksek sosyeteye kabul ettirilemeyecek kadar mütevazı veya uygunsuz bir konumda değilse, Swann yüksek sosyeteye metresi uğruna geri döner, ama sadece metresinin girip çıktığı çevreyle veya kendisinin metresini sürüklediği çevreyle görüşürdü. "Bu akşam Swann'dan hayır yok" denirdi; "Amerikalı'sının Opera günü bugün, biliyorsunuz" Swann gündelik alışkanlıklarla bağlı bulunduğu, haftalık akşam yemeklerine, poker partilerine düzenli olarak katıldığı, özellikle kapalı salonlara davet ettirirdi metresini; her akşam, fırça gibi sert, kızıl saçlarına hafif bir dalga verip yeşil gözlerindeki keskinliği biraz yumuşattıktan sonra, yakasına takmak üzere bir çiçek seçer ve yakın dost çevresindeki kadınlardan birinin evine, metresiyle buluşmak üzere akşam yemeğine giderdi; o zaman, gittiği evde, her sözünü geçirdiği, sosyetenin en gözde kişileriyle karşılaşacağını ve bu kişilerin sevdiği kadının yanında hayranlıklarını ve dostluklarını kendisinden esirgemeyeceklerini düşünür, bıkmış olduğu yüksek sosyete hayatı yeniden bir cazibe kazanırdı gözünde, çünkü yeni aşkıyla birlikte bu hayatın özüne oynak bir alev nüfuz eder, onu canlı renklerle donatır, daha değerli ve güzel gösterirdi.

Bu ilişkilerin ya da flörtlerin her biri, Swann'ın kendiliğinden, zorlanmadan güzel bulduğu bir çehrenin, bir bedenin görüntüsünden kaynaklanan bir hayalin şu veya bu ölçüde gerçekleştirilmesi olarak nitelendirilebilirdi; buna karşılık, Odette de Crécy'den Swann'ın belki bir anlaşmaya varabileceği, harikulade bir kadın diye söz eden, ama onu tanıştırmakla yaptığı iyiliği Swann'ın gözünde büyütmek için elde edilmesi zor bir kadın gibi gösteren eski bir arkadaşı bir gün tiyatroda kendisini Odette de Crécy'ye takdim ettiğinde, Swann onu çirkin bulmamıştı şüphesiz, ama onda bulduğu güzellik, kendisinin ilgisiz kaldığı, içinde bir arzu uyandırmayan, hatta fiziksel olarak iten türden bir güzellikti; Swann, Odette de Crécy'yi insanına göre değişmekle birlikte, hepimiz için belirli bir kadın tipinin olduğu gibi, nefsine hitap eden tipe zıt bir kadın olarak görmüştü. Swann'ın zevkine göre, Odette de Crécy'nin profili aşırı keskin, teni aşırı nazik, elmacık kemikleri fazlasıyla çıkık, yüz hatları fazlasıyla yorgundu. Gözleri güzeldi, ama o kadar büyüktüler ki, kendi ağırlıklarını taşıyamıyorlar, yüzüne yorgun bir ifade, hep sağlıksızmış veya keyifsizmiş gibi bir görünüm veriyorlardı.

Tiyatrodaki bu tanışmadan bir süre sonra, Odette de Crécy Swann'a bir mektup yazıp, "cehaletine rağmen güzel şeylere meraklı" olduğu için çok ilgisini çeken koleksiyonlarını görmek istediğini, onu, "çayı ve kitaplarıyla huzur içinde" hayal ettiği "*home*'unda"* görünce daha yakından tanıyacağı kanısında olduğunu belirtmiş, ama "onun kadar *smart*** bir adamın, hiç de *smart* olmayan" o hüzünlü semtte oturmasına çok şaşırdığını da gizlememişti. Swann isteğini yerine getirip onu evine davet ettiğinde, ziyaretin sonunda, vedalaşırlarken, Odette ayak basmaktan büyük mutluluk duyduğu bu evde bu kadar az kaldığına üzüldüğünü söylemiş, sanki Swann kendisi için, tanıdığı diğer insanlardan daha özel biriymiş gibi konuşmuş, adeta Swann'la kendisi arasında romanlara yaraşır, Swann'ı gülümseten romantik bir bağlantı kurmuştu. Ne var ki Swann'ın yaklaşmakta olduğu yaşta, yani gözümüzün açılmaya başladığı ve karşılıklı olmasını pek de beklemeden, sırf âşık olmanın zevki için âşık olmakla yetinebildiğimiz yaşta, kalpler arasındaki yakınlaşma, gençlikteki gibi aşkın kaçınılmaz biçimde yöneldiği hedef değildir, ama çağrışımlar yoluyla ona sıkı sıkıya bağlı kalır ve böyle bir yakınlaşma aşktan önce ortaya çıkarsa, aşkın nedeni haline gelebilir. Gençlikte, âşık olduğumuz kadının kalbine sahip olmayı hayal ederiz; daha ileri yaşlarda, bir kadının kalbine sahip olduğumuzu hissetmek, ona âşık olmamıza yetebilir. Dolayısıyla, özellikle aşkta öznel bir hazzın peşinde koştuğumuz ve bu yüzden de bir kadının güzelliğine duyulan hayranlığın aşkta en baskın unsur olmasının beklenebileceği yaşta, aşk –en fiziksel aşk bile– temelinde, başlangıcında bir arzu olmadan doğabilir. Bu yaşa gelinceye kadar, hayatımızda aşka birçok kez maruz kalmışızdır; aşk artık şaşkın ve edilgen kalbimizin karşısında tek başına, kendi meçhul ve kaçınılmaz yasalarına göre ilerlemez. Ona biz destek olur, hafızanın yardımıyla, telkinle yönlendiririz onu. Belirtilerinden birini tanıdığımızda, hatırlayarak diğer belirtileri canlandırırız tekrar. İçimizde baştan sona kayıtlı olan aşkın şarkısını ezbere bildiğimizden, şarkının devamını getirebilmek için, –güzelliğin esinlediği bir hayranlıkla dolu– başlangıç notalarını bir kadının söylemesine gerek duymayız. Kadın şarkıyı ortasından –kalplerin birbirine yaklaştığı, iki kişinin bundan böyle sadece birbirleri için var olacaklarından söz ettikleri

* "Ev, yuva"

** "Şık"

noktadan– söylemeye başladığı takdirde de, bu müziğe yeterince alışkın olduğumuzdan, beklenen notalarda hemen karşımızdakine katılıveririz.

Odette de Crécy, Swann'ı görmeye tekrar gitti, sonra da ziyaretlerini sıklaştırdı; Odette'in her ziyaretinde Swann arada geçen süre içinde özelliklerini biraz unuttuğu, ne bunca anlamlı, ne de gençliğine rağmen bunca solgun bir yüz olarak hatırladığı bu çehrenin karşısında duyduğu hayal kırıklığını yeni baştan yaşıyordu şüphesiz; Odette de Crécy kendisiyle konuşurken, Swann bu müthiş güzelliğin kendiliğinden tercih edeceği türden bir güzellik olmamasına hayıflanıyordu. Aslında şunu belirtmek gerekir ki, o dönemde alna kâküller halinde dökülen, "tiftik tiftik" kabartılan, kulaklardan aşağıya dağınık zülüfler halinde inen saçlar yüzün en düz yüzeyleri olan alnı ve yanakların üst kısmını kapattığı için, Odette'in çehresi olduğundan daha zayıf ve çıkıntılı görünürdü; vücudu gayet düzgündü, ama (Odette Paris'in en iyi giyinen kadınlarından biri olduğu halde, dönemin modası yüzünden) vücut hatları bir devamlılık arz etmezdi; o dönemde adeta hayalî bir göbek üzerinde öne doğru uzanan ve sivri bir uç halinde biten korsajlar, korsajın hemen altından itibaren kabaran, balonu andırır çift etekler kadınları birbirine iyi takılamamış ayrı ayrı parçalardan oluşuyormuş gibi gösterirdi; kırmalar, volanlar ve yelekler sırf desenle veya kumaşın sertliğiyle belirlenen bir çizgiyi tamamen bağımsız bir biçimde izler, düğümlerle, dantelden kıvrımlarla, kehribar saçaklarla son bulurlar veya korsenin balenine paralel uzanırlardı, ama sarmaladıkları canlı varlıkla katiyen ilişkileri olmazdı; bu cicili bicili giysilerin içindeki kadın, üstündeki süslerin mimarisinin kendi bedenine aşırı yaklaşmasına veya fazlasıyla uzaklaşmasına göre ya boğuluyormuş gibi görünür ya da giysinin içinde kaybolurdu.

Ama Odette gittikten sonra, Swann onun sözlerini, bir dahaki ziyaret iznini iple çekeceğini söyleyişini düşünüp gülümsüyordu; bir keresinde, Odette'in iki ziyaret arasındaki sürenin fazla uzamamasını rica ederken ne kadar tedirgin ve çekingen göründüğünü, o esnada ürkek, yalvaran bakışlarını kendisinden ayırmayışını, siyah kadife bağcıklı, beyaz, yuvarlak hasır şapkasının önüne iliştirilmiş yapma menekşelerin altından bakan bu gözlerin ona ne kadar dokunaklı bir hava verdiğini hatırlıyordu. "Peki ya siz?" demişti Odette, "Siz bir gün bana çaya gelmez miydiniz?" Swann, işlerini, –aslında yıllar önce yüzüstü bıraktığı– Delft'li Vermeer incelemesini bahane etmişti. "Sizin gibi büyük bir âlime benim gibi silik bir kadının hiçbir yardımı dokunamaz, biliyorum" diye cevap vermişti Odette. "Bilginler kurulu karşısındaki kurbağaya benzerim. Oysa öğrenmeyi, bilgilenmeyi o kadar çok isterdim ki! Eski kitaplara dalmak, eski kâğıtlara gömülmek kim bilir ne kadar zevklidir!" diye eklemişti, şık bir hanımın, "elini hamura bulamaktan" çekinmeyerek, yemek yapmak gibi pis işlere üstünü kirletmekten korkmadan girişmeyi en büyük zevk saydığını belirtirken büründüğü kendinden memnun havayla. "Benimle alay edeceksiniz ama, ziyaretime gelmenize engel olan bu ressam" (Vermeer'i kastediyordu) "kimdir? Adını daha önce hiç duymamıştım. Halen hayatta mı? Eserlerini Paris'te görmek mümkün mü acaba? Sizin nelerden hoşlandığınızı kafamda canlandırabilmek için görmek isterdim resimlerini; bu kadar çok çalışan bu alnın gerisinde neler olduğunu biraz tahmin edebilmek, sürekli düşündüğü hissedilen bu kafaya bakıp, 'İşte bunu düşünüyor' diyebilmek isterdim. Çalışmalarınıza katılmak ne müthiş bir şey olurdu!" Swann bu sefer de yeni dostluklardan korkusunu bahane etmiş, ama kibarlığından, mutsuz olma korkusu diye adlandırmıştı. "Sevgiden mi korkuyorsunuz? Ne tuhaf, benimse hayatta aradığım tek şey sevgi, onu bulabilmek için canımı verirdim" diyen Odette'in sesi o kadar doğal ve samimiydi ki, Swann etkilenmişti. "Herhalde bir kadın yüzünden acı çektiniz. Diğer kadınların da onun gibi olduğunu sanıyorsunuz. O sizi anlayamamış; siz o kadar farklısınız ki. Sizde ilk hoşuma giden de buydu, sizin herkese benzemediğinizi hemen hissetmiştim.

—Aslında, demişti Swann, eminim sizin de bir yığın meşguliyetiniz vardır, boş vaktiniz yoktur, ben kadınları tanırım.

—Benim hiçbir zaman işim yoktur! Her zaman serbestim, sizin için daima serbest olurum. Günün veya gecenin hangi saati benimle görüşmeniz için uygunsa, bir haber yollayın, seve seve koşarım. Söz mü? Aslında en güzeli ne olur, biliyor musunuz? Benim her akşam evine gittiğim Mme Verdurin'e takdim edilmeniz. Düşünsenize! Sizinle orada buluşurduk, ben sizin biraz da benim için geldiğinizi düşünürdüm!"

Hiç şüphesiz, Swann bu şekilde aralarında geçen konuşmaları hatırlarken, tek başına kaldığında onu düşünürken, onun görüntüsünü romantik tahayyüllerinde yer alan başka birçok kadın görüntüsünün arasına katıyordu sadece; ama herhangi bir tesadüf sayesinde Odette de Crécy'nin görüntüsü bütün bu tahayyüllere hâkim olsa, (hatta belki bir tesadüfün yardımına bile gerek yoktu, çünkü o âna kadar gizli kalmış bir durumun ortaya çıktığı esnada meydana gelen tesadüfün bu durum üzerinde hiçbir etkisi olmayabilir) bu tahayyülleri onun hatırasından ayırmak artık mümkün olmasa, o zaman ne vücudunun kusurları bir önem taşırdı, ne de bu vücudun Swann'ın zevkine bir başka vücuda kıyasla daha uygun olup olmaması; çünkü sevdiği kadının vücudu sıfatını bir kere kazandı mı, Swann'a mutluluk veya acı verebilecek tek vücut o olurdu.

Büyükbabam, Verdurin'lerin o dönemdeki bütün dostlarının aksine, M. Verdurin'in ailesini tanırdı. Ama "genç Verdurin" dediği ve özünde, –hâlâ milyoner olmakla birlikte– derbederlerin, ayaktakımının arasına düşmüş bir adam diye nitelendirdiği M. Verdurin'le ilişkisi tamamen kesilmişti. Günün birinde, Swann'dan kendisini Verdurin'lerle görüştürmesini rica etmek amacıyla yazılmış bir mektup aldı. "Dikkat! Dikkat!" diye bağırmıştı o zaman büyükbabam. "Hiç şaşırmadım doğrusu, Swann'ın sonunun böyle olacağı belliydi zaten. Ne muhit ama! Bir kere isteğini yerine getirmem imkânsız, çünkü o beyefendiyle artık tanışmıyoruz. Ayrıca bu işin içinde mutlaka bir kadın meselesi vardır, ben bu işlere karışmam. Hadi bakalım! Swann bu Verdurin takımına dadanırsa, bize eğlence çıktı demektir."

Büyükbabam Swann'ın mektubuna olumsuz cevap verince, Swann'ı Verdurin'lere bizzat Odette götürmüştü.

Swann'ın ilk gecesinde, Verdurin'lerin evinde akşam yemeğine Doktor Cottard ile eşi, genç piyanist ile teyzesi ve o sıralar Verdurin'lerin himayesinde bulunan ressam katılmış, yemekten sonra birkaç mürit daha gelmişti.

Doktor Cottard karşısındaki kişinin şaka mı yaptığını, ciddi mi olduğunu, ona hangi tonda cevap vermesi gerektiğini hiçbir zaman tam olarak bilemezdi. Ne olur ne olmaz diye, bütün yüz ifadelerine şartlı ve eğreti bir tebessüm taslağı ekler, böylece, şaka yapılmışsa, bu gülümsemenin tetikte bekleyen inceliği sayesinde saflıkla suçlanamayacağını düşünürdü. Ama söylenen sözün ciddi olması ihtimalini de göz önünde bulundurarak, bu tebessümü açıkça çehresine yaymaya da cesaret edemediğinden, yüzünde daima bir tereddüt gezinir, sormaya cesaret edemediği şu soru okunurdu:

"Ciddi mi söylüyorsunuz?" Bir salonda olduğu kadar, sokakta, hatta genel olarak hayatta da nasıl davranması gerektiği konusunda bir türlü emin olamadığından, yoldan gelip geçenlere, arabalara ve olaylara daima hınzır bir tebessümle mukabele ederdi; bu tebessüm, davranışı duruma uygun olmadığı takdirde, kendisinin bunu pekâlâ bildiğini ve bu davranışı şakacıktan benimsemiş olduğunu kanıtlamak suretiyle tutumundaki yanlışlığı daha baştan silmeyi amaçlardı.

Bununla birlikte, doktor, açıkça soru sormakta bir sakınca görmediği her konuda şüphelerinin alanını daraltmaya, öğrenimini tamamlamaya çabalamaktan geri kalmazdı.

Örneğin doğup büyüdüğü taşra kasabasından ayrılırken ileri görüşlü annesinin kendisine vermiş olduğu öğütler doğrultusunda, bilmediği bir deyim veya özel isim duyduğunda, mutlaka o konuda bilgilenmeye çalışırdı.

Deyimler konusunda verilen bilgilerle bir türlü yetinmez, kimi deyimlerin aslında taşıdıkları anlamdan daha kesin, ayrıntılı bir anlamla yüklü olduklarını zanneder, en sık duyduğu, şeytan tüyü, kanı bozuk, nerede akşam orada sabah, Rabelais'nin çeyrek saati*, lügat paralamak, açık bono vermek, dilini bağlamak gibi bazı deyimlerin tam anlamını ve hangi somut durumlarda bunları kullanabileceğini öğrenmek isterdi. Deyimleri kullanamadığı zaman, öğrenmiş olduğu kelime oyunlarına yer verirdi konuşmalarında. Daha önce duymadığı bir isim söylendiğinde de, sorgular bir tonda bu yeni ismi tekrarlamakla yetinir, böylece açıkça soru sormak zorunda kalmadan, kendisine bir açıklama yapılacağını düşünürdü.

Her şeye uyguladığını zannettiği eleştirel bakıştan aslında tamamen yoksun olduğu için, birisine bir lütufta bulunurken sözlerinin ciddiye alınmasını beklemeden, terbiye icabı karşısındakine minnet borçlu olduğunu söylemek gibi bir kibarlığı Doktor Cottard'a göstermek, boşuna zahmet etmek olurdu, çünkü o her şeyi kelimesi kelimesine, en düz şekliyle anlardı. Mme Verdurin doktor konusunda kör sayılırdı gerçi, ama yine de, Sarah Bernhardt'ı izlemek üzere Cottard'ı sahne önü locasına davet ettiği gece, doktoru hâlâ çok zeki bulmakla birlikte, sonunda sinirlenmişti: Mme Verdurin nezaketine nezaket katarak, "Gelmeniz büyük incelik Doktor, üstelik eminim

---

* "sıkıntılı dakikalar" anlamında bir deyim: *le quart d'heure de Rabelais*.

Sarah Bernhardt'ı daha önce birçok kez izlemişsinizdir, ayrıca sahneye de fazla yakın sayılırız belki" dediğinde, yetkili birisi kendisine temsilin önemi konusunda bilgi verinceye kadar sabitleşeceği mi, silineceği mi belli olmayan bir tebessümle locaya girmiş olan Doktor Cottard, "Gerçekten fazla yakınız, Sarah Bernhardt'tan da sıkılmaya başladık artık. Ama siz gelmemi istediniz. Sizin istekleriniz benim için birer emirdir. Size küçük bir yardımda bulunmak benim için mutluluktur. O kadar iyi bir insansınız ki, insan sizin için ne olsa yapar!" diye cevap vermiş, ardından da eklemişti: "Altın Ses diye anılan, Sarah Bernhardt'tı, değil mi? Yüreğiyle oynadığı yazılıyor hep. Garip bir ifade, değil mi?" Ama beklediği yorumların hiçbiri gelmemişti.

"Biliyor musun" demişti Mme Verdurin kocasına, "bence doktor için yaptıklarımızı alçakgönüllü davranıp azımsamakla hata ediyoruz. Pratik hayatın dışında yaşayan bir bilim adamı o, hiçbir şeyin değerini kendisi anlamıyor, bilmiyor, bizim söylediğimize inanıyor. —Sana söylemeye cesaret edememiştim ama benim de dikkatimi çekmişti" diye cevap verdi M. Verdurin. Bu konuşmayı izleyen yılbaşında da, M. Verdurin, pek ufak bir şey olduğunu söyleyerek Doktor Cottard'a üç bin franklık bir yakut yollamak yerine, üç yüz franga taklit bir taş alıp bu kadar güzeline zor rastlanacağını ima etmişti.

Bir akşam, Mme Verdurin M. Swann'ın geleceğini bildirdiğinde, doktor, sesi şaşkınlıktan sertleşerek, "Swann mı?" diye haykırmıştı; en sıradan bir haber bile, her an her şeye karşı hazırlıklı olduğunu zanneden bu adamı gafil avlardı. Kimseden bir cevap gelmeyince, doruğa varan ve "Swann mı? Kim bu Swann?" diye bağırmasına yol açan kaygısı, Mme Verdurin'in sözleriyle birden dağılıverdi: "Canım, Odette'in sözünü ettiği arkadaşı." "Ha, peki, peki, tamam" dedi doktor yatışarak. Ressama gelince, Swann'ın Verdurin'lere takdim edileceğine çok seviniyordu, çünkü onun Odette'e âşık olduğunu varsayıyordu ve aşk ilişkilerini daima desteklerdi. "Hayatta en sevdiğim şey çöpçatanlık yapmaktır" diye itirafta bulundu Doktor Cottard'ın kulağına eğilerek; "bugüne kadar birçok kişiyi evlendirdim, hatta kadınları kendi aralarında evlendirdiğim de oldu!"

Odette Verdurin'lere Swann'ın çok "*smart*" olduğunu söyleyince, onlar da "sıkıcı bir tip" olmasından korkmuşlardı. Oysa Swann aksine, üzerlerinde mükemmel bir izlenim bıraktı; bu izlenimin

Verdurin'lerin bilincinde olmadıkları dolaylı nedenlerinden biri, Swann'ın seçkin yüksek sosyete çevresiyle ilişkileriydi. Swann yüksek sosyete muhitinde bir süre yaşamış olmaktan ötürü, zeki de olsalar bu muhite hiç girip çıkmamış kişilerden bir bakıma üstün sayılırdı gerçekten; bu üstünlük, yüksek sosyeteyi hayal gücüne esinlediği arzuyla ya da korkuyla başka bir şeye dönüştürmemesi ve ona önemsiz bir şey gözüyle bakmasıydı. Bu çevreye aşina kişilerin kibarlığı, her tür snopluktan, aşırı nezaket gösterme korkusundan uzak ve bağımsızdır; bu kişilerin hareketlerinde gözlenen rahatlık ve zarafet, kollarını ve bacaklarını esneklikle, diğer uzuvlarının münasebetsiz, sarsak müdahalelerine maruz kalmadan, tamamen istekleri doğrultusunda kullanan insanların rahatlığı ve zarafetidir. Kendisine takdim edilen tanınmamış bir gence iyi niyetle elini uzatan, takdim edildiği büyükelçinin karşısında ölçülü bir biçimde eğilen yüksek sosyete mensuplarının basit, temel beden eğitimi, zamanla, kendisi bilincine varmadan Swann'ın bütün toplumsal tavırlarına yansımıştı; işte bu nedenle Swann kendi muhitinden daha düşük seviyedeki bir çevrenin insanları olan Verdurin'ler ve arkadaşlarıyla ilk karşılaşmasında, onların nazarında sıkıcı bir tipin sergilemeyeceği bir cana yakınlık, bir gayret gösterdi. Sadece Doktor Cottard'la bir anlık bir soğukluk geçti aralarında: Daha birbirleriyle selamlaşmadan, doktor kendisine göz kırpıp anlamlı anlamlı gülümseyince (Cottard bu mimiğe "bekle gör" adını verirdi), Swann eğlence âlemlerinin adamı olmadığı ve bu tür yerlere binde bir gittiği halde, Cottard'ın kendisini muhtemelen randevuevi türü bir yerden hatırladığını düşündü. İmayı özellikle de kendisi hakkında kötü bir izlenim edinebilecek olan Odette'in yanında yapılmasını zevksizlik olarak niteleyip buz gibi bir tavır takındı. Ama yanındaki hanımlardan birinin Mme Cottard olduğunu öğrenince, bu kadar genç bir kocanın karısının yanında bu tür imalar yapmayacağını düşündü ve doktorun suçortağı havasına bu anlamı yüklemekten vazgeçti. Ressam hiç vakit geçirmeden Swann'ı Odette'le birlikte atölyesine davet etti; Swann kendisinden hoşlandı. "Belki size benden çok iltimas gösterilip Cottard'ın portresine bakmanıza izin verilir" dedi Mme Verdurin, gücenmiş gibi yaparak (Cottard'ın portresini ressama sipariş eden de oydu). Şakacıktan "Monsieur" diye hitap etmeyi alışkanlık haline getirdikleri ressama dönerek hatırlattı: "O güzel bakışları, gözündeki o kurnaz, muzip ışıltıyı vurgulamayı ihmal etmeyin, 'Monsieur' Biche. Biliyorsunuz bilhassa o gülümsemeyi görmek istiyorum; sizden istediğim, o gülümsemenin portresidir." Bu ifade kendisine olağanüstü göründüğü için de, çok sayıda misafirin duyması için çok yüksek sesle tekrarladı, hatta önceden, saçma sapan bir bahaneyle birkaçını yanına çağırdı. Swann herkesle tek tek tanışmak istedi, hatta Verdurin'lerin eski dostu Saniette'i bile atlamadı; Saniette, derin arşiv bilgisi, hatırı sayılır serveti ve seçkin ailesi sayesinde kazandığı itibarı, utangaçlığı, saflığı ve iyi kalpliliği yüzünden herkesin nezdinde kaybetmişti. Saniette konuşurken laflar ağzında birbirine dolaşırdı; çok sevimli bir özelliğiydi bu, çünkü bir konuşma kusurundan çok manevi bir meziyeti ele verir, Saniette'in hâlâ çocukluğundaki masumiyetini koruduğu izlenimini uyandırırdı. Telaffuz edemediği bütün sessiz harfler, söylemeye dilinin varmadığı sert sözlermiş gibi çıkardı ağzından, Swann'ın M. Saniette'e takdim edilmeyi rica etmesi, Mme Verdurin'e rolleri değiştirmek gibi geldi (o kadar ki, cevaben, aradaki farkı vurgulayarak, "Monsieur Swann, müsaade ederseniz, size dostumuz Saniette'i takdim etmek isterim" dedi), Saniette'te ise hararetli bir sevgi uyandırdı, ama Verdurin'ler bunu Swann'a hiç belirtmediler, çünkü Saniette biraz sinirlerine dokunuyordu ve ona yeni dostlar bulmaya meraklı değildiler. Buna karşılık Swann'ın piyanistin teyzesiyle derhal tanışmak istemesi, Verdurin'leri müthiş duygulandırdı. Piyanistin teyzesi, siyah rengin daima şık ve seçkin göründüğü zannıyla, her zamanki gibi siyah bir elbise giymişti ve her yemekten sonra olduğu gibi yüzü kıpkırmızıydı. Swann'ın karşısında saygıyla eğildi, ama haşmetle doğruldu. Hiçbir tahsili olmadığı ve hatalı konuşmaktan korktuğu için, kelimeleri bilerek anlaşılmaz biçimde telaffuz eder, bir yanlış yapacak olsa da, o anlaşılmazlığın içinde boğulup gideceğini, açıkça fark edilmeyeceğini düşünürdü; dolayısıyla, konuşması arada emin olduğu tek tük kelimelerin seçilebildiği boğuk bir hırıltıdan ibaretti. Swann M. Verdurin'le konuşurken piyanistin teyzesinden hafif bir alayla söz etmekte bir sakınca görmediyse de, M. Verdurin buna gücendi.

"Fevkalade bir insandır" diye cevap verdi. "Göz kamaştırıcı olduğunu iddia etmiyorum, ama emin olun, baş başa sohbet edince, hoş bir insandır. —Bundan hiç şüphem yok, diye aceleyle onayladı Swann. Ben pek 'seçkin' görünmediğini söylemek istemiştim, diye ekledi, "seçkin" sıfatını vurgulayarak; bu da aslında iltifat sayılır!

Çok şaşıracaksınız ama, dedi M. Verdurin, kalemi çok kıvraktır. Yeğenini hiç dinlemediniz mi? Harikadır, değil mi Doktor? Bir şeyler çalmasını rica etmemi ister misiniz Monsieur Swann? Swann, —İstemek ne kelime, şeref duyarım..." diye cevap vermeye başlamışken, doktor alaylı bir tavırla sözünü kesti. Konuşmada tumturaklı ifadelerin artık kullanılmadığını, eski moda kabul edildiğini işitmiş ve unutmamış olan Cottard, az önceki "şeref" kelimesi gibi ağırbaşlı bir kelimenin ciddiyetle kullanıldığını duyduğu anda, kelimeyi söylemiş olan kişinin ukalalık ettiğini sanırdı. Ayrıca aynı kelime tesadüfen beylik bir deyişte de geçiyorsa, kelimenin başka kullanımları ne kadar yaygın olursa olsun, doktor, başını duyduğu cümlenin gülünç olduğuna hükmeder ve alaylı bir tavırla, cümleyi o beylik deyişle bitirirdi; muhatabı bu deyişi aklından bile geçirmediği halde, kullanmayı düşünmüş olmakla suçlanırdı adeta.

"Tüm Fransa adına şeref duyarız!" diye haykırdı doktor alayla, kollarını abartılı bir tavırla havaya kaldırarak.

M. Verdurin kendini tutamayıp güldü.

"Bunlar orada neye gülüyorlar böyle? Etrafa neşe saçıyorsunuz bakıyorum" diye haykırdı Mme Verdurin. Sonra çocuk taklidi yaparak, gücenmiş gibi, "Ben burada tek başıma cezalı kaldım, ne sıkıcı!" diye ekledi.

Mme Verdurin İsveçli bir kemancının hediyesi olan, cilalı köknardan, İsveç yapımı, yüksek bir iskemlede oturuyordu; şekli bir tabureyi andırdığı ve o güzel antika mobilyalarına hiç yakışmadığı halde, bu hediyeyi salonunda tutuyordu, çünkü müritlerin ara sıra kendisine hediye ettikleri eşyaları evine geldiklerinde görüp memnun olsunlar diye, görünür bir yerde bulundurmaya özen gösterirdi. Bu yüzden de, müritleri hiç değilse kalıcı olmayan çiçek ve tatlılarla yetinsinler diye ikna etmeye çalışır, ama başarılı olamazdı; evinde üst üste yığılan, gereksiz ve birbiriyle alakasız hediyelerden, ayak tandırlarından, yastıklardan, duvar saatlerinden, paravanlardan, barometrelerden, vazolardan bir koleksiyon oluşmuştu.

Bulunduğu yüksek makamdan müritlerin konuşmalarına coşkuyla katılıyor, "maskaralık"larına gülüyordu, ama o çene kazasından sonra, gerçekten kahkaha atmak zahmetine katlanmaktan vazgeçmişti; onun yerine, kendisi yorgunluğa ve tehlikeye maruz kalmadan, gülmekten gözlerinin yaşardığını ifade eden klasik bir mimik koymuştu. Müdavimlerden birinin sıkıcı bir tipe veya sıkıcı tipler sınıfına atılmış eski bir müdavime ilişkin en ufak bir esprisi üzerine, –uzun müddet karısı kadar nazik olma iddiasını sürdüren, ama gerçekten güldüğü için kısa sürede soluğu tükenen ve bu aralıksız, kurmaca neşe hilesine yenik düşüp geride kalan M. Verdurin'i umutsuzluğa düşürerek– küçük bir çığlık atar, beyaz bir leke yüzünden buğulanmaya başlayan, kuş gözüne benzer küçük gözlerini sımsıkı kapatır ve aniden, adeta uygunsuz bir görüntüyü saklama ya da ölümcül bir darbeden kaçınma telaşıyla, yüzünü tamamen, hiçbir tarafı görünmeyecek şekilde ellerine gömer, kendini tutmasa baygınlık geçirmesine sebep olacak kahkahalarını bastırmaya çalışırmış gibi görünürdü. İşte Mme Verdurin bu şekilde, peksimeti sıcak şaraba batırılmış bir kuş gibi tünediği sırığının tepesinde, müritlerin neşesiyle başı dönmüş, dostluk, dedikodu ve onaylamayla sarhoş halde, kibarlıktan hıçkırmaktaydı.

Bu arada piposunu yakmadan önce Swann'dan izin isteyen ("bu evde rahat davranılır, dostlar arasındayız" diyen) M. Verdurin, genç piyanistten piyanonun başına geçmesini rica ediyordu.

"Canım, üstüne varmasana, işkence görmeye gelmedi çocuk buraya, diye haykırdı Mme Verdurin, canını sıkmayın, ben istemiyorum!

—Niye canı sıkılsın ki? dedi M. Verdurin. M. Swann keşfettiğimiz fa diyez sonatı bilmiyordur belki; bize onun piyano düzenlemesini çalsın.

—Yo, hayır, hayır, benim sonatımı çalmasın! diye bağırdı Mme Verdurin. Geçen seferki gibi ağlamaktan burnum aksın, nevraljim tutsun istemiyorum; çok teşekkür ederim, ben almayayım; siz de bir âlemsiniz, bir hafta yataktan kalkamayacak olan siz değilsiniz tabii!"

Piyanistin her çalışından önce tekrarlanan bu sahne, "Patroniçe"nin baştan çıkarıcı özgünlüğünün ve müzik hassasiyetinin sanki yepyeni bir kanıtıymış gibi büyülerdi dostlarını. O esnada Mme Verdurin'in yakınında bulunanlar, biraz ötede sigara içenlere, kâğıt oynayanlara bir olay olduğunu, yaklaşmalarını işaret eder, Reichstag'da önemli anlarda yapıldığı gibi, "Dinleyin, dinleyin"* derlerdi. Ertesi gün, o geceye katılamamış olanlara sitem edilir, sahnenin her zamankinden eğlenceli olduğu söylenirdi.

---

* Çeşitli parlamentolarda alkış yerine kullanılan ünlem.

"Pekâlâ, tamam, anlaştık, dedi M. Verdurin, sadece *andante*'yi çalacak.

—Sadece *andante*'yi mi, pes doğrusu! diye haykırdı Mme Verdurin. Zaten benim kolumu kanadımı kıran da *andante*. Patron bir harika! *Dokuzuncu Senfoni*'nin sadece finalini, *Usta Şarkıcılar*'ın sadece uvertürünü dinleyeceğiz demek gibi bir şey bu."

Bu arada doktor, piyanistin çalmasına izin versin diye Mme Verdurin'e baskı yapmaktaydı; müziğin Mme Verdurin'e verdiği rahatsızlıkların numara olduğunu düşünmüyordu –bazı nevroz halleri gözlemlemekteydi Patroniçe'de– ama birçok doktor gibi Cottard da, hastalarına verdiği sert talimatları kendisine çok daha önemli gibi görünen bir tehlike karşısında derhal gevşetirdi; hastası, doktorun da katılacağı bir sosyete davetinin vazgeçilmez unsurlarından biriyse eğer, doktor sindirim bozukluğunu veya gribini bu seferlik unutmasını tavsiye ederdi ona.

"Bu sefer hastalanmayacaksınız, emin olun, dedi Mme Verdurin'e, bakışlarıyla telkinde bulunmaya çalışarak. Hastalansanız da biz sizi iyileştiririz.

—Sahi mi?" dedi Mme Verdurin, böyle bir lütuf karşısında boyun eğmekten başka çaresi yokmuş gibi. Belki de hastalanacağını söyleye söyleye, öyle bazı anlar geliyordu ki, bunun bir yalan olduğunu unutuyor, hasta maneviyatına bürünüyordu. Hastalar krizlerini seyreltebilmek için mecburen hep akıllı uslu olmaktan bıkarlar ve canlarının çektiği, normal olarak kendilerini hasta eden her şeyi hiçbir zarar görmeden yapabileceklerine inanmaktan hoşlanırlar; kendilerini güçlü bir varlığın ellerine teslim etmeleri yeterlidir, hiçbir zahmete katlanmadan, onun tek bir sözüyle veya vereceği tek bir hapla ayağa kalkabileceklerdir.

Odette piyanonun yakınındaki goblen kanepeye oturmuştu.

"Biliyorsunuz, benim yerim bellidir" dedi Mme Verdurin'e.

Mme Verdurin Swann'ın bir iskemlede oturduğunu görüp yerinden kaldırdı:

"Orası rahat değil, Odette'in yanına geçsenize; M. Swann'a bir yer açarsınız, değil mi Odette?"

Swann, oturmadan önce, "Ne güzel bir Beauvais, dedi nezaketen.

—Kanepemi takdir etmenize sevindim, diye cevap verdi Mme Verdurin. Size bir şey söyleyeyim mi, bu kadar güzelini katiyen bulamazsınız. Bunun gibisini asla yapmadılar. Küçük koltuklar da birer harikadır. Birazdan bakarsınız onlara da. Bronzların her biri, koltukta anlatılan hikâyede bir şeyi simgeliyor; gelin inceleyin, çok eğleneceğinizden şüpheniz olmasın. Şu kenarlardaki küçük frizlere baksanıza; Ayı ile Üzümler hikâyesinde şu kırmızı fon üzerindeki asma dalı mesela. Resim mi sahiden? Ne dersiniz, adamlar resim yapmayı biliyorlarmış, değil mi! Şu üzümler insanın iştahını açmıyor mu? Kocam onun kadar meyve yemiyorum diye meyve sevmediğimi söylüyor. Katiyen öyle değil, ben hepinizden oburum, ama ben onların tadını gözlerimle çıkardığım için yememe gerek kalmıyor. Hepiniz niye gülüyorsunuz canım? Doktora sorun, bu üzümlerin benim içimi temizlediğini o da söyleyecektir size. Diğer insanlar Fontainebleau tedavisine başvuruyor, benim kendi Beauvais tedavim var. Monsieur Swann, arkalıklardaki bronzlara dokunmadan gitmenize izin veremem. Eski bronzun kayganlığını hissediyor musunuz? Yok, öyle değil, avucunuzla, iyice okşayın.

—Eyvah! Mme Verdurin bronzları mıncıklamaya başlarsa bu gece müzik dinleyemeyiz, dedi ressam.

—Susun, yaramazlık yapmayın. Aslında, dedi Mme Verdurin, Swann'a dönerek, biz kadınlara bunun kadar şehvetli olmayan şeyler de yasaktır. Ama bununla kıyaslanabilecek bir ten olamaz ki! M. Verdurin beni kıskanma şerefini bana bahşettiği zamanlar – canım, bari nezaketen, hiç kıskanmadığını söyleme...

—Ben tek kelime söylemedim ki. Doktor, siz şahitsiniz: Ben bir şey dedim mi?"

Swann terbiye icabı bronzları okşuyor, kısa kesmeye cesaret edemiyordu.

"Hadi bakalım, onları sonra okşarsınız; şimdi okşanma sırası sizde, kulaklarınızda; kulaklarınızın okşanmasından hoşlanırsınız herhalde; işte bu delikanlı, o görevi üstlenecek."

Piyanist parçasını çaldıktan sonra, Swann ona hazır bulunan diğer kişilere gösterdiğinden de daha büyük bir nezaket gösterdi. Sebebi de şuydu:

Bir yıl önce, bir gece davetinde, bir eserin piyano ve kemanla seslendirilişini dinlemişti. Başlangıçta, enstrümanlardan çıkan seslerin maddi niteliğinden tat almıştı sadece. Kemanın ince, dayanıklı ve yoğun doğrultu çizgisinin altında, ansızın piyanodan bir ezginin çalkantılı bir sıvı kütlesi halinde, mehtabın büyülediği, bemolleştirdiği denizdeki eflatun çırpıntı gibi çokbiçimli, bölünmez, çarpışan bir düzlem olarak yükselmeye çalıştığını işitmek, başlı başına bir zevk olmuştu Swann için. Sonra, bir an gelmiş, hoşuna giden şeyi adlandıramadığı, sınırlarını tam olarak çizemediği halde, birdenbire büyülenmiş, geçip giderken, tıpkı gecenin rutubetli havasında dalgalanan bazı gül kokularının burun deliklerimizi genişletmesi gibi ruhunu genişleterek açan cümleciği veya armoniyi –kendi de emin olamıyordu– yakalamaya çalışmıştı. Belki besteyi tanımadığı için böylesine bulanık bir izlenimi yaşayabilmişti; oysa bunlar, belki de başka hiçbir türden izlenime indirgenemeyecek, salt müziğe ait, sınırlı ve tamamen özgün olan yegâne izlenimlerdir. Bu türden bir izlenim, bir an için, maddesizdir bir bakıma. Şüphesiz o sırada duyduğumuz notalar, yüksekliklerine ve sürelerine bağlı olarak, gözlerimizin önünde çeşitli boyutlarda yüzeyler kaplamaktan, dolambaçlar çizmekten, bize genişlik, incelik, denge ve değişkenlik hisleri yaşatmaktan geri kalmazlar. Ama daha bu hisler içimizde tam biçimlenemeden, notalar kaybolup gider ve onların ardından gelen, hatta onlarla eşzamanlı başka notaların uyandırdığı hisler, öncekileri bastırır. Ve bu izlenim, akışkanlığıyla, giderek solan tonlarıyla, arada bir belli belirsiz su yüzüne çıkan, ama hemen ardından yine gömülüp kaybolan motifleri sarmalamaya devam eder; sadece uyandırdıkları haz aracılığıyla tanınabilen bu motifleri betimlemek, hatırlamak, adlandırmak ve ifade etmek bir tek şey sayesinde mümkündür, o da, dalgaların ortasında sağlam temeller atmaya çalışan bir işçi gibi bizim için bu kaçak cümleciklerin kopyalarını çıkaran ve bunları izleyen cümleciklerle kıyaslayıp onlardan ayırt etmemize imkân tanıyan hafızamızdır. İşte bu şekilde, daha Swann'ın yaşadığı o tatlı his geçer geçmez, hafızası derhal özet halinde, geçici bir kopya çıkarmış, Swann da parça devam ederken bu kopyaya göz atmıştı; dolayısıyla, aynı izlenim ansızın tekrar su yüzüne çıktığında, elle tutulabilir hale gelmişti. Swann bu izlenimin alanını, simetrik gruplaşmalarını, yazıya geçirilişini, ifade gücünü zihninde canlandırabiliyordu; karşısında, artık saf müzik olmayan, desen, mimarlık ve düşünceden oluşan, müziği hatırlamaya imkân tanıyan bir şey vardı. Bu sefer, birkaç saniye boyunca ses dalgalarının üzerinde yükselen bir cümleciği açıkça seçebilmişti. Ve aynı anda, cümlecik ona daha önce hayalinden bile geçmemiş, çok özel zevkler vaat etmişti; bu zevkleri kendisine başka hiçbir şeyin tattıramayacağını hissediyordu, cümleciğe ilişkin duygusu meçhul bir aşktı adeta.

Cümlecik Swann'ı ağır bir tempoyla bir o yana, bir bu yana sürüklüyor, soylu, anlaşılmaz ve belirgin bir mutluluğa doğru yönlendiriyordu. Sonra birden, gelmiş olduğu, Swann'ın onu izlemeye hazırlandığı noktada bir an durup sertçe yön değiştiriyor ve Swann'ı daha hızlı, narin, hüzünlü, kesintisiz ve yumuşak bir hareketle, bilinmez ufuklara sürüklüyordu beraberinde. Sonra kayboldu gitti. Swann onu üçüncü kez görmeyi tutkuyla istiyordu. Sahiden de bir daha göründü, ama daha açık konuşmadı Swann'la, hatta eskisi kadar yoğun bir haz da uyandırmadı içinde. Yine de Swann evine döndüğünde ona ihtiyaç duydu; yoldan geçerken bir an gördüğü bir kadına adını bile bilmeden âşık oluveren, onu bir daha görüp göremeyeceğini bilemeyen, ama hayatına, kendi duyarlılığının değerini artıran yeni bir güzelliğin suretinin girdiğini hisseden bir adam gibiydi.

Hatta bir müzik cümleciğine duyduğu bu aşk, bir ara Swann için bir gençleşme ihtimali doğuracak gibi oldu. Hayatını idealindeki bir hedefe adamaktan vazgeçeli, günlük tatminlerin peşinde koşmakla sınırlayalı o kadar uzun zaman olmuştu ki, açıkça itiraf etmese de, bu durumun ölünceye kadar değişmeyeceğini düşünüyordu; üstelik, zihninde artık yüce fikirler bulamadığından, tam olarak inkâr edememekle birlikte, bu tür fikirlerin gerçekliğine de inanmaz olmuştu. Dolayısıyla, meselelerin özünü bir kenara bırakmasına imkân tanıyan önemsiz düşüncelere sığınmayı alışkanlık haline getirmişti. Tıpkı yüksek sosyete hayatından vazgeçmesinin daha iyi olup olmayacağını sorgulamadığı, aksine, bir davet aldığında, icabet etmesi gerektiğini ve daha sonra ziyarete gitmezse kartvizit bırakması gerektiğini kesin olarak bildiği gibi, konuşmasında da, herhangi bir şey hakkında kişisel görüşünü içtenlikle ifade etmekten daima kaçınır, o konuda, bir bakıma kendi başlarına birer değeri olan ve yeteneklerini, zekâsını sergilemekten kendisini kurtaran somut ayrıntılara ilişkin bilgi vermeye çalışırdı. Bir yemeğin tarifi, bir ressamın doğum ya da ölüm tarihi, eserlerinin adları gibi konularda son derece kesin ve ayrıntılı bilgi verirdi. Her şeye rağmen, ara sıra bir esere veya hayata bakışa ilişkin bir yargısını belirtme lüksünü kendine tanır, ama o zaman da, sanki kendi sözlerine tam olarak katılmıyormuş gibi, alaylı bir tonda konuşurdu. Nasıl ki bazı marazi kişiler, yeni bir ülkeye gittiklerinde, farklı bir perhiz izlediklerinde, bazen de kendiliğinden, esrarengiz bir organik gelişmeyle, ansızın hastalıklarında hatırı sayılır bir azalma görüp, ileri bir yaşta, hayatlarında beklenmedik, köklü bir değişiklik yapma ihtimalini düşünmeye başlarlarsa, Swann da benliğinde, dinlemiş olduğu cümleciğin hatırasında ve o cümleciğe rastlama umuduyla çaldırdığı birtakım sonatlarda ne zamandır inanmadığı o görünmez gerçeklerden birinin varlığını hissediyor, sanki müzik içinde bulunduğu manevi boşluk üzerinde belirleyici bir etki yapmışçasına, hayatını yeniden bu gerçeklere adamak için bir arzu, neredeyse bir güç buluyordu kendinde. Ama dinlediği eserin bestecisinin kim olduğunu öğrenemeyince, eseri de edinememiş ve sonunda unutmuştu. Gerçi hafta içinde, o gece kendisiyle birlikte davete katılmış birkaç kişiyle görüşmüş, onlara sormuştu; ama bunların çoğu davete konserden sonra gelmişler ya da daha önce ayrılmışlardı; bununla birlikte, konser sırasında orada olanlar da vardı, fakat onların da bir bölümü sohbet etmek üzere bir başka salona geçmişti, kalıp dinleyenler ise, onlardan fazla bir şey duymamıştı. Ev sahiplerine gelince, yeni bir eser olduğunu biliyorlardı sadece, konser için tuttukları sanatçılar bu eseri seslendirmek istemişlerdi; sanatçılar o sırada turnede oldukları için de, Swann daha fazla bir şey öğrenememişti. Müzisyen dostları vardı gerçi, ama cümleciğin kendisine yaşattığı o özel, kelimelerle ifade edilmesi mümkün olmayan hazzı hatırladığı, çizdiği şekilleri gözünde canlandırdığı halde, cümleciği tekrarlayamıyordu bu dostlarına. Sonra da artık onu düşünmez oldu.

İşte Mme Verdurin'in evinde, genç piyanist çalmaya başladıktan bir iki dakika sonra, ansızın, iki ölçü uzatılan tiz bir notanın ardından, Swann o sevdiği, hafif, güzel kokulu cümleciğin adeta kuluçka döneminin sırrını gizlemek için gerilmiş, uzatılmış bu sesten perdenin altından sızarcasına, gizlice, kesik kesik, hışırtılı bir şekilde yaklaştığını fark etti, onu tanıdı. O kadar kendine hastı, öylesine şahsi, yeri doldurulamaz bir büyüsü vardı ki, Swann adeta sokakta görüp hayran olduğu ve bir daha görmekten umudunu kestiği birine bildik bir salonda rastlamış gibi oldu. Sonunda cümlecik rayihasını arkasında dalgalandırarak, yol göstererek, hamarat hamarat uzaklaştı ve Swann'ın çehresinde gülümseyişinin yansımalarını bıraktı. Ama Swann bu sefer meçhul dilberinin adını sorabilirdi (Vinteuil'ün *Piyano ve Keman İçin Sonat*'ının *andante* bölümü olduğunu söylediler), artık onu ele geçirmişti, canı her istediğinde evinde onunla birlikte olabilir, onun dilini ve sırrını öğrenmeye çalışabilirdi.

Bu nedenle, piyanist parçayı bitirdiğinde, Swann yanına gidip kendisine ne kadar minnettar olduğunu söyledi; Swann'ın bu hararetli teşekkürü Mme Verdurin'in çok hoşuna gitti.

"Büyüleyici bir çocuk, değil mi?" dedi Swann'a. "Sonatın ruhunu anlamış küçük serseri. Piyanoyla böyle bir noktaya ulaşılabileceğini düşünemezdiniz, değil mi? Piyano haricinde her şey sanki! Her defasında aldanıyorum, orkestra çalıyor zannediyorum. Hatta orkestradan da güzel, daha eksiksiz."

Genç piyanist öne doğru eğildi ve gülümseyerek, espri yapıyormuş gibi kelimeleri vurgulayarak, "Bana karşı çok hoşgörülüsünüz" dedi.

Mme Verdurin kocasına "Hadi, çocuğa portakal şerbeti ver, bir şey içmeyi hak etti" derken, Swann da Odette'e o cümleciğe nasıl âşık olduğunu anlatıyordu. Mme Verdurin biraz öteden, "Odette, güzel sözler işitiyorsunuz gibime geliyor" dediğinde Odette, "Evet, çok güzel sözler" diye cevap verince, Swann onun sadeliğine hayran oldu. Bu arada Vinteuil'e ve eserlerine ilişkin bilgi edinmeye çalışıyor, bu sonatı hayatının hangi döneminde bestelediğini öğrenmek istiyor, özellikle de o cümleciğin besteci için nasıl bir anlam taşıdığını merak ediyordu.

Ama Vinteuil'e hayranlıklarıyla böbürlenen bütün bu insanlar (Swann sonatın gerçekten güzel olduğunu söylediğinde Mme Verdurin, "Hem de çok güzel! Ama insan Vinteuil'ün sonatını bilmediğini itiraf etmez, bilmemeye hakkı yoktur" diye haykırmış, ressam da, "Kesinlikle bir şaheser, değil mi? Yani 'sevimli', 'herkese hitap eden' bir şey değil, ama sanatçılar için yıldırım etkisi yapan bir şey" diye eklemişti), Swann'ın merak ettiği soruları hiç akıllarından geçirmemiş olmalılardı ki, hiçbirine cevap veremediler.

Hatta Swann en sevdiği cümleciğe ilişkin birkaç özel yorum yaptığında, Mme Verdurin, "Ne kadar ilginç, hiç dikkatimi çekmemişti; doğrusunu söylemek gerekirse, ben öküz altında buzağı aramaktan, gereksiz ayrıntılarda kaybolmaktan pek hoşlanmam; biz kılı kırk yarmakla vakit kaybetmeyiz, salonumuzun tarzı değildir" diye cevap verdi; Doktor Cottard, bu deyimler selinin ortasında at oynatan Patroniçe'yi şaşkın bir hayranlıkla, bir öğrenme gayretiyle seyretmekteydi. M. ve Mme Cottard, "M. Biche"in resimleri kadar anlaşılmaz bulduklarını, evlerine döndüklerinde birbirlerine itiraf ettikleri bir besteyle ilgili görüş belirtmekten ya da sahte bir hayranlık sergilemekten halktan insanlarda da rastlanan bir sağduyuyla, özenle kaçınırlardı. Halk, doğanın büyüsüne, zarafetine, şekillerine ilişkin yegâne bilgisini ağır ağır sindirilmiş bir sanatın basmakalıp örneklerinden öğrendiği için ve özgün bir sanatçı da bu kalıpları reddetmekle işe başladığı için, bu bakımdan halkı tam olarak temsil eden M. ve Mme Cottard, kendilerinin müzikte armoni, resimde güzellik dedikleri şeyi ne Vinteuil'ün sonatında bulabiliyorlardı, ne de ressamın portrelerinde. Sanki piyanist sonatı çalarken, kendilerinin alışık olduğu biçimlerde birbirine bağlanmayan birtakım notalara gelişigüzel basıyormuş, ressam da tuvallerine gelişigüzel renkler serpiştiriyormuş gibi bir izlenim ediniyorlardı. Ressamın tablolarında bir şekil seçebildiklerinde ise, o şekli hantallaşmış, bayağılaşmış (yani sokaktaki insanlara bakışlarını bile belirleyen resim ekolünün zarafetinden yoksun) ve gerçekten uzak buluyorlardı; M. Biche, bir omzun yapısını, kadınların saçlarının eflatun olmadığını bilmiyormuş gibiydi.

Yine de, müritlerin dağıldığı bir sırada, doktor bunun uygun bir fırsat olduğunu düşündü ve Mme Verdurin Vinteuil'ün sonatına ilişkin son bir iki söz söylerken, yüzmeyi yeni öğrenen, suya atlamak için etrafta fazla kimsenin olmadığı bir ânı seçen acemi yüzücü gibi, ani bir kararlılıkla haykırdı:

"Demek ki, *di primo cartello** denen cinsten bir müzisyen!"

Swann Vinteuil'ün sonatıyla ilgili bir tek şey öğrenebildi: Eser kısa bir süre önceki ilk seslendirilişinde, çok ileri bir akımın izleyicilerini müthiş etkilemişti, ama kitleler tarafından hiç bilinmiyordu.

"Soyadı Vinteuil olan bir tanıdığım var, dedi Swann, büyükteyzelerimin piyano hocasını hatırlayarak.

—O mu acaba? diye haykırdı Mme Verdurin.

—Hayır, olamaz! dedi Swann gülerek. Kendisini iki dakika görseniz, bu soruyu sormazdınız.

—Yani soruyu sormak, çözmek mi demektir? dedi doktor.

—Ama akrabası olabilir diye sözüne devam etti Swann. Çok acıklı bir şey olurdu, ama bir dâhi, sersem bir ihtiyarın kuzeni olabilir tabii. Eğer öyleyse, itiraf edeyim ki, sersem ihtiyar beni sonatın bestecisiyle tanıştırsın diye her işkenceye katlanırım; her

---

* Üstün yetenekli sanatçılar için kullanılan İtalyanca terim.

şeyden önce, sersem ihtiyarla görüşmeye katlanırım, ki bu da korkunç bir işkence olsa gerek."

Ressam Vinteuil'ün o sırada ağır hasta olduğunu biliyordu; Doktor Potain, bestecinin hayatını kurtarabileceğinden emin değildi.

"Ne! diye bağırdı Mme Verdurin. Tedavi olmaya Potain'e giden kaldı mı?

—Aa, Madame Verdurin! dedi Cottard, sahte bir tonda. Bir meslektaşım, daha doğrusu hocam hakkında konuştuğunuzu unutuyorsunuz."

Ressam Vinteuil'ün delirme tehlikesiyle karşı karşıya olduğunu işitmişti. Sonatın kimi pasajlarında bunun fark edildiğini ileri sürüyordu. Swann bu yorumu saçma bulmadı, ama kafası karıştı; konuşmada bozulmaları deliliğe işaret eden mantıksal bağlantıların hiçbiri saf müzikte bulunmadığından, bir sonatta fark edilen delilik ona bir köpeğin, bir atın gerçekten gözlenebilen deliliği kadar esrarengiz görünüyordu.

Mme Verdurin, "Hocalarınızdan hiç söz etmeyin bana, siz ondan on kat daha bilgilisiniz" diye cevap verdi Doktor Cottard'a, görüşlerini açıkça savunan, kendisiyle aynı fikirde olmayan kişilere kahramanca kafa tutan birinin ses tonuyla. "Siz hiç değilse hastalarınızı öldürmüyorsunuz!

—Ama hanımefendi, Potain Akademi üyesidir, diye cevap verdi doktor alayla. Hasta, ilmin krallarından birinin elinde can vermeyi tercih edebilir... 'Beni Potain tedavi ediyor' diyebilmek, çok daha şık olur.

—Ya! Daha şık, öyle mi? dedi Mme Verdurin. Demek hastalıklarda şıklık söz konusu artık, bilmiyordum... Güldürmeyin beni! diye haykırdı ansızın, yüzünü elleriyle kapatarak. Ben de aptal gibi, beni makaraya aldığınızı anlamadan, ciddi ciddi tartışıyorum."

M. Verdurin'e gelince, bu kadarcık şey için gülmeyi biraz zahmetli bularak piposundan bir nefes çekmekle yetindi ve kibarlıkta artık karısına yetişemediğini düşündü hüzünle.

Mme Verdurin, Odette kendisine iyi geceler dilerken "Arkadaşınızdan çok hoşlandık, biliyor musunuz?" dedi. "Çok sade, sevimli biri; bize takdim edeceğiniz arkadaşlarınızın hepsi böyleyse, çekinmeden getirebilirsiniz kendilerini."

M. Verdurin, Swann'ın her şeye rağmen, piyanistin teyzesini pek beğenmediğini belirtti.

"Adam kendini biraz yabancı hissetti tabii, diye cevap verdi Mme Verdurin; daha ilk gelişinde, yıllardır küçük kabilemizin üyesi olan Cottard gibi tarzımıza uyum sağlamasını beklemiyordun herhalde. İlk sefer sayılmaz, ilk geliş, temas kurmak içindir. Odette, yarın Châtelet'de buluşmak üzere sözleştik kendisiyle. Siz alıp getirsenize onu.

—Uğramamı istemedi.

—Ya! Neyse, nasıl isterseniz. Son anda kaçamak yapmasın da!"

Swann Mme Verdurin'i çok şaşırttı ve hiçbir zaman kaçamak yapmadı. Onlarla nerede olursa olsun, mutlaka buluşuyordu; bazen, henüz mevsimi olmadığı için nadiren, şehir dışındaki restoranlara, sık sık da Mme Verdurin'in çok sevdiği tiyatro gösterilerine gidiyorlardı birlikte; Swann'ın da Verdurin'lerde olduğu bir gün, Mme Verdurin, prömiyer ve gala geceleri için bir giriş kartları olsa çok işe yarayacağını, Gambetta'nın cenazesinde giriş kartları olmadığına çok üzüldüklerini söyleyince, parlak şahsiyetlerle ilişkilerinden asla bahsetmeyen, sadece gizlemeyi kabalık addettiği, itibarı yüksek olmayan kişilerle ilişkilerine değinen ve Saint-Germain muhitinde edindiği alışkanlıkla bunların arasına, resmi sosyeteyle ilişkilerini de katan Swann, şöyle cevap verdi:

"Hiç merak etmeyin, ben ilgileneceğim, *Danişefler*'in yeniden sahnelenmesinden önce, kartınız mutlaka elinizde olacak, yarın emniyet müdürüyle birlikte Cumhurbaşkanlığı Sarayı'nda öğle yemeği yiyeceğiz."

Doktor Cottard, "Cumhurbaşkanlığı Sarayı'nda mı, nasıl yani?" diye adeta gürledi.

"Evet, M. Grévy'nin makamında" diye cevap verdi Swann, sözlerinin yarattığı etkiden ötürü biraz utanarak.

Ressam, "Sık sık böyle rahatsızlanır mısınız?" diye takıldı doktora.

Genellikle bir açıklama yapılınca Cottard, "Ya! Tamam, tamam, anladım" der ve heyecanından iz kalmazdı. Ama bu sefer, Swann'ın son sözleri onu her zamanki gibi yatıştıracağına, kendisinin birlikte yemek yediği, hiçbir resmi görevi veya şöhreti olmayan bir adamın cumhurbaşkanıyla düşüp kalkmasına duyduğu şaşkınlığı doruğa çıkardı.

"Ne, M. Grévy mi? M. Grévy'yi tanıyor musunuz?" diye sordu Swann'a; tavrındaki aptallık ve inanmazlık, Cumhurbaşkanlığı

Sarayı'nın kapısında nöbet tutan ve adamın biri gelip cumhurbaşkanıyla görüşmek istediğini söylediğinde, gazetelerde kullanılan ifadeyle "karşısında ne tıynette bir adam olduğunu" anlayarak zavallı deliye makama derhal kabul edileceğini bildirip onu nezarethanenin özel revirine götüren bir inzibat erini getiriyordu akla.

Swann, "Biraz tanıyorum, ortak dostlarımız var" (ortak dostun Galler Prensi olduğunu söylemeye cesaret edemedi) "zaten davetiye göndermek konusunda pek seçici davranmaz; ayrıca emin olun, bu öğle yemeklerinin eğlenceli bir yanı yoktur, çok basit davetlerdir, sofrada en fazla sekiz kişi bulunur" diye cevap verdi, cumhurbaşkanıyla ilişkide olmanın muhatabının gözünü kamaştıran o şaşaasını silmeye çalışarak.

Cottard da Swann'ın sözlerine harfiyen inanarak, M. Grévy'nin makamına davet edilmenin pek makbul bir şey sayılmadığı, olur olmaz herkesin davet edildiği görüşünü derhal benimsedi. O andan itibaren, herhangi biri gibi Swann'ın da Cumhurbaşkanlığı Sarayı'na girip çıkmasına şaşırmadı, hatta sıkıcı olduğunu davetli sıfatıyla bizzat itiraf ettiği öğle yemeklerine katıldığı için, ona biraz acımaya başladı.

"Ya! Peki, peki, anladım" dedi, iki dakika önce size kuşkuyla bakan, ama açıklamalarınızı dinledikten sonra vizenizi verip bavullarınızı açmadan geçmenize izin veren bir gümrük memuru edasıyla.

"Bu öğle yemekleri gerçekten de pek eğlenceli olmasa gerek, davete icabet etmeniz büyük nezaket" dedi Mme Verdurin. Onun gözünde cumhurbaşkanı özellikle korkulması gereken bir 'sıkıcı tip'ti, çünkü sahip olduğu baştan çıkarma ve baskı araçlarını müritlere uyguladığı takdirde, devamsızlık göstermelerine yol açabilirdi. "Duyduğuma göre cumhurbaşkanı duvar gibi sağırmış ve elleriyle yemek yermiş.

—O zaman sahiden de pek eğlenmiyorsunuzdur bu yemeklerde" dedi doktor, merhametli bir tonda; sonra da sekiz sayısını hatırlayarak, heyecanla, amaçsız bir meraktan çok bir dilbilimci şevkiyle sordu: "Teklifsiz arkadaş toplantıları mı bu öğle yemekleri?"

Yine de, cumhurbaşkanının doktorun gözündeki itibarı, sonunda Swann'ın alçakgönüllülüğünden de, Mme Verdurin'in kötü niyetinden de baskın çıktı; Cottard her akşam yemeğinde taze bir heyecanla soruyordu: "Bu akşam M. Swann'ı görebilecek miyiz?

Kendisi M. Grévy'nin yakın dostu. Tam bir centilmen diyebilir miyiz onun için?" hatta Swann'a diş hekimliği sergisi için bir davetiye verecek kadar ileri gitti.

"Yanınızda başka birilerini de getirebilirsiniz, ama köpeklerin girmesi yasak. Yanlış anlamayın, bazı arkadaşlarımın haberi yoktu, köpekler için pişman oldular, onun için önceden söylüyorum size."

M. Verdurin ise, Swann'ın hiç sözünü etmediği nüfuzlu dostları bulunduğunu keşfetmenin karısı üzerinde olumsuz bir etki yaptığını gözlemledi.

Dışarıda bir program ayarlanmamışsa, Swann küçük yuvaya Verdurin'lerin evinde katılıyordu, ama sadece akşamları onlarla buluşuyor ve Odette'in ısrarlarına rağmen, yemek davetlerini hemen hemen hiçbir zaman kabul etmiyordu.

"Siz tercih ederseniz, ikimiz baş başa da yiyebiliriz akşam yemeğini, diyordu Odette.

—Mme Verdurin ne olacak peki?

—Elbisemin hazırlanması uzun sürdü derim, araba gecikti derim olur biter. Bir çaresi bulunur elbet.

—Çok tatlısınız."

Ne var ki Swann başka bazı zevkleri bulunduğunu ve bu zevkleri (Odette'le sadece akşam yemeğinden sonra buluşmaya razı olarak), onunla birlikteliğe tercih ettiğini gösterirse, Odette'in kendisine olan ilgisinin daha uzun süreceğini düşünüyordu. Öte yandan, o sıralar sevdalandığı, bir gül gibi körpe ve dolgun, genç işçi kızın güzelliğini Odette'inkine kat kat tercih ettiğinden, daha sonra Odette'i nasılsa göreceğini bilerek akşamın erken saatlerini bu kızla geçirmekten hoşlanıyordu. İşte bu nedenle de, Odette'in Verdurin'lere gitmeden önce kendi evine uğramasına hiçbir seferinde razı olmuyordu. Genç işçi kız, Swann'ın evine yakın, arabacısı Rémi'nin de bildiği bir sokağın köşesinde onu bekler, sonra arabaya, Swann'ın yanına binip Verdurin'lerin evine varıncaya kadar kollarının arasında kalırdı. Swann içeri girdiğinde, Mme Verdurin, Swann'ın sabah göndermiş olduğu gülleri işaret ederek, "Azarı hak ettiniz" deyip onu Odette'in yanında ayrılmış olan yerine oturtur, piyanist de ikisi için aşklarının ulusal marşı haline gelmiş olan Vinteuil'ün cümleciğini çalardı. Önce, birkaç ölçü boyunca uzatılan, ön planın tamamını kaplayan keman tremoloları işitilirdi sadece; sonra, ansızın, notalar adeta aralanır ve cümlecik belirirdi; tıpkı

Pieter de Hooch'un tablolarında, ta uzakta, farklı renkte, aralık bir kapının kadifemsi bir ışık huzmesinin içinde dar bir çerçeve halinde resme derinlik kazandırması gibi, cümlecik de bir başka dünyaya aitti; dans ederek, ikinci dereceden bir oyuncuymuşçasına sahneye bir girip bir çıkarak kendini gösterir, kırları hatırlatırdı. Yalın ve ölümsüz kıvrımlar çizerek, aynı eşsiz tebessümle sağa sola zarafetinin lütuflarını dağıtarak geçerdi; ama Swann artık bu tebessümde bir düş kırıklığı görür gibi oluyordu. Sanki cümlecik yolunu gösterdiği mutluluğun geçici ve boş olduğunu biliyordu. O uçarı zarafetinde acının ardından gelen ilgisizlik gibi, geçip gitmiş bir şey vardı. Ama Swann buna aldırmıyordu; o bu cümleciği kendi başına değerlendirmekten çok –onu bestelerken kendisinin de, Odette'in de varlığından habersiz olan müzisyen için, yüzyıllar boyunca onu işitecek herkes için neler ifade edebileceğini düşünmekten çok–, onu, aşkının bir teminatı, Verdurin'lere, genç piyaniste bile Odette'le kendisini aynı anda düşündüren, ikisini birleştiren bir yadigârı olarak görüyordu; o kadar ki, sırf Odette'in kaprisi yüzünden, o istemiyor diye, bir sanatçıya sonatın tamamını çaldırma tasarısından da vazgeçmişti; sonatın sadece bu pasajını biliyordu hâlâ. "Geri kalanını ne yapacaksınız?" demişti Odette. "*Bizim* parçamız, bu." Hatta Swann, cümleciğin o kadar yakınlarından, ama aynı zamanda sonsuzluktan geçtiği esnada, kendilerine hitap etmekle birlikte onları tanımadığını düşünüp üzüldüğü için, cümleciğin bir anlamı olmasına, Odette'le Swann'a yabancı, kendinden ve sabit bir güzelliği olmasına neredeyse hayıflanıyordu; tıpkı sevdiğimiz kişinin hediye ettiği mücevherlerin parlaklığına, hatta yazdığı mektuptaki kelimelere de, salt geçici bir ilişkinin ve belirli bir kişinin özünden oluşmuyorlar diye kızdığımız gibi.

Swann, birçok gece, Verdurin'lere gitmeden önce genç işçi kızla o kadar çok oyalanıyordu ki, piyanist cümleciği çaldıktan sonra, neredeyse Odette'in dönme vakti olduğunu fark ediyordu. Odette'i Zafer Takı'nın arkasında, La Pérouse Sokağı'ndaki küçük evinin kapısına kadar geçiriyordu. Belki de bu yüzden, Odette'ten bütün lütufları bir anda istemiş olmamak için, kendisinin pek o kadar önemsemediği bir zevkten, Odette'i daha erken bir saatte görme, Verdurin'lere onunla birlikte gitme zevkinden feragat ediyor, daha çok önemsediği bu hakkı, birlikte dönme hakkını kullanmayı tercih ediyordu; çünkü bu sayede, kendisi Odette'ten ayrıldıktan sonra

Odette'i kimsenin görmediği, ikisinin arasına kimsenin girmediği ve onu hâlâ Swann'la birlikte olmaktan alıkoymadığı duygusunu yaşıyordu.

Böylece eve Swann'ın arabasıyla dönmek Odette için alışkanlık haline gelmişti; bir gece, tam Odette arabadan indiği, Swann da ertesi gün görüşmek üzere onunla vedalaştığı anda, Odette evin önündeki küçük bahçeden çabucak son kasımpatlarından birini koparmış, araba hareket etmeden Swann'a vermişti. Swann, dönüş yolu boyunca kasımpatını dudaklarına bastırmış, birkaç gün sonra solduğunda da, özenle yazı masasına kaldırmıştı onu.

Ama Swann hiçbir seferinde Odette'in evine girmezdi. Sadece iki kere, öğleden sonra, Odette için çok önemli olan "çay içme" işlemine katılmak üzere gitmişti evine. O küçük (neredeyse tamamı birbirine bitişik ufak evlerden oluşan, yer yer bu semtlerin kötü bir şöhrete sahip olduğu zamanların tarihi kanıtı ve pis bir kalıntısı olan derme çatma, sefil bir dükkânla tekdüzeliği ansızın bölünen) sokakların ıssızlığı, bahçelerde, ağaçlarda kalmış olan karlar, kış mevsiminin bakımsızlığı ve doğanın yakınlığı Swann'ın eve girdiğinde içeride bulduğu sıcağa ve çiçeklere esrarengiz bir hava vermişti.

Odette'in arka taraftaki paralel sokağa bakan, yüksekçe bir zemin kattaki yatak odasının sağından, dik bir merdivenle koyu renge boyanmış, Doğu işi kumaşların, Türk işi tespihlerin ve bir ibrişimin ucunda, (misafirleri Batı medeniyetinin son icatları olan konforlardan mahrum etmemek için gazla yanan) iri bir Japon fenerinin asılı olduğu duvarların arasından geçerek, salona ve oturma odasına çıkılırdı. Salonla oturma odasının önündeki dar holün bir duvarı bahçe çitlerine benzer yaldızlı bir kafesle kaplıydı; bu kafesin bir ucundan ötekine uzanan dikdörtgen çiçeklikte, tıpkı bir seradaki gibi, o dönemde hâlâ ender bulunan, ama bahçıvanların daha sonraları üretmeyi başardıkları türlerle kıyaslanamayacak iri kasımpatları ekiliydi. Swann bir yıldır kasımpatlarında yoğunlaşan modaya sinirleniyordu, ama kurşuni günlerde parlayan bu kısa ömürlü yıldızların hoş kokulu ışınlarıyla loş odayı pembe, turuncu ve beyaz çizgilere boyaması hoşuna gitmişti. Odette onu boynunu ve kollarını açıkta bırakan, pembe ipekli bir sabahlıkla karşılamıştı. Salonun çeşitli girintilerini Çin vazolarının içine ekili dev palmiyelerle veya üzerine fotoğraflar, kurdeleler, yelpazeler iliştirilmiş paravanlarla kapatarak oluşturulmuş esrarengiz köşelerden birinde, yanı başına oturtmuştu Swann'ı. "Rahat değilsiniz, durun, ben sizi rahat ettireceğim" demiş ve bir icadını gösterirmiş gibi gururlu bir kahkaha atarak, Swann'ın başının arkasına, ayaklarının altına Japon ipeklisinden minderler yerleştirmiş, değerini umursamadığı bir serveti saçarcasına, hoyratça yoğurup sıkıştırmıştı minderleri. Ama oda hizmetkârı, çoğu Çin porselenlerinin içine konmuş sayısız lamba getirip, kış öğle sonrasının geceyi andıran alacakaranlığında –belki sokaktan geçen bir sevdalıyı aydınlanan camların hem ortaya çıkardığı, hem de gizlediği varlığın muamması karşısında durdurup hayallere gark eden– günbatımından daha kalıcı, daha pembe ve daha insani, ikinci bir günbatımı yaratan lambaları adeta altarların üzerine yerleştirircesine, birer ikişer, çeşitli mobilyaların üstüne yerleştirdiğinde, Odette göz ucuyla hizmetkârı dikkatle izlemiş, her lambayı olması gereken yere koyup koymadığını denetlemişti. Lambalardan biri bile yanlış bir yere konsa, salonun toplu etkisinin mahvolacağı, pelüş kaplı, eğik bir şövalenin üstünde duran portresinin de iyi ışıklandırılmayacağı kanısındaydı. İşte bu yüzden, kaba bir adam olan hizmetkârının hareketlerini sinirli bir endişeyle izliyordu; kırılır diye korktuğu için daima kendi elleriyle temizlediği iki saksının fazla yakınından geçti diye hizmetkârı haşladı ve yanlarına gidip köşeleri çatlamış mı diye baktı. Odette bütün Çin biblolarının ve orkidelerin, özellikle de çiçeğe benzemedikleri, ipekten, satenden yapılmış gibi göründükleri için çok değer verdiği ve kasımpatlarıyla birlikte en sevdiği çiçekler olan *cattleya*ların* biçimlerini "komik" buluyordu. Swann'a orkidelerden birini göstererek, "Şu sanki benim mantomun astarından kesilmiş" dedi; bu "şık" çiçeğe, doğanın kendisine armağan ettiği, varlıklar sıralamasında kendisinden çok uzakta bulunan, ama incelikli, salonunda yer almaya birçok kadından daha layık olan bu zarif, beklenmedik kız kardeşe saygı gösterir gibiydi. Swann'a bir Çin porselenini süsleyen veya bir paravanın üzerine işlenmiş, ağzından alevler fışkıran ejderleri, bir orkide demetinin taçlarını, şöminenin üzerinde, yeşim taşından bir kurbağanın yanında duran, yakut gözlü, savatlı gümüşten hecin devesini gösterirken canavarların fesatlığından korkmuş gibi yapıyor veya tuhaflıklarına

* Parlak renkli, gösterişli çiçekleri olan bir orkide cinsi.

gülüyor, güya çiçeklerin edepsizliğinden utanıyor, "canım" dediği hecin devesiyle kurbağayı kucaklayıp öpmek için adeta dayanılmaz bir arzu duyuyordu. Bu yapmacık davranışları, bazı inançlarında sergilediği, bilhassa Nice'te yaşadığı sırada kendisini ölümcül bir hastalıktan kurtaran ve sınırsız bir güç atfettiği altından bir madalyonunu daima boynunda taşıdığı Laghet Meryemi'ne inancındaki samimiyetle çelişmekteydi. Odette Swann'a "çayını limonlu mu, sütlü mü" içtiğini sordu, Swann "sütlü" diye cevap verince, gülerek, "Şöyle bir bulutlandıracak kadar" dedi. Swann çayı beğendiğini belirttiğinde de, "Gördüğünüz gibi, sizin nelerden hoşlandığınızı biliyorum" diye cevap verdi. Gerçekten de bu çay, Odette'in nazarındaki kadar değerli görünmüştü Swann'a; aşk aslında tek başlarına, aşksız var olamayacak, aşkla birlikte sona eren hazlarda bir kanıt, bir süreklilik garantisi bulmaya o kadar ihtiyaç gösterir ki, Swann saat yedide Odette'ten ayrılıp evine giyinmeye giderken, kupa arabasında yol boyunca bu öğle sonrasının kendisine yaşattığı mutlulukla dolup taşarak, "Bulunması bu kadar zor olan bir şeyi, güzel bir çayı evinde daima bulabileceğim böyle sevimli bir kızla birliktelik hoş olurdu doğrusu" diye tekrarlayıp durmuştu kendi kendine. Bir saat sonra Odette'ten kısa bir mektup aldı; yapmacık bir İngiliz sertliğiyle disiplin altına alınmış, Swann'ınki kadar önyargılı olmayan gözlere dağınık bir zihnin, eğitim yetersizliğinin, samimiyetsizliğin ve iradesizliğin işareti gibi gelebilecek, biçimsiz, iri harfli yazıyı derhal tanıdı. Sigara tabakasını Odette'in evinde unutmuştu. "Kalbinizi de burada unutsaydınız keşke, onu iade etmezdim size" diyordu Odette.

Swann'ın Odette'e yaptığı ikinci ziyaret belki de daha önemli olmuştu. O gün Odette'in evine giderken, onu her görüşünden önce yaptığı gibi, peşinen kafasında canlandırmaktaydı; Swann, Odette'in yüzünü güzel bulabilmek için, genellikle çökük ve sararmış, bazen kırmızı beneklerle kaplı olan yanaklarını pembe ve körpe olan tek noktalarıyla, elmacık kemikleriyle sınırlamak zorunda kalışına üzülüyordu, çünkü bu, idealin erişilmez ve mutluluğun da sıradan olduğunu kanıtlıyordu. Swann o gün Odette'e görmeyi çok istediği bir gravürü götürmekteydi. Odette biraz rahatsızdı, onu eflatun krepdöşinden bir sabahlıkla, ağır işlemeli kumaşı manto gibi göğsünde kavuşturarak karşıladı. Swann'ın yanında ayakta durduğu sırada, Odette açık bıraktığı, yanaklarından aşağı dökülen saçlarıyla, heyecanlanmadığı zamanlar yorgun ve kasvetli görünen iri gözleriyle, başını eğerek baktığı gravürün üzerine rahatça eğilebilmek için dans edercesine büktüğü bacağıyla, Sistina Şapeli fresklerinden birinde yer alan Yetro'nun kızı Tsippora'ya o kadar benziyordu ki, Swann bu benzerlik karşısında irkildi. Swann'ın öteden beri özel bir zevki vardı, o da, usta ressamların eserlerinde yalnızca bizi çevreleyen gerçekliğin genel niteliklerini değil, aksine genellemeye en kapalı gibi görünen bir şeyi, tanıdık simaların hatlarını da bulmaktı: Mesela Antonio Rizzo'nun Dük Lorédan büstünde arabacısı Rémi'nin çıkık elmacık kemiklerini ve kavisli kaşlarını, kısacası aşikâr bir benzerlik görür, Ghirlandaio'nun bir tablosunun renklerinde M. de Palancy'nin burnunu, Tintoretto'nun bir portresinde Doktor du Boulbon'un yanağına taşan favorilerini, kırık burnunu, içe işleyen bakışlarını, kanlı gözkapaklarını bulurdu. Belki de Swann hayatını yüksek sosyete ilişkileriyle sohbetlerle sınırlamış olmaktan ötürü daima vicdan azabı duyduğu için, büyük sanatçıların eserlerine özgün bir gerçeklik ve canlılık teminatı oluşturan, çağdaş bir tat katan bu çehreleri tıpkı kendisi gibi seyretmekten haz duymuş ve eserlerine konu etmiş olmalarını bu sanatçıların kendisine gösterdikleri bir hoşgörü gibi algılıyordu; belki ayrıca yüksek sosyete mensuplarının havailiğine kendini o kadar kaptırmıştı ki, eski eserlerde kendi çağdaşlarına önceden yapılmış bu diriltici anıştırmaları bulma ihtiyacı duyuyordu. Belki de aksine, sanatçı mizacını yeterince koruyabilmişti ve bu bireysel özellikleri aslının sureti olmayan, daha eski bir portrede, köklerinden koparılmış, kurtarılmış halde bulduğu anda, bu özellikler daha genel bir anlam kazanıyor ve kendisine haz veriyordu. Sebebi ne olursa olsun, belki bir süredir yaşadığı duygu bolluğu (daha ziyade müzik tutkusundan kaynaklanmış olduğu halde), resme olan eğilimini de artırdığı için, Sandro di Mariano'nun (yani ressamın gerçek eserinden çok, bayağılaşmış, yanlış bir yorumunu çağrıştıran yaygın lakabıyla Botticelli'nin) Tsippora'sıyla Odette arasında o anda bulduğu benzerlik Swann'a daha da derin bir haz verdi – ve üzerinde kalıcı bir etki bıraktı. Artık Odette'in çehresini vasat bulduğu yanaklarına göre, günün birinde onu öpmeye cesaret ederse, dudaklarının bu yanaklarda bulacağını tahmin ettiği etli yumuşaklığa göre değerlendirmiyordu; sanki Odette'in tipini anlaşılır hale getiren, belirginleştiren bir portresine bakarmış gibi, gözleriyle bu çehrenin kıvrımlarını izliyor, ensesindeki ahengi saçların büklümleriyle ve gözkapaklarının eğrisiyle birleştiriyor, ince ve güzel çizgilerden oluşan bir yumak gibi görüyordu onu.

Odette'i seyrediyordu, yüzünde ve vücudunda freskin bir parçasını gördü ve o günden sonra, Odette'le beraber olduğunda da, ondan ayrı onu düşündüğünde de, hep bu fresk parçasını bulmaya çalıştı Odette'te; bu Floransa ekolü şaheserini muhtemelen yansımasını Odette'te bulduğu için bu kadar seviyordu; bununla birlikte, aralarındaki benzerlik Odette'e de bir güzellik, bir değer katıyordu. Swann, yüce Sandro'nun büyüleyici bulacağı bir yaratığın gerçek değerini anlayamamış olduğu için kendine kızdı ve Odette'le görüşmekten aldığı hazza kendi estetik kültüründe bir gerekçe bulduğu için de kendini tebrik etti. Odette en ince sanatsal zevklerini tatmin ettiğine göre, demek ki kafasında Odette'i mutluluk hayalleriyle birleştirmesi, o güne kadar zannettiği gibi ehvenişere boyun eğmek sayılmazdı. Odette'in bu özelliğine rağmen onun arzulayacağı tipte bir kadın olmadığını, çünkü arzularıyla estetik zevkinin daima birbirine zıt olduğunu unutuyordu. "Floransa ekolü şaheseri" ifadesi Swann'ın çok işine yaradı. Odette'in sureti daha önce nüfuz edemediği hayaller âlemine bu sıfat sayesinde girebildi ve burada asaletle damgalandı. Swann bu kadına salt tensel açıdan baktığında, onun çehresine, vücuduna, güzelliğine ilişkin şüpheleri sürekli yenilenmiş, aşkı baltalanmıştı; oysa bu bakışın yerine kesin bir estetiğin verilerini koyarak aşkını bu temele oturttuğunda şüpheleri ortadan kalktı, aşkı sağlamlaştı; üstelik yıpranmış bir ten tarafından bağışlansalar doğal ve vasat bulacağı öpücük ve lütuflar, müzede yer alan bir şahesere duyulan aşkı taçlandırdığında, doğaüstü ve tadına doyulmaz zevkler olarak görünmeye başlamıştı Swann'a.

Aylardır Odette'le görüşmekten başka bir şey yapmadığına hayıflanma eğiliminde olduğu zamanlar, vaktinin büyük bir bölümünü paha biçilmez bir şaheserin benzersiz bir kopyasına hasretmesinin makul sayılabileceğini düşünüp kendini rahatlatıyor, eşsiz güzellikte, bambaşka bir malzemeden yapılmış bu tek kopyayı kâh bir sanatçının alçakgönüllülüğü, maneviyatçılığı ve tarafsızlığıyla, kâh bir koleksiyoncunun gururu, bencilliği ve şehvetiyle seyrediyordu.

Çalışma masasının üzerine, adeta Odette'in fotoğrafını koyar gibi, Yetro'nun kızının bir röprodüksiyonunu koydu. O iri gözleri, cildin kusurlu olabileceğini düşündüren narin çehreyi, süzgün yanaklardan aşağı dökülen harika bukleleri hayranlıkla seyrediyor, eski estetik kavramını canlı bir kadın fikrine uyarlıyor, bu güzellik kavramını tek tek fiziksel meziyetlere dönüştürüyor ve bunların hepsini birden sahip olabileceği bir kadında bulduğu için gurur duyuyordu. Seyrettiğimiz bir sanat şaheseriyle ilişki kurmamızı sağlayan o belirsiz yakınlık duygusu, Yetro'nun kızının etten kemikten aslını gördüğünden beri Swann için bir arzuya dönüşmüştü ve Odette'in vücudunun önceleri kendisinde uyandırmadığı arzunun yerini dolduruyordu. Masasındaki Botticelli'yi uzun süre seyrettiğinde, daha da güzel bulduğu kendi Botticelli'sini düşünüyor ve Tsippora'nın fotoğrafını göğsüne bastırıp Odette'i kucakladığını farz ediyordu.

Bu arada, yalnız Odette'te değil, zaman zaman kendinde de bıkkınlığı önlemeye çalışıyordu; Odette'in kendisiyle rahat rahat görüşebilme imkânına kavuştuğundan beri onunla konuşacak fazla bir şey bulamadığını hissediyor ve dolayısıyla, artık her buluşmalarında Odette'te gözlediği o biraz anlamsız, tekdüze ve adeta sabit tavır sonunda kendi romantik umudunu da söndürür diye kaygılanıyordu; oysa Swann'ın âşık olmasını ve bu aşkın devam etmesini sağlamış olan yegâne şey, günün birinde Odette'in kendisine olan tutkusunu itiraf edeceği umuduydu. Odette'in sonunda bıkmaktan korktuğu, fazlasıyla donuk davranış biçimini biraz yenileyebilmek için, durup dururken ona uydurma hayal kırıklıkları ve sahte bir öfkeyle dolu mektuplar yazıyor, mektubu akşam yemeğinden önce eline geçecek şekilde gönderiyordu. Odette'in korkuya kapılıp cevap yazacağını biliyor, Swann'ı kaybetme korkusuyla sıkışan ruhundan o güne kadar kendisine hiç söylemediği sözlerin fışkıracağını umuyordu; – gerçekten de Odette'ten aldığı en sevgi dolu mektupları bu yolla koparabilmişti kendisinden; mesela Odette bir öğlen (Murcia'daki sel felaketinin kurbanları için düzenlenen Paris-Murcia günüydü) "Maison Dorée"den yazıp elden gönderdiği bir mektubuna şu sözlerle başlamıştı: "Sevgili dostum, elim öyle titriyor ki, kalemi tutmakta güçlük çekiyorum..." Swann bu mektubu kuruttuğu kasımpatıyla aynı çekmecede saklamıştı. Ya da Odette kendisine mektup yazmaya vakit bulamamışsa, Swann o gece Verdurin'lerin salonuna girdiğinde genç kadın hemen yanına gelip, "Sizinle konuşacaklarım var" diyecek, Odette'in o güne kadar gizlediği duyguları Swann hayretle yüzünde okuyacak, sözlerinde işitecekti.

Daha Verdurin'lerin evine yaklaşırken, panjurları hiç kapatılmayan, lambaların aydınlattığı geniş pencereleri uzaktan seçtiğinde, o altın yaldızlı ışıkta göreceği, pırıltılı, büyüleyici yaratığı düşünüp duygulanırdı. Bazen misafirlerin incecik, siyah siluetleri, yarısaydam bir abajurun üzerine aralıklı olarak yerleştirilmiş küçük gravürler gibi lambaların önünde belirirdi. Odette'in siluetini arardı gözleri. Sonra, eve vardığında, kendisi farkına varmadan gözleri öyle bir mutlulukla parıldardı ki, M. Verdurin ressama, "Galiba işler kızışıyor" derdi. Gerçekten de Odette'in varlığı, Swann'ın nazarında bu eve ağırlandığı evlerin hiçbirinde bulunmayan bir şey katıyordu; o da, dallanıp budaklanarak bütün odalara yayılan ve kalbine sürekli yeni heyecanlar getiren bir tür duyu sistemi, bir sinir ağıydı.

Küçük "kabile" denen bu sosyal düzenin normal işleyişi, Swann'ın otomatik olarak Odette'le her gün buluşmasını sağlıyor, Odette'le görüşmek konusunda, fazla bir riske girmeden, sahte bir kayıtsızlık, hatta isteksizlik sergileme imkânı veriyordu ona, çünkü Odette'e gün içinde ne yazmış olursa olsun, akşam onunla mutlaka görüşüyor ve dönüşte de evine kadar geçiriyordu.

Fakat bir keresinde, bu kaçınılmaz birlikte dönüşü düşünmek Swann'da tatsız bir his uyandırmış, Verdurin'lere gidişini geciktirmek için, genç işçi kızı Boulogne Ormanı'na götürmüştü; Verdurin'lere o kadar geç bir saatte vardı ki, Odette artık gelmeyeceğini düşünüp gitmişti. Odette'in salonda olmadığını görünce Swann yüreğinde bir sıkışma hissetti; değerini ilk kez ölçtüğü bir hazzı yaşamaktan mahrum edilmek onu sarsmıştı; o güne kadar bu hazzı istediği an bulabileceğinden hep emin olmuştu, bu da, her türlü hazzın değerini gözümüzde azaltan, hatta değerini fark etmemizi engelleyen bir şeydir.

M. Verdurin karısına, "Odette'in olmadığını görünce suratı nasıl asıldı, fark ettin mi? dedi. Abayı yakmış bence!"

Bir hastasına uğrayıp karısını almak üzere Verdurin'lere dönmüş olan ve kimden bahsedildiğini bilmeyen Doktor Cottard, "Suratı mı asıldı? diye sordu öfkeyle.

—Nasıl olur, kapıda yakışıklılar yakışıklısı Swann'la karşılaşmadınız mı?

—Hayır. M. Swann geldi mi?

—Bir dakika uğradı sadece. Son derece telaşlı, sinirli bir Swann gördük. Eh, Odette gitmişti tabii.

—Yani aralarından su sızmıyor, işi pişirdiler, öyle mi?" dedi doktor, bu deyimleri çekine çekine tecrübe ederek.

"Yok canım, hiçbir şey olduğu yok, laf aramızda, bence Odette hata ediyor, salağın teki gibi davranıyor, gibisi fazla, salak zaten.

—Hadi canım, dedi M. Verdurin, hiçbir şey olmadığını nereden biliyorsun? Gidip kendi gözümüzle gördük mü?

—Olsa, Odette bana söylerdi, dedi Mme Verdurin gururla. Söylüyorum size, bana bütün maceralarını anlatır! Şu anda başka kimse de yok, söyledim ona, Swann'la yatması lazım. Yapamazmış efendim, evet, başlangıçta ona vurulmuşmuş, ama Swann çok çekingen davranıyormuş, dolayısıyla o da çekinmeye başlamış, ayrıca Swann'ı o gözle görmüyormuş, Swann onun nazarında ideal insanı temsil ediyormuş, Swann'a karşı hislerini kirletmekten korkuyormuş, falan filan. Halbuki Swann onun için biçilmiş kaftan.

—Kusura bakma ama seninle aynı fikirde değilim, dedi M. Verdurin, ben o beyefendiden pek hazzetmiyorum; gösterişçi olduğunu düşünüyorum."

Mme Verdurin bir anda taş kesilmişçesine donup kaldı; kendilerine "gösteriş" yapılabileceğini, yani "kendilerinden üstün" olunduğunu ima eden o dayanılmaz "gösterişçi" kelimesini duymazlıktan geldi.

"Her neyse, aralarında gerçekten bir şey yoksa eğer, sebebi beyefendinin Odette'i *iffetli* zannetmesi değildir herhalde, dedi M. Verdurin alayla. Aslında belli de olmaz, adam Odette'i zeki buluyor görünüşe bakılırsa. Geçen akşam Vinteuil'ün sonatı hakkında ona anlattıklarını duydun mu bilmem; ben Odette'i yürekten severim, ama ona estetik kuramları anlatmak için düpedüz sersem olmak gerek!

—Aa, Odette hakkında kötü söz söylemeyin, dedi Mme Verdurin, çocuk taklidi yaparak. Çok şeker kız.

—Canım, şeker olmadığını söyleyen yok ki; kötü bir şey söylemedik, iffetin de, zekânın da timsali değildir dedik. Aslında, dedi M. Verdurin ressama, iffetli olmasını ister miydiniz gerçekten? O zaman belki bu kadar şeker olmazdı, kim bilir?"

Swann sahanlıkta, geldiğinde kendisini görmemiş olan uşakla karşılaştı; Odette uşağa –bir saat kadar önce– muhtemelen eve dönmeden önce bir kakao içmeye Prévost'ya gideceğini söylemiş, Swann gelecek olursa, bu mesajı ona iletmesini tembihlemişti.

Swann Prévost'ya doğru yola çıktı, ama arabası adım başı başka arabalar ve yayalar yüzünden durmak zorunda kalıyordu; polis memurunun zabıt tutması bir yayanın geçişinden daha fazla vakit kaybına sebep olmasa, bu iğrenç engelleri gözünü kırpmadan çiğner geçerdi. Yolda geçen saniyeleri sayıyor, her dakikaya, ne olur ne olmaz diye fazladan birkaç saniye ekliyordu, bu da, Odette'i yakalama ihtimalini, aslında olduğundan daha yüksek gösteriyordu. Ansızın, tıpkı uykusundan uyanan ve daha bir saniye önce kafasında dolanıp duran, kendisinden tam olarak ayıramadığı düşlerin saçmalığını kavrayan ateşli bir hasta gibi, Swann da Verdurin'lerin evinde Odette'in gitmiş olduğunu duyduğu andan beri kafasında evirip çevirdiği düşüncelerin garipliğini fark etti; sanki yeni uyanmışçasına, ancak bilincine vardığı kalp sıkışmasının ne kadar değişik bir duygu olduğunu anladı. Ne yani? Bütün bu telaş, Odette'i o gece göremeyeceği için miydi? Oysa daha bir saat önce, Mme Verdurin'in evine giderken, yegâne arzusu buydu! Şimdi Swann'ı Prévost'ya götüren aynı araba olduğu halde, arabanın içindeki kişinin bir saat önceki kişiden farklı olduğunu, artık yalnız olmadığını, kendisine yapışmış, kendisiyle iç içe girmiş bir başka varlığın da orada hazır bulunduğunu, ondan belki de kurtulamayacağını, ona tıpkı bir efendi veya bir hastalık gibi ihtiyatla yaklaşması gerekeceğini kabullenmek zorunda kaldı. Bununla birlikte, başka bir insanın kendisiyle birleşmiş olduğunu hissettiği andan beri, hayatı kendisine daha ilginç görünmeye başlamıştı. Prévost'da karşılaşmaları ihtimali (bu karşılaşmayı bekleyiş ondan önceki dakikaları öylesine yağmalıyor, boşaltıyordu ki, zihnini dinlendirebilecek tek bir düşünce, tek bir hatıra bulamıyordu) gerçekleştiği takdirde, bu karşılaşmanın da muhtemelen diğer buluşmaları gibi pek sıradan olacağını düşünmüyordu bile. Her akşam olduğu gibi, Odette'le karşılaştığı anda, o değişken çehreye kaçamak bir göz atacak, Odette bakışlarında bir arzunun uyanışını görür ve kayıtsız olduğuna artık inanmaz korkusuyla gözlerini kaçıracak ve sonra da Odette'i düşünmeye fırsat bulamayacaktı, çünkü kafası Odette'in yanından derhal ayrılmamak için bahaneler aramakla, önemsemiyormuş gibi görünüp ertesi gün Verdurin'lerde buluşmayı garantilemekle meşgul olacak, yani kucaklamaya cesaret edemeden yaklaştığı bu kadının anlamsız varlığının kendisine yaşattığı hayal kırıklığını ve işkenceyi şimdilik uzatıp bir gün daha tekrarlayacaktı.

Odette Prévost'da yoktu; bulvarlardaki bütün restoranlarda aramak istedi onu. Zaman kazanmak için, bazı restoranlara kendisi bakıp bazılarına da arabacısı Rémi'yi (Rizzo'nun Dük Lorédan'ı) gönderdi; sonra da –kendi baktığı restoranlarda Odette'i bulamayınca– önceden kararlaştırdıkları yere, Rémi'yi beklemeye gitti. Araba bir türlü gelmiyor, Swann geleceği ânı kâh Rémi'nin "Hanımefendi filan yerde" demesiyle, kâh "Hanımefendi kafelerin hiçbirinde yoktu" demesiyle canlandırıyordu kafasında. Böylece, gecenin aslında tek olan sonunu münavebeli biçimde ya Odette'le karşılaşıp yürek daralmasının noktalanmasıyla ya da o gece Odette'i görmekten mecburen vazgeçmesiyle, yani onu görmeden evine dönmesiyle başlayan saatler olarak görüyordu.

Arabacı sonunda geldi, ama Swann'ın karşısında durduğu an, Swann, "Hanımefendiyi buldunuz mu?" diye soracağına, "Yarın bana hatırlatın da odun siparişi vereyim, stokumuz bitmek üzere olsa gerek" dedi. Belki Rémi Odette'i bir kafede bulmuşsa ve Odette kendisini orada bekliyorsa, gecenin uğursuz sonunun ortadan kalktığını, mutlu sonun gerçekleşme yolunda olduğunu, dolayısıyla ele geçirilmiş, artık kaçması imkânsız, emin bir yerde bulunan bir mutluluğa ulaşmak için acele etmesine gerek olmadığını düşünüyordu. Ama bu tavrın bir sebebi de ataletti; nasıl ki vücutları esnek olmayan bazı insanlar bir darbeden kaçınmaları, bir alevi giysilerinden uzaklaştırmaları, acilen hareket etmeleri gerektiğinde, hız alabilecekleri bir destek bulmak istercesine, bir saniye bulundukları konumda kalırlarsa, Swann'ın da ruhu böyle bir esneklikten yoksundu. Arabacı sözünü kesip, "Hanımefendiyi buldum" deseydi, muhtemelen, "Doğru ya, aramanızı istemiştim sizden, hayret, beklemiyordum" diye cevap verir, hem heyecanını arabacıdan gizlemek, hem de endişeden uzaklaşarak kendini mutluluğa bırakacak zamanı bulabilmek için, odunlardan bahsetmeyi sürdürürdü.

Ne var ki arabacı hanımefendiyi hiçbir yerde bulamadığını bildirdi ve emektar bir hizmetkâr sıfatıyla kendi fikrini ekledi:

"Zannederim beyefendiye eve dönmek kalıyor."

Ama Rémi'nin kesin cevabı getirdiği an Swann'ın kolaylıkla takınabildiği sahte kayıtsızlık, arabacının onu umudundan ve arayışından vazgeçirme çabasıyla birlikte uçup gitti:

"Daha neler! diye haykırdı. Hanımefendiyi bulmamız şart, çok önemli bir mevzu. Benimle o mesele hakkında görüşemezse çok kızar, gücenir.

—Hanımefendi nasıl gücenebilir, anlamadım, dedi Rémi, beyefendiyi beklemeden giden, Prévost'da olacağını söyleyip orada da bulunmayan, kendisi."

Zaten her yerde ışıklar sönmeye başlamıştı. Bulvarlarda, ağaçların altındaki esrarengiz karanlıkta tek tük birkaç kişi zor seçiliyordu. Ara sıra kendisine yaklaşan, kulağına fısıltıyla birlikte olmayı teklif eden bir kadın gölgesi Swann'ı irkiltiyordu. Bu karanlık bedenlerin hepsine adeta cehennemde, ölülerin hayaletleri arasında Eurydike'yi arar gibi, kaygıyla dokunuyordu.

Ara sıra bizi yalayıp geçen bu şiddetli heyecan rüzgârı, aşkın oluşturulma yöntemleri, kutsal hastalığın yayılma biçimleri arasında en etkili olanlarından biridir. Bu durumda ok yaydan çıkar, o sırada birlikte olmaktan hoşlandığımız kişi kimse, âşık olacağımız kişi de odur. Bu kişiyi o âna kadar başkalarından fazla, hatta onlar kadar beğenmiş olmamız bile gerekmez. Önemli olan, o insana düşkünlüğümüzün başka herkesi dışlamasıdır. Bu koşul da, –o kişinin eksikliğini hissettiğimiz anda– onun cazibesinin bize yaşattığı hazların aranışı yerini ansızın yine aynı kişiyi hedef alan, kaygılı bir ihtiyaca bıraktığında, yerine getirilmiş olur; bu âlemin yasaları gereği, bu saçma ihtiyacın giderilmesi imkânsız, tedavisi de zordur: Bu mantığa aykırı, ıstıraplı ihtiyaç, ona sahip olma ihtiyacıdır.

Swann açık kalan son restoranlara gitti arabayla; sükûnetle düşünebildiği tek şey, mutluluk varsayımıydı; heyecanını, bu buluşmanın kendisi için ne kadar değerli olduğunu saklamaya çalışmıyordu artık; Rémi'ye Odette'i bulurlarsa bir mükâfat vaat etti, sanki bunu başarma isteğine bir de arabacının isteği eklenirse, Odette'in evine yatmaya dönmüş olsa bile, bulvarlardaki bir restoranda bulunmasını sağlayabilirmiş gibi. Maison Dorée'ye kadar gitti, Tortoni'ye iki kere girip çıktı, Café Anglais'ye de bakıp Odette'i orada da bulamayınca, iri adımlarla, sersemlemiş halde Italiens Bulvarı'nın köşesinde kendisini beklemekte olan arabasına doğru yürüyordu ki, karşıdan gelen birine çarptı: Odette'ti bu; daha sonra yaptığı açıklamaya göre, Odette Prévost'da boş yer bulamayınca yemeğe Maison Dorée'ye gitmiş, orada bir girintide oturduğundan Swann kendisini görememişti; çarpıştıklarında da, arabasına dönmekteydi.

Odette Swann'ı göreceğini aklından bile geçirmediği için, ilk anda korkuyla irkildi. Swann'a gelince, Paris'i baştan başa katetmesinin sebebi onu bulabileceğini düşünmesi değil, aramaktan vazgeçmeye katlanamamasıydı. Yine de, mantığının o gece için gerçekleşmesi imkânsız diye nitelendirmeye devam ettiği mutluluk daha da gerçek göründü gözüne; çünkü ihtimaller öngörerek kendisi katkıda bulunmamıştı gerçekleşmesine, mutluluk onun dışındaydı; Swann'ın korktuğu yalnızlığı bir rüyaymış gibi dağıtıveren, mutlu tahayyüllerini düşünmeden dayandırdığı bu ışıl ışıl gerçekliği zihninde oluşturması gerekmiyordu, bu gerçeklik kendiliğinden yayılıyor, Swann'a kendiliğinden yansıyordu. Aynı şekilde, güneşli bir havada Akdeniz sahiline varan, geride bıraktığı ülkelerin varlığından bile emin olamayan bir yolcu da, denizin ışıltılı, inatçı maviliğinden yayılan ışınlara bakışlarını yöneltmez, bu ışınlar kendiliğinden onun gözlerini kamaştırır.

Swann Odette'le birlikte onun arabasına bindi ve Rémi'ye kendilerini izlemesini söyledi.

Odette'in elinde bir demet *cattleya* vardı; Swann dantel başörtüsünün altında da aynı orkideleri fark etti; onları kuğu tüyünden bir sorguca tutturup saçlarına iliştirmişti. Dalga dalga dökümlü, siyah kadife elbisesi, yanlamasına tutturularak beyaz faydan bir eteğin alt kısmını iri bir üçgen halinde açığa çıkarıyordu; göğüs dekoltesinde, aynı beyaz faydan robaya yine *cattleya*lar takılmıştı. Odette, Swann'ı görmenin sarsıntısından daha yeni kurtulmuştu ki, önüne çıkan bir engel yüzünden, at yana doğru bir hamle yaptı. Arabanın içinde ikisi de savruldu; Odette bir çığlık attı, nefes nefese kalmıştı.

"Yok bir şey, korkmayın" dedi Swann.

Odette'i omzundan tutmuş, destek olmak için kendine doğru çekmişti; sonra dedi ki:

"Sakın konuşmayın, zaten nefes nefese kaldınız, bana işaretlerle cevap verin. Göğsünüzdeki çiçekler sarsıntıyla yerinden oynadı, düzeltsem rahatsız olur musunuz? Düşerler diye korkuyorum, içeriye doğru biraz itmek istiyorum onları."

Erkeklerin kendisine böyle aşırı nazik davranmasına alışık olmayan Odette gülümseyerek cevap verdi:

"Yo, katiyen rahatsız olmam."

Ama bu cevap karşısında utangaçlığı tutan Swann, belki aynı

zamanda Odette'i mazeretinin samimiyetine inandırmak için, hatta buna kendi de inanmaya başlayarak haykırdı:

"Sakın konuşmayın, yine soluğunuz kesilecek, hareketlerle cevap verebilirsiniz pekâlâ, ne demek istediğinizi anlarım. Gerçekten rahatsız olmuyor musunuz? Bakın, hafif bir... sanıyorum çiçektozu dökülmüş üstünüze; elimle silmeme izin verir misiniz? Çok bastırmıyorum, acıtmıyorum, değil mi? Yoksa biraz gıdıklandınız mı? Elbisenin kadifesine dokunup kırıştırmak istemiyorum da. Ama gerçekten çiçekleri düzeltmek gerekiyordu, yoksa düşeceklerdi; işte şimdi yerleştirdim iyice... Lütfen doğruyu söyleyin, rahatsız olmuyorsunuz, değil mi? Peki, gerçekten kokuları yok mu diye baksam? Bu çiçekleri hiç koklamamıştım, izin verir misiniz? Doğruyu söyleyin."

Odette, "Deli misiniz, hoşuma gittiğini görmüyor musunuz?" demek ister gibi gülümseyerek omuz silkti.

Swann öteki elini Odette'in yanağında gezdiriyordu; Odette ona sabit bakışlarla, Floransalı ustanın eserlerindeki, Swann'ın kendisini benzettiği kadınların baygın ve ciddi edasıyla baktı; yine o kadınların gözleri gibi parlak, iri ve narin olan gözleri gözkapaklarının kenarına yaklaşmış, iki gözyaşı misali damlamaya hazırlanıyordu adeta. Odette de, hem dini tablolardaki, hem de pagan sahnelerdeki bütün o kadınlar gibi boynunu bükmüştü. Herhalde alışkanlık haline getirdiği, böyle durumlara uygun düştüğünü bilerek takınmayı ihmal etmediği bir tavır içinde, sanki görünmez bir güç onu Swann'a doğru çekiyormuşçasına, çehresini yerinde tutabilmek için bütün gücünü harcıyormuş gibiydi. Odette yüzünü adeta kendine hâkim olamayarak Swann'ın dudaklarına bırakmadan önce, Swann bu yüzü iki elinin arasında, biraz uzağında tuttu birkaç saniye. Zihnine koşup yetişmesi, onca zamandır beslediği hayali tanıması ve çok sevdiği bir çocuğun başarısını izlemeye davet edilen bir akraba gibi, bu hayalin gerçekleşmesini izlemesi için gerekli zamanı vermek istemişti. Swann belki aynı zamanda, Odette'in henüz sahip olmadığı, hatta öpmediği ve son kez gördüğü bu çehresine temelli ayrılmak üzere olduğumuz bir manzaraya adeta onu da alıp yanımızda götürmek istercesine bakışımız gibi bakmaktaydı.

Ama Swann Odette'e karşı o kadar çekingendi ki, *cattleya*larını düzeltmekle işe başladığı akşam ona sahip olduktan sonra, belki Odette'i incitme korkusuyla, belki geriye dönüp bakıldığında yalan söylemiş gibi görünme kaygısıyla, belki de (ilk defasında Odette'i kızdırmadığına göre tekrarlanmasında sakınca bulunmayan) bu talepten daha fazlasını dile getirecek cesareti olmadığından, ileriki günlerde hep aynı mazereti kullandı. Odette göğsüne *cattleya* çiçekleri takmışsa, "Ne yazık, *cattleya*ları bu akşam düzeltmek gerekmiyor; geçen akşamki gibi yerlerinden oynamamışlar; yine de şu pek düzgün durmuyor gibi geldi bana. Bunlar da ötekiler gibi kokusuz mu acaba, koklayabilir miyim?" diyordu. Odette göğsüne *cattleya* takmamışsa, "Ah, bu gece *cattleya* yok, ben şimdi neyi düzelteceğim?" diye hayıflanıyordu. Öyle ki, bir süre boyunca, ilk gece izlediği sıra değişmedi, okşamalarına her seferinde, o ilk geceki gibi, Odette'in boynuna parmaklarıyla, dudaklarıyla dokunarak başladı; çok daha sonraları, *cattleya*ların düzeltilmesi âdeti (veya göstermelik düzeltme merasimi) çoktandır yürürlükten kalkmışken, "*cattleya* yapmak", bir istiare olarak –aslında hiçbir şeye sahip olunmayan– sahip olma eyleminden bahsetmek istediklerinde düşünmeden kullandıkları, bu unutulmuş âdeti hatırlatan, ondan daha uzun ömürlü bir ifade olarak, ikisinin ortak lisanında yerini aldı. "Aşk yapmak" fiilini ifade etmenin bu özel şekli, kendine eşanlamlı kelimelerle tam olarak aynı şeyi belirtmiyordu belki de. Kadınlar konusunda ne kadar görmüş geçirmiş ve bıkkın olsak da, farklı kadınlara sahip olmayı hep aynı ve önceden bilinen bir şey olarak görsek de, zor –ya da bizim zor zannettiğimiz– kadınlar, sahip olmayı yepyeni, değişik bir hazza dönüştürürler, sahip olma eylemini ilişkimizdeki beklenmedik bir olaya dayandırmak zorunda bırakırlar bizi; Swann için de, o ilk gece, *cattleya*ların düzeltilmesi böyle bir olaydı. O gece Swann, heyecandan titreyerek, (ama Odette'in bu oyuna geldiği takdirde, niyetini tahmin edemeyeceğini düşünerek) çiçeklerin iri eflatun taçyapraklarının arasından bu kadına sahip olma eyleminin çıkmasını umuyordu; Swann'ın şimdiden yaşadığı haz, tahminine göre, Odette'in farkına varmadığı için itiraz etmediği haz, sırf bu nedenle Swann'ın gözüne –tıpkı bu hazzı yeryüzü cennetinin çiçekleri arasında tatmış olan ilk insana görünmüş olabileceği gibi– o âna kadar var olmayan, kendisinin yaratmaya çalıştığı –ona verdiği özel addan da anlaşıldığı şekilde– tamamen değişik ve yeni bir haz olarak görünmüştü.

Artık Swann her gece Odette'i evine bıraktığında onunla birlikte içeri giriyor, çoğu zaman da Swann dönerken Odette sabahlıkla onu arabaya kadar geçiriyor, "Başkalarının ne düşündüğünden bana ne?" diyerek, arabacının gözü önünde öpüyordu. Swann'ın Verdurin'lere gitmeyip (Odette'le başka şekilde de görüşebildiğinden beri artık ara sıra gitmediği oluyordu) yüksek sosyete toplantılarına katıldığı, giderek seyrekleşen gecelerde, Odette, saat kaç olursa olsun, eve dönmeden önce kendisine uğramasını rica ediyordu. Bahar mevsimiydi, hava pırıl pırıl ve buz gibiydi. Swann bu toplantılardan çıktığında faytonuna biniyor, bacaklarının üzerine bir battaniye atıyor, arkadaşlarının birlikte dönme tekliflerini başka tarafa gideceğini söyleyerek geri çeviriyor, nereye gidileceğini bilen arabacı da son sürat yola koyuluyordu. Arkadaşları şaşırıp kalıyorlardı; gerçekten de Swann artık eski Swann değildi. Artık kimse kendisinden bir kadınla tanıştırılmayı rica eden mektuplar almıyordu. Artık hiçbir kadınla ilgilenmiyor, kadınlarla tanışılan yerlere gitmekten kaçınıyordu. Restoranlarda, şehir dışındaki yerlerde Swann'ın davranışları daha birkaç gün önceki en tipik ve hiç değişmeyecekmiş gibi görünen davranışlarının tam tersiydi. Çünkü tutku tıpkı içimizdeki geçici ve farklı bir kişilik gibi diğer kişiliğin yerini alır ve onun daha önce kendini ifade etmekte kullandığı değişmez işaretleri yürürlükten kaldırıverir. Buna karşılık, artık değişmez olan şey, Swann'ın nereye gitmiş olursa olsun, sonunda mutlaka Odette'in yanına dönmesiydi. Swann'ı Odette'ten ayıran mesafe, Swann'ın kaçınılmaz biçimde katettiği yol, adeta hayatının karşı konulması imkânsız, dik inişiydi. Doğruyu söylemek gerekirse, sosyete toplantılarından çoğu kez geç saatte çıktığı için, o uzun yolu gitmeyip doğrudan evine dönerek Odette'le ertesi gün görüşmeyi Swann tercih ederdi; ne var ki, sırf Odette'in evine gitmek için olağandışı bir saatte zahmete katlanmak, yanından ayrıldığı arkadaşlarının aralarında, "Swann'ın eli kolu bağlanmış, saat kaç olursa olsun onu evine gitmeye mecbur eden bir kadınla birlikte mutlaka" dediklerini tahmin etmek, Swann'a bir aşk macerası yaşayan ve uykularını, çıkarlarını zevk dolu bir rüyaya feda ettikleri için içsel bir büyü edinen insanların hayatını sürüyormuş hissini veriyordu. Ayrıca kendisi fark etmese de, Odette'in onu beklediğinden, başkalarıyla birlikte başka bir yerde bulunmadığından ve onu mutlaka göreceğinden emin olmak, Swann'ın Odette'i Verdurin'lerde bulamadığı gece yaşadığı, şimdi unutulmuş olsa da her an yeniden doğmaya hazır bekleyen, yatışması mutluluk denebilecek kadar tatlı bir huzur veren kaygıyı, yürek daralmasını etkisiz hale getiriyordu. Belki de Odette bu yürek daralması sayesinde Swann'ın gözünde önem kazanmıştı. İnsanlarla genelde o kadar ilgilenmeyiz ki, bize bunca acı ve mutluluk verebilme gücünü bir kişiye yüklediğimizde, o kişi başka bir dünyaya aitmiş gibi görünür gözümüze, bir şiirsellikle sarmalanır ve hayatımızı, kendisinin az çok yakınımızda bulunacağı, heyecan dolu bir akış haline getirir. Odette'in ileriki yıllarda hayatının neresinde yer alacağını Swann'ın sükûnetle düşünmesi mümkün değildi. Bazen bu güzel, soğuk gecelerde faytonundan dışarı bakıp ıssız sokakları parlak ışığıyla dolduran ayı gördüğünde, tıpkı ay gibi aydınlık ve hafif pembemsi olan öteki silueti düşünürdü; günün birinde zihninin karşısına çıkıvermişti ve o günden beri de, kendi görüntüsünü sarmalayan esrarengiz ışığı bütün dünyaya yansıtıyordu. Odette'in evine, hizmetkârlar yatmaya gönderildikten sonraki bir saatte vardığında, küçük bahçenin kapısına gidip zili çalacağına, doğrudan zemin katın baktığı sokağa giderdi; bitişik evlerin, hepsi birbirine benzer, ama karanlık olan pencereleri arasında tek ışıklı pencere, Odette'in yatak odası penceresi olurdu. Camı tıklatır, Odette de cevap verip Swann'ı karşılamaya öteki tarafa, giriş kapısına giderdi. Piyanonun üzerinde, Odette'in en sevdiği parçalardan bazılarının notaları, açılmış olarak dururdu: *Güllerin Valsi* veya Tagliafico'nun (Odette'in, cenazesinde çalınmasını vasiyet ettiği) *Zavallı Deli*'si; Swann bunların yerine Vinteuil sonatının cümleciğini çalmasını rica ederdi Odette'ten; Odette çok kötü çalardı gerçi, ama çoğu kez bir eserden bizde kalan en güzel izlenim akordu bozuk bir piyanodan beceriksiz parmakların çıkardığı falsolu seslerin yarattığı izlenimdir. Vinteuil'ün cümleciği Swann'ın zihninde hâlâ Odette'e olan aşkıyla bütünleşiyordu. Bu aşkın, başkalarının da görebileceği, kendi dışındaki herhangi bir şeye tekabül etmediğini açıkça hissediyordu; Odette'in niteliklerinin onun yanında geçirdiği saatlere bu kadar değer vermesine bir gerekçe olamayacağının farkındaydı. Çoğunlukla, Swann gerçekçi aklın mutlak hâkimiyeti altındayken, bu hayalî haz uğruna bunca zihinsel ve sosyal zevki feda etmekten vazgeçmek isterdi. Ama Vinteuil'ün cümleciği, daha onu işittiği anda, Swann'ın içinde kendine bir yer açabiliyor, ruhunun boyutlarını değiştiriyordu; Swann'ın ruhundaki özel bir bölme, tıpkı aşkı gibi, kendi dışındaki herhangi bir şeye tekabül etmeyen, bununla birlikte, aşk gibi tamamen bireysel olmayan ve kendini Swann'a somut şeylerden üstün bir gerçeklik olarak kabul ettiren özel bir zevke ayrılmıştı. Vinteuil'ün cümleciği Swann'da yeni ve bambaşka bir büyüye duyulan özlemi uyandırıyor, ama bu özlemi gidermesine yarayacak belirli bir şey sunmuyordu ona. Cümlecik Swann'ın ruhundaki bazı bölümleri barındırdıkları maddi kaygılardan, herkes için geçerli insani düşüncelerden arındırmış, boş bırakmıştı; Swann bu boşluklara Odette'in adını yazmakta serbestti. Ayrıca Vinteuil'ün cümleciği, kendi esrarengiz özünü bu aşkla kaynaştırarak Odette'in sevgisindeki küçük noksanlıkları, hayal kırıklıklarını gideriyordu. Cümleciği dinlerken Swann'ın yüzünü gören, nefesini açan bir anesteziği içine çekmekte olduğunu zannederdi. Müziğin ona verdiği, yakında gerçek bir ihtiyaç haline gelecek olan haz, gerçekten de böyle anlarda, çeşitli kokular tecrübe etmekten, yani bizim için yaratılmamış olan, bize, gözlerimizle göremediğimizden şekilsiz, zihnimizle kavrayamadığımızdan anlamsız gelen, ancak tek bir duyumuzla ulaşabildiğimiz bir âlemle temas kurmaktan alacağı hazza benziyordu. Dünyayı sadece işitme duyusuyla algılayan, insanlıktan uzak, kör, mantıktan yoksun bir varlığa, adeta efsanevi bir tekboynuza, hayal ürünü bir yaratığa dönüştüğünü hissetmek, –hassas birer resim meraklısı olan gözlerinde ve keskin bir davranış gözlemcisi olan zihninde, hayatındaki kuruluğun silinmez damgasını sonsuza dek taşıyacak olan– Swann için müthiş bir rahatlama, esrarengiz bir yenilenmeydi. Buna rağmen Vinteuil'ün cümleciğinde zihninin ulaşamadığı bir anlam aradığı için, ruhunun derinliklerini aklın bütün desteğinden yoksun bırakıp sesin dehlizinden, karanlık filtresinden geçirmek garip bir sarhoşluk veriyordu kendisine. Bu cümlecikteki hoşluğun altında yatan ıstırabı, hatta belki gizli çalkantıyı fark etmeye başlamıştı, ama bu yüzden acı çekmesi mümkün değildi. Cümlecik ona aşkın kırılgan olduğunu söylese de, ne önemi vardı, kendi aşkı o kadar güçlüydü ki! Notalardan yayılan hüzünle oynuyordu, bu hüznün kendisini yalayıp geçtiğini hissediyor, ama mutluluğunu derinleştiren, yumuşatan bir okşayış gibi algılıyordu onu. Cümleciği Odette'e üst üste on kere, yirmi kere çaldırır, bu arada öpüşmeyi de kesmek istemezdi. Her öpücük, peşinden bir yenisini getirir. Ah, aşkın ilk zamanlarında öpücükler nasıl da kendiliğinden çıkıverirler ortaya! Mayıs ayında kırlardaki çiçekler gibi dip dibe fışkırırlar; bir saat içinde karşılıklı verilen öpücükleri saymak, bu çiçekleri saymak kadar zordur. Odette çalmaya ara verecekmiş gibi yapar, "Sen beni kucaklarken nasıl çalayım? Her şeyi aynı anda yapamam ki, ne istediğine karar ver, cümleciği mi çalayım, seninle koklaşayım mı?" derdi. Swann bu sözlere kızınca da, bir kahkaha patlatır, ardından Swann'ı bir öpücük yağmuruna tutardı. Bazen de somurtkan bir ifade takınıp Swann'a bakardı; o zaman Swann yine karşısında Botticelli'nin *Musa'nın Hayatı* freskinde yer almaya layık bir çehre görür, onu bu freske yerleştirir, Odette'in boynuna gerekli kıvrımı verirdi; Odette'i on beşinci yüzyıla, Sistina Şapeli'nin duvarına temperayla sabitlendikten sonra, onu şimdiki anda, piyanonun başında, öpülmeye ve sahip olunmaya hazır, somut ve canlı bir varlık olarak bulmak Swann'ı öyle sarhoş ederdi ki, gözleri kayarak, çenesi adeta onu yutmak üzere ileri doğru uzayarak bu Botticelli bakiresinin üstüne atılır, yanaklarını çimdiklemeye koyulurdu. Odette'in evinden çıktığında da, kokusuna ya da yüz hatlarına ilişkin bir ayrıntının hatırasını beraberinde götürebilmek için dönüp son bir kez onu öptükten sonra, faytonuyla evine giderken, bu günlük ziyaretlere izin verdiği için Odette'e minnet duyardı; bu görüşmelerin Odette'e pek büyük bir mutluluk vermediğini seziniyordu, ama kendisini kıskançlıktan koruyan –Odette'i Verdurin'lerde bulamadığı gece ortaya çıkan hastalıktan tekrar mustarip olmasına fırsat vermeyen– bu ziyaretlerin müthiş sancılı geçen o ilk geceki krizin tekrarlanmasına engel olacağını ve hayatının bu özel dönemini, mehtapta Paris'i bir baştan bir başa katettiği dakikalar gibi adeta büyülü olan bu dönemini tamamlamasına yardım edeceğini düşünüyordu. Dönüş yolunda, ayın kendisine göre yer değiştirmiş ve neredeyse ufka yaklaşmış olduğunu fark eder, aşkının da birtakım değişmez tabiat kanunlarına tabi olduğunu sezinler ve girmiş olduğu bu kısa dönemin uzun sürüp sürmeyeceğini, o aziz çehrenin bir süre sonra zihnine uzaklaşmış, küçülmüş görünüp görünmeyeceğini, etrafa yaydığı büyünün neredeyse tükenmiş gibi gelip gelmeyeceğini merak ederdi. Çünkü Swann, âşık olduğundan beri, tıpkı ilkgençliğinde, kendini sanatçı zannettiği zamanlarda olduğu gibi çeşitli şeylerde bir büyü bulmaktaydı; ama aynı büyü değildi bulduğu; şimdi bulduğu büyü, Odette'in nesnelere verdiği büyüden ibaretti. Havai bir hayatın dağıtıp savurduğu gençlik ilhamlarının yeniden içinde filizlendiğini hissediyordu, ama bunların hepsi belirli bir insanın yansımasını, damgasını taşıyorlardı; nekahet halindeki ruhuyla baş başa kalarak evinde geçirmekten şimdi ince bir zevk aldığı uzun saatler boyunca, yavaş yavaş kendi benliğine kavuşuyordu, ama benliği bir başkasına aitti.

Odette'in evine sadece akşamları gidiyordu; Odette'in gün içinde vaktini nasıl geçirdiği hakkında da, geçmişi hakkında da hiçbir bilgisi yoktu; o kadar ki, bilmediğimiz bir şeyi hayal etmemize imkân vererek bizde onu öğrenme arzusunu uyandıran o ilk bilgi kırıntısına bile sahip değildi. Bu yüzden de, Odette'in o esnada ne yaptığını veya nasıl bir hayat yaşamış olduğunu merak etmiyordu. Sadece ara sıra, birkaç yıl önce, henüz Odette'i tanımazken duyduğu bir şeyi düşünüp gülümsüyordu: Yanlış hatırlamıyorsa Odette olması gereken bir kadından kendisine, bir metres, bir kapatma olarak söz edilmişti; bu tür kadınlarla pek yakınlığı olmayan Swann, kimi romancıların hayal güçleri tarafından uzun süre kendilerine atfedilmiş olan mutlak ve özünde ahlaksız kişiliği yakıştırıyordu hâlâ onlara. Çoğunlukla bir insanı isabetli biçimde değerlendirmek için, toplumdaki şöhretinin tam tersini benimsemenin yeterli olduğunu düşünüyor, kafasındaki metres kavramını Odette'in iyi kalpli, saf, idealist kişiliğiyle kıyaslıyordu; yalan söylemek Odette için neredeyse imkânsız bir şeydi; Swann bir gün akşam yemeğini Odette'le baş başa yemek istemiş, Verdurin'lere bir not yazıp hasta olduğunu bildirmesini rica etmişti; ertesi gün, Mme Verdurin Odette'e iyileşip iyileşmediğini sorduğunda Odette kızarıp bozarmış, kekelemiş, yalan söylemekten duyduğu sıkıntıyı, ıstırabı istemeden çehresine yansıtmıştı; bir gün önceki sözde rahatsızlığına ilişkin bin bir ayrıntı uydururken, yalvaran bakışlarıyla, kederli sesiyle sözlerinin sahteliği için özür diler gibiydi.

Bununla birlikte, ender de olsa bazı günler Odette öğleden sonra Swann'ın evine geliyor, onu tahayyüllerinin ya da yakın zamanda tekrar ele aldığı Vermeer'le ilgili araştırmasının ortasında yakalıyordu. Bir hizmetkâr gelip Swann'a, Mme de Crécy'nin küçük salonda kendisini beklediğini haber verirdi. Swann küçük salonun kapısını açar, Odette'in pembe yüzünde, Swann'ı görür görmez, –ağzının kıvrımını, gözlerindeki bakışı, yanaklarının şeklini değiştiren– bir tebessüm belirirdi. Swann tek başına kaldığında bu tebessüm gözünün önünde canlanır, Odette'in bir gün önceki gülümseyişini, bir başka gün onu karşılarkenki gülümsemesini, Swann arabada *cattleya*larını düzeltirken rahatsız olup olmadığını sorduğunda yüzünde beliren, cevap niteliğindeki tebessümü görürdü karşısında; Odette'in geri kalan zamanlardaki hayatı, Swann bu hayat hakkında hiçbir şey bilmediği için, nötr ve renksiz fonuyla Watteau'nun saman sarısı kâğıt üzerine siyah, beyaz ve kırmızı tebeşirle çizilmiş, her yönde sayısız gülümsemeyle kaplı taslak çizimleri gibi görünürdü kendisine. Ama bazen, zihni aksini iddia ettiği halde Swann'ın hayal edemediği için bomboş gördüğü bu hayatın bir köşesine bir arkadaşı ışık tutardı; Swann'la Odette'in birbirlerini sevdiklerini tahmin eden ve Odette hakkında ancak sıradan şeyler söylemeye cesaret edebilecek olan dost, örneğin o sabah Odette'i Abbattucci Sokağı'nı tırmanırken gördüğünü söyler, kenarları Amerika kokarcası kürküyle çevrili pelerinini, başındaki "Rembrandt" şapkayı*, göğsündeki bir demet menekşeyi tarif ederdi. Bu basit çizim, Odette'in hayatının tamamen kendisine ait olmadığını ansızın fark etmesine yol açtığından, Swann'ı altüst ederdi; hiç görmediği bu kıyafetle Odette'in kendini kime beğendirmek istediğini merak ederdi; sanki sevgilisinin renksiz –Swann için görünmez olan, dolayısıyla adeta var olmayan– hayatının tamamında, kendisine yönelen bütün o tebessümlerin haricinde bir tek şey: Rembrandt şapkası ve göğsünde bir demet menekşeyle yürüyüşü varmış gibi, o gün, o saatte nereye gittiğini Odette'e sormaya karar verirdi.

Güllerin Valsi yerine Vinteuil'ün cümleciğini çalmasını istemenin dışında, Swann Odette'e kendi sevdiği eserleri çaldırmaya, müzikte de, edebiyatta da Odette'in zevksizliğini düzeltmeye çalışmıyordu. Odette'in pek zeki olmadığının farkındaydı kuşkusuz. Odette Swann'a büyük şairleri anlatmasını ne kadar istediğini söylerken, bir çırpıda Borelli Vikontu'nun yazdıklarına benzer, ama onlardan da dokunaklı romantik kahramanlık şiirleri öğrenivereceğini zannediyordu. Vermeer'le ilgili olarak da, bir kadın yüzünden acı çekip çekmediğini, ona bir kadının mı ilham verdiğini sormuş, Swann bu konuda hiçbir şey bilinmediğini söyleyince, söz konusu ressamla ilgilenmekten vazgeçmişti. Odette şu tür yorumlarda bulunurdu sık sık: "Tabii ki şiirler doğru olsaydı, şairler bütün söylediklerine inansalardı, şiir dünyanın en güzel şeyi olurdu. Ama çoğunlukla şairler dünyanın en çıkarcı insanları oluyorlar. Konunun yabancısı

* Kenarları kıvrık, tüylü şapka.

değilim, bir arkadaşım, bir şair bozuntusuna âşıktı. Adam şiirlerinde hep aşktan, gökyüzünden, yıldızlardan söz ediyordu. Kızcağız fena kazık yedi! Adam üç yüz bin frangını çarptı." Bunun üzerine Swann ona sanatta güzelliğin ne olduğunu, şiir veya resmin nasıl takdir edilmesi gerektiğini öğretmeye kalktığında, Odette bir iki dakika sonra dinlemekten vazgeçer, "Yaa... ben öyle olduğunu bilmiyordum" derdi. Swann Odette'in ne büyük bir hayal kırıklığına uğradığını hissettiği için, yalan söylemeyi tercih eder, bunların aslında önemli olmadığını, boş laf olduğunu, konuyu derinlemesine anlatmanın çok uzun süreceğini, işin esasının başka olduğunu söylerdi. Ama Odette heyecanla, "Başka mı? Esası ne öyleyse? Söylesene" der, Swann buna rağmen, söyleyeceklerinin Odette'e ne kadar basit, umduğundan farklı, coşkudan ve dokunaklılıktan uzak geleceğini bilerek ve sanat konusunda hayal kırıklığına uğrarsa aşk konusunda da aynı duyguyu yaşamasından korkarak işin esasını söylemezdi.

Odette gerçekten de Swann'ın entelektüel düzeyini tahminlerine göre düşük buluyordu. "Hep soğukkanlılığını koruyorsun, seni çözemiyorum" diyordu. Swann'ın paraya karşı kayıtsızlığı, herkese gösterdiği kibarlık ve incelik Odette'i daha çok etkiliyordu. Gerçekten de hayatta, çoğunlukla Swann'dan çok daha parlak kişilerin, çevresi tarafından yanlış anlaşılmamış bir âlimin, bir sanatçının entelektüel üstünlüğünü çevresine kabul ettirmiş olduğunu kanıtlayan şey, çevresindekilerin onun fikirlerine duydukları hayranlık değil (çünkü bu fikirler onları aşar), iyi kalpliliğine duydukları saygıdır. Swann'ın yüksek sosyetedeki konumu da Odette'te bir saygı uyandırıyordu, ama Swann'ın kendisini bu çevreye sokmak için bir çaba göstermesini istemiyordu. Belki böyle bir girişimin sonuçsuz kalacağını sezinliyor, hatta Swann'ın sırf Odette'ten söz etmesinin bile istenmeyen bazı ifşaatlara yol açabileceğinden korkuyordu. Sebebi ne olursa olsun, ismini asla söylemeyeceğine dair söz almıştı Swann'dan. Yüksek sosyeteye girip çıkmak istemeyişinin gerekçesi, bir zamanlar kavga ettiği bir kız arkadaşının intikam amacıyla onu kötülemiş olmasıydı. Swann, "Canım, herkes tanıyor olamaz o arkadaşını" diye itiraz ediyordu. "Öyle deme, insanın adı çıkacağına canı çıksın demişler; insanlar öyle fesat ki!" Swann bir yandan bu hikâyeye bir anlam verememişti, ama öte yandan, "insanlar öyle fesat ki", "insanın adı çıkacağına canı çıksın" türünden sözlerin genelde doğru kabul edildiğini de biliyordu; geçerli oldukları durumlar vardı herhalde. Odette'in durumu da bunlardan biri miydi? Bu soruyu kendi kendine soruyordu ama sorgulaması pek uzun sürmüyordu, çünkü babası gibi onun da zor bir soruyla karşı karşıya kaldığında zihnine bir rehavet çökerdi. Sebebi ne olursa olsun, Odette'i böylesine korkutan yüksek sosyete muhiti onda belki büyük bir arzu da uyandırmıyordu, çünkü kendi tanıdığı çevrelerden o kadar uzaktaydı ki, onu gözünde açıkça canlandırması mümkün değildi. Bununla birlikte, bazı bakımlardan sadeliğini gerçekten korumuş olan Odette (mesela eskiden terzi olan basit bir kızla arkadaşlığını sürdürür, hemen her gün, kızın oturduğu evin dik, karanlık, pis kokulu merdivenini tırmanırdı), şıklığa, seçkinliğe de meraklıydı, ama şıklık kavramı, yüksek sosyete mensuplarınınkinden farklıydı. Onlar için seçkinlik, isimleri bir tür repertuvar oluşturan dostlarından veya dostlarının dostlarından müteşekkil bir muhitte, sayıları sınırlı birkaç kişiden etrafa yayılan ve –bu kişilerin yakın çevresinden uzaklaşıldıkça gücü azala azala– oldukça uzaklara yansıyabilen bir şeydir. Yüksek sosyete mensupları bu repertuvarı ezbere bilirler, bu konularda sahip oldukları derin bilgiden bir zevk, bir sezgi türetmişlerdir; öyle ki, mesela Swann gazetede, bir akşam yemeği davetinde hazır bulunanların isimlerini okuduğu zaman, yüksek sosyete bilgisine başvurmasına gerek kalmadan, tıpkı kültürlü bir insanın sadece bir cümle okuyarak yazarın edebi niteliğini isabetli bir biçimde değerlendirebilmesi gibi, söz konusu akşam yemeğinin seçkinlik derecesini derhal söyleyebilirdi. Oysa Odette, bu kavramlara sahip olmayan, (yüksek sosyete mensupları bu konuda ne düşünürlerse düşünsünler, müthiş kalabalık bir topluluk oluşturan ve toplumun her kesiminde rastlanabilecek), seçkinliği bambaşka bir şey olarak hayal eden insanlardandı; bunların hayalindeki seçkinlik, ait oldukları muhite göre değişik görünümlere bürünür, ama –ister Odette'in hayalini kurduğu seçkinlik olsun, isterse Mme Cottard'ın karşısında eğildiği seçkinlik– hepsinde belirleyici özellik, herkesin doğrudan ulaşabileceği bir şey olmasıdır. Aslında öteki seçkinlik, yani yüksek sosyete mensuplarının seçkinliği de herkesin ulaşabileceği bir şeydir, ama belirli bir süre gerektirir. Odette birisi hakkında, "Sadece seçkin yerlere gider" derdi.

Swann ne demek istediğini sorduğu takdirde de, hafif bir küçümsemeyle cevap verirdi:

"Canım, seçkin yerler işte! Bu yaşta seçkin yerlerin ne demek olduğunu bilmiyorsan ben ne yapayım? Mesela pazar sabahları Impératrice Caddesi, saat beşte Boulogne Ormanı'nda göl turu, perşembeleri Eden Tiyatrosu, cumaları Hipodrom, balolar...

—Hangi balolar ama?

—Canım, Paris'te düzenlenenler, seçkin balolar yani. Mesela Herbinger'i bilirsin, bir sarrafla çalışıyor; nasıl bilmezsin, Paris'in en gözde erkeklerinden biri, uzun boylu, sarışın, müthiş snop bir genç, yakasında hep bir çiçek vardır, sırtı şeritli, açık renk paltolar giyer; bütün prömiyerlere götürdüğü, boya küpü yaşlı bir kadınla birlikte hani. İşte bu Herbinger'in geçen akşamki balosunda Paris'in bütün seçkin simaları bulunuyordu. Ah, o baloya gitmeyi ne kadar isterdim! Ama kapıda davetiye göstermek gerekiyordu, ben de bir davetiye edinememiştim. Aslında gitmediğime de memnunum, kalabalıkta ezilecek, hiçbir şey de göremeyecektim. Maksat Herbinger'in balosuna gittim demek. Eh, biliyorsun ben gösterişi pek sevmem. Ayrıca gittim diyenlerin de yarısı gitmemiştir, rahatlıkla söyleyebilirim bunu... Ama sen ki o kadar şıksındır, o baloya gitmemene şaşırdım."

Swann her şeye rağmen Odette'in bu seçkinlik kavramını değiştirmeye çalışmıyordu katiyen; kendi seçkinlik kavramının da daha doğru olmadığını, onunki kadar saçma ve önemsiz olduğunu düşündüğünden, bu konuda sevgilisini eğitmeyi anlamsız buluyordu; o kadar ki, birkaç ay sonra, Swann'ın ilişkileri, kimlerin evine gittiği Odette'i bir tek açıdan, bu kişiler aracılığıyla edinebileceği at yarışı özel giriş kartları ve prömiyer biletleri açısından ilgilendirir oldu. Swann'ın böyle faydalı ilişkileri olmasını istiyordu, ama bir yandan da, Villeparisis Markizi'ni sokakta yünlü siyah elbise ve bağcıklı boneyle gördüğünden beri, bunların pek seçkin insanlar olmadıklarını düşünüyordu.

"Fakat *darling**, yaşlı bir kapıcıya, tiyatrolardaki yer göstericilere benziyor! Markiz ha! Ben markiz değilim, ama üstüne para verseler o kılıkla sokağa çıkmam!"

Swann'ın Orléans Rıhtımı'ndaki konakta oturmasını bir türlü anlayamıyor, ona itiraf edecek cesareti bulamamakla birlikte, bu semtin Swann'a layık olmadığını düşünüyordu.

---

* Sevgilim, hayatım, tatlım.

Şüphesiz, "antika"ya çok meraklı olduğu iddiasındaydı; bütün bir günü "kıvır zıvır" arasında, "mazisi" olan, "elden düşme eşyalar" arayarak geçirmeye bayıldığını söylerken, yüzüne hayranlıkla dolu, hassas bir ifade yerleşirdi. Sorulan soruları asla cevaplandırmamayı ve gününü nasıl geçirdiğine dair "hesap vermemeyi" adeta bir şeref meselesi saydığı (ve aileden kalma bir düsturmuşçasına daima bu kurala riayet ettiği) halde, bir keresinde Swann'a bir kadın arkadaşından söz etmiş, kendisini evine davet ettiğini, evindeki bütün eşyaların "dönem mobilyası" olduğunu söylemişti. Ama Swann bunun hangi dönem olduğunu öğrenemedi. Yine de Odette, biraz düşündükten sonra, eşyaların "ortaçağvari" olduğunu söyledi. Bu ifade, duvarlarda ahşap kaplama olduğu anlamına geliyordu. Bir süre sonra, aynı arkadaşından tekrar bahsetti ve bir gün önce bir akşam yemeği davetinde karşılaştığımız, biz daha önce adını hiç duymamış olduğumuz halde ev sahiplerinin davranışlarından çok ünlü biri olduğunu anladığımız birinin ismini söylerken, karşımızdakinin kimden söz ettiğimizi derhal anlayacağını umarak benimsediğimiz, biraz tereddütlü ve bilgiç tavırla ekledi: "Yemek odası takımı... on sekizinci yüzyıl!" Aslında çok çirkin buluyordu bu üslubu; çıplaktı, sanki evin döşenmesi yarım kalmış gibiydi, kadınları da çok çirkin gösteriyordu, bu moda tutmayacaktı. Arkadaşından üçüncü kez söz edişinde ise, o yemek odası takımını yapmış olan adamın adresini gösterdi Swann'a ve parası olduğu zaman, kendisine de bir takım yapması için adamı çağırtmak istediğini söyledi; aynısından yaptırmak istemiyordu elbette, kendi hayallerini süsleyen ve küçük evinin boyutlarına maalesef uygun olmayan yemek odası, yüksek büfeli, Rönesans mobilyalı, Blois Şatosu'ndaki gibi şömineli bir yemek odasıydı. O gün, Swann'la konuşurken, Swann'ın Orléans Rıhtımı'ndaki eviyle ilgili fikrini ağzından kaçırdı; Swann, Odette'in arkadaşını yaygın olmamakla birlikte çok hoş olabilecek XVI. Louis üslubuna değil de, sahte antikaya merak saldığı için eleştirince, Odette'in burjuvalara has "elâlem ne der" korkusu bir kez daha yosmanın sanat merakına üstün geldi ve "Senin gibi kırık mobilyaların, eprimiş halıların ortasında mı yaşasın yani?" dedi.

Odette'in gözünde, kıvır zıvır peşinde koşmaktan ve şiirden hoşlanan, aşağılık hesaplardan nefret eden, şeref ve aşktan başka şey düşünmeyen kişiler, insanlığın geri kalanından üstün bir kaymak tabaka oluşturuyordu. Bunlara gerçekten meraklı olmak gerekmiyordu, meraklı olduğunu söylemek yeterliydi; birlikte akşam yemeği yediği bir erkek eski dükkânlarda dolaşmaktan, ellerini toza bulamaktan hoşlandığını, bu ticari asırda kimseden takdir göremeyeceğini, çünkü bu asrın kaygılarını taşımadığını ve bu yüzden de başka bir çağın adamı olduğunu itiraf ettiğinde, Odette, "Hiç tahmin etmiyordum doğrusu, ne kadar hassas, sevimli bir insanmış!" der, ona yoğun, ani bir yakınlık duyardı. Buna karşılık, Swann gibi bu meraklara, zevklere sahip olan, ama sözünü etmeyen kişiler, Odette'in ilgisini çekmiyordu. Swann'ın paraya önem vermediğini kabul etmek zorunda kalıyordu gerçi, ama somurtkan bir ifadeyle, "Canım, Swann başka" diye ekliyordu; gerçekten de, Odette'in hayal gücüne hitap eden şey, manevi değerlerin hayata geçirilmesi değil, dildeki karşılıklarıydı.

Swann, Odette'in hayallerini çoğunlukla gerçekleştiremediğini hissettiğinden, en azından kendisiyle birlikte hoşça vakit geçirmesi için uğraşıyor, Odette'in her konuda sergilediği zevksizliğe, sahip olduğu bayağı fikirlere müdahale etmemeye çalışıyordu; aslında Odette'in her şeyi gibi bu zevksizliği, bayağı fikirleri de Swann'ın hoşuna gidiyor, hatta onu büyülüyordu, çünkü bu kendine has özellikleri sayesinde, karşısındaki kadının özü görünür hale geliyordu. Bu yüzden, Odette *Topaz Kraliçe*'ye gideceği için sevindiğinde ya da çiçek festivalini kaçırmaktan, hatta daha sıradan bir programa, mesela bir kadının şıklığını tescillemek için mutlaka düzenli olarak katılması gerektiğini zannettiği "Royale Sokağı Çay Salonu"nda, çörekli, kızarmış ekmekli çay saatine yetişememekten korkup gözlerine ciddi, endişeli ve kararlı bir bakış yerleştiğinde, Swann, hepimizin bir çocuğun doğallığı karşısında, konuşuverecekmiş gibi görünen bir portrenin gerçeğe yakınlığı karşısında yaşadığımız hayranlıkla kendinden geçiyor, sevgilisinin ruhunu çehresinde görüyor ve dudaklarını bu çehreden taşan ruha değdirmekten kendini alamıyordu. "Ya! Demek Odette'çik çiçek festivaline gitmek, kendini göstermek istiyor, pekâlâ, götürelim, bize boyun eğmek düşer." Swann, gözleri biraz bozulunca, evinde çalışırken gözlük takmak, sosyete davetlerine giderken de, yüzünü gözlük kadar çirkinleştirmeyen bir monokl kullanmak zorunda kalmıştı. Odette onu monoklle ilk gördüğünde, sevincini gizleyemedi. "Erkeklerde monokl hakikaten çok şık duruyor!" dedi. "Ne kadar yakışmış! Tam bir centilmen olmuşsun. Bir tek unvanın eksik!" diye ekledi, hafifçe hayıflanarak. Swann, Bretanyalı bir kadına âşık olsa, sevgilisini Breton başlığıyla görmekten, hortlaklara inandığını işitmekten mutluluk duyacağı gibi, Odette'in de böyle olmasından hoşlanıyordu. O güne kadar, sanat zevkleri tensel hazlarından bağımsız gelişen birçok erkek gibi Swann'ın da bu zevklerin birinden duyduğu tatminle diğerinden duyduğu tatmin arasında hep tuhaf bir uyumsuzluk vardı; giderek daha bayağı kadınlarla yan yana, gitgide daha incelikli eserlerin cazibesine kapılmıştı; bir hizmetçi kızı seyretmek istediği Dekadan tiyatro temsilini parmaklıklı locada izlemeye veya izlenimci bir resim sergisine götürebiliyordu; zaten kültürlü bir yüksek sosyete hanımının hizmetçiden daha fazla bir şey anlamayacağı, üstelik onun gibi tatlılıkla susmayı da beceremeyeceği kanısındaydı. Oysa Odette'e âşık olduğundan beri, onunla aynı duyguları paylaşmak, onunla ortaklaşa, tek bir ruha sahip olmak Swann'a o kadar cazip geliyordu ki, onun hoşlandığı şeyleri sevmeye çalışıyor, Odette'in yalnız alışkanlıklarını taklit etmekten değil, fikirlerini benimsemekten de zevk alıyordu; bu fikirler Swann'ın kendi zihninde herhangi bir temele oturmadığından, sadece aşkını çağrıştırdıkları ve zaten Swann da onları aşkı sebebiyle tercih ettiği için, aldığı zevk daha da büyüktü. *Serge Panine*'i bir kere seyretmekle yetinmemesinin, Olivier Métra'nın yönetimindeki konserlere gitmek için fırsat kollamasının sebebi, Odette'in bütün düşüncelerini öğrenmenin, bütün zevklerini paylaştığını hissetmenin cazibesiydi. Odette'in sevdiği eserlerin, mekânların Swann'ı ona yaklaştıran büyüsü, onlardan daha güzel olan, ama Odette'i hatırlatmayan eserlerin ve mekânların özündeki büyüden daha esrarengiz geliyordu Swann'a. Zaten gençliğindeki entelektüel inançların zayıflamasına izin vermiş ve yüksek sosyete şüpheciliği kendisi farkına varmadan bu inançlara sızmış olduğu için, Swann, zevklerimizin yöneldiği nesnelerin kendi içlerinde mutlak bir değerleri bulunmadığını, her şeyin döneme, sosyal sınıfa bağlı ve modadan ibaret olduğunu ve en bayağı şeylerin aslında en seçkin kabul edilen şeylerle yer değiştirebileceğini düşünüyordu (en azından o kadar uzun süre böyle düşünmüştü ki, hâlâ bunu söylüyordu). Nasıl ki Odette'in bir sergi açılışı davetiyesi bulmaya verdiği önemi özünde kendisinin bir zamanlar Galler Prensi'nin evinde öğle yemeği yemekten aldığı zevkten daha saçma bulmuyorsa, aynı şekilde Odette'in Monte-Carlo'ya veya Rigi'ye hayranlığının da Odette'in çirkin bir yer olarak hayal ettiği Hollanda'ya ve kasvetli bulduğu Versailles'a kendisinin beslediği hayranlıktan daha mantıksız olmadığını düşünüyordu. Bu yüzden de kendi sevdiği yerlere gitmekten feragat ediyor, bunu Odette için yaptığını, sadece Odette'le birlikte bir şeyler hissetmek, bir şeyleri sevmek istediğini düşünmekten zevk alıyordu.

Odette'i çevreleyen her şey gibi, bir bakıma onu görmenin, onunla sohbet etmenin yolu olan Verdurin'lerle birliktelikten de hoşlanıyordu. Verdurin'lerle birlikteyken, bütün eğlencelerin, yemeklerin, müziğin, oyunların, kostümlü gece yarısı yemeklerinin, kır sefalarının, tiyatro seanslarının hatta "sıkıcı tipler" için nadiren düzenlenen "büyük gece davetleri"nin özünde, Verdurin'lerin Swann'ı davet ederek olağanüstü bir lütuf halinde sundukları Odette'in varlığı, Odette'in görüntüsü, Odette'in sohbeti bulunduğundan, Swann "küçük yuva"da olmayı her yere tercih ediyor, ona gerçek meziyetler atfetmeye çalışıyordu, çünkü böylece, bunu bir zevk haline getirirse, hayatı boyunca bu çevreyle görüşeceğini düşünüyordu. Swann, inanamama korkusuyla, Odette'i daima seveceğini kendi kendine söylemeye cesaret edemediğinden, hiç değilse Verdurin'lerle ömür boyu görüşeceğini varsayarak (bu önerme, bir varsayım olarak zihninde daha az sayıda temel itiraza yol açıyordu), gelecekte de Odette'le her gece buluşmayı sürdüreceğini hayal ediyordu; Odette'i daima sevmekle aynı şey sayılmazdı belki, ama şimdilik, Odette'e aşkı devam ettiği sürece, onu hep göreceğine inanmak Swann'a yetiyor, daha fazlasını istemiyordu. "Ne hoş bir muhit" diyordu kendi kendine. "Aslında gerçek hayat bu muhitte yaşanıyor! Yüksek sosyete mensuplarından çok daha zeki, çok daha sanatkâr insanlar! Mme Verdurin, biraz gülünç denebilecek ufak tefek abartılarına rağmen, resme, müziğe, ne kadar samimi bir aşkla bağlı, sanat eserlerine nasıl tutkuyla yaklaşıyor, sanatçıları memnun etmeyi ne kadar arzuluyor! Yüksek sosyete mensupları hakkında yanlış bir fikre sahip, ama yüksek sosyetenin sanatkâr çevreler hakkındaki fikri daha da yanlış! Belki ben sohbette entelektüel tatmini pek aramıyorum ama aptalca kelime oyunlarına rağmen, Cottard'la vakit geçirmekten hoşnutum. Ressama gelince, karşısındakini şaşırtmak istediğinde sergilediği özenti tatsız olsa da, bugüne kadar tanıdığım en zeki insanlardan biri. Her şeyden önemlisi de, insan bu muhitte kendini serbest hissediyor, rahatça, resmiyet gözetmeden canı ne isterse yapabiliyor. O salon her gün nasıl bir neşeyle dolup taşıyor! Tek tük birkaç istisna dışında, kesinlikle bu muhitten başkasına girmeyeceğim bundan böyle. Giderek bütün alışkanlıklarım, hayatım, oraya ait olacak."

Verdurin'lerin özünde mevcut olduğunu zannettiği meziyetler, aslında Swann'ın Odette'e aşkı sayesinde o evde yaşadığı hazların Verdurin'lere yansımasından ibaretti; dolayısıyla bu hazlarla birlikte meziyetler de ciddiyet, derinlik ve hayatiyet kazanıyorlardı. Mme Verdurin zaman zaman Swann'a mutluluk getirebilecek tek şeyi ona sunduğu için; mesela Odette'in erkek misafirlerden biriyle diğerlerine göre daha fazla konuştuğu, Swann'ın da Odette'e kızarak eve kendisiyle birlikte dönüp dönmeyeceğini sormak istemediği bir gece, Mme Verdurin kendiliğinden, "Odette, M. Swann'ı evine geçireceksiniz, değil mi?" diyerek Swann'ı mutluluk ve huzura kavuşturduğu için; Swann, yaklaşan yaz mevsiminde Odette'in kendi başına bir yerlere gidip gitmeyeceğini, onu yazın da her gece görüp göremeyeceğini düşünüp endişelenirken, Mme Verdurin ikisini birden sayfiye evine davet ettiği için – Swann farkında olmadan minnetin ve menfaatin zihnine sızmasına, düşüncelerini etkilemesine izin veriyor, Mme Verdurin'in asil bir ruha sahip olduğunu söyleyecek kadar ileri gidiyordu. Louvre müzecilik okulundan eski bir arkadaşı, çok değerli, çok önemli birilerinden bahsedecek olsa, "Verdurin'leri bin kat tercih ederim" diyor, kendisinden hiç beklenmeyen tumturaklı cevaplar veriyordu: "Verdurin'ler yüce gönüllü insanlar, yüce gönüllülük de aslında şu yeryüzünde önemi olan, insanı sivrilten tek şey. Biliyor musun, insanlar ikiye ayrılıyor: Yüce gönüllü olanlar ve olmayanlar; ben artık insanın hangi tarafta yer alacağına, kimi sevip kimi önemsemeyeceğine kesin karar vermesi gereken yaşa geldim; bir yaştan sonra insan sevdiklerine bağlanmalı, diğerleriyle harcanan zamanı telafi etmek için onlardan ölünceye kadar ayrılmamalı bence. İşte" diye ekliyordu, hafif bir heyecanla, pek farkına varmasak da, bir şeyi doğru olduğu için değil, söylemek hoşumuza gittiği için söylediğimizde, kendi sesimizi içimizden değil, dışarıdan geliyormuş gibi dinlediğimizde sesimize yansıyan heyecanla, "ben de kesin tercihimi yaptım, sadece yüce gönüllü insanları sevmeye ve daima onların arasında yaşamaya karar verdim. Mme Verdurin'in gerçekten zeki olup olmadığını soruyorsun.

Emin ol, öyle asil bir yüreğe, öyle yüksek düzeyde bir ruha sahip olduğunu kanıtladı ki bana, bence aynı düzeyde bir zekâsı olmasa, bu noktaya ulaşamazdı. Sanat konusunda derin bir anlayışı olduğu kesin. Ama bu belki de en hayran olunacak yanı değil; bana gösterdiği benzersiz ilgi, yaptığı ustalıklı, incelikli küçük yardımlar, hem soylu, hem de teklifsiz tavırları hayat hakkında bütün felsefe kitaplarından daha derin bir kavrayışı olduğunu ortaya koyuyor."

Oysa Swann, Verdurin'ler kadar sade eski aile dostları, onlar kadar sanata düşkün gençlik arkadaşları bulunduğunu, aynı derecede yüce gönüllü başka insanlar tanıdığını, bununla birlikte, sadelik, sanat ve yüce gönüllülükten yana tercihini yaptığından beri onlarla hiç görüşmediğini düşünebilirdi. Ne var ki bu kişiler Odette'i tanımıyorlardı ve tanısalar, Odette'i Swann'a yaklaştırmaya çalışmazlardı.

Kısacası, Verdurin'lerin muhitinde kendilerini Swann kadar seven ya da sevdiğini zanneden bir mürit daha yoktu herhalde. Oysa M. Verdurin Swann'dan hazzetmediğini söylerken, kendi hislerini dile getirmekle kalmayıp karısının hislerini de tahmin etmiş oluyordu. Swann'ın Odette'e aşkı muhtemelen biraz fazla özeldi ve Swann ayrıca Mme Verdurin'i bu aşkın sürekli sırdaşı haline getirmeyi ihmal etmişti; Swann'a duydukları öfkenin artmasında Verdurin'lerin misafirperverliğine Swann'ın ölçülü bir karşılık vermesi, Verdurin'lerin hiç tahmin etmediği bir sebeple çoğu kez akşam yemeğine gelmemesi, onların da bunu "sıkıcı tipler"in bir davetini kaçırmama arzusu olarak yorumlaması ve nihayet, Swann'ın gizli tutmak için aldığı bütün önlemlere rağmen, yüksek sosyetedeki parlak mevkisini zamanla keşfetmeleri de rol oynamıştı şüphesiz. Ama asıl sebep başkaydı. Verdurin'ler Swann'ın kendine ayırdığı, girilmesi imkânsız bir yanı bulunduğunu derhal hissetmişlerdi; Swann bu yanıyla Sagan Prensesi'nin gülünç olmadığını, Cottard'ın esprilerinde de gülünecek bir şey bulunmadığını sessizce kendi kendine söylemeye devam ediyordu; üstelik Swann nezakette asla kusur etmediği ve Verdurin'lerin dogmalarına başkaldırmadığı halde, bu dogmaları kendisine benimsetmeye, onu tam anlamıyla doğru yola getirmeye de imkân yoktu, daha önce hiç böylesine rastlamamışlardı. Swann'ın sıkıcı tiplerle görüşmesi, (oysa Verdurin'leri ve küçük yuvayı gerçekten, bütün samimiyetiyle, onlara bin kat tercih ediyordu) ibret olsun diye müritlerin önünde onları inkâr etmesi şartıyla affedilebilirdi aslında. Ne var ki Verdurin'ler Swann'ın eski inancını asla inkâr etmeyeceğini anlamışlardı.

Oysa Verdurin'lerin Odette'in ricası üzerine davet ettikleri bir başka "aday", Odette'in birkaç kere buluşmuş olduğu Forcheville Kontu Swann'dan ne kadar farklıydı, ona ne umutlar bağlamışlardı! (Kontun Saniette'in eniştesi olduğunu öğrendiklerinde müritler hayretten hayrete düşmüşlerdi; eski arşivci Saniette'in tavırları o kadar mütevazıydı ki, onun kendilerinden daha düşük bir sosyal mevkiye sahip olduğunu düşünmüşlerdi öteden beri, varlıklı ve görece aristokrat bir çevrenin insanı olabileceği akıllarından bile geçmemişti.) Evet, Forcheville müthiş snoptu, Swann hiç değildi; Forcheville katiyen Swann gibi Verdurin'lerin muhitini her çevreden üstün bulmuyordu. Ama Swann'ın kendi tanıdıkları hakkında Mme Verdurin'in yaptığı yalan yanlış eleştirilere katılmasını engelleyen hassasiyet de Forcheville'de yoktu. Ressamın bazı günler yaptığı özentili, bayağı ve tumturaklı konuşmalara ve Cottard'ın seyyar satıcı esprilerine gelince, ressamı da, Cottard'ı da seven Swann onları kolaylıkla hoşgörür, ama alkışlama cesaretini ve riyakârlığını gösteremezdi; Forcheville ise aksine, ressamın konuşmalarına anlamadan da olsa hayran kalmasına ve doktorun esprilerine bayılmasına imkân tanıyan bir entelektüel düzeye sahipti. Forcheville'in Verdurin'lerde katıldığı ilk akşam yemeği bütün bu farkları gözler önüne serdi, kontun avantajlarını öne çıkardı ve Swann'ın gözden düşüşünü hızlandırdı.

Aynı akşam yemeğinde, müdavimlerin dışında bir de Sorbonne'dan bir profesör, Brichot vardı; Verdurin'lerle kaplıcalarda tanışmıştı ve üniversitedeki göreviyle derin bilimsel çalışmaları vaktinin neredeyse tamamını doldurmasa, onlarla sık sık görüşmekten memnuniyet duyardı. Çünkü Brichot her meslekten bazı zeki insanlarda, tıbba inanmayan hekimlerde, Latince çeviri derslerine inanmayan lise öğretmenlerinde rastlanan ve kendilerine açık fikirli, parlak, hatta üstün kişi şöhreti kazandıran yan yana iki özelliğe sahipti: Hayata karşı bir merak, aşırı bir bağlılık ve kendi uzmanlık konularına ilişkin bir şüphecilik. Verdurin'lerin evinde felsefe ve tarihten bahsederken, örneklerini özenle en güncel konulardan seçerdi; bunun temel nedeni, felsefeyle tarihi hayata bir hazırlık olarak görmesi ve daha önceleri sadece kitaplardan öğrendiği şeyin küçük kabilede eyleme geçirilmiş olduğunu düşünmesiydi; ayrıca, bazı konulara saygı göstermeyi bir zamanlar alışkanlık haline getirdiği ve farkında olmadan bu alışkanlığı sürdürdüğü için, küçük kabileyle birlikteyken takındığı serbest tavırlar sayesinde, profesör kimliğinden sıyrıldığını da zannediyordu belki, oysa bu tavırları, aksine, profesör kimliğini hep koruduğu için serbest tavırlarmış gibi görünüyordu ona.

Yemeğin daha başında, yeni "aday" uğruna kıyafetine büyük ihtimam göstermiş olan Mme Verdurin'in sağında oturan M. de Forcheville, ev sahibesine, "Beyaz* elbiseniz göz kamaştırıyor" dediğinde, "*de*"** diye adlandırdığı soyluların ne biçim insanlar olduklarını çok merak ettiğinden gözünü konttan ayırmamış olan ve dikkatini çekip onunla ilişki kurma fırsatı kollayan doktor, "*blanche*" kelimesinin üstüne atlayarak, kafasını tabağından kaldırmadan, "*Blanche* mı? Blanche de Castille mi yoksa?" dedi ve ardından, başını hiç kıpırdatmadan, sağa sola şüpheli, mütebessim, kaçamak bakışlar yöneltti. Swann gülümsemek için gösterdiği sancılı ve beyhude çabayla bu kelime oyununu aptalca bulduğunu belli ederken, Forcheville, içtenliği Mme Verdurin'i büyüleyen ölçülü, yerinde kahkahalarla hem esprinin inceliğini beğendiğini, hem de muaşeret adabını bildiğini kanıtladı.

Mme Verdurin, "Hiç böyle bilim adamı gördünüz mü? dedi Forcheville'e. İki dakika ciddi ciddi konuşmak mümkün değildir kendisiyle. Hastanede de böyle mi konuşuyorsunuz? diye ekledi doktora dönerek. Öyleyse, orası epeyce eğlenceli olmalı. Benim de hastaneye yatmam gerekecek galiba."

Brichot, "Yanılmıyorsam sayın doktor Blanche de Castille denen ihtiyar cadıdan söz ediyordu, değil mi hanımefendi?" deyince, Mme Verdurin gözleri kapalı, kendinden geçerek yüzünü elleriyle kapattı, parmaklarının ardından boğuk çığlıklar geliyordu. "Bu masanın etrafında toplanmış kişiler arasında sofular da varsa, onları telaşlandırmayı hâşa istemem, *sub rosa*...*** Ayrıca o harika, Atinalı –yüzde yüz Atinalı!– cumhuriyetimizin, bu karanlıkçılık taraftarı Capet kraliçesini zorba emniyet müdürlerinin ilki olması sıfatıyla ne kadar kutsayabileceğini biliyorum." M. Verdurin'in itirazına

* Fransızcası: *blanche*. Aynı zamanda kadın adı (Blanche) olarak da kullanılır.
** *de*: Fransızcada soyluluk eki.
*** Bir toplantıda konuşulanların veya yapılanların toplantıya katılanlar tarafından ifşa edilmediği ve tavana, saklanacak olan sırrı simgeleyen bir gülün asıldığı eski bir gelenekten kaynaklanan, "gizlice" anlamında Latince deyim.

cevaben, "Öyle aziz dostum, öyle, öyle" diye devam etti Brichot, ahenkli sesiyle heceleri tek tek vurgulayarak. "Doğruluğuna yüzde yüz güvenebileceğimiz *Saint-Denis Tarihi* bu konuda hiçbir şüpheye yer bırakmıyor. Laiklik taraftarı bir proletarya, koruyucu azizesini seçerken, bir azizin annesinden daha isabetli bir seçim yapabilir miydi? Aslında Suger'nin, Aziz Bernard'ın ve başkalarının da belirttiği üzere, oğlu da herkes gibi az zılgıt yememiş kendisinden.

—Bu beyefendi kim? diye sordu Forcheville Mme Verdurin'e. Değerli bir şahsiyete benziyor.

—Nasıl olur, meşhur Brichot'yu tanımıyor musunuz? Bütün Avrupa kendisini tanır.

—Ya! Demek Bréchot! diye haykırdı, ismi yanlış duyan Forcheville. Şimdi anlaşıldı, diye de ekledi, fal taşı gibi açılmış gözlerini ünlü şahsiyetten ayırmadan. Meşhur şahsiyetlerle akşam yemeği yemek daima ilginçtir. Bizi kalburüstü konuklarla birlikte davet etmişsiniz gerçekten. Evinizde sıkılmak mümkün değil.

—Aslında biliyor musunuz, dedi Mme Verdurin mütevazı bir tavırla, burada kendilerini rahat hissediyorlar da ondan. Canları ne isterse onu konuşuyorlar, o zaman da sohbet havai fişekler gibi alevleniyor. Mesela Brichot'nun bu geceki hali hiçbir şey değil; bu evde bazen o kadar göz kamaştırır ki, insanın karşısında diz çökesi gelir; halbuki başka ortamlarda, bambaşka bir adamdır, esprisizdir, lafı ağzından kerpetenle sökmek gerekir, sıkıcıdır hatta.

—Ne garip!" dedi Forcheville hayretler içinde.

Brichot'nunki türünden bir espri anlayışı gerçek bir zekâyı barındırdığı halde, Swann'ın gençliğini geçirdiği arkadaş çevresinde düpedüz aptallık olarak görülürdü. Oysa profesör, Swann'ın esprili bulduğu birçok yüksek sosyete mensubunu kıskandıracak, keskin ve işlenmiş bir zekâya sahipti. Ama aynı sosyete mensupları, özellikle sosyete yaşayışına ilişkin konulardaki, hatta zekânın alanına girmesi beklenebilecek olan sohbet konusundaki zevklerini Swann'a öylesine aşılamışlardı ki, Swann kaçınılmaz olarak Brichot'nun esprilerini ukalaca, bayağı ve müthiş kaba buldu. Swann etrafında hep nazik insanlar görmeye alıştığı için, aşırı milliyetçi profesörün muhatabı kim olursa olsun, kaba, askeri bir tavır takınarak konuşması da Swann'ı çok rahatsız ediyordu. Ayrıca o gece Odette'in her nedense yanında getirdiği şu Forcheville denen adama Mme Verdurin'in gösterdiği ihtimam da Swann'ın hoşgörü sınırlarını zorlamış olabilirdi. Odette Swann açısından biraz endişelenmiş, geldiğinde sormuştu ona:

"Misafirimi nasıl buldunuz?"

Yıllardır tanıdığı Forcheville'in bir kadının hoşuna gidebileceğini, yakışıklı bir erkek olduğunu ilk kez fark eden Swann da, "İğrenç!" diye cevap vermişti. Şüphesiz Odette'i kıskanmak aklından bile geçmezdi, ama her zamanki kadar mutlu hissetmiyordu kendini; Blanche de Castille'in, "Henry Plantagenet'yle yıllarca birlikte olduktan sonra evlenen" annesini anlatmaya başlamış olan Brichot, bir köylünün seviyesine inmek veya bir askeri yüreklendirmek için benimsenebilecek güvenli bir tonda, "Değil mi Monsieur Swann?" diye onay almak isteyince, Swann ressama bir şey sormak istediğini, dolayısıyla Blanche de Castille'le maalesef pek ilgilenmediğini söyleyerek Brichot'yu adeta tersledi ve ev sahibesini küplere bindirdi. Ressam o gün öğleden sonra, Mme Verdurin'in kısa süre önce ölmüş olan sanatçı bir dostunun sergisine gitmişti; Swann da, (zevkini takdir ettiği) ressama sergilenen son eserlerde daha öncekilerde bile insanı hayrete düşüren ustalığın ötesinde bir şeyler bulup bulmadığını sormak istiyordu.

"Ustalık açısından olağanüstüydü, ama yaygın deyimle pek 'yüce' eserler gibi gelmedi bana, dedi Swann gülümseyerek.

—Yüce dağlar gibi" diye araya girdi Cottard, yapmacık bir ciddiyetle kollarını havaya kaldırarak.

Sofradaki herkes kahkahalara boğuldu.

"Size söylemiştim, bu adamla ciddiyetinizi koruyamazsınız" dedi Mme Verdurin Forcheville'e. "En beklemediğiniz anda tuhaf bir espri patlatıverir."

Ama Mme Verdurin bir tek Swann'ın gülmediğini de fark etti. Swann zaten Forcheville'in yanında Cottard'ın kendisini alaya almasından rahatsız olmuştu. Üstelik, Swann'la yalnız olsa muhtemelen ilginç bir cevap verecek olan ressam, merhum sanatçının ustalığı hakkında ufak bir nutuk atarak davetlilerin hayranlığını toplamayı tercih etti.

"Resimlerden birinin nasıl yapılmış olduğunu anlamak için iyice yaklaştım, burnumu yapıştırdım" dedi. "Ama ne fayda! Tutkal mı kullanılmış, yakut mu, sabun mu, breş mi, güneş mi, dışkı mı, anlamak mümkün değil!

—Bir daha altı eder" diye haykırdı doktor, ama "breş" kelimesinden sonra biraz geciktiği için, kimse esprisini anlayamadı.

"Sanki hiçbir şey kullanılmamış" diye devam etti ressam, "tıpkı *Gece Nöbeti*'nde, *Yaşlılar Evi Yöneticileri*'nde olduğu gibi, püf noktasını bulmak imkânsız, üstelik Rembrandt'tan ve Hals'tan daha yetenekli bir fırça. Hiçbir eksiği yok, gerçekten, yemin ederim."

Sonra da, ulaşabildikleri en yüksek notadan, alçak bir falsettoyla devam eden şarkıcılar gibi mırıltıyla ve sanki söz konusu resmin güzelliği saçmalık derecesine ulaşmış gibi, gülerek sürdürdü konuşmasını:

"Bir rayihası var, insanın başını döndürüyor, nefesini kesiyor, gıdıklıyor, kullanılan malzemenin ne olduğunu anlamak imkânsız, adeta sihirbazlık, hilebazlık, mucize, düpedüz namussuzluk!" diye haykırırken bir kahkaha patlattı. Ardından büyük bir ciddiyetle kafasını kaldırdı, ahenkli olmasına özen gösterdiği pes bir notadan ekledi: "Ve öylesine dürüst ki!"

Gece Nöbeti'ni, *Dokuzuncu Senfoni* ve *Samothráki Nikesi*'yle birlikte dünyanın en büyük şaheseri kabul eden Mme Verdurin'in karşı çıktığı, küfür niteliğindeki "*Gece Nöbeti*'nden daha etkileyici" nitelemesini ve Forcheville'in kabul görüp görmediğini anlamak için sofrayı bakışlarıyla çepeçevre taradıktan sonra, dudaklarına edepli ve uysal bir tebessüm yerleştiren "dışkıyla yapılmış" yorumunu saymazsak, ressam Swann dışındaki herkesin hayran, büyülenmiş bakışlarını üzerinde toplamıştı.

Ressamın konuşması bittiğinde, akşam yemeğinin tam da M. de Forcheville'in ilk gelişinde bu kadar ilginç geçmesinden fazlasıyla hoşnut kalan Mme Verdurin, "Böyle kendini kaptırdığı zaman bayılıyorum bu adama! diye haykırdı. Sen niye öyle ağzın açık bakakaldın? dedi kocasına. Ne kadar güzel konuştuğunu bilmiyor musun? Sizi ilk kez dinliyor sanki. Siz konuşurken halini görseydiniz, ağzınızın içine düşecekti neredeyse. Yarın bütün söylediklerinizi tek kelimesini dahi atlamadan ezbere tekrar eder.

—Ama ben şaka etmiyorum, dedi ressam, yaptığı sükseden büyük memnuniyet duyarak, siz galiba uydurduğumu, numara yaptığımı sanıyorsunuz; sizi de götüreceğim sergiye, bakalım abartmış mıyım, bahse girerim siz benden çok çarpılacaksınız!

—Biz abarttığınızı düşünmüyoruz ki canım, sadece bir şeyler yemenizi istiyoruz, hem sizin, hem de kocamın; beyefendiye biraz daha dilbalığı verin, tabağındaki soğudu. O kadar acelemiz yok, yangından mal kaçırır gibi servis yapıyorsunuz, salata servisi için bekleyin biraz."

Mütevazı bir insan olan ve az konuşan Mme Cottard, yine de hayırlı bir ilham sayesinde söyleyecek isabetli bir söz bulduğunda, kendine güvenmeyi bilirdi. Sözlerinin sükse yaratacağını hisseder, bu da güvenini yerine getirirdi; amacı, kendini göstermekten çok kocasının kariyerine destek olmaktı. Dolayısıyla, Mme Verdurin'in salata dediğini duyunca fırsatı kaçırmadı.

"Japon salatası olmasın?" dedi alçak sesle, Odette'e dönerek.

İsabetli ve atılgan davranıp Dumas'nın büyük yankı uyandıran yeni oyununa böyle ölçülü ama açık bir imada bulunduğu için hem gururlanıp hem utanarak, sevimli ve saf bir tavırla gülmeye başladı; fazla gürültülü olmasalar da, kahkahalarını zapt etmesi kolay olmadı. "Bu hanım kim? Esprili birisi" dedi Forcheville.

"Değil, ama hep birlikte cuma akşamı yemeğe gelirseniz, Japon salatasını da yaparız.

—Beni pek taşralı bulacaksınız beyefendi" dedi Mme Cottard Swann'a, "ama herkesin sözünü ettiği şu meşhur *Francillon*'u henüz görmedim. Doktor bir kere gördü (hatta yanlış hatırlamıyorsam o akşamı sizinle birlikte geçirme şerefine de nail olmuş), doğrusu beni götürmek için tekrar yer kiralamasını da ben mantıklı bulmadım. Elbette Théâtre-Français'ye gittiğine insan hiçbir zaman pişman olmaz, oyunculuk daima mükemmeldir, ama kendi locaları olan ve bizi seyredilmeye değer bütün yeni oyunlara götürmeyi ihmal etmeyen çok düşünceli dostlarımız olduğundan" (Mme Cottard pek nadiren konuşmasında özel isim zikreder, çoğunlukla, yapmacık bir tonda, sadece kendisi istediğinde isim veren bir kişinin kendini önemseyen edasıyla, daha "seçkin" bulduğu bir ifadeyle, "dostlarımız", "bir arkadaşım" demekle yetinirdi) "eninde sonunda *Francillon*'u görüp bir fikir edineceğimden eminim. Buna rağmen, itiraf ederim ki bu arada da kendimi budala gibi hissediyorum, çünkü ziyaret ettiğim her salonda, doğal olarak herkes şu lanet olası Japon salatasından bahsediyor. Hatta artık canımızı sıkmaya başladı" diye ekledi, Swann'ın bu son derece hararetli ve güncel konuyla umduğu kadar ilgilenmediğini fark ederek. "Yine de ara sıra epeyce eğlenceli olaylara bahane oluyor doğrusu. Benim bir hanım arkadaşım var, çok güzel, çok beğenilen, sevilip sayılan bir kadın olmakla birlikte, inanılmaz tuhaflıklar yapar; anlattığına göre, evinde o Japon salatasını yaptırmış, Alexandre Dumas Fils'in oyunda saydığı her şeyi de koydurmuş içine. Birkaç arkadaşını da yemeğe davet etmiş. Ben maalesef seçilmişler arasında değildim. Ama bu öğleden sonra, gününde anlattı, salata feciymiş, gülmekten öldürdü bizi. Aslında bütün mesele anlatımda tabii" dedi, Swann'ın ciddiyetini bozmadığını görünce.

Sonra da belki *Francillon*'u sevmediğindendir diye düşünüp devam etti:

"Aslında hayal kırıklığına uğrayacağımı sanıyorum. Mme de Crécy'nin gözbebeği *Serge Panine*'le kıyaslanabileceğini zannetmem. En azından konularda bir derinlik var, düşündürücü; öte yanda, Théâtre-Français'nin sahnesinde, salata tarifi veriliyor! *Serge Panine* öyle mi ya! Zaten Georges Ohnet'nin bütün eserlerinde anlatım çok güzeldir. Benim *Serge Panine*'den de çok sevdiğim *Demirciler Ustası*'nı biliyor musunuz bilmem.

—Kusura bakmayın ama, dedi Swann alaylı bir tonda, ben her iki şahesere de hayranlık duymadığımı itiraf etmek zorundayım.

—Sahi mi, nedir beğenmediğiniz? Bir önyargı mı? Yoksa biraz acıklı mı buluyorsunuz? Aslında ben hep söylerim, romanlar ve tiyatro oyunları üzerine tartışmaya girmemek lazım. Herkesin bakışı farklıdır, benim en beğendiğim şeyden siz nefret edebilirsiniz."

O esnada Forcheville Swann'a seslenerek araya girdi. Mme Cottard *Francillon*'dan söz ederken, Forcheville de Mme Verdurin'e ressamın küçük "*speech*"ine* hayran olduğunu belirtmişti.

Ressamın konuşması bittiğinde, Forcheville, "Böyle bir belagate, böyle bir hafızaya az rastlanır" demişti Mme Verdurin'e. "Gıpta ettim doğrusu! Mükemmel bir vaiz olabilirmiş. M. Bréchot'yla yarışabilir, hatta ağzı laf yapmada profesörü geçer gibime geliyor. Daha doğal, daha özentisiz. Gerçi arada biraz fazla gerçekçi kelimelere de yer veriyor ama günün beğenisi bu; askerde dediğimiz gibi, böyle kelam sallayanı pek az görmüşümdür; halbuki orada da pek cerbezeli bir arkadaşım vardı, beyefendi bana biraz onu da hatırlattı zaten. Herhangi bir şey hakkında, ne bileyim, mesela şu bardak hakkında saatlerce nefes tüketebilirdi; bardak değil tabii, saçmaladım; ama mesela Waterloo Savaşı ya da aklınıza gelen her şey hakkında;

* "Nutuk"

bu arada hayalinizden bile geçiremeyeceğiniz hikâyeler anlatırdı. Aslında Swann da aynı birlikteydi, onu tanımış olmalı.

—M. Swann'la sık görüşür müsünüz? diye sordu Mme Verdurin.

—Yok canım" diye cevap verdi M. de Forcheville; Odette'e daha rahat yaklaşabilmek için Swann'a hoş görünmeyi arzuladığından, bu fırsatı kaçırmayıp onu pohpohlamak, nüfuzlu çevresinden bahsetmek, ama bir yüksek sosyete mensubuna yakışır biçimde, beklenmedik bir başarıyı tebrik edermiş gibi değil de, dostça bir sitem havasında bahsetmek istedi: "Değil mi Swann? Hiç görüşemiyoruz sizinle. Zaten ben onunla nasıl görüşebilirim ki? Bu adam La Trémoïlle'ların, Laumes'ların, bütün o takımın evlerinden hiç çıkmaz!" İthamı üstelik asılsızdı da, çünkü Swann bir yıldır Verdurin'lerden başka neredeyse kimsenin evine gitmiyordu. Fakat Verdurin'lerin evinde, tanımadıkları insanların ismi bile kınayan bir sessizlikle karşılanırdı. M. Verdurin, bu "sıkıcı tipler"in isimlerinin ve bilhassa böyle patavatsızca, bütün müritlerin karşısında haykırılmalarının karısının üzerinde şiddetli bir etki bırakacağından korkarak, endişeli bir ilgiyle, fark ettirmeden Mme Verdurin'e baktı. Ve gördü ki, az önce kendisine verilmiş olan bilgiyi kaydetmemeye, ondan etkilenmemeye, sadece sessizliğini korumaya değil, sağırlaşmaya da kararlı olan Mme Verdurin, (tıpkı kabahatli bir arkadaşımız konuşmasının arasına bir mazeret sıkıştırmaya çalıştığında, itiraz etmeden dinlersek kabullenmiş izlenimi uyandırırız korkusuyla veya bir nankörün ağza alınması yasak ismi yanımızda telaffuz edildiğinde yaptığımız gibi) sessizliği bir onaylama zannedilmesin, cansız nesnelerin her şeyden habersiz sessizliği olsun diye, çehresini aniden her türlü hayat belirtisinden, hareketten arındırmıştı; kavisli alnı Swann'ın evlerinden çıkmadığı o La Trémoïlle'ların isminin nüfuz edemediği, güzel bir yuvarlak kabartmaya dönüşmüştü; hafifçe kırışmış burnunun altında, canlı modelden kopya edilmiş gibi görünen bir oyuk vardı. Hafifçe aralık ağzı sanki konuşuverecekmiş gibiydi. Artık o, balmumundan bir kalıp, alçıdan bir mask, bir abidenin maketi, Endüstri Sarayı'na yerleştirilecek bir büsttü; ziyaretçiler hiç şüphesiz bu büstün önünde duracak, bu eseri yaratan heykeltıraşın, La Trémoïlle'lara, Laumes'lara ve yeryüzünün bütün sıkıcı tiplerine bedel olan Verdurin'lerin hepsinin aksine zamana karşı koyan vakarını ifade etmek için, taşın beyazlığına ve sertliğine nasıl bir papalık ihtişamı kazandırdığını seyredeceklerdi hayranlıkla. Ne var ki mermer sonunda dile geldi ve o şahısların evine gitmek için midesiz olmak gerektiğini, kadının daima sarhoş, kocasının da koridora kolidor diyen bir karacahil olduğunu bildirdi.

"Üstüne çuvalla para verseler o zevatı evime sokmam" diye sözlerini noktaladı Mme Verdurin, bir yargıç edasıyla Swann'a bakarak.

Şüphesiz Mme Verdurin Swann'ın bu yargı karşısında, "Ne diyorsunuz? Benim şaşırdığım, bu insanların hâlâ kendileriyle konuşmaya tenezzül edecek kişiler bulmaları! Ben olsam korkardım doğrusu, insanın başına her şey gelir! Bazı insanlar nasıl hâlâ bunların peşinden koşacak kadar aptal olabiliyor?" diye haykıran piyanistin teyzesinin meleksi saflığını taklit edecek kadar boyun eğmesini beklemiyordu. Ama hiç değilse Forcheville gibi, "Canım, kadın düşes, bazı insanlar hâlâ bundan etkileniyor" diye tepki gösterebilirdi; Forcheville'in bu lafı, Mme Verdurin'e "Hayrını görsünler!" diye bir cevap yapıştırma fırsatı vermişti bari. Oysa Swann böylesine bir saçmalığı ciddiye bile almasının mümkün olmadığını ifade eden bir tavırla gülmekle yetindi. Mme Verdurin'i kaçamak bakışlarla süzmeye devam eden M. Verdurin, karısının sapkınlığın kökünü kazıyamayan bir engizisyon yargıcının öfkesiyle dolup taştığını üzülerek görüyor, duygularını yürekten paylaşıyordu; fikirlerini açıkça, cesaretle savunmak karşıdaki kişiye daima bir hesapçılık ve alçaklık gibi göründüğü için de, Swann'ı inkâra zorlamaya çalışarak seslendi:

"Fikrinizi açıkça söylesenize, merak etmeyin, kendilerine yetiştirmeyiz."

Swann buna şöyle cevap verdi:

"Düşesten korktuğum filan yok canım (La Trémoïlle'lardan bahsediyorsanız tabii). Emin olun ki onun evine gitmekten herkes hoşlanır. Düşesin 'derin' bir insan olduğunu iddia edecek değilim." (Derin kelimesini sanki gülünç bir kelimeymiş gibi telaffuz etti, çünkü konuşması hâlâ eski espri anlayışının izlerini taşıyordu, oysa Swann'da müzik aşkıyla belirginlik kazanan yenilik, geçici olarak alışkanlıklarını değiştirmişti – ara sıra fikirlerini hararetle savunuyordu.) "Ama bütün samimiyetimle söylüyorum, zekî bir kadındır, kocası da son derece kültürlüdür. Çok hoş insanlardır."

Sırf bu imansız yüzünden küçük yuvada manevi birliği sağlayamayacağını hisseden Mme Verdurin, sözlerinin kendisine ne kadar büyük bir ıstırap verdiğini fark etmeyen bu inatçı adama karşı içinde kabaran öfkeyi zapt edemedi ve kendini alamayarak, yürekten haykırdı:

"Siz istiyorsanız öyle düşünün, ama hiç değilse bize söylemeyin.

—Zekâdan ne anladığınıza bağlı, dedi Forcheville, kendini gösterme arzusuyla. Söyler misiniz Swann, sizce zekâ nedir?

—İşte! diye haykırdı Odette. İşte ben de hep bu tür yüce şeylerden bahsetmesini istiyorum, ama hiç konuşmuyor.

—Konuşuyorum... diye itiraz etti Swann.

—Yalan! dedi Odette.

—Kuyruklu yalan mı? diye sordu doktor.

—Sizce, diye ısrar etti Forcheville, zekâ sosyete gevezeliği midir, girişkenlik midir?"

—Önünüzdeki yemeği bitirin de tabağınızı kaldırsınlar" dedi Mme Verdurin acı acı, düşüncelere dalıp yemeği unutan Saniette'e hitaben. Sonra, belki kullandığı ses tonundan hafif bir pişmanlık duyarak ekledi: "Önemli değil, acele etmeyin, diğerleri açısından söyledim, servise engel olduğu için.

—Fénelon denilen mülayim anarşist, zekânın pek ilginç bir tanımlamasını yapıyor..." dedi Brichot, her heceyi tek tek vurgulayarak.

—Dinleyin! dedi Mme Verdurin, Forcheville'le doktora. Fénelon'un zekâ tanımını söyleyecek, çok ilginç, böyle bir şeyi öğrenme fırsatı her gün çıkmaz insanın karşısına."

Ne var ki, Brichot önce Swann'ın kendi tanımını yapmasını bekliyordu. Ama Swann bir cevap vermeyip tepki göstermekten kaçınınca, Mme Verdurin'in Forcheville'e sevinerek sunduğu iddialı çekişmeyi suya düşürmüş oldu.

"Tabii, bana da böyle yapıyor, dedi Odette somurtarak, neyse, konuşmaya tenezzül etmediği tek insan ben değilmişim, en azından bunu öğrendiğim iyi oldu.

—Mme Verdurin'in hiç de tavsiye etmediği bu La Trémouaille'lar" dedi Brichot, hecelerin üstüne basa basa, "Mme de Sévigné denen iyi yürekli snobun tanıştığına köylüleri açısından sevindiği La Trémouaille'ların torunları mı acaba? Gerçi markiz için daha önemli bir sebep vardı; kendisi her şeyden önce edebiyatçı olduğundan, yazıları en önem verdiği şeydi. Kızına düzenli olarak gönderdiği hatıratında da, dış siyaset sorumlusu, parlak ilişkileri sayesinde her şeyden haberdar olan Mme de la Trémouaille'dı.

—Yok canım, aynı aile olduğunu sanmam" diye kestirip attı Mme Verdurin, bilmeden.

Hâlâ dolu olan tabağını aceleyle uşağa verdikten sonra tekrar düşünceli bir suskunluğa gömülmüş olan Saniette, nihayet ağzını açtı ve gülerek, La Trémoïlle Dükü'yle birlikte bir akşam yemeğine katıldığını ve yemek sırasında, George Sand'ın bir kadının takma adı olduğunu dükün bilmediğinin ortaya çıktığını anlattı. Saniette'e sıcak duygular besleyen Swann, dükün kültürüne ilişkin ayrıntılar anlatıp böylesine bir cehalet içinde bulunmasının kesinlikle mümkün olmadığını kanıtlamak istedi, ama birden vazgeçip sözünü yarıda kesti, çünkü Saniette'in bu kanıtlara ihtiyacı olmadığını, zaten hikâyeyi az önce kendisi uydurduğundan, yalan olduğunu da bildiğini anlamıştı. Bu değerli şahsın derdi, Verdurin'lerin kendisini çok sıkıcı bulmasıydı; o akşam, her zamankinden de silik olduğunun bilincine vararak, gece bitmeden bir kez olsun sofradakileri güldürmek istemişti. O kadar çabuk teslim oldu, arzuladığı etkiyi yaratamadığı için o kadar üzüldü ve Swann'a iddiasını çürütmek için gayret göstermesin diye, o kadar korkak bir tavırla, "Peki, tamam, üstelik yanıldıysam da suç değil herhalde" diye cevap verdi ki, Swann hikâyenin hem doğru, hem de çok hoş olduğunu söyleyemediğine hayıflandı. Bu konuşmayı dinlemiş olan doktor, *Se non è vero** deyişinin duruma çok uygun olduğunu düşündü, ama kelimeleri doğru hatırladığından emin olamadığı için şaşırıp yanlış söylemekten korktu.

Yemekten sonra Forcheville kendiliğinden doktorun yanına gitti.

"Mme Verdurin eskiden güzel kadınmış belli ki, ayrıca sohbet edilebiliyor kendisiyle, benim için en önemli şey budur. Biraz yaşlanmaya başlamış tabii. Ama Mme de Crécy çok zeki bir kadına benziyor, uyanık biri olduğu gözden kaçmıyor. Mme de Crécy'den bahsediyoruz" dedi, ağzında pipoyla yanlarına gelen M. Verdurin'e. "Zannederim kadın vücudu olarak...

—Yatağıma yıldırım düşeceğine onun düşmesini tercih ederim" diye yapıştırdı Cottard; bu beylik espriyi araya sokabilmek için, konuşmanın seyri değişir de fırsatı kaçırır diye korkarak, Forcheville'in bir an soluk almasını beklemişti; sesine ezberden

* *Se non è vero, è ben trovato:* Doğru olmasa da buluş güzel.

okumanın vazgeçilmez özellikleri olan soğukluğu ve heyecanı örtmeyi amaçlayan bir kendiliğindenlik, bir güven hâkimdi. Forcheville daha önceden bildiği espriyi tanıdı ve güldü. M. Verdurin'e gelince, hiç tereddütsüz neşeye boğuldu, çünkü kısa bir süre önce, güldüğünü belirtmek için karısınınkinden farklı, ama onun kadar basit ve açık seçik bir simge bulmuştu. Kahkahalarla gülen birinin baş ve omuz hareketlerini yapmaya başladığı anda, sanki gülerken boğazına piposunun dumanı kaçmış gibi öksürmeye koyuluyordu. Ağzının kenarından çekmediği piposuyla, bu boğulma ve gülme taklidini uzattıkça uzatıyordu. Yani M. Verdurin ve karşı tarafta, kendisine bir şeyler anlatan ressamı dinlerken gözlerini kapatıp yüzünü elleriyle örten Mme Verdurin, neşeyi iki ayrı şekilde temsil eden tiyatro maskelerine benziyorlardı.

M. Verdurin piposunu ağzından çekmemekle akıllılık etmişti, çünkü yanlarından ayrılmak zorunda olan Cottard, kısa süre önce öğrendiği ve ne zaman aynı yere gitmeye ihtiyaç duysa yaptığı bir espriyi alçak sesle tekrarladı: "Benim gidip Aumale Dükü'nü yoklamam gerekiyor." Dolayısıyla M. Verdurin'i tekrar öksürük tuttu.

"Canım, piponu ağzından çeksene, gülmeni bastırmaya çalışmaktan boğulacaksın" dedi, likör ikram etmek üzere gelen Mme Verdurin.

"Kocanız ne sevimli adam, müthiş esprili" dedi Forcheville Mme Cottard'a. Teşekkürler hanımefendi. Benim gibi eski bir asker, bir iki fırta asla hayır demez.

—M. de Forcheville, Odette'i çok sevimli buluyor, dedi M. Verdurin karısına.

—O da sizinle bir öğle yemeği yemek istiyordu zaten. Bir şeyler ayarlayalım, ama Swann'ın haberi olmamalı. Tedirginlik yaratıyor, biliyor musunuz? Tabii bu sizin akşam yemeklerine katılmanıza engel teşkil etmez, sizi sık sık aramızda görmek isteriz. Önümüz yaz, akşam yemeklerini açık havada yemeyi seviyoruz. Boulogne Ormanı'nda akşam yemeklerine ne dersiniz? Güzel, çok hoş olur. Siz tezgâhınızın başına geçmeyecek misiniz kuzum!" diye bağırdı genç piyaniste; Forcheville gibi önemli bir adayın karşısında hem nüktedanlığını, hem de müritler üzerindeki zorbaca nüfuzunu sergilemek için.

"M. de Forcheville bana seni kötülüyordu" dedi Mme Cottard, kocası salona döndüğünde.

Yemeğin başından beri kafası Forcheville'in asaletiyle meşgul olan Cottard, konta döndü:

"Şu sıralar bir baronesi tedavi etmekteyim, Barones Putbus; Putbus'ler haçlı seferlerine katılmışlardı, değil mi? Pomeranya'da, Concorde Meydanı'nın on katı büyüklüğünde bir gölleri var. Baronesin hastalığı osteoartrit, çok hoş bir hanım. Mme Verdurin'i de tanıyor yanılmıyorsam."

Bu sözleri, az sonra Mme Cottard'la yalnız kalan Forcheville'e doktora ilişkin olumlu yargısını tamamlama fırsatı verdi:

"Ayrıca eşiniz ilginç bir adam, çevresi de geniş belli ki. Şu hekimler ne kadar çok şey biliyor!

—M. Swann için sonatın cümleciğini çalacağım, dedi piyanist.

—Ne! Atlar artık beste mi yapıyor! diye atıldı M. de Forcheville, kendini gösterme hevesiyle.

Daha önce bu kelime oyununu hiç duymamış olan Doktor Cottard, espri yapıldığını kavrayamayıp M. de Forcheville'in yanlış anladığını zannetti. Hemen yaklaşıp düzeltti:

"Yok canım, son at değil, sonat" dedi, hevesli, sabırsız ve muzafferane bir tavırla.

Forcheville şaka ettiğini söyleyince doktor kızardı.

"Komik bir espri olduğunu kabul edin doktor.

—Ben onu çoktan biliyordum" diye cevap verdi Cottard.

Herkes sustu; cümlecik, kemanın iki oktav öteden kendisine destek olan titrek ve telaşlı tremololarının arasından –tıpkı dağların ortasında, hiç kıpırdamıyormuş gibi görünen, baş döndürücü bir çağlayanın ardında birden fark ettiğimiz, elli metre aşağıda gezinen bir kadının minicik şekli gibi– uzaktan, bütün zarafetiyle görünmüş, saydam, kesintisiz, uzun uzun dalgalanan sesli perdenin koruması altında ortaya çıkmıştı. Swann, içinden, aşkının bir sırdaşıyla konuşur gibi konuştu cümlecikle; Odette'in bir kız arkadaşıydı sanki, Forcheville denen adama aldırmamasını söyleyecekti Swann'a.

"Ah, geç kaldınız!" dedi Mme Verdurin, yemekten sonra, "kürdan niyetine" diye davet ettiği bir müride. "Bir Brichot kaçırdınız ki, müthişti, ağzından bal damlıyordu! Ama gitti. Değil mi Monsieur Swann? Zannederim siz ilk kez karşılaştınız kendisiyle" dedi, bu tanışmayı kendisine borçlu olduğunu Swann'a hatırlatmak için. "Brichot'muz olağanüstü değil miydi?"

Swann kibarca eğildi.

"İlginç bulmadınız mı yoksa? dedi Mme Verdurin sertçe.

—Çok ilginç buldum hanımefendi, bayıldım. Bana biraz fazla keskin, biraz faza neşeli gelmiş olabilir. Ara sıra biraz tereddüt edip yumuşamasını tercih ederdim, ama çok şey bildiği belli, çok da iyi, dürüst birine benziyor."

Topluluk çok geç saatte dağıldı. Cottard'ın karısına söylediği ilk sözler şunlar oldu:

"Mme Verdurin'i bu geceki kadar formunda gördüğüm sayılıdır."

Forcheville, birlikte dönmeyi teklif ettiği ressama, "Bu Mme Verdurin neyin nesidir, hafifmeşrep bir kadın mı?" diye sordu.

Odette Forcheville'in uzaklaşmasını hayıflanarak seyretti; eve Swann'la birlikte dönmemeye cesareti yoktu, ama arabada surat astı; Swann evine girmek için izin istediğinde, sabırsızlıkla omuz silkerek, "Tabii canım" dedi. Bütün davetliler gittikten sonra, Mme Verdurin kocasına sordu:

"Mme La Trémoïlle'dan bahsettiğimizde Swann nasıl aptal aptal güldü, fark ettin mi?"

Mme Verdurin hem Swann'ın, hem Forcheville'in bu ismi söylerken *de* ekini çoğunlukla kullanmadıklarını fark etmişti. Unvanlar karşısında ezilmediklerini göstermek amacıyla böyle yaptıklarından emin olduğu için, o da aynı gururlu tavrı takınmak istiyordu, ama bu tavrın dilbilgisindeki karşılığını tam olarak kavrayamamıştı. Bozuk konuşması cumhuriyetçi kararlılığına baskın çıktığından, hâlâ de La Trémoïlle'lar veya daha ziyade müzikhol şarkılarının sözlerinde ve karikatürlerde kullanılan bir kısaltmayla, d'La Trémoïlle'lar diyor, ama "Madame La Trémoïlle" ifadesiyle bu durumu telafi ediyordu. "Swann'ın deyişiyle, *Düşes*" diye ekledi alayla; yüzündeki gülümseme bu kelimenin sadece bir alıntı olduğunu, böylesine aptalca ve gülünç bir adlandırmayı benimsemediğini kanıtlıyordu. "Swann'ı çok aptal buldum doğrusu."

M. Verdurin şöyle cevap verdi:

"Açıksözlü değil, hem dalkavuk, hem kurnaz, hep iki arada bir derede. Herkesi birden idare etme sevdasında. Halbuki Forcheville öyle mi ya! Adam ne düşünüyorsa dosdoğru söylüyor. Hoşuna gider, gitmez, o başka. Swann gibi her lafı yarı ciddi, yarı şaka değil. Zaten Odette de kesinlikle Forcheville'i tercih ediyor görünüşe bakılırsa, haksız da sayılmaz hani. Ayrıca, mademki Swann kendini bize yüksek sosyete adamı, düşeslerin gözdesi olarak satmak istiyor, hiç değilse ötekinin bir unvanı var; adam halen Forcheville Kontu" diye ekledi, dürüst bir tavırla, sanki tarihçesini çok iyi bildiği bu kontluk hakkında kesin bir değerlendirme yaparmış gibi.

"Biliyor musun" dedi Mme Verdurin, "Swann Brichot'yla ilgili olarak da tatsız ve epeyce gülünç laflar dokundurmaya kalkıştı. Brichot'nun bu evde sevildiğini görünce, bizi incitmek, davetimizi aşağılamak için bunu fırsat bildi tabii. Ben onun ne mal olduğunu anladım, kapıdan çıktığı an ev sahiplerini çekiştirmeye başlayan sevimli dost o.

—Söyledim ya sana, diye cevap verdi M. Verdurin, hayatı boyunca dikiş tutturamamış, biraz gösterişli her şeye gıpta eden bir zavallı o."

Aslında istisnasız bütün müritler Swann'dan daha kötü niyetliydiler, ama hepsi fesatlıklarını beylik esprilerle, bir tutam duygusallıkla ve dostlukla yumuşatmaya özen gösterirdi; oysa, "Kötülük olsun diye söylemiyorum" türünden alışılmış kalıplar kullanmaya tenezzül etmeyen Swann'ın göze aldığı en ufak bir itiraz, ihanet gibi görünüyordu. Kimi özgün yazarların ufacık bir küstahlığı bile şiddetli itirazlarla karşılaşır, çünkü yazar okurun zevkini önceden okşamamış, alışık olduğu beylik düşünceleri sunmamıştır ona; işte Swann da M. Verdurin'i aynı şekilde kızdırıyordu. Bu yazarlar gibi Swann da, yeni, alışılmadık lisanı yüzünden kötü niyetli zannediliyordu.

Verdurin'lerin gözünden düşme tehlikesiyle karşı karşıya olduğunu henüz bilmeyen Swann, onların gülünçlüğüne iyi niyetle, aşk perdesinin ardından bakmaya devam ediyordu.

Odette'le bir iki istisna dışında, sadece geceleri buluşuyordu; onu bıktırma korkusuyla gündüzleri evine gitmeye çekiniyordu, ama en azından Odette'in zihnini meşgul etmek istiyor, onun hoşlanacağı bir biçimde kendini hatırlatmak için bahaneler arıyordu durmadan. Bir çiçekçinin veya kuyumcunun vitrininde hoşuna giden bir çiçek, bir mücevher görse, derhal Odette'e göndermeyi düşünüyor, o çiçeğin ya da mücevherin kendisine verdiği hazzı Odette'in de yaşayacağını, bu haz sayesinde kendisini daha çok seveceğini hayal ediyor ve armağanı hemen La Pérouse Sokağı'na yolluyor, Odette'in kendisinden bir şey alacağı, böylece bir biçimde kendisini Odette'in yanındaymış gibi hissedeceği ânı geciktirmemek için acele ediyordu. Odette'in, gönderdiği armağanı evden çıkmadan önce almasını özellikle istiyor, bu sayede, Verdurin'lere gittiğinde Odette'in, minnetinden ötürü onu daha büyük bir sevgiyle karşılayacağını, hatta belki de, dükkân sahibi acele ederse, Odette'in akşam yemeğinden önce kendisine bir mektup göndereceğini ya da teşekkür etmek için bizzat ziyaretine geleceğini umuyordu. Tıpkı bir zamanlar Odette'in mizacında küskünlüğün ortaya çıkardığı tepkileri görmek için deneyler yaptığı gibi, şimdi de, minnet sayesinde, Odette'ten, henüz hiç görmediği samimi duygu kırıntıları koparmaya çalışıyordu.

Odette sık sık para sıkıntısı çekiyor, ödenmesi gereken bir borcu olduğunda, Swann'dan yardım istiyordu. Swann aşkını, hatta sadece nüfuzunu ve sağlayabileceği yararları Odette'in gözünde yüceltebilecek her şey gibi, bundan da memnuniyet duyuyordu. Hiç şüphe yok ki, ilk başlarda Swann'a, "Odette senin mevkinden hoşlanıyor" şimdi de, "Seni paran için seviyor" deseler inanmazdı; ayrıca insanların Odette'le kendisi arasında snobizm veya para kadar güçlü bir bağ bulunduğunu düşünmeleri Swann'ı rahatsız da etmezdi. Ama bu sözlerin doğru olduğunu düşünse bile, Odette'in ona cazibesinden veya meziyetlerinden ötürü âşık olmadığını, aşkının daha kalıcı bir temel olan menfaatten kaynaklandığını keşfetmek Swann'ı belki de üzmezdi, çünkü menfaat, Odette'in Swann'la artık görüşmek istemeyeceği günün gelmesini engelleyebilirdi. Şimdilik, Odette'i armağanlara boğarak, ona çeşitli yardımlarda bulunarak, kendi şahsının, zekâsının dışında birtakım avantajları kullanıyor, ona kendisini kişiliğiyle beğendirmenin yorgunluğundan kurtulabiliyordu. Âşık olma zevkine, ara sıra gerçekliğinden şüpheye düştüğü bu aşk uğruna yaşama zevkine karşılık, manevi hazlar meraklısı sıfatıyla ödediği bedel, bu zevkin değerini Swann'ın gözünde artırıyordu – aynı şekilde, deniz görüntüsüyle dalga seslerinin güzelliğinden emin olamayan insanlar da, ancak bu zevkleri tatmalarına imkân veren otel odasına günde yüz frank ödedikleri zaman deniz ve dalgaların güzel olduğuna ve menfaatten uzak zevklerinin üstünlüğüne inanırlar.

Swann bu tür düşüncelere daldığı bir gün, yine Odette'in eskiden metres hayatı sürdüğüne dair işittiği sözleri hatırlamıştı; birçok kez yaptığı gibi, metres diye adlandırılan –karanlık ve şeytani unsurların hareli bir bileşimi olan ve Gustave Moreau'nun hayaletleri gibi, değerli mücevherlerle iç içe geçen zehirli çiçeklerle bezenmiş– garip şahsiyeti Odette'le, çehresinde bir zamanlar kendi annesinde ve dostlarında şahit olduğu duyguları, bahtsız birine duyulan merhameti, bir adaletsizliğe karşı isyanı, bir iyiliğe duyulan minneti gördüğü Odette'le, konuşmalarında Swann'ın herkesten iyi bildiği şeylere, koleksiyonlarına, odasına, eski hizmetkârına, tahvilleriyle ilgilenen bankere sık sık değinen Odette'le kıyaslarken hayalinde canlanan bankerin görüntüsü, ondan bir miktar para alması gerektiğini hatırlattı Swann'a. O ay, Odette'in mali sıkıntılarını hafifletmek için, bir ay önceki beş bin franktan daha küçük bir yardımda bulunursa, arzuladığı tek sıra elmas kolyeyi ona hediye etmezse, cömertliğinin Odette'te uyandırdığı, Swann'ı çok mutlu eden hayranlığı ve minneti tazelenıemiş olacaktı; hatta Odette aşkının eski tezahürlerini görmeyince, Swann'ın ona eskisi kadar âşık olmadığını zannedecekti belki. O zaman birdenbire, zaten "metres tutmak" denen şeyin belki de bu olduğunu (metres tutma kavramının mutlaka esrarengiz veya ahlaksız unsurlardan kaynaklanması gerekmediğini, oda hizmetkârının aylık kira ve masrafları ödedikten sonra Swann'ın eski çalışma masasının çekmecesine koyduğu, Swann'ın da çekmeceden alıp dört tane binlik banknot daha ekleyerek Odette'e gönderdiği o yırtılıp yapıştırılmış, tanıdık ve evcil bin franklık banknot gibi, özel hayatının gündelik alışkanlıklarının bir parçası olabileceğini) ve Odette'le tanışmasından sonra (kendisinden önce herhangi birinden para almış olabileceğini bir an bile aklından geçirmiyordu çünkü), ona hiç yakıştırmadığı "metres" sıfatının belki Odette için de kullanılabileceğini düşündü. Ne var ki, bu düşüncesini derinleştirmeye fırsat bulamadı, çünkü doğuştan gelen, ara sıra, tam zamanında baş gösteren zihin tembelliği nöbetlerinden birine tutuluverdi ve zihni, tıpkı daha sonraki yıllarda, bütün evler elektrikle aydınlatıldığında, bir evde elektriğin kesilmesine benzer biçimde tamamen karardı. Beyni, kısa bir süre karanlıkta el yordamıyla yolunu bulmaya çalıştı; Swann gözlüğünü çıkarıp camlarını temizledi, gözlerini ovuşturdu ve ancak karşısında bambaşka bir fikir bulduğunda bir ışık görebildi; bu yepyeni fikir, gelecek ay Odette'i bir sürprizle sevindirebilmek için, beş bin yerine altı veya yedi bin frank göndermesi gerekeceğiydi.

Swann bazı akşamlar, Odette'le Verdurin'lerin evinde, daha çok da Boulogne Ormanı'nda, özellikle Saint-Cloud'da, sevdikleri yazlık restoranlardan birinde buluşma vaktinin gelmesini beklerken evinde oturmuyor, eskiden sürekli misafirleri olduğu seçkin kişilerin evine yemeğe gidiyordu. Bu insanlarla ilişkisini kesmek istemiyordu, çünkü günün birinde Odette'e bir yararları dokunabilirdi –belli mi olurdu?– bu arada da, onlar sayesinde Odette'i sık sık sevindirme imkânı buluyordu. Ayrıca, yıllarca içinde yaşadığı yüksek sosyete muhiti ve lüks hayat, bir yandan küçümsediği, ama ihtiyaç da duyduğu bir alışkanlık haline gelmişti Swann'da; en mütevazı kulübeyle en görkemli malikâneleri aynı düzeyde görme noktasına geldiğinde, duyuları bu malikânelere o kadar alışmıştı ki, mütevazı bir evde kendini rahat hissedemezdi. Bir apartmanın D blokunda, beşinci katta, soldaki dairelerinde dans partileri düzenleyen küçük burjuvalarla Paris'in en güzel balolarını düzenleyen Parma Prensesi'ne, –onların inanamayacağı ölçüde– eşit saygı beslerdi; ne var ki, burjuva ev sahiplerinin yatak odasında aile babalarıyla bir arada bulunmak ona eğlenceli gelmez, havlularla örtülü lavaboların, üzerine yığılmış pardösüler ve şapkalarla vestiyere döndürülmüş yatakların görüntüsü, tıpkı tüten bir lamba veya kandil kokusunun, yirmi yıldır elektriğe alışmış olan günümüz insanına boğucu gelmesi gibi, Swann'ı adeta nefessiz bırakırdı.

Yemeğe çıkacağı akşamlar, arabası saat yedi buçukta hazır olurdu; giyinirken bir yandan da Odette'i düşünür, böylece kendini yalnız hissetmezdi, çünkü sürekli Odette'i düşünmek, ondan uzakta olduğu anlara da, yanında olduğu anların büyüsünü kazandırırdı. Arabaya adımını atarken, Odette düşüncesinin de onunla birlikte sıçrayıp arabaya bindiğini, tıpkı her yere götürülen, sofrada da, diğer konuklardan habersiz, yanında duracak olan, sevilen bir hayvan gibi dizlerine oturuverdiğini hissederdi. Onu okşar, sıcaklığıyla ısınır, adeta kendinden geçerdi; burnu ve ensesi daha önce hiç tatmadığı hafif bir ürpertiyle gerilirken, Swann bir yandan da yakasına hasekiküpelerinden küçük bir demet iliştirirdi. Bir zamandır, özellikle de Odette Forcheville'i Verdurin'lere tanıştırdığından beri rahatsız ve mahzun olan Swann, sayfiyeye gidip bir süre dinlenmeye ihtiyaç duyuyordu. Ama Odette Paris'te olduğu sürece, şehirden bir tek gün bile ayrılmaya cesaret edemezdi. Hava sıcaktı, baharın en güzel günleriydi. Taştan şehri baştan başa katedip çeşitli konaklara kapansa da, gözünün önünden hiç gitmeyen görüntü, Combray yakınındaki köşkünün bahçesiydi; bu bahçede, kuşkonmaz tarhından önceki gürgenlerin altı, Méséglise kırlarından gelen rüzgâr sayesinde, saat dörtten itibaren, unutmabeniler ve glayöllerle çevrelenmiş gölün kenarı kadar serin olurdu; akşam yemeği bahçede, bahçıvanın birbirine doladığı frenküzümleriyle güllerin çevrelediği sofrada yenirdi.

Boulogne Ormanı'nda veya Saint-Cloud'da erken bir saatte buluşulacaksa, –özellikle yağmur yağacak gibiyse ve "mürit"lerin evlerine her zamankinden erken dönmeleri tehlikesi varsa– Swann yemek biter bitmez, öyle alelacele kalkardı ki, bir keresinde (yemeğin geç yendiği ve Swann'ın, Boulogne Ormanı adasında Verdurin'lerle buluşmak üzere kahve servisinden önce kalktığı bir akşam), ev sahibesi Laumes Prensesi şöyle demişti:

"Swann şimdikinden otuz yaş büyük ve idrar yolları rahatsızlığından mustarip olsa, böyle kaçıp gitmesi mazur görülebilirdi. Ama bu yaptığı, düpedüz aldırışsızlık."

Swann, Combray'ye giderek tadını çıkaramadığı ilkbaharın büyüsünü hiç değilse Kuğular Adası'nda veya Saint-Cloud'da bulabileceğini geçirirdi içinden. Ama Odette'ten başka bir şey düşünemediği için, gittiği yerde yaprakların kokusunu alıp almadığını, mehtap olup olmadığını bile fark edemiyordu. Bahçede, restoranın piyanosunda seslendirilen sonatın cümleciğiyle karşılanırdı. Bahçede piyano yoksa, Verdurin'ler ne yapıp edip odaların, yemek salonlarının birinden bir piyano indirtirlerdi; Swann Verdurin'lerin nazarında eski itibarına katiyen kavuşmuş değildi oysa. Ama birisi için hoş bir sürpriz hazırlama fikri, söz konusu şahıs sevmedikleri biri bile olsa, gerekli hazırlıkları yaptıkları sırada, Verdurin'lerde geçici, tesadüfi bir yakınlık ve dostluk duygusu uyandırırdı. Swann bazen taptaze bir bahar akşamının daha geçip gitmekte olduğunu kendi kendine hatırlatır, dikkatini ağaçlarda, gökyüzünde toplamaya zorlardı kendini. Ama bir yandan Odette'in varlığının yol açtığı kalp çarpıntısı, öte yandan da bir süredir yakasını bırakmayan ateşli, hafif rahatsızlık, doğanın yaşatabileceği duygular için şart olan sükûnet ve huzurdan mahrum ederdi kendisini.

Verdurin'lerin yemek davetini kabul ettiği bir akşam, Swann sofrada, ertesi gün eski dostlarıyla bir şölene katılacağını söylediğinde, Odette herkesin ortasında, artık müritlerden biri sayılan Forcheville'in, ressamın, Cottard'ın önünde şu cevabı vermişti:

"Evet, şölene gideceğinizi biliyorum; yani sizinle benim evde görüşebileceğiz ancak, fazla geç kalmayın ama."

Swann o güne kadar Odette'in şu veya bu müritle arkadaşlığından ciddi biçimde kuşkulanmamıştı gerçi, ama Odette'in akşamki buluşmalarını, Swann'ın onun evindeki ayrıcalıklı konumunu ve bunun işaret ettiği tercihi böyle herkesin önünde, sakin bir fütursuzlukla itiraf etmesinden çok hoşlanıyordu. Odette'in katiyen üstün nitelikli bir kadın olmadığını Swann birçok kez düşünmüştü elbette, kendisinden bu kadar aşağı seviyedeki bir insan üzerinde kurduğu üstünlük "mürit"lerin önünde ilan edildiğinde böyle gururlanması için bir sebep de yoktu, ama Odette'in birçok erkeğin nazarında çok güzel ve arzulanır bir kadın olduğunu fark ettiğinden beri, genç kadının vücudunun bu erkeklerin gözündeki cazibesi, Swann'da Odette'in varlığına, ruhunun en derin noktalarına tamamen hâkim olma ihtiyacını doğurmuştu. Odette'in evinde onu dizlerine oturtup çeşitli konulardaki fikrini sorduğu, artık yeryüzünde sahip olmayı istediği yegâne varlıkların dökümünü çıkardığı dakikalar, müthiş bir değer kazanmıştı gözünde. İşte bu yüzden, o akşam yemekten sonra Odette'i bir kenara çekip hararetle teşekkür etti; dile getirdiği minnetin derecesiyle, Odette'e kendisini ne kadar mutlu edebileceğini anlatmaya çalıştı; en büyük mutluluk ise, Swann'ı aşkı ve dolayısıyla kırılganlığı devam ettiği sürece, kıskançlığın darbelerinden esirgemesiydi.

Ertesi gün şölenden çıkarken, sağanak halinde yağmur yağıyordu; Swann'ın faytonununsa üstü açıktı; bir arkadaşı, onu kupa arabasıyla gideceği yere götürmeyi teklif etti; Odette onu evine çağırmış olduğu için, başka kimseyi beklemediğinden emindi ve bu yağmurda Odette'e gideceğine, sakin kafayla, huzur içinde kendi evine gidip yatmayı tercih ederdi. Ama belki Odette onun istisnasız her geceyi kendisiyle noktalamak konusunda ısrarlı olmadığını görürse, gecelerini, hem de Swann'ın onu özellikle arzuladığı bir geceyi ona ayırmayı ihmal edebilirdi.

Odette'in evine vardığında saat on biri geçiyordu; Swann daha önce gelemediği için özür dileyince, Odette gerçekten de epey geciktiğini söyleyerek fırtınanın verdiği rahatsızlıktan, başının ağrıdığından yakındı ve kendisini ancak yarım saat misafir edeceği, on ikide göndereceği konusunda uyardı; az sonra da yorgun düşüp uyumak istedi.

"Yani bu gece *cattleya* yok mu?" dedi Swann. "Oysa ben güzel bir *cattleya*cık ummuştum."

Odette biraz somurtkan, gergin bir tavırla cevap verdi:

"Yok canım, bu gece *cattleya* falan yok, görüyorsun hastayım!

—Belki rahatsızlığına iyi gelirdi, neyse ısrar etmiyorum."

Odette gitmeden önce ışığı söndürmesini rica etti; Swann yatağın perdelerini bizzat çekip evden çıktı. Ama kendi evine vardığında, birdenbire, Odette'in belki de birini beklediği geçti aklından; belki mahsus yorgunmuş gibi davranmış, Swann uyuyacağını zannetsin diye ışığı söndürtmüş ve o çıkar çıkmaz da, ışığı tekrar yakıp geceyi birlikte geçireceği adamı içeriye almıştı. Saate baktı. Odette'in yanından ayrılalı yaklaşık bir buçuk saat olmuştu; tekrar dışarı çıkıp bir fayton çevirdi ve Odette'in evinin yakınında, evin arka cephesinin, yani Swann'ın bazı geceler geldiğini haber vermek için tıklattığı yatak odası penceresinin baktığı sokağa dik bir ara sokakta arabayı durdurdu; aşağı indi, bütün mahalle karanlığa gömülmüştü, ortalık ıssızdı, iki adım yürüyüp Odette'in evinin neredeyse tam karşısına vardı. Sokaktaki evlerin ışıkları çoktan söndürülmüştü, bütün o karanlık pencerelerin arasında yalnız bir tanesinden, –ışığın esrarengiz, yaldızlı özünü sıkıp çıkaran panjurların arasından– odayı dolduran aydınlık dışarı sızıyordu; kim bilir kaç gece, Swann'ın sokağa girer girmez uzaktan gördüğü bu ışık, "İçeride seni bekliyor" müjdesiyle onu sevindirmişti, oysa şimdi, "İçeride, beklediği erkekle birlikte" diyerek işkence ediyordu Swann'a. O erkeğin kim olduğunu merak etti; duvar dibinden pencereye kadar sessizce ilerledi, ama panjurun aralıklarından hiçbir şey göremiyor, sadece gecenin sessizliğinde, mırıltı halinde konuşmalar işitebiliyordu. Hiç şüphe yok ki, pencerenin ardındaki görünmez, iğrenç çiftin içinde hareket ettiği yaldızlı ışığı görmek, o gittikten sonra gelen kişinin varlığını, Odette'in riyakârlığını ve o adamla yaşadığı mutluluğu ele veren bu mırıltıyı duymak, Swann için bir ıstıraptı.

Yine de geldiğine memnundu; kendisini evinden çıkmaya zorlayan ve içini kemiren merakın belirsizliği ortadan kalkınca, keskinliği de azalmıştı; ilk anda ani ve güçsüz bir şüphe olarak ortaya çıkan Odette'in öteki hayatı, şimdi karşısında lambanın ışığıyla aydınlanmış halde, her şeyden habersiz, o odada hapis duruyordu, canı istediği an, içeri girip bu hayatı gafil avlayabilir, yakalayabilirdi;

ya da, daha iyisi, çok geç geldiği geceler sık sık yaptığı gibi, panjuru tıklatırdı; böylece, en azından Odette Swann'ın her şeyi bildiğini, ışığı görüp konuşmaları duyduğunu anlardı; az önce Odette'i öteki erkekle birlikte, kendi kuruntularına gülerken canlandırmıştı kafasında, oysa şimdi karşısında bilinçsizce bir güven ve yanılgı içinde gördüğü, onlardı; sonuçta çok uzakta zannettikleri, az sonra panjuru tıklatacağını akıllarından bile geçirmedikleri Swann faka bastırmıştı kendilerini. Belki de Swann'ın o esnada yaşadığı, neredeyse hoş denebilecek duygu, bir şüphenin ve ıstırabın dindirilmesinden farklı bir şey, zihinsel bir hazdı. Âşık olduğundan beri, eskiden ilgilenmekten zevk aldığı şeyler gözünde yine bir çekicilik kazanmaya başlamıştı, ama sadece Odette'in hatırasıyla aydınlandıkları ölçüde ilginçtiler; buna karşılık, şimdi de kıskançlığı çalışkan gençliğinin bir başka unsurunu, gerçeklik tutkusunu canlandırmıştı, ama bu da Swann'la sevgilisi arasında duran, ışığını yalnızca Odette'ten alan bir gerçeklikti, tamamen bireysel, paha biçilmez, adeta nesnel güzellikte tek bir hedefi vardı: Odette'in hareketleri, ilişkileri, tasarıları ve geçmişi. O güne kadar, bir insanın hayatındaki gündelik olaylar, sıradan hareketler Swann'a değersiz şeyler gibi görünmüştü hep; bu konularda kendisine dedikodu yapıldığında üstünde durmaz, dinlerken yüzeysel bir dikkat sarf ederdi sadece; kendini en sıradan hissettiği anlardı bunlar. Ama aşkın bu tuhaf safhasında bireysel olan büyük bir derinlik kazandığından, Swann'ın bir kadının en sıradan hareketlerine duyduğu merak da bir zamanlar Tarih'e beslediği meraktan farksızdı. O âna kadar yapmaktan utanç duyacağı her şey, bir pencerenin önünde durup içeriyi gözetlemek, kim bilir belki yarın bir gün, ilgisiz kişilerin ağzından ustalıkla laf almak, hizmetkârlara rüşvet verip casus gibi kullanmak, kapıları dinlemek artık Swann'ın nazarında tıpkı metin çözümlemeleri, çeşitli tanıklıkların karşılaştırılması ve tarihi eserlerin yorumlanması gibi, gerçek zihinsel değere sahip, gerçekliğin araştırılmasına uygun birer bilimsel inceleme yöntemiydi.

Tam panjuru tıklatmak üzereyken, bir an, eve gittiğinde kapıldığı şüpheleri ve geri dönüp sokakta dikildiğini Odette'in öğreneceğini düşünüp utandı. Kıskanç insanlardan, casusluğa meraklı sevgililerden ne kadar nefret ettiğini Odette birçok kez söylemişti. Yapmak üzere olduğu şey pek beceriksizce bir hareketti, Odette'in bundan böyle kendisinden nefret etmesine yol açacaktı, oysa panjuru henüz tıklatmamış olduğu o anda, Odette kendisini aldatmakla birlikte, belki hâlâ seviyordu. Böyle anlık bir tatmin uğruna, sabırsızlık yüzünden, ne mutluluk ihtimalleri feda edilmiştir! Yine de gerçeği öğrenme arzusu daha güçlüydü ve daha soylu görünüyordu Swann'a. Nasıl ki bir âlim sanatsal değerine kayıtsız kalamadığı ışıl ışıl yaldızlı bir kapağın içindeki değerli elyazmasına başvurduğunda, aradığı bilgileri orada bulacağını bilirse, Swann da, gerçeğe uygun biçimde kafasında canlandırabilmek için hayatını feda edeceği bir durumun ayrıntılarını ışık çizgileriyle aydınlanmış bu pencerenin arkasında bulup okuyabileceğini biliyordu. Böylesine merak ettiği gerçeği yarısaydam, sıcacık, göz alıcı bir maddeden oluşan bu biricik, geçici ve değerli nüshadan öğrenme fikri ona adeta tensel bir haz veriyordu. Hissettiği –ve şiddetle ihtiyaç duyduğu– üstünlük, belki gerçeği bilmesinden çok bildiğini onlara gösterebilecek durumda olmasından kaynaklanıyordu. Parmak ucunda pencereye uzandı. Panjuru tıklattı. İçeridekiler duymayınca daha hızlı vurdu, konuşmalar kesildi. Odette'in arkadaşlarından hangisine ait olabileceğini kestirmeye çalıştığı bir erkek sesi sordu:

"Kim o?"

Sesi tam olarak çıkartamıyordu. Bir kere daha vurdu. Önce pencere, sonra panjur açıldı. Artık geri dönülmez bir noktadaydı, Odette nasılsa her şeyi öğreneceğine göre, hiç değilse fazla bedbaht, fazla kıskanç ve meraklı görünmemek için, kayıtsız, neşeli bir tonda seslenmekle yetindi:

"Rahatsız olmayın, geçerken ışık gördüm de, baş ağrınız mı arttı diye merak ettim."

İçeriye baktı. Karşısında, pencerenin önünde iki yaşlı adam durmaktaydı, birinin elinde lamba vardı; sonra odayı gördü, tanımadığı bir odaydı. Odette'e geç saatte geldiği akşamlar, onun penceresini birbirine benzer, karanlık pencereler arasında ışıklı tek pencere olmasından tanımaya alıştığı için yanılmış, yandaki evin camına vurmuştu. Özür dileyip oradan ayrılarak evine döndü; merakının tatmini aşklarına halel getirmediği ve uzun zaman boyunca Odette'e karşı kayıtsızmış gibi davrandıktan sonra, kıskançlığıyla onu aşırı derecede sevdiğini göstermediği için mutluydu; iki sevgiliden birinin aşırı derecedeki sevgisini göstermesi, diğerini yeterince sevmekten temelli bağışık tutar.

Swann bu aksilikten Odette'e hiç söz etmedi, kendisi de artık bu olayı düşünmüyordu. Ama zaman zaman düşüncesi bu unutulmuş anıya rastlayıp çarpıyor, onu öne itiyor, Swann'a keskin ve derin bir acı veriyordu. Swann bu acıyı sanki fiziksel bir acıymış gibi düşünceleriyle yatıştıramıyordu; ama fiziksel acı düşünceden bağımsız olduğundan, düşünce hiç değilse onun üzerinde durabilir, azaldığını, geçici olarak dindiğini saptayabilir. Oysa bu acıyı düşünce, sırf hatırlamakla yeniden yaratmış oluyordu. Bu acıyı düşünmeme isteği, daha çok düşünmek, daha çok ıstırap çekmek anlamına geliyordu. Arkadaşlarıyla sohbet ederken derdini unuttuğu zamanlar, birdenbire söylenen bir söz, tıpkı sakarın teki ansızın gelip yaralı bir adamın tam ağrıyan yerine dokunmuş gibi, Swann'ın çehresini allak bullak ediyordu. Odette'in yanından ayrıldığında kendini daima mutlu, huzurlu hissediyordu; Odette'in filancadan söz ederken alaylı, kendisine yöneldiğinde sevecen olan gülümsemelerini, o ilk gece arabada yaptığı gibi ekseninden koparıp büktüğü, neredeyse istemeyerek dudaklarının üzerine düşürdüğü başının ağırlığını, kollarının arasında baygın baygın bakışını, bir yandan da üşümüş gibi ona sokulup başını omzuna gömüşünü hatırlıyordu.

Ama kıskançlığı, hiç vakit kaybetmeden, sanki aşkının gölgesiymiş gibi, Odette'in daha birkaç saat önce Swann'a yönelttiği o değişik tebessümün –şimdi tersine dönüp Swann'la alay eden, bir başkasına yönelirken aşkla dolan– bir kopyasını çıkarıyor, başının eğimini, bu sefer başka dudaklara doğru eğilirken taklit ediyor, Swann'a sunduğu bütün sevgi gösterilerini şimdi bir başkasına sunulurken tekrarlıyordu. Odette'in evinden çıkarken beraberinde götürdüğü bütün tensel hatıralar, tıpkı bir dekoratörün sunduğu "projeler", taslaklar gibi, Odette'in başka bir erkeğin karşısındaki ateşli veya kendinden geçmiş hallerini hayal etmesine imkân tanıyorlardı. Öyle ki, Swann Odette'le yaşadığı her hazdan, Odette'in icat ettiği ve kendisinin de tedbirsizlik edip hoşlandığını belirttiği her okşayıştan, Odette'te keşfettiği her güzellikten pişmanlık duyar olmuştu, çünkü bunların her birinin bir saniye sonra kendisi için yeni bir işkence aletine dönüşeceğini biliyordu.

Çektiği azap, birkaç gün önce Odette'in gözlerinde ilk defa yakaladığı kısa bir bakışın hatırasıyla birleşince, dayanılmaz hale geliyordu. Verdurin'lerde, bir akşam yemeğinden sonraydı. Forcheville, belki kayınbiraderi Saniette'in Verdurin'ler tarafından pek sevilmediğini hissedip onu günah keçisi gibi kullanarak ev sahiplerinin gözünde parlamak istemişti; belki Saniette'in aslında hiçbir kötü niyet gütmeden söylenmiş, bu sözdeki kırıcı imayı anlamaları mümkün olmayan müritlerin farkına bile varmadıkları, patavatsızca bir sözüne kızmıştı; belki de kendisini fazlasıyla yakından tanıyan ve aşırı hassasiyeti nedeniyle zaman zaman sırf varlığından bile rahatsız olduğu Saniette'i o evden atmak için ne zamandır fırsat kolluyordu; sebebi ne olursa olsun, Forcheville Saniette'in patavatsızca sözlerine öyle bir kabalıkla cevap verdi, o kükredikçe korkan, acı çeken Saniette'in yakarılarından iyice cesaret alarak öyle hakaretler etmeye koyuldu ki, zavallı Saniette, Mme Verdurin'e kalması mı gitmesi mi gerektiğini sordu; bir cevap alamayınca, gözlerinde yaşlarla, kekeleyerek çıkıp gitti. Odette bu sahneyi soğukkanlılıkla izlemişti, ama kapı Saniette'in arkasından kapandığında, Forcheville'le aynı alçaklık düzeyine gelebilmek için yüzünün olağan ifadesini adeta birkaç derece düşürmüş, gözleri Forcheville'in cesaretini kutlayan, kurbanıyla da alay eden sinsi bir tebessümle parlamıştı; suçortaklığını ifade eden bakışlarında, "Adam kurşuna dizilmiş kadar oldu. O süklüm püklüm halini gördünüz mü? Ağlıyordu resmen" sözleri o kadar açıkça okunuyordu ki, gözleri bu bakışlarla karşılaşan Forcheville öfkesinden ya da öfke taklidinden bir anda sıyrılarak gülümsedi ve şu cevabı verdi:

"Biraz kibar olabilseydi hâlâ burada olurdu; adamakıllı bir köteğin her yaşta faydası olur."

Swann bir gün öğleden sonra, bir dostunu ziyaret etmek üzere evden çıkmış, görmek istediği kişiyi evinde bulamayınca, Odette'e uğramak gelmişti aklına; bu saatte Odette'in evine hiç gitmezdi, ama bu saatlerde hep evde olduğunu, ya öğle uykusuna yattığını ya da çay saatine kadar mektup yazdığını biliyordu; Odette'i rahatsız etmeyecek kısa bir görüşmenin hoş olacağını düşündü. Kapıcı Odette'in galiba evde olduğunu söyledi; kapıyı çaldı; kulağına bazı gürültüler, ayak sesleri gelir gibi oldu, ama kapı açılmadı. Kaygılanıp sinirlenerek evin arka tarafındaki sokağa gitti ve yatak odası penceresinin önünde durdu; perdeler kapalı olduğundan içerisi görünmüyordu, cama sertçe vurup seslendi; cevap veren olmadı. Komşuların kendisini seyrettiğini fark etti. Belki de ayak seslerini yanlış duyduğunu düşünerek oradan ayrıldı; ama kafası bu olayla o kadar meşguldü ki başka bir şey düşünemiyordu. Bir saat sonra tekrar Odette'in evine gitti. Bu sefer Odette'i evde buldu; Odette daha önce geldiğinde de evde olduğunu, ama uyuduğunu söyledi; zil sesine uyanmış, gelenin Swann olduğunu tahmin edip arkasından koşmuş, ama yetişememişti. Cama vurulduğunu da işitmişti. Swann bu sözlerde, hazırlıksız yakalanan yalancıların uydurdukları hikâyeyi gerçeğe benzetmek için yalanlarına ekledikleri doğru ayrıntıyı derhal tanıdı. Odette açıklamak istemediği bir şey yaptığında, onu benliğinin derinliklerine gizliyordu şüphesiz. Ama yalan söylemeye niyetli olduğu kişiyle karşı karşıya geldiği anda heyecana kapılır, kafasından bütün düşünceler silinip gider, uydurma ve mantık yürütme melekeleri felce uğrardı; kafasında bir boşluk oluşurdu, ama bir şeyler söylemesi gerektiği için, önüne çıkan tek şeye, yani gizlemek istediği ve doğru olduğu için de tek başına orada kalmış olan şeye sarılırdı. Bu gerçeğin kendi başına bir önem taşımayan küçük bir parçasını arayıp bulur, aslında böylesinin daha iyi olduğunu, bu doğrulanabilir ayrıntının uydurulmuş bir ayrıntı kadar tehlikeli olmadığını düşünürdü. "Bu kadarı doğru hiç değilse, kâr kârdır, isterse araştırsın, doğru olduğunu öğrensin, beni ele verecek olan bu ayrıntı değil" derdi kendi kendine. Oysa yanılıyordu, onu bu ayrıntı ele verirdi; Odette farkında değildi ama, bu gerçek ayrıntının köşeleri, ancak içinden keyfi biçimde koparıldığı ayrıntılar bütününe oturabilirdi; bu gerçek ayrıntı hangi uydurma ayrıntıların arasına yerleştirilirse yerleştirilsin, o bütünün bir parçası olmayacağı için, doldurulamayan boşluklar ve sığdırılamayan fazlalıklar onu mutlaka ele verecekti. "Zili çalıp cama vuruşumu işittiğini, benim geldiğimi tahmin ettiğini ve beni görmek istediğini itiraf ediyor" diyordu Swann kendi kendine. "Ama bu, kapının açılmadığı gerçeğiyle bağdaşmıyor."

Yine de bu çelişkiye Odette'in dikkatini çekmedi, çünkü onu kendi haline bırakırsa, Odette'in muhtemelen bir yalan uyduracağını ve bu yalanın da gerçeğin zayıf bir göstergesi olabileceğini düşünüyordu; Odette konuşmaktaydı; Swann onun sözünü kesmiyor, söylediklerini açgözlü, sancılı bir dikkatle hafızasına kaydediyordu; Odette'in ağzından çıkan sözlerin (onunla konuşurken gerçeği bu sözlerin arkasına gizlediği için), tıpkı kutsal örtü gibi, o paha biçilmez ve ne yazık ki gizli kalmaya mahkûm gerçeğin –Odette'in o gün öğleden sonra saat üçte, Swann geldiği esnada yaptığı şeyin– izini belli belirsiz taşıdıklarını, şeklini kabaca çizdiklerini hissediyordu;

bu gerçekle ilgili öğrenebileceği tek şey, Odette'in söylediği yalanlar, adeta okunması imkânsız, ilahi kalıntılardı artık; bundan böyle bu gerçek, kıymetini bilmediği halde, asla ele vermemek üzere ona yataklık eden kadının hatırasında mevcut olacaktı. Hiç şüphe yok ki, Swann ara sıra Odette'in gündelik hayatının heyecanlı ve ilginç olmadığını, başka erkeklerle ilişkilerinin de, düşünen her insanın nazarında intihar arzusu uyandırabilecek, ölümcül bir kederi etrafa kendiliğinden, evrensel bir biçimde yaymadıklarını düşünüyordu. Böyle anlarda, bu ilginin, bu kederin sadece kendisinde, bir hastalık olarak bulunduğunu ve bu hastalık geçtiğinde, Odette'in yaptıklarının, başkalarına vermiş olabileceği öpücüklerin, tıpkı sayısız başka kadının yaptıkları ve öpücükleri gibi, zararsız hale geleceğini anlıyordu. Ne var ki, Swann, halihazırdaki sancılı merakı tamamen kendisinden kaynaklandığı halde, bu merakı önemsemeyi ve merakını tatmin etmek için elinden geleni yapmayı da mantıksız bulmuyordu. Çünkü Swann'ın yaşında insanın felsefesi, artık gençliğindeki felsefesinden farklıdır, –ayrıca Swann'ın şimdiki felsefesi, dönemin felsefesiyle ve Swann'ın uzun süre içinde yaşadığı muhitte (yani Laumes Prensesi'nin, zekâyı şüphecilikle ölçen, her insanın kendi zevkinden başka hiçbir şeyi gerçek ve tartışılmaz kabul etmeyen yakın çevresinde) geçerli olan felsefeyle de destekleniyordu– deneysel, neredeyse tıbbi bir felsefedir bu; insanlar bu yaşta özlemlerini dışa vurmak yerine geride bıraktıkları yılların, kendi içinde tipik ve kalıcı sayabilecekleri birtakım sabit alışkanlıklarla tutkulardan oluşan tortusunu ayırmaya çalışırlar ve seçtikleri hayat tarzının her şeyden önce bu alışkanlıkları ve tutkuları tatmin etmesine bilhassa özen gösterirler. Swann, nasıl rutubetli bir iklimin egzaması üzerindeki azdırıcı etkisini dikkate alıyorsa, Odette'in yaptıklarını bilmemekten duyduğu üzüntüye hayatında bir yer ayırmayı da akıllıca buluyor, nasıl ki koleksiyonları, ince damak zevki gibi –en azından âşık olmadan önce– kendisine haz verebileceğini bildiği zevklerine bütçesinde belirli bir meblağ ayırıyorsa, Odette'in gündüzleri neler yaptığı konusunda, öğrenmezse bedbaht olacağı malumatı edinebilmek için de hatırı sayılır bir meblağ ayırmayı gerekli görüyordu.

Evine dönmek üzere kalkıp Odette'le vedalaştığı sırada, Odette biraz daha kalmasını rica etti, hatta ısrarlı davranıp, kapıyı açmaya yeltendiğinde kolunu tuttu. Ama Swann bunun üzerinde durmadı; zaten bir konuşmada yer alan hareket, söz ve olay bolluğu içinde, şüphelerimizin gelişigüzel aradığı bir gerçeği gizleyen unsurlar, kaçınılmaz olarak, hiç dikkatimizi çekmeden geçip giderler; bizim üzerinde durduğumuz ayrıntılar ise, aksine ardında hiçbir şey gizlemeyen ayrıntılardır. Odette tekrar tekrar, "Ne aksilik, hiç âdetin olmadığı halde bir gün öğleden sonra geleceğin tuttu, o zaman da görüşemedik" diyordu. Odette'in görüşemediklerine böylesine hayıflanacak kadar kendisine âşık olmadığını Swann pekâlâ biliyordu, ama Odette iyi kalpli bir insandı, genellikle Swann'ı memnun etmek ister ve kızdırdığında çoğunlukla üzülürdü; dolayısıyla, kendisine değilse de Swann'a büyük bir haz verecek olan bu bir saatlik beraberlikten onu mahrum ettiğine üzülmesini de Swann doğal buldu. Bununla birlikte, pek o kadar önemli bir şey de olmadığı için, Odette'in dinmeyen üzüntüsü sonunda Swann'ı şaşırttı. Odette bu haliyle, *İlkbahar* tablosu ressamının kadın figürlerini her zamankinden çok hatırlatıyordu. O esnada Odette'in yüzü, bu kadınların bebek İsa'nın bir narla oynayışını veya Musa'nın bir yalağa su boşaltışını seyrederken bile kaldıramadıkları bir acının ağırlığıyla ezilirmiş gibi görünen bitkin ve kederli yüzlerinden farksızdı. Daha önce de Odette'in yüzünde böyle kederli bir ifade görmüştü, ama ne zaman gördüğünü hatırlamıyordu. Ansızın hatırladı: Swann'la beraber olabilmek için hastalık mazeretiyle akşam yemeğine katılmadığı gecenin ertesi günü, Mme Verdurin'e yalan söylerken, Odette'in yüzünde aynı keder vardı. Hiç şüphesiz, Odette dünyanın en dürüst kadını da olsa, bu kadar masum bir yalan yüzünden vicdan azabı çekmezdi. Ama Odette'in sık sık söylediği yalanlar bu kadar masum yalanlar değil, çeşitli insanların karşısında kendisini son derece zor duruma düşürebilecek türden keşifleri engellemeye yarayan yalanlardı. Bu yüzden de, yalan söylediği zaman korkuya kapılır, kendini savunmasız hisseder, başarabileceğinden emin olamaz, tıpkı uykusunu alamamış bir çocuk gibi, yorgunluktan ağlamak isterdi. Ayrıca genellikle yalan söylediği erkeği ciddi şekilde incittiğini ve iyi bir yalan uyduramazsa, kaderini onun ellerine teslim etmiş olacağını da bilirdi. O zaman, söz konusu erkeğin karşısında hem ezik, hem de suçlu hissederdi kendini. Sosyal yaşantısıyla ilgili önemsiz bir yalan söylemesi gerektiğinde de, duygu ve anıların çağrışımıyla aşırı bir yorgunluğa yenik düşer, fesatlık etmişçesine bir pişmanlık duyardı.

Swann'a kim bilir ne ağır bir yalan söylemekteydi ki, bakışları böylesine ıstırapla doluyor, sesi zorla gösterdiği çabanın ağırlığı altında ezilircesine, aman dilercesine sızlanıyordu. Swann Odette'in sadece öğleden sonraki olayın aslını değil, daha yakın, belki henüz gerçekleşmemiş, az sonra meydana gelecek ve Swann'ı gizlenen gerçek konusunda aydınlatabilecek olan bir şeyi de saklamaya çalıştığını düşündü. O esnada zilin sesini duydu. Odette hiç durmadan konuşuyordu, ama sözleri artık bir iniltiye dönüşmüştü; öğleden sonra Swann'la görüşememiş, kapıyı açamamış olması bir felaket haline gelmişti.

Kapanan giriş kapısının ve bir arabanın sesi işitildi; sanki birisi, –muhtemelen Swann'ın karşılaşmaması gereken kişi– Odette'in evden çıkmış olduğu söylendiği için, kapıdan dönüyordu. Bunun üzerine, Swann, sırf her zamankinden farklı bir saatte gelmekle Odette'in kendisinden gizlemek istediği ne çok şeyi engellediğini düşünerek bir yılgınlığa kapıldı, neredeyse yıkıma uğradı. Ama Odette'i sevdiği ve bütün düşüncelerini ona yöneltmeye alıştığı için, kendine acıyacağına ona acıdı ve "Zavallı yavrucak!" diye mırıldandı. Swann giderken, Odette masasının üstünde duran bir tomar mektubu kendisine verip postalamasını rica etti. Swann evine döndüğünde, mektupları atmayı unutmuş olduğunu fark etti. Tekrar çıkıp postaneye gitti, cebinden mektupları çıkardı ve kutuya atmadan önce, zarfların üzerindeki adreslere baktı. Mektupların hepsi çeşitli dükkânlara, yalnız biri Forcheville'e yazılmıştı. Swann mektubu elinde tutuyordu. "Mektubu açıp okusam, Odette'in ona nasıl hitap ettiğini, neler söylediğini, aralarında bir şey olup olmadığını öğrenirdim" diyordu kendi kendine. "Hatta belki açmamakla Odette'e karşı düşüncesizlik etmiş oluyorum, çünkü Odette açısından suçlayıcı olabilecek, her halü kârda ona acı çektirecek ve mektup gönderildikten sonra asla silinemeyecek olan bir şüpheden kurtulmanın tek yolu mektubu okumak."

Postaneden evine döndü, ama son mektubu atmamış, yanına almıştı. Bir mum yakıp açmaya cesaret edemediği zarfa yaklaştırdı. Başlangıçta hiçbir şey okuyamadı, ama zarf inceydi, içindeki sert karta yapıştırınca, saydam kısmındaki son kelimeleri seçebildi. Gayet soğuk bir veda cümlesiydi bu. O anda, tam tersine, Swann'a yazılmış bir mektubu Forcheville okusa, ne kadar sevecen kelimeler görürdü! Zarftan daha küçük olan ve zarfın içinde hareket eden kartı tuttu, sonra, başparmağıyla kaydırarak, sırayla çeşitli satırları zarfın tek kat olan ve içini gösteren kısmına denk getirdi.

Buna rağmen, kelimeleri tam olarak seçemiyordu. Aslında pek önemli de değildi, çünkü mektubun sıradan bir olayla ilgili olduğunu ve katiyen bir aşk ilişkisine değinmediğini anlayacak kadarını okumuştu; konu Odette'in bir amcasıyla ilgiliydi. Swann bir satırın içindeki "haklıymışım" kelimesini açık seçik okuyabilmişti, ama Odette'in hangi konuda haklı olduğunu anlayamıyordu; sonra birdenbire, daha önce okuyamadığı ilk kelimeleri seçebildi ve bütün cümlenin anlamı açıkça ortaya çıktı: "Kapıyı açmakta haklıymışım, gelen amcamdı." Kapıyı açmakta! Demek ki öğleden sonra, Swann kapıyı çaldığında, içeride Forcheville vardı ve Odette onu göndermişti; Swann'ın duyduğu ses de buydu.

Bunun üzerine, mektubun tamamını okudu; Odette mektubun sonunda, teklifsizliği yüzünden Forcheville'den özür diliyor ve sigaralarını evinde unuttuğunu söylüyordu; Odette'in evine ilk gidişlerinden birinin ardından Swann'a da aynı cümleyi yazmıştı. Ama Swann'a yazdığı mektupta, "Keşke kalbinizi bırakmış olsaydınız, onu iade etmezdim size" diye eklemişti. Forcheville'e böyle bir şey yazmamıştı; aralarında bir aşk macerası olduğunu ima edecek tek bir söz yoktu. İşin aslına bakılacak olursa, Odette gelenin amcası olduğuna Forcheville'i inandırmak için mektup yazdığına göre, bütün bu olayda kandırılan kişi, kendisinden ziyade Forcheville'di. Sonuçta Odette'in önem verdiği erkek kendisiydi, Swann'dı; o geldi diye Forcheville'i göndermişti. Peki ama, Forcheville'le aralarında bir şey yoksa, Odette kapıyı niçin hemen açmamıştı; o esnada kötü bir şey yapmıyorduysa eğer, niçin "Kapıyı açmakla iyi etmişim, gelen amcammış" desindi; kapıyı açmamasına Forcheville ne gibi bir açıklama getirebilirdi ki? Odette'in onun inceliğine olan mutlak güveniyle, hiç korkmadan ellerine teslim ettiği, ama Swann'ın asla öğrenemeyeceğini zannettiği bir olayın içyüzüyle birlikte, meçhulden alınan ışıklı bir kesit misali, Odette'in hayatının bir kısmını da saydam penceresi sayesinde görebildiği bu zarfın karşısında Swann bir süre üzgün, kafası karışık, ama yine de mutlu, öylece durdu. Sonra kıskançlığı haz duymaya başladı; bu kıskançlık sanki bağımsız, bencil bir hayatiyete sahipti ve Swann'a zarar vermek pahasına da olsa, kendisini besleyebilecek her şeye açgözlülükle saldırıyordu. Şimdi kendine bir besin bulmuştu; Swann artık her gün Odette'in saat beş civarında kabul ettiği ziyaretçiler konusunda endişelenecek, Forcheville'in o saatte nerede olduğunu öğrenmeye çalışacaktı. Çünkü Swann'ın aşkı hâlâ başlangıçtaki yapısını koruyordu ve bu yapıya damgasını vuran şey de, Odette'in günlerini nasıl geçirdiğini bilmemesi ve Swann'ın, zihinsel tembelliği yüzünden, bilgi yerine hayal gücünü koymaması olmuştu. Önceleri Odette'in bütün hayatını değil, sadece belirli anlarını, bir olaydan, belki yanlış yorumladığı bir olaydan yola çıkarak, Odette'in kendisini aldatmış olabileceğini düşündüğü anları kıskanıyordu. Kıskançlığı tıpkı önce bir kolunu, sonra ikincisini, ardından da üçüncüsünü uzatan bir ahtapot gibi, önce akşamüstü beşe, sonra bir başka saate, sonra da bir üçüncüsüne sıkı sıkı yapıştı. Ama Swann kendine dert icat etmeyi bilmiyordu. Üzüntüleri kendisine dışarıdan gelmiş olan bir acının hatırasından, devamından ibaretti.

Ne var ki, dışarıdan gelen her şey ona acı veriyordu. Odette'i Forcheville'den uzaklaştırmak, birkaç günlüğüne Güney'e götürmek istedi. Fakat orada da, oteldeki bütün erkeklerin Odette'i, Odette'in de onları arzuladığı zannına kapıldı. Eskiden çıktığı seyahatlerde hep yeni insanlarla ilişki kuran, kalabalık toplantılara katılan Swann şimdi vahşileşmiş, sanki insanlardan zalim bir darbe yemiş gibi toplumdan kaçar olmuştu. Her erkeği Odette'in âşığı olmaya aday görürken, insanlardan nefret etmemesi mümkün müydü? Böylece kıskançlığı, Swann'ın kişiliğini ve başkalarının gözünde bu kişiliği dışa vuran işaretleri değiştirmeye başladı; üstelik bu, başlangıçta Odette'e beslediği tensel ve güler yüzlü tutkunun yol açtığı değişimden daha keskin ve kökten bir değişimdi.

Odette'in Forcheville'e yazdığı mektubu okuduğu günden bir ay sonra, Swann Verdurin'lerin düzenlediği bir akşam yemeğine, Boulogne Ormanı'na gitti. Topluluk dağılmak üzereyken, Mme Verdurin'le misafirlerin çoğu arasında fısıltı halinde konuşmalar geçtiğini fark etti; anlayabildiği kadarıyla, piyaniste ertesi gün Chatou'daki toplantıya gelmesini hatırlatıyorlardı; oysa Swann bu toplantıya davet edilmemişti.

Verdurin'ler alçak sesle konuşmuş ve muğlak ifadeler kullanmışlardı, ama ressam, herhalde dalgınlıkla, haykırdı:

"Hiç ışık olmasın, *Ay Işığı* sonatını karanlıkta çalsın ki, etrafın aydınlanışını daha iyi görelim."

Swann'ın iki adım ötede olduğunu gören Mme Verdurin, bir pot kırıldığını fark eden herkes tarafından benimsenen yüz ifadesini takındı; konuşanı susturma ve işitene masum görünme isteğini bomboş bakışlarda sabitleyen, kıpırtısız suçortaklığı işaretini saf tebessümlerin ardına gizleyen bu ifade, potu kıranın değilse de, mağdurun durumu ânında fark etmesine yol açar daima. Odette, birdenbire hayatın ezici sorunlarıyla mücadele etmekten vazgeçen umutsuz bir insanın edasına büründü; Swann ise, restorandan çıkıp Odette'le birlikte eve döneceği ânı iple çekiyordu; yolda Odette'ten meseleyi açıklığa kavuşturmasını isteyecek, ertesi gün ya Chatou'ya gitmemesini veya kendisini de davet ettirmesini sağlayacak ve sıkıntısını Odette'in kollarında giderecekti. Nihayet arabalar çağrıldı. Mme Verdurin Swann'a döndü:

"Haydi, hoşça kalın, yakında görüşmek üzere" derken bakışlarındaki sevecenlik ve gülümsemesindeki rahatsızlık, o güne kadar hep yaptığı gibi, "Yarın Chatou'da görüşüyoruz, yarından sonra da bizde" demediğini Swann'ın fark etmesini engellemeye yönelikti.

M. ve Mme Verdurin Forcheville'i arabalarına aldılar; Swann'ın arabası onlarınkinin arkasındaydı, Swann Odette'i kendi arabasına bindirmek için Verdurin'lerin arabasının hareket etmesini bekliyordu.

"Odette, sizi biz bırakacağız, dedi Mme Verdurin; M. de Forcheville'in yanında size de bir yerimiz var.

—Peki hanımefendi, diye cevap verdi Odette.

—Nasıl olur, sizi evinize ben bırakacaktım" diye haykırdı Swann, sözü uzatmadan; kapı açılmıştı, saniyeler sayılıydı ve içinde bulunduğu ruh halinde, Swann'ın tek başına eve dönmesi mümkün değildi.

"Ama Mme Verdurin...

—Canım, bu sefer tek başınıza dönün, Odette'i kaç kere size bıraktık, dedi Mme Verdurin.

—Hanımefendiye söylemek istediğim önemli bir şey vardı da...

—Ne yapalım, mektup yazıverin...

"Hoşça kalın" dedi Odette, elini Swann'a uzatarak.

Swann gülümsemeye çalıştı, ama yıkılmıştı.

"Swann'ın bize karşı davranışlarında ne kadar cüretkâr olduğunu fark ettin mi?" dedi Mme Verdurin kocasına, eve döndüklerinde. "Odette'i arabamıza aldık diye beni çiğ çiğ yiyecekti neredeyse.

Münasebetsizliğin bu kadarı da fazla! Randevuevi işlettiğimizi söyleseydi bari! Odette'in bu tür davranışlara nasıl tahammül ettiğini anlamıyorum doğrusu. Adeta 'Siz bana aitsiniz' diyor. Düşüncelerimi Odette'e açıklayacağım, umarım beni anlar."

Hemen ardından, öfkeyle ekledi:

"İnanılır gibi değil, pis hayvan!" Mme Verdurin farkında olmadan, belki aynı kendini haklı çıkarma içgüdüsüyle, –tıpkı Françoise'ın Combray'de tavuk bir türlü ölmezken yaptığı gibi– zararsız bir hayvanı ezmekte olan bir köylünün can çekişen hayvanın son çırpınışlarına tepki olarak söyleyeceği kelimeleri kullanıyordu.

Mme Verdurin'in arabası hareket ettikten sonra, arabacısı Swann'a baktı ve acaba hastalandı mı, ya da başına bir felaket mi geldi diye sordu.

Swann arabacısını gönderdi, yürümek istiyordu; Boulogne Ormanı'ndan eve yaya döndü. Yürürken yüksek sesle, kendi kendine konuşuyordu; o güne kadar küçük yuvanın meziyetlerini bir bir sayarken, Verdurin'lerin yüce gönüllülüğünü göklere çıkarırken kullandığı hafif yapmacık ton hâkimdi sesine. Nasıl ki Odette'in o çok hoşlandığı sözlerini, tebessümlerini, öpücüklerini bir başkasına yöneldiklerinde iğrenç buluyorsa, aynı şekilde daha biraz önce, gerçek bir sanat tutkusuyla, hatta manevi asaletle dopdolu ve eğlenceli bulduğu Verdurin'lerin salonu da, artık Odette orada bir başkasıyla buluşup onu özgürce seveceği için, Swann'a gülünç, saçma ve iğrenç görünüyordu.

Ertesi akşam Chatou'da yapılacak toplantıyı kafasında tiksintiyle canlandırıyordu. "Chatou'ya gitme fikri zaten iğrenç! Dükkânını kapatıp gezmeye giden tuhafiyeciler gibi! Bu insanların burjuvalığı inanılır gibi değil; gerçek insanlar değil bunlar, Labiche'in oyunlarından fırlamış karakterler!"

Cottard'lar orada olacaktı, Brichot da belki giderdi. "Bu iç içe yaşayan, sıradan insanların hayatı gülünç bir şey; yarın hepsi *Chatou*'da buluşmasalar, neye uğradıklarını şaşırırlar!" Heyhat! Ressam da orada olacaktı; "çöpçatanlık" yapma merakı yüzünden Forcheville'le Odette'i birlikte atölyesine davet edecekti. Odette'i bu kır gezisinde fazlasıyla şık bir kıyafetle hayal ediyordu; "Zavallıcık o kadar bayağı ve o kadar da aptal ki!!!"

Mme Verdurin'in yemekten sonra yapacağı esprileri şimdiden duyar gibiydi; bu espriler, hangi sıkıcı tipi hedef alırlarsa alsınlar,

Swann'ı hep güldürmüştü, çünkü kendisiyle birlikte Odette'in de, neredeyse tek bir varlık gibi bu esprilere güldüğünü görmüştü. Oysa şimdi, belki de kendisiyle alay ederek Odette'i güldüreceklerini düşünüyordu. "Ne iğrenç bir eğlence!" derken yüzüne öyle bir tiksinti ifadesi yerleşiyordu ki, gömleğinin yakası, mimiğiyle kasılan boğazını sıkıyordu. "Yüzü Tanrı'nın sureti olarak yaratılmış bir varlık bu iç bulandırıcı esprilere nasıl gülebilir? Azıcık hassas olan her burun, bu pis kokulardan sakınmak için, dehşet içinde oradan uzaklaşmaya çalışır. Bir insanın kendisine bütün dürüstlüğüyle elini uzatan birinin arkasından gülmekle hayat boyu içinden çıkamayacağı bir batağa saplandığını anlamaması inanılır gibi değil gerçekten. Ben bu boş lafların, dedikoduların çalkalandığı çukurdan fersahlarca yüksekte bulunuyorum, bir Verdurin'in esprileri benim üstüme sıçramaz!" diye haykırdı, başını dikleştirip bedenini gururla doğrultarak. "Tanrı şahidimdir, ben Odette'i bu bataktan çıkarıp daha soylu, yüksek bir seviyeye, daha temiz bir ortama getirebilmek için bütün içtenliğimle çabaladım. Ama insan sabrının da bir sınırı vardır, benim sabrım artık sınıra dayandı" dedi; oysa Odette'i alaylarla dolu bir ortamdan koparma çabası daha birkaç dakika önce başlamış, Swann bu kutsal görevi ancak bu alayların kendisini hedef alabileceğini ve Odette'i ondan koparmayı amaçlayabileceğini düşününce üstlenmişti.

Piyanisti *Ay Işığı* sonatını çalmaya hazırlanırken, Mme Verdurin'i de, Beethoven'ın müziğinin sinirleri üzerinde yapacağı tahribattan korkarak takındığı mimiklerle canlandırdı kafasında. "Geri zekâlı, yalancı!" diye haykırdı. "Bir de *Sanat*'tan hoşlandığını sanıyor!" Mme Verdurin, tıpkı daha önce Swann'la ilgili olarak sık sık yaptığı gibi, Forcheville hakkında da Odette'e övgü dolu, ustaca imalarda bulunacak, sonra da, "Odette, yanınızda M. de Forcheville'e bir yer açıverin" diyecekti. "Karanlıkta çalınacakmış! Çöpçatan, muhabbet tellalı!" Forcheville'le Odette'i susmaya, birlikte hayallere dalmaya, bakışmaya, el ele tutuşmaya davet edecek olan müziğe de "muhabbet tellalı" adını veriyordu. Platon'un, Bossuet'nin, eski Fransız eğitiminin sanat konusundaki katı tutumlarını haklı buluyordu.

Kısacası, Verdurin'lerin sürdüğü ve Swann'ın sık sık "gerçek hayat" diye adlandırdığı hayat, şimdi gözüne hayatların en berbatı, küçük yuva da muhitlerin en bayağısı gibi görünüyordu. "Toplumun en düşük tabakası resmen" diyordu, "Dante'nin son çemberi. Hiç şüphe yok, o yüce metin, Verdurin'leri anlatıyor! Aslına bakılırsa, arkalarından dedikodu yapılsa da, bu serseriler güruhundan çok farklı olan yüksek sosyete mensupları bunlarla tanışmayı, parmaklarının ucunu bile kirletmeyi reddetmekle büyük bilgelik gösteriyorlar! Saint-Germain muhitinin bu *Noli me tangere*'si* müthiş bir ileri görüşlülük!" Swann Boulogne Ormanı'nın ağaçlı yollarından çıkalı epey olmuştu, evine varmak üzereydi, ama acısı dinmemiş, kendine gelmemişti henüz; samimiyetsiz belagatinin yalancı tonlamaları, kendi sesinin sahte çınlamaları sarhoşluğunu giderek artırıyor, gecenin sessizliğinde bağıra çağıra nutuk atmaya devam ediyordu: "Yüksek sosyete mensuplarının da kusurları vardır, bu kusurları kimse benim kadar iyi bilemez, ama her şeye rağmen, bazı şeyleri yapacak kadar alçalmaları da mümkün değildir. Tanıdığım seçkin kadınlar mükemmel olmaktan çok uzaktılar, ama temeldeki incelikleri, davranışlarındaki dürüstlük hangi koşullarda olursa olsun, hainlik etmelerini engellerdi; tek başına bu bile, Verdurin cadalozuyla aralarında uçurumlar olması için yeterlidir. Verdurin! Ne biçim soyadı! Doğrusu hiçbir eksikleri yok, kendi çizgilerinde mükemmel sayılırlar! Tanrı'ya şükürler olsun, bu rezillerle, ayaktakımıyla iç içe bulunmaya yeterince tenezzül ettim, bir son vermek gerekiyordu artık."

Ne var ki, Verdurin'lere daha birkaç saat öncesine kadar mal ettiği meziyetlere Verdurin'ler gerçekten sahip olsalardı bile, Swann'ın aşkını desteklemedikleri, korumadıkları takdirde, Swann'ı Verdurin'lerin yüce gönüllülüğünü düşünüp duygulandırmaya, sarhoş etmeye bu meziyetlerin gücü yetmezdi; bu sarhoşluk hali, başkaları aracılığıyla yayılsa bile, kendisine ancak Odette'ten gelebilirdi; işte aynı şekilde, şimdi Verdurin'lere mal ettiği ahlaksızlık da, doğru olsa bile, Swann'ı dışlayıp Odette'i Forcheville'le birlikte çağırmış olmasalar, Swann'ın öfkesini kabartmaya, onları "rezillik"le damgalamasına yetmezdi. Şüphesiz Swann'ın Verdurin muhitine duyduğu tiksintiyi ve bu çevreyle ilişkisine son vermenin mutluluğunu ifade eden bu sözleri ancak sahte bir tonda, düşüncesini dile getirmekten çok öfkesini boşaltmak için seçilmiş sözler gibi telaffuz etmeye razı olan sesi, kendisinden daha basiretliydi. Aslında Swann bu sövgülere kendini kaptırdığı sırada, kendisi farkında

---

* Aziz Yuhanna İncili'ne göre, İsa'nın yeniden doğduktan sonra Mecdelli Meryem'e söylediği, "Bana dokunma," anlamındaki ilk sözleri.

olmasa da, zihni muhtemelen bambaşka bir şeyle meşguldü, çünkü evine döndüğünde, dış kapıyı kapatır kapatmaz, birden alnına bir şaplak atıp kapıyı tekrar açtırdı ve bu kez doğal bir ses tonuyla, "Yarın akşam Chatou'daki yemeğe kendimi davet ettirmenin yolunu buldum galiba!" diye haykırarak tekrar dışarı çıktı. Ama pek iyi bir yol bulamamış olacak ki, davet edilmedi; ağır durumdaki bir hastasını tedavi etmek üzere taşraya gittiği için günlerdir Verdurin'leri görmemiş ve Chatou'ya gidememiş olan Doktor Cottard, Chatou'daki davetin ertesi günü, Verdurin'lerde akşam yemeğine otururken şöyle dedi:

"Bu akşam M. Swann'ı göremeyecek miyiz? Onun yakın dostlarından biri...

—Umarım görmeyiz! diye haykırdı Mme Verdurin. Tanrı bizi o sıkıcı, aptal, terbiyesiz adamdan korusun."

Cottard bu sözleri duyunca, o âna dek zannettiğinin tam tersi, fakat doğruluğu da tartışılmaz olan bir gerçekle yüz yüze gelmiş gibi, hem şaşırdı hem boyun eğdi; etkilenmiş bir tavırla, korku içinde başını tabağına gömdü ve tedricen kendine kapanarak, sesini alçalan bir gam halinde en pes notasına kadar düşürerek, "Ya! Ya! Ya! Ya! Ya!" diye cevap vermekle yetindi. Ve bir daha da Verdurin'lerin evinde Swann'dan hiç söz edilmedi.

Swann'la Odette'i bir araya getirmiş olan Verdurin salonu, buluşmalarına bir engel haline geldi. Odette artık ilişkilerinin başındaki gibi Swann'a, "Yarın akşam mutlaka görüşeceğiz, Verdurin'lerde yemek daveti var" diyeceğine, "Yarın akşam görüşemeyeceğiz, Verdurin'lerde yemek daveti var" diyordu. Verdurin'ler Odette'i Opéra-Comique tiyatrosuna, *Kleopatra'nın Bir Gecesi*'ni seyretmeye götürecekleri zaman, Swann Odette'in gözlerinde bir korku, Swann gitmemesini rica eder mi diye bir kaygı görüyordu; eskiden olsa, Swann bu korkuyu görünce dayanamaz, sevgilisinin çehresini öpücüklere boğardı; oysa şimdi aynı korku onu çileden çıkarıyordu. "Müzik adı verilen o bok çukurunda çöplenmeye ne kadar hevesli olduğunu görünce hissettiğim şey öfke değil, üzüntü aslında" diyordu kendi kendine. "Kendime değil tabii, Odette'e üzülüyorum; altı ay boyunca benimle her gün görüşüp de, kendiliğinden Victor Massé'yi silip atabilecek kadar değişmediğine üzülüyorum! En çok üzüldüğüm şey de, özünde azıcık incelik barındıran bir insanın binde bir kendisinden rica edildiğinde, bir eğlenceden vazgeçebilmesi gerektiğini anlayamaması. 'Gitmeyeceğim' demeyi öğrenmesi gerekirdi, en azından kafasını çalıştırıp manevi değerinin bu cevaba göre ölçüleceğini düşünerek gitmekten vazgeçmeliydi." Swann Odette'in o gece Opéra-Comique tiyatrosuna gitmeyip kendisiyle birlikte olmasını gerçekten de Odette'in manevi değeri hakkında daha olumlu bir yargıya varabilmek için istediğine kendini inandırmıştı; Odette'le konuşurken de aynı mantığı kullanıyor, aynı samimiyetsizliği sergiliyordu, hatta samimiyetsizliği biraz daha fazlaydı, çünkü Odette'le konuşurken, onu izzetinefsinden yakalama arzusuna da boyun eğmekteydi.

"Yemin ederim" diyordu Odette'in tiyatroya gitmesine birkaç dakika kala, "gitmemeni rica ederken, bencilce düşünseydim eğer, ricamı geri çevirmeni yürekten dilerdim, çünkü bu akşam yapılacak çok işim var; sen hiç beklenmedik şekilde, gitmeyeceğini söylesen, kendimi tuzağa düşmüş gibi hissederdim, çok canım sıkılırdı. Ama benim işlerim, zevklerim her şey demek değil, seni de düşünmem gerek. Aksi takdirde, yarın bir gün, senden temelli koptuğumu gördüğünde, bana sitem etmeye, aşkı tehlikeye düşüren, ciddi bir yargıya varacağımı hissettiğim kritik bir anda seni uyarmadığım için kızmaya hakkın olurdu. Bak canım, *Kleopatra'nın Bir Gecesi* (ne isim!) değil mesele. Önemli olan, senin zekânın, hatta cazibenin gerçekten bu kadar düşük bir seviyede olup olmadığı, bir eğlenceden vazgeçemeyecek kadar aşağılık bir insan olup olmadığın. Eğer öyleysen, seni sevmek mümkün olabilir mi? Çünkü bu durumda, kusurlu ama hiç olmazsa düzeltilmesi mümkün, belirgin bir varlık bile sayılmazsın. O zaman, önüne konulan eğime göre akan şekilsiz bir sudan, akvaryumunda yaşadığı sürece günde yüz kere su zannederek cama çarpacak olan hafızasız ve beyinsiz bir balıktan farksızsın demektir. Vereceğin cevabın sonucunda sana olan sevgim birdenbire bitecek demiyorum elbette, ama senin bir insan olmadığını, cansız nesnelerden bile daha düşük seviyede, kendini yüceltmeyi beceremeyen bir varlık olduğunu anladığımda, benim nazarımda eski caziben kalmayacak, anlıyor musun? *Kleopatra'nın Bir Gecesi*'ne gitmekten (bu iğrenç ismi ağzıma almaya sen zorluyorsun beni) vazgeçmeni, önemsiz bir şeymiş gibi, her şeye rağmen gideceğini umarak rica etmeyi tercih ederdim elbette. Ama cevabını bu şekilde değerlendirmeye, sonuçlar çıkarmaya karar verdiğim için, seni uyarmanın daha doğru olacağını düşündüm."

Odette birkaç dakikadır heyecan ve kararsızlık belirtileri göstermekteydi. Bu konuşmanın anlamını kavrayamamakla birlikte, "nutuklar" ve sitem ya da yalvarma seansları sınıfına dahil edilebileceğini anlamıştı; erkekleri iyi tanıdığından, bu tür konuşmaları kelimelerdeki ayrıntılardan bağımsız olarak değerlendirmeyi öğrenmişti; erkekler âşık olmasalar bu sözleri söylemezlerdi ve âşık olduklarında da, onlara itaat etmenin anlamı yoktu, çünkü ileride daha da âşık olurlardı. Dolayısıyla, Odette zamanın hızla ilerlediğini fark etmese, Swann'ı sakin sakin dinlerdi, ama Swann biraz daha konuşursa, kendisine de sevecen, inatçı ve mahcup bir tebessümle belirttiği gibi, sonunda uvertürü kaçıracaktı!

Swann bazen de aşkını en çabuk tüketecek şeyin yalan söylemekte direnmesi olduğunu söylüyordu Odette'e. "Sırf kendini beğendirme açısından düşünsen bile" diyordu, "yalan söyleyecek kadar alçalmanın cazibeni ne kadar azalttığını anlamıyor musun? Oysa bir tek itirafla kaç kusurunu telafi edebilirdin! Zekâ düzeyin zannettiğimin çok altındaymış meğer!" Ama Swann'ın, Odette'i yalan söylemekten vazgeçirmek için sıraladığı bütün sebepler nafileydi; bu sebepler genel bir yalan söyleme sistemini çökertebilirdi, oysa Odette'in böyle bir sistemi yoktu; yaptığı bir şeyi Swann'ın bilmesini istemediği her durumda, yaptığını Swann'a söylememekle yetiniyordu sadece. Yani yalan onun için o özel duruma mahsus bir çareydi; yalan söylemesi mi, yoksa gerçeği itiraf etmesi mi gerektiğini belirleyen tek şey de, o özel duruma mahsus bir koşul, Swann'ın yalanını yakalaması ihtimalinin büyüklüğüydü.

Odette fiziksel açıdan kötü bir dönem geçirmekteydi, şişmanlıyordu; eski etkileyici, mahzun büyüsü, şaşkın ve hulyalı bakışları, ilkgençliğiyle birlikte kaybolup gitmiş gibiydi. Öyle ki, Swann'ın kendisine en çok bağlandığı dönem, onu en çirkin bulduğu dönemdi. Odette'te eskiden bulduğu büyüyü tekrar yakalayabilmek için ona uzun uzun bakıyor, ama aradığını bulamıyordu. Yine de bu kozanın içinde hâlâ Odette'in yaşadığını, hep aynı kaçak, ele geçmez ve sinsi iradenin var olduğunu bilmek, onu ele geçirmek için aynı tutkuyla çabalamasına yetiyordu, Odette'in iki yıl önceki fotoğraflarına bakıp ne kadar hoş olduğunu hatırlıyordu. Böylece onun uğruna katlandığı zahmetler biraz olsun hafifliyordu gözünde.

Verdurin'ler Odette'i de alıp Saint-Germain'e, Chatou'ya, Meulan'a gittiklerinde, çoğunlukla, hava güzelse, önceden kararlaştırılmadığı halde gece de orada kalıp şehre ertesi gün dönmeyi teklif ediyorlardı müritlere. Mme Verdurin teyzesi Paris'te kalmış olan piyanistin endişelerini yatıştırmaya çalışıyordu.

"Sizden bir günlüğüne kurtulduğuna çok memnun olacaktır. Ayrıca meraklanması için de bir sebep yok, bizimle birlikte olduğunuzu biliyor; hem ben bütün sorumluluğu üzerime alıyorum."

Mme Verdurin başarılı olamadığı takdirde, M. Verdurin müritlerden hangilerinin birilerine haber vermesi gerektiğini öğrenip yola çıkıyor, bir telgraf bürosu veya haberci buluyordu. Ama Odette her defasında teşekkür edip kimseye haber vermesi gerekmediğini söylüyordu, çünkü Swann'a herkesin gözü önünde ona haber yollayacak olsa, şöhretine gölge düşüreceğini kesin bir dille bildirmişti. Şehir dışında birkaç gün kaldığı da oluyordu; Verdurin'ler onu mezarları görmeye Dreux'ye, ressamın tavsiyesi üzerine ormanda güneş batışı seyretmeye Compiègne'e götürüyor, oradan Pierrefonds Şatosu'na devam ediyorlardı.

"İnanılır gibi değil! Son derece değerli şahısların kendilerini Beauvais'ye, Saint-Loup-de-Naud'ya götürmesi için sürekli yalvardıkları, ama Odette'ten başkasını götürmeyi reddeden, on yılını mimarlık tahsiline adamış benim gibi birisiyle birlikte, gerçek sanat şaheserleri görmeye gideceğine, dangalaklarla birlikte Louis-Philippe'in, Viollet-le-Duc'ün yediği haltlar karşısında hayranlıkla kendinden geçmeye gidiyor. Bana kalırsa bu durumda sanattan anlamaya gerek yok zaten; insanın burnu pek hassas olmasa bile, bok kokularına daha yakın olmak için tatil yapmaya lağıma gitmez."

Ne var ki Odette Dreux'ye veya Pierrefonds'a gittiğinde –Odette ne yazık ki Swann'ın kendi hesabına, onlardan haberi yokmuş gibi aynı yerlere gitmesine izin vermiyor, "çok tatsız bir durum olur" diyordu– Swann yeryüzünün en baş döndürücü aşk romanı olan tren tarifesine gömülüyor, Odette'e o gün öğleden sonra, o akşam, hatta o sabah kavuşmanın çaresini arıyordu. Çareden de öte, bir yetki sağlıyordu tarife ona. Ne de olsa tarifeler ve trenler, köpekler için yapılmamıştı. Sabah saat sekizde kalkan bir trenin Pierrefonds'a saat onda vardığı, yayımlanmak suretiyle halka duyurulduğuna göre, demek ki Pierrefonds'a gitmek meşruydu ve ayrıca Odette'ten izin almak gerekmiyordu; üstelik Odette'le buluşmaktan bambaşka bir amacı da olabilirdi bu eylemin; Odette'i hiç tanımayan insanlar her gün Pierrefonds'a gidiyordu ve bu iş için lokomotifler çalıştırıldığına göre, demek ki sayıları da oldukça kabarıktı.

Kısacası, Swann'ın canı istiyorsa eğer, Odette onu Pierrefonds'a gitmekten menedemezdi! Tesadüf bu ya, Swann'ın da canı Pierrefonds'a gitmek istiyordu, Odette'i tanımasa, oraya gideceğinden hiç şüphesi yoktu. Ne zamandır Viollet-le-Duc'ün restorasyon çalışmaları hakkında daha kesin bir fikir edinmeye niyeti vardı. Ayrıca bu güzel havada, Compiègne Ormanı'nda bir gezinti yapmak için dayanılmaz bir arzu duyuyordu.

O gün canının çektiği tek yere gitmesine Odette'in engel olması büyük talihsizlikti doğrusu. O gün! Odette'in yasağına rağmen gidecek olursa, Odette'i *o gün* görebilirdi! Ne var ki Odette Pierrefonds'da herhangi bir tanıdığıyla karşılaşacak olsa, sevinç içinde, "Siz de mi buradasınız!" diyeceği, onu Verdurin'lerle birlikte kaldıkları otele davet edeceği halde, Swann'la karşılaşsa, aksine gücenir, takip ediliyormuş duygusuna kapılır, Swann'ı daha az sever, belki onu gördüğünde öfkeyle uzaklaşırdı. Dönüşünde de, "Demek artık seyahate bile çıkmaya hakkım yok!" derdi, oysa aslında seyahat etmeye hakkı olmayan Swann'dı!

Bir ara, Odette'le karşılaşmak için gitmiş izlenimini uyandırmadan Compiègne'e ve Pierrefonds'a gidebilmek için, o civarda bir şatosu olan arkadaşı Forestelle Markisi'yle birlikte gitmeyi düşünmüştü. Sebebini açıklamadan projesinden bahsettiği dostu sevinçten deliye dönmüş, Swann'ın on beş yıldır ilk kez, nihayet gelip malikânesini görmeye razı olmasına çok şaşırmıştı; Swann şatoda kalamayacağını söylemişti, ama hiç değilse birkaç gün boyunca, birlikte çeşitli geziler düzenleyeceklerdi. Swann şimdiden kendini orada M. de Forestelle'le birlikte hayal ediyordu. Odette'i görmeden önce bile, hatta onu hiç göremese de, onun belirli bir anda nerede bulunacağını bilmeden, aniden karşısına çıkıvermesi ihtimalini her yerde hissederek o yörede dolaşmak ne büyük bir mutluluk olacaktı; Odette yüzünden oraya gittiği için güzelleşen şatonun bahçesi, gözünde romantik bir havaya bürünen kentin tek tek her sokağı, yoğun, yumuşacık bir günbatımıyla pembeleşen orman yolları, hepsi birbirinden farklı sayısız sığınak, kararsız beklentiler içindeki mutlu, başıboş, koşuşan yüreğini aynı anda barındıracaktı. "Aman" diyecekti M. de Forestelle'e, "dikkatli olalım da Odette'le Verdurin'lere rastlamayalım; onlar da bugün Pierrefonds'da olacaklarmış, yeni öğrendim. Onlarla Paris'te görüşmek için bol bol vaktimiz var, burada da birbirimizden ayrı bir adım atamayacak olduktan sonra, şehirden ayrılmanın anlamı yok." Arkadaşı oraya gittiklerinde Swann'ın niçin sürekli fikir değiştirip durduğunu, Verdurin'lerin izine bile rastlamadıkları halde niçin Compiègne'in bütün otellerinin restoranlarını inceleyip hiçbirinde karar kılamadığını, kaçmak istediğini belirttiği şeyi arar gibi göründüğünü, bulduğu anda da ondan kaçtığını anlamayacaktı, çünkü küçük topluluğa rastladığı takdirde, sahte bir ilgisizlikle derhal yanlarından ayrılacak, Odette'i görmek, Odette'in de onu görmesi, özellikle de kendisine karşı kayıtsız görmesi, onu tatmin edecekti. Yo, hayır, Odette Swann'ın oraya onu görmek için gittiğini pekâlâ tahmin edecekti. M. de Forestelle yola çıkmak üzere kendisini almaya geldiğinde de, "Maalesef bugün Pierrefonds'a gidemeyeceğim, Odette bugün orada olacakmış" dedi. Swann her şeye rağmen mutluydu, çünkü yeryüzündeki bütün insanlar arasında o gün Pierrefonds'a gitmeye hakkı olmayan tek kişi kendisiyse, bunun sebebi Odette'in nazarında diğer insanların hepsinden farklı biri, Odette'in âşığı olmasıydı ve bütün dünyada geçerli seyahat etme özgürlüğüne Swann için getirilen bu sınırlama, kendisi için çok değerli olan bu aşkın, bu köleliğin büründüğü biçimlerden biriydi. En doğrusu, Odette'le bozuşma tehlikesini göze almamak, sabırla dönüşünü beklemekti. Günlerini Compiègne Ormanı'nın bir haritasına adeta Sevgi Diyarı'nın haritasıymış* gibi gömülerek, Pierrefonds Şatosu'nun fotoğraflarıyla çevrelenmiş halde geçiriyordu. Odette'in dönmesi ihtimali bulunan ilk günden başlayarak tren tarifesini açıyor, hangi terene binmiş olabileceğini hesaplıyor, gecikirse başka hangi trenlere binebileceğini inceliyordu. Bir telgraf gelir de kaçırır korkusuyla evden çıkmıyor, Odette son trenle döner de kendisine sürpriz yapmak için belki gece yarısı ziyaretine gelir diye geceleri yatmıyordu. Gerçekten de apartmanın dış kapısının çalındığını duyar gibi oluyor, kapının açılması gecikmiş hissine kapılıyor, kapıcıyı uyandırmayı düşünüyor, gelen Odette'se seslenmek üzere pencerede dikiliyordu, çünkü en az on kere bizzat aşağı inip tembihlemiş olduğu halde, Odette'e onun evde olmadığını

* Mlle de Scudéry'nin (1607-1701) *Clélie* adlı romanında tasvir edilen aşk haritası.

söyleyebilirlerdi pekâlâ. Gelen, bir hizmetkâr oluyordu. Yoldan sürekli arabalar geçiyordu, daha önce hiç fark etmediği bir şeydi bu. Her arabanın uzaktan gelişini işitip yaklaşmasını, kendi kapısının önünde durmadan geçmesini ve kendinden başka birine bir haber ulaştırmak üzere uzaklaşmasını dinliyordu. Bütün gece süren bu bekleyiş nafileydi, çünkü Verdurin'ler dönüşü daha erkene almışlardı. Odette öğlenden beri Paris'teydi; Swann'a haber vermek aklına gelmemişti; ne yapacağını bilemeyerek akşam tek başına tiyatroya gitmiş, sonra da evine dönüp uyumuştu çoktan.

Aslında Swann Odette'in aklına bile gelmemişti. Ara sıra böyle Swann'ın varlığını bile unutması, Swann'ı kendisine bağlamak konusunda Odette'in bütün cilvelerinden çok daha fazla işe yarıyordu. Çünkü Swann bu sayede, sancılı bir telaş içinde yaşıyordu; aynı duygu Odette'i Verdurin'lerde bulamayıp bütün gece aradığında da aşkını su yüzüne çıkarmaya yetmişti. Üstelik Swann, benim çocukluğumda Combray'de yaşadığım, akşam olduğunda tekrar doğacak olan ıstırapların unutulduğu mutlu gündüz vakitlerinden de yoksundu. Swann gündüzlerini Odette'siz geçiriyordu; ara sıra, bu kadar güzel bir kadının Paris'te tek başına sokağa çıkmasına izin vermenin, sokağın ortasına mücevher dolu bir kutu bırakmak kadar büyük bir ihtiyatsızlık olduğunu düşünüyordu. O zaman, yoldan geçen herkese hepsi birer hırsızmışçasına kızıyordu. Ama hayal gücünün yakalayamadığı o şekilsiz, ortak çehreleri kıskançlığını beslemiyor, zihnini yoruyordu. Swann, tıpkı dış dünyanın gerçekliği veya ruhun ölümsüzlüğü meselesini kavramak için var gücüyle çabalayıp sonra da yorgun beynini duayla rahatlatan bir insan gibi, gözlerini ovuşturup "Tanrım, sen bilirsin!" diye haykırıyordu. Ama tıpkı Avusturyalı Margarete'nin, kocası Yakışıklı Filiberto öldükten sonra, Brou Kilisesi'nin her yanına işlettiği, ikisinin isimlerinin iç içe geçmiş başharfleri gibi, Swann'ın göremediği sevgilisinin hayali de, öğle yemeği, mektuplarını açmak, sokağa çıkmak, yatmak gibi gündelik hayatındaki en basit eylemlerle, sırf bunları Odette'siz yapmanın hüznü yüzünden, ayrılmaz bir bütün oluşturuyordu. Bazı günler, öğle yemeğini evinde değil, eskiden yemeklerini beğendiği için, şimdi ise romantik diye adlandırılan, hem sembolik, hem gülünç bir sebepten ötürü gittiği, eve oldukça yakın bir restoranda yiyordu; (hâlâ yerinde duran) bu restoranın adı, Odette'in oturduğu sokağın adıyla aynıydı: *Lapérouse*. Odette bazen, kısa bir süre şehir dışında kaldığında, Paris'e döndüğünü Swann'a haber vermeyi ancak birkaç gün sonra akıl ederdi. O zaman da, eskisi gibi her ihtimale karşı gerçek bir ayrıntıya sığınma önlemini almadan, sabah treniyle yeni geldiğini söylerdi Swann'a. Bu sözleri yalandı; en azından Odette açısından yalandı, tutarsızdı, çünkü doğru sözler gibi, gara varışının hatırasıyla desteklenmezdi; hatta bu sözleri telaffuz ettiği anda hayalinde canlandırması bile mümkün değildi, çünkü trenden indiğini ileri sürdüğü anda yaptığı bambaşka bir şeyin zıt hayali buna engel olurdu. Oysa aynı sözler, aksine, hiçbir engelle karşılaşmadıkları Swann'ın zihnine kuşku götürmez bir gerçek kadar sabit bir biçimde yerleşirdi; öyle ki, bir arkadaşı Swann'a aynı trenle geldiğini ve Odette'i görmediğini söyleyecek olsa, sözleri Odette'inkilerle çeliştiğinden, Swann günü veya saati şaşıran kişinin Odette değil, arkadaşı olduğundan hiç kuşku duymazdı. Odette'in sözleri, ancak Swann bu sözlerin doğruluğundan peşinen kuşkulanmışsa yalanmış gibi gelirdi Swann'a. Odette'in yalan söylediğini düşünmesi için, önceden şüphelenmiş olması zorunlu bir koşuldu. Aynı zamanda da yeterli bir koşuldu. Bu durumda Odette'in her söylediği Swann'a şüpheli görünürdü. Odette bir isim telaffuz etse, âşıklarından birinin ismi olduğuna kanaat getirirdi hemen; bu varsayım kafasında oluştuktan sonra da, haftalar boyunca üzülüp dururdu; hatta bir keresinde, seyahate çıkmadıkça kendine nefes aldırmayacak olan meçhul şahsın adresini, vaktini nasıl geçirdiğini öğrenebilmek için bir dedektiflik bürosuna başvurdu ve sonunda adamın Odette'in yirmi yıl önce ölmüş bir akrabası olduğu ortaya çıktı.

Odette genellikle dedikodu çıkar bahanesiyle Swann'ın umumi yerlerde kendisiyle buluşmasına izin vermediği halde, ara sıra, ikisinin de davetli olduğu bir toplantıda –Forcheville'in veya ressamın evinde, bakanlıkların hayır dernekleri yararına düzenlediği baloların birinde– karşılaştıkları olurdu. Swann Odette'i görür, ama onun başkalarıyla paylaştığı eğlenceleri gözetler gibi görünüp sevgilisini kızdırmaktan korkarak, uzun süre kalmaya cesaret edemezdi; –Swann, benim birkaç yıl sonra, onun Combray'deki evimize yemeğe geldiği akşamlar yaşadığım yürek daralmasıyla, tek başına evine yatmaya giderken devam eden– bu eğlenceler, sonunu hiç göremediği için, sınırsızmış gibi gelirdi ona. Bir iki keresinde, böyle akşamlarda öyle bir mutluluk yaşadı ki, birdenbire sona eren endişenin şiddetli geri tepişi olmasa, bir yatışmadan ibaret olduğu için sakin bir mutluluk diye tanımlanabilirdi: Ressamın evinde kalabalık bir davete uğramış, evine dönmeye hazırlanıyordu; göz kamaştırıcı, yabancı bir kadına dönüşmüş olan Odette'i onca erkeğin arasında bırakmaktaydı; Odette'in Swann'a yönelik olmayan bakışları ve neşesi, bu erkeklere belki orada, belki de başka bir yerde (örneğin daha geç bir saatte gitmesinden korktuğu "Tutarsızlar Balosu"nda) yaşanacak bir tenselliği çağrıştırır gibiydi ve Swann'ı hayal etmesi daha zor olduğu için, cinsel birleşmenin kendisinden bile daha fazla kıskandırıyordu; tam atölyenin kapısına geldiğinde, Odette'in kendisine (korktuğu sonu silip atarak daveti masumlaştıran, Odette'in dönüşünü tasarlanması imkânsız, korkunç bir şeyken, kendi arabasında, yanı başında gerçekleşecek olan, gündelik hayatının bir bölümüne benzer, yumuşacık, tanıdık bir şey haline getiren ve Odette'in kendisini de, o fazlasıyla göz alıcı ve neşeli dış görünümünden sıyıran, o görünümün esrarengiz hazlar uğruna değil, sırf öyle görünmek istediği için büründüğü ve çabucak sıkılıverdiği anlık bir kılık olduğunu kanıtlayan) şu sözlerle seslendiğini işitti: "Beş dakika beklesenize, ben de çıkıyorum, birlikte döneriz, beni eve bırakırsınız."

Şunu belirtmek gerekir ki, bir keresinde Forcheville de onlarla birlikte dönmek istemiş, Odette'in evinin önüne geldiklerinde, içeri girmek için izin isteyince, Odette Swann'ı göstererek şöyle cevap vermişti: "Ona beyefendi karar verir, kendisine sorun. Neyse, isterseniz biraz gelin, ama uzun süre kalamazsınız, önceden haber vermiş olayım, beyefendi benimle rahat rahat, uzun uzun sohbet etmeyi sever, o varken başka ziyaretçilerin de bulunmasından pek hoşlanmaz. Ah! Onu siz de benim kadar tanısaydınız! Sizi benim kadar kimse tanıyamaz, değil mi *my love**?"

Odette'in Forcheville'in yanında böyle sevgi dolu, tercihini ortaya koyan sözler söylemesinin yanı sıra, Swann'a, "Eminim pazar akşamki yemek daveti için arkadaşlarınıza hâlâ cevap vermemişsinizdir. İstemiyorsanız gitmeyin, ama hiç değilse nezaket gereklerini yerine getirin" ya da, "Yarın çalışmak üzere Vermeer araştırmanızı burada bıraktınız mı bari? Ne kadar tembelsiniz! Ben sizi çalıştırmayı bilirim!" türünden eleştiriler de yöneltmesi, Swann'ı belki

* Hayatım, canım, şekerim.

sevgi sözcüklerinden daha çok etkiliyordu, çünkü bu eleştiriler Swann'ın sosyete davetlerini, sanat çalışmalarını Odette'in takip ettiğini, ikisinin ortak bir hayatları olduğunu kanıtlıyordu. Bu sözleri söylerken Odette'in yüzünde beliren tebessüm, onun her şeyiyle kendisine ait olduğunu hissettiriyordu Swann'a.

Böyle anlarda, Odette portakal şerbeti hazırlarken, tıpkı iyi ayarlanamamış bir yansıtıcının bir nesnenin etrafında, duvarda gezdirdiği iri, tuhaf gölgelerin bir süre sonra o nesnenin üzerinde toparlanıp ortadan silinmesi gibi, Swann'ın Odette hakkında oluşturduğu bütün o korkunç, oynak fikirler de birdenbire karşısında duran o büyüleyici bedenle birleşip kaybolurdu. Swann ansızın Odette'in evinde, lambanın altında geçirdiği bu bir saatin belki de yalancı bir saat olmadığı, sırf Swann'ın kullanımı için hazırlanmadığı (sürekli düşünmekle birlikte kafasında tam olarak canlandıramadığı o ürkütücü ve harikulade şeyi, yani Odette'in gerçek hayatında, Swann'sız hayatında yer alan bir saati gizlemeyi amaçlamadığı), sahne aksesuarlarıyla kartondan yapılmış meyvelerden oluşmadığı, gerçekten Odette'in hayatının bir saati olabileceği hissine kapılırdı; belki kendisi orada olmasa, Odette Forcheville'i aynı koltuğa oturtacak, ona bilinmedik bir iksir değil, şu portakal şerbetinin aynısını ikram edecekti; belki de Odette'in yaşadığı dünya, Swann'ın durmaksızın hayalinde canlandırmaya çalıştığı, belki sırf kendi hayalinde var olan o korkunç, doğaüstü âlem değil, gerçek dünyaydı, özel bir hüzün barındırmıyordu içinde; Swann'ın oturup yazı yazabileceği şu masadan, tatmasına izin verilecek olan şu şerbetten, hem merak ve hayranlıkla, hem de minnetle seyrettiği bütün bu eşyalardan oluşuyordu sadece; bu eşyalar Swann'ın hayallerini içlerinde eritip Swann'ı onlardan kurtarıyor, buna karşılık kendileri de bu hayallerle zenginleşerek, hayallerinin elle tutulur gerçekliklere dönüşebileceğini Swann'a gösteriyorlar, ilgisini çekiyor, gözünde önem kazanıyor ve ruhunu dinlendiriyorlardı. Ah! Ne olurdu, Odette'le ikisi aynı evde otursalardı; Odette'in evi onun da evi olsaydı, hizmetçiye öğle yemeği için ne hazırladığını sorduğunda aldığı cevap, Odette'in menüsü olsaydı; Odette Bois de Boulogne Caddesi'nde sabah yürüyüşü yapmak istediğinde, kendi canı istemese de iyi bir koca sıfatıyla ona eşlik etmek, hava sıcaksa paltosunu taşımak zorunda kalsaydı; akşam yemeğinden sonra Odette'in keyfi evde sabahlıkla oturmak istemişse, kendisi de onunla kalıp onun istediklerini yapmaya mecbur olsaydı; o zaman, Swann'ın hayatının şimdi kendisine öylesine kasvetli gelen, en sıradan, ufak tefek olayları –tıpkı onca hayalle yüklü, onca arzuyu somutlaştıran şu lamba, şu portakal şerbeti, şu koltuk gibi– aynı zamanda Odette'in hayatının da birer parçası olacaklarından, sınırsız bir hoşluk, esrarengiz bir yoğunluk kazanırlardı.

Her şeye rağmen, böylesine özlemini çektiği şeyin aşkına olumlu bir ortam sağlaması imkânsız bir huzur, bir sükûnet olduğunu sezinliyordu. Odette onun nazarında daima uzaktaki, özlenen, hayalî bir varlık olmaktan çıktığında, Odette'e ilişkin duygusu sonatın cümleciğiyle uyanan esrarengiz heyecan yerine sevgi ve minnet olduğunda, aralarında Swann'ın çılgınlığına ve kederine son verecek olan normal bir ilişki kurulduğunda, şüphesiz Odette'in hayatına ilişkin her şey, kendi başına ilginçliğini yitirecekti gözünde – bundan daha önce birçok kez (örneğin Odette'in Forcheville'e yazdığı mektubu zarfın arkasından okuduğunda) şüphelenmişti. Hastalığını adeta bu konuda bir inceleme yapmak amacıyla, kendi kendine aşılamışçasına bir öngörüyle değerlendiriyor, iyileştiğinde, Odette'in ne yaptığını hiç umursamayacağını düşünüyordu. Ama şunu da belirtmek gerekir ki, bu hastalıklı halinde iyileşme fikri ölüm kadar korkutuyordu onu; zaten iyileşmesi, o sıradaki benliğinin ölmesi anlamına geliyordu.

Böyle huzurlu gecelerden sonra, Swann'ın şüpheleri yatışırdı; ertesi sabah uyandığında Odette'e şükran duyar, bir gün öncesinin lütufları Swann'da ya minnet, ya da lütufların tekrarlanması arzusunu uyandırdığından veya tüketilmesi zorunlu, doruk noktasındaki bir aşkı harekete geçirdiğinden, derhal Odette'e mücevherlerin en güzelini gönderirdi.

Ama bazen de ıstırabı tekrar canlanır, Swann kafasında çeşitli şeyler kurardı: Odette Forcheville'in metresiydi; Swann'ın davetli olmadığı Chatou'daki toplantıdan bir gece önce, Boulogne Ormanı'nda, Verdurin'lerin landonunda Forcheville'le yan yana oturan Odette'e kendisiyle birlikte dönmesi için, arabacısının bile fark ettiği bir çaresizlikle, boş yere yalvardıktan sonra, tek başına, mağlup, dönüp kendi arabasına giderken, ikisi birlikte onu izlemişler, Odette kendisini işaret ederek Forcheville'e, "Öfkesinden kudurdu!" demişti; o anda Odette'in gözlerindeki bakış, Saniette'i Verdurin'lerin evinden kovduğu gece Forcheville'in gözlerinde gördüğü o fesat, parıltılı, sinsi yan bakışın aynısıydı.

Böyle zamanlarda Swann Odette'ten nefret ederdi. "Ben de amma aptalım" derdi kendi kendine; "başkalarının zevki için ben para harcıyorum. Odette biraz dikkatli olup sabrımı taşırmazsa iyi eder, zira kendisine yaptığım bütün yardımı kesebilirim. Ne olursa olsun, fazladan armağanlara bir süre ara vermeliyim. Ne kadar salağım, daha dün, Bayreuth'taki temsilleri izlemek istediğini söylediğinde, Bavyera kralının civardaki iki muhteşem şatosundan birini ikimiz için kiralamayı teklif ettim kendisine! Üstelik pek de heyecanlanmadı, henüz bir cevap vermiş değil, yüce Tanrım, reddetse bari! On beş gün boyunca müziğin m'sinden anlamayan biriyle Wagner dinlemek de çekilmez!" Swann, tıpkı aşkı gibi nefretini de kanıtlamaya ve harekete geçirmeye ihtiyaç duyduğu için, kötümser hayallerini abarttıkça abartmaktan hoşlanıyordu, çünkü Odette'e yakıştırdığı ihanetler sayesinde, ondan giderek daha fazla nefret ediyordu ve –zihnini sürekli meşgul eden– bu ihanetler doğrulandığı takdirde, onu cezalandırma fırsatı bulacak, artan öfkesini ondan çıkarabilecekti. Sonunda şu hayali kuracak kadar ileriye gitti: Odette kendisine bir mektup yazıp Bayreuth yakınındaki o şatoyu kiralamak için para istiyor, ama Swann'ın gelemeyeceğini de peşinen haber veriyordu, çünkü Forcheville'le Verdurin'lere kendilerini şatoya davet edeceğine dair söz vermişti. Ah! Odette'in, böyle bir mektubu yazma cüretini göstermesini o kadar çok isterdi ki! Böyle bir ricayı reddetmek, gerçekten böyle bir mektup almışçasına, tek tek her kelimesini özenle seçerek yüksek sesle telaffuz ettiği intikam cevabını kaleme almak, ne büyük bir mutluluk olurdu!

Bu hayali kurduğunun hemen ertesi günü, hayali gerçeğe dönüştü. Odette Swann'a yazdığı mektupta, Verdurin'lerle dostlarının Wagner temsillerini izlemek istediklerini, Swann kendisine gerekli parayı gönderirse, kendisinin de nihayet, Verdurin'lerin evinde defalarca ağırlandıktan sonra, onları davet etme mutluluğunu yaşayabileceğini belirtiyordu. Swann'la ilgili tek laf etmemiş, Verdurin'lerin varlığının Swann'ı dışladığını açıkça belirtmeye gerek duymamıştı.

Swann, bir gün önce, gerçekten kullanabileceğini hiç ummadan, her kelimesini tek tek düşünüp tasarladığı korkunç cevabı Odette'e gönderme mutluluğuna erişmişti. Ne var ki, Bach'la Clapisson'u birbirinden ayırmaktan âciz olan Odette'in böyle bir şeyi istedikten sonra, sahip olduğu veya başka yerden kolaylıkla bulabileceği parayla, ne yapıp edip Bayreuth'ta bir yer kiralayabileceğini düşünüyordu. Yine de orada hesaplı yaşamak zorunda kalacaktı. Swann kendisine bin franklık birkaç banknot yollamış olsa, şatoda her gece donatabileceği, ardından da canı çekerse –belki de ilk kez– kendini Forcheville'in kollarına bırakıvereceği mükellef sofralardan vazgeçmesi gerekecekti. Ayrıca bu iğrenç seyahatin parasını kendisi, Swann ödemiş olmayacaktı hiç değilse! Ah! Ne olurdu, Odette'i gitmekten menedebilseydi! Odette tam yola çıkacakken ayağını burksaydı; onu gara götürecek olan arabacı, istediği bedel karşılığında Odette'i – Swann'ın nazarında iki gündür Forcheville'e yönelik bir suçortaklığı tebessümüyle gözleri ışıldayan hain bir kadın olan Odette'i– bir süreliğine hapis kalacağı bir yere götürmeye razı olsaydı!

Ama Odette Swann'ın nazarında bu görüntüsünü asla uzun süre korumazdı; birkaç gün sonra o ışıl ışıl, dalavereci bakışların parıltısı ve riyakârlığı azalır, Forcheville'e, "Öfkesinden kudurdu!" diyen iğrenç Odette görüntüsü solmaya, silinmeye yüz tutardı. O zaman, öteki Odette'in, yine Forcheville'e gülümseyen, ama "Uzun süre kalamazsınız, çünkü beyefendi benimle birlikte olmayı istediğinde başka ziyaretçilerim olmasından hoşlanmaz. Ah! Onu siz de benim kadar tanısaydınız!" derken, Swann'a duyduğu sevgiyle gülümseyen Odette'in çehresi yavaş yavaş belirmeye başlar, Swann'ın çok değer verdiği nezaketine veya başka hiç kimseye güvenmediği ciddi durumlarda ona akıl danıştığı zaman verdiği öğütlere teşekkür eden Odette'in gülümseyen çehresi tatlı tatlı ışıldardı.

Swann, işte bu Odette'e nasıl olup da o hakaret dolu mektubu yazabildiğine şaşıyor, şüphesiz bu tür bir davranışı kendisinden hiç beklemeyen Odette'in gözünde iyiliği ve sadakati sayesinde kazanmış olduğu itibarı, ayrıcalıklı konumu bu mektup yüzünden muhtemelen kaybettiğini düşünüyordu. Odette Swann'ı Forcheville'de de, başkasında da bulamadığı bu meziyetlere sahip olduğu için sevdiğine göre, artık onu eskisi kadar sevmeyecekti. Odette'in sırf bu meziyetleri sebebiyle kendisine sık sık gösterdiği yakınlık, bir arzu göstergesi olmadığı ve hatta aşktan ziyade şefkat belirtisi olduğu için, kıskançlık anlarında Swann'a bir şey ifade etmezdi, ama çoğunlukla sanata dair bir yazı okuyup veya bir dostla sohbet edip zihni dağıldığında, şüpheleri kendiliğinden yatıştıkça, tutkusu karşılık bulmak konusunda eskisi kadar talepkâr olmaz ve bu yakınlık gözünde tekrar önem kazanırdı.

Odette bu sarsıntının ardından, Swann'ın kıskançlığı yüzünden geçici olarak terk etmek zorunda kaldığı konuma doğal bir gelişme sonucu yeniden kavuştuğunda, Swann'a büyüleyici göründüğü bakış açısına tekrar yerleştiğinde, Swann onu zihninde olabildiğince şefkatli, onaylayan bakışlarla canlandırıyor ve bu halini o kadar güzel buluyordu ki, sanki Odette o anda karşısındaymış, onu öpebilirmiş gibi, dudaklarını ona uzatmaktan kendini alamıyordu; Odette'in o büyüleyici, iyilik dolu bakışı, sanki onu Swann'ın hayal gücü arzularını tatmin etmek için yaratmamış da, gerçekmiş gibi, tarifsiz bir minnet uyandırıyordu içinde.

Kim bilir ne kadar üzmüştü Odette'i! Odette'e karşı hıncına geçerli birtakım sebepler buluyordu şüphesiz, ama Odette'i bu kadar sevmese, böyle bir hınç duyması için bu sebepler yeterli olmazdı. Artık sevmediği için öfkelenmediği ve o anda seve seve yardım edeceği başka kadınlara da vaktiyle bu kadar gücenmemiş miydi? Günün birinde Odette'e karşı da aynı kayıtsızlığı besleyecek olursa, o zaman, Odette'in, önüne fırsat çıkmışken, Verdurin'lerin nezaketine karşılık vermek, ev sahibeliği rolünü oynamak istemesini aslında son derece doğal olan, biraz çocukluktan, biraz da ruh inceliğinden kaynaklanan bu arzusunu, sırf kıskançlığından ötürü korkunç ve affedilmez bir şey gibi gördüğünü anlayacaktı.

Swann bir kez daha, aşkın ve kıskançlığın bakış açısına ters bir görüşü, ara sıra zihinsel hakkaniyet denebilecek bir kaygıyla ve çeşitli ihtimalleri hesaba katmak amacıyla benimsediği bakış açısını benimsiyor ve Odette'i adeta onu hiç sevmemişçesine, kendi nazarında herhangi bir kadınmış gibi, sanki Swann sırtını döndüğü an Odette Swann'dan gizli tasarlanan, ona karşı düzenlenen bir hayat sürmüyormuş gibi yargılamaya çalışıyordu.

Odette'in, Bayreuth'ta Forcheville'le veya başkalarıyla, Swann'la yaşamadığı, baştan aşağı Swann'ın hayal gücünün uydurması olan baş döndürücü birtakım hazlar tadacağını düşünmenin ne anlamı vardı? Tıpkı Paris'teki gibi Bayreuth'ta da, Forcheville Swann'ı aklından geçirecek olsa, Odette'in hayatında önemli bir yer işgal eden, ikisi Odette'in evinde karşılaştıklarında öncelik tanımak zorunda olduğu biri gibi düşünebilirdi ancak. Eğer Forcheville'le Odette, Swann'a rağmen Bayreuth'ta bulunduklarına bir zafer kazanmış gibi sevinirlerse, buna Swann Odette'in gitmesini boş yere engellemeye çalışarak, kendisi sebebiyet vermiş olacaktı; oysa Odette'in esasen itiraz edilecek bir tarafı da olmayan planını onaylamış olsa, Odette Swann'ın rızasıyla gitmiş olacak, kendisini oraya Swann göndermiş, orada Swann misafir etmiş gibi hissedecekti; geçmişte birçok kez onu ağırlamış olan dostlarını bu sefer kendisi ağırlamaktan duyacağı zevki de Swann'a borçlu olacaktı.

Swann eğer bu parayı Odette'e gönderirse, bu yolculuğa onu heveslendirip iyi geçmesi için elinden geleni yaparsa, Odette – Swann'a küsüp onunla görüşmeden yola çıkacağına– mutluluk ve minnetle kendisine koşacak, böylece Swann da, neredeyse bir haftadır tatmadığı, yeri hiçbir şeyle doldurulamayan Odette'i görme zevkine erişecekti. Çünkü Swann Odette'i zihninde tiksinmeden canlandırabildiği, gülümsemesinde yine o iyiliği gördüğü andan itibaren, kıskançlığı Odette'i diğer herkesin elinden alma arzusunu aşkına eklemediği sürece, bu aşk her şeyden çok Odette'in şahsının kendisine yaşattığı duygulara bir düşkünlük haline geliyordu yine; onun bir bakışının aydınlanışını, bir tebessümünün biçimlenişini, sesindeki bir tonlamanın çınlayışını bir gösteriymiş gibi hayranlıkla seyretmenin veya şaşılacak bir olaymış gibi sorgulamanın hazzına olan düşkünlüğü başka şeylere ağır basıyordu. Bu özel, benzersiz haz, sonunda Odette'e bir ihtiyaç yaratmıştı Swann'da; bu ihtiyacı ancak Odette varlığıyla veya mektuplarıyla giderebilirdi ve Swann'ın hayatındaki bu yeni döneme damgasını vuran bir başka ihtiyaç kadar menfaatten bağımsız, onun kadar sanatsal ve sapkındı neredeyse; önceki yılların kuruluğunu ve bunalımını, adeta zihinsel bir aşırı doygunluğun izlediği bu son dönemde Swann, tıpkı ansızın güçlenmeye, kilo almaya başlayan ve giderek tamamen iyileşecekmiş gibi görünen, sağlıksız bir insan gibi, sebebini bilmeden, manevi hayatında beklenmedik gelişmeler yaşamaktaydı; bu döneme damgasını vuran, Odette'e duyduğu ihtiyaç gibi gerçek dünyanın dışında gelişen diğer ihtiyaç, müzik dinleme ve bestelerle tanışma ihtiyacıydı.

Swann böylece hastalığının kimyasal tepkimesi sonucu aşkını kıskançlığa dönüştürdükten sonra, tekrar Odette'e bir şefkat, bir merhamet üretmeye başlıyordu. Odette yine eskisi gibi sevimli ve iyi oluyor, Swann ona sert davrandığı için vicdan azabı çekiyordu. Odette'in kendisine dönmesini arzuluyor, daha önce de, Odette'in hoşuna gidecek bir şey yapıp, çehresinin minnetle yumuşamasını, dudaklarında bir tebessümün biçimlenişini görmek istiyordu.

Dolayısıyla, her seferinde Swann'ın birkaç gün sonra, eskisi kadar şefkatli ve uysal bir tavırla barışmaya geleceğinden emin olan Odette, artık onun hoşuna gitmemekten, hatta onu kızdırmaktan korkmuyor, işine geldiğinde, Swann'ın en çok değer verdiği lütufları esirgiyordu kendisinden.

Belki de Swann'ın bozuştukları sırada, Odette'e para göndermeyeceğini ve ona kötülük etmeye çalışacağını söylerken ne kadar samimi olduğunu Odette bilmiyordu. Belki Swann'ın başka bazı durumlarda, ilişkilerinin geleceğini düşünerek, Odette'e onsuz yaşayabileceğini kanıtlamak ve ayrılma ihtimalini hatırlatmak amacıyla, bir süre genç kadının evine gitmemeye karar verirken, Odette'e karşı değilse bile en azından kendine karşı ne kadar samimi olduğunu da bilmiyordu.

Bazen bu durum, Odette'in birkaç gün boyunca Swann'a yeni bir kaygı yaşatmadığı zamanlarda ortaya çıkardı; Swann Odette'e bu durumda yapacağı ziyaretlerin kendisine büyük bir mutluluk vermeyeceğini, daha büyük ihtimalle, o andaki huzurunu bozacak bir üzüntü yaşatacağını bilerek genç kadına mektup yazar ve çok meşgul olduğunu, önceden kararlaştırdıkları günlerden hiçbirinde görüşemeyeceklerini bildirirdi. Fakat bu sırada, Odette'ten onun mektubunu almadan yazdığı ve söz konusu randevulardan birini değiştirmesini rica ettiği bir mektup alırdı. Sebebini merak ederdi; eski şüpheleri, ıstırabı tekrar su yüzüne çıkardı. Bu yeni, telaşlı halinde, önceki göreli huzur sırasında verdiği sözü tutamaz, derhal Odette'in evine koşar, onunla her gün görüşmek ister, ısrar ederdi. Hatta Odette Swann'ın mektubunu almadan önce değil, aldıktan sonra cevap yazsa ve kısa bir süre ayrı kalmayı kabul ettiğini belirtse bile, Swann onu görmemeye tahammül edemezdi. Çünkü kendi hesaplarının aksine, Odette'in rızası, Swann'ın bütün duygularını değiştirirdi. Bir şeye sahip olan herkes gibi Swann da ondan bir an vazgeçse ne olacağını görmek için onu zihninden atar, ama zihnindeki diğer her şeyi o varken olduğu haliyle bırakırdı. Oysa bir şeyin yokluğu bununla sınırlı kalmaz, basit, kısmi bir eksiklik değildir, diğer her şeyin altüst olmasıdır; önceki durumda kestirilmesi mümkün olmayan yeni bir durumdur.

Ama bazen de aksine, –Odette bir yolculuğa çıkmak üzereyken– Swann bir bahane bulup başlattığı küçük bir kavganın ardından Odette'in dönüşünden önce ona mektup yazmamaya, onunla görüşmemeye karar verir, böylece, büyük bölümü yolculuk nedeniyle zaten kaçınılmaz olan, kendisinin sadece biraz daha erken başlattığı bir ayrılığa Odette'in belki de temelli zannedeceği, ciddi bir bozuşma süsü verir, böyle bir dargınlığın sağlayacağı yararları elde etmek isterdi. Odette'i zihninde, Swann ziyarette bulunmadığı ve mektup yazmadığı için şimdiden endişelenmiş ve dertlenmiş bir halde canlandırırdı; bu hayal kıskançlığını yatıştırır ve Odette'i görme alışkanlığından vazgeçmesini kolaylaştırırdı. Üç haftalık kabullenilmiş ayrılığın uzun süresi sayesinde zihninin derinliklerine itilmiş olan, Odette'i dönüşünde tekrar görme düşüncesi, zaman zaman ortaya çıkıp Swann'a haz verirdi şüphesiz, ama Swann Odette'in dönüşüne o kadar az sabırsızlanırdı ki, böylesine kolay bir mahrumiyetin süresini seve seve ikiye katlayabileceğini düşünmeye başlardı. Ayrılık kararının üzerinden üç gün geçerdi; Swann'ın Odette'le hiç görüşmediği, üstelik bu seferki gibi önceden tasarlanmamış çok daha uzun süreler geçirdiği olmuştu. Buna rağmen, ufacık bir aksilik ya da fiziksel rahatsızlık –Swann'ın o ânı kuraldışı, istisnai bir an gibi görmesine yol açarak, ona bir hazzın sağlayacağı yatışmanın iyi geleceğini ve tekrar çaba göstermenin bir yararı olabileceği âna kadar, iradeyi dinlendirmenin makul olacağını düşündürerek– iradesinin etkinliğini durdurur, baskısını ortadan kaldırırdı; hatta daha da önemsiz bir mazeret çıkar, Swann Odette'ten bir konuda bilgi almaya, örneğin arabasını hangi renge boyatmak istediğine karar verip vermediğini veya adi hisse senedi mi, yoksa imtiyazlı hisse senedi mi alınmasını istediğini sormayı unuttuğunu hatırlardı (onu görmemeye dayanabildiğini Odette'e kanıtlamak iyi güzeldi de, bu yüzden arabayı yeniden boyatmak zorunda kalırsa veya hisse senetleri kâr payı getirmezse pek hoş olmazdı); işte o zaman, Odette'i tekrar görme fikri, ta uzaklardan, gerilip bırakılan bir lastik veya ağzı açılan bir vakum pompasının içindeki hava gibi, tek sıçrayışta şimdiki zamanın, hemen gerçekleşebilecek ihtimallerin alanına giriverirdi.

Hiçbir engelle karşılaşmadan ön plana geçen Odette'i görme fikri o kadar dayanılmazdı ki, Swann Odette'ten mecburen ayrı kalacağı on beş günün giderek yaklaştığını hissettiği günler boyunca hiç böyle telaşlanmamış, kendisini Odette'e kavuşturacak olan arabanın hazırlanması için gereken on dakika boyunca zorlandığı kadar zorlanmamıştı; sabırsızlık ve mutlulukla kendinden geçiyor, ta uzaklarda zannettiği bir anda, birden tekrar yanı başında, bilincinin en yakın noktasında bulduğu Odette'i görme düşüncesine bin kez, sevgiyle sarılıyordu. Çünkü Odette'i tekrar görme fikrinin önündeki engel kalkmıştı: Swann Odette'ten rahatlıkla ayrı kalabildiğini kendine kanıtladığı andan itibaren –en azından kendisi öyle sanıyordu–, istediği an uygulamaya koyabileceğinden şüphe duymadığı bir ayrılık denemesini ertelemekte hiçbir mahzur görmediği için, artık Odette'i tekrar görme fikrine direnmeye çalışmıyordu. Ayrıca, bu üç değil, on beş günlük ayrılık (özveri süresinin peşinen saptanmış vadeye göre hesaplanması gerekir çünkü), Odette'i tekrar görme fikrine alışkanlığın köreltmiş olduğu bir tazelik, bir cazibe, bir güç katmış ve o âna kadar kolaylıkla feda edilebilecek, beklenen bir haz diye adlandırabileceğimiz bir şeyi karşı koyulması imkânsız, beklenmedik bir saadete dönüştürmüştü. Bütün bunlara ek olarak, kendisinden hiçbir haber çıkmayınca Odette'in ne düşündüğünü, ne yaptığını Swann'ın bilmemesi, dolayısıyla adeta yabancı bir Odette'in tutkulu ifşaatıyla karşılaşacağı düşüncesi de, Odette'i tekrar görme fikrini güzelleştirmişti.

Ne var ki Odette, tıpkı Swann'ın istediği parayı vermeyi reddederken blöf yaptığını düşündüğü gibi, Swann arabanın ne renge boyanacağını veya hangi hisse senedinin alınacağını sormak üzere geldiğinde de, bu soruyu bir bahane olarak görüyordu. Çünkü Swann'ın geçirdiği buhranların çeşitli aşamalarını hesaba katmıyor, işleyişini anlamaya çalışmıyor, sadece önceden bildiği, zorunlu, yanılmaz ve asla değişmeyen sonuca inanıyordu. Odette'in bu konudaki fikri Swann'ın bakış açısından değerlendirildiğinde yetersizdi –ama belki bir o kadar da derindi–; Swann'a sorsalar, muhtemelen Odette'in kendisini anlamadığını söylerdi; aynı şekilde bir morfinman, tam yerleşik alışkanlığından kurtulacağı anda meydana gelen, hariçten bir olay tarafından veya bir veremli nihayet iyileşecekken ortaya çıkan tesadüfi bir rahatsızlık tarafından engellendiğinden hiç kuşku duymaz ve doktorun kendisini anlamadığını düşünür, çünkü doktoru bu sözde tesadüfleri kendisi kadar önemsemez, hastası akıllanma veya iyileşme hayalleri kurarken, aslında içten içe kalıcı bir hasar vermeye devam etmiş olan kötü alışkanlığın veya hastalık halinin kendini tekrar hissettirmek için büründüğü birer kılık olarak değerlendirir. Swann'ın aşkı, doktorun veya bazı hastalıklarda en gözüpek cerrahın bile, hastayı kötü alışkanlığından ya da hastalığından mahrum etmenin hâlâ bir anlamı, hatta imkânı bulunup bulunmadığından şüpheye düştükleri safhaya gelmişti.

Swann, bu aşkın kapsamı hakkında doğrudan bir bilince sahip değildi şüphesiz. Onu ölçmeye çalıştığında, bazen bu kapsam çok daralmış, hatta yok denecek kadar ufalmış gibi geliyordu ona; mesela bazı günler, Odette'e âşık olmadan önce, o anlamlı yüz hatlarını, solgun cildini pek beğenmediğini, hatta neredeyse iğrenç bulduğunu hatırlıyor, yine aynı duyguya kapılıyordu. "Gerçekten gözle görülür bir gelişme var" diyordu kendi kendine ertesi gün; "doğruyu söylemek gerekirse, dün gece onunla aynı yatağı paylaşmaktan neredeyse hiç zevk almadım, hatta ne gariptir ki, adeta çirkin göründü gözüme." Bu düşüncelerinde samimiydi şüphesiz, ama aşkı fiziksel arzunun çok ötesine uzanmaktaydı. Aşkının kapsamı içinde Odette'in şahsı bile artık pek fazla yer kaplamıyordu. Bakışları masasının üstüne, Odette'in fotoğrafına iliştiğinde veya Odette kendisini ziyarete geldiğinde, bu etten kemikten görüntüyü veya kartondan sureti daima içinde taşıdığı sancılı ve kesintisiz heyecanla bağdaştırmakta güçlük çekiyordu. Adeta şaşırarak, tıpkı hastalığını ansızın karşısında somut bir varlık olarak gören ve gördüğü şeyi çektiği acıya benzetemeyen bir hasta gibi, "İşte o" diyordu kendi kendine. "O"nun ne olduğunu anlamaya çalışıyordu; çünkü aşkla ölüm arasındaki en büyük benzerlik, her zaman sözü edilen muğlak benzerlikler değil, her ikisinin de bizi gerçekliğini kavrayamamaktan, elimizden kaçırmaktan korktuğumuz kişiliğin sırrını daha derinlemesine sorgulamaya itmeleridir. Swann'ın aşkı da öylesine ilerlemiş bir hastalıktı, Swann'ın bütün alışkanlıklarına, hareketlerine, düşüncelerine, sağlığına, uykusuna, hayatına, hatta ölümden sonrası için arzuladıklarına öylesine nüfuz etmişti, Swann'la öylesine bir bütün teşkil ediyordu ki, Swann'ın kendisini de paramparça etmeden bu aşkı ondan söküp atmak mümkün değildi; cerrahi terimle, aşkı artık ameliyat edilemez hale gelmişti.

Swann ilgi duyduğu her şeyden öylesine kopmuştu ki, Odette'in aslında değerini tam olarak takdir edemeyeceği, şık bir çerçeveye benzettiği yüksek sosyete ilişkilerini kullanarak sevgilisinin gözünde az da olsa bir değer kazanabileceğini düşünüp (aşkı, dokunduğu her şeyi daha değersizmiş gibi gösterip Odette'in nazarında çaptan düşürdüğü gibi Swann'ın ilişkilerinin de değerini azaltmasa, bu düşüncesi gerçekleşebilirdi belki) binde bir eski çevresine döndüğünde, o çevrede, Odette'in bilmediği yerlerde, tanımadığı insanların arasında olmanın verdiği üzüntünün yanı sıra, aylak sınıfın eğlencelerini anlatan bir romandan veya resimden alacağı kayıtsız zevki yaşıyordu; aynı şekilde evinde de, kendi ev hayatının işleyişinden, gardrobunun ve hizmetkârlarının şıklığından, borsadaki yatırımlarından aldığı zevk, en sevdiği yazarlardan biri olan Saint-Simon'un yazılarında, Mme de Maintenon'un günlerini nasıl geçirdiğini, yemeklerinin menüsünü veya Lulli'nin kurnazca cimriliğini ve şaşaalı yaşayışını okumaktan aldığı zevke benziyordu. Kopuşun mutlak olmadığı birkaç istisnai durumda da, Swann'ın tattığı yeni zevkin sebebi, benliğinin aşkına ve kederine neredeyse yabancı kalmış tek tük bölgelerine kısa bir süre için göç edebilmesiydi. Bu bakımdan, büyükhalamın kendisine yakıştırdığı kimlik, yani daha bireysel olan Charles Swann kimliğinden farklı "Swann'ın oğlu" kimliği, artık en rahat ettiği kimlikti. Bir keresinde, Parma Prensesi'ne (prenses çeşitli gala ve jübilelere davetiye bularak Swann'ın sık sık Odette'i sevindirmesine imkân tanıyabileceği için) doğum gününde meyve göndermek istemiş, meyvelerini nasıl sipariş edeceğini pek bilemeyip annesinin bir kuzinini bu işle görevlendirmişti; yeğenine bir yardımı dokunduğuna pek memnun olan hanım da Swann'a bir mektup yazıp izahat vermiş, meyvelerin hepsini aynı yerden almadığını, üzümleri üzüm uzmanı Crapote'tan, çilekleri Jauret'den, armutları ise daha güzel oldukları için Chevet'den aldığını bildirmiş, "her meyveyi tek tek yerinde gördüm ve inceledim" diye eklemişti. Gerçekten de Swann, prensesin teşekkürlerinden çileklerin kokusunu, armutların kıvamını kestirebilmişti. Ama özellikle "her meyveyi tek tek yerinde gördüm ve inceledim" kısmı Swann'ın bilincini nadiren gittiği, ama "doğru adresler" bilgisini ve sipariş etme sanatını o istediği an hizmetine sunulmaya hazır bir miras olarak koruyan varlıklı, iyi bir burjuva ailesinin mirasçısı sıfatıyla sahip olduğu bir bölgeye götürmüş, ıstırabını biraz dindirmişti.

Swann gerçekten de "Swann'ın oğlu" olduğunu o kadar uzun zamandır unutmuştu ki, bir an tekrar bu kimliğe kavuştuğunda, diğer zamanlar tadabileceği ve artık bıkmış olduğu zevklerden çok daha yoğun bir haz yaşaması doğaldı; kendisini hep "Swann'ın oğlu" olarak görmeye devam eden burjuvaların nezaketi, aristokratlarınkiyle yarışamazdı gerçi (aslında burjuvaların nezaketi daha gurur okşayıcıdır, çünkü hiç değilse burjuvalarda nezaket daima düşüncelilikle el eledir), ama bir prensten gelen mektup, ne kadar krallara layık bir eğlence teklif etse de, eski aile ahbaplarından birinin nikâhında şahitlik etmesini ya da sadece törene katılmasını rica eden bir mektup kadar sevindiremezdi Swann'ı; eski aile dostlarının bazıları Swann'la görüşmeye devam ediyordu –örneğin büyükbabam bir yıl önce kendisini annemin düğününe davet etmişti– bazıları da Swann'ı şahsen pek tanımıyorlar, ama rahmetli M. Swann'ın oğluna, saygıdeğer mirasçısına nezaket borçlu olduklarını düşünüyorlardı.

Bununla birlikte, bazılarıyla samimiyeti yıllara dayanan yüksek sosyete mensupları da, bir ölçüde Swann'ın evinin, yuvasının, ailesinin bir parçası sayılırlardı. Swann parlak dostluklarını düşününce, ailesinden kendisine kalmış olan güzel arazileri, güzel gümüşleri, güzel sofra örtülerini seyrederken hissettiği rahatlığı, dış desteği hissediyordu. Evinde bir kalp krizi geçirecek olsa, oda hizmetkârının yardım istemek üzere ilk koşacağı kişinin Chartres Dükü, Reuss Prensi, Lüksemburg Dükü veya Charlus Baronu olacağını düşünmenin Swann'a verdiği teselli, bizim yaşlı Françoise'ın iyi kumaştan, kendine ait, üzerine markası işlenmiş, yamasız (ya da olsa olsa yamayan kişinin titizliğini ortaya koyacak bir beceriyle yamanmış) bir kefene sarılacağını düşününce, bu kefenin hayalini kafasında sık sık canlandırarak refah duygusunu değilse de izzetinefsini doyurduğu zamanlar bulduğu teselliye benziyordu. Ama hepsinden önemlisi, Swann'ın Odette'e ilişkin bütün davranış ve düşüncelerini itiraf etmediği aynı duygu, yani Odette'in kendisini herhangi birinden, hatta Verdurin'lerin en sıkıcı müridinden bile daha az sevmese de görmekten daha az hoşlandığı duygusu yönettiği ve belirlediği için, Swann zarafetin timsali kabul edildiği, peşinden koşulan, herkesin Swann'la görüşememekten yakındığı bu çevreyi düşündüğünde, daha mutlu bir hayatın var olabileceğine yeniden inanmaya başlıyor, tıpkı aylardır yatağından çıkamayan, perhizdeki bir hastanın gazetede resmi bir öğle yemeği davetinin menüsünü veya Sicilya'ya yapılacak bir gemi yolculuğunun ilanını okuduğunda iştahlanması gibi, neredeyse böyle bir hayata heves ediyordu.

Yüksek sosyete mensuplarından kendilerini ziyarete gitmediği için özür dilemek zorundaydı, oysa Odette'ten ziyaretine gittiği için özür dilemek zorunda kalıyordu. Üstelik bu ziyaretlerin bedelini de öder (Odette'in tahammülünü azıcık suistimal edip ziyaretine sıkça gidecek olsa, ay sonunda ona dört bin frank göndermenin yeterli olup olmayacağını düşünür), her ziyaretine bir bahane bulur, ya bir hediye götürür, ya Odette'in kendisinden istediği bir bilgiyi iletir ya da Odette'in evine gitmekte olan M. de Charlus'e sokakta rastlayıp ısrarlarına dayanamayarak ona eşlik ederdi. Hiçbir bahane bulamadığı takdirde de, M. de Charlus'ten hemen Odette'in evine gitmesini, sohbet sırasında, sanki o anda aklına gelmiş gibi, Swann'la bir şey konuşacağını söylemesini ve onu Odette'in evine çağırtmasını rica ederdi; ama çoğunlukla Swann boş yere bekler, akşam görüştüklerinde, M. de Charlus planın başarılı olmadığını bildirirdi. Yani artık sık sık şehir dışına çıkan Odette, Paris'te olduğu zaman bile Swann'la pek az görüşüyor, Swann'ı sevdiği dönemde, "Ben her zaman serbestim", "Başkalarının ne düşündüğünden bana ne?" diyen Odette, şimdi Swann ne zaman kendisiyle görüşmek istese, ya ahlak kurallarını ileri sürüyor veya bir işi olduğunu bahane ediyordu. Swann, Odette'in de bulunacağı bir yardımseverler balosuna, sergi açılışına, prömiyere gitmekten söz ettiğinde, Odette onu ilişkilerini teşhir etmek istemekle, kendisine fahişe muamelesi yapmakla suçluyordu. O kadar ki, Swann sonunda Odette'le hiçbir yerde görüşemeyeceğinden korkarak, bir gün, Odette'in çok sevdiğini bildiği eski bir dostunu, Adolphe Amca'mı ziyarete, Bellechasse Sokağı'ndaki küçük dairesine gitti; büyükamcamdan Odette üzerindeki nüfuzunu kullanıp kendisine yardımcı olmasını rica edecekti. Odette büyükamcamdan Swann'a her söz edişinde şairane bir tavır takınır, "Ah! O senin gibi değildir, onun dostluğu fevkalade bir şeydir, müthiş bir şeydir! O asla umumi yerlerde benimle birlikte görünmeyi isteyecek kadar düşüncesiz olmadı" derdi; Swann da bu yüzden çekiniyor, büyükamcama Odette'ten bahsederken ne kadar ince bir lisan kullanması gerektiğini bilemiyordu. Önce Odette'in mükemmeliyetini peşinen kabul ettiğini belirterek onun insanüstü bir varlık, bir melek olduğunun tartışılamayacağını söyledi ve kelimelere sığmayan, tecrübe ötesi meziyetlerinden dem vurdu. "Sizinle konuşmak istiyorum. Siz Odette'in diğer bütün kadınlardan üstün, harikulade bir varlık, bir melek olduğunu biliyorsunuz. Ama Paris'te yaşamanın ne demek olduğunu da bilirsiniz. Herkes Odette'i sizin, benim gördüğümüz gibi görmüyor. Bazı insanlar benim biraz gülünç bir konumda olduğumu düşünüyorlar; Odette kendisiyle dışarıda, tiyatroda karşılaşmamızı dahi sakıncalı buluyor. Size güveni sonsuzdur; acaba ona hakkımda bir iki iyi söz söyleyip benim kendisine selam vermemin zannettiği gibi bir zararı dokunmayacağı konusunda ikna edemez miydiniz onu?"

Büyükamcam Swann'a Odette'in kendisini daha çok sevmesini istiyorsa onunla bir süre görüşmemesini, Odette'e de Swann'ın her istediği yerde kendisiyle buluşmasına izin vermesini tavsiye etti. Birkaç gün sonra Odette büyük bir hayal kırıklığı yaşadığını, büyükamcamın da diğer erkeklerden farksız olduğunu anladığını söyledi Swann'a: Adolphe Amcam ona zorla sahip olmak istemişti. Swann bunu duyduğu an, gidip büyükamcamı düelloya davet etmek istedi, ama Odette kendisini yatıştırınca vazgeçti; yine de büyükamcamla karşılaştığında onunla el sıkışmaya yanaşmadı. Adolphe Amca'mla bozuşmak onu üzmüştü, çünkü onunla ara sıra görüşüp baş başa sohbet etmeyi, Odette'in bir zamanlar Nice'te sürdüğü hayata dair kimi dedikoduları açıklığa kavuşturmayı umuyordu. Adolphe Amcam kışları Nice'te yaşardı. Hatta Swann Odette'le orada tanışmış olabileceklerini düşünüyordu. Odette'in âşığı olduğu söylenen bir adam hakkında kulağına çalınan tek tük laflar Swann'ı allak bullak etmişti. Ama öğrenmeden önce Swann'ın öğrenilmesi en korkunç, inanılması en güç diye niteleyeceği şeyler, bir kez öğrenildi mi kederiyle temelli bütünleşiyor, Swann hepsini kabulleniyor, aksini düşünemez oluyordu. Ancak edindiği bilgilerin her biri, sevgilisi hakkındaki fikirlerine kalıcı bir damga vuruyordu. Hatta bir defasında, Odette'in Swann'ın hayalinden bile geçirmediği hafifmeşrepliğinin çok kişi tarafından bilindiğini, eskiden aylar geçirdiği Baden'da ve Nice'te hoppalığıyla nam salmış olduğunu duydu. Sorguya çekmek niyetiyle birtakım zevk düşkünleriyle yakınlık kurmaya çalıştı, ama bu kişiler Swann'ın Odette'le tanıştığını biliyorlardı; ayrıca Swann Odette'i onlara tekrar hatırlatmaktan çekiniyor, tekrar peşine düşerler diye korkuyordu. Ama o güne kadar Baden ve Nice'teki kozmopolit hayata ilişkin her şeyi müthiş sıkıcı bulduğu halde, Odette'in bir zamanlar, belki artık Swann'ın sayesinde ortadan kalkmış olan para ihtiyacını karşılamak için, belki de yeniden ortaya çıkabilecek kaprisler uğruna bu zevk şehirlerinde sefa sürmüş olduğunu öğrendiğinden beri, Swann kış mevsiminin Promenade des Anglais'de, yaz mevsimininse Baden'ın ıhlamur ağaçları altında geçirildiği yılların, yani Mac-Mahon'un başkanlığının ilk yıllarının gömülüp gittiği o dipsiz kuyuya doğru çaresiz, kör ve baş döndürücü bir kaygıyla adeta çekiliyor, o yıllara sancılı, ama şairane güzellikte bir derinlik atfediyordu; Odette'in –aslında son derece dürüst ve basit olan– bakışları veya tebessümü hakkında yeni bir şeyler öğrenebileceğine inansa, o dönemin Côte d'Azur tarihçesinde anlatılan bin bir ayrıntıyı tek tek inceler, Botticelli'nin *İlkbahar*'ının, *Güzel Vanna*'sının veya *Venüs*'ünün ruhuna derinlemesine nüfuz edebilmek amacıyla, on beşinci yüzyıl Floransa'sından günümüze kalmış belgeleri inceleyen bir estetikçiden daha büyük şevkle çalışırdı. Swann sık sık hiçbir şey söylemeden Odette'e bakıp hayallere dalıyor, Odette de ona, "Ne kadar mahzunsun böyle!" diyordu. Swann kısa bir süre önce, Odette'in o güne kadar tanıdığı en değerli insanlara benzer, iyi kalpli biri olduğu fikrinden vazgeçmiş, metres hayatı yaşayan bir kadın olduğuna inanmaya başlamıştı; sonra da tam tersine, eğlence düşkünlerinin, hovardaların belki de fazlasıyla yakından tanıdığı Odette de Crécy'den bazen yumuşacık bir ifadeye bürünen çehreye ve insancıl mizaca geçmişti. "Nice'te herkesin Odette de Crécy'yi tanıması ne ifade eder ki? Bu tür şöhretler, doğru olsalar bile, başkalarının fikriyle oluşur" diye düşünüyordu; bu efsane –gerçek de olsa– Odette'in dışındaki bir şeydi, kişiliğinin değişmez, zararlı bir parçası değildi; yanlış davranışlara sürüklenmiş olabilecek bu insan, gözlerinden iyilik, yüreğinden ıstıraba karşı merhamet taşan, Swann'ın elleriyle tuttuğu, kollarıyla sarıp sarmaladığı uysal vücutlu bir kadındı; onun için vazgeçilmez olmayı başarabilirse, belki bir gün bütünüyle sahip olabileceği bir kadındı. Odette karşısında oturur, çoğunlukla yorgun görünen çehresi bir an için Swann'ı ıstıraba sürükleyen meçhul konulardaki heyecanlı ve sevinçli kaygıdan arınırdı; Odette elleriyle saçlarını geriye iter, alnı, yüzü genişlerdi; o zaman ansızın, bir dinlenme ya da içe dönüş ânında kendisiyle baş başa kalan herkeste rastlanabilecek basit, insanca bir düşünce, iyi bir duygu, sapsarı bir güneş ışını gibi fışkırırdı gözlerinden. O anda bütün yüzü aydınlanır, gri bulutlarla kaplı kırların tam güneş batarken, bulutların ansızın aralanmasıyla tümden değişen çehresini hatırlatırdı. Swann Odette'in o anda içinde bulunduğu hayatı, hatta hulyalı bakışlarla izlermiş hissini verdiği geleceği onunla paylaşabilirdi; bu hayat, bu gelecek kötü bir telaşın tortusunu taşımıyordu. Böyle anlar giderek seyrekleşse de, hiçbir yararları olmadığı söylenemez. Swann bu kırıntıları hafızasında birleştiriyor, araları kesip atıyor, adeta som altından, iyilik ve sükûnetle dolu bir Odette heykeli döküyordu; daha sonra (bu kitabın ikinci bölümünde görüleceği gibi), bu Odette uğruna, öteki Odette'in asla elde edemeyeceği fedakârlıklar yapacaktı. Yine de bu anlar o kadar enderdi, Swann artık Odette'i o kadar az görüyordu ki! Odette akşam randevusunu bile son dakikada kesinleştiriyor, Swann'ın nasılsa daima serbest olacağını düşünerek, başka bir ziyaret teklifi almayacağından emin olmak istiyordu. Birinden çok önemli bir konuda cevap beklemek zorunda olduğunu ileri sürüyor, hatta Swann'ı evine çağırdıktan sonra bile, arkadaşları gecenin ortasında tiyatroda veya gece yarısı yemeğinde buluşmayı teklif etseler, Odette sevinçten zıplayarak alelacele giyiniyordu. O hazırlıklarını sürdürürken, yaptığı her hareket Swann'ı ondan ayrılmak zorunda kalacağı, Odette'in karşı konulmaz bir coşkuyla kaçıp gideceği âna biraz daha yaklaştırırdı; hazırlıklar nihayet tamamlandığında, Odette gergin bir dikkatle parlayan gözlerle aynaya son bir kez bakıp dudaklarına biraz daha ruj sürdükten, alnındaki bir bukleyi düzelttikten sonra, altın püsküllü, gök mavisi gece mantosunu istediğinde, Swann öylesine kederli bir havaya bürünmüş olurdu ki, Odette kendini alamayıp sabırsızlıkla, "Son dakikaya kadar kalmana izin verdim diye bana böyle mi teşekkür ediyorsun!" derdi. "Ben de senin hoşuna gider sanmıştım. Öğrendiğim iyi oldu, bir dahaki sefere ona göre davranırım!" Bazen Swann Odette'i kızdırma pahasına da olsa, nereye gittiğini öğrenmeyi kafasına koyar, Forcheville'in kendisini bilgilendirebileceğini düşünerek onunla ittifak kurmayı hayal ederdi. Aslında, Odette'in geceyi kiminle geçirdiğini bildiği durumlarda, Swann'ın sayısız tanıdığı arasında Odette'in birlikte çıktığı adamı dolaylı yoldan da olsa tanıyan birini bulamadığı pek enderdi, istediği bilgiyi kolaylıkla edinebiliyordu. Şu veya bu konuyu aydınlatmasını rica etmek üzere arkadaşlarından birine mektup yazarken, kendi kendine cevapsız sorular sormaktan vazgeçip sorgulama zahmetini bir başkasına devretmenin rahatlığını yaşardı. Şurası da bir gerçek ki, birtakım bilgiler edinmenin Swann'a pek bir yararı olmuyordu. Bilmek her zaman engelleyebilme imkânı sağlamaz; ama hiç değilse bildiğimiz şeyleri, avcumuzun içinde tutamasak da zihnimizde kullanıma hazır bulundururuz ve bu da bize üzerlerinde hâkimiyet kurduğumuz yanılgısını yaşatır. M. de Charlus'ün Odette'le olduğunu bilmek, Swann'a daima mutluluk verirdi. M. de Charlus'le Odette'in arasında hiçbir şey olamayacağını, M. de Charlus'ün dostluklarının hatırına Odette'le çıktığını ve Odette'in her yaptığını zorluk çıkarmadan kendisine anlatacağını bilirdi. Bazen Odette belirli bir akşam Swann'la görüşmeyi o kadar kesin bir tavırla reddeder, başka bir eğlenceyi ne olursa olsun kaçırmak istemezmiş gibi görünürdü ki, M. de Charlus'ün o gece serbest olup Odette'e eşlik etmesi Swann için en önemli şey haline gelirdi. Ertesi gün, fazla soru sormaya da cesaret edemeyerek M. de Charlus'ü sıkıştırır, ilk cevaplarını tam anlayamamış gibi yapıp yeni bilgiler vermeye zorlardı onu; söylenen her söz Swann'ı biraz daha rahatlatırdı, çünkü çok geçmeden, Odette'in geceyi en masum eğlencelerle geçirdiği açığa çıkardı. "Bir dakika sevgili Mémé, tam anlayamadım... Onun evinden çıkıp gitmediniz demek ki Grévin Müzesi'ne. Önce başka bir yere gittiniz. Gitmediniz mi? Ya! Ne komik! Mémé'ciğim, beni ne kadar eğlendirdiğinizi bilemezsiniz. Daha sonra Le Chat Noir'a gitme fikri de çok garip, onun aklına gelmiştir mutlaka... Ya? Sizin fikrinizdi demek. İlginç. Aslında fena fikir de değil, Odette orada bir sürü tanıdığa rastlamıştır. Sahi mi? Kimseyle konuşmadı mı? İnanılır gibi değil. Yani ikiniz baş başa öyle oturdunuz mu? Gözümün önüne geliyor doğrusu. Çok iyi kalplisiniz Mémé'ciğim, sizi çok seviyorum." Swann rahatlamış hissederdi kendini. Sözlerine kulak bile vermediği ilgisiz insanlarla sohbet ederken, ara sıra, "Dün Mme de Crécy'yi gördüm, tanımadığım bir beyefendiyle birlikteydi" türünden cümleler ânında kalbinde katılaşan, taşlaşan, kalbini parçalayan ve yerleştikleri yerden bir daha kımıldamayan cümleler duyan Swann için, "Odette'in hiç tanıdığı yoktu, kimseyle konuşmadı" sözleri ne kadar yumuşak, akışkan, kolay ve solunabilir sözlerdi, içinde nasıl rahatça dolaşırlardı! Ne var ki aradan birkaç saniye geçtikten sonra, bu eğlenceleri onunla birlikte olmaya tercih ettiğine göre, Odette'in kendisini müthiş sıkıcı bulduğunu düşünürdü. Bu eğlencelerin sıradanlığı, Swann'ı teskin etmekle birlikte, bir ihanet kadar acı da verirdi kendisine.

Odette'in nereye gittiğini öğrenemediği gecelerde bile, Swann Odette'in dönüşünü onun evinde bekleme iznini alabilse, yürek daralması hafifler, (uzun vadede hastalığı ağırlaştıran, ama hiç değilse acıyı geçici olarak dindiren bir ilaç olmakla birlikte) tek ilacı Odette'in varlığı, onunla birlikteliğin huzuru olan çarpıntısı yatışırdı; o zaman, Odette'in dönüşünü bekleyerek geçirdiği ve bir büyü, bir nazar yüzünden diğer saatlerden farklı zannettiği saatler dönüş saatinin huzuruna bürünürdü. Ne var ki Odette buna izin vermezdi; Swann evine döner, yolda kendini çeşitli planlar yapmaya zorlar, Odette'i düşünmekten vazgeçerdi; hatta soyunurken kafasından epeyce neşeli düşünceler geçirdiği olurdu; yatağa yatıp ışığı söndürürken, ertesi gün gidip bir sanat şaheserini görme umudu taşırdı kalbinde; ama tam uyumaya hazırlandığı anda, alışkanlık haline geldiği için farkına bile varmadan kendine uyguladığı baskıyı üzerinden kaldırır kaldırmaz, içini yalayan buz gibi bir rüzgârla ürperir, hıçkırarak ağlamaya başlardı. Gözyaşlarının sebebini merak bile etmez, gözlerini silip gülerek, "Pek hoş doğrusu, sinir hastası oldum" derdi kendi kendine. Sonra, ertesi gün bir kez daha Odette'in ne yaptığını öğrenmeye çalışmak, onunla görüşebilmek için araya nüfuzlu kişiler koymak gerekeceğini düşünür, içini büyük bir yorgunluk kaplardı. Bu aralıksız, hiç değişmeyen, sonuç vermeyen, zorunlu faaliyet hali Swann için o kadar dayanılmazdı ki, günün birinde karnında bir şişlik fark edince, bunun belki de ölümcül bir tümör olduğunu, artık hiçbir şeyle ilgilenmek zorunda kalmayacağını, onu hastalığın yöneteceğini, fazla gecikmeyecek olan ölüm ânına kadar hastalığın elinde bir oyuncak olacağını düşünüp gerçek bir mutluluk duydu. Zaten o dönemde, kendine açıkça itiraf etmemekle birlikte ölmeyi sık sık istemesinin sebebi, ıstırabının yoğunluğundan çok, çabasının tekdüzeliğinden kaçma ihtiyacıydı.

Bununla birlikte, Odette'i artık sevmeyeceği, Odette'in artık ona yalan söylemesi için hiçbir sebep kalmayacağı ve Swann'ın onu öğleden sonra ziyarete gittiği gün Forcheville'le yatıp yatmadığını bizzat Odette'ten nihayet öğrenebileceği güne kadar yaşamayı da isterdi. Çoğunlukla, birkaç gün boyunca, Odette'in bir başkasını sevdiğine dair bir şüphe, tıpkı süreğen bir hastalığın yeni safhalarının bir an için bizi önceki rahatsızlıklardan kurtardıkları izlenimini yaratmaları gibi, Swann'ın dikkatini başka tarafa çekip Forcheville'le ilgili soruyu zihninden uzaklaştırır, Swann bu soru karşısında neredeyse kayıtsız kalırdı. Hatta içini hiçbir şüphenin kemirmediği günler de olurdu. Swann o zaman iyileştiğini zannederdi. Ama ertesi sabah uyandığında, bir gün önce adeta çeşitli duyguların selinde boğduğu eski acıyı aynı yerde bulurdu tekrar. Acı yerinden hiç kıpırdamamış olurdu. Hatta Swann, bu acının yoğunluğu yüzünden uyanırdı uykusundan.

Odette her gün bu kadar vaktini alan bu önemli şeyler (oysa Swann zevk ve eğlenceden başka hiçbir şeyin bu kadar önemli olamayacağını bilecek kadar hayat tecrübesine sahipti) hakkında kendisine hiçbir bilgi vermediğinden, onları hayal etme çabasını uzun müddet sürdüremiyor, zihni boşa çalışıyordu; o zaman gözlük camını temizler gibi parmağıyla gözkapaklarını ovuşturuyor ve düşünmeyi tamamen kesiyordu. Bununla birlikte, bu meçhulün yüzeyinde, zaman zaman ortaya çıkan, Odette'in muğlak sözlerle, uzak akrabalara veya eski dostlara karşı mecburiyetlerle açıkladığı bazı faaliyetler yüzerdi; Odette'in Swann'la görüşmesine engel teşkil eden mazeretler arasında başka hiç kimsenin adı geçmediğinden, bu akrabalar ve eski dostlar Swann'ın nazarında Odette'in hayatının sabit, zorunlu çerçevesini oluşturuyorlardı. Swann kendini rahatsız hissedip "Belki Odette bana uğramayı kabul eder" diye düşünecek olsa, Odette'in ara sıra, "Kız arkadaşımla birlikte Hipodrom'a gittiğim gün" derken takındığı tavır onu kendine getirir, derhal o günün Hipodrom günü olduğunu hatırlar, "Yok canım, sormaya bile gerek yok, nasıl düşünemedim, bugün kız arkadaşıyla Hipodrom'a gittiği gün. İmkân dahilinde olan şeylerle yetinelim; kabul edilmesi imkânsız, peşinen reddedilmiş şeyler teklif edip boş yere yıpranmanın anlamı yok" derdi kendi kendine. Swann, önünde saygıyla eğildiği bu Hipodrom'a gitme görevini kaçınılmaz bulduğu gibi, görevin zorunluluğu, onunla uzaktan yakından ilişkili her şeyi de makul ve meşru kılıyordu adeta. Sokakta yürürken karşılaştıkları birinin Odette'e selam vermesi Swann'da bir kıskançlığa yol açtığında, Odette Swann'ın sorularını cevaplandırırken selam veren yabancıyı Swann'a bahsettiği birkaç önemli görevden biriyle bağlantılı bir kişi olarak gösterirdi; örneğin Odette, "Birlikte Hipodrom'a gittiğim kız arkadaşımın locasında bu beyefendi de vardı" der, bu açıklama, kız arkadaşının Hipodrom'daki locasına Odette'ten başkalarını da çağırmasının kaçınılmaz olduğunu kabul eden, ama diğer davetlileri hiç kafasında canlandırmamış ya da canlandıramamış olan Swann'ın şüphelerini yatıştırmaya yeterdi. Ah! Hipodrom'a giden o kız arkadaşı tanımayı, Odette'le birlikte kendisini de Hipodrom'a götürmesini ne kadar çok isterdi! Bir manikürcü veya tezgâhtar bile olsa, Odette'i sık sık gören herhangi biriyle ilişki kurmak uğruna, bütün dostlarından seve seve vazgeçerdi! Bir kraliçe için katlanacağı zahmetlerin çok daha fazlasını göze alırdı onların her biri için. Onlar, Odette'in hayatının bir parçasını içlerinde barındırdıklarından, Swann'ın acılarını dindirebilecek tek ilaca sahiptiler. Günlerini, Odette'in, belki menfaat uğruna, belki de samimi bir sadelikle ilişkisini sürdürdüğü o sıradan insanlardan birinin evinde geçirmeye can atardı! Odette'in kendisini götürmediği, pis, ama imrenilecek bir evin beşinci katına seve seve temelli yerleşirdi; emekliye ayrılmış küçük terzinin âşığıymış gibi yaparak orada otursa, hemen hemen her gün Odette'i ağırlardı evinde! Bu mütevazı semtlerin birinde, sonsuza dek yoksulluk ve pislik içinde, ama huzurlu ve mutlu yaşamaya razı olurdu!

Ara sıra, Odette'le Swann buluştuklarında, Swann'ın tanımadığı bir adamın yaklaşmakta olduğunu görünce Odette'in çehresine bir hüzün, Swann'ın Forcheville oradayken ziyaretine gittiği gün Odette'in yüzünde gördüğü keder yayılıyordu yine. Ama nadiren oluyordu bu, çünkü artık bütün işlerine ve elâlem ne der korkusuna rağmen Swann'la buluştuğu günlerde, Odette'in tavrına bir güven hâkimdi; bu güven, Swann'la ilk tanıştığı günlerde Swann'ın yanında, hatta ondan uzakta, "Sevgili dostum, elim öyle titriyor ki, kalemi tutmakta güçlük çekiyorum" diye başlayan bir mektup yazarken Odette'in hissettiği (en azından öyle söylüyordu ve bu rolü sürdürmeye hevesli olduğuna göre, duygularının bir kısmı samimi olsa gerekti) ürkek heyecanın tam tersi, belki bilinçsiz bir intikamı, belki de doğal bir sonucuydu. Odette o zamanlar Swann'dan hoşlanıyordu. İnsan ancak kendisi için, sevdikleri için korkudan titrer. Mutluluğumuz artık o sevdiklerimizin elinde olmaktan çıkınca, yanlarında ne müthiş bir sükûnet, rahatlık ve cesaret buluruz! Odette artık Swann'la konuşurken, ona mektup yazarken, eskisi gibi Swann'ın kendisine ait olduğu hissini verecek kelimeler kullanmıyordu; Swann'dan bahsederken "benim" demek için, "Siz benim her şeyimsiniz, bunu dostluğumuzun rayihası olarak saklayacağım" türünden cümleler kurmak için, gelecekten, hatta ölümden ikisinin paylaşacağı bir süreç olarak söz etmek için fırsat kollamıyordu. O ilk zamanlar, Odette Swann'ın her sözüne, "Siz hiçbir zaman diğer insanlar gibi olmayacaksınız" diye hayranlıkla karşılık verir, Swann'ın kadınlar arasındaki süksesini bilenlerin, "Aslında tam olarak yakışıklı sayılmaz, ama çok zarif: O perçemi, o monoklü, o tebessümü!" diye tasvir ettikleri, tepesi biraz açılmış, uzun yüzüne bakar, belki onun metresi olma arzusundan çok, nasıl biri olduğunu anlama merakıyla, "Şu kafanın içinden neler geçtiğini bilebilseydim!" derdi. Halbuki şimdi Swann'ın her söylediğine, bazen sinirli, bazen de hoşgörülü bir tavırla, "Ah! Sen zaten hiçbir zaman diğer insanlar gibi olmayacaksın!" diye karşılık veriyor, Swann'ın dertleri yüzünden eskisine göre azıcık yaşlanmış olan çehresine (ama artık yorulmaz bir âşığın yüzünü, boynuzlanan bir erkeğin yüzünden birkaç aylık farkla ayıran görünmez çizgi yıkanmış beyinlerde çizildikten sonra, herkesin konser programını okuduğumuzda senfonik bir eserin anlamını, ailesini tanıdığımızda bir çocuğun kime benzediğini keşfetmemizi kolaylaştıran meleke sayesinde, "Aslında tam anlamıyla çirkin sayılmaz, ama gülünç: O monoklü, o perçemi, o tebessümü!" diye yorumladığı çehresine) bakıyor ve "Ah! Şu kafanın içinden geçenleri bir değiştirebilsem, mantıklı hale getirebilsem!" diyordu. Arzuladığı şeye inanmaya daima hazır olan Swann, Odette'in kendisine karşı tavrı şüpheye biraz olsun yer verdiğinde, açgözlülükle bu kelimelerin üstüne atlardı. "İstersen değiştirebilirsin" derdi.

Kafasının içinden geçenleri yatıştırmanın, yönetmenin, çalıştırmanın, başka kadınların yapmaya can attığı soylu bir görev olacağını Odette'e anlatmaya çalışırdı; şunu da belirtmek gerekir ki, bu soylu görev başka kadınlara düşse, Swann özgürlüğüne saygısızca el konduğunu, dayanılmaz bir tecavüzde bulunulduğunu düşünürdü. "Beni birazcık sevmese, değiştirmek istemezdi" diye akıl yürütürdü Swann. "Değiştirebilmek için de beni daha sık görmesi gerekir." Böylece Odette'in sitemini ilgisinin, hatta belki aşkının kanıtı olarak algılardı; doğruyu söylemek gerekirse, Odette artık sevgisinin kanıtlarını o kadar az sunuyordu ki Swann'a, Odette'in çeşitli konularda koyduğu yasakları Swann birer sevgi kanıtı gibi görmeye mecbur kalıyordu. Günün birinde Odette Swann'a arabacısından hoşlanmadığını bildirdi; Swann'ı kendisine karşı kışkırttığından şüphelendiğini, öyle olmasa bile, Swann'a davranışlarında gerekli dürüstlük ve saygıyı göstermediğini söyledi. Swann'ın tıpkı öpüşmek ister gibi, Odette'in ağzından, "Bundan böyle bana gelirken o arabacıyla gelme" cümlesini işitmek istediğini hissediyordu Odette. Keyfi yerinde olduğu için söyledi, Swann çok duygulandı. O akşam, yanında Odette'ten açıkça bahsedebilmenin huzurunu yaşadığı (Odette'i tanımayan insanlarla bile konuşurken, her söylediği, bir biçimde Odette'e bağlanıyordu çünkü) M. de Charlus'le sohbet ederken, Swann, "Oysa Odette'in beni sevdiğini sanıyorum; bana o kadar iyi davranıyor ki, benim yaptıklarıma kesinlikle kayıtsız kalmıyor" dedi. Swann Odette'in evine gitmek üzere arabasına bindiği sırada, onunla birlikte gelen, geçerken evine bırakacağı arkadaşı, "Aa, arabayı Lorédan sürmüyor mu?" derse, Swann hüzünlü bir mutlulukla cevap veriyordu: "Maalesef o sürmüyor! Neden biliyor musun? La Pérouse Sokağı'na Lorédan'la gidemiyorum. Odette Lorédan'la gitmemi istemiyor, bana yakıştırmıyor onu; ne yapalım, kadınları bilirsin! Lorédan'la gidersem çok canı sıkılır, biliyorum. Hiç sorma! Rémi'yle gitsem, kıyamet kopar!"

Odette'in kendisine karşı son zamanlarda takındığı bu kayıtsız, dalgın, sinirli tavırlar Swann'ı üzüyordu elbette, ama üzüntüsünün farkında değildi; Odette ondan tedricen, günden güne soğuduğu için, geçirdiği değişimin boyutlarını ancak Odette'in yeni haliyle başlangıçtaki halini yan yana koyup karşılaştırdığı takdirde görebilirdi. Bu değişim, Swann'a gece gündüz acı çektiren derin, gizli bir yaraydı; düşüncelerinin bu yaraya biraz fazla yaklaştığını hissettiği anda, aşırı acı çekmekten korkarak hemen zihnini başka tarafa yönlendiriyordu. Kendi kendine, dalgın bir tavırla, "Bir zamanlar Odette beni daha çok severdi" dediği oluyordu gerçi, ama o zamanı gözünde asla canlandırmıyordu. Nasıl ki çalışma odasında duran komodinin bir çekmecesinde, Odette'i evine ilk bıraktığı gece onun kendisine vermiş olduğu kasımpatları ile "Kalbinizi de burada unutsaydınız keşke, onu iade etmezdim size", "Gece veya gündüz, hangi saatte olursa olsun, bana ihtiyaç duyarsanız, bir haber verin yeter, hayatım emrinizde" dediği mektuplar bulunduğu için bu komodini hiç görmemeye çalışıyorsa ve odaya girip çıkarken komodinin açığından dolaşıyorsa, aynı şekilde içinde de, zihnini asla yaklaştırmadığı bir alan, düşüncelerini önünden geçmesinler diye, gerekirse uzun, dolambaçlı bir mantık çizdirerek uzaklaştırdığı bir bölge vardı: Mutlu günlerin anılarının bulunduğu bölge.

Ama bir gece, gittiği yüksek sosyete davetinde bu sıkı tedbirler işe yaramadı.

Saint-Euverte Markizi'nin düzenlediği toplantı, markizin daha sonra hayır dernekleri yararına verilen konserlerde de yararlandığı sanatçıların tanıtıldığı gecelerden biriydi ve mevsimin son davetiydi. Swann daha önceki davetlerin hepsine gitmek istemiş, ama bir türlü karar verip gidememişti; bu son geceye gitmek üzere giyindiği sırada, Charlus Baronu kendisini ziyarete geldi; baron, kendi varlığı Swann'a yardımcı olacaksa, sıkıntısını, hüznünü biraz olsun dağıtacaksa, Swann'la birlikte markizin davetine gidebileceğini söyledi. Ama Swann şöyle cevap verdi:

"Sizinle birlikte olmaktan ne büyük zevk alacağımı bilemezsiniz. Ama benim için yapabileceğiniz en büyük iyilik, Odette'i ziyarete gitmenizdir. Onun üzerinde müthiş bir nüfuzunuz var biliyorsunuz. Odette evdedir, bu gece, eski terzisine gitmeden önce bir yere çıkmayacaktı, zaten oraya giderken de sizin kendisine eşlik etmenize sevinir. Her halü kârda, daha önce evinde bulabilirsiniz onu. Onu eğlendirir, biraz da akıl verirsiniz. Belki yarın için, onun hoşuna gidecek, üçümüzün katılacağı bir program ayarlarsınız... Bu yaz için de zemini bir yoklayın bakalım, bir şey yapmak ister mi, ne bileyim, üçümüz birlikte bir gemi yolculuğu yapabiliriz mesela. Benim bu gece kendisiyle görüşme umudum yok, ama yine de isterse, uygun bir fırsat yakalarsanız, gece yarısına kadar Mme de Saint-Euverte'in evine, sonra da benim eve bir haber yollamanız yeterli. Her şey için çok teşekkür ederim, sizi ne kadar sevdiğimi biliyorsunuz."

Baron Swann'ı Saint-Euverte konağına bıraktıktan sonra Odette'i ziyarete gideceğine söz verdi; Swann konağa vardığında, M. de Charlus'ün geceyi La Pérouse Sokağı'nda geçireceği düşüncesiyle yatışmıştı, ama Odette'le ilişkisi olmayan her şeye, özellikle de yüksek sosyete hayatına karşı hüzünlü bir kayıtsızlıkla yaklaşıyor, bu da gördüğü her şeye arzularımızın hedefi olmaktan çıkınca gerçek halleriyle gördüğümüz şeylerin büyüsünü katıyordu. Daha arabasından indiği anda, ev sahibelerinin tören günlerinde davetlilere sundukları ve kostümlerle dekorun gerçeğe uygun olmasına özen gösterdikleri kurgusal ev hayatı özetinin ilk aşamasında, Swann Balzac'ın "kaplan"larının* mirasçıları olan, genellikle efendilerine

---

* Fransızcası *tigre:* Eskiden arabaların arkasında giden, araba durduğu an atlayıp kapıyı açan, ufak tefek yapılı, üniformalı uşaklara verilen ad.

gezintilerinde eşlik eden üniformalı uşakların şapkaları ve çizmeleriyle, çiçek tarhlarının önüne dizilmiş bahçıvanlar gibi, konağın dışında, caddede veya ahırların önünde durduklarını görüp sevindi. Swann'ın yaşayan insanlarla müzelerdeki portreler arasında benzerlikler bulma merakı hâlâ sürüyordu, ama daha sabit ve genel bir eğilime dönüşmüştü; şimdi yüksek sosyete hayatı, Swann artık bu hayattan kopmuş olduğu için, bir bütün olarak, bir dizi resim gibi çıkmaktaydı karşısına. Bir zamanlar, kendisinin de bir yüksek sosyete mensubu olduğu günlerde, pardösüsüyle girip frakıyla çıktığı holde geçirdiği bir iki dakika süresince, aklı hâlâ biraz önce ayrıldığı davette veya şimdiden gireceği toplantıda olduğu için, orada neler olup bittiğini fark etmezdi; hayatında ilk kez, holde, sağda solda, bankların, sandıkların üzerine yatmış uyuyan ve bu gecikmiş davetlinin beklenmedik gelişiyle uyanıp soylu tazı profillerini havaya diken, doğrulup koşarak etrafında bir halka oluşturan, dağınık, harikulade, aylak, uzun boylu, üniformalı uşaklar güruhunu gördü.

Aralarından biri, özellikle vahşi bir görünüşe sahip, çeşitli işkence ve idamların konu edildiği kimi Rönesans resimlerindeki cellatlara oldukça benzeyen bir uşak, eşyalarını almak üzere, haşin bir tavırla Swann'ın yanına geldi. Ama pamuklu eldivenlerinin yumuşaklığı bakışlarındaki çelik sertliğini telafi ediyordu; öyle ki, Swann'ın şahsına küçümsemeyle, şapkasına ise saygıyla yaklaşır gibiydi. Şapkayı ölçülü hareketleri yüzünden aşırı titizlik gibi görünen bir özenle ve güçlü kuvvetli bedenine bakınca adeta insanı duygulandıran bir incelikle aldı. Sonra da bir yardımcısına, hissettiği korkuyu dört bir yanı öfkeli bakışlarla tarayarak, bir hayvanın kafese ilk kapatıldığı saatlerdeki telaşını sergileyerek ifade eden yeni, çekingen bir uşağa verdi.

Birkaç adım ötede hayallere dalmış duran üniformalı, iriyarı delikanlı, Mantegna'nın en hareketli tablolarında, yanı başında insanlar alt alta üst üste birbirlerini boğazlarken kalkanına dayanmış düşünür halde gördüğümüz dekoratif savaşçı kadar kıpırtısız, heykelsi ve anlamsızdı; Swann'ın çevresinde fır dönen arkadaşlarından ayrı durarak, tirşe rengi zalim gözleriyle dalgın dalgın izlediği bu sahneye adeta Masumların katledilişini veya Aziz Yakub'un şehit edilişini izliyormuşçasına ilgisiz kalmaya kararlıydı. Artık tükenmiş olan bir ırka –belki de Swann'ın onunla tanıştığı San Zeno altar panosunun ve Eremitani fresklerinin haricinde hiç var olmamış, hâlâ orada hayal kuran bir ırka– aitti sanki; bir ilkçağ heykelinin, Üstat'ın Padovalı modellerinden veya Albrecht Dürer'in Saksonlarından biriyle birleşmesinden doğan soyun bir ferdiydi adeta. Doğanın kıvırdığı, kendisinin briyantinle yapıştırdığı kızıl saçları, kıvrımlarının en ince ayrıntılarına kadar özenle çizilmişti; aynı şekilde, Mantovalı ressamın sürekli incelediği Yunan heykel sanatında da saçlar ince ince işlenir; Yunan heykeltıraşları insandan başka hiçbir yaratığı canlandırmadıkları halde, en azından onun basit şekillerinden çok çeşitli, adeta bütün canlı varlıklardan ödünç alınmış zenginlikler çıkarmayı başarmışlardır; örneğin saçlar, buklelerinin parlak kıvrımları ve sivri, gagamsı uçlarıyla, üst üste binen örgülerinin üçlü, çiçekli tacıyla, aynı anda hem bir yosun demetini, hem bir güvercin yuvasını, hem nergislerden örülmüş bir çelengi, hem de burgu burgu yılanları andırırlar.

Holdekiler kadar iriyarı, başka bazı üniformalı uşaklar da muhteşem bir merdivenin basamaklarına dizilmişlerdi; onların dekoratif varlığına ve mermersi kıpırtısızlığına dayanarak, Düklük Sarayı'nınki gibi "Devler Merdiveni" diye adlandırabileceğimiz merdivene yönelen Swann, Odette'in bu basamakları hiç tırmanmadığını düşünerek hüzünlendi. Ah! Oysa küçük terzi emeklisinin karanlık, pis kokulu, insana her an düşecekmiş hissi veren merdivenini tırmanıyor olsa, ne büyük bir mutluluk duyardı; o "beşinci kat"taki odaya Odette'in geldiği gecelerde, hatta diğer günlerde de gidebilmek, orada Odette'ten söz edebilmek, Odette'le Swann olmadığı zamanlar görüşen ve bu yüzden de adeta sevgilisinin hayatına ait, daha gerçek, daha ulaşılmaz, daha esrarengiz bir şeyleri içlerinde barındıran insanlarla birlikte olabilmek için, Opera'da her hafta sahne önü locasına ödediği kiradan çok daha fazlasını seve seve öderdi. Emekli terzinin oturduğu binada ikinci bir servis merdiveni olmadığından, o pis kokulu, ama arzulanan merdivende, akşamları her kapının önünde paspasın üzerine bırakılmış, boş, kirli bir süt kabı bulunurdu; oysa Swann'ın o esnada tırmandığı muhteşem, ama aşağılanan merdivende, çeşitli basamaklarda sağlı sollu hizmetkârlar nöbet tutuyor, kapıcı bölmesi penceresinin, daire kapılarının duvarda oluşturduğu girintilerde denetledikleri iç hizmeti temsil etmekle ve davetlilere sunmakla görevli bir kapıcı, bir sofracıbaşı, bir veznedar (haftanın diğer günlerinde kendi evlerinde yarı bağımsız yaşayan, küçük esnaf gibi kendi evlerinde yemek yiyen, yarın bir gün bir hekimin veya sanayicinin ev hizmetine girebilecek namuslu insanlardı hepsi), nadiren giydikleri ve içinde pek de rahat etmedikleri gösterişli üniformaları üstlerine geçirmeden önce kendilerine verilmiş olan talimata uymaya özen göstererek, babacan saflıklarının yumuşattığı parıltılı bir şaşaayla, nişlerin içindeki azizler misali, kapı kemerlerinin altında dimdik duruyorlardı; tıpkı kilise görevlileri gibi giyinmiş, dev yapılı bir teşrifatçı, her davetlinin gelişinde bastonunu yere vuruyordu. Swann, kendisini bir adım geriden izleyen, saçları Goya'nın zangoçları veya repertuvar oyunlarındaki noter kâtipleri gibi ensesinde bir fiyonkla, minik bir kuyruk halinde toplanmış, solgun yüzlü hizmetkârla birlikte merdivenin en üst basamağına ulaştıktan sonra, hizmetkârların kocaman kürsülerin ardındaki noterlerin edasıyla oturdukları bir masanın önüne geldi, hizmetkârlar ayağa kalkıp Swann'ın adını yazdılar. Ardından, küçük bir holden geçti; bu holün girişinde, –nasıl ki ismini aldıkları tek bir sanat eserine çerçeve teşkil etmek üzere düzenlenmiş, bilhassa çıplak bırakılmış sergi odalarında o eserden başka hiçbir eşya bulunmazsa– genç bir üniformalı uşak, Benvenuto Cellini'nin değerli bir nöbetçi heykeliymiş gibi tek başına sergilenmekteydi; vücudu hafifçe öne eğik duran, kırmızı boyunluğundan daha da kırmızı olan yüzünden alev alev utangaçlık ve gayretkeşlik dalgaları fışkıran ve müzik salonunun önüne gerili Aubusson goblenlerini acımasız, uyanık, çılgınca bakışlarıyla delip geçen delikanlı –alarm sembolü, bekleyişin cisimleşmesi, silah başına çağrısının abidesi gibi– burç kulesinden askeri bir soğukkanlılıkla düşmanın gelişini kollayan bir gözcüye, katedral kulesinden tabiatüstü bir inançla kıyametin gelişini kollayan bir meleğe benziyordu. Swann artık konser salonuna gelmişti; bol köstekli bir teşrifatçının eğilerek, bir kentin anahtarlarını teslim edercesine kendisine açtığı kapılardan geçip içeri girdi. Ama aklı, Odette izin vermiş olsa o anda içinde bulunabileceği evdeydi; paspasın üstündeki boş bir süt kabının bir an görünüp kaybolan hatırası Swann'ın kalbini sıkıştırdı.

Goblen kaplamaların ardında, hizmetkârların görüntüsü yerini davetlilerin görüntüsüne bıraktığı anda, Swann erkek çirkinliğiyle bir kere daha yüz yüze geldi. Ama çok iyi tanıdığı bu çehrelerin çirkinliği bile, sanki yeni bir şeydi Swann'ın gözünde, çünkü bu yüz hatları, –eskiden bir insanı tanımasına yarayan kullanışlı işaretler, peşinden koşulacak hazları, kaçınılacak tatsızlıkları veya mukabele edilecek kibarlıkları temsil eden simgeler oldukları halde– artık sadece estetik ilişkiler tarafından düzenlenmiş, bağımsız çizgilere dönüşmüşlerdi. Etrafını çeviren bu erkeklerin çoğunun kullandığı monokller bile, (eski günlerde Swann'ın sadece monokl takmış erkekleri diğerlerinden ayırmasını sağladıkları halde) artık bütün bu erkeklerin paylaştığı bir alışkanlığı temsil etmedikleri için, bir bireysellik kazanmışlardı Swann'ın gözünde. Belki Swann, girişte sohbet etmekte olan General de Froberville'le Bréauté Markisi'ne kendisini Jockey Kulübü'ne sokmuş, düellolarda ona şahitlik etmiş, yararlı ve eski dostlar olmalarına rağmen, şimdi bir resimdeki figürlere bakar gibi baktığı için, generalin bayağı, yaralı ve muzaffer yüzüne, gözkapaklarının arasına bir obüs mermisi gibi gömülmüş, Kyklop'un tek gözü gibi alnının ortasında duran monoklü, Swann'a şerefle kazanılmış olsa da, sergilenmesi ayıp, korkunç bir yara gibi göründü; M. de Bréauté'nin davetlere giderken şenlik simgesi olarak, inci grisi eldivenler, yaylı silindir şapka ve beyaz kravatla birlikte (Swann'ın da yaptığı gibi) her zamanki gözlüğünün yerine taktığı monoklü ise, mikroskop altında incelenmek üzere hazırlanmış bir preparata benziyordu: Camın arka yüzüne durmaksızın tavanların yüksekliğine, davetlerin güzelliğine, programın ilginçliğine ve ikramların lezizliğine gülümseyen kibarlıkla dolup taşan, kısık mı kısık bir bakış yapıştırılmıştı.

"Oo, nihayet geldiniz, sizi asırlardır görmüyorduk" dedi general Swann'a; sonra da Swann'ın süzülmüş çehresini fark edip ciddi bir hastalık yüzünden sosyete toplantılarından uzak kalmış olabileceği sonucunu çıkararak ekledi: "Çok iyi gördüm sizi!" Bu arada M. de Bréauté'nin, "Azizim, siz ha, ne yapıyorsunuz burada?" dediği yüksek sosyete romancısı, yegâne psikolojik araştırma ve acımasız çözümleme organı olan monoklünü gözüne sıkıştırdıktan sonra, esrarengiz, kendini önemseyen bir edayla, *r* harfini sert telaffuz ederek cevap verdi:

"Gözlem yapıyorum."

Forestelle Markisi'nin monoklü minnacıktı ve çerçevesi yoktu; varlığı açıklanamayan, az bulunur bir maddeden oluşan, fazladan bir kıkırdak gibi gömüldüğü gözü sürekli ve sancılı bir büzülmeye mecbur ettiği için, markinin çehresine hüzünlü bir incelik katıyor, kadınların onu derin aşk acıları çekebilecek bir erkek olarak görmelerine yol açıyordu. M. de Saint-Candé'nin Satürn gibi dev bir halkayla çevrelenmiş olan monoklü ise, her an kendini ona göre düzenleyen bir çehrenin ağırlık merkeziydi; kırmızı ve titrek burunla alaylı, sarkık dudaklar aralıksız mimikler yaparak cam yuvarlakta çakan zekâ kıvılcımlarının seviyesini tutturmaya çalışıyorlardı; bu monokle bakıp yapay büyülerin ve incelmiş bir tenselliğin hayalini kuran züppe, ahlaksız genç kadınlar, onu dünyanın en güzel gözlerine tercih ediyorlardı; bu arada, yuvarlak gözlü, kocaman sazan kafasıyla, ara sıra yönünü bulmak ister gibi ağzını açarak eğlencelerin ortasında ağır ağır ilerleyen M. de Palancy, sanki içinde yaşadığı akvaryumun camının herhangi bir parçasını, belki de tamamını temsil eden sembolik bir parçasını yanında getirmiş gibi taşıyordu monoklünü; Giotto'nun Padova'daki *Kötülükler ve Erdemler*'inin hayranı olan Swann, onu görünce, barınağının bulunduğu ormanları simgeleyen yapraklı bir dalla yan yana betimlenmiş olan Haksızlığı hatırladı.

Swann, Mme de Saint-Euverte'in ısrarları üzerine salonun içlerine doğru ilerlemiş ve *Orpheus*'tan bir bölümü seslendiren flütçüyü dinlemek için bir köşeye yerleşmişti; ne yazık ki bu köşeden görebildiği tek şey, yan yana oturmuş iki orta yaşlı hanımdı: Cambremer Markizi'yle Franquetot Vikontesi; bu iki hanım, kuzin olduklarından, davetlerde ellerinde çantaları, peşlerinde kızlarıyla, bir gardaymışçasına birbirlerini aramakla vakit geçirirler, ancak yan yana iki yeri tutup yelpazeleri veya mendilleriyle işaretleştiklerinde rahat ederlerdi; Mme de Cambremer pek kimseyi tanımadığı için kendisine eşlik edecek birini bulduğuna sevinir, onun aksine yüksek sosyetede pek gözde olan Mme de Franquetot ise, bütün o parlak dostlarına gençlik anılarını paylaştığı silik bir kadını kendilerine tercih ettiğini göstermeyi bir seçkinlik ve özgünlük belirtisi olarak görürdü. Swann iki hanımın flütü izleyen piyano parçasını (Liszt'in *Aziz Francesco'nun Kuşlara Vaazı* isimli eseri) dinleyişlerini hüzünlü bir alayla seyrediyordu: Mme de Franquetot, virtüozun baş döndürücü çalışını kaygıyla izliyordu, piyanistin ellerinin çevik hareketlerle üzerinde kaydığı tuşlar, sanki seksen metre yükseklikte, her an düşebileceği trapezlermiş gibi gözleri yuvalarından uğruyor, ara sıra yanında oturan kuzinine, "İnanılır gibi değil, bir insanın böyle bir şey yapabileceğini hiç düşünemezdim" anlamına gelen, şaşkın, itiraz yüklü bakışlar yöneltiyordu; Mme de Cambremer ise, sağlam müzik eğitimi görmüş bir kadın olarak, metronom sarkacına dönüşmüş başıyla tempo tutmaktaydı; başının bir omuzdan diğerine salınımı (çektiği acıyı artık tanıyamayan, ona hâkim olmaya dahi çalışmayan, sadece "Ne yapayım!" diyebilen bir hastanın o kaybolup gitmiş, kendini bırakmış bakışları eşliğinde) öyle bir boyuta ve hıza ulaşıyordu ki, elmas küpeleri ikide birde korsajının süslerine takılıyor, markiz saçlarını süsleyen siyah üzümleri düzeltmeye mecbur oluyor, ama buna rağmen tempoyu hızlandırmaktan geri kalmıyordu. Mme de Franquetot'nun öbür yanında, ama biraz daha önde oturan Gallardon Markizi, en sevdiği konuyu, yani Guermantes'larla hısımlığını düşünmekle meşguldü; bu hısımlıktan hem başkalarının nezdinde hem de kendi kendine büyük şeref duyar, ama biraz da utanırdı, çünkü Guermantes ailesinin en parlak fertleri, belki sıkıcılığı veya fesatlığı yüzünden, belki markiz ailenin daha düşük seviyedeki bir koluna dahil olduğu için, belki de hiç sebepsiz yere onu biraz dışlarlardı. Markiz, tanımadığı birinin, örneğin o esnada Mme de Franquetot'nun yanındayken, Guermantes'larla akrabalığı konusunda kendisinin sahip olduğu bilginin dışarıdan görülememesine üzülür, Bizans kiliselerindeki mozaiklerde, her kutsal şahsiyetin yanına o anda söylediği sözlerin bir sütun halinde, alt alta dizilmiş harflerle yazılması gibi, bu akrabalığın da görünür harflerle ifade edilememesine hayıflanırdı. O sırada, genç kuzini Laumes Prensesi'nin evliliğinden bu yana geçmiş olan altı yıl boyunca kendisine ne bir davetiye gönderdiğini, ne de ziyaretine geldiğini düşünmekteydi. Bunu düşünmek markizi öfkelendiriyor, ama aynı zamanda gururlandırıyordu da, çünkü kendisini Mme des Laumes'un evinde hiç göremediklerine şaşıran dostlarına, orada Prenses Mathilde'le karşılaşma ihtimali bulunduğu için gitmediğini söyleye söyleye –aşırı Lejitimist olan ailesi, böyle bir şeyi katiyen affetmezdi– sonunda genç kuzininin evine bu sebeple gitmediğine kendi de inanır olmuştu. Oysa Mme des Laumes'a görüşme isteğini defalarca belirttiğini hatırlıyordu, ama bulanık bir anıydı bu ve markiz, "İlk adımı atmak bana düşmez herhalde, ondan yirmi yaş büyüğüm" diye mırıldanarak, küçültücü sayılabilecek bu anıyı haydi haydi telafi ediyordu. İçinden söylediği bu etkili sözler sayesinde göğsüyle bağlantısını koparmış olan omuzlarını gururla geriye atıyor, bu omuzların üzerine neredeyse yanlamasına yatırılmış olan başı sofraya bütün tüyleriyle birlikte getirilen gururlu bir sülünün "yapıştırma" kafasını getiriyordu akla. Markiz aslında tıknaz, erkeksi, topaç bir kadındı, ama aldığı darbeler, bir uçurumun kenarında, kötü bir pozisyonda doğan ve dengelerini koruyabilmek için geriye doğru büyümek zorunda kalan ağaçlar gibi doğrultup dikleştirmişti kendisini. Diğer Guermantes'larla eşdeğerde olmayışını kendine unutturup avunmak için, onlarla prensiplerinin sarsılmazlığı ve onuru yüzünden sık görüşmediğini sürekli tekrarlamaya mecbur olduğundan, sonunda bu düşünce bedenini biçimlendirmiş, ona burjuva kadınlarının nazarında soyluluk göstergesi olan, ara sıra kulüp erkeklerinin yorgun bakışlarını kaçak bir arzuyla bulandıran bir heybet kazandırmıştı. Mme de Gallardon'un konuşması, tek tek her terimin kullanım sıklığını saptayarak bir şifreyi açığa çıkaran çözümlemelere tabi tutulsaydı, en yaygın terimin bile, "kuzenlerim Guermantes'larda", "Guermantes Teyze'min evinde", "Elzéar de Guermantes'ın sağlığı", "kuzinim Mme de Guermantes'ın locası" ifadeleri kadar sık kullanılmadığı ortaya çıkardı. Markize ünlü bir şahsiyetten söz edildiğinde, onunla şahsen tanışmadığını, ama Guermantes Teyze'sinin evinde sık sık rastladığını söylerdi, fakat bunu öylesine soğuk bir tavırla ve sert bir tonda söylerdi ki, şahsen tanışmamalarının tek sebebinin markizin köklü ve inatçı ilkeleri olduğu açıkça anlaşılırdı; markizin geriye attığı omuzlarını yasladığı bu ilkeler, jimnastik öğretmenlerinin göğüslerini geliştirmek için öğrencilerini dayadıkları merdivenlere benzerdi.

O sırada, kimsenin Mme de Saint-Euverte'in evinde görmeyi beklemediği Laumes Prensesi girdi salona. Tenezzül edip geldiği bir salonda yüksek mevkisini hissettirmeye çalışırmış gibi görünmek istemediğinden, önünde yarılması gereken bir kalabalık, geçmesine izin verilecek kimse bulunmasa da omuzlarını kısarak yürüyor, yetkililer geldiğini haber alıncaya kadar tiyatronun kapısında kuyrukta bekleyen bir kral gibi, bilhassa arka planda kalıyordu; kendisine en mütevazı gibi görünen (Mme de Saint-Euverte'in onu gördüğü anda, bir mutluluk çığlığıyla alıp oradan sürükleyeceğini bildiği) bir köşede, tanımadığı Mme de Cambremer'in yanında ayakta duruyor, bakışlarını –varlığına dikkat çekip ilgi beklermiş gibi görünmemek için– halının desenlerinde veya kendi eteğinde gezdirmekle yetiniyordu. Yanı başındaki müziksever hanımın mimiklerini gözlemliyor, ama taklit etmiyordu. Laumes Prensesi aslında kırk yılda bir Mme de Saint-Euverte'e beş dakikalığına uğramışken, elinden geldiğince kibar davranmayı ve böylece gösterdiği nezaketi ikiye katlamayı isterdi istemesine. Ne var ki, prenses, mizacı gereği, "abartı" dediği şeyden nefret eder ve kendi yaşadığı çevrenin "tarz"ına yakışmayan gösterilerde bulunmaya "mecbur olmadığını" açıkça ortaya koymaktan hoşlanırdı; bununla birlikte, daha düşük seviyeli de olsa yeni bir çevrenin en kendinden emin kişilerde bile ortaya çıkardığı, utangaçlığa benzer taklit duygusu yüzünden, bu tür gösterilerden etkilenirdi aynı zamanda. Prenses, giderek, acaba çalınmakta olan, belki de kendisinin o güne kadar dinlediği müziğin çerçevesi dışında kalan parça bu mimik ve jestleri gerektiriyor mu, acaba bu hareketleri yapmamak eseri anlamamanın göstergesi ve ev sahibesine karşı da bir münasebetsizlik midir diye düşünmeye başladı; öyle ki, çelişkili duygularını ifade etmek için bir "orta yol" arıyor, bazen omuz askılarını çekiştirmekle, sarı saçlarına taktığı, hem sade, hem sevimli bir saç modeli oluşturan, elmaslarla bezenmiş, mercandan ya da pembe mineden yapılmış küçük topları düzeltmekle yetiniyor, bir yandan donuk bir merakla coşkulu komşusunu inceliyor, bazen kısa bir süre yelpazesiyle tempo tutuyor, ama bağımsızlığından feragat etmemek için, aksak ritimde tempo tutuyordu. Piyanist Liszt'in eserini tamamlayıp Chopin'in bir prelüdüne geçtiğinde, Mme de Cambremer Mme de Franquetot'ya döndü ve bilgiç bir tatminle, geçmişe yönelik imalarla yüklü bir sevecenlikle gülümsedi. Mme de Cambremer gençliğinde Chopin'in o özgür, esnek, dokunma duyusunu harekete geçiren, uzun, dolambaçlı ve ölçüsüz cümlelerini, önce çıkış noktalarının dışında ve çok ötesinde, ulaşmaları beklenen noktanın çok uzağında kendilerine bir yer arayan ve bu kaprisli sapmalardan sonra, kasten –önceden incelikle planlanmış, şaşmaz bir dönüşle, adeta insanı bağırtacak kadar çınlayan bir kristal gibi– dönüp insanı kalbinden vuran cümlelerini piyanonun tuşlarını okşarcasına çalmayı öğrenmişti.

Mme de Cambremer pek fazla kişiyle ilişkisi olmayan bir taşra ailesinde yaşadığı ve balolara pek gitmediği için, malikânesinin yalnızlığında kendinden geçerek hayalî çiftlerin dansını yavaşlatır, hızlandırır, onları çiçek toplar gibi tek tek sayar, bir ara baloyu bırakıp göl kenarında, köknarların arasında esen rüzgârın sesini dinler ve orada birdenbire kendisine doğru ilerleyen, o güne kadar kurulmuş bütün hayallerden yeryüzü âşıklarının olamayacağı kadar farklı, konuşması hafif şarkı söyler gibi, falsolu, telaffuzu yabancı, beyaz eldivenli, zayıf bir delikanlı görürdü. Ama bu müziğin modası geçmiş güzelliği artık solmuş gibiydi. Birkaç yıldır müzik uzmanlarından itibar görmediği için şerefini ve büyüsünü kaybetmişti; zevksizler bile artık bu müzikten itiraf etmedikleri, vasat bir zevk alabiliyorlardı ancak. Mme de Cambremer arkasına kaçamak bir göz attı. Markiz (armoniyi ve Yunanca'yı dahi öğrenmiş biri sıfatıyla, özellikle bilgili olduğu zihinsel konular haricinde yeni ailesine saygıda kusur etmeyen) genç gelininin Chopin'i küçümsediğini ve Chopin çalındığında rahatsız olduğunu biliyordu. Ama kendi yaşında bir grup insanla birlikte ötede oturmakta olan Wagnerci gelininin gözetiminden uzakta olduğu için, Mme de Cambremer müziğin yarattığı harikulade izlenimlere kendini bırakabiliyordu. Laumes Prensesi de bu izlenimleri yaşıyordu. Doğuştan müziğe yetenekli olmamakla birlikte, on beş yıl önce, Saint-Germain muhitinin piyano hocalarından biri olan, son yıllarında yoksul düşen ve yetmiş yaşında eski öğrencilerinin kızlarıyla torunlarına ders vermek zorunda kalan üstün yetenekli bir kadından müzik dersleri almıştı. Piyano hocası artık yaşamıyordu. Ama yöntemi, o güzel tınısı zaman zaman öğrencilerinin, hatta bunların arasında sıradanlaşmış ve müziği bırakmış olanların, bir piyanonun kapağını kırk yılda bir açanların bile parmaklarının altında tekrar yeşeriyordu. İşte bu yüzden, Mme des Laumes başını sallarken son derece bilinçliydi ve ezbere bildiği bu prelüdü piyanistin nasıl icra ettiğini doğru değerlendirebilmişti. Piyanistin başladığı cümlenin sonu, kendiliğinden prensesin dudaklarından döküldü. Prenses, "Gerçekten çok hoş" diye mırıldandı; vurgulanarak söylenen ç, bir hassasiyet göstergesiydi ve prenses bu harfi telaffuz ederken, dudaklarının güzel bir çiçek gibi, öylesine romantik bir biçimde kırıştığını hissetti ki, içgüdüleri bakışlarına o esnada bir duygusallık, bir boşluk katıp gözleriyle dudakları arasında uyum sağladı. Bu arada Mme de Gallardon, Laumes Prensesi'yle nadiren karşılaşma fırsatı bulabildiğine hayıflanmaktaydı, çünkü karşılaştıklarında, selamını karşılıksız bırakarak prensese bir ders vermeye niyetliydi. Kuzininin orada olduğunu bilmiyordu. Mme de Franquetot başını oynatınca, birden prensesi gördü. Derhal herkesi rahatsız ederek ona doğru ilerledi; ama Mme de Gallardon, bir yandan evinde Prenses Mathilde'le burun buruna gelebileceği, ayrıca "akranı" olmadığı için ilk adımı atmaya mecbur olmadığı bir şahısla ilişki kurmak istemediğini herkese hatırlatacak soğuk ve mağrur bir edaya bürünmek, bir yandan da aceleyle yanına gidişini açıklayıp prensesi konuşmak zorunda bırakacak bir şey söyleyerek bu edayı telafi etmek istiyordu; işte bu yüzden, kuzininin yanına gelince, asık suratla, zorla kartvizitini uzatırmış gibi elini uzatarak, adeta prens ağır hastaymışçasına kaygılı bir ses tonuyla, "Kocan nasıl?" diye sordu. Prenses, hem başkalarına karşısındakini umursamadığını göstermeyi, hem de yüz hatlarını hareket halindeki ağzının ve ışıltılı gözlerinin etrafında toplayarak çehresini güzelleştirmeyi amaçlayan o kendine has kahkahasını patlatarak cevap verdi:

"Gayet iyi!"

Sonra da gülmeye devam etti. Bu arada Mme de Gallardon iyice doğrulup daha da soğuk bir yüz ifadesi takınarak, ama prens için kaygılanmaya devam ederek, kuzinine baktı ve "Oriane" dedi (Mme des Laumes, görünmez bir üçüncü şahsa şaşkın şaşkın, gülümseyerek bakmak suretiyle, kendisine adıyla hitap etme iznini Mme de Gallardon'a asla vermediğini belirtmiş oldu), "yarın akşam evime uğrayıp Mozart'ın bir klarnet beşlisini dinlemeni çok istiyorum. Senin fikrini almayı arzu ediyorum."

Mme de Gallardon sanki bir davette bulunmuyor, bir yardım istiyordu ve prensesin Mozart beşlisi hakkındaki fikrine adeta yeni aşçısının icadı olan bir yemek hakkında bir gurmenin fikrini alması gerekirmiş gibi ihtiyaç duyuyordu.

"Ama ben o beşliyi biliyorum, hemen şimdi de söyleyebilirim fikrimi... çok severim!

—Biliyorsun kocam iyi değil, karaciğeri hasta... seni görmek onu çok mutlu edecektir" diye devam etti Mme de Gallardon, davete katılmayı prenses için bir hayırseverlik görevi haline getirerek.

Prenses insanlara evlerine gitmek istemediğini söylemekten hoşlanmazdı. Her gün, gitmeyi asla düşünmediği bir davete –kayınvalidesinin beklenmedik bir ziyareti, kayınbiraderinin bir çağrısı, bir opera temsili, bir kır eğlencesi yüzünden– katılamamaktan duyduğu üzüntüyü belirten mektuplar yazardı. Böylece birçok kişiye onların dostu olduğunu, evlerine seve seve gideceğini, ama prenslere özgü aksilikler nedeniyle gidemediğini zannetme mutluluğunu yaşatır, onlar da kendi davetlerinin prenslerin davetleriyle rekabet ettiğini düşünerek gurur duyarlardı. Mérimée'yle başlayıp son olarak Meilhac'la Halévy'nin oyunlarında sergilenen, beylik düşüncelerden ve alışılmış duygulardan arındırılmış uyanık anlayışın izlerini taşıyan, nüktedan Guermantes muhitine mensup olan prenses, bu anlayışı sosyal ilişkilerine bile uyarlar, gerçekçi, belirgin ve mütevazı olmasına çalıştığı nezaketine bile yansıtırdı. Bir ev sahibesine davetine katılmayı ne kadar çok istediğini uzun uzun anlatmaz, gidip gidemeyeceğini belirleyecek olan birkaç küçük ayrıntıdan söz etmeyi daha kibar bir davranış olarak görürdü.

"Bak, durumu anlatayım" dedi Mme de Gallardon'a, "yarın akşam, ne zamandır günüme gelmek isteyen bir hanım arkadaşıma gitmem gerekiyor. Bizi tiyatroya götürecek olursa, sana gelemem, ama evde oturursak, bizden başka kimse olmayacağına göre, erken kalkabiliriz.

—Aa, bak, arkadaşım Swann'ı gördün mü?

—Hayır, görmedim; canım Charles, burada olduğunu bilmiyordum, kendimi ona göstermeye çalışayım bari.

—Saint-Euverte hanımefendinin evine bile girip çıkması tuhaf, dedi Mme de Gallardon. Zeki bir adam olduğunu biliyorum elbette, diye ekledi, entrikacı olduğunu kastederek, ama yine de, bir Yahudi'nin hem kardeşi, hem de eniştesi başpiskopos olan birinin evinde bulunması tuhaf!

—Utanarak itiraf edeyim ki ben rahatsız olmuyorum, dedi Laumes Prensesi.

—Din değiştirdiğini, hatta ondan önce ebeveyninin, dedelerinin de dinlerini değiştirdiğini biliyorum. Ama dönmelerin eski dinlerine herkesten çok bağlı kaldıklarını, sırf görünüşte din değiştirdiklerini söylüyorlar, öyle mi?

—Bu konuda hiçbir bilgim yok."

Chopin'den iki parça çalacak olan piyanist, prelüdü bitirir bitirmez bir poloneze girişmişti. Ama Mme de Gallardon kuzinine Swann'ın orada olduğunu haber verdikten sonra, Chopin mezarından kalkıp gelerek bütün eserlerini bizzat çalsa, Mme des Laumes dikkatini müziğe veremezdi. Prenses, biri tanımadığı insanları merak eden, öbürü tanıdıklarıyla ilgilenen iki insan türünden ikincisine aitti. Saint-Germain muhiti kadınlarının çoğu gibi Mme des Laumes da bir yerde kendi yakın çevresinden birini buldu mu, kendisine söyleyeceği özel bir şey olmadığı halde bütün dikkatini ona yöneltir, başka hiçbir şeyle ilgilenmezdi. Prenses o andan itibaren, Swann'ın dikkatini çekmek için, önüne bir parça şeker uzatılıp çekilen evcil bir beyaz fare gibi, yüzünü sürekli Swann'a çevirip Chopin'in poloneziyle hiçbir ilişkisi olmayan, gizli mutabakat işareti mimikler yapmaktan başka bir şeyle meşgul olmadı; Swann yer değiştirdiğinde, prensesin gülümsemesi de mıknatısla çekilirmiş gibi ona paralel olarak hareket ediyordu.

"Oriane, kızma ama" diye sözüne devam etti Mme de Gallardon, en büyük sosyal beklentilerini ve günün birinde yüksek sosyetenin gözünü kamaştırma umudunu karşısındakine tatsız bir şey söylemenin verdiği anlaşılmaz, anlık, mahrem haz uğruna feda etmekten asla kendini alamama huyuyla, "M. Swann'ın insanın evinde ağırlayamayacağı türden bir insan olduğunu söylüyorlar, doğru mu?

—Hayatım... sen de biliyorsun doğru olduğunu, diye cevap verdi Laumes Prensesi, elli kere davet ettin kendisini, hiçbirinde gelmedi."

Prenses rezil olan kuzininin yanından ayrılırken yine bir kahkaha patlattı; müziği dinlemekte olanları dehşete düşüren gülüşü, nezaket icabı piyanonun yanından ayrılmayan Mme de Saint-Euverte'in prensesi görmesine sebep oldu. Mme de Saint-Euverte, Mme des Laumes'un hâlâ Guermantes'ta, hasta kayınpederine bakmakta olduğunu zannettiğinden, onu gördüğüne iki kat sevindi.

"Nasıl olur prenses, siz burada mıydınız?

—Evet, bir köşede duruyordum, güzel müzikler dinledim.

—Ne diyorsunuz, demek epeydir buradasınız!

—Evet, çok hızlı geçtiyse de uzunca bir süredir buradayım, bir tek sizi göremediğim için uzun geldi."

Mme de Saint-Euverte ona kendi koltuğunu vermek isteyince prenses itiraz etti.

"Yok canım! Ne gerek var? Ben her yerde rahat ederim!"

Sonra da soylu hanımefendi sadeliğini ortaya koyacak şekilde, bilhassa arkalıksız bir tabure seçti:

"İşte bu puf tam bana göre. Hem böylece dik duruyorum. Aman Tanrım, ne çok gürültü ettim, dövecekler beni."

Bu arada piyanist hızını iki katına çıkarmıştı, müzik heyecanı doruktaydı; bir hizmetkâr tepsiyle içecek gezdiriyor, kaşıklar tıngırdıyor, Mme de Saint-Euverte her haftaki gibi uzaktan hizmetkâra gitmesini işaret ediyor, ama hizmetkâr bir türlü kendisini görmüyordu. Genç bir kadının bıkkın görünmemesi gerektiği öğretilmiş olan bir yeni gelin mutluluk içinde gülümsüyor, böyle bir şölen verirken "kendisini düşünmüş" olmasına minnet duyduğunu bakışlarıyla ifade edebilmek için, ev sahibesini arıyordu gözleriyle. Oysa Mme de Franquetot'dan daha sakin olmakla birlikte, o da parçayı kaygıyla takip etmekteydi, ama bu genç hanımın kaygısı piyaniste değil, piyanoya yönelikti; her *fortissimo*da yerinden hoplayan bir mumun abajuru ateşe vermese de, pelesengi lekelemesinden korkuyordu. Nihayet daha fazla dayanamayıp piyanonun üzerinde durduğu platforma çıkan iki basamağı tırmandı ve şamdanı kaldırmak üzere bir hamle yaptı. Ama tam şamdanı tutacağı anda, parça son bir akorla sona erdi ve piyanist yerinden kalktı. Bununla birlikte, genç kadının cesur hamlesi ve piyanistle bir an çarpışır gibi olmaları genelde olumlu bir izlenim yarattı.

"Şu genç hanımın yaptığını gördünüz mü Prenses?" dedi General de Froberville, selamlamak üzere yanına geldiği Laumes Prensesi'ne; Mme de Saint-Euverte az önce prensesin yanından ayrılmıştı. "Enteresan. Sanatçı mı acaba?

—Hayır, Mme de Cambremer adında bir kadıncağız" diye düşüncesizce bir cevap verdi prenses, sonra aceleyle ekledi: "Ben de duyduğumu söylüyorum, kim olduğu hakkında hiçbir fikrim yok; arkamda birileri Mme de Saint-Euverte'in kır evinin komşuları olduklarını söylüyordu, ama kimse tanımıyor sanırım. 'Kırlı insanlar' olsalar gerek! Ayrıca burada bulunan göz kamaştırıcı toplulukla sıkı fıkı mısınız bilmem, ama ben bu şaşırtıcı şahısların isimlerini bile bilmiyorum. Mme de Saint-Euverte'in gece davetlerine gitmenin dışında hayatlarını nasıl geçiriyorlardır dersiniz? Markiz onları da müzisyenlerle, iskemleler ve içkilerle birlikte sipariş etmiş olmalı. İtiraf etmek gerekir ki 'Belloir malı davetliler' mükemmel. Gerçekten her hafta bu figüranları tutma cesaretini gösterebiliyor mu? İnanılır gibi değil!

—Ama Cambremer köklü, eski bir soyadıdır, dedi general.

—Eskiliğine bir diyeceğim yok, dedi prenses sertçe, ama *öfonik** değil" diye ekledi, Guermantes muhitine has, hafif yapmacık bir tarzda, öfonik kelimesini tırnak içindeymiş gibi vurgulayarak.

"Öyle mi düşünüyorsunuz? Çok güzel bir kadın, dedi general, gözlerini Mme de Cambremer'den ayırmadan. Sizce öyle değil mi Prenses?

---

* Kulağa hoş gelen, sesleri birbiriyle uyumlu.

—Kendini çok ön plana çıkarıyor, bu kadar genç bir kadına yakışmayan bir davranış bence; bildiğim kadarıyla küçük hanım akranım değil" diye cevap verdi Mme des Laumes ('akran', Gallardon'larla Guermantes'ların ortaklaşa kullandıkları bir ifadeydi).

Ama M. de Froberville'in Mme de Cambremer'e bakmaya devam ettiğini görünce, prenses biraz kadına kötülük olsun diye, biraz da generale kibarlık etmek için, "Yakışmaması... kocası açısından tabii!" dedi. Yazık, onu tanımadığıma üzüldüm, görünüşe bakılırsa epey etkilendiniz kendisinden, sizi tanıştırırdım" diye ekledi, genç kadınla tanışsa da muhtemelen hiçbir gayret göstermeyeceği halde. "Sizinle vedalaşmak zorundayım, çünkü bugün bir hanım arkadaşımın isim günü, onu tebriğe gideceğim" dedi mütevazı ve samimi bir tavırla, gideceği yüksek sosyete davetini sıkıcı, ama gitmesi hem zorunlu, hem de dokunaklı olan basit bir törene indirgeyerek. "Basin'le orada buluşacağız; ben buradayken, Basin sanırım sizin de tanıdığınız, bir köprüyle aynı ismi paylaşan dostları Iéna'ları ziyarete gitti.

—Iéna daha önce de bir zaferin ismiydi Prenses" dedi general. Sonra, pansuman değiştirir gibi monoklünü çıkarıp temizledi; prenses mecburen gözlerini kaçırırken, general konuşmasına devam etti: "Ne yapalım, benim gibi emektar bir askerin gözünde Ampir asaleti evet, başka şeydir, ama kendi içinde bir güzelliği vardır, sonuç olarak bu insanlar birer savaş kahramanı.

—Benim kahramanlara saygım sonsuz, dedi prenses hafif alaylı bir tonda; ben Basin'le birlikte Iéna Prensesi'nin evine gitmiyorsam, katiyen bu sebeple değil, kendileriyle tanışmadığım için gitmiyorum. Basin onları tanır ve çok sever. Yo! Katiyen zannettiğiniz gibi değil, flört yok ortada, itiraz etmem için bir sebep yok! Ayrıca itiraz etmem ne işe yarayacaksa!" diye ekledi hüzünle, çünkü Laumes Prensi'nin güzeller güzeli kuziniyle evlendiği günden itibaren karısını sürekli aldattığını herkes biliyordu. "Her neyse, böyle bir şey söz konusu değil, çok eskiden beri tanıştığı insanlar, onlardan yararlanıyor, benim de buna bir diyeceğim yok. Bir kere evlerini öyle bir anlatıyor ki... Düşünsenize, bütün mobilyaları 'Ampir'miş!

—Öyle olması çok normal Prenses, dedelerinden kalma mobilyalar çünkü.

—İyi ama, bu çirkin olmalarını engellemez ki. Herkes güzel şeylere sahip olmayabilir, ama hiç değilse gülünç olmamalı. Ne yapayım, bence korkunç bir üslup, dünyanın en şatafatlı, en burjuva üslubu; hele o kuğu başlı konsollar yok mu, küvet gibi!

—Yine de güzel eşyaları olduğunu sanıyorum, mesela üzerinde çok önemli bir anlaşmanın imzalandığı meşhur mozaik masa...

—Tamam! Tarihsel açıdan ilginç eşyaları olabilir, bir şey demiyorum. Ama güzel olmaları mümkün değil... çünkü korkunç! Benim de buna benzer eşyalarım var, Montesquiou'lardan Basin'e miras kaldı. Ama kimsenin görmediği bir yerde, Guermantes'ta tavan arasında duruyorlar. Her neyse, zaten mesele bu değil, kendileriyle tanışsam Basin'le birlikte hiç durmaz koşardım evlerine, sfenkslerinin, bakırlarının ortasında ziyaret ederdim onları, ama tanışmıyoruz! Bana küçüklüğümde, tanışmadığınız insanların evine gitmek ayıptır diye öğrettiler, dedi prenses çocuksu bir tavırla. Ben de öğretileni yapıyorum. Düşünsenize, kapıdan içeri tanımadıkları biri girse, o namuslu insanlar ne yaparlar? Belki de çok kötü karşılarlar beni!"

Prenses cilveli bir tavırla, böyle bir ihtimal karşısında engelleyemediği tebessümünü güzelleştirmek için mavi gözlerini generale dikti ve hulyalı hulyalı baktı.

"Saygıdeğer Prenses! Sevinçlerinden havaya zıplarlardı, siz de biliyorsunuz...

—Yok canım, niye peki?" diye sordu prenses heyecanla; belki, prenses Fransa'nın en soylu hanımefendilerinden biri olduğu için Iéna'ların sevineceğini bilmiyormuş gibi görünmek istiyordu, belki de bunu generalin ağzından duymak istiyordu. "Niçin? Nereden biliyorsunuz? Belki çok tatsız bulurlar bu durumu. Bilemiyorum ama, kendimden yola çıkarsam, ben tanıdığım insanlarla bile görüşmekten o kadar sıkılıyorum ki, bir de tanımadığım insanlarla görüşmek zorunda kalsam, 'kahraman da olsalar', çıldırırdım herhalde. Ayrıca, başka sebeplerle tanıştığımız, sizin gibi eski dostların haricinde, kahramanlık yüksek sosyetede pek geçerli olamazmış gibi geliyor bana. Sık sık akşam yemeği daveti vermekten zaten sıkılıyorum, bir de sofraya geçerken Spartacus'ün koluna girmem gerekse... Yok, yok, ben on dördüncü davetli olarak Vercingetorix'i seçemezdim asla. Onu büyük şölenlere saklardım herhalde. Eh, şölen de düzenlemediğime göre...

—Ah, Prenses! Bir Guermantes olduğunuz nasıl da belli! Guermantes'ların zekâsından payınızı almışsınız!

—Her zaman Guermantes'ların zekâsı deniyor, sebebini hiçbir zaman anlayamamışımdır, dedi prenses. Demek aynı zekâya sahip *başkalarını* da tanıyorsunuz" diye ekledi, mutluluk içinde, kahkahalarla gülerek; yüzünün bütün hatları canlanarak bir araya toplanmış, bir ağ oluşturmuştu, gözleri kıvılcımlar saçan, aydınlık bir neşeyle parıldıyordu; prensesin gözlerini bir tek şey böyle ışıldatabilirdi, o da, prensesin kendi ağzından bile çıkmış olsa, zekâsına veya güzelliğine yönelik övgülerdi. "Bakın, Swann sizin Cambremer'i selamlıyor galiba; şurada... Saint-Euverte Teyze'nin yanında, görmüyor musunuz? Ondan rica edin, tanıştırsın sizi hanımefendiyle. Ama çabuk olun, Swann kaçacak delik arıyor!

—Swann'ın yüzü ne kadar solgun, fark ettiniz mi? dedi general.

—Canım Charles! Oh! Nihayet geliyor, benimle görüşmek istemediğini düşünmeye başlamıştım artık!"

Swann Laumes Prensesi'ni çok severdi; ayrıca prenses, o kadar sevdiği halde Odette'ten uzaklaşmamak için artık gidemediği Combray'nin yakınındaki Guermantes'ı da hatırlatıyordu ona. Swann, prensesin hoşlanacağını bildiği ve eski muhitine bir an geri döndüğünde doğal olarak bürünüverdiği yarı sanatçı, yarı çapkın tavırla –bir yandan kırlara duyduğu özlemi ifade etmeye kendi adına ihtiyaç duyarak– konuştu:

"Aa!" dedi, hem konuşmakta olduğu Mme de Saint-Euverte, hem de sözlerini duyurmak istediği Mme des Laumes işitebilsinler diye yüksek sesle. "Büyüleyici prenses buradaymış! Bakın, Liszt'in *Assisili Aziz Francesco*'sunu dinlemek için, özel olarak Guermantes'tan gelmiş; tıpkı güzel bir baştankara gibi, başına takmak üzere kuşlardan birkaç minik erik ve akdiken meyvesi araklamaya vakit bulabilmiş ancak; hatta üzerlerinde hâlâ birkaç çiy damlası, beyaz kırağılar var, düşes soğuktan sızlanıyordur. Gerçekten çok güzel sevgili Prenses.

—Nasıl olur, saygıdeğer Prenses, özel olarak Guermantes'tan mı geldiler? Bu kadarı da biraz fazla! Bilmiyordum, şaşırdım kaldım" diye haykırdı Mme de Saint-Euverte safça; Swann'ın esprilerine pek alışık değildi. Sonra prensesin saç modelini inceledi: "Doğru, tıpkı şeye benziyor... nasıl söylesem, kestane değil, hayır, ah, olağanüstü bir fikir! Peki ama Prenses programımı nereden biliyordu? Müzisyenler bana bile bildirmemişlerdi programı."

Swann, hep çapkın bir lisanla konuştuğu kadınlardan biriyle

birlikteyken, çoğu yüksek sosyete mensubunun anlamadığı incelikte iltifatlar yapmayı alışkanlık haline getirmişti; dolayısıyla, istiare yaptığını Mme de Saint-Euverte'e açıklamaya tenezzül etmedi. Prenses ise kahkahalarla gülmeye koyuldu, çünkü Swann'ın espri anlayışı prensesin yakın dost çevresinde müthiş takdir görürdü, ayrıca prenses kendisine yapılan her iltifatta müthiş bir zarafet ve dayanılmaz bir mizah bulurdu mutlaka.

"Küçük akdiken meyvelerimin hoşunuza gitmesine çok sevindim Charles. Bu Cambremer denen kadını niye selamlıyorsunuz, sizin de 'kır evi' komşunuz mu yoksa?"

Prensesin Swann'la sohbet etmekten memnun göründüğünü fark eden Mme de Saint-Euverte yanlarından uzaklaşmıştı.

"Sizin de komşunuz sayın Prenses.

—Benim mi? Demek bu insanların her yerde kırları var! Onların yerinde olmayı çok isterdim doğrusu!

—Sizin komşularınız Cambremer'ler değil, gelinin ailesi; Mme de Cambremer, henüz Mademoiselle Legrandin olduğu yıllarda Combray'ye gelirdi. Bilmem biliyor musunuz, siz Combray Kontesi unvanına da sahipsiniz, rahipler meclisinin size vergi vermesi gerekir.

—Rahipler meclisinin bana ne vermesi gerektiğini bilmiyorum, ama rahibe yılda yüz frank ödediğimi biliyorum, hiç de meraklısı değilim. Baksanıza, şu Cambremer'lerin soyadı inanılır gibi değil. Tam zamanında bitiyor, ama kötü bitiyor!* dedi prenses gülerek.

—Başlangıcı da daha iyi sayılmaz,** diye cevap verdi Swann.

—Doğru, çifte kısaltma!

—Belli ki çok öfkeli ve çok terbiyeli birisi ilk kelimenin sonunu getirememiş.

—Ama mademki kendini alamayıp ikincisine başlayacakmış, birinciyi tamamlayıp kurtulsa daha iyi edermiş. Sevgili Charles, şakalarımızın konularına diyecek yok; kuzum, sizi artık hiç görememekten sıkıldım, dedi prenses sevecen bir tavırla, sizinle sohbet etmeyi o kadar özlüyorum ki! Düşünsenize, o geri zekâlı Froberville'e Cambremer soyadının çok komik olduğunu anlatmam bile mümkün olmazdı. Hayatın çok korkunç bir şey olduğunu kabul edin. Bir tek sizi gördüğümde sıkıntım geçiyor."

---

* *merde:* bok, pislik

** *mot de Combronne:* bok, pislik anlamında dolaylama

Prensesin bu söylediği doğru değildi şüphesiz. Fakat Swann ve prenses, önemsiz ayrıntıları aynı şekilde değerlendirdikleri için –belki de sebep sonuç ilişkisi tersineydi– ifade tarzları ve hatta telaffuzları birbirine çok benzerdi. Bu benzerlik pek göze batmazdı, çünkü sesleri birbirinden çok farklıydı. Ama zihninizde Swann'ın sözlerini kendilerini sarmalayan tınıdan ve arasından süzüldükleri bıyıktan ayırmayı başardığınız takdirde, bu sözlerin Guermantes muhitinin cümleleriyle, tonlamalarıyla, tarzıyla tıpatıp aynı olduklarını fark ederdiniz. Swann'la prenses önemli meselelerde asla aynı fikirleri paylaşmazlardı. Ama Swann hep kederli olduğu bu son dönemlerde, sürekli ağlamak üzereymiş gibi ürperiyor, bir katilin işlediği cinayetten bahsetmeye ihtiyaç duyduğu kadar, o da kederden bahsetme ihtiyacı duyuyordu. Prenses kendisine hayatın korkunç bir şey olduğunu söylediğinde, sanki Odette'ten söz etmişçesine tatlı bir his kapladı Swann'ın içini.

"Ah! Evet, hayat gerçekten korkunç. Görüşmemiz lazım sevgili dostum. Sizinle birlikte olmanın en güzel tarafı neşeli olmayışınız. Birlikte bir gece geçirelim.

—Bence de iyi olur; Guermantes'a gelsenize, kayınvalidem sevincinden deliye döner. Çok çirkin diye bilinen bir yer, ama inanın benim hoşuma gidiyor, ben 'güzel manzaralı' yerlerden nefret ediyorum.

—Bilmez miyim, harika bir yerdir, diye cevap verdi Swann, şu anda bana aşırı güzel, aşırı hayat dolu geliyor diyebilirim; mutlu olunacak bir yer orası. Belki orada yaşadığım içindir, ama her şeyin benimle konuştuğu hissine kapılırım! Aniden bir esinti çıkıp da buğday başaklarını dalgalandırdığında, birinin geleceğini, bir haber alacağımı hissederim; sonra o su kıyısındaki küçük evler... şimdi çok bedbaht olurum orada!

—Aman, sevgili Charles, dikkat edin, Rampillon cadısı beni gördü, saklayın beni; hatırlatsanıza bana, ne gelmişti başına, karıştırıyorum, kızını ya da âşığını evlendirdi, hangisiydi bilemiyorum; belki ikisini de... birbirleriyle hem de!.. Yok, yok, hatırladım, prensi onu reddetmişti... benimle konuşuyormuş gibi yapın da şu Berenike gelip beni akşam yemeğine davet etmesin. Ben de kaçıyorum zaten. Sevgili Charles, kırk yılda bir görüşmüşken, gelin sizi kaçırıp Parma Prensesi'nin evine götüreyim; prenses o kadar memnun olurdu ki! Basin'le de orada buluşacağız, o da çok sevinirdi. Neyse ki Mémé'den haberlerinizi alıyoruz... Sizi artık hiç görmüyorum ki!"

Swann prensesin teklifini reddetti; M. de Charlus'e Mme de Saint-Euverte'in davetinden sonra doğrudan evine döneceğini söylemişti; Parma Prensesi'ne gidip de barondan kendisine gelebilecek notu kaçırmaya niyeti yoktu; davet boyunca, bir hizmetkârın gelip kendisine bir mektup getirmesinden umudunu kesmemişti, belki de eve vardığında kapıcıya bırakılmış bir not bulurdu. O gece, Mme des Laumes kocasına, "Zavallı Swann, dedi, eskisi gibi sevimli, ama çok bedbaht görünüyor. Siz de göreceksiniz, yakında akşam yemeğine geleceğine söz verdi. Aslında onun zekâsına sahip bir erkeğin bu tür bir kadın yüzünden acı çekmesi gülünç bence; üstelik kadının ilginç bir yanı da yok, geri zekâlıymış" diye ekledi, âşık olmayan insanlara özgü sağduyuyla; bunlar, zeki bir erkeğin sadece üzüntüsüne değecek kadınlar yüzünden bedbaht olması gerektiğini düşünürler, ki bu da, insanların kolera basili kadar minik bir varlık yüzünden kolera hastalığını çekmeye nasıl tenezzül edebildiklerine şaşırmaya benzer.

Swann artık evine dönmek istiyordu, ama tam sıvışacağı anda, General de Froberville kendisini Mme de Cambremer'le tanıştırmasını rica edince, generalle birlikte Mme de Cambremer'i aramak üzere salona dönmeye mecbur oldu.

"Ne dersiniz Swann, bu kadının kocası olmak, vahşiler tarafından katledilmekten iyidir herhalde, öyle değil mi?"

Bu "vahşiler tarafından katledilmek" sözü üzerine kalbi acıyla sızlayan Swann, generalle sohbete devam etme ihtiyacı duydu:

"Ah! dedi. Bu şekilde son bulan nice güzel hayatlar vardır... Mesela bildiğiniz gibi... Dumont d'Urville'in küllerini getirdiği şu denizci, La Pérouse..." (Swann sanki Odette'ten bahsetmiş gibi mutluydu.) "La Pérouse çok esaslı, çok ilginç bir şahıs bence, diye hüzünle ekledi.

—Gayet tabii, La Pérouse, dedi general. Meşhur bir adam. Sokağı bile var.

—La Pérouse Sokağı'nda oturan bir tanıdığınız mı var? diye sordu Swann telaşla.

—Bir tek Mme de Chanlivaut var, bizim Chaussepierre'in kız kardeşi. Geçenlerde çok güzel bir tiyatro daveti verdi. Salonu bir gün en seçkin salonlar arasında yer alacak, görürsünüz!

—Ya! La Pérouse Sokağı'nda oturuyor demek. Sevimli bir yer, güzel bir sokaktır, hüzünlüdür çok.

—Yok canım, siz belli ki uzun zamandır gitmemişsiniz; artık hüzünlü değil, yeni binalar yapılıyor bütün o mahallede."

Swann nihayet M. de Froberville'i genç Mme de Cambremer'e takdim etmeyi başardığında, generalin adını daha önce hiç duymamış olan Mme de Cambremer, sanki en sık duyduğu isim buymuş gibi sevinç ve şaşkınlıkla gülümsedi; yeni ailesinin dostlarını tanımadığından, kendisine tanıştırılan herkesi aile dostu sanıyor, evlendiğinden beri hep ondan bahsedildiğini işitmiş gibi bir tavır takınmakla incelik ettiğini düşünüyordu; elini tanıştığı kişiye uzatırken kapıldığı tereddüt, hem kendisine öğretilmiş olan ölçülü tutumu yenmek zorunda olduğunu kanıtlıyordu, hem de hissettiği içten yakınlık sayesinde bu çekingenliği yendiğini. İşte bu yüzden de, onun hâlâ Fransa'nın en seçkin insanları zannettiği kayınvalidesi ve kayınpederi, gelinlerinin bir melek olduğunu söylüyorlardı; oğullarını evlendirirken, gelin adayının yüklü servetinden çok meziyetlerinden etkilenmiş gibi görünmeyi de tercih ediyorlardı elbette.

"Müzisyen ruhlu olduğunuz derhal anlaşılıyor hanımefendi" dedi general, hiç düşünmeden şamdan olayına imada bulunarak.

Ama o esnada konser tekrar başladı ve Swann programın bu bölümü sona ermeden gidemeyeceğini anladı. Aptallıklarıyla ve gülünç halleriyle gözüne her zamankinden çok batan bu insanların arasında hapis kalmak ona acı veriyordu; bu insanlar aşkını bilmedikleri, bilseler de ilgilenemeyecekleri için, ancak çocukça bir şeymiş gibi gülümseyecekleri veya bir delilikmiş gibi ona acıyacakları için, aşkını sadece kendi nazarında var olan, gerçekliği kendisi dışında hiçbir şey tarafından kanıtlanmayan, öznel bir durum gibi görmesine yol açıyorlardı; ona en çok acı veren, müzik aletlerinin sesini duyduğunda ağlamak isteyecek kadar çok acı veren şey de, Odette'in hiç gelmeyeceği bu salonda, onu tanıyan hiç kimsenin, hiçbir nesnenin bulunmadığı, Odette'in hiçbir biçimde var olmadığı bu mekânda geçirdiği sürgün saatlerinin uzamasıydı.

Ama ansızın, sanki Odette içeri girmiş gibi oldu; bu hayal öyle keskin bir acı verdi ki Swann'a, aniden elini kalbine bastırdı. Çünkü o esnada keman yüksek notalara tırmanmıştı; orada sanki bir şeyi bekliyor, giderek uzayan bu bekleyiş içinde, beklediği şeyin yaklaşmakta olduğunu görmenin coşkusuyla, o gelinceye kadar dayanabilmek, onu karşılayabilmek için, tıpkı kendi kendine kapanmasın diye bir kapıyı açık tutarcasına, o geçebilsin diye yolu açık tutabilmek için, gücünün son damlasını kullanarak, aşırı bir gayretle o tiz notalara tutunuyordu. Daha Swann ne olduğunu anlamaya, kendi kendine, "Vinteuil sonatının cümleciği bu, dinlememeliyim onu!" demeye vakit bulamadan, Odette'in ona âşık olduğu günlere ait anılar, Swann'ın o âna kadar benliğinin derinliklerinde, gözden uzakta saklamayı başardığı bütün hatıralar aşk mevsiminden çıkıp gelen bu ani ışığa aldanıp aşk mevsiminin geri geldiğini zannederek uyandılar ve kanatlanıp Swann'ın etrafını sararak, o andaki talihsizliğine acımadan, mutluluğun unutulmuş şarkılarını söylemeye başladılar çılgınca.

Swann, "mutlu olduğum zamanlar", "sevildiğim zamanlar" gibi soyut ifadeleri daha önce sık sık telaffuz etmiş ve pek de acı çekmemişti, çünkü zihni onları geçmişin sözde kesitleriyle doldurmuştu, bu kesitler geçmişe ait hiçbir şey içermiyorlardı; oysa şimdi, bu soyut ifadelerin yerine kaybettiği mutluluğun kendine has, uçucu özünü sonsuza dek sabitlemiş olan şeylerin her biri tek tek karşısına çıkıyordu: Odette'in kendisine, arabanın içine fırlattığı, Swann'ın dudaklarına uzun uzun bastırdığı kasımpatının kar beyazlığındaki kıvrık taçyapraklarını, "Size yazarken elim öyle titriyor ki" sözlerini okuduğu mektubun üzerindeki kabartma "Maison Dorée" adresini, Odette'in yalvaran bir edayla, "Beni aramayı çok geciktirmezsiniz, değil mi?" derken bitişen kaşlarını, hepsini tek tek gördü; Lorédan genç işçi kızı almaya giderken Swann'ın "alabros" kesilmiş saçlarını düzelten berberin kullandığı maşanın kokusunu duydu; o bahar çok sık yağan sağanakları, faytonunda üşüyerek mehtapta eve dönüşlerini tekrar yaşadı; o dönemin bütün zihinsel alışkanlıklarından, mevsime ait izlenimlerinden ve tensel tepkilerinden dokunmuş, tekbiçimli bir ağ, birkaç haftalık bir sürenin üzerine örtülmüştü, vücudu tekrar o ağa takıldı. O sıralar, sadece aşkla yaşayan insanların zevkleriyle tanışarak, tensel bir merakını gidermekteydi. İstediği noktada durabileceğini, bu insanların acılarıyla tanışmak zorunda kalmayacağını zannetmişti; Odette'in büyüsü, şimdi baktığında, o büyüyü bulanık bir hale gibi genişleten muazzam korkunun ve Odette'in her an ne yaptığını bilmemenin, ona her yerde, her zaman sahip olmamanın yarattığı sonsuz yürek daralmasının yanında bir hiç gibi geliyordu Swann'a! Heyhat! Odette'in, şimdi bir tek dakikası serbest olmayan Odette'in, "Sizinle istediğiniz an görüşebilirim, ben her zaman serbestim!" diye haykırışını hatırlıyordu; Swann'ın hayatına dair her şeye beslediği ilgiyi, merakı, bu hayata girmesine Swann'ın izin vermesini nasıl şiddetle arzuladığını –kendisininse o dönemde aksine, sıkıcı birtakım rahatsızlıklara sebep olur diye bu izni vermekten korktuğunu–; kendisini Verdurin'lere gitmeye razı edebilmek için Odette'in nasıl yalvarmak zorunda kaldığını; ayda bir kere Odette'i evine çağırdığında, Odette'in onu pes ettirmek için nasıl dil dökmesi gerektiğini, Swann'a sıkıcı bir şey gibi gelen her gün görüşme alışkanlığının ne kadar harika olacağını, hep bunun hayalini kurduğunu tekrar tekrar söyleyişini, sonra, her gün görüşmek Swann için başa çıkılması imkânsız, sancılı bir ihtiyaç haline geldiği sırada da, Odette'in bu alışkanlıktan tiksinip temelli yürürlükten kaldırdığını hatırlıyordu. Odette'i üçüncü görüşünde, Odette ona kim bilir kaçıncı kez, "Peki ama niye daha sık gelmeme izin vermiyorsunuz?" diye sorduğu zaman, Swann gülerek, çapkın bir edayla, "Acı çekmekten korktuğum için" diye cevap verirken, sözlerinin ne kadar isabetli olduğunu bilmiyordu. Şimdi de maalesef Odette'in kendisine bir restorandan ya da otelden, başlıklı bir kâğıda mektup yazıp gönderdiği oluyordu ara sıra, ama bulunduğu yerin ismi, adeta Swann'ı yakan, alevden harflerle yazılmış oluyordu. "Vouillemont Oteli'nden yazılmış ha? Oraya ne yapmaya gitti acaba? Kiminle gitti? Neler oldu orada?" Italiens Bulvarı'nda sokak lambaları söndürülürken, kaçamak gölgelerin arasında, bütün umudunu kaybettiği halde Odette'e rastlayışını hatırladı; Swann'ın neredeyse tabiatüstü bir gece gibi algıladığı o gece, gerçekten de, –Swann'ı görmenin, eve onunla birlikte dönmenin Odette için hayattaki en büyük mutluluk olduğundan hiçbir kuşku duymadığı ve onu ararsa, bulursa, Odette'in kızıp kızmayacağını düşünmesi bile gerekmediği bir zamana ve– bir kez kapıları kapandı mı bir daha dönülemeyen esrarengiz bir âleme aitti. Bütün bunları hatırlayınca, Swann, tekrar yaşanan bu mutluluğun karşısında kıpırtısız duran, bedbaht bir zavallı gördü; ilk anda tanıyamadığı için acıdı ona, hatta gözlerindeki yaşlar görülmesin diye başını eğmek zorunda kaldı. O zavallı kendisiydi.

Bunu anlayınca acıma duygusu yok oldu, ama Odette'in sevmiş olduğu öteki Swann'ı kıskandı, içten içe, pek de üzülmeden, "Odette onu seviyordur belki" diye düşündüğü onca erkeği kıskandı, çünkü içinde aşk bulunmayan muğlak sevme kavramının yerini aşkla dopdolu olan kasımpatı yaprakları ve La Maison d'Or'un "antet"i almıştı şimdi. Sonra, ıstırabı fazlasıyla keskinleşince, alnını ovuşturdu, monoklünü çıkarıp camını temizledi. Hiç şüphe yok ki, o anda kendini görseydi, gördüğü monokller koleksiyonuna münasebetsiz bir fikirmişçesine çekip çıkardığı, buğulu yüzeyinden bir mendille kaygıları silmeye çalıştığı kendi monoklünü de eklerdi.

Kemanın bazı vurguları –aletin kendisini göremediğimiz ve bu yüzden de, duyduğumuz sesi tınıyı değiştiren keman görüntüsüyle bağdaştıramadığımız durumlarda– bazı kontralto seslerin vurgularına öylesine tıpatıp benzer ki, konsere bir kadın şan sanatçısının da katıldığı yanılsamasını yaşarız. Başımızı kaldırıp bakar, sadece Çin kutuları kadar değerli enstrüman kılıflarını görürüz, ama zaman zaman Siren'in aldatıcı çağrısına yine kanarız; bazen o bilgiç, büyülü, titrek kutunun içinde hapis kalmış bir cinin telaşla çırpınıp durduğunu işitir gibi oluruz; bazen de sanki doğaüstü, saf bir yaratık, bir rulo halindeki görünmez mesajını aça aça, havanın içinden geçip gider.

Sanki müzisyenler cümleciği çalmaktan ziyade, cümleciğin ortaya çıkmak için şart koştuğu törenleri yerine getiriyorlar, bu mucizeyi yaratıp birkaç saniye sürdürebilmek için gereken büyülü sözleri söylüyorlardı; cümleciği, sanki morötesi bir âleme aitmişçesine göremeyen ve ona yaklaştığında maruz kaldığı geçici körlükte adeta bir başkalaşımın tazeliğini bulan Swann cümleciğin varlığını hissediyor, onu aşkının koruyucusu ve sırdaşı olan bir tanrıçaya, kalabalığın içinde Swann'a ulaşıp onu bir kenara çekerek kendisiyle konuşabilmek için kılık değiştirmiş ve ses görünümüne bürünmüş bir tanrıçaya benzetiyordu. Cümlecik bütün hafifliğiyle, huzur vererek, bir rayihanın mırıltısıyla, söyleyeceklerini Swann'a söyleyerek geçip giderken Swann kelimelerin hepsini dikkatle dinliyor, çabucak uçup gidivermelerine üzülüyor, farkında olmadan, o ahenkli, kaçak varlığı geçerken öpecekmiş gibi dudaklarını uzatıyordu. Artık kendini sürgünde ve yalnız hissetmiyordu, çünkü Swann'a seslenen cümlecik, usulca Odette'ten bahsetmekteydi kendisine. Swann artık eskisi gibi cümleciğin Odette'i ve kendisini tanımadığını düşünmüyordu. Mutluluklarına kim bilir kaç kere şahit olmuştu! Gerçi bu mutlulukların dayanıksızlığı konusunda da Swann'ı çok uyarmıştı.

Hatta Swann o zamanlar tebessümünde ve o duru, kırık tonlamalarında bir ıstırap sezer gibi olduğu bu cümlecikte şimdi neredeyse neşeli bir tevekkülün zarafetini buluyordu daha çok. O zamanlar cümleciğin dolambaçlı, hızlı akışı içinde, gülümseyerek sürüklediği ve Swann'a sözünü ettiği, Swann'ınsa henüz tanımadığı kederler hakkında, artık Swann'a mal olmuş, kurtulabilme umudu taşımadığı kederler hakkında sanki şimdi, tıpkı bir zamanlar mutluluğu için söylediği gibi, "Nedir ki bu? Bunlar hiçbir şey değil" diyordu. Swann'ın içi ilk kez Vinteuil'e, bu meçhul, yüce kardeşe karşı merhamet ve sevgiyle dolup taştı; o da kim bilir ne acılar çekmişti; nasıl bir hayat yaşamıştı acaba, bu ilahi gücü, bu sınırsız yaratma gücünü hangi acıların derinliğinden çekip çıkarmıştı? Swann az önce, aşkını önemsiz bir saçmalık gibi gören duygusuz insanların yüzünde okuduğu sağduyuyu dayanılmaz bulmuştu; oysa kendisine acılarının anlamsızlığından bahseden Vinteuil'ün cümleciği olunca, şimdi aynı sağduyuda bir şefkat buluyordu. Aradaki fark, cümleciğin o insanların aksine, bu ruh hallerini, gelip geçicilikleri konusundaki fikri ne olursa olsun, maddi hayattan daha ciddiyetsiz bir şey olarak değil, çok daha üstün bir şey, sözü edilmeye değer tek şey olarak görmesiydi. Cümleciğin taklit etmeye, yeniden yaratmaya çalıştığı şey, mahrem bir hüznün büyüsüydü; bu büyünün özü, ifade edilmeyişi ve onu yaşayan insanın haricindeki herkese boş görünmesi olduğu halde, cümlecik bu özü yakalamış, görünür hale getirmişti. Öyle ki –ruhunda azıcık müzisyenlik olan– bütün dinleyiciler, daha sonra gerçek hayatta, yanı başlarında filizlenen her aşkta bu büyüyü gözden kaçıracakları halde, cümleciği dinlerken aynı büyünün değerini kavrıyor, ilahi hoşluğunu tadıyorlardı. Hiç şüphesiz, cümleciğin bu büyüyü ifade etmek için kullandığı biçim, bir dizi düşünceye dönüştürülemezdi. Ama Swann bir yıldır, müzik tutkusu (en azından bir süreliğine) içinde yeşermeye ve kendisine ruhunun zenginliklerini göstermeye başladığından beri, müzikal motifleri gerçek fikirler olarak görüyordu; bir başka âleme ait, farklı nitelikteki bu fikirler, karanlıkların ardında gizlenmelerine rağmen, meçhul ve zekânın nüfuz edemediği fikirler olmalarına rağmen, yine de hepsi birbirinden değişik, değer ve anlam bakımından farklı fikirlerdi. Swann, Verdurin'lerdeki geceden sonra cümleciği tekrar tekrar çaldırıp, bu cümleciğin kendisini nasıl olup da bir rayiha, bir okşayış gibi sarmaladığını, aklını başından aldığını kavramaya çalıştığında, şunu fark etmişti: Bu büzülmüş, ürpertili şefkat izlenimi, cümleciği oluşturan beş notanın birbirine yakınlığından ve aralarından ikisinin sürekli hatırlatılmasından kaynaklanıyordu; ama Swann aslında, cümleciğin kendisi üzerinde mantık yürütmediğini biliyordu; henüz Verdurin'lerle tanışmazken, sonatı ilk kez işittiği o gece davetinde algıladığı esrarengiz varlığın yerine zihni daha rahat çalışabilsin diye basit değerler koyup bunları çözümlediğinin farkındaydı. Piyanonun hatırasının bile, müziğe ilişkin konulara bakışını yanıltmaya katkıda bulunduğunu ve müzisyene sunulan alanın yedi notalı daracık bir gam değil, neredeyse tamamı henüz bilinmeyen, sınırsız bir yelpaze olduğunu biliyordu; her biri bir başka âlem olan milyonlarca sevgi, tutku, cesaret ve sükûnet notasından oluşan bu sonsuz alanda, keşfedilmemiş yoğun karanlıkların arasında, ancak tek tük birkaç nota kimi büyük sanatçılar tarafından keşfedilmişti; bu ustalar, buldukları motifin içimizdeki karşılığı olan duyguyu uyandırmak suretiyle, bir boşluk, bir hiçlik zannettiğimiz ruhumuzun o meçhul, bezdirici, devasa karanlığının içinde bizden habersiz ne büyük bir zenginlik ve çeşitlilik gizlediğini görmemizi sağlıyorlardı. İşte Vinteuil de bu müzisyenlerden biriydi. Vinteuil'ün cümleciğinde, zihne karanlık bir yüzey sunduğu halde, öylesine yoğun ve belirgin bir içerik hissediliyordu ve bu içerik o kadar yeni ve özgün bir güce sahipti ki, cümleciği dinlemiş olanlar, onu içlerinde, zihnin oluşturduğu fikirlerle aynı seviyede taşıyorlardı. Swann onu zihninde bir aşk ve mutluluk kavramı gibi taşıyordu ve nasıl ki *Kleve Prensesi* ya da *René* adları hatırına geldiğinde, özelliklerini derhal biliyorsa, onun da kendine has özelliklerini biliyordu. Hatta Swann onu düşünmediği anlarda bile, cümlecik, maddi karşılığı olmayan başka bazı kavramlarla, ışık, ses, derinlik, tensel haz gibi kavramlarla aynı şekilde Swann'ın zihnindeki gizli varlığını sürdürüyordu; iç yaşantımızı çeşitlendirip süsleyen değerli varlıklarımızdır bu kavramlar. Belki hiçliğe geri dönecek olursak, onları kaybederiz; silinip giderler. Ama yaşadığımız sürece, tıpkı gerçek nesneler gibi, bu kavramlarla da tanıştığımızı inkâr etmemiz imkânsızdır; örneğin lambayı yaktığımızda odamızdaki eşyaları dönüştüren, karanlığın hatırasını bile kovan ışıktan şüphe edemeyiz. İşte bu şekilde, Vinteuil'ün cümleciği de, mesela *Tristan*'ın bizim için belirli bir duygusal kazanımı ifade eden bir motifi gibi, ölümlülüğümüzle bağdaşmış, epeyce dokunaklı, insani bir özellik kazanmıştı. İnsan ruhunun en özel, en kendine has süslerinden biri olan cümleciğin kaderi, geleceğe ve ruhun gerçekliğine bağlıydı. Belki de gerçek olan hiçliktir ve hayatımız var olmayan bir rüyadır, ama o zaman, bu müzik cümlelerinin de, hayatımızla bağlantılı biçimde var olan diğer kavramların da birer hiç olması gerektiğini hissederiz. Biz yok olmaya mahkûmuzdur, ama bizim kaderimizi izleyecek olan bu ilahi esirler, elimizde birer rehinedirler. Onlarla birlikte ölme fikri ise, ölümün acılığını, sıradanlığını, hatta belki ihtimalini de biraz azaltır gözümüzde.

Dolayısıyla, Swann sonatın cümleciğinin gerçekten var olduğunu düşünmekte haksız değildi. Şüphesiz, cümlecik bu açıdan insani olmakla birlikte, tabiatüstü varlıklar sınıfına dahildi; bu varlıkları daha önce hiç görmediğimiz halde, görünmez âlemin kâşiflerinden biri, girmesine izin verilen ilahi dünyada bu tür bir varlığı ele geçirip de, bizim dünyamızı bir süreliğine onunla aydınlattığında, mutlulukla kendimizden geçerek tanırız onu. İşte Vinteuil'ün de cümlecikle ilgili yaptığı buydu. Swann bestecinin müzik aletlerini kullanarak cümleciği ortaya çıkarmakla, görünür kılmakla ve onun motifini aynen izlemekle yetindiğini hissediyordu; öyle şefkatli, öyle temkinli, öyle hassas ve öyle emin bir şekilde izliyordu ki, ses her an değişiyor, bir gölgeyi işaret ederken silikleşiyor, daha cüretkâr bir çizgiyi adım adım takip etmesi gerektiğinde canlanıyordu. Swann'ın, bu cümleciğin gerçekten var olduğuna inanmakta haksız sayılamayacağını gösteren bir kanıt da şuydu: Eğer Vinteuil cümleciğin çizgilerini görme ve ifade etme konusunda bu kadar yetenekli olmayıp, görüşündeki boşlukları veya ifadesindeki yetersizlikleri telafi etmek için, sağa sola kendi icadı olan bazı çizgiler ekleseydi, birazcık hassasiyeti olan her müzik tutkunu bu hileyi hemen fark ederdi.

Cümlecik yok olup gitmişti. Swann onun ilk bölümün sonunda, Mme Verdurin'in piyanistinin daima atladığı uzun bir pasajın ardından tekrar ortaya çıkacağını biliyordu. Bu pasajda, Swann'ın ilk dinleyişinde fark etmediği çok parlak fikirler vardı; bunlar sanki yeniliğin tekdüze kılıfını hafızasının vestiyerinde çıkarıp bırakmışlardı ve Swann da bu sayede, şimdi onları algılayabiliyordu. Vargıyı oluşturan önermeler gibi cümleciği oluşturacak olan dağınık motiflerin hepsini tek tek dinliyor, cümleciğin doğuşuna şahit oluyordu. "Adeta bir Lavoisier'nin, bir Ampère'in dâhiyane cesareti!" diyordu kendi kendine. "Deneyler yapan, bilinmeyen bir kuvvetin gizli yasalarını keşfeden, hiçbir zaman görmeyeceği, görünmez atlara güvenip onları keşfedilmemiş âlemlere, mümkün olan yegâne hedefe doğru süren bir Vinteuil'ün cesareti!" Swann'ın son pasajın başında işittiği piyano-keman diyaloğu ne kadar güzeldi! İnsan icadı kelimelerin bu diyaloğun dışında bırakılması, zannedilebileceği gibi, hayal gücünün hâkim olmasına izin vermek bir yana, onu tamamen saf dışı bırakmıştı; konuşulan dil hiç bu kadar kesin bir zorunluluk olmamış, bu kadar isabetli sorular ve açık seçik cevaplar içermemişti. Önce piyano tek başına, eşi tarafından terk edilmiş bir kuş gibi sızlandı; keman onu işitip, adeta yandaki bir ağaçtan cevap verdi. Sanki dünyanın başlangıcıydı, sanki henüz yeryüzünde, daha doğrusu, diğer her şeye kapalı, bir yaratıcının mantığı tarafından kurulmuş ve ikisinin ebediyen yalnız kalacakları bu dünyada, yani bu sonatta, ikisinden başka hiçbir varlık yoktu. Piyanonun tekrar tatlılıkla şikâyetini dile getirdiği bu görünmez ve inleyen varlık bir kuş muydu, cümleciğin henüz tamamlanmamış olan ruhu muydu, yoksa bir peri miydi? Çığlıkları o kadar aniydi ki, kemancı onları karşılayabilmek için var gücüyle yayına sarılmak zorundaydı. Harika kuş! Kemancı onu büyülemek, evcilleştirmek, yakalamak ister gibiydi. Ruhuna girmişti bile; çağrılan cümlecik kemancının cin tutmuş bedenini bir medyum gibi sarsmaktaydı gerçekten. Swann cümleciğin son bir kez konuşacağını biliyordu. İkiye bölünmüş gibiydi, cümlecikle karşı karşıya kalacağı ânın beklentisi Swann'ı bir hıçkırıkla sarstı; güzel bir dize veya acı bir haber de, yalnız olduğumuzda değil ama, o dizeyi veya haberi dostlarımıza aktarırken, onlarda kendimizi bir başkası, duyarlılığı onları etkileyen biri olarak gördüğümüz zaman bizi aynı hıçkırıkla sarsar. Cümlecik tekrar ortaya çıktı, ama bu sefer, havada bir an, adeta kıpırdamadan asılı kaldı ve sonra tükeniverdi. Böylece Swann cümleciğin kısacık süresinin tamamını değerlendirmiş oldu. Cümlecik hâlâ oradaydı, sedeflenen bir kabarcık gibi. Parıltısı azalan, sonra artan ve tam yok olmadan önce en parlak noktasına ulaşan bir gökkuşağı gibiydi: Daha önce sergilediği iki renge, prizmanın bütün renklerinde alacalı çizgiler ekledi ve onlara şarkı söyletti. Swann kıpırdamaya cesaret edemiyordu; elinden gelse öteki insanların da hareket etmesini engellerdi; sanki en ufak bir hareketin o her an yok olabilecek, tabiatüstü, harikulade ve kırılgan büyüyü bozmasından korkuyordu. Aslında konuşmak hiç kimsenin aklından geçmiyordu. Orada bulunmayan bir tek kişinin, belki de bir ölünün (Swann Vinteuil'ün hayatta olup olmadığını bilmiyordu) yüce kelamı, iki rahibin yönettiği ayinin üzerinde yükseliyor, üç yüz kişinin dikkatini tek başına tutsak ediyor, bir ruhun çağrıldığı o platformu doğaüstü bir törenin yapılabileceği soylu bir altara dönüştürüyordu. Öyle ki, cümlecik nihayet parça parça çözülüp yerini başka motiflere bıraktığında, Swann saflığıyla ünlü Monteriender Kontesi'nin daha sonat bitmeden kendisine doğru eğilerek izlenimlerini itiraf etmesine ilk anda kızdıysa da, kontesin kullandığı kelimelere gülümsemekten kendini alamadı ve belki de bu kelimelerde kontesin fark etmediği derin bir anlam buldu. Virtüozların ustalığına hayran olan kontes, Swann'a dönerek, "Olağanüstü, hiç bu kadar etkileyici bir şey görmedim..." diye haykırdı. Ama doğruluk kaygısıyla ilk saptamasını düzeltip şu istisnayı ekledi: "...ruh çağırma masaları hariç!"

Swann, o geceden sonra, Odette'in kendisine olan aşkının bir daha asla canlanmayacağını, mutluluk umutlarının da asla gerçekleşmeyeceğini anladı. Odette'in kendisine beklenmedik bir sevecenlik, bir ilgi gösterdiği günlerde, Swann, kendisine doğru belli belirsiz bir dönüşün bu görünürdeki yalancı işaretlerini tıpkı ölümcül bir hastalığın son aşamasına gelmiş bir dostlarına bakan ve çok önemli olayları haber verirmiş gibi, "Dün hesapları kendisi yaptı, bizim yaptığımız bir toplama hatasını o buldu; bir yumurtayı iştahla yedi, sindirmekte zorluk çekmezse yarın bir pirzola yedirmeyi deneyeceğiz" diye anlatan, ama bunların kaçınılmaz bir ölümün hemen öncesindeki önemsiz şeyler olduğunu bilen insanlar gibi, şefkatli ve şüpheci bir ilgiyle, çaresiz bir sevinçle fark ediyordu. Swann şimdi Odette'ten uzakta yaşasa, bir müddet sonra ona olan duygularını da kaybedeceğinden emindi şüphesiz; öyle ki, Odette Paris'ten temelli ayrılsa memnun olur, Paris'te kalma cesaretini bulurdu kendinde; ama gitmeye cesareti yoktu.

Gitmeyi düşündüğü oluyordu sık sık. Vermeer'le ilgili araştırmasına tekrar başladığından, birkaç günlüğüne de olsa Lahey'e, Dresden'e, Braunschweig'a gitmesi gerekiyordu. Goldschmidt koleksiyonu satışında Mauritshuis tarafından bir Nicolas Maes tablosu olarak satın alınan *Diana Tuvalet Masasında* adlı resmin aslında Vermeer'e ait olduğundan emindi. Bu kanısını perçinlemek için, resmi yerinde incelemek istiyordu. Ama Odette Paris'teyken, hatta değilken bile Paris'ten ayrılmak, –duyuların alışkanlıkla körelmiş olmadığı yeni yerlerde eski yaralar deşilip eski acılar canlandırıldığından– Swann'a o kadar zalim bir proje gibi geliyordu ki, asla uygulamayacağını bildiği için, sürekli bu projeyi düşünebiliyordu. Ama bazen uyurken, seyahat isteği tekrar içinde filizleniyor –Swann bu seyahatin imkânsız olduğunu hatırlamıyor– ve gerçekleşiyordu. Bir kere rüyasında, bir senelik bir yolculuğa çıktığını gördü; bir vagonun kapısındaydı, peronda ağlayarak kendisiyle vedalaşan genç bir erkeğe doğru eğilmiş, onu kendisiyle birlikte gelmeye ikna etmeye çalışıyordu. Trenin sarsılmasıyla birlikte, yüreği daralarak uyandı ve hiçbir yere gitmediğini, Odette'i o akşam, ertesi gün, hemen hemen her gün göreceğini hatırladı. Bunun üzerine, hâlâ rüyanın etkisi altında, kendisini bağımsız kılan, Odette'in yanında kalmasını ve onu ara sıra görme iznini almasını sağlayan özel koşullara şükretti; ayrıcalıklarını tek tek saydı: mevkisi, Odette'in sık sık ihtiyaç duyduğu ve ayrılık ihtimali karşısında geri adım atmasını sağlayan (hatta Swann'ı kendisiyle evlenmeye razı etmek gibi bir art niyeti olduğu söyleniyordu) serveti; aslına bakılırsa Swann'ın Odette'ten pek bir şey elde etmesine yaramamış olan, ama Odette'in çok değer verdiği bir ortak dosttan kendisi hakkında övgü dolu sözler dinlediği düşüncesiyle Swann'ı rahatlatan M. de Charlus'le dostluğu; ve hatta son olarak da, varlığını Odette için arzulanır olmasa bile en azından gerekli kılabilmek için, her gün yeni bir dolap çevirmeye hasrettiği zekâsı; bütün bunlardan mahrum olsa kim bilir ne halde olacağını, onca insan gibi yoksul, mütevazı, her işi kabul etmeye mecbur olsa ya da ailesine, karısına karşı yükümlülükleri olsa, belki de Odette'ten ayrılmak zorunda kalacağını, korkusunu hâlâ üzerinden atamadığı rüyanın gerçek olabileceğini düşündü ve kendi kendine, "İnsan mutluluğu göremiyor. Kendimizi daima olduğumuzdan daha bedbaht sanıyoruz" dedi. Ama hayatının yıllardır böyle devam ettiğini, böyle devam etmesinden başka bir umudu olamayacağını, kendisine herhangi bir mutluluk getirmesi imkânsız bir randevunun umudunu her gün yaşamak uğruna, çalışmalarını, zevklerini, dostlarını, sonuçta bütün hayatını feda edebileceğini düşününce, yanılıp yanılmadığını sorguladı; belki de ilişkisini destekleyen, ayrılığı engelleyen koşullar geleceğini baltalamıştı, belki de asıl istenilecek olay, sadece rüyada olduğuna sevindiği şey, yani gitmesiydi; insanın bedbahtlığını göremediğini, kendimizi daima olduğumuzdan daha mutlu zannettiğimizi düşündü.

Ara sıra, sabahtan akşama kadar dışarıda, sokaklarda, caddelerde gezen Odette'in bir kazada acı çekmeden ölmesini diliyordu. Odette sağ salim eve döndüğünde de, insan vücudunun bu kadar çevik ve sağlam olmasına, etrafında kol gezen (ve kendi gizli arzusu doğrultusunda hesabını yapmaya başladığından beri Swann'a sayılamayacak kadar çok görünen) bütün tehlikeleri durmadan atlatıp üstesinden gelerek, insanlara her gün, neredeyse hiç zarara uğramadan yalan söyleme ve zevk peşinde koşma imkânı tanımasına şaşıyor, hayran oluyordu. Bellini tarafından yapılan portresini çok sevdiği, karılarından birine çılgınca âşık olunca, Venedikli biyografi yazarının safça ifadesiyle, zihnini bu esaretten kurtarabilmek için onu hançerleyen Fatih Sultan Mehmet'e derin bir yakınlık besliyordu. Sonra, bir tek kendisini düşündüğü için kendine kızıyor, kendisi Odette'in hayatına zerrece değer vermediğine göre, kendi çektiği acıların da merhameti katiyen hak etmediğini düşünüyordu.

Odette'ten kesin olarak ayrılamadığına göre, hiç değilse onu arada ayrılıklar olmadan, sürekli görebilseydi, acısı sonunda yatışır, belki aşkı da sönerdi. Odette Paris'ten temelli ayrılmak istemediğine göre de, Swann hiç ayrılmamasını diliyordu. Hiç değilse, Odette'in Paris'ten en uzun ayrılışının her yıl ağustos ve eylül aylarında olduğunu bildiği için, aylarca önceden başlayarak bu acı ayrılık düşüncesini, peşinen içinde taşıdığı, yaşamakta olduğu günlere benzer günlerden oluşan ve zihninde bütün saydamlığı ve soğukluğuyla dolaşarak kederi besleyen, ama kendisine pek keskin acılar da yaşatmayan onca zaman içinde eritip sulandırma lüksüne sahipti. Ne var ki Odette'in bir tek sözü, Swann'ın ruhundaki bu iç geleceğe, o renksiz, özgürce akan nehre isabet etmeyi başarıyor ve bir buz parçası gibi akışkanlığını yok edip sertleştirerek tamamını dondurabiliyordu; Swann ansızın, benliğinin duvarlarını patlatacakmış gibi zorlayan, muazzam bir kütlenin içini doldurduğunu hissetmişti, çünkü Odette Swann'ı inceleyen, gülümser ve sinsi bir bakışla, "Forcheville, Pentekostes yortusunda müthiş bir seyahate çıkıyor. Mısır'a gidiyor" demiş, Swann da bunun, "Pentekostes yortusunda Forcheville'le birlikte Mısır'a gideceğim" anlamına geldiğini derhal anlamıştı. Gerçekten de, Swann birkaç gün sonra, "Hani Forcheville'le birlikte seyahate çıkacağını söylemiştin ya" dese,

Odette düşüncesizce, "Evet hayatım, on dokuzunda yola çıkıyoruz, sana bir piramit manzarası göndeririz" diye cevap veriyordu. O zaman Swann, Odette'in, Forcheville'in metresi olup olmadığını öğrenmek, bunu doğrudan Odette'e sormak istiyordu. Odette'in ne kadar çok batıl inancı olduğunu ve birtakım yeminleri yalan yere etmeyeceğini biliyordu; ayrıca, önceleri kendisini engellemiş olan, Odette'i sorularıyla kızdırma, onda nefret uyandırma korkusu da, Odette'in bir gün kendisini seveceği umudunu temelli kaybetmesiyle birlikte ortadan kalkmıştı.

Bir gün, Odette'in sayısız erkekle (sayılan insanlar arasında Forcheville, M. de Bréauté ve ressam da vardı) ve bazı kadınlarla metres hayatı yaşadığını, randevuevlerine gidip geldiğini bildiren imzasız bir mektup aldı. Dostlarının arasında kendisine bu mektubu yazabilecek (kimi ayrıntılar, mektubu yazan kişinin Swann'ın hayatını çok iyi bildiğini gösteriyordu) birinin bulunduğu düşüncesi onu çok üzdü. Mektubu kimin yazmış olabileceğini tahmin etmeye çalıştı. Ama Swann insanların bilinmeyen davranışlarından, sözleriyle görünür bir bağlantısı olmayan davranışlarından hiçbir zaman şüphelenmemişti. Bu alçakça davranışın filizlenmiş olabileceği bilinmez bölgeyi M. de Charlus'ün mü, M. des Laumes'un mu, yoksa M. d'Orsan'ın mı görünür kişiliğine yerleştirmesi gerektiğini düşününce, bu adamlardan herhangi biri o güne kadar Swann'ın yanında imzasız mektupları onaylamadığı ve her söyledikleri bu tür mektupları kınadıklarını gösterdiği için, bu kalleşliği birinin ya da ötekinin mizacına yakıştırmak için bir sebep göremedi. M. de Charlus biraz dengesiz, ama temelde iyi ve şefkatli bir insandı; M. des Laumes ise, biraz kuru, ama sağlıklı ve dürüst bir mizaca sahipti. M. d'Orsan'a gelince, Swann en hazin koşullarda bile onun kadar içten sözler söyleyen, onun kadar ölçülü ve isabetli davranışlarda bulunan bir kişi daha tanımıyordu. O kadar ki, zengin bir kadınla yaşadığı ilişkide M. d'Orsan'a yakıştırılan nahoş sıfatı katiyen anlayamıyor, onu her düşündüğünde, inceliğini kesin olarak kanıtlayan onca davranışla bağdaşmayan bu kötü şöhretini bir yana bırakmak zorunda kalıyordu. Bir an geldi, Swann zihninin karardığını hissetti ve aydınlığa kavuşabilmek için başka şeyler düşündü. Sonra tekrar bu düşüncelere dönme cesaretini kendinde buldu. Ama o zaman da, hiç kimseden şüphe edemeyince, herkesten şüphelenmesi gerekti. Evet, M. de Charlus kendisini severdi, iyi kalpliydi, ama sinir hastasıydı; ertesi gün Swann'ın hastalandığını öğrense ağlardı, ama bugün, kıskançlığından, öfkesinden, ansızın kapıldığı bir fikir yüzünden ona kötülük etmek istemişti. Aslında bu türden insanlar hepsinden beterdi. Laumes Prensi'nin Swann'ı M. de Charlus kadar sevmediği muhakkaktı. Ama tam da bu sebeple, onun gibi alıngan değildi; ayrıca prens kesinlikle soğuk, ama kahramanlıktan olduğu kadar alçaklıktan da uzak bir mizaca sahipti; Swann hayatta sadece bu tür insanlarla dostluk kurmadığına pişmandı şimdi. Sonra, insanları başkalarına kötülük etmekten alıkoyan şeyin iyilik olduğunu ve esasen, mesela iyilik konusunda M. de Charlus'ünki gibi, ancak kendi mizacına benzer mizaçlar hakkında kesin fikir sahibi olabileceğini düşündü. M. de Charlus Swann'a böyle bir üzüntü yaşatmanın düşüncesine bile tahammül edemezdi. Oysa M. des Laumes gibi farklı bir insan türüne ait, duygusuz bir adamın özünde farklı güdülerden yola çıkarak hangi davranışlarda bulunabileceğini nasıl tahmin edebilirdi? İyi yürekli olmak her şey demekti ve M. de Charlus de iyi yürekliydi. M. d'Orsan da öyleydi; Swann'la pek sıkı fıkı olmasa da dostça ilişkisi her konuda aynı fikirleri paylaşan iki insanın birbirleriyle sohbet etmekten aldıkları zevkten kaynaklanıyordu ve bu dostluk, tutkudan kaynaklanan iyi ya da kötü davranışlara kendini kaptırabilen M. de Charlus'ün coşkulu sevgisinden daha dingin bir ilişkiydi. Yeryüzünde Swann'a daima anlaşıldığını ve incelikle sevildiğini hissettiren biri varsa, o da M. d'Orsan'dı. Peki ama, ya o sürdüğü şerefsiz hayat? Swann onun bu yanını hiç hesaba katmadığına ve böylesine bir yakınlık ve hayranlık duygusunu ancak bir alçakla beraberken yaşadığını sık sık şaka yollu itiraf etmiş olduğuna pişmandı. İnsanların öteden beri başkalarını yaptıklarına göre yargılamaları boşuna değilmiş diye düşünüyordu şimdi. Bir tek, yaptıklarımızın bir anlamı vardı; ne dediğimiz, ne düşündüğümüz hiç mi hiç önemli değildi. Charlus'ün ve Laumes'un şu veya bu kusurları olabilirdi, ama namuslu insanlardı. Orsan'da belki bu kusurların hiçbiri yoktu, ama namuslu değildi. Bir hata daha yapmış olabilirdi. Swann sonra Rémi'den şüphelendi; evet, Rémi ancak mektupla ilgili fikir vermiş olabilirdi, ama bir an doğru yolda ilerlediği hissine kapıldı. Bir kere, Lorédan'ın Odette'e hınç beslemesi için çeşitli nedenler mevcuttu. Ayrıca, bizden daha düşük bir konumda yaşayan, zenginliğimize ve kusurlarımıza hayali servetler ve ahlaksızlıklar ekleyerek hem bize gıpta eden, hem de bizi aşağılayan hizmetkârlarımızın kaçınılmaz olarak bizim çevremizin insanlarından farklı davranışlara yönelmeleri beklenmez miydi zaten? Swann büyükbabamdan da şüphelendi. Swann ne zaman ondan bir iyilik istediyse, her defasında geri çevrilmemiş miydi? Ayrıca burjuva düşünce yapısıyla, böyle bir şeyi Swann'ın iyiliği için yapmış olabilirdi. Swann daha sonra Bergotte'tan, ressamdan, Verdurin'lerden de şüphelendi; bu arada yüksek sosyete mensuplarının bu tür şeylerin mümkün olduğu, hatta belki güzel bir şaka adı altında itiraf bile edildiği sanatçı çevrelerden uzak durmakla gösterdikleri bilgeliği bir kez daha takdir etti; ama bir yandan da bu bohemlerin dürüstlüklerini hatırlıyor, aristokratların sık sık parasızlık, lüks düşkünlüğü ve yoz zevkler yüzünden sürüklendiği hayat tarzıyla, geçinmek için her çareye, neredeyse dolandırıcılığa başvurmalarıyla karşılaştırıyordu. Kısacası, bu imzasız mektup Swann'ın tanıdıkları arasında hainlik yapabilecek birinin bulunduğunu kanıtlıyordu, ama Swann bu hainliğin soğuk değil de sevecen bir insanın, bir burjuvanın değil de bir sanatçının, bir uşağın değil de büyük soylunun mizacının –başkaları tarafından keşfedilmemiş– özünde gizlendiğini düşünmek için bir sebep göremiyordu. İnsanları yargılarken hangi ölçütü kullanmak gerekirdi? Aslında alçakça bir davranışta bulunması kesinlikle imkânsız olan tek bir insan bile tanımıyordu. Hepsiyle görüşmekten vaz mı geçmeliydi? Zihni bulandı; eliyle iki üç kez alnını sıvazladı, gözlüğünün camlarını mendiliyle sildi ve nihayet, kendisiyle eşdeğerde insanlar M. de Charlus'le, Laumes Prensi'yle ve diğerleriyle görüştüğüne göre, bunun onların bir alçaklık yapmalarının imkânsız olduğu anlamına gelmese de, en azından, bir alçaklık yapmaları imkânsız olmayan kişilerle görüşmenin herkesin boyun eğdiği bir mecburiyet olduğunu kanıtladığına hükmetti. Sonuçta, şüphelenmiş olduğu bütün dostlarıyla el sıkışmayı sürdürdü, yalnız kendisini üzmeye çalışmış olabileceklerini ihtiyat kaydı olarak, formalite icabı bir kenarda bulundurdu. Mektubun içeriğine gelince, bu konuda hiç kaygılanmadı, çünkü Odette'e yöneltilen suçlamaların hiçbirinde gerçeğe en ufak bir benzerlik yoktu. Birçok insan gibi Swann'ın da zihni tembeldi ve hayal gücünden yoksundu. Genel bir doğru olarak, insan hayatının zıtlıklarla dolu olduğunu biliyordu, ama tek tek insanların hayatını düşünürken, o insanın hayatının kendi bilmediği kısmını da, bildiği kısmından farksızmış gibi hayal ediyordu. Kendisine söylenmeyen şeyleri söylenenlerden yola çıkarak hayal ediyordu. Odette yanındayken, bir başkasının yaptığı bir namussuzluktan, ya da namussuzca bir duygusundan bahsettiklerinde, Odette bu davranış ve duyguları Swann'ın hayatı boyunca anne babasının ağzından duyduğu ve hep sadık kaldığı ilkelere dayanarak kınar ve sonra da çiçeklerini düzenler, bir fincan çay içer, Swann'ın çalışmalarıyla ilgilenirdi. Dolayısıyla Swann da bu alışkanlıkları Odette'in hayatının geri kalanına yayıyor, yanında olmadığı zamanlar Odette'i hayal ettiğinde, bu hareketlerini tekrarlıyordu kafasında. Odette'i Swann'a gerçek haliyle tasvir etselerdi, daha doğrusu, Swann'la birlikteliğinin uzun bir kısmında olduğu gibi, ama başka bir erkeğin yanında tasvir etselerdi, bu portreyi gerçeğe uygun bulacağı için çok üzülürdü. Ama çaçalarla içli dışlı olması, kadınlarla orjilere katılması, aşağılık yaratıkların rezil hayatını sürmesi saçma sapan sayıklamalardan başka bir şey olamazdı; Tanrı'ya şükür, hayal edilen kasımpatları, art arda içilen çaylar ve iffetli itirazlar böyle bir ihtimali tamamen ortadan kaldırıyordu! Yalnız ara sıra, bazı kişilerin fesatlıkları yüzünden Odette'in her yaptığını kendisine anlattıklarını ima ediyordu sevgilisine; tesadüfen öğrendiği önemsiz ama doğru bir ayrıntıyı sanki içinde gizli tuttuğu, Odette'in hayatının eksiksiz bir tablosunun ağzından kaçırıverdiği küçücük bir parçasıymış gibi, tam yerinde kullanıyor, Odette'te aslında bilmediği, hatta hayalinden bile geçirmediği şeyleri bildiği zannını uyandırıyordu; Odette'e gerçeği saptırmaması için sık sık yalvarıyordu, ama bunu –kendisi bu sebebin farkına varsa da, varmasa da– Odette her yaptığını kendisine anlatsın diye yapıyordu sadece. Şüphesiz Swann, Odette'e de söylediği gibi, içtenlikten hoşlanıyordu, ama kendisini metresinin yaptıklarından haberdar eden bir çaçaymış gibi hoşlanıyordu. Dolayısıyla, Swann'ın içtenlik aşkı, menfaatten bağımsız olmadığı için, onu daha iyi bir insan haline getirmemişti. Onun her şeyden çok değer verdiği doğrular, Odette'in kendisine söyleyeceği doğrulardı; ama kendisi bu doğruları öğrenebilmek için yalana, Odette'e durmadan her insanı mahva sürükleyen bir şey olarak tarif ettiği yalana başvurmaktan kaçınmıyordu. Sonuç olarak Odette'ten daha fazla yalan söylüyordu, çünkü hem Odette'ten daha bedbaht, hem de en az onun kadar bencildi. Kendi yaptıklarını Swann'ın ağzından dinleyen Odette ise,

Swann'a bir yandan kuşkuyla, bir yandan da yaptıklarından utanıyormuş izlenimi uyandırmamak için, yaradana sığınıp öfkeyle bakıyordu.

Swann, bir kıskançlık krizi patlak vermeden geçirdiği en uzun sakin dönemde, bir gün, Laumes Prensesi'nin akşama birlikte tiyatroya gitme teklifini kabul etmişti. Hangi temsilin oynandığını öğrenmek için gazeteyi açtığında, Théodore Barrière'in *Taştan Kızlar* başlığını görünce öyle çarpıldı ki, irkilip başını çevirdi. Sık sık karşısına çıktığı için, alışkanlıktan artık göremediği "taş" kelimesi, bu yeni bağlamda sanki ramp ışıklarıyla aydınlatılmışçasına ansızın tekrar görünür olmuş ve Swann'a Odette'in bir zamanlar kendisine anlatmış olduğu şu olayı hatırlatmıştı: Odette Mme Verdurin'le birlikte Endüstri Sarayı'nda bir sergiyi gezmeye gittiğinde, Mme Verdurin kendisine, "Dikkatli ol, ben seni gevşetmeyi bilirim, sen de taştan değilsin" demiş; Odette Swann'a bunun sadece bir şaka olduğunu söyleyince Swann da üzerinde durmamıştı. Ama o zamanlar Odette'e şimdikinden daha çok güveniyordu. İmzasız mektupta da tam olarak bu tür maceralardan bahsediliyordu. Gazeteyi bakmaya cesaret edemeyerek açtı, *Taştan Kızlar* kelimelerini görmemek için sayfayı çevirdi ve kurulmuş gibi, taşra haberlerini okumaya koyuldu. Manş Denizi'nde fırtına çıkmıştı, Dieppe, Cabourg ve Beuzeval'in hasar gördüğü bildiriliyordu. Swann bunu okuyunca tekrar irkildi.

Beuzeval adı, aynı bölgede bir başka yerleşimin adını, Beuzeville'i getirmişti aklına; bu kentin haritalarda birçok kez gördüğü adı iki kelimeden oluşuyordu ve Beuzeville'den bir tireyle ayrılan ikinci ismin imzasız mektupta Odette'in âşıkları arasında sayılan, arkadaşı M. de Bréauté'nin de ismi olduğunu Swann ilk kez fark ediyordu. Esasen M. de Bréauté'ye ilişkin suçlama pek inanılmaz değildi, ama Mme Verdurin, imkânsızdı. Odette'in ara sıra yalan söylemesinden asla doğruyu söylemediği sonucu çıkarılamazdı; Mme Verdurin'le arasında geçen, kendisine bizzat aktardığı konuşma Swann'a yabancı gelmemişti: Aslında başka bir kadına coşkulu bir sevgi beslemesi en uzak ihtimal olan –örneğin Odette gibi– kadınların, hayat tecrübesinden yoksun oldukları ve ahlaksızlığı bilmedikleri için yaptıkları, masumiyetlerini ortaya koyan gereksiz ve tehlikeli şakalardı bunlar. Oysa Odette'in bu olayı anlattığında istemeyerek Swann'da uyandırdığı şüphelere öfkeyle itiraz etmesi, Swann'ın sevgilisinin eğilimleri ve mizacı hakkında bütün bildikleriyle bağdaşıyordu. Ama Swann ani bir kıskançlıkla, elinde henüz bir tek kafiyesi olan bir şaire veya bir tek gözlemi olan bir âlime gerekli gücü kazandıracak fikri ya da yasayı sunan ilhama benzer bir kıskançlık ilhamıyla, Odette'in iki yıl önce söylemiş olduğu bir cümleyi ilk kez hatırladı: "Ah! Mme Verdurin'in gözü bu aralar benden başkasını görmüyor, gözbebeğiyim, beni kucaklayıp öpüyor, alışverişe birlikte çıkalım diyor, ona sen diye hitap etmemi istiyor." O sırada bu cümleyle Odette'in kendisine anlatmış olduğu, baştan çıkarmayı amaçlayan saçma sözler arasında bir bağlantı kurmak şöyle dursun, bu cümleyi yakın bir dostluğun göstergesi olarak algılamıştı. Oysa şimdi Mme Verdurin'in sevgisine ilişkin bu anı, birden o tatsız şakasıyla birleşmişti. Artık ikisini zihninde birbirinden ayıramıyordu; gerçekte de birbirlerine karıştıklarını gördü, Mme Verdurin'in sevgisi şakalarına bir ciddiyet ve ehemmiyet katıyor, şakaları da sevgisinin masumiyetini lekeliyordu. Odette'in evine gitti. Odette'e uzak bir yere oturdu. Onu öpmeye cesaret edemiyor, bir öpücüğün Odette'te de, kendisinde de, sevgi mi, öfke mi uyandıracağını bilemiyordu. Hiçbir şey söylemiyor, aşklarının ölmesini seyrediyordu. Ansızın bir karar verdi.

"Odette" dedi, "sevgilim, çok tatsızım biliyorum, ama sana bir şey sormam lazım. Mme Verdurin'le ilişkin konusunda kapıldığım şüpheyi hatırlıyor musun? Söyle bana, öyle bir şey oldu mu, onunla ya da başka bir kadınla?"

Odette, "Resmigeçidi izlemeye gelecek misiniz?" sorusuna karşılık, töreni çok sıkıcı bulduğunu, gitmeyeceğini bildirirmiş gibi suratını buruşturarak başını iki yana salladı. Ama genellikle gelecekteki bir olay söz konusu olduğunda kullanılan bu baş hareketi, geçmişteki bir olayı inkâr etmek için kullanıldığında biraz şüphe uyandırır. Üstelik, bir kınama veya ahlaki imkânsızlık değil, kişisel tercihe bağlı nedenler getirir akla. Swann, Odette'in öyle bir şey olmadığını belirtmek için bu baş hareketini kullandığını görünce, olmuş olabileceğini anladı.

"Söyledim ya, sen de biliyorsun, diye ekledi Odette, sinirli, keyifsiz bir tavırla.

—Evet, biliyorum, ama emin misin? 'Sen de biliyorsun' deme bana, 'Bir kadınla asla bu tür şeyler yapmadım' de."

Odette, ders ezberler gibi, alaylı bir tonda, Swann'dan kurtulmak istercesine tekrarladı:

“Bir kadınla asla bu tür şeyler yapmadım.

—Laghet Meryemi madalyonunun üstüne elini koyup yemin eder misin?”

Swann Odette’in o madalyon üzerine yalan yere yemin etmeyeceğini biliyordu.

“Ay! Canımdan bezdirdin beni” diye haykırdı Odette ve sorunun baskısından bir hamlede kurtuldu. “Yetmez mi artık? Senin neyin var bugün? Senden nefret etmemi, iğrenmemi mi istiyorsun? Ben seninle eski günlerimize dönelim, birlikte hoşça vakit geçirelim istiyorum, sense bana böyle teşekkür ediyorsun!”

Ne var ki, Swann, tıpkı ameliyatı sekteye uğratan, ama kendisini yıldıramayan bir spazmın geçmesini bekleyen bir cerrah gibi, Odette’in peşini bırakmadı:

“Odette, sana birazcık olsun kızabileceğimi sanıyorsan yanılıyorsun” dedi, ikna edici, sahte bir tatlılıkla. “Ben sana sadece bildiğim şeylerden söz ediyorum ve her zaman da, söylediğimden çok daha fazlasını biliyorum aslında. Ama bir şeyi sadece başkalarından duyduğumda senden nefret ediyorsam, onu gözümde ancak sen, bir itirafla yumuşatabilirsin. Benim sana karşı öfkem hareketlerinden kaynaklanmıyor, çünkü seni sevdiğim için, her hareketini affediyorum; ben senin riyakârlığına, benim bildiğim şeyi inatla inkâr etmene yol açan o gülünç riyakârlığına kızıyorum. Ama doğru olmadığını bildiğim bir şeyi bana savunduğunu, yemin ettiğini görüp de hâlâ seni sevmemi bekleyebilir misin? Odette, ikimiz için de bir işkence olan bu ânı uzatma. Eğer istersen, bir saniyede sona erdirebilir, temelli kurtulabilirsin. Madalyonun üzerine yemin et, bu tür şeyleri hiç yaptın mı, evet mi, hayır mı?”

“Aman, ne bileyim ben” diye öfkeyle haykırdı Odette, “belki yıllar önce, ne yaptığımın farkında olmadan, iki üç kere olmuştur belki.”

Swann bütün ihtimalleri öngörmüştü. Demek ki gerçeklik, tıpkı yediğimiz bir bıçak darbesinin tepemizdeki bulutların hafif hareketleriyle alakasızlığı gibi, ihtimallerle alakası olmayan bir şeydi, çünkü bu “iki üç kere” lafı, Swann’ın kalbinde adeta haç biçiminde bir yara açmıştı. Kelimelerden başka bir şey olmayan, uzaktan havaya söylenen bu “iki üç kere” lafının fiziksel bir darbe gibi kalbini parçalayabilmesi, onu zehir içmişçesine hasta edebilmesi ne tuhaf şeydi! Swann elinde olmadan Mme de Saint-Euverte’in evinde işittiği sözleri düşündü: "Ruh çağırma masaları hariç, hiç bu kadar etkileyici bir şey görmedim." Hissettiği acı, tahminlerine katiyen benzemiyordu. Güvensizliğinin dorukta olduğu günlerde bile kötülüğün bu kadarını hayal etmemiş olması bir yana, söz konusu şeyi kafasında canlandırdığında bile, bir belirsizlik içinde canlandırırdı hep; hayalindeki olay, "iki üç kere olmuştur belki" sözlerinden fışkıran kendine has dehşeti içermez, bildiği bütün acılardan ilk kez yakalandığımız bir hastalık kadar farklı olan bu benzersiz gaddarlıktan yoksun olurdu. Yine de, bütün bu kötülüğün kaynağı olan Odette'e sevgisi azalmamış, aksine, Odette gözünde değer kazanmıştı; sanki acısı arttıkça, bir tek bu kadının elinde bulunan ilacın, panzehirin bedeli de artıyordu. Odette'e, birden ciddileştiğini fark ettiği bir hastalıkmış gibi, daha çok özen göstermek istiyordu. Odette'in "iki üç kere" yaptığını söylediği o korkunç şeyin tekrarlanmamasını istiyordu. Bunun için de Odette'e göz kulak olması lazımdı. Bir dostumuza sevgilisinin kabahatlerini söylemenin onun sevgilisine bağlılığını artırmaktan başka işe yaramadığı, çünkü söylediklerimize inanmayacağı söylenir sık sık; halbuki inanırsa bağlılığı çok daha fazla artar! Peki ama, diyordu Swann kendi kendine, Odette'i korumayı nasıl başaracağım? Onu belki belirli bir kadından koruyabilirdi, ama yüzlerce başka kadın vardı; Odette'i Verdurin'lerde bulamadığı o geceden itibaren, katiyen imkânsız bir şeyi, bir başka varlığa sahip olmayı istemekle nasıl bir çılgınlığa kapılmış olduğunu anladı. Neyse ki, Swann'ın ruhuna bir istilacılar güruhu gibi giren yeni acıların altında, tıpkı yaralı bir organın hasara uğrayan dokuları derhal yenilemeye koyulan hücreleri gibi, felçli bir uzvun eski hareketlerine devam etmeye eğilimli kasları gibi, daha köklü, daha yumuşak, sessiz ve çalışkan bir temel mevcuttu. Ruhunun bu daha eski, yerli sakinleri, nekahet dönemindeki bir hastaya, ameliyat geçirmiş birine dinleniyormuş yanılgısını yaşatan o anlaşılmaz onarım faaliyeti için bir anda Swann'ın bütün gücünü seferber ettiler. Bu sefer, bitkinliğin getirdiği rahatlama her zamanki gibi Swann'ın zihninde değil, kalbinde meydana geldi daha çok. Ne var ki hayatta bir kere var olmuş olan her şey tekrarlanma eğilimi gösterir; işte Swann'ın bir an kurtulmuş gibi görünen kalbinde de, aynı acı, kendiliğinden, bittiği zannedilen bir çırpınmanın can çekişmekte olan bir hayvanı bir kez daha sarsması gibi, tekrar gelip aynı haç biçimindeki yarayı açtı. Swann, o mehtaplı gecelerde, faytonunda kaykılarak La Pérouse Sokağı'na gidişlerini hatırladı; o zamanlar, âşık erkek duygularını içinde büyük bir hazla besleyip büyütmüştü, bu duyguların mecburen vereceği zehirli meyveden habersizdi. Ama bütün bunları düşünmesi bir tek saniye sürdü, elini kalbine götürüp soluklanmasına ve çektiği ıstırabı gizlemek için gülümsemesine yetecek kadar bir zaman aldı sadece. Soruları tekrar peş peşe dizmeye başlamıştı bile. Çünkü bu darbeyi Swann'a indirebilmek, o güne kadar yaşadığı en dayanılmaz ıstırabı ona yaşatabilmek için hiçbir düşmanın girmeyeceği zahmetlere girişmiş olan kıskançlığı, Swann'ın çektiği acıyı yeterli bulmuyor ve daha da derin bir yara açmaya çalışıyordu içinde. İşte kıskançlığı Swann'a bu şekilde, fesat bir tanrıymış gibi ilham veriyor ve onu mahva sürüklüyordu. Başlangıçta ıstırabı artmadıysa, kabahat onda değil, Odette'teydi.

"Sevgilim" dedi Swann Odette'e, "son bir soru, benim tanıdığım biri miydi?

—Yok canım, yemin ederim, zaten biraz abarttım galiba, o kadar ileri gitmemiştim herhalde."

Swann gülümseyerek devam etti:

"Ne yapalım! Önemli değil, ama ismini keşke söyleyebilseydin. Onu kafamda canlandırabilsem, bir daha bu olayı düşünmezdim. Senin iyiliğin için söylüyorum, senin canını daha fazla sıkmamış olurdum. İnsan bir şeyi kafasında canlandırabilince öyle sakinleşiyor ki! Asıl korkunç olan, hayal edilemeyen şeyler. Ama bana o kadar yardımcı oldun ki, seni daha fazla yormak istemiyorum. Bu iyiliğin için sana bütün kalbimle teşekkür ederim. Başka bir şey sormayacağım. Bir tek şey yalnız: Ne kadar zaman önceydi?

—Ah! Charles, öldüreceksin beni ama! Hatırlayamayacağım kadar eski. Sonradan hiç düşünmemiştim, sen ille benim aklıma bu fikirleri tekrar sokmak istiyorsun galiba. O zaman görürsün gününü" dedi Odette bilinçsiz bir aptallık ve kasıtlı bir fesatlıkla.

"Canım, ben sadece seninle tanışmamızdan sonra mıydı diye merak ettim. Olabilir, çok normal; burada mı oldu? Belirli bir gece söyleyebilsen bana, o gece ben ne yaptığımı kafamda canlandırırdım; Odette'çiğim, kim olduğunu hatırlamaman mümkün değil, bunu biliyorsun değil mi?

—Canım ne bileyim ben, galiba Boulogne Ormanı'nda, senin de gelip adada bize katıldığın bir geceydi. Sen Laumes Prensesi'nin evinde akşam yemeğinden gelmiştin" dedi Odette, doğru söylediğini kanıtlayan somut bir ayrıntı bulduğuna sevinerek. "Yanımızdaki masada, çok uzun zamandır görmediğim bir kadın vardı. Bana, 'Hadi gelin şu ufak kayanın arkasına gidip mehtabın suya yansımasını seyredelim' dedi. Ben önce esneyerek, 'Olmaz, yorgunum, burada rahatım yerinde' dedim. Hayatında hiç bu kadar güzel bir mehtap görmediğini söyleyip ısrar etti. Ben de, 'Hadi oradan!' dedim, işi nereye vardıracağını biliyordum."

Odette bunları belki kendisine çok doğal geldiğinden, belki olayın önemini azalttığını düşünerek, belki de mahcup görünmemek için, neredeyse gülerek anlatıyordu. Swann'ın yüzünü görünce, tavrı değişti:

"Alçağın tekisin, bana işkence etmekten zevk alıyorsun; sırf beni rahat bırakasın diye mecburen yalan uyduruyorum."

Swann'ın yediği bu ikinci darbe, birincisinden de feciydi. Bu olayın bu kadar taze olabileceği, gözünün önünde olup bittiği halde onu görmemiş olabileceği, kendisinin bilmediği bir geçmişte değil, gayet iyi hatırladığı ve Odette'le birlikte geçirdiği gecelerde cereyan etmiş olabileceği aklına bile gelmemişti; Swann'ın çok iyi bildiğini zannettiği o geceler, şimdi geriye dönüp baktığında bir sinsiliğe, iğrençliğe bürünüyor ve bu gecelerin ortasında birdenbire o dipsiz uçurum, Boulogne Ormanı Adası'ndaki o an açılıyordu. Odette, zeki olmamakla birlikte, doğallığın cazibesine sahipti. Bu sahneyi Swann'a öyle bir sadelikle anlatmış ve oynamıştı ki, nefes nefese kalan Swann her şeyi görür gibiydi: Odette'in esneyişini, küçük kayayı. Odette'in –maalesef şen şakrak– "Hadi oradan!" deyişini duyar gibiydi. Odette'in o gece daha fazla bir şey söylemeyeceğini, şimdilik yeni bir ifşaat beklemenin anlamsız olacağını hissediyordu, "Zavallı sevgilim" dedi, "affet beni, seni üzdüm, tamam, artık düşünmüyorum bu konuyu."

Ama Swann'ın bakışlarının bilmediği şeylere ve aşklarının o geçmişteki dönemine dikilmiş olduğu Odette'in gözünden kaçmadı; bu dönem, belirsizliğinden ötürü Swann'ın hafızasında tekdüze ve huzurluydu, ama şimdi, Boulogne Ormanı Adası'nda, mehtabın altında, Laumes Prensesi'nin akşam yemeği davetinden sonraki o dakikalar, bir yara gibi deşmekteydi bu geçmişi. Fakat Swann hayatı ilginç bulmaya –hayatta yapılabilecek değişik keşiflere hayranlık duymaya– o kadar alışmıştı ki, bir yandan bu acıya uzun süre dayanamayacağını düşünecek kadar ıstırap çekerken, bir yandan da şunları düşünüyordu: "Hayat gerçekten çok şaşırtıcı, güzel sürprizlerle dolu; aslında sapıklık, zannettiğimizden çok daha yaygın bir şey. Ben bu kadına güveniyordum; görünürde gayet sade ve dürüst bir kadın; en azından, hafifmeşrep olsa da son derece normal ve sağlıklı eğilimlere sahip biri gibi görünüyordu; inanılacak tarafı olmayan bir ihbar üzerine kendisini sorguya çektim ve itiraf ettiği bir iki ayrıntı, asla hayal edilemeyecek kadar çok şeyi açığa çıkardı." Ama Swann bu nesnel yorumlarla yetinemiyordu. Odette'in anlattıklarını tam olarak değerlendirmeye çalışıyor, söylediklerinden, Odette'in bu tür şeyleri sık sık yaptığı, yapmaya da devam edeceği sonucunu çıkarması gerekip gerekmediğini anlamak istiyordu. Odette'in söylediği sözleri tekrarlıyordu kendi kendine: "İşi nereye vardıracağını biliyordum", "iki üç kere", "Hadi oradan!"; ama bu sözler Swann'ın hafızasında silahsız çıkmıyorlardı ortaya, her birinin elinde kendi bıçağı vardı ve her seferinde Swann'a yeni bir darbe indiriyorlardı. Uzun bir süre boyunca, tıpkı bir hastanın kendisine acı veren hareketi ikide birde denemekten kendini alamaması gibi, kendi kendine şu sözleri tekrarlayıp durdu: "Burada rahatım yerinde", "Hadi oradan!"; ama ıstırabı o kadar dayanılmazdı ki, sonunda vazgeçmek zorunda kaldı. Hayatı boyunca hafife aldığı gülerek yargıladığı davranışların şimdi gözünde ölümcül bir hastalığın ciddiyetine bürünmelerine şaşırıyordu. Odette'i kollamalarını kendilerinden rica edebileceği birçok kadın tanıyordu. Ama bu kadınların kendisiyle aynı bakış açısını paylaşmalarını bekleyebilir miydi, Swann'ın kendisinin de yıllar boyu benimsediği, cinsel hayatını her zaman yönlendirmiş olan bakış açılarını değiştirmeyip, gülerek, "Seni kıskanç, başkalarını zevkten mahrum etmek istersin ha!" demeleri normal değil miydi? Birdenbire nasıl bir tuzağa düşmüştü de (bir zamanlar Odette'e olan aşkında sadece incelikli hazlar bulurken) ansızın kendini hiçbir çıkış yolu göremediği bu cehennemde bulmuştu? Zavallı Odette! Ona kızmıyordu. Odette yarı yarıya suçlu sayılırdı. Neredeyse çocuk denecek yaştayken, öz annesinin onu Nice'te, zengin bir İngiliz'in ellerine teslim ettiğini duymamış mıydı? Alfred de Vigny'nin eseri *Bir Şairin Günlüğü*'nde bir zamanlar kayıtsızlıkla okuduğu şu satırlar, şimdi onun gözünde ne acı bir gerçeği yansıtıyordu: "Bir kadına âşık olduğumuzda, şu soruları sormalıyız kendimize: Etrafında ne tür insanlar var? Nasıl bir hayat yaşamış? Hayattaki bütün mutluluğumuz buna bağlıdır." Swann zihninde hecelediği, "Hadi oradan!", "İşi nereye vardıracağını biliyordum" gibi basit cümlelerin kendisine bu kadar acı verebilmesine hayret ediyordu. Ama basit birer cümle zannettiği şeylerin aslında Odette'in anlattıklarını dinlerken yaşadığı ıstırabı taşıyan iskeletin parçaları olduğunu anlıyordu; aynı acı, kendisine her an yüklenmeye hazır bekliyordu orada. Çünkü içinde tekrar uyanan his, aynı ıstıraptı. Artık her şeyi bilmesi –hatta zamanla biraz unutması, affetmesi– boşunaydı; kendi kendine bu sözleri tekrarladığı anda, eski ıstırap, Odette'in konuşmasından önceki cahil ve güvenli haline getiriyordu Swann'ı; acımasız kıskançlığı, onu Odette'in itirafıyla sersemletebilmek için, tekrar henüz bilmeyen insan konumuna getiriyordu; öyle ki, aradan aylar geçtikten sonra, bu eski hikâye hâlâ yepyeni bir ifşaat gibi allak bullak ediyordu Swann'ı. Hafızasının o müthiş yeniden üretme gücüne hayrandı. Çektiği işkenceyi hafifletebilecek tek şey, yaşla birlikte verimliliği azalan bu üretecin güçten düşmesiydi. Ne var ki, Odette'in cümlelerinden birinin Swann'a acı verme gücü tükenmeye yüz tuttuğunda, zihninin o âna kadar pek üzerinde durmadığı, neredeyse yeni bir cümle gelip diğerlerinden nöbeti devralıyor, taptaze bir güçle saldırıyordu Swann'a. Laumes Prensesi'nin evinde akşam yemeği yediği gecenin hatırası Swann'a acı veriyordu, ama hastalığının merkeziydi sadece. Hastalık o geceye yakın günlerin hepsine karmakarışık bir biçimde yayılıyordu. Verdurin'lerin sık sık Boulogne Ormanı Adası'na, akşam yemeğine gittikleri yaz mevsiminin tamamı, hatıralarında o mevsimin herhangi bir noktasına dokunduğunda, Swann'a acı veriyordu. O kadar acı veriyordu ki, kıskançlığının Swann'da uyandırdığı meraklar, zamanla, bu merakları gidermenin bedeli olan yeni işkencelerin korkusuna yenildi. Swann, Odette'in kendisiyle karşılaşmadan önceki hayatının, kafasında canlandırmaya hiç çalışmadığı o dönemin, kendisinin bulanık bir biçimde gördüğü soyut süreç olmadığını, aksine, belirli yıllardan oluştuğunu ve somut olaylarla dolu olduğunu biliyordu. Ama bu somut olayları öğrenirse, renksiz, akışkan ve dayanılır olan bu geçmişin somut, iğrenç bir bedene, belirgin, şeytani bir çehreye bürüneceğinden korkuyordu. Bu yüzden de hâlâ eskisi gibi, onu kafasında canlandırmaya çalışmıyordu, ama artık düşünce tembelliğinden değil, acı çekme korkusundan ötürü. Zaman geçtikçe, Boulogne

Ormanı Adası, Laumes Prensesi adlarını işittiğinde o eski acıyı hissetmeyeceğini umuyor, tam acısı dinecekken Odette'i kışkırtıp, onun ağzından aynı acıyı bir başka görünümle yaşatacak olan yeni sözler, yeni yer adları, yeni durumlar duymayı tedbirsizlik olarak görüyordu.

Ama çoğunlukla Swann'ın bilmediği, artık öğrenmekten de korktuğu şeyleri Odette kendiliğinden, farkına varmadan ifşa ediyordu; aslında Odette'in gerçek hayatıyla Swann'ın daha önceleri, hatta sık sık şimdi de, sevgilisinin sürdüğünü zannettiği görece masum hayat arasında var olan ahlaksızlık uçurumunun boyutlarını Odette bilmiyordu; açık vermek istemediği insanların yanında hep erdemli görünen ahlaksız kişi, boyutlarındaki sürekli artışı kendisinin fark edemediği ahlaksızlıklarının giderek kendisini normal yaşayışların ne kadar dışına çıkardığını kestirecek ölçüden yoksundur. Odette'in zihninde bir arada bulunan hatıralar arasında Swann'dan gizlediği olaylar, zamanla diğerlerine, Odette'in bir tuhaflık göremediği, onun zihnindeki bağlamları içinde göze batmayan olaylara yansıyor, bulaşıyordu; Odette bu normal zannettiği şeyleri Swann'a anlattığı zaman, Swann bunların açığa vurduğu hayat tarzı karşısında dehşete düşüyordu. Bir gün Swann, Odette'i gücendirmeden, randevuevine hiç gidip gitmediğini öğrenmeye çalışıyordu. Doğruyu söylemek gerekirse, gitmediğinden emindi; imzasız mektubun kafasına soktuğu bu ihtimal zihninde sadece otomatik olarak yer almıştı; orada güvenle beslenmemiş, ama varlığını sürdürmüştü; Swann da, şüphenin tamamen fiziksel, ama rahatsız edici varlığından kurtulmak için, Odette'in onu kökünden söküp atmasını istiyordu. Odette, "Yok canım!" dedi, sonra da, Swann'ın normal karşılamasının mümkün olmadığını artık göremediği bir gururla gülümseyerek ekledi: "Başımın etini yiyenler var gerçi. Daha dün, randevuevi sahibi bir kadın beni iki saat burada bekledi, istediğim kadar para vereceğini söylüyordu. Bir büyükelçi, 'Beni ona götürmezseniz intihar edeceğim' demiş kendisine. Önce evde yok dedirttim, sonunda kadından kurtulabilmek için kendim gidip konuştum. Ona karşı nasıl davrandığımı görmeni isterdim; oda hizmetçim yan odadan beni duyuyormuş, avazım çıktığı kadar bağırıyormuşum: 'Söyledim ya, istemiyorum! Canım istemiyor, işte o kadar. İstediğimi yapma özgürlüğüne sahibim herhalde! Paraya ihtiyacım olsa neyse...' diyormuşum. Kapıcıya talimat verildi, bir daha içeriye almayacak kadını, sayfiyede olduğumu söyleyecek. Ah! Senin gizli bir köşeden seyretmeni nasıl isterdim! Çok memnun olurdun sevgilim. Gördün mü bak, hakkında neler söylüyorlar ama, Odette'çiğinin aslında iyi tarafları da varmış."

Zaten Odette Swann'ın keşfettiğini sandığı kabahatlerini itiraf ettiğinde de, bu itiraflar Swann'ın eski şüphelerine son vermekten çok, yeni şüpheler için çıkış noktası oluşturuyordu. Çünkü itiraflar hiçbir zaman şüphelere tam denk düşmüyordu. Odette itirafını yaparken meselenin özünü tamamen kesip atsa da, ayrıntılarda mutlaka Swann'ın asla hayalinden geçirmediği, yeniliğiyle onu ezen ve kıskançlığına hedef olan meselenin öğelerini değiştirmesine imkân verecek bir şey bulunuyordu. Üstelik bu itirafları unutamıyordu artık. Ruhu onları birer ceset gibi sürüklüyor, bir kenara atıyor, sinesinde saklıyordu. Ruhu itiraflarla zehirleniyordu.

Bir keresinde Odette, Paris-Murcia Günü'nde Forcheville'in kendisini ziyarete geldiğinden bahsetti. "Nasıl olur, o sıralar Forcheville'le tanışıyor muydun? Ha, evet, doğru ya!" dedi Swann, bilmediği anlaşılmasın diye sonradan lafı çevirerek. Birdenbire, Odette'ten hâlâ gözü gibi sakladığı o mektubu aldığı gün, Odette'in belki de Forcheville'le birlikte La Maison d'Or'a öğle yemeğine gitmiş olduğu şüphesi içini kemirmeye başladı. Odette bunu yeminlerle inkâr etti. Swann, "Halbuki La Maison d'Or, bana doğru olmadığını öğrendiğim bir şeyi hatırlatıyor" dedi Odette'i korkutmak için. "Evet, senin beni Prévost'da arayıp bulamadığın gece, La Maison d'Or'dan çıktığımı söylemiştim sana, ama oraya gitmemiştim aslında" diye cevap verdi Odette (Swann'ın tavrından, bildiğini zannederek); cevabındaki kararlılık alaycılıktan çok çekingenlikten, belli etmeyi gururuna yediremediği Swann'ı kızdırma korkusundan ve açıksözlü olabildiğini ona gösterme arzusundan kaynaklanıyordu. Böylece, bir cellat sebatı ve gücüyle darbeyi indirdi, ama acımasızlıktan eser taşımıyordu, çünkü Odette Swann'a çektirdiği acının bilincinde değildi; hatta gülmeye başladı, ama belki utandığı, sıkıldığı zannedilmesin diye gülüyordu daha çok. "Evet, La Maison Dorée'ye gitmemiştim, Forcheville'in evinden çıkıyordum. Prévost'ya sahiden gitmiştim, yalan değildi; Forcheville'le orada karşılaşmıştık, o da gravürlerini göstermek için evine davet etmişti beni. Ama sonra bir misafiri gelmişti. Ben de, sen kızarsın diye korkup La Maison d'Or'dan geldiğimi söyledim sana. Gördüğün gibi aslında senin hatırın için yalan söylemiştim. Diyelim ki hata ettim, hiç değilse açık açık söylüyorum. Paris-Murcia Günü'nde onunla öğle yemeği yemiş olsam, sana niye söylemeyeyim, benim ne işime yarayacak? Üstelik o zamanlar ikimiz henüz pek samimi sayılmazdık, değil mi canım?" Bu balyoz gibi inen sözlerle bütün gücü tükenen Swann, bir anda çökmüş gibi bir ifadeyle gülümsedi. Demek ki kendisinin fazlasıyla mutlu bir dönem olduğu için asla düşünmeye cesaret edemediği aylarda, Odette tarafından sevildiği sıralarda bile, Odette ona yalan söylemeye başlamıştı! Yani Odette'in La Maison Dorée'den çıktığını söylediği (ilk "*cattleya* yaptıkları" geceydi) o âna benzer, Swann'ın hayalinden dahi geçmemiş bir yalanı gizleyen niceleri olmuştu kim bilir. Odette'in bir gün kendisine söylediği şu sözleri hatırladı: "Mme Verdurin'e elbisemin hazırlanması uzun sürdü derim, araba gecikti derim, olur biter. Bir çaresi bulunur elbet." Herhalde Odette'in kendisine bir gecikmeyi, bir randevunun saatindeki değişikliği mazur göstermek için yaptığı açıklamalardan birçoğu da, kendisi hayalinden bile geçirmediği halde, Odette'in başka biriyle, "Swann'a elbisemin hazırlanması uzun sürdü derim, araba gecikti derim, olur biter, bir çaresi bulunur elbet" demiş olduğu biriyle yaptığı bir programı gizlemişti. Swann, yalanların muhtemel ve karanlık varlığının her yere, en tatlı hatıralarına, Odette'in kendisine bir zamanlar söylemiş olduğu, kendisinin de Tanrı kelamı kabul ettiği en basit sözlere, kendisine anlattığı bütün gündelik faaliyetlerine, en mutat mekânlara, terzisinin evine, Bois Caddesi'ne, Hipodrom'a sızmakta olduğunu hissediyordu; en ayrıntıyla anlatılmış günlerde bile, içine kimi faaliyetlerin saklanabileceği boşluklar, aralıklar yaratan fazladan bir zaman vardı mutlaka; bu zaman sayesinde gizlenen yalanlar, en çok üstüne titrediği şeyleri (en güzel gecelerini, Odette'in muhtemelen hep söylediğinden farklı saatlerde girip çıktığı La Pérouse Sokağı'nın kendisini) kirletiyor, La Maison Dorée'ye ilişkin itirafı dinlerken duyduğu koyu dehşeti her tarafa yayıyor ve *Ninive'nin Çöküşü*'ndeki iğrenç hayvanlar gibi, yavaş yavaş bütün geçmişini çökertiyordu. Şimdi hafızası Swann'a o zalim La Maison Dorée adını ne zaman fısıldasa, ondan kaçmaya çalışıyordu; ama daha pek kısa bir süre öncesine kadar, örneğin Mme de Saint-Euverte'in davetinde de olduğu gibi, çoktan kaybettiği bir mutluluğu hatırladığı için değil, yeni öğrendiği bir felaketi hatırladığı için kaçmak istiyordu şimdi. Daha sonra, La Maison

Dorée adı da, Boulogne Ormanı Adası gibi, zamanla Swann'a acı vermez oldu. Çünkü aşkımız, kıskançlığımız dediğimiz şey, sürekli, bölünmez ve tek bir tutku değildir. Birbirini izleyen sayısız aşktan, farklı kıskançlıklardan oluşur; bunların her biri gelip geçicidir, ama kesintisiz bollukları nedeniyle devamlılık, bütünlük izlenimi uyandırırlar. Swann'ın aşkının canlı kalması, hepsi Odette'i hedef alan sayısız arzu ve sayısız şüphenin ölmesine bağlıydı; kıskançlığının sadakati, bu arzu ve şüphelerin sadakatsizliğinden oluşuyordu. Uzun bir süre Odette'i görmemiş olsaydı, ölüp gidenlerin yerine yenileri gelmeyecekti. Ama Odette'in varlığı, Swann'ın kalbine kâh sevgi, kâh şüphe tohumları ekmeye devam ediyordu.

Bazı geceler Odette birden Swann'a eskisi gibi iyi davranıyor, bu iyiliğinden derhal yararlanması gerektiği, yoksa yıllarca bir daha tekrarlanmayabileceği konusunda sertçe uyarıyordu onu; derhal Odette'in evine dönüp "*cattleya* yapmaları" gerekiyordu; Swann'a güya duyduğu bu arzu o kadar ani, o kadar açıklanmaz, o kadar buyurgan, ardından Swann'ı okşayışları da o kadar göstermelik ve tuhaf oluyordu ki, bu hoyrat ve inandırıcılıktan uzak sevgi Swann'ı bir yalan, bir kötülük kadar üzüyordu. Yine Odette'in emri üzerine onunla birlikte evine gittiği bir gece, Odette öpücüklerinin arasına her zamanki soğukluğuyla çelişen tutkulu sözler sıkıştırdığı sırada, Swann ansızın bir gürültü işitir gibi oldu; kalkıp her yeri aradı, kimseyi bulamadı, ama tekrar Odette'in yanına dönmeye cesaret edemedi; bunun üzerine Odette öfkeden köpürerek bir vazoyu parçaladı ve "Seninle hiçbir şey yapılmaz zaten!" dedi Swann'a. Swann Odette'in kıskandırmak ya da kızıştırmak amacıyla içeriye birini saklamış olduğu şüphesinden kurtulamadı.

Ara sıra Odette hakkında bir şeyler öğrenme umuduyla randevuevlerine gidiyor, ama orada adını söylemeye de cesaret edemiyordu. "Hoşunuza gidecek bir kız var elimde" diyordu çaça. Swann da bir saat boyunca, başka bir şey yapmamasına şaşırıp kalan zavallı bir kızcağızla üzgün üzgün sohbet ediyordu. Bir keresinde, gencecik, çok güzel bir kız, "Benim istediğim, bir dost bulmak; o zaman başka kimseyle birlikte olmam, bana kesinlikle güvenebilir, dedi Swann'a. Swann, —Sahi mi, sence bir kadının, bir erkeğin sevgisinden etkilenip onu hiç aldatmaması mümkün mü? diye sordu heyecanla. —Tabii ki! Adamına bağlı!" Swann bu kızlara Laumes Prensesi'nin hoşlanacağı türden sözler söylemekten kendini alamıyordu. Bir dost arayan kıza gülümseyerek, "Ne hoş, kemerinle aynı renkte mavi gözler takmışsın, dedi. —Sizin de manşetleriniz mavi. —Böyle bir yerde ne güzel sohbet ediyoruz! Canını sıkmıyorum ya? İşin var mıydı? —Yoo, istediğiniz kadar vaktim var. Canımı sıksaydınız söylerdim. Tam tersine, sizi dinlemek çok hoşuma gidiyor. —Teşekkür ederim. Tatlı tatlı sohbet ediyoruz, gördünüz mü?" dedi Swann içeri giren çaçaya. "Ya, ben de onu düşünüyordum. 'Ne kadar uslu duruyorlar!' diyordum kendi kendime. Buyrun bakalım! Artık evime sohbete geliniyor. Geçen gün prens de söylüyordu, burası karısının salonundan daha iyiymiş. Artık yüksek sosyete kadınları çok yapmacıkmış, rezalet yani! Neyse, ben sizi daha fazla rahatsız etmeden gideyim." Çaça dışarı çıkıp Swann'ı mavi gözlü kızla yalnız bıraktı. Ama Swann az sonra kalkıp kızla vedalaştı; kız ilgisini çekmiyordu, Odette'i tanımıyordu.

Ressam bir ara rahatsızlanmıştı, Doktor Cottard kendisine bir deniz yolculuğu tavsiye etti; müritlerin birçoğu onunla birlikte yolculuğa çıkmayı düşündü; Verdurin'ler de yalnız kalmaya razı olamayıp bir yat kiraladılar, sonra da yatı satın aldılar; böylece Odette sık sık tekne yolculuklarına çıkar oldu. Odette'in her gidişinden birkaç gün sonra, Swann ondan kopmaya başladığını hissediyor, ama sanki bu manevi mesafe maddi mesafeyle doğru orantılıymış gibi, Odette'in döndüğünü öğrendiği anda, onu görmeden edemiyordu. Bir keresinde, bir ay süreceğini sandıkları bir yolculuğa çıkmışlardı; belki yolda akıllarına esmiş, belki de M. Verdurin karısını memnun etmek için her şeyi önceden gizlice ayarlayıp müritlere adım adım, yol aldıkça haber vermiş, sonuçta Cezayir'den Tunus'a, oradan İtalya'ya, ardından Yunanistan'a, sonra da Küçük Asya'da Konstantinopolis'e geçmişlerdi. Yolculuk yaklaşık bir yıldır devam ediyordu. Swann son derece huzurlu, neredeyse mutluydu. Mme Verdurin piyanistle Doktor Cottard'ı ikna etmeye çalıştı: Piyanistin teyzesi de doktorun hastaları da kendilerine katiyen ihtiyaç duymuyorlardı, üstelik M. Verdurin Paris'te devrimin patlak verdiğini kesin kaynaklardan öğrenmişti, Mme Cottard'ın oraya dönmesi ihtiyatsızlık olurdu; ama ne kadar uğraştıysa da inandıramadı, Konstantinopolis'te, piyanistle Cottard'lara özgürlüklerini iade etmek zorunda kaldı. Ressam da onlarla birlikte döndü. Bu dört yolcu Paris'e döndükten kısa bir süre sonra, Swann bir gün Luxembourg'a gitmekte olan bir omnibüse rastlayıp, orada yapılacak bir işi olduğundan, içine atlayıvermiş, karşısındaki koltukta, tüylü şapkası, ipek elbisesi, manşonu, şemsiyesi, kartvizit cüzdanı ve temizleyiciden gelmiş beyaz eldivenleriyle, iki dirhem bir çekirdek "gün" dolaşmaya çıkmış olan Mme Cottard'ı bulmuştu. Mme Cottard bu amblemlerin hepsini kuşanır, hava yağışlı değilse aynı semtteki evlerin birinden ötekine yürür, ama sonra, bir başka semte geçmek için aktarmalı omnibüsü kullanırdı. İlk birkaç dakika boyunca, doğal kadın sevecenliği küçük burjuva yapmacıklığını delip geçinceye kadar, ayrıca Swann'a Verdurin'lerden bahsetmesinin doğru olup olmayacağını da pek bilemediğinden, Mme Cottard rahat bir tavırla, ara sıra omnibüsün patırtısında duyulamayan ağır aksak, yumuşak sesiyle, bir gün içinde merdivenlerini tırmandığı yirmi beş evde duyduğu ve tekrarladığı konuşmalardan bir derleme sundu:

"Sizin gibi her şeyden haberdar birinin Mirlitons sergisinde Paris'i ayağa kaldıran Machard portresini görüp görmediğini sormaya bile gerek duymuyorum beyefendi. Ne diyorsunuz peki? Tasvip edenlerden misiniz, yoksa kınayanlardan mı? Bütün salonlarda tek konu Machard'ın portresi; Machard portresi hakkındaki fikrinizi belirtmedikçe, seçkin, nezih, modern sayılmıyorsunuz."

Swann portreyi görmediğini söyleyince, Mme Cottard onu bu itirafa zorlamakla ayıp etmiş olmaktan korktu.

"Ya! Harika, hiç değilse açıkça itiraf ediyorsunuz, Machard'ın portresini görmediniz diye alçaldığınızı düşünmüyorsunuz. Bence fevkalade bir tutum. Ben gördüm portreyi; farklı görüşler mevcut, bazıları biraz fazla özenli, biraz fazla abartılı buluyor, bence mükemmel. Dostumuz Biche'in mavi-sarı kadınlarına benzemiyor elbette. Ama size açıkça itiraf edeyim, beni çok geri kafalı bulacaksınız ama, aklımdan geçeni aynen söylüyorum işte: Ben Biche'in resimlerini anlamıyorum. Evet, kocamın portresinin çok güzel tarafları olduğunu kabul ediyorum, diğerleri kadar garip bir portre değil, ama tutup mavi bıyık yapmış. Oysa Machard öyle mi ya! Biliyor musunuz, şu anda bir arkadaşımın evine gidiyorum (böylece sizinle görüşme zevkini de tatmış oldum), kocası kendisine söz vermiş, Akademi'ye seçilirse (doktorun meslektaşlarındandır) Machard'a karısının portresini sipariş edecekmiş. Rüya kadar güzel bir proje tabii! Bir başka hanım arkadaşım var ki, Leloir'ı tercih ettiği iddiasında. Ben kara cahilin tekiyim, Leloir daha da üstün bir sanatçı olabilir. Ama bana sorarsanız, bir portrenin, özellikle de on bin franklık bir portrenin, her şeyden önce aslına benzer, hem de hoş bir biçimde benzer olması gerekir."

Mme Cottard, uzun sorgucundan, kartvizit cüzdanının üzerindeki markasından, eldivenlerinin iç kısmına temizleyicinin mürekkeple yazmış olduğu minik rakamdan ve Swann'a Verdurin'lerden bahsetmenin zorluğundan esinlenen bu konuşmayı yaptıktan sonra, omnibüsten ineceği Bonaparte Sokağı'nın köşesine gelmelerine daha çok vakit olduğunu görünce, kendisine farklı sözler söylemesini tavsiye eden kalbinin sesini dinledi.

"Mme Verdurin'le yaptığımız yolculuk boyunca, kulaklarınız hep çınlamış olmalı beyefendi" dedi. "Sürekli sizden bahsediyorduk."

Swann çok şaşırdı, Verdurin'lerin yanında isminin asla anılmadığını zannediyordu.

"Zaten" diye devam etti Mme Cottard, "Mme de Crécy de bizimleydi, daha fazla bir şey söylemeye gerek yok. Odette nereye giderse gitsin, uzun müddet sizden bahsetmeden duramaz. Eh, kötülemek için sözünüzü etmediği de aşikâr! Nasıl olur, şüpheniz mi var?" dedi, Swann'ın kuşkulu bir hareket yaptığını görünce.

Samimiyetle inandığı sözlerinin verdiği coşkuyla, ayrıca iki dostun birbirlerine beslediği sevgiden bahsederken kullanılan bir kelimeyi hiçbir art niyet gütmeden kullanarak haykırdı:

"Odette size tapar! Onun yanında size en ufak bir laf edenin vay haline! Mahveder insanı! Her an, her yerde, mesela bir tablo gördüğümüzde, 'Ah! O burada olsaydı, hemen söylerdi gerçek olup olmadığını. Bu işlerden onun kadar anlayan yoktur' diyordu. Sürekli merak içindeydi: 'Şu anda ne yapıyor acaba? Biraz çalışsa bari! Bu kadar yetenekli bir insanın bu kadar tembel olması ne kötü.' (Affınıza sığınarak söylüyorum.) 'Şu anda onu görür gibiyim, bizi düşünüyor, nerede olduğumuzu merak ediyor' diyordu. Hatta bir keresinde çok hoşuma giden bir şey söyledi: M. Verdurin, 'Canım, ondan sekiz yüz mil uzaktasınız, şu anda ne yaptığını nasıl görebilirsiniz?' diyordu. Odette de şöyle cevap verdi: 'Bir dostun gözü için hiçbir şey imkânsız değildir.' Yemin ederim sizi pohpohlamak için söylemiyorum, Odette az bulunur, gerçek bir dostlukla bağlı size. Ayrıca şunu da söyleyeyim, eğer bunu bilmiyorsanız, bilmeyen bir tek siz kalmışsınız. Mme Verdurin de son gün aynı şeyi söylüyordu (biliyorsunuz ayrılık öncesinde sohbetler çok hoş olur): 'Odette bizi sevmiyor demiyorum, ama biz ne dersek diyelim, M. Swann'ın söyleyeceklerinin yanında hiçbir hükmü olmaz.' Aman Tanrım! Benim durağa geldik, sizinle gevezeliğe dalıp Bonaparte Sokağı'nı kaçırıyordum az kalsın... Bir zahmet bakar mısınız, sorgucum düzgün mü acaba?"

Mme Cottard'ın manşonundan çıkarıp Swann'a uzattığı beyaz eldivenli eli, bir aktarma biletiyle birlikte, omnibüsün tamamına yayılan, temizleyici kokusuyla karışık bir lüks hayat görüntüsünü açığa çıkardı. Swann, içinin Mme Cottard'a ve ayrıca Mme Verdurin'e karşı sevgiyle dolup taştığını hissediyordu (hatta bu hanımlara Odette'i de eklemek mümkündü, çünkü Odette'e ilişkin duyguları şimdi ıstıraptan arınmış olduklarından, aşk diye de tanımlanamazdı); Mme Cottard'ın sorgucu havada, bir eliyle eteğini kaldırıp ötekinde şemsiyesini ve markası görünecek şekilde kartvizit cüzdanını tutarak, manşonunu önünde sallandırarak Bonaparte Sokağı'nda kahramanca, dümdüz ilerleyişini duygulu gözlerle izliyordu.

Mme Cottard kocasını gölgede bırakacak bir tedavi yeteneğiyle, Swann'ın Odette'e beslediği marazi duyguları telafi etmek için onlara başka, normal birtakım duygular aşılamıştı; bu minnet ve dostluk duyguları Swann'ın nazarında Odette'i daha insani (bu duyguları Swann'a başka kadınlar da esinleyebileceğinden, diğer kadınlara daha benzer) kılacak, onun eski Odette'e, huzurlu bir şefkatle sevilen, bir gece, ressamın evindeki bir davetin ardından Swann'ı evine, Forcheville'le birlikte portakal şerbeti içmeye çağıran, Swann'ın bir arada mutluluk içinde yaşayabileceğini görür gibi olduğu Odette'e nihai dönüşümünü hızlandıracaktı.

Swann eskiden, ileride Odette'e âşık olmayacağı günlerin geleceğini sık sık düşünüp dehşete kapıldığı zamanlar, hep tetikte olacağına, aşkının kendisinden uzaklaşmaya başladığını hissettiği anda ona sarılıp gitmesine izin vermeyeceğine dair kendi kendine ant içmişti. Ne var ki, aşkının yoğunluğundaki azalma, aynı anda âşık olmaya devam etme arzusunun yoğunluğunda da bir azalmayla çakışmaktaydı. Çünkü insan eski benliğinin duygularına boyun eğmeyi sürdürerek değişemez, yani başka birisine dönüşemez. Bazen Odette'in geçmişteki muhtemel âşıklarından biri olarak gördüğü bir erkeğin ismine gazetede rastlayıp kıskançlık hissinin tekrar kabardığı oluyordu. Ama pek hafif bir kıskançlıktı bu ve Swann'a onca acı çektiği –ama aynı zamanda öylesine haz dolu duygular yaşadığı– dönemi henüz tamamen geride bırakmadığını ve hayatın tesadüfleri sayesinde belki de bu dönemin güzelliklerini uzaktan gizlice seyredebileceğini kanıtladığı için, tıpkı Venedik'ten ayrılıp istemeye istemeye, asık suratla Fransa'ya dönen Parisli'ye, İtalya'nın ve yaz mevsiminin pek de o kadar uzakta olmadığını kanıtlayan son bir sivrisinek misali, bu kıskançlık da Swann'a, hoş denebilecek bir heyecan veriyordu. Ama Swann çoğunlukla, hayatının geride bırakmakta olduğu bu çok özel dönemini sürdürebilmek için değilse de, en azından, henüz mümkünken, bu dönemin açık seçik bir görüntüsünü elde etmek için bir çaba gösterdiğinde, artık bunun mümkün olmadığını fark ediyordu; ardında bıraktığı bu aşkı gözden kaybolacak olan bir manzaraya bakar gibi görmek istiyordu; ama aynı anda iki kişi birden olmak ve artık yaşamadığımız bir duygunun gerçeğe uygun görüntüsünü canlandırmak o kadar zor bir şeydir ki, çok geçmeden Swann'ın zihni kararıyor, hiçbir şey göremez oluyor, bakmaktan vazgeçiyor, gözlüğünü çıkarıp camlarını siliyordu; sonra, kendi kendine biraz dinlenmesinin daha iyi olacağını, daha bol bol vakti olduğunu söylüyor ve tıpkı bir trende, kendisini hızla memleketinden, onca yıl yaşadığı, son bir kere vedalaşmadan ayrılmamaya söz verdiği memleketinden uzaklara götüren vagonda uyumak üzere şapkasını gözlerinin üzerine indiren uykulu bir yolcu gibi, meraksız bir uyuşukluğa gömülüyordu. Hatta ancak Fransa'ya vardığında uyanan yolcu gibi, Swann da Forcheville'in eskiden Odette'in âşığı olduğunu tesadüfen, zahmetsizce öğrendiğinde, bunun kendisine hiçbir acı vermediğini, aşkın çok uzaklarda kalmış olduğunu fark etti ve aşkı temelli geride bıraktığı ânın habersiz yaşanmış olmasına üzüldü. Swann, Odette'i ilk kez öpmeden önce, Odette'in onca zaman kendisine sunduğu ve bu öpücüğün hatırasıyla değişecek olan çehreyi hafızasına kaydetmek istemişti; aynı şekilde, kendisine aşk ve kıskançlık esinleyen, acılar çektiren, bir daha hiç göremeyeceği bu Odette'e de, hâlâ var olduğu sırada, hiç değilse kafasında veda etmek isterdi. Ama Swann yanılmıştı. Hiç görmeyeceğini sandığı o Odette'i birkaç hafta sonra bir kere daha gördü. Uyuyordu, rüyasında etraf alacakaranlıktı. Mme Verdurin, Doktor Cottard, kim olduğunu bilemediği fesli bir genç, ressam, Odette, III. Napoléon ve büyükbabamla birlikte, denizin kıvrımlarını kâh çok yüksek, dimdik bir uçurumdan, kâh sadece birkaç metre yüksekten izleyen bir yolda yürüyorlar, sürekli yokuş tırmanıp yokuş aşağı iniyorlardı; yokuşu tırmanmakta olanlar, yokuş aşağı inenleri gözden kaybediyordu, gün ışığı giderek azalmaktaydı, sanki bir anda her yeri koyu bir karanlık kaplayacakmış gibiydi. Ara sıra yüksek dalgalar kıyıya çarpıyor, Swann yanağında buz gibi bir serpinti hissediyordu. Odette yanağını silmesini söylüyordu, Swann silmeyi beceremiyor ve hem bu yüzden, hem de üstünde gecelik olduğu için, Odette'ten utanıyordu. Kıyafetinin karanlıkta fark edilmeyeceğini umuyordu, ama Mme Verdurin uzun müddet şaşkın bakışlarını Swann'dan alamadı; Swann bu süre zarfında Mme Verdurin'in yüzünün şekil değiştirdiğini, burnunun uzadığını ve pos bıyıkları olduğunu gördü. Dönüp Odette'e baktı; Odette'in yüz hatları yorgundu, solgun yanaklarında minik kırmızı sivilceler, gözlerinin altında mor halkalar vardı, ama Swann'a sevgi dolu, gözyaşı damlaları gibi kopup Swann'ın üzerine düşmeye hazır gözlerle bakıyordu ve Swann öyle bir sevgi hissediyordu ki içinde, o anda Odette'i alıp götürebilmek isterdi. Ansızın Odette bileğini çevirip küçük saatine baktı ve "Benim gitmem lazım" dedi; herkesle aynı şekilde vedalaşıyor, Swann'ı bir kenara çekip akşama ya da bir başka gün nerede buluşacaklarını söylemiyordu. Swann sormaya cesaret edemedi; onun peşinden gitmek isterken, Odette'ten yana bile dönemeden, gülümseyerek Mme Verdurin'in bir sorusunu cevaplandırmak zorundaydı, ama kalbi feci şekilde çarpıyordu; Odette'ten nefret ediyordu, az önce öylesine sevdiği gözlerini oymak, pürüzlü, solgun yanaklarını ezmek istiyordu. Mme Verdurin'le birlikte tırmanmaya, yani ters yönde yokuş aşağı inen Odette'ten adım adım uzaklaşmaya devam ediyordu. Bir saniye sonra, Odette gideli saatler geçmişti. Ressam, III. Napoléon'un Odette'in hemen ardından ortadan kaybolmuş olduğuna dikkatini çekti Swann'ın. "Herhalde aralarında anlaşmışlardı" diye ekledi; "kıyının biraz aşağısında buluştular mutlaka, ama ayıp olmasın diye birlikte gitmediler. Odette onun metresi." Swann'ın tanımadığı delikanlı ağlamaya başladı. Swann onu teselli etmeye çalıştı. "O da haklı aslında" dedi, delikanlının gözlerini kurulayıp rahat etsin diye fesini çıkararak. "Ben bunu kaç kere tavsiye ettim kendisine. Üzülecek ne var? Odette'i en iyi anlayabilecek erkek o." Swann bu sözleri kendine söylüyordu, çünkü başta tanıyamadığı delikanlı da kendisiydi; bazı romancılar gibi o da kişiliğini iki kahraman arasında, rüyayı görenle karşısındaki fesli genç arasında paylaştırmıştı.

III. Napoléon'a gelince, uzak bir çağrışım, baronun her zamanki yüzünde küçük bir değişiklik, son olarak da uzun kordonlu Légion d'honneur nişanı Forcheville'e bu ismi vermesine sebep olmuştu; fakat aslında rüyadaki kahraman, temsil ettiği ve hatırlattığı her şey bakımından Forcheville'di. Çünkü Swann uyurken, noksan ve değişken görüntülerden yanlış sonuçlar çıkarıyordu; zaten uykuda geçici olarak öyle bir yaratıcı güç kazanırdı ki, kimi ilkel organizmalar gibi, doğrudan bölünerek çoğalırdı; kendi avcunun ısısıyla bir başka elin avcunu şekillendirir, onu sıktığını zanneder, henüz bilincinde olmadığı duygu ve izlenimlerden de, uykusunun belirli bir noktasında aşkına karşılık verecek veya Swann'ı uyandıracak olan şahsı ortaya çıkarmak üzere, mantıklı bir olaylar zinciri yaratırdı. Birdenbire her yer karanlığa gömüldü, alarm çanı çalındı, alevler içindeki evlerden fırlayan insanlar koşarak geçtiler; Swann patlayan dalgaların ve göğsünde aynı şiddetle, kaygıyla çarpan kalbinin sesini işitiyordu. Ansızın kalp atışları iki misli hızlandı, anlaşılmaz bir acı, bir bulantı hissetti; her tarafı yanıklarla kaplı bir köylü, geçerken kendisine sesleniyordu: "Gelin Charlus'e sorun bakalım, Odette arkadaşıyla geceyi noktalamaya nereye gitmiş; Charlus bir zamanlar onunla beraberdi, Odette ona her şeyi söyler. Yangını onlar çıkarmış." Kendisini uyandırmaya gelmiş olan oda hizmetkârıydı konuşan:

"Beyefendi, saat sekiz, berber geldi, bir saat sonra tekrar uğramasını söyledim."

Ama bu kelimeler Swann'ı sarmalayan uykunun dalgaları arasına nüfuz ettiklerinde, ancak suyun dibindeki ışını bir güneş gibi gösteren kırılmayla bilincine ulaşabilmişlerdi; aynı şekilde, az önce o uçurumların dibinde alarm çanının tınısına bürünen zil sesi de yangın olayını doğurmuştu. Bu arada gözlerinin önündeki dekor uçup gitti; gözlerini açtı, denizdeki bir dalganın uzaklaşan sesini son kez işitti. Yanağına dokundu. Kuruydu. Oysa soğuk suyun temasını ve tuz tadını hâlâ hatırlıyordu. Yataktan kalktı, giyindi. Berberi erken saatte çağırmıştı, çünkü bir gün önce büyükbabama mektup yazmış, o gün öğleden sonra Combray'ye gideceğini bildirmişti. Swann, Mme de Cambremer'in –eskiden Mlle Legrandin'di– Combray'de birkaç gün geçireceğini duymuştu; bu genç kadının çehresiyle onca zamandır gitmediği köyün cazibesi hafızasında birleşince, nihayet Paris'ten birkaç günlüğüne ayrılmaya karar vermişti. Bizi kimi insanlarla karşılaştıran tesadüfler onları sevdiğimiz zamanla çakışmadığı için, o zamanın dışına taşarak, aşk başlamadan önce ve bittikten sonra ortaya çıkabildiği için, daha sonra hoşumuza gideceği kaderimizde yazılı olan bir insanın hayatımızdaki ilk görüntüleri, geriye baktığımızda bir uyarı, bir kehanet niteliğine bürünürler. İşte Swann da, Odette'in onu tiyatroda ilk gördüğü ve bir daha göreceğini aklından bile geçirmediği o geceki görüntüsünü sık sık bu şekilde hatırlamıştı; General de Froberville'i Mme de Cambremer'e takdim ettiği Mme de Saint-Euverte'in davetini de şimdi bu şekilde hatırlıyordu. Hayatta o kadar çok şeyle ilgileniriz ki, belirli bir durumda, henüz mevcut olmayan bir mutluluğun temeli atılırken, aynı sırada, çektiğimiz bir acının doruk noktasına çıkması oldukça sık rastlanan bir durumdur. Şüphesiz bu durum Swann'ın başına Mme de Saint-Euverte'in evinden başka bir yerde de gelebilirdi. Hatta kim bilir, belki o gece başka bir yerde olsaydı, başka mutluluklar, başka kederler çıkacaktı karşısına ve daha sonra geriye baktığında, onlar da kaçınılmaz görünecekti gözüne. Ama Swann'a kaçınılmaz görünen şey, yaşanmış olandı ve Mme de Saint-Euverte'in davetine gitmeye karar vermiş olmasını neredeyse kaderin bir işareti olarak görüyordu; çünkü hayatın hayal gücü zenginliğine hayran olmak isteyen ve en arzulanır şeyin ne olacağını düşünmek gibi zor bir meseleye uzun süre yoğunlaşamayan zihni, o gece yaşadığı ıstırapla henüz aklından geçmeyen, ama tohumları atılan hazlar arasında zorunlu bir bağlantı kuruyordu – bu ıstırabı ve bu hazları tartıya vurmak ise, Swann için imkânsız denecek kadar zordu.

Ne var ki, uyandıktan bir saat sonra, trende saçının bozulmaması için berberine talimat verdiği sırada, rüyasını tekrar düşündü ve tıpkı rüyasında yanı başında hissettiği şekilde, Odette'e ilişkin ilk izlenimi, bütün ayrıntılarıyla, tekrar gözünde canlandı; çökük yanaklarını, yorgun hatlarını, mor halkalı gözlerini, –Odette'e beslediği kalıcı aşkı ona ilişkin ilk izleniminin uzun bir unutuşu haline getiren ve birbirini izleyen sevgi dönemleri boyunca– ilişkilerinin ilk günlerinden beri fark etmediği ve herhalde hafızasının da o uyurken o günlere gidip ilk izlenimlerini aradığı bütün özelliklerini yeniden gördü. Ve zaman zaman, artık kendini bedbaht hissetmediği, bu arada ahlak düzeyinin de düştüğü anlarda ortaya çıkan o eski kaba sabalığıyla kendi kendine haykırdı: "Hayatımın onca yılını hasrettiğim, uğruna ölmek istediğim, en büyük aşkımı yaşadığım kadın, aslında hoşuma gitmeyen, tipim bile olmayan bir kadınmış meğer!"

ÜÇÜNCÜ BÖLÜM

Memleket İsimleri: İsim

Uykusuz gecelerimde hayalini kafamda en sık canlandırdığım odalar arasında, Combray'nin taneli, çiçektozlu, yutulabilir ve sofu bir havası olan odalarına en az benzeyeni, Balbec'te, Grand-Hôtel de la Plage'daki odamdı: Ripolin'le boyanmış duvarlarının arasında, tıpkı masmavi suyla dolu bir havuzun parlak duvarlarının arasındaki gibi, temiz, gök mavisi ve tuzlu bir hava solunurdu. Otelin dekorasyonunu yapan Bavyeralı döşemeci her odayı aynı şekilde döşememişti; benim odamın üç duvarı camlı, alçak kitaplıklarla kaplıydı ve döşemeci bunu öngörmemiş olsa da, konumuna bağlı olarak her camın üzerine değişken deniz manzarasının farklı bölümleri yansıyor ve böylece, üç duvarda kitaplığın maun raflarıyla bölünen, ışıltılı bir deniz manzaraları frizi oluşuyordu. Dolayısıyla odam, "modern üslup"taki mobilya sergilerinde gördüğümüz, içinde yatacak olan kişinin göz zevkini okşamak üzere, odanın bulunduğu mekâna uygun konuların işlendiği sanat eserleriyle bezenmiş oda modellerinden birini andırıyordu.

Ama zaten bu gerçek Balbec'in kendisi de benim hayallerimdeki Balbec'ten çok farklıydı; fırtınalı günlerde, Françoise'ın beni Champs-Élysées'ye götürürken, kafama kiremit düşmesin diye duvar dibinden yürütmediği ve inleye inleye gazetelerdeki felaket haberlerini, batan gemi haberlerini anlattığı o en rüzgârlı günlerde, sık sık Balbec'i hayal ederdim. Hayattaki en büyük arzum, denizde bir fırtına görmekti; bu benim nazarımda güzel bir görüntüden çok, doğanın gerçek yaşantısının bütün çıplaklığıyla göründüğü bir andı; daha doğrusu, benim nazarımda güzel görüntüler benim zevkim için yapay olarak düzenlenmemiş, kaçınılmaz ve değişmez olduklarını bildiğim görüntüler, yani doğa manzaralarının ve yüce sanatın güzellikleriydi. Merak ettiğim, öğrenmek istediğim şeyler ise, kendimden daha gerçek olduğunu düşündüğüm şeylerdi; bana büyük bir dâhinin düşüncesini biraz olsun açıkladıkları için ya da kendi halindeki doğanın insan müdahalesi olmadığında ortaya çıkan gücünü ve zarafetini gösterdikleri için değer verdiğim şeylerdi. Nasıl ki annemizi kaybetmişsek, onun fonografta tek başına dinlediğimiz o güzel sesi bizi teselli edemezse, ben de mekanik bir fırtına taklidini Uluslararası Fuar'daki ışıklı fıskiyeleri seyredercesine bir kayıtsızlıkla seyrederdim. Fırtınanın tamamen gerçek olması için, kıyının da yakın zamanda belediye tarafından inşa edilmiş bir mendirek değil, doğal bir kıyı olmasını isterdim. Zaten doğa, içimde uyandırdığı bütün duygulardan ötürü, insanların mekanik icatlarının tam tersiymiş gibi geliyordu bana. Bir doğa parçası insanların izini ne kadar az taşıyorsa, benim ruhumun genişlemesine o kadar çok imkân tanıyordu. Balbec ismini ise, "batan gemileriyle ünlü, yılın altı ayı boyunca sisten bir kefene bürünüp dalgaların köpüğüne gömülen o kasvetli kıyılara" çok yakın bir sahil olduğunu söyleyen Legrandin'den duymuştum.

"Orada" demişti, "insan hâlâ bastığı toprakların gerçekten de Fransa'nın, Avrupa'nın, Eski Dünya'nın sonu olduğunu hissediyor, hem de Finistère'dekinden çok daha yoğun bir biçimde (hatta peş peşe dikilen yeni oteller bile yeryüzünün en eski yapısını değiştiremiyor). Orası, dünya kurulduğundan beri hep aynı şekilde, denizdeki sisin ve karanlıkların sonsuz âlemiyle yüz yüze yaşayan balıkçıların son limanıdır." Bir gün Combray'de, en şiddetli fırtınaları seyretmek için en uygun yer olup olmadığını öğrenmek amacıyla, Balbec sahilinden M. Swann'a söz ettiğimde, şu cevabı almıştım: "Balbec'i bilmez olur muyum! Balbec Kilisesi on ikinci ve on üçüncü yüzyıllarda yapılmıştır, yine de yarı yarıya Romanesk'tir, Norman Gotiğinin en ilginç örneğidir belki de; o kadar değişiktir ki, adeta İran sanatı dersiniz." Benim o âna kadar hep ezeli doğanın bir parçasından ibaret zannettiğim yerlerin büyük jeolojik olaylar dönemindeki halleriyle korunduğunu –ve ortaçağdan balinalar kadar habersiz olan o vahşi balıkçılarıyla birlikte, okyanus gibi, Büyükayı gibi, insanlık tarihinin dışında kaldığını– zannettiğim yerlerin birdenbire Romanesk dönemi yaşayarak yüzyılların akışına girmesi çok hoşuma gitmiş, Gotik yoncaların zamanı geldiğinde, tıpkı ilkbaharda kutup karlarının üzerinde yıldız yıldız açan narin ama uzun ömürlü bitkilerin çiçekleri gibi, o vahşi kayalıkları süslediğini öğrenmek beni çok sevindirmişti. Nasıl ki Gotik üslup o yerlere ve insanlarına daha önce eksik olan bir belirginlik kazandırıyorsa, onlar da karşılığında Gotiğe bir belirginlik katıyorlardı. O balıkçıların ortaçağda nasıl yaşadıklarını, cehennem kıyılarındaki, ölüm falezlerinin eteğindeki bir noktada toplanmış bu insanların çekingen, beklenmedik toplumsal ilişki denemesini kafamda canlandırmaya çalışıyordum; Gotik üslup da onu hayalimde hep yerleştirdiğim kentlerin dışına çıkmıştı, bu üslubun özel koşullarda, vahşi kayalıklardaki zarif bir çan kulesi görünümünde nasıl yeşerip çiçek açtığını düşününce, bana daha canlı görünmeye başlamıştı. Beni Balbec'in en ünlü heykellerinin –yassı burunlu, sırtları kambur havarilerle sundurmadaki Meryem'in– röprodüksiyonlarını görmeye götürmüşlerdi; Balbec'te onların o sonsuz, tuzlu sislerin içinden yükselişlerini görebileceğimi düşündükçe, sevinçten nefesim tıkanıyordu. Şubat ayının o fırtınalı, güzel gecelerinde, rüzgâr, –odamın şöminesinde ne kadar kuvvetli uğulduyorsa aynı kuvvetle sarstığı yüreğime bir Balbec seyahati hayalini üfleyerek– Gotik mimari ve denizde fırtına özlemlerini içimde bir araya getiriyordu.

Hemen ertesi gün, demiryolu şirketinin ilanlarında, tur ilanlarında kalkış saatini kalbim çarpmadan okuyamadığım o harika, asil "bir yirmi iki" trenine binmek istiyordum; bu tren öğle sonrasının belirli bir noktasında enfes bir çatlak açıyormuş gibi geliyordu bana; bu esrarengiz başlangıç işaretinden itibaren yönünü değiştiren saatler yine akşama ve ertesi günün sabahına varıyorlardı, ama biz bu saatleri Paris'te değil, trenin geçtiği yerlerden birinde görecektik; üstelik çeşitli yerler arasında seçim yapma şansına da sahiptik, çünkü tren Bayeux'de, Coutances'ta, Vitré'de, Questambert'de, Pontorson'da, Balbec'te, Lannion'da, Lamballe'de, Benodet'de, Pont-Aven'da, Quimperlé'de duruyor, hiçbirinden vazgeçemediğimden, aralarında bir tercih yapamadığım seçeneklerle, isimlerle dolup taşarak bütün ihtişamıyla ilerliyordu. Hatta annemle babam izin verseler, onu bile beklemeden, çabucak giyinip hemen o akşam yola koyulabilir, azgın denizin üzerinde şafak sökerken Balbec'e varabilir, dalgaların savrulan köpüklerinden kaçıp İran üslubundaki kiliseye sığınabilirdim. Ne var ki, Paskalya'dan bir süre önce, annemle babam bana Kuzey İtalya'da bir tatil vaat edince, en vahşi kıyılarda, kulelerinde deniz kuşlarının çığlıkları yankılanan, falezler gibi sarp ve pürüzlü kiliselerin yanı başında, dört bir yandan savrulan ve giderek yükselen dalgalardan başka şey görmek istemediğim günlerde bütün benliğimi kaplamış olan fırtına hayalleri birdenbire silinerek, bütün büyülerini kaybederek yerlerini bir başka hayale, onların tam zıddı olan ve ister istemez kendisini zayıflatacakları için onları dışlayan, rengârenk bir ilkbahar hayaline bıraktılar: Kırağı soğuğunun hâlâ iğne iğne battığı Combray baharının değil, Fiesole kırlarını şimdiden zambaklarla ve dağlaleleriyle kaplayan, Floransa'yı Angelico'nun resimlerindeki fona benzer göz kamaştırıcı, yaldızlı bir fona oturtan ilkbaharın hayaline. O andan itibaren, güneş ışığından, kokulardan ve renklerden başka hiçbir şeyin değeri kalmadı gözümde; çünkü görüntülerin değişmesi arzularımın da çehresini değiştirmiş, duyarlılığıma –müzikte bazen karşılaşılan ton değişiklikleri kadar ani– bambaşka bir ton getirmişti. Daha sonraları, mevsimin değişmesini beklemeye gerek kalmadan, havadaki basit bir değişiklik, bende bu geçişleri yaratmak için yeterli olmaya başladı. Çünkü çoğunlukla her mevsimde, başka bir mevsime ait, yolunu şaşırmış günler bulunur; bu günler, derhal ait oldukları mevsimleri kafamızda canlandırarak, bizi alıp o mevsime götürerek, bize o mevsime has zevklerin arzusunu aşılarlar ve kurmakta olduğumuz hayalleri bölerek, parça parça birbirine eklenen Mutluluk takviminde bir başka bölüme ait olan bu kopuk sayfayı daha öne ya da arkaya yerleştirirler. Ama nasıl ki sağlığımızın ya da keyfimizin ancak tesadüfi ve epeyce kısıtlı bir yarar sağlayabildiği birtakım tabiat olayları bilimin hâkimiyeti altına girdiklerinde, yani bilim onları canı istedikçe yarattığında, biz de bu olayları tesadüflerden bağımsız olarak yaşayabilme fırsatını bulursak, bu Atlas Okyanusu ve İtalya hayallerinin ortaya çıkışı da, kısa bir süre sonra, mevsim ve zamandaki değişikliklerin boyunduruğundan kurtuldu. Artık bu hayalleri canlandırmak için şu isimleri telaffuz etmem yeterliydi: Balbec, Venedik, Floransa; bu mekânların içimde uyandırdığı arzu, sonunda isimlerin kendisinde toplanmıştı. İlkbahar mevsiminde bile bir kitapta Balbec ismine rastlamak, fırtınalara ve Gotik Norman üslubuna duyduğum arzuyu uyandırmaya yetiyordu; fırtınalı bir günde dahi, Floransa veya Venedik isimleri, güneşi, zambakları, Düklük Sarayı'nı ve Santa Maria del Fiore'yi arzulamama yol açıyordu.

Ne var ki bu isimler, kentlerin bendeki hayalini daima içlerinde barındırmakla birlikte, bu hayalleri dönüştürerek, benim zihnimde ortaya çıkışlarını kendi yasalarına tabi tutarak barındırdılar; sonuç olarak, hayallerimi Normandiya ya da Toscana kentlerinin gerçekte olabileceğinden hem daha güzel, hem daha farklı kıldılar ve hayal gücümün keyfi mutluluklarını çoğaltarak, ileride yapacağım yolculukların düş kırıklığını artırdılar. Dünyanın belirli yerlerini daha özel, dolayısıyla daha gerçek hale getirdiklerinden, bu yerler hakkında kafamda oluşturduğum fikri yücelttiler. O sıralar, zihnimde kentleri, manzaraları ve anıtları aynı malzemeden alınan çeşitli kesitler, hoş ya da vasat resimler olarak canlandırmaz, her birini diğerlerinden özünde farklı, ruhumun özlem duyduğu ve yararlı bilgiler edinebileceği bir bilinmez olarak canlandırırdım. Tıpkı insanlar gibi, her biri kendine ait bir isimle anılınca, iyice kendilerine has oldular. Kelimeler bize nesnelerin açık seçik, bildik ve küçük birer suretini sunarlar; tıpkı okullarda, çocuklara bir tezgâhın, bir kuşun, bir karınca yuvasının ne olduğunu öğretmek üzere, aynı türe ait şeyleri temsil eden birer örnek olarak duvarlara asılan resimler gibi. Oysa isimlerin bize sunduğu insan suretleri –ve bizi, insanlar gibi ayrı ayrı bireyler olarak görmeye alıştırdıkları kent suretleri–, kullanılan yöntemin sınırlılığı yüzünden veya dekoratörün keyfine uygun olarak, yalnızca gökyüzünün ve denizin değil, teknelerin, kilisenin, insanların da mavi veya kırmızı olduğu, tamamı mavi veya kırmızı afişler gibi tekrenkli, rengini isimlerden, isimlerin parıltılı ya da koyu tınısından alan, bulanık resimlerdir. *Parma Manastırı*'nı okuduğumdan beri gitmeyi en çok istediğim kentler arasında yer alan Parma'nın ismi benim kulağıma yoğun, kaygan, eflatun ve huzurlu geldiğinden, Parma'da misafir edileceğim bir evden söz edilse, kaygan, yoğun, eflatun ve huzurlu bir odada kalacağımı düşünüp sevinirdim; içinde hiçbir hava dolaşımı olmayan, yoğun Parma isminden ve bu isme yüklediğim Stendhal'e özgü huzurla menekşe yansımalarından yola çıkarak hayal ettiğim bu oda, İtalya'nın herhangi bir kentindeki odalara benzemezdi. Floransa'yı ise, sihirli rayihalarla dolu, çiçeğe benzeyen bir kent olarak düşünüyordum, çünkü ona Zambaklar Şehri deniyordu ve katedralinin adı da Santa Maria del Fiore* idi. Balbec'e gelince, o, tıpkı içinden çıktığı toprağın rengini koruyan eski bir Norman çömleği gibi, unutulmuş bir geleneği, bir feodal hakkı, bir yerin eski statüsünü tasvir eden ve o kuraldışı heceleri oluşturan eski bir telaffuz şeklini canlandıran isimlerdendi; oraya vardığımda, bana sütlü kahvemi verip sonra da kilisenin önündeki azgın denizi seyretmeye götürecek olan, ortaçağ halk hikâyelerindeki kahramanların kavgacı ve haşmetli

* *fiore*: çiçek

görünümünü yakıştırdığım hancının konuşmasında bile, bu eski telaffuzu bulacağımdan emindim.

Sağlığım düzelse ve annemle babam Balbec'te tatil yapmama, ya da en azından Normandiya'nın veya Bretanya'nın mimarisiyle, manzaralarıyla tanışmak amacıyla, hayalimde defalarca bindiğim "bir yirmi iki" trenine bir kerecik binmeme izin verseler, en güzel kentleri seçip onları gezmek isterdim; ama bu kentleri birbirleriyle ne kadar kıyaslasam da, birbirinin yerini tutması imkânsız, ayrı ayrı insanlar arasında bir seçim yapılamayacağı gibi, onlar arasında da bir seçim yapamıyordum: Asil, kırmızı dantelleri ve son hecesindeki eskimiş yaldızın aydınlattığı çatısıyla dimdik Bayeux; eski vitrayları, sonundaki inceltme tarafından siyah ahşap baklavalarla kafes kafes bölünen Vitré; yumurta kabuğu sarısından inci grisine uzanan bir yelpazedeki beyazlığıyla tatlı Lamballe; yağlı ve sararmış son hecesi sayesinde tereyağından bir kuleyle taçlanan Norman katedrali Coutances; köyün sessizliğinde yolcu arabasının sesiyle onu takip eden sineğin vızıltısı işitilen Lannion; bu şairane nehir yerleşimlerinin yoluna serpiştirilmiş beyaz tüyler ve sarı gagalar olan, saf ve komik Questambert ve Pontorson; nehrin adeta yosunlarla birlikte kapıp götürmek istediği, palamarı üstünkörü bağlanmış Benodet; Pont-Aven: Hafif bir hotozun havalanıp giden ve kanalın yeşil suyunda titrek titrek yansıyan, pembeli beyazlı kanadı; ortaçağdan beri şırıl şırıl akan nehirlerin arasına sıkıca bağlanmış ve vitraylı büyük bir pencerede, kararmış gümüşten kör kazı kalemlerine dönüşen güneş ışınlarının örümcek ağlarının arasında çizdiği külrengi resimler gibi, incilerle süslenmiş Quimperlé.

Bu suretlerin yanıltıcı olmalarının bir başka sebebi de, mecburen çok basitleştirilmiş imgeler olmalarıydı; muhtemelen hayal gücümün bütün beklentisini, duyularımın o anda bir haz duymadan, eksik algıladığı her şeyi isimlerin sığınağına kapamıştım; içlerinde çeşitli hayaller biriktirdiğim bu isimler şimdi arzularımı mıknatıs gibi çekmekteydiler; ne var ki isimler o kadar uçsuz bucaksız değildirler; bir isme kentin başlıca "ilginç özellikleri"nden ikisini, üçünü sığdırabiliyordum çok çok, onlar da balık istifi diziliyorlardı; sayfiye yerlerinde satılan büyüteçli kalemlikleri hatırlatan Balbec isminin içinde, İran üslubunda bir kilisenin etrafında kabaran dalgalar görüyordum. Hatta belki basitleştirilmiş imgeler olmaları, bu görüntülerin üzerimde hâkimiyet kurmasının bir başka sebebiydi. Babam bir yıl Paskalya tatilinde bizleri Venedik ve Floransa'ya göndermeye karar verince, normal olarak bir kenti oluşturan öğeleri Floransa ismine sığdıramadım ve Giotto'nun dehasının özü olduğunu düşündüğüm şeyi birtakım bahar kokularıyla dölleyerek, tabiatüstü bir şehir yaratmak mecburiyetinde kaldım. Floransa ismi –bir isme büyük bir alan sığdırılamadığı gibi uzun bir süre de sığdırılamadığı için– Giotto'nun aynı kişiyi iki ayrı anda, bir yatağında yatarken, bir de atına binmeye hazırlanırken gösteren kimi resimleri gibi, en fazla iki bölmeye ayrılabiliyordu. Bölmelerin birinde, bir sayvanın altındaydım ve tozlu, eğik, giderek ilerleyen, sabah güneşinden bir perdenin yarı yarıya örttüğü bir freske bakıyordum; öteki bölmedeyse, (erişilmez birer ideal gibi değil, içine dalacağım gerçek birer ortam gibi gördüğüm isimlere hapsettiğim, henüz yaşanmamış, el değmemiş ve saf hayat en somut hazlara, en basit sahnelere bile primitiflerin eserlerindeki cazibelerini kazandırdığından) fulyalarla, nergislerle, dağlaleleriyle dolup taşan Vecchio Köprüsü'nde –öğle yemeğinde beni bekleyen meyvelere ve Chianti şarabına bir an önce kavuşmak için– hızlı hızlı yürüyordum. İşte (hâlâ Paris'te olduğum halde) gördüklerim, etrafımı çevreleyen şeyler değil, bunlardı. En basit ve gerçekçi bir açıdan bakıldığında bile, gitmeyi istediğimiz memleketler, gerçek hayatımızda, fiilen bulunduğumuz memleketten hep çok daha geniş bir yer kaplar. Muhtemelen, o sıralarda, "Floransa'ya, Parma'ya, Piza'ya, Venedik'e gitmek" kelimelerini söylerken zihnimden geçenlere biraz daha dikkat etmiş olsam, hayalimde gördüğüm şeyin katiyen bir kent olmadığını, bütün hayatı kış akşamüstlerinden oluşan bir insanlık için bir ilkbahar sabahı ne kadar görülmedik bir mucize olursa o kadar harikulade ve benim bütün bildiklerimden o kadar değişik bir şey olduğunu kendim de fark ederdim. Nasıl ki bir ezgi, bir motif, operaya sadece librettoyu okumakla tasavvur edemeyeceğimiz, hele tiyatro binasının dışında bekleyip geçen dakikaları saymakla hiç bilemeyeceğimiz farklı bir şey katarsa, benim günlerimi ve gecelerimi dolduran bu gerçekdışı, sabit ve hiç değişmeyen görüntüler de, hayatımın (olayları sadece dışarıdan gören, yani hiçbir şey görmeyen bir gözlemcinin diğerleriyle karıştırabileceği) bu dönemini önceki dönemlerden farklı kıldı. Ayrıca sadece nicelik açısından bakıldığında bile, hayatımızın her günü eşit değildir. Benimki gibi biraz sinirli mizaçlar, günleri katetmek için otomobillerdeki vitesler gibi farklı hızlarla donatılmışlardır. Tırmanması müthiş uzun süren, yokuşlu, zahmetli günler vardır, şarkı söyleyerek süratle aşağı kaydığımız inişli günler vardır. Bende bir insana duyulan aşk kadar kişisel bir arzu uyandıran Floransa, Venedik ve Piza görüntülerini hiç bıkılmayan bir ezgi gibi tekrar tekrar zihnimde canlandırdığım o bir ay boyunca, hep benden bağımsız bir gerçekliğe tekabül ettiklerine inandım ve onlar sayesinde, ilk dönem Hıristiyanlarının, cennete girmeden hemen önceki beklentileri kadar güzel bir umut yaşadım. Bu yüzden de, duyularla algılanmış olmayıp tahayyülle oluşturulmuş –yeniliği sebebiyle duyu organları için iyice kışkırtıcı olan– bir şeyi görmek, ellemek, duyularla tanımak isteğinin üzerinde durmadığım çelişkisine rağmen, arzumu en çok alevlendiren şey, bu görüntülerin gerçekliğini bana hatırlatan şeylerdi, çünkü arzumun tatmin edileceğine dair birer vaattiler. Coşkunluğum, gerekçesi sanatsal hazlara duyduğum arzu olduğu halde, estetiğe ilişkin kitaplardan çok kılavuz kitaplarla, en çok da demiryolları tarifesiyle besleniyordu. Beni heyecanlandıran şey, hayalimde yakın ama erişilmez olarak gördüğüm bu Floransa kentine kendi içimdeki yoldan ulaşmak imkânsızsa eğer, daha uzun, dolambaçlı bir yoldan, "karayolu"yla ulaşabileceğim düşüncesiydi. Hiç şüphe yok ki, kendi kendime Venedik'in, "Giorgione'nin okulu, Tiziano'nun evi, ortaçağ konut mimarisinin en zengin müzesi" olduğunu tekrarlamak suretiyle göreceğim şeyi yücelttiğimde mutlu oluyordum. Yine de, bir iş için sokağa çıktığımda, birkaç mevsimsiz bahar gününün ardından tekrar bastıran (genellikle Kutsal Hafta'da Combray'ye gittiğimizde karşılaştığımız) kış soğuğu yüzünden, hızlı hızlı yürürken –bulvarlarda, kestane ağaçlarının su gibi sıvı hale geçmiş, dondurucu bir havayla sarmalanmış olduğunu, fakat buna rağmen, cesaretlerini kırmadan giyinip kuşanmış dakik misafirler gibi, soğuk havanın kısırlaştırıcı gücüyle büyümesi engellenen ama frenlenemeyen, donmuş kütleler halindeki kaçınılmaz yeşilliklerini biçimlendirmeye, yuvarlamaya başladıklarını görünce– Vecchio Köprüsü'nün şimdiden sümbüllerle, dağlaleleriyle kaplandığını, Büyük Kanal'ın Tiziano'nun resimlerinin hemen dibinde karaya çarpan dalgalarının bahar güneşi sayesinde o resimlerle rekabet edebilecek derinlikte bir maviye ve asil bir zümrüt yeşiline büründüğünü düşündüğümde, daha da mutlu oluyordum. Babam bir yandan barometreye bakıp soğuktan yakınırken bir yandan da hangi trenlerin bize en uygun olacağını araştırmaya başladığında, sevincimden yerimde duramaz oldum, çünkü öğle yemeğinden sonra o kömür karası laboratuvara, çevresindeki her şeyi dönüştürmekle yükümlü o sihirli odaya girmek suretiyle, ertesi sabah "akiklerle bezenmiş, zümrütlerle döşenmiş", mermer ve altından oluşan şehirde uyanılabileceğini kavramıştım. Demek ki, hem o, hem de Zambaklar Şehri, sadece istediğimizde hayalimizde canlandırdığımız kurgusal resimler değildiler, Paris'ten belirli bir uzaklıkta –onları görmek istiyorsak mutlaka katetmemiz gereken bir mesafede–, yeryüzünün belirli ve tek bir noktasında mevcuttular, kısacası, gerçektiler aynı zamanda. Babam, "Sonuç olarak, Nisanın 20'sinden 29'una kadar Venedik'te kalıp Paskalya sabahı Floransa'ya varabilirsiniz" diyerek, her iki şehri de hem soyut Uzay'dan, hem de sadece bir tek seyahati değil, aynı anda birçok seyahati içine sığdırdığımız, birer ihtimalden öteye gitmedikleri için fazla da heyecanlanmadığımız hayalî Zaman'dan –kendi kendini yeniden üretebildiği için, bir şehirde geçirdikten sonra bir başka şehirde tekrar yaşayabileceğimiz Zaman'dan– çekip çıkardığında ve bu şehirlere kullanılınca tükenen, geri gelmeyen, bir yerde geçirmişsek tekrar başka bir yerde yaşayamayacağımız ve bu yüzden de, ne için kullanılmışlarsa onun gerçekliğini belgeleyen, belirli ve tek tek günler tahsis ettiğinde, bu şehirlerin gözümdeki gerçekliği daha da arttı; kubbelerini ve kulelerini düşünülebilecek en heyecanlı geometri sayesinde kendi hayatımın fonuna yerleştireceğim bu iki Kraliçe şehrin henüz var olmadıkları zihinsel zamandan çıktıklarını ve temizleyicinin üzerine mürekkep döktüğüm beyaz yeleğimi geri getireceği pazartesi günü başlayan haftaya doğru yöneldiklerini hissediyordum. Üstelik daha sevincimin doruğuna varmamıştım bile; o noktaya ulaşmam, (yani gelecek hafta, Paskalya'nın hemen öncesinde, Giorgione fresklerinin yansımasıyla kızıla boyanmış, ayak seslerinin yankılandığı Venedik sokaklarında gezinen kişinin onca uyarıya rağmen hayalimde canlandırmaya devam ettiğim şekilde, "dökümlü kanlı paltolarının altında tunç parıltılı zırhlarıyla deniz gibi haşmetli ve korkunç" adamlardan biri değil, bizzat ben olabileceğini, gördüğüm o büyük San Marco fotoğrafının üzerine çizilmiş, sundurmaların önünde melon şapkasıyla duran minik şahsiyetin ben olabileceğini nihayet kavramam) babamın şu sözleri sayesinde gerçekleşti: "Büyük Kanal'da hava hâlâ soğuktur, her ihtimale karşı bavuluna kışlık pardösünle kalın ceketini de koysan iyi edersin." Bu sözleri duyunca adeta kendimden geçtim; o âna kadar imkânsız zannettiğim bir şeyi, gerçekten o "Hint Okyanusu'ndaki resifleri hatırlatan ametist kayalarının" arasına girdiğimi hissettim; gücümü aşan, inanılmaz bir jimnastikle, işe yaramaz bir kabuğu üstümden atarcasına odamın beni çevreleyen havasından kurtuldum ve onun yerine hayal gücümün Venedik ismine hapsettiği, rüyalardaki atmosfer kadar kendine has, kelimelerle anlatılamayacak, deniz kokan Venedik havasını koydum; mucizevi bir şekilde bedenimden sıyrılmakta olduğumu hissettim; hemen ardından, boğazımızı adamakıllı üşüttüğümüzde hissettiğimiz o belli belirsiz kusma isteğine kapıldım ve yüksek ateşle yatağa yatırıldım; ateşim bir türlü düşmek bilmediğinden, doktor o sırada Floransa ve Venedik'e gitmek şöyle dursun, tamamen iyileştikten sonra da, en az bir yıl boyunca, en ufak bir seyahatten ve heyecandan bile kaçınmam gerekeceğini bildirdi.

Ve ne yazık ki, Berma'yı izlemek üzere tiyatroya gitmemi de kesinkes yasakladı; oysa Bergotte'un dâhi diye nitelediği o yüce sanatçı sayesinde, belki gidemediğim Floransa ve Venedik kadar, gidemeyeceğim Balbec kadar önemli ve güzel bir şeyle tanışır, avunurdum. Annemle babam, beni her gün bir refakatçi eşliğinde Champs-Élysées'ye göndermekle yetindiler mecburen; yorulmayayım diye bana göz kulak olmakla yükümlü kişi, Léonie Hala'mın ölümünden sonra bizim hizmetimize girmiş olan Françoise'dı. Champs-Élysées'ye gitmekten nefret ediyordum. Bergotte bir kitabında Champs-Élysées'den bahsetmiş olsa, "kopya"sı önceden hayal gücüme sokulmuş her şey gibi, orayı da görmek isterdim mutlaka. Hayal gücüm bu kopyaları ısıtıyor, yaşatıyor, onlara bir şahsiyet kazandırıyordu ve o zaman bu kopyaların gerçeğini de görmek istiyordum, oysa bu parkta hayallerimle bağlantılı hiçbir şey yoktu.

Bir gün, her zamanki yerimizde, atlıkarıncanın yanında sıkıldığım için Françoise beni gezmeye –eşit aralıklarla dizilmiş küçük kalelerinde şekerci kadınların nöbet tuttuğu sınırın ötesine–, yüzlerin aşina olmadığı, keçi arabasının geçtiği, komşu, ama yabancı bölgelere götürmüştü; Françoise sonra eşyalarını almak üzere, sık defne ağaçlarının yakınındaki iskemlesine dönmüştü; ben onu beklerken, bir ucunda heykelli havuz bulunan, güneşten sararmış, kurumuş çimenlikte oyalanıyordum ki, ağaçlı yoldan bir kız, bir yandan paltosunu giyip raketini koluna kıstırarak, havuzun önünde badminton oynayan kızıl saçlı bir kıza sertçe seslendi: "Hoşça kal Gilberte, ben gidiyorum, unutma, bu akşam yemekten sonra sana geliyoruz." Yanımdan geçip giden bu Gilberte ismi, hakkında konuşulan biri gibi onu adlandırmakla kalmayıp doğrudan kendisine seslendiği için, ait olduğu kişinin varlığını daha da canlı kılıyordu; yanımdan adeta hareket halinde, havada çizdiği eğri sayesinde ve hedefe yaklaştıkça artan bir güçle geçti; yöneldiği kişiye ilişkin, benim değil, ona seslenen arkadaşının sahip olduğu bütün bilgileri, kavramları da yanında taşıdığını hissediyordum; arkadaşının onu telaffuz ederken hatırladığı, en azından hafızasında saklı bulunan, ikisinin gündelik yakınlıklarına, birbirlerinin evine gidiş gelişlerine ilişkin her şeyi bu talihli kızın bir haykırışla havaya atıverdiği, benim değdiğim ama içine giremediğim, bu kız için son derece tanıdık ve rahat olduğundan bana iyice ulaşılmaz gelen ve acı veren bütün o bilinmezliği beraberinde taşıyordu; Mlle Swann'ın hayatının görünmez birkaç noktasına değerek, önümüzdeki gecenin akşam yemeği sonrasında onun evinde geçecek saatlerine ustalıkla dokunarak açığa çıkardığı rayihayı içinden geçtiği havada dolaştırıyordu; çocukların ve hizmetçilerin ortasında ilahi bir yolcuyu andıran, Poussin'in güzel bir bahçesinin üstünde dolaşıp atlarla, arabalarla dolu bir opera bulutu gibi tanrıların hayatından bir görüntüyü bütün ayrıntılarıyla yansıtan yuvarlak bulutlara benzer, zarif renkli, küçük bir bulut oluşturuyordu; ve nihayet, kırpık otların üzerine, aynı anda hem kurumuş bir çimenlik, hem de (mavi sorguçlu bir mürebbiye kendisini çağırıncaya kadar oyununa devam eden) sarışın badminton oyuncusunun öğle sonrasında bir an olan belirli bir noktaya, siğilotu renginde, bir akis gibi elle tutulması imkânsız, harikulade bir şeridi halı gibi serdi; ben bu şeridin üzerinde özlemle dolu, saygısız adımlarla dolaşmaya doyamazken, Françoise, "Hadi bakalım, paltonuzu ilikleyiverin de gidelim hele" diye bağırdı ve ilk defa, canım sıkılarak fark ettim ki, Françoise'ın konuşması çok bayağıydı ve heyhat, şapkasında mavi sorgucu da yoktu!

Acaba Champs-Élysées'ye tekrar gelecek miydi? Ertesi gün gelmedi, ama daha sonraki günler gördüm kendisini; onun kız arkadaşlarıyla oyun oynadığı yerin etrafında dolaşıp duruyordum, hatta bir keresinde, esir almaca oynarken bir kişi eksik kalınca, onların takımını tamamlar mıyım diye sordu bana ve ondan sonra, onun geldiği günlerde daima birlikte oyun oynadık. Ama her gün gelmiyordu; dersleri, din dersi veya bir akşamüstü kahvaltısı yüzünden, biri Combray'deki patikada, öbürü de Champs-Élysées'nin çimenleri üzerinde olmak üzere iki kere, Gilberte adında yoğunlaşmış halde, bana acı vererek yanımdan geçmiş olan, benimkinden ayrı hayatı nedeniyle gelemediği günler oluyordu. Böyle günleri kendisini göremeyeceğimizi söyleyerek önceden haber veriyordu; dersleri yüzünden gelemeyecekse, "Ne sıkıcı, yarın gelemeyeceğim, siz hepiniz bensiz eğleneceksiniz" diyor, üzgün duruşu beni biraz teselli ediyordu; buna karşılık, bir çay partisine davetliyse, ben de bunu bilmeden oyun oynamaya gelip gelmeyeceğini sormuşsam, "Umarım gelmem! Umarım annem izin verir de arkadaşıma giderim" diye cevap veriyordu. Hiç değilse böyle günlerde onu göremeyeceğimi önceden biliyordum, oysa bazı günler, annesinin aklına esiyor, onu alışverişe götürüyordu, o zaman, ertesi gün görüştüğümüzde, son derece doğal bir şeymiş gibi, bir başkası için başına gelebilecek en büyük felaket değilmiş gibi, "Ha, evet, annemle birlikte çıktık" diyordu. Bir de, yağmurdan kendi adına korkan mürebbiyesinin onu Champs-Élysées'ye getirmek istemediği yağışlı günler vardı.

İşte bu yüzden, gökyüzünün kararsız olduğu günlerde sabahtan itibaren durmadan göğü yoklar, bütün önbelirtileri dikkate alırdım. Karşı apartmandaki kadını pencerenin önünde, şapkasını başına takarken görsem, "Karşıdaki hanım sokağa çıkıyor, demek ki dışarı çıkılabilecek bir hava var; bu hanım çıkıyorsa Gilberte niye çıkmasın?" diye düşünürdüm. Ama gökyüzü giderek kararırdı, annem yine de havanın açma ihtimali olduğunu, güneş yüzünü bir gösterse açacağını, ama daha büyük ihtimalle yağmur yağacağını söylerdi; eh, yağmur yağdığı takdirde de, Champs-Élysées'ye gitmenin ne anlamı vardı? Dolayısıyla, öğle yemeğinden itibaren, kaygılı bakışlarımı kararsız, bulutlu gökyüzünden ayıramazdım. Bulutlar dağılmazdı. Pencereden gri balkonu görürdüm. Birdenbire, iç karartıcı balkon taşında biraz daha az donuk bir renk göremesem de, adeta bu yönde bir çaba, ışığını serbest bırakmak isteyen kararsız bir ışının çırpınışını sezinlerdim. Bir saniye sonra, balkon sabah vaktinde bir göl kadar solgun ve ayna gibi olur, demir kafeslerin taşın üzerine konan yansımalarıyla dolardı. Esen rüzgâr bir anda bunların hepsini dağıtır, taş yine kararırdı, ama yansımalar sanki evcilleşmiş gibi tekrar geri gelirlerdi; balkonun taşı belli belirsiz beyazlaşmaya başlar ve tıpkı müzikte, bir uvertürün sonunda tek bir notayı alıp sırayla bütün ara basamaklardan hızla geçirerek *fortissimo*ya ulaştıran sürekli *crescendo*ya benzer bir yükselişle, güneşli günlerin bozulmaz, sabit yaldızına ulaşırdı; bu yaldızın üstünde, net siyah çizgilerle, oynak bir bitki gibi beliren işlemeli demir parmaklıkların gölgesi, en küçük ayrıntılarına varıncaya kadar öyle bir incelikle çizilmiş olurdu ki, adeta bilinçli bir özeni, bir sanatçı tatminini ele verirdi; o koyu ve mutlu gölgelerin dinginliğinde öyle bir kadife kabarıklığı hissedilirdi ki, sanki bu güneş gölünün üzerinde dinlenen o iri ve yapraklı akisler, sükûnetin ve saadetin teminatı olduklarını bilirlerdi.

Bir anlık sarmaşık, kaçak yapışkanotu! Birçoklarına göre duvarlara tırmanan, pencereleri süsleyen bitkilerin en renksizi, en hazini; benim içinse, balkonumuzda, belki de o dakikalarda Champs-Élysées'ye varmış ve beni gördüğü anda, "Esir almacaya hemen başlayalım, siz benim takımdasınız" diyecek olan Gilberte'in varlığının gölgesi gibi boy gösterdiği andan itibaren, bitkilerin en değerlisi; narin, bir esintiyle dağılıveren, ama aynı zamanda mevsimle değil, anla bağlantılı; günün getireceği veya geri çevireceği doğrudan saadetin vaadi ve bu yüzden de, doğrudan saadetlerin hası, aşkın mutluluğu; taşın üzerinde yosundan da yumuşak ve sıcak; kışın ortasında bir tek güneş ışınıyla doğabilecek ve neşe saçabilecek kadar canlı.

Hatta her tür bitkinin ortadan kaybolduğu, yaşlı ağaçların gövdesini sarmalayan o güzel, yeşil meşinin karın altına gizlendiği günlerde bile, kar durduğunda, ama hava yine de Gilberte'in dışarı çıkmasına ihtimal vermeyecek kadar kapalıyken, ansızın beliren güneş balkonu kaplayan kar örtüsünün üzerine altın iplikler dokur, siyah gölgeler işler ve anneme, "Aa, bak, hava açtı, her şeye rağmen Champs-Élysées'ye gitmeyi deneyebilirsiniz belki" dedirtirdi. O gün parkta ya kimseyi bulamaz, ya da dönmeye hazırlanan tek bir kıza rastlardık, o da Gilberte'in kesinlikle gelmeyeceğini söylerdi. Haşmetli, ama soğuğa dayanıksız mürebbiyeler meclisi tarafından terk edilmiş sandalyeler bomboş dururdu. Bir tek çimenliğin yakınında, hava nasıl olursa olsun mutlaka parka gelen, yaşını almış bir hanım oturur, daima aynı koyu renk, muhteşem kıyafeti giyerdi; o sıralar bu hanımla tanışmak için, mümkün olsa bütün geleceğimi feda ederdim. Çünkü Gilberte her gün onun yanına gidip konuşur, o da Gilberte'e, "güzel anneciği"nden haber sorardı; bana öyle geliyordu ki, bu hanımla tanışsam, Gilberte'in gözünde bambaşka biri, aile ahbaplarını tanıyan biri olurdum. Torunları biraz ileride oyun oynarken, yaşlı hanım da, "şu benim Débats" diye bahsettiği *Débats* gazetesini okurdu daima; aristokratlık taslamak için de, polis memurundan, "eski dostum polis memuru", sandalyeleri kiralayan kadından, "Sandalye kiralayan hanımla ben yılların dostuyuz" diye bahsederdi.

Françoise çok üşüdüğü için hareketsiz duramadığından, birlikte Concorde Köprüsü'ne, Seine Nehri'nin donmuş halini görmeye gittik; çocuklar da dahil herkes, sanki Seine karaya vurmuş, savunmasız, parçalara bölünecek olan bir balinaymış gibi, korkusuzca nehre yaklaşıyordu. Champs-Élysées'ye geri döndük; kıpırtısız atlıkarıncayla karları temizlenmiş yolların siyah ağına takılmış, elinde adeta duruşunu açıklayan fazladan bir buz parçası tutmakta olan heykelin bulunduğu beyaz çimenlik arasında, ıstıraptan bayılmak üzereydim. Yaşlı hanım bile, *Débats*'sını katlayıp, önünden geçen bir hizmetçiye saati sordu, "Çok naziksiniz!" diyerek teşekkür etti ve yol bakıcısından torunlarına artık üşüdüğünü ve dönmek istediğini haber vermesini rica edip ekledi: "Size çok zahmet olacak. Nasıl teşekkür edeceğimi bilemiyorum!" Ansızın havada kâğıt gibi bir yırtılma oldu: Kukla tiyatrosuyla sirkin arasında, aralanan gökyüzünde, güzelleşen ufukta, Mademoiselle'in mavi sorgucu mucizevi bir işaret gibi göründü. İşte Gilberte de hızla bana doğru koşuyordu, dörtköşe kürk şapkasının altında yüzü ışıl ışıl, kıpkırmızıydı, soğuktan, geç kalmış olmaktan ötürü ve oyun oynama arzusuyla kıpır kıpırdı; aramızda birkaç metre kaldığında buzun üzerinde kaymaya başladı, belki dengesini koruyabilmek için, belki de bunu daha zarif bulduğundan veya patencileri taklit ederek, sanki beni kucaklayacakmış gibi kollarını iki yana açmış, gülümseyerek ilerlemekteydi. "Bravo! Bravo! Mükemmel doğrusu; devrim öncesinden kalma bir kadın olmasam, siz gençlerin diliyle 'bomba gibi', 'çok havalı' derdim!" diye haykırdı yaşlı hanım; havadan korkmayıp geldiği için Gilberte'e teşekkür etmek üzere, sessiz Champs-Élysées'nin sözcülüğünü üstlenmişti. "Siz de benim gibi, ne olursa olsun sevgili Champs-Élysées'mize sadıksınız; bizi hiçbir şey yıldıramaz. Biliyor musunuz, ben bu haliyle bile seviyorum burayı. Güleceksiniz ama, bu kar bana ermin gibi görünüyor!" Yaşlı hanım gülmeye koyuldu.

O ilk karlı gün, –Gilberte'i görmekten beni mahrum edebilecek güçlerin timsali olan kar, tek buluşma yerimizin şeklini değiştirdiği, neredeyse kullanımını engellediği, her yanını kılıflarla örttüğü için, bir ayrılık gününün hüznüne ve hatta görünümüne bürünen günlerin ilki– yine de aşkımda bir ilerleme sağladı, çünkü Gilberte'in benimle paylaştığı ilk üzüntü sayılırdı. Bizim gruptan sadece ikimiz vardık; onunla baş başa olmamız benim gözümde hem bir samimiyetin başlangıcıydı, hem de Gilberte –sanki sırf benim hatırıma bu havada kalkıp gelmiş gibi– bir partiye davetli olduğu günlerin birinde, partiden vazgeçip beni görmeye Champs-Élysées'ye gelmişçesine duygulanmıştım; etrafındaki her şeyi kaplayan uyuşukluğun, yalnızlığın ve yıkımın ortasında canlı kalabilen dostluğumuzun gücüne ve geleceğine daha bir güvenle bakıyordum: Gilberte ensemden içeri kartopları atarken, ben sevgiyle gülümsüyordum; bu durum, hem bu yabancı kış diyarına yapılan yolculukta ona eşlik etmeme ses çıkarmadığına göre Gilberte'in beni başkalarına tercih ettiğini, hem de felaketin ortasında bana sadık kaldığını kanıtlıyordu benim nazarımda. Az sonra kız arkadaşları, karın üstünde simsiyah, çekingen serçeler gibi, birbiri ardına sökün ettiler. Oyuna koyulduk; öylesine kederli başlamış olan o günün mutlulukla sona ermesi gerektiği için, esir almaca oynamaya hazırlandığımız sırada, ben ilk gün sertçe Gilberte diye seslenmiş olan arkadaşının yanına gidince, o, "Hayır, hayır, siz Gilberte'in takımında oynamayı tercih edersiniz, biliyoruz, zaten bakın, o da size işaret ediyor" dedi. Gerçekten de Gilberte, güneşin eski, yıpranmış brokarların pembe, madeni parıltılarını hatırlatan yansımalarıyla Altın Çadır Ovası'na dönüştürdüğü karların üzerinde, kendi takımına çağırmaktaydı beni.

O kadar korktuğum gün, aksine, fazla bedbaht olmadığım nadir günlerden biri oldu.

Çünkü artık Gilberte'i her gün mutlaka görmekten başka şey düşünmediğim halde (o kadar ki, bir keresinde büyükannem akşam yemeği saatinde hâlâ eve dönmeyince, eğer bir arabanın altında kalmışsa, bir süre Champs-Élysées'ye gidemeyeceğimi düşünmekten kendimi alamadım; insan âşık oldu mu, kimseyi sevmez), Gilberte'le birlikte olduğum anlar, bir gün öncesinden beri sabırsızlıkla, kaygıyla beklediğim, uğruna her şeyi feda edebileceğim anlar, katiyen mutlu anlar değildi; üstelik bunu gayet iyi biliyordum, çünkü hayatımın titiz, kararlı bir dikkatle incelediğim tek anlarıydılar ve bu anlarda bir mutluluk kırıntısı dahi göremiyordum.

Gilberte'ten ayrı olduğum her an, onu görme ihtiyacı içindeydim, çünkü sürekli onun görüntüsünü kafamda canlandırmaya çalışa çalışa sonunda hiçbir şey göremez oluyor, aşkımın neye tekabül ettiğini tam olarak bilemiyordum. Ayrıca Gilberte beni sevdiğini hiç söylememişti henüz. Aksine, bana tercih ettiği arkadaşları olduğunu, beni fazlasıyla dalgın olduğum ve kendimi oyuna vermediğim halde, sadece iyi bir oyun arkadaşı olarak gördüğünü birçok kere söylemişti; hatta birçok kez, şüpheye yer bırakmayacak kadar soğuk davranmıştı; Gilberte'in nazarında başkalarından farklı, özel biri olduğuma dair inancım onun bana aşkından kaynaklanmış olsaydı, bu soğuk davranışları inancımı sarsabilirdi, ama bu inancım benim ona aşkımdan kaynaklandığı için, benim içsel bir mecburiyet sonucu Gilberte'i ne şekilde düşünmek zorunda olduğuma bağlıydı ve bu da inancımı sağlamlaştırıyordu. Oysa ben de ona olan duygularımı kendisine itiraf etmemiştim henüz. Evet, defterlerimin her sayfasına onun adını, adresini yazıyordum durmadan, ama ona beni düşündürmeyen, görünürde etrafımı onunla dolduran fakat onu hayatıma sokamayan bu anlamsız satırlara baktıkça, cesaretim kırılıyordu, çünkü onlar bana kendilerinden haberi bile olmayan Gilberte'i değil, kendi arzumu anlatıyorlar, bu arzunun tamamen kişisel, gerçekdışı, can sıkıcı ve iktidarsız bir şey olduğunu söylüyorlardı. Gilberte'le bir an önce görüşmemiz ve karşılıklı aşkımızı birbirimize itiraf etmemiz lazımdı; bu itiraf gerçekleşmeden önce, aşkımız başlamış sayılamazdı. Hiç şüphe yok ki, benim onu görmek için sabırsızlanmamın çeşitli nedenleri, olgun bir erkeğe o kadar zorlayıcı görünmezdi. Daha ileriki yaşlarda, hazlarımızı üretmek konusunda öyle ustalaşırız ki, bir kadını benim Gilberte'i düşündüğüm gibi, kafamızdaki görüntünün gerçeğe uygun olup olmadığına aldırmadan düşünmekten aldığımız hazla, onun bizi sevdiğinden emin olmaya ihtiyaç duymaksızın onu sevmenin hazzıyla yetiniriz; hatta daha güzel bir çiçek elde etmek için birçok başka çiçeği feda eden Japon bahçıvanları gibi, söz konusu kadının bize eğilimini daha canlı tutabilmek için, ona olan eğilimimizi kendisine itiraf etmekten duyacağımız hazdan vazgeçtiğimiz olur. Ama ben Gilberte'i sevdiğim dönemde, Aşk'ın gerçekten bizim dışımızda var olduğunu, bizim ancak engelleri ortadan kaldırmamıza izin verdiğini ve mutlulukları en ufak bir ayrıntısını değiştiremeyeceğimiz bir sırayla bize sunduğunu zannediyordum hâlâ; bana öyle geliyordu ki, ben kendi başıma buyruk olup itirafın hoşluğu yerine sahte bir kayıtsızlık koyarsam, hayalini en çok kurduğum mutlulukların birinden mahrum olmakla kalmayıp, kendi keyfime göre, yalancı ve değersiz bir aşk yaratmış olacaktım; bu aşkın gerçek aşkla hiçbir bağlantısı bulunmadığı için de, gerçek aşkın önceden var olan, esrarengiz yollarını izlemekten vazgeçmiş sayılacaktım.

Ama Champs-Élysées'ye vardığımda –her şeyden önce aşkımı benden bağımsız olan canlı kaynağıyla yüzleştirebilecek ve gerekli düzeltmelerin yapılmasını sağlayabilecek durumdayken– yorgun hafızamın artık bulamadığı görüntüleri tazelesin diye görmek istediğim Gilberte Swann'la daha bir gün önce birlikte oyun oynadığım ve şimdi, tıpkı yürürken düşünmemize fırsat olmadan bir ayağımızı ötekinin önüne koymamızı sağlayan içgüdü gibi kör bir içgüdüyle tanıyıp selam verdiğim Gilberte Swann'la karşılaştığım andan itibaren, her şey, sanki o ve hayallerimdeki kız iki ayrı kişiymiş gibi olup bitiyordu. Mesela hafızamda bir gündür çakmak çakmak iki gözle dolgun, parlak yanaklar varsa, Gilberte'in çehresi şimdi bana ısrarla benim hatırlamadığım bir özelliğini sunuyor, burnunun öne doğru sivrilerek uzayışı derhal başka hatlarla birleşip doğabiliminde bir türü tanımlayan özellikler gibi önem kazanarak, Gilberte'i sivri suratlılar cinsinden bir kıza dönüştürüyordu. Ben gelmeden önce hazırladığım, ama şimdi kafamda bulamadığım Gilberte görüntüsünde gerekli ayarlamaları yapabilmek için, daha sonra, tek başıma geçireceğim uzun saatler boyunca, hatırladığım kişinin gerçekten Gilberte, bir eser yaratır gibi yavaş yavaş geliştirdiğim aşkın da gerçekten Gilberte'e aşkım olduğundan şüpheye düşmemi engelleyecek düzeltmeleri yapmak üzere, bu beklenen andan yararlanmaya hazırlanırken, Gilberte topu bana atıyordu; nasıl ki idealist bir filozofun zihni dış dünyanın gerçekliğine inanmadığı halde, bedeni dış dünyayı hesaba katarsa, benim Gilberte'i daha tanıyamamışken selamlamama sebep olan benliğim de (sanki Gilberte benim birleşmeye geldiğim kardeş bir ruh değil de, oyun oynamaya geldiğim bir arkadaşmış gibi) onun attığı topu tutmamı sağlıyor, görgü kuralları uyarınca, Gilberte'in eve dönüş saatine kadar bana çeşitli kibar ve önemsiz konuşmalar yaptırıyordu; sonuç olarak, ne sessizliğimi koruyup o acil ve yolunu şaşırmış görüntüyü yakalayabiliyor, ne de aşkımızda belirleyici bir gelişme sağlayacak sözleri Gilberte'e söyleyebiliyordum; dolayısıyla her seferinde ertesi gün öğleden sonraya kadar bu gelişmeleri gözden çıkarmam gerekiyordu. Buna rağmen aşkımız birtakım gelişmeler kaydediyordu. Bir gün, Gilberte'le birlikte bizim şekercinin kulübesine gitmiştik; şekerci kadın –M. Swann sağlık nedenleriyle, hem etnik egzaması, hem de peygamber kabızlığı sebebiyle bol bol tükettiği baharatlı çavdar çöreklerini hep ondan aldırdığı için– bize özellikle iyi davranırdı; Gilberte gülerek bana iki oğlan çocuğu gösterdi, biri çocuk kitaplarındaki küçük sanatçıya benziyordu, öteki de küçük doğabilimciye. Birincisi, moru daha çok sevdiği için kırmızı bir şekerlemeyi almak istemiyor, ikincisi de, gözünde yaşlarla bakıcısının almak istediği bir eriğe itiraz ediyordu, sebebini sonunda tutkulu bir sesle belirtti: "Öteki eriği istiyorum, çünkü onun kurdu var!" Tanesi beş santim olan bilyelerden iki tane aldım. Ayrı bir çanağın içinde esir tutulan ışıltılı akik bilyelere bakıyordum hayran hayran; hem genç kızlar gibi güler yüzlü ve sarışın oldukları için, hem de tanesi elli santimden satıldıkları için, çok değerli görünüyorlardı gözüme. Benden çok daha fazla harçlık alan Gilberte, hangisini en çok beğendiğimi sordu. Bilyeler hayatın saydamlığına ve yumuşaklığına sahipti. Gilberte'in hiçbirini feda etmesini istemezdim. Mümkün olsa, hepsini satın almasını, hepsini esaretten kurtarmasını isterdim. Bununla birlikte, Gilberte'in gözlerinin renginde olan bir tanesini seçtim. Gilberte bilyeyi aldı, yaldızlı yansımasını görmek için çevirdi, elinde yuvarladı, fidyesini ödedi, ama esirini derhal bana vererek, "Alın, bu sizin, size veriyorum, hatıra olarak saklayın onu" dedi.

Bir başka seferinde, Berma'yı klasik bir oyunda izleme isteği hâlâ kafamı meşgul ettiğinden, Bergotte'un Racine hakkındaki, kitapçılarda tükenmiş olan broşürünün kendisinde bulunup bulunmadığını sormuştum Gilberte'e. O da ismini tam olarak kendisine hatırlatmamı rica etmişti; bunun üzerine aynı gece ona küçük bir not yazmış, zarfın üzerine, defterlerime kim bilir kaç kere yazdığım Gilberte Swann adını kondurmuştum. Ertesi gün, aratıp buldurduğu broşürü eflatun kurdelelerle bağlanıp beyaz mühürle kapatılmış bir paketin içinde getirdi. "İşte bakın, istediğiniz broşürün ta kendisi" dedi ve manşonunun içinden, benim göndermiş olduğum telgrafı çekip çıkardı. Ama bu şehiriçi telgrafın –daha bir gün önce bir hiçken, benim yazdığım bir telgrafken, postacı onu Gilberte'lerin kapıcısına verip bir hizmetkâr da Gilberte'in odasına kadar götürdüğünde, paha biçilmez bir şey, Gilberte'in o gün aldığı telgraflardan biri haline gelen telgrafın– adresinde, postanenin bastığı damgaların, postacılardan birinin kurşunkalemle eklediği karalamaların altında, kendi yazımın anlamsız, yalnız çizgilerini tanımakta güçlük çektim; bu fiili icraat işaretleri, dış dünyanın mühürleri, hayatı simgeleyen mor çemberler, hayalimi ilk olarak benimsiyor, destekliyor, yükseltiyor, neşelendiriyordu.

Bir başka gün de, Gilberte, "Biliyor musunuz, bana Gilberte diyebilirsiniz, siz demeseniz de ben size adınızla hitap edeceğim. Öbür türlüsü çok sıkıcı" dedi. Bununla birlikte, bir süre bana "siz" demeye devam etti, ben bunu kendisine söyleyince de, gülümsedi ve yabancı dil kitaplarında rastlanan, bize yeni bir kelimeyi kullandırmaktan başka amacı olmayan cümlelere benzer bir cümle kurarak, benim adımla bitirdi. O anda neler hissettiğimi daha sonra hatırladığımda, Gilberte'in bir an beni ağzında tuttuğu izlenimini edinmiş olduğumu anladım; bu bizzat bendim, çıplaktım, hem Gilberte'in diğer arkadaşlarına hem de, soyadımı söylediğinde olduğu gibi, ailemin diğer fertlerine de ait olan toplumsal kimliklerin hepsinden sıyrılmıştım; sanki dudakları –babası gibi vurgulamak istediği kelimeleri tane tane telaffuz etmeye özen göstererek– sadece eti yenen bir meyvenin kabuğunu soyarcasına beni bu kimliklerden soymuş, arındırmış, bakışları da sözlerinin benimsediği yeni samimiyet seviyesine gelerek bana daha doğrudan yönelmiş, bir gülümsemeyi de yanlarına katarak, yaşadıkları bilinci, hazzı, hatta minneti belirtmişlerdi.

Ama bu yeni hazların değerini onları yaşadığım anda takdir edemiyordum. Bu hazlar, sevdiğim kız tarafından onu seven benliğime verilmiyordu; birlikte oyun oynadığım öteki kız, öbür benliğime veriyordu bu hazları; öbür benliğimse, ne gerçek Gilberte'in hatırasını taşıyordu içinde, ne de bir saadeti yalnızca kendisi arzuladığı için, o saadetin değerini bilebilecek yegâne varlık olan sahiplenilmiş kalbi barındırıyordu. Hatta eve döndükten sonra bile yaşayamıyordum bu hazları, çünkü beni hep ertesi günü beklemekle, ertesi gün Gilberte'i ayrıntılı, huzurlu ve mutlu bir şekilde seyredebileceğimi, Gilberte'in bana nihayet aşkını itiraf edeceğini ve o güne kadar duygularını niçin gizlediğini açıklayacağını ummakla yükümlü kılan zorunluluk, aynı zamanda geçmişi de hiçe saymaya, sadece ileriye bakmaya, Gilberte'in bana gösterdiği ufak tefek lütufları kendi içlerinde, kendine yeterli birer bütün olarak değil, bir adım daha atmamı ve henüz bulamadığım mutluluğa nihayet ulaşmamı sağlayacak birer basamak olarak değerlendirmeye de mecbur ediyordu beni.

Gilberte ara sıra bana böyle yakınlıklar gösteriyordu, ama beni görmekten hoşlanmamış gibi bir tavır takınarak üzdüğü de oluyordu; üstelik bu, çoğunlukla, umutlarımın gerçekleşeceğine en çok inandığım günlerde oluyordu. Bazı günler Gilberte'in Champs-Élysées'ye geleceğinden emin olur, bana büyük bir mutluluğun belli belirsiz önsezisi gibi gelen bir sevinçle dolardım; –sabah erkenden salona gidip, bütün hazırlıklarını tamamlamış, giyinip kuşanmış, siyah saçları sağlam bir topuz halinde toplanmış, o güzel, tombul beyaz elleri henüz sabun kokan annemi öperken– piyanonun üzerinde tek başına yükselen toz sütununu görür, pencerenin altında bir laternanın *Resmigeçitten Dönerken* şarkısını çaldığını işitir ve kış mevsiminin akşama kadar, beklenmedik, ışıl ışıl bir ziyaretçiyi, bir ilkbahar gününü misafir edeceğini anlardım. Öğle yemeğinde, karşı binadaki hanım penceresini açınca, iskemlemin yanında öğle uykusuna yatmış olan bir ışık huzmesi, şimşek gibi bir hızla –tek hamlede yemek salonunu boydan boya katederek– kaçıp gider, sonra yine eski yerine, uykusuna dönerdi. Okulda, saat birde başlayan derste, güneş yaldızlı ışıltısını ta sıramın üzerine kadar, benim ancak üçte katılabileceğim bir eğlencenin davetiyesi gibi gönderir, beni sabırsızlıktan ve can sıkıntısından bayılacak hale getirirdi; tam saat üçte, beni çıkışta bekleyen Françoise'la birlikte Champs-Élysées'ye doğru yola koyulurduk; güneş ışığıyla süslenmiş kalabalık sokaklarda, güneşin yerlerinden söktüğü buğulu balkonlar yaldızlı bulutlar gibi evlerin önünde, havada asılı dururdu. Heyhat! Champs-Élysées'de Gilberte'i bulamazdım, henüz gelmemiş olurdu. Sağda solda tek tek otların ucunu tutuşturan görünmez güneşle beslenen ve üzerine bahçıvanın vurduğu bir kazma darbesiyle kutsal toprakların altından gün ışığına çıkmış antik heykellere benzer güvercinlerin konduğu çimenlikte kıpırtısız durur, gözlerimi ufka diker, her an, elindeki ışıl ışıl bebeği güneş kutsasın diye ileriye uzatan heykelin arkasından, mürebbiyesini izleyen Gilberte'in ortaya çıkmasını beklerdim. Her zamanki koltuğunda yerini almış olan yaşlı *Débats* okuru, bir görevliye dostça el sallayarak, "Ne güzel hava!" diye bağırırdı. Görevli kadın koltuk kirasını tahsil etmek için yanına yaklaştığında da, kadının verdiği on santimlik bileti eldiveninin kenarına sıkıştırırken, sanki kendisine hediye edilen bir buket çiçeğe en uygun yeri ararmış gibi, bin bir cilve yapardı. Nihayet uygun bir yer bulduğunda, boynunu şöyle bir döndürür, kürk etolünü düzeltir ve bileğindeki açıklıktan ucu görünen sarı kâğıt parçasını göstererek, genç bir erkeğe korsajını işaret edip, "Güllerinizi tanıdınız herhalde!" diyen bir kadının güzel tebessümünü bahşederdi görevli kadına.

Françoise'ı da yanıma alır, Gilberte'i karşılamak üzere Zafer Takı'na kadar giderdim; orada da bulamayınca, artık geleceğinden bütün ümidimi kesip geri dönerdim, çimenliğe doğru yürürken, atlıkarıncanın önünde gür sesli kız üzerime atılır, "Çabuk, çabuk, Gilberte on beş dakika önce geldi. Çok kalmayacak. Esir almaca oynamak için sizi bekliyoruz" derdi. Ben Champs-Élysées Caddesi'nden yukarı çıkarken, Gilberte'in de güzel havadan yararlanıp Gilberte için alışveriş yapmak isteyen Mademoiselle'le birlikte Boissy-d'Anglas Sokağı'ndan geldiğini, daha sonra da M. Swann'ın kızını almaya geleceğini öğrenirdim. Yani kabahat bende olurdu; çimenlikten uzaklaşmamam gerekirdi; çünkü Gilberte'in ne taraftan geleceği, erken mi, geç mi geleceği hiçbir zaman belli olmazdı ve bu bekleyiş, hem her noktasında, her ânında Gilberte'in görüntüsünün ortaya çıkabileceği muazzam bir alan ve zaman haline gelen Champs-Élysées'nin tamamına ve bütün öğleden sonraya, hem de bu görüntünün kendisine bir heyecan katardı, çünkü Gilberte'in görüntüsünün ardında, bu görüntünün kalbimin ortasına niçin iki buçukta değil de dörtte, tepesinde niçin bir oyun beresiyle değil de ziyaret şapkasıyla, niçin iki kukla tiyatrosunun arasında değil de Ambassadeurs Tiyatrosu'nun önünde saplandığını açıklayan sebebi, yani benim Gilberte'e eşlik edemeyeceğim, onu bir yere gitmeye veya evde oturmaya mecbur eden faaliyetlerden birini sezinler, bilinmeyen hayatının muammasıyla karşı karşıya kalırdım. Yine aynı muamma, derhal esir almacaya başlamak üzere, gür sesli kızın emriyle koşarak yanına gittiğim Gilberte'i gördüğüm anda da, beni allak bullak ederdi; bizim yanımızda hep sert ve fevri olan Gilberte'in (kendisine, "Güneş ne kadar güzel, ateş gibi yakıyor" diyen) *Débats* okuru hanıma reverans yapışını, çekingen bir tebessümle, ölçülü bir tavırla konuşmasını seyreder, Gilberte'in anne babasıyla, onların ahbaplarıyla, misafirlikte, benim tamamen dışımda kalan diğer hayatında herhalde bambaşka bir genç kız olduğunu düşünürdüm. Ama Gilberte'in öteki hayatını bana en çok hissettiren, az sonra kızını almaya gelen M. Swann olurdu. Çünkü M. ve Mme Swann, –kızları onlarla birlikte yaşadığı ve eğitimi, eğlenceleri, arkadaşları onlar tarafından belirlendiği için– benim nazarımda tıpkı Gilberte gibi, belki de ona hayat veren kadiri mutlak tanrılara yaraşır şekilde, Gilberte'ten de fazla, erişilmez bir bilinmezliğe, zalim bir büyüye sahiptiler. Onlara ilişkin her şey kafamı durmadan öyle kurcalardı ki, (eskiden, ailemle görüştüğü zamanlarda sık sık gördüğüm halde merakımı cezbetmemiş olan) M. Swann'ın kızını almaya Champs-Élysées'ye geldiği günlerde, gri şapkasıyla pelerinli paltosunun görünmesiyle birlikte deli gibi çarpmaya başlayan kalbim biraz yatıştıktan sonra da, M. Swann'ın görüntüsü, hakkında bir dizi kitap okuduğumuz, en ufak bir özelliği bile bizi heyecanlandıran tarihi bir şahsiyetmiş gibi etkilerdi beni. M. Swann'ın, Combray'de duyduğumda hiç ilgilenmediğim Paris Kontu'yla ilişkisi, sanki Orléans'ları tanıyan tek insan oymuş gibi, olağanüstü bir nitelik kazanmıştı şimdi; M. Swann, bu ilişkileri sayesinde, Champs-Élysées'nin ağaçlı yolunu dolduran ve her sınıftan insanlardan oluşan bayağı fon üzerinde öne çıkardı; bu kalabalığın ortasında, kendisine özel bir saygı, bir ilgi gösterilmesini talep etmeden bulunmaya razı olmasını takdir ederdim; zaten M. Swann kimliğini öyle gizlerdi ki, böyle bir ilgiyi göstermek kimsenin aklından da geçmezdi.

M. Swann, Gilberte'in arkadaşlarının selamlarına kibarca karşılık verirdi, hatta ailemle küs olduğu halde, beni de tanımamış gibi görünmekle birlikte, kibarca selamlardı. (Bu selamlaşma, M. Swann'ın sayfiyede beni birçok kere gördüğünü hatırlatmıştı bana; bu hatırayı saklamıştım hafızamda, ama karanlık bir yerinde saklamıştım, çünkü Gilberte'le görüşmeye başladığımdan beri, Swann benim gözümde Combray'deki Swann değil, Gilberte'in babasıydı daha ziyade; artık onun ismiyle eşleştirdiğim kavramlar, eskiden dahil olduğu ve onu düşünürken artık hiç kullanmadığım kavramlar çerçevesinden farklı olduğu için, M. Swann yeni bir şahsiyet haline gelmişti; yine de onu suni, ikincil ve yatay bir çizgiyle, eski misafirimize bağlıyordum; artık her şeyin değerini aşkıma ne kadar faydası olabileceğiyle ölçtüğüm için, o anda Champs-Élysées'de karşımda duran ve Gilberte'in neyse ki soyadımı söylememiş olabileceği Swann'ın gözünde bir zamanlar kendimi ne kadar gülünç duruma düşürmüş olduğumu, geceleri Swann bütün aileyle birlikte bahçe masasında kahve içerken annemi iyi geceler dilemeye odama çağırttığım Combray yıllarını birden utançla hatırlamış, onları silemediğime hayıflanmıştım.) M. Swann Gilberte'in biraz oynamasına izin verir, on beş dakika bekleyebileceğini söyler ve herkes gibi demir bir iskemleye oturarak VII. Philippe'in pek çok kez sıkmış olduğu eliyle parasını ödeyip biletini alırdı; bu arada biz çimenlerin üstünde oyunumuza başlardık; güvercinler, kuşlar âleminin leylakları olan o güzel, kalp biçimindeki menevişli bedenleriyle çimenlikten havalanıp çeşitli sığınaklara dağılırlardı; aralarından biri büyük taş kurnanın kenarına konar, içine daldırdığı gagasıyla adeta işlevine işaret ettiği bu yemliğin bol bol meyve ve tahıl sunduğunu gösterirdi; bir başkası heykelin alnına konar, kimi antik eserlerde rastlanan ve çokrenkliliğiyle taşın tekdüzeliğini kıran mineli figürleri andırır ve sanki heykeli bir simgeyle, ait olduğu tanrıçaya belirli bir sıfat kazandıran ve ölümlülerdeki isim gibi, onu yeni bir tanrıça haline getiren bir simgeyle taçlandırırdı.

Beklentilerimi gerçekleştiremeyen bu güneşli günlerin birinde, hayal kırıklığımı Gilberte'ten gizleyemedim.

"Aslında benim size sormak istediğim bir sürü şey vardı" dedim. "Bugünün arkadaşlığımızda çok önemli bir yeri olacağını düşünmüştüm. Halbuki siz gelir gelmez gidiyorsunuz! Yarın erken gelmeye çalışın ki artık konuşabilelim."

Gilberte'in yüzü aydınlandı, sevinçle zıplayarak cevap verdi: "Canım arkadaşım, yarın kesinlikle gelmeyeceğimden emin olabilirsiniz! Yarın kalabalık bir çay partisine davetliyim; yarından sonra da yokum, bir kız arkadaşımın evine gideceğim, onların penceresinden Kral Theodosius'un gelişini seyredeceğiz, çok heyecanlıyım, ondan sonraki gün de *Michel Strogoff*'a gidiyoruz, eh, sonra da Noel ve yılbaşı tatili var. Tatilde beni Güney'e götürecekler belki. Harika olmaz mı?! Gerçi o zaman Noel ağacım olmayacak; ama ne olursa olsun, Paris'te kalsam da, buraya gelmem, çünkü annemle ziyaretlere gideriz. Babam beni çağırıyor, hoşça kalın."

Françoise'la birlikte, güneşin hâlâ bir bayram gününün akşamındaki gibi bayraklarla donatmaya devam ettiği sokaklardan eve döndük. Bacaklarımı sürüklemekte zorluk çekiyordum.

"Bunda şaşılacak bir şey yok" diyordu Françoise, "bu mevsimin havası değil ki bu, çok sıcak. Yüce Tanrım! Kim bilir ne çok insan hastalanmıştır, yukarıda da her şey birbirine girmiş sanki."

Hıçkırıklarımı bastırmaya çalışarak, Gilberte'in Champs-Élysées'ye uzun süre gelemeyeceğine dair sevinçle haykırdığı sözleri içimden tekrarlıyordum. Ama zihnimin Gilberte'i düşünmeye başladığı andan itibaren, kendiliğinden kapıldığı büyü ve zihinsel bir alışkanlığın yarattığı içsel baskının beni Gilberte'in karşısında her zamanki gibi –acıklı da olsa– özel bir konuma yerleştirmesi vakit geçirmeden etkisini göstermeye başlamış, bu kayıtsızlık belirtisine bile bir romantizm katmıştı; gözyaşlarım daha kurumadan yüzümde beliren tebessüm bir öpücüğün titrek bir taslağından başka şey değildi aslında. Postacının geleceği saat yaklaşırken, o akşam da her akşam olduğu gibi, "Gilberte'ten bir mektup alacağım" dedim kendi kendime; "beni ne zamandır sevdiğini nihayet itiraf edecek, bugüne kadar sevgisini gizlemesinin, beni görmeden de mutlu olabiliyormuş gibi yapmasının, basit bir arkadaş görünümüne bürünmesinin ardında yatan esrarengiz nedeni açıklayacak."

Her akşam bu mektubun hayalini kurar, onu hayalimde okur, her cümlesini kendi kendime tekrarlardım. Birdenbire dehşete kapılarak dururdum. Gilberte'ten bir mektup alsam da, onun bu mektup olamayacağını, çünkü bu mektubu benim kendi kafamdan uydurduğumu kavrardım. Ondan sonra, eğer telaffuz edersem, bu –en değerli, en arzulanan– kelimeleri ihtimaller kapsamından çıkarırım korkusuyla, Gilberte'in bana yazmasını istediğim kelimeleri zihnimden uzak tutmaya çalışırdım. Mucizevi bir tesadüf sonucu, Gilberte'ten alacağım mektup benim kafamdan uydurduğum mektubun aynısı olsaydı bile, ben bu mektupta kendi metnimi görecektim ve benim dışımdan gelen, gerçek, yeni bir şeyle karşılaşmışım, zihnimin dışında, irademden bağımsız, gerçekten aşkın sunduğu bir mutluluk elde etmişim izlenimini yaşayamayacaktım.

Bu arada, Gilberte'in bana yazmadığı, ama hiç değilse onun bana vermiş olduğu bir yazıyı okurdum tekrar tekrar; Bergotte'un, Racine'e ilham vermiş olan eski mitlerin güzelliğiyle ilgili, akik bilyeyle birlikte yanımdan hiç ayırmadığım yazısıydı bu. Bu yazıyı benim için aratıp buldurmuş olan arkadaşımın iyi kalpliliği duygulandırırdı beni; her insan tutkusuna birtakım sebepler bulmaya ihtiyaç duyduğu için, hatta edebiyattan ya da başkalarının konuşmalarından, insanı âşık edebilecek özellikler olduklarını öğrendiği meziyetleri sevdiği kişide bulunca sevindiği için ve hatta –Swann'ın bir zamanlar Odette'in güzelliğinin estetik niteliğiyle ilgili olarak yaptığı gibi– bu özellikleri taklit yoluyla benimseyip, aşkının daha doğal ve kendiliğinden olduğu dönemde aradığı özelliklere aykırı bile olsalar, yeni birer âşık olma sebebi haline dönüştürdüğü için, ben de başlangıçta, ta Combray'den beri, Gilberte'e hayatının bütün bilinmezliği yüzünden âşık olduğum halde, onun hayatına dalmayı, artık benim için hiçbir anlamı kalmamış olan kendi hayatımı terk edip onun hayatında yeniden vücut bulmayı istediğim halde, şimdi Gilberte'in bir gün benim o bildik, değersiz hayatımın mütevazı hizmetkârı, rahatlatıcı iş arkadaşı olabileceğini, geceleri bana çalışmalarımda yardımcı olup çeşitli broşürler arasında karşılaştırmalar yapabileceğini düşünüyor, bunu müthiş bir ayrıcalık olarak görüyordum. Bergotte'a gelince, başlangıçta Gilberte'i henüz görmeden sevmeme sebep olan o bilge, neredeyse ilahi ihtiyarı şimdi en çok Gilberte yüzünden seviyordum. Bergotte'un Racine'le ilgili yazısı kadar, Gilberte'in onu paketlediği, iri beyaz mühürlerle kapatıp eflatun kurdelelerle bağladığı kâğıdın görüntüsü de haz verirdi bana. Gilberte'in ruhundaki en iyi şeyleri, onun havai yanını değil, vefalı yanını temsil eden ve Gilberte'in hayatının esrarengiz büyüsüyle sarmalanmış olduğu halde, benim yanımda, odamda yaşayan, benim yatağımda yatan akik bilyeyi öperdim. Ne var ki, Gilberte'e olan aşkımın bana artık bir hiçlik olarak göründüğü anlarda, aşkıma adeta bir yoğunluk kazandırdıkları için Gilberte'e olan aşkımla özdeşleştirmekten hoşlandığım bu taşta ve Bergotte'un yazısında bulduğum güzelliğin aslında bu aşktan önce var olduğunu, bu aşka benzemediklerini, bütün unsurlarının Gilberte henüz beni tanımazken, yetenek veya madenbilim yasaları tarafından belirlenmiş olduğunu ve Gilberte beni sevmese, kitapta da, taşta da hiçbir değişiklik olmayacağını, dolayısıyla onlardan bir mutluluk işareti çıkarmamın anlamsız olduğunu fark ederdim. Aşkım sürekli olarak ertesi günü bekler, ertesi gün, Gilberte'in aşkını itiraf edeceğini umar, her akşam, gündüzün başarısız çalışmalarını bozup dağıtırdı; bu arada benliğimin karanlıklarında meçhul bir işçi, koparılıp atılmış iplikleri değerlendirir, benim hoşuma gitme, mutluluğum için çalışma kaygısı gütmeden, bütün işlerinde görülen değişik bir düzene göre, tekrar yerleştirirdi onları. Benim aşkıma özel bir ilgi duymayan, sevildiğime daha baştan karar vermemiş olan bu işçi, Gilberte'in bana anlaşılmaz görünmüş olan hareketlerini ve affettiğim kusurlarını tek tek toplardı. O zaman, bir araya geldiklerinde, bütün bu hareketler ve kusurlar bir anlam kazanırdı. Bu yeni düzenleme, Gilberte'in Champs-Élysées'ye geleceğine bir çay partisine veya mürebbiyesiyle alışverişe gittiğini, yılbaşı tatilinde seyahate çıkmaya hazırlandığını görünce, "Demek ki Gilberte ya havai ya da fazla uysal" diye düşünmekte haksız olduğumu söylerdi sanki bana. Çünkü Gilberte beni sevse, havai de olmazdı, uysal da; itaat etmeye zorlandığı takdirde de, benim onu görmediğim günlerde hissettiğim ıstırapla itaat ederdi. Bu yeni düzenleme, Gilberte'i sevdiğime göre, sevmenin ne demek olduğunu gayet iyi bilmem gerektiğini de söylerdi bana; Gilberte'in gözündeki değerimi artırma isteğinin bende nasıl sürekli bir kaygı haline geldiğine dikkatimi çeker, bu yüzden Françoise'a muşamba bir yağmurlukla mavi sorguçlu bir şapka alsın diye, daha doğrusu, beni Champs-Élysées'ye bu utanç duyduğum hizmetçiyle göndermesin diye anneme yalvardığımı (annem Françoise'a haksızlık ettiğimi, onun bize çok bağlı, namuslu ve vefalı bir kadın olduğunu söylerdi cevaben) hatırlatır, Gilberte'i görme ihtiyacımın aldığı boyutları, aylar öncesinden itibaren, onun Paris'ten ne zaman ayrılacağını ve nereye gideceğini öğrenmekten başka bir şey düşünemediğimi, eğer Gilberte oraya gitmeyecekse en güzel memleketi bir sürgün yeri gibi gördüğümü ve onu Champs-Élysées'de görebildiğim sürece Paris'te kalmaktan başka şey istemediğimi kanıtlardı; Gilberte'in davranışlarının ardında bu kaygıyı da, bu ihtiyacı da bulamayacağımı bana göstermekte zorluk çekmezdi. Gilberte ise, aksine, benim bu konudaki fikrime hiç aldırmadan mürebbiyesini takdir ediyordu. Champs-Élysées'ye Mademoiselle'le alışverişe gideceği için gelmemeyi doğal buluyor, annesiyle bir yere gidecekse, gelmeyeceğine seviniyordu. Tatili benim de onun gideceği yerde geçirmeme izin verdiğini farz etsek bile, o gideceği yeri seçerken, anne babasının isteklerini, kendisine sözü edilen sayısız eğlenceyi düşünür, ailemin beni nereye göndermeye niyetli olduğuyla zerrece ilgilenmezdi. Ara sıra, dikkatsizliğim yüzünden ona oyunu kaybettirdiğim için beni bir gün öncesinden veya bir başka arkadaşından daha az sevdiğini söylediğinde, ondan özür diler, beni yine eskisi kadar, diğerlerinden daha çok sevsin diye ne yapmam gerektiğini sorardım; hiçbir şey yapmama gerek olmadığını, beni zaten sevdiğini söylesin ister, sanki benim iyi veya kötü davranışlarıma dayanarak, sırf söylediği sözlerle, kendi keyfine ya da benim keyfime göre, beni sevindirmek için, bana olan duygularını değiştirecekmişçesine yalvarırdım. Halbuki benim ona ilişkin duygularımın onun davranışlarına da, benim isteğime de bağlı olmadığını bilmiyor muydum?

Görünmez işçinin yaptığı yeni düzenleme, son olarak şunu da söylerdi: Bizi hep üzmüş olan bir insanın davranışlarının samimi olmamasını arzu etsek de, bu davranışların geleceğe tuttuğu ışık karşısında arzumuzun eli kolu bağlanır ve söz konusu insanın gelecekteki davranışlarının ne olacağını arzumuza değil, bu ışığa sormamız gerekir.

Aşkım bu yeni sözlere kulak verirdi; ertesi günün diğer günlerden farklı olmayacağına, Gilberte'in bana ilişkin, artık değişemeyecek kadar eskiyen duygusunun kayıtsızlık olduğuna, Gilberte'le dostluğumuzda tek sevenin ben olduğuna inanırdı. "Doğru" diye cevap verirdi aşkım, "bu dostlukla ilgili yapılacak hiçbir şey yok, değişmesi imkânsız." Bunun üzerine, hemen ertesi gün (ya da yakında bir bayram, bir yıldönümü, yılbaşı gibi diğer günlerden farklı bir gün, geçmişin mirasını, geçmişten kalan kederleri reddederek zamanı sıfırdan başlatan özel bir gün varsa, onu bekleyip) Gilberte'ten eski dostluğumuzdan vazgeçmesini ve yeni bir dostluğun temellerini atmasını rica ederdim.

Daima el altında bulundurduğum Paris haritası M. ve Mme Swann'ın oturduğu sokağı da gösterdiğinden, benim nazarımda adeta bir hazine barındırırdı içinde. Durup dururken, neredeyse kahramanca bir sadakatle, olur olmaz bahanelerle, sokağın adını söylerdim; o kadar ki, annemle büyükannemin aksine, aşkımdan haberdar olmayan babam sorardı:

"Canım ne diye sürekli şu sokaktan bahsediyorsun? Olağanüstü bir tarafı yok ki; Boulogne Ormanı'na iki adım mesafede olması bakımından, oturmak için hoş bir yer, ama aynı avantaja sahip en az on sokak vardır."

Annemle babama Swann ismini söyletmek için bin bir mazeret yaratırdım; kafamda zaten bu ismi durmadan tekrarlardım elbette, ama o eşsiz tınısını işitmeye, notalarını okumakla yetinemediğim bu müziğin seslendirilmesine de ihtiyaç duyardım. Aslında onca zamandır bildiğim bu Swann ismi, tıpkı kimi afazi vakalarında, en çok kullanılan kelimelerin bile olabildiği gibi, yeni bir isim haline gelmişti benim için. Zihnimde her an mevcuttu, buna rağmen zihnim ona alışamıyordu. Onu parçalara ayırır, harflerini tek tek söylerdim, yazılışı her defasında beni şaşırtırdı. Benim için tanıdık bir isim olmaktan çıktığı anda, gözümdeki masumiyetini de kaybetmişti. Bu ismi işitmekten duyduğum haz bana öyle utanılacak bir şey gibi gelirdi ki, aklımdan geçenleri herkesin okuduğunu ve ben konuyu oraya getirmek istediğimde onların değiştirmeye çalıştıklarını zannederdim. Hep dönüp dolaşıp Gilberte'le ilgili konulara gelir, aynı sözleri tekrarlayıp dururdum; bunların anlamsız sözlerden –Gilberte'ten uzakta söylenen, onun duymadığı, olanı tekrar eden, ama değiştiremeyen değersiz sözlerden– başka bir şey olmadığını ne kadar bilsem de, sanki bu şekilde Gilberte'i çevreleyen her şeyi evirip çevirerek, yoğurarak, sonunda belki onlardan bir mutluluk çıkarabilirmişim gibi gelirdi bana. Annemle babama sanki yüz kere tekrarladığım sözler nihayet Gilberte'in temelli bizimle yaşamak üzere, aniden kapıdan içeri girmesi sonucunu doğuracakmış gibi, Gilberte'in mürebbiyesini çok sevdiğini söylerdim. *Débats* okuyan yaşlı hanımı durmadan göklere çıkarır (annemle babama onun bir sefire ya da bir prenses olabileceğini ima etmiştim), güzelliğini, ihtişamını, asaletini överdim; bir gün, Gilberte'ten yanlış duymadıysam, adının Mme Blatin olduğunu söyledim.

"Aa! Anladım kim olduğunu" diye haykırdı annem; yanaklarımın utançtan kızardığını hissettim. "Dikkat! Dikkat! Zavallı büyükbaban olsa, öyle derdi. Güzel dediğin o kadın mı! Korkunç bir kadındır, her zaman da öyleydi. Duldur, kocası mübaşirdi. Hatırlamıyor musun? Küçükken seni jimnastik dersine götürdüğümde onunla karşılaşmamak için ne numaralar yapardım; beni tanımadığı halde gelip konuşur, senin 'bir oğlan çocuğu için aşırı güzel' olduğunu söylerdi. İnsanlarla tanışmak onda bir saplantıdır, gerçekten Mme Swann'la tanışıyorsa, onu hep delinin teki gibi görmekte haklıymışım demektir. Çünkü düşük bir muhitten çıkmış olmakla birlikte, bir ayıbı da yoktur bildiğim kadarıyla. Ne var ki, insanlarla tanışmak daima vazgeçemediği bir tutku olmuştur. Korkunç bir kadındır, son derece bayağıdır ve ayrıca yapmacıktır."

Swann'a gelince, ona benzeyebilmek için, sofrada sürekli burnumu çekiştirip gözlerimi ovuştururdum. Babam, "Bu çocuk geri zekâlı, büyüyünce feci bir şey olacak" derdi. Her şeyden çok istediğim, Swann gibi kel olmaktı. Swann bana o kadar olağanüstü bir varlık gibi görünüyordu ki, benim görüştüğüm insanların onu da tanımasını, onunla herhangi bir gün, tesadüfen karşılaşmanın mümkün olmasını mucizevi buluyordum. Bir keresinde annem, her akşam yemeğindeki gibi, bize öğleden sonra yaptığı alışverişleri anlatırken, "Bu arada bilin bakalım Trois Quartiers'de, şemsiye reyonunda kimi gördüm: Swann'ı" deyince, benim için bir çölden farksız olan hikâyesinin ortasında esrarengiz bir çiçek açıverdi. Swann'ın o gün öğleden sonra, tabiatüstü siluetiyle kalabalığın içinde boy göstererek bir şemsiye aldığını öğrenmek ne hüzünlü bir hazdı! Hepsine aynı derecede kayıtsız kaldığım irili ufaklı olayların arasında bir tek bu, Gilberte'e olan aşkımı sürekli alevlendiren özel titreşimleri yaratıyordu içimde. Babam o günlerde Fransa'nın resmi konuğu olan ve müttefiki olduğu iddia edilen Kral Theodosius'un ziyaretinin ne gibi siyasi sonuçlar doğurabileceği konuşulurken dinlemediğim için, hiçbir şeyle ilgilenmediğimi söylüyordu. Oysa ben öğleden sonra Swann'ın üzerinde pelerinli paltosu olup olmadığını o kadar merak ediyordum ki!

"Selamlaştınız mı? diye sordum.

—Tabii canım" dedi annem; her zamanki gibi, Swann'la aramızın bozuk olduğunu itiraf ederse, Mme Swann'la tanışmak istemediği için arzulamadığı bir barıştırma girişimiyle karşılaşmaktan korkar gibiydi. "O geldi yanıma, ben onu görmemiştim.

—Peki ama siz küs değil misiniz?

—Küs mü? Niye küs olalım ki?" dedi annem sertçe, sanki ben Swann'la iyi bir ilişkisi olduğu varsayımına gölge düşürmüş, bir "yakınlaştırma" çabası içine girmişim gibi.

"Onu artık eve davet etmediğin için sana kızmış olabilir.

—Herkesi evimize davet etmek zorunda değiliz ki; o beni davet ediyor mu evine? Karısını tanımıyorum.

—Ama Combray'de hep evimize gelirdi.

— Evet, Combray'de gelirdi, ama Paris'te başka meşguliyetleri var, benim de öyle. Fakat emin ol, halimiz birbirine küs iki insana hiç mi hiç benzemiyordu. Onun paketini getirmekte geciktikleri için birkaç dakika çene çaldık. Seni sordu, kızıyla birlikte oyun oynadığınızı söyledi" diye ekledi annem. Ben Swann'ın zihninde var olmam gibi bir mucize karşısında kendimden geçmiştim; hatta yalnızca var olmakla kalmayıp, ben Champs-Élysées'de onun karşısında aşkla tir tir titrerken, o benim adımı, annemin kim olduğunu bildiğine göre, benim kızının arkadaşı sıfatıma büyükannem ve büyükbabamla, onların aileleriyle, nerede oturduğumuzla, eski günlerimizin belki benim bile bilmediğim bazı özellikleriyle ilgili bazı bilgiler de eklediğine göre, demek ki zihninde oldukça ayrıntılı biçimde yer alıyordum. Ne var ki annem, kendisini gördüğü an Swann'ın nazarında belirli bir kişiyi temsil ettiği ve Swann'ın onun yanına gidip selam vermesini gerektirecek ortak bazı anıları paylaştığı biri sıfatıyla yer aldığı o Trois Quartiers reyonunda, kendine has bir büyü bulmamış gibiydi.

Zaten annem de babam da, Swann'ın büyükbabasından, emekli sarraf unvanından söz etmeyi hazların en büyüğü olarak görmüyor gibiydiler. Hayal gücüm Paris'in tamamında bir tek aileyi diğerlerinden ayırmış ve kutsamış, aynı şeyi şehrin binaları için de yapıp dış kapısını kendi yonttuğu, pencerelerini süslediği belirli bir evi de tecrit etmişti. Ama bu süsleri gören, bir tek bendim. Babamla annemin nazarında nasıl Swann'ın oturduğu ev Boulogne Ormanı civarında aynı dönemde inşa edilmiş diğer evlere benziyorsa, Swann'ın ailesi de diğer sarraf ailelerine benziyordu. Annemler Swann'ın ailesini, bütün dünyada geçerli ölçütlere göre değerlendiriyorlar, herhangi bir özellik atfetmiyorlardı ona. Aksine, bu ailede takdir ettikleri meziyetleri aynı, hatta daha yüksek bir derecede başka ailelerde de buluyorlardı. Dolayısıyla, evlerinin yerinin güzel olduğunu söyledikten sonra, daha da iyi bir konuma sahip, ama Gilberte'le hiç ilgisi olmayan bir evden, aynı şekilde onun büyükbabasından daha yüksek seviyedeki bir sarraftan söz ediyorlardı; bir an sanki benimle aynı fikirdeymiş gibi görünseler de, bu bir yanlış anlaşılmadan öteye gitmiyor ve çok geçmeden açıklığa kavuşuyordu. Çünkü annemle babam Gilberte'i çevreleyen her şeyde bir bilinmezlik, renk âleminde kızılötesi neyse, duygular dünyasında ona tekabül edebilecek bir özellik görebilmek için gerekli, bana aşkımın sağladığı o geçici ve fazladan duyudan yoksundular.

Gilberte'in Champs-Élysées'ye gelmeyeceğini bildirdiği günlerde, beni ona biraz olsun yaklaştıracak gezintiler yapmaya çalışırdım. Bazen Françoise'ı Swann'ların evinin önüne, hacca götürürdüm. Mme Swann hakkında mürebbiyeden öğrendiklerini defalarca tekrarlatırdım Françoise'a. "Madalyon uğuruna çok inanırmış. Gece yarısı kedi görse, baykuş sesi veya duvarda sanki saatin tik-takları gibi bir ses, bir ahşap çıtırtısı duysa, imkânı yok seyahate çıkmazmış. Ya, inancı çok kuvvetliymiş!" Gilberte'e o kadar âşıktım ki, yolda yaşlı uşaklarına köpek gezdirirken rastlasam, heyecandan yoluma devam edemeyip durur, sevgi dolu bakışlarımı uşağın beyaz favorilerine dikerdim. Françoise sorardı:

"Neyiniz var?"

Sonra, yola devam eder, Gilberte'lerin evinin önüne, dış kapısına gelirdik; bütün kapıcılardan farklı, üniformasının şeritleri bile Gilberte ismini duyunca hissettiğim zalim büyüyle sarmalanmış olan kapıcı, benim, doğuştan değersiz olduğum için, kendisinin korumakla görevli olduğu esrarengiz hayata nüfuz etmesine asla izin verilmeyecek kişilerden olduğumu bilirmiş gibi dururdu; asma kat pencereleri de sanki bu hayatın üzerine kapatıldıklarının bilincinde gibiydiler, muslin perdelerinin asil kıvrımları arasında, herhangi bir pencereden çok, Gilberte'in bakışlarına benzerlerdi. Bazen de bulvarlara giderdik, ben Duphot Sokağı'nın başına dikilirdim; Swann'ın dişçisine giderken oradan sık sık geçtiğini duymuştum; hayal gücüm Gilberte'in babasını insanlığın geri kalanından o kadar farklı kılıyor, M. Swann'ın varlığı gerçek dünyaya o kadar gerçeküstü bir nitelik kazandırıyordu ki, daha Madeleine'e gelmeden, o doğaüstü görüntünün ansızın ortaya çıkabileceği bir sokağa yaklaşmakta olduğumu düşünüp heyecanlanırdım.

Ama en sık yaptığım şey –Gilberte'le görüşmeyeceksek–, Mme Swann'ın hemen hemen her gün "Akasyalar" yolunda, Büyük Göl'ün etrafında ve "Kraliçe Marguerite" yolunda yürüyüş yaptığını öğrendiğimden, Françoise'ı Boulogne Ormanı'na sürüklemekti. Boulogne Ormanı benim gözümde, çeşitli çiçekleri, birbirine aykırı manzaraları bir arada gördüğümüz, bir tepenin ardında bir mağara, bir çayır, kayalar, bir nehir, bir çukur, bir tepe, bir bataklık bulduğumuz, ama bütün bunların sadece suaygırının, zebraların, timsahların, Rus tavşanlarının, ayıların ve balıkçılın oyunlarına uygun bir ortam ya da özgün bir fon sağlamak üzere orada bulunduğunu bildiğimiz hayvanat bahçeleri gibiydi; Boulogne Ormanı da aynı karmaşık yapıya sahipti, birbirinden farklı, kapalı küçük dünyaları bir araya getiriyordu –Virginia'da bir tarım işletmesine benzeyen, sekoyalar ve Amerika meşeleri ekili bir çiftliğin yanında, göl kenarında bir köknar korusu ya da içinden ansızın yumuşak kürkü ve güzel vahşi hayvan gözleriyle hızlı hızlı yürüyen bir kadının fırladığı, yüksek bir ağaçlık yer alıyordu– orası, Kadınlar Bahçesi'ydi; ve Akasyalar yolu da –tıpkı *Aeneis*'teki Mersinler yolu gibi– ünlü Güzellerin, onların şerefine tek türden ağaçlarla süslenmiş mekânıydı. Nasıl ki çocuklar denizaslanının suya atladığı kayanın ucunu ta uzaktan gördüklerinde, orada denizaslanını da göreceklerini bildikleri için, sevinçten yerlerinde duramazlarsa, ben de daha Akasyalar yoluna varmadan çok önce, akasyaların etrafa yayılan kokusunu, hem güçlü, hem de yumuşak, benzersiz bir bitkisel varlığın yakında olduğunu ta uzaktan hissettiren kokusunu duyduğumda, sonra yaklaşıp yüksek dallardaki hafif, cılız, doğal ve zarif, cilveli kesimli, ince dokulu yaprakları ve yaprakların üstüne kanatlı, titrek, değerli parazit kolonileri gibi üşüşmüş yüzlerce çiçeği gördüğümde, hatta o dişi, aylak, tatlı isimlerini işittiğimde, kalbim çarpmaya başlardı, ama sanki bir balonun girişinde teşrifatçının duyurduğu, güzel davetli hanımların isimlerinden başka bir şey çağrıştırmayan bir vals işitmişçesine, sosyetik bir arzuyla çarpardı. Bana Akasyalar yolunda, hepsi evli olmadıkları halde Mme Swann'ın yanında sık sık adları geçen, ama takma isimleriyle anılan kimi şık hanımları görebileceğimi söylemişlerdi; eğer varsa, yeni soyadları, adeta kimliklerini gizlemek için kullanılırdı ve bu hanımlardan bahsederken, kimden söz edildiğinin anlaşılması için, bu yeni soyadlarının kullanılmaması gerekirdi. Kadın zarafeti bağlamında Güzelliğin gizli birtakım yasalar tarafından yönetildiğini ve bu gizli bilgilere sahip olan bu kadınların onu gerçekleştirme yetisine de sahip olduklarını düşündüğüm için, kıyafetlerinin, arabalarının, gönülden inandığım bin bir ayrıntının karşımda belirmesini peşinen bir vahiy kabul ederdim; inancım, bu geçici ve devingen topluluğa bir şaheserin bütünlüğünü kazandıran ruhtu. Ama asıl görmek istediğim, Mme Swann'dı; onun geçmesini Gilberte'i görecekmişim gibi heyecanla beklerdim; Gilberte'in çevresindeki her şey gibi, annesiyle babası da onun büyüsüyle sarmalanmış olduklarından, bende onun kadar güçlü bir aşk, hatta daha çok acı veren bir heyecan (çünkü onunla ortak noktaları, hayatının bana yasak olan mahrem bölümüydü) ve son olarak da, (ileride görüleceği gibi, kısa bir süre sonra, Gilberte'in benimle oyun oynamasından hoşlanmadıklarını öğrendiğim için) bize acı çektirme imkânlarını sonuna kadar kullananlara daima beslediğimiz hayranlık duygusunu uyandırırlardı.

Mme Swann'ı, üzerinde yünlü kumaştan, kısa, yırtmaçlı bir etek, başında bir sülün kanadıyla süslenmiş küçük bir bere, göğsünde bir demet menekşeyle hızlı hızlı yürüyerek, arabalarının içinde onun siluetini uzaktan tanıyıp kimsenin onun kadar şık olamayacağını düşünen ve kendisini selamlayan beyefendilere bir göz kırpışıyla cevap vererek, sanki evine dönmek için en kısa yol oymuşçasına Akasyalar yolundan geçerken gördüğümde, estetik değerler ve yüksek sosyetede itibar sıralamasında sadeliği ilk sıraya koyardım. Ama eğer gücü tükenen, dizlerinin "kesildiğini" söyleyen Françoise'ı zorlayıp, bir saat boyunca volta attıktan sonra, nihayet Porte Dauphine'e bağlanan ağaçlı yolun başında, –benim nazarımda daha sonraki yıllarda nüfuzlarına ilişkin daha belirgin ve tecrübeye dayanan bir fikir edindiğim gerçek kraliçelerin katiyen temsil edemediği bir kraliyet itibarının, bir saltanat girişinin canlı simgesi olan,– Constantin Guys'in desenlerini hatırlatan, iki ince, biçimli kula atın rüzgâr gibi uçurduğu, arabacı koltuğunda Kazaklar gibi kürklere bürünmüş dev bir arabacıyla yanında "rahmetli Baudenord'un kaplanı"nı hatırlatan ufak tefek bir uşağın oturduğu, normalden kasten biraz daha yüksek, son moda, gösterişli süslemeleri bir yandan eski motifleri de çağrıştıran muhteşem faytonu görmüşsem –daha doğrusu, şeklinin kalbime derin ve keskin bir yara halinde oyulduğunu hissetmişsem– birinci sıraya sadeliği değil, şatafatı koyardım. Arabanın arkasında rahatça kaykılmış oturan Mme Swann, o sıralar tek bir ak tutamın haricinde sapsarı olan saçları çiçeklerden, çoğunlukla menekşelerden oluşan, uzun tüllü, ince bir taçla tutturulmuş, elinde eflatun bir güneş şemsiyesi, dudaklarında benim yalnızca bir kraliçenin iyilikseverliğini gördüğüm, daha ziyade bir yosmanın kışkırtıcılığını sergileyen, çeşitli anlamlara çekilebilecek bir tebessümle, kendisini selamlayanlara hafifçe başını eğerek, tatlı tatlı karşılık verirdi. Bu tebessüm aslında kimilerine, "Çok iyi hatırlıyorum, harikaydı!", kimilerine, "O kadar isterdim ki! Ne büyük talihsizlik!", kimilerine de, "İstiyorsanız, gayet tabii! Ben bu konvoyu bir süre daha izleyeceğim, sonra ilk fırsatta ayrılacağım" derdi. Tanımadığı insanlar geçerken de, adeta bir dostun bekleyişiyle ya da hatırasıyla biçimlenen ve görenlere, "Ne kadar güzel bir kadın!" dedirten aylak bir tebessüm dolaşırdı dudaklarında. Bir de, sadece bazı erkeklere yönelttiği, acı, gergin, çekingen ve soğuk bir tebessümü vardı ki,

"Evet, pespaye adam, o yılan dilinizi katiyen tutamadığınızı gayet iyi biliyorum! Ben sizinle uğraşıyor muyum?" anlamına gelirdi. Coquelin kendisini dinleyen dostlarına nutuk çekerek geçer, arabalardaki tanıdıklarına eliyle abartılı tiyatro selamları verirdi. Ama ben sadece Mme Swann'ı düşünür ve onu görmezlikten gelirdim, çünkü Atış alanı hizasına geldiğinde arabacısına konvoydan ayrılıp durmasını söyleyeceğini, ağaçlı yolu yürüyerek ineceğini bilirdim. Mme Swann'ın yanından geçme cesaretini kendimde bulabildiğim günler, Françoise'ı o tarafa doğru sürüklerdim. Gerçekten de Mme Swann'ı yaya yolunda bize doğru gelirken görürdüm; halkın kraliçeleri hayal ettiği şekilde, başka kadınların üzerinde görmediğimiz zengin kumaşlar ve takılarla donanmış, eflatun elbisesinin uzun kuyruğunu peşinde sürüyerek, bakışlarını ara sıra şemsiyesinin sapına indirerek, geçenlere pek dikkat etmeden, sanki tek amacı, tek derdi spor yapmakmış, görüldüğünü, bütün başların kendisine çevrildiğini düşünmezmiş gibi yürürdü. Yine de ara sıra, tazısına seslenmek için arkasına döndüğünde, etrafını fark ettirmeden şöyle bir kolaçan ederdi.

Onu tanımayan insanlar bile onda bir farklılık, bir aşırılık görüp –belki de Berma'nın kendini aştığı anlarda, cahil seyirciler topluluğunda patlayan alkışlar gibi, telepati dalgalarının yayılmasıyla– meşhur biri olması gerektiğine kanaat getirirlerdi. Kendi kendilerine, "Kim acaba?" diye merak eder, bazen yoldan geçen birine sorar veya kendilerini derhal aydınlatabilecek bilgili arkadaşlarına tarif edebilmek için, kıyafetini hatırlarında tutmaya çalışırlardı. Bazıları da, adımlarını yavaşlatarak konuşurlardı:

"Kim bu, biliyor musunuz? Mme Swann! Anlamadınız mı? Peki, Odette de Crécy desem?

—Odette de Crécy mi? Ben de kendi kendime diyordum ki bu hüzünlü gözler... Aslında pek genç de sayılmaz artık! Hatırlıyorum da, Mac-Mahon'un istifa ettiği gün yatmıştım onunla.

—Bence bunu kendisine hatırlatmasanız iyi edersiniz. Şimdi o Mme Swann oldu; Jockey Kulübü üyesi ve Galler Prensi'nin dostu olan bir beyefendiyle evli. Hâlâ da bir içim su.

—Evet, ama siz bir de kendisini o zamanlar görseydiniz, ne kadar güzeldi! Çin işi biblolarla dolu tuhaf, küçük bir evde otururdu. Hatırlıyorum da, gazete satıcılarının gürültüsünden rahatsız olmuştuk, sonunda yataktan kaldırmıştı beni."

Ben yapılan yorumları duymaz, sadece Mme Swann'ın etrafındaki belirsiz şöhret mırıltısını fark ederdim. Birkaç saniye sonra, aralarında beni küçümsediğini hissettiğim melez bankacının bulunmadığını esefle fark ettiğim bütün bu insanların hiç dikkatlerini çekmeyen, silik bir delikanlıyı güzelliği, ahlaksızlığı ve şıklığıyla dünya çapında bir şöhret yapmış olan bu kadına selam verirken (doğruyu söylemek gerekirse kendisini tanımıyordum, ama annemle babam kocasını tanıdıkları ve ben de kızının arkadaşı olduğum için, kendimde bu hakkı buluyordum) göreceklerini düşününce, kalbim sabırsızlıkla çarpardı. Mme Swann yakına geldiğinde de, şapkamı çıkarıp koluma kocaman bir daire çizdirerek öyle abartılı ve uzun bir selam verirdim ki, gülümsemekten kendini alamazdı. Etraftakiler gülerdi. Mme Swann ise, beni Gilberte'le birlikte hiç görmediği için adımı bilmiyordu, ama onun gözünde, –bekçiler gibi, kayıkçı gibi, ekmek attığı, göldeki ördekler gibi– Boulogne Ormanı gezintilerinin, ikincil, aşina, isimsiz, bir "sahne görevlisi" kadar bireysellikten yoksun şahsiyetlerinden biriydim. Onu Akasyalar yolunda göremediğim bazı günler, yalnız kalmak veya öyle görünmek isteyen kadınların gittiği Kraliçe Marguerite yolunda karşıma çıkardı; Mme Swann uzun süre yalnız kalmaz, çoğunlukla gri silindir şapkalı, benim tanımadığım bir erkek arkadaşı da ona katılır, ikisinin de arabaları peşlerinde, uzun uzun sohbet ederlerdi.

Boulogne Ormanı'nı suni bir yer, bir hayvanat ya da mitoloji bahçesi haline getiren karmaşıklığı bu yıl bir kez daha gözledim; Trianon'a gitmek üzere ormanın içinden geçiyordum; Paris'te, biz göremeden, çabucak geçip giden sonbaharın görüntülerine hem çok yakın, hem de onlardan mahrum olduğumuz evlerin içinde, dökülen yapraklara duyulan özlemin bir humma gibi insanın uykusunu bile kaçırabildiği, kasım ayının ilk sabahlarından biriydi. Onları görme isteğimin çağrısına uyup gelen kuru yapraklar, pencereleri kapalı odamda bir aydır zihnimle, yoğunlaşmaya çalıştığım bir nesnenin arasına giriyor, ara sıra nereye baksak gözümüzün önünde kıpırdayan sarı lekeler gibi dönüp duruyorlardı. O sabah, günlerdir yağan yağmurun sesini işitmeyince, tıpkı bitişmiş dudakların iki köşesinde gizli bir mutluluğun açığa çıkması gibi, kapalı perdelerin kenarından güneşli havanın gülümsediğini görünce, o sarı yaprakları güneş vurmuş halleriyle, güzelliğinin doruğunda görebileceğimi hissetmiş, eskiden şöminemin bacasında rüzgâr uğuldadığında deniz kenarına gitmek için nasıl dayanılmaz bir istek duyarsam, o gün de dayanamayıp sonbahar yapraklarını görmek için Boulogne Ormanı'ndan geçerek Trianon'a gitmek üzere yola koyulmuştum. Boulogne Ormanı'nın belki de en çokyönlü göründüğü saat ve mevsimdi, çünkü hem her zamankinden daha fazla, hem de daha farklı biçimde bölünmüştü. Geniş bir açıklığın bulunduğu alanlarda bile, yer yer yapraklarının tamamını dökmüş veya hâlâ yeşil yapraklarını koruyan uzaktaki koyu ağaç kümelerinin oluşturduğu fonda, turuncu renge bürünmüş, çift sıra halindeki kestane ağaçları, sanki yeni başlanmış bir tabloda ilk boyanan figürler gibi, aralarında uzanan ışıklı yolu daha sonra resme eklenecek kişilerin gezintisine dekor olarak sunmaktaydılar.

Biraz ileride, yeşil yapraklarının hiçbirini dökmemiş olan ağaçların arasında, bir tek küçük, bodur, tepesi budanmış, inatçı ağacın çirkin kızıl saçları rüzgârla savruluyordu. Bir başka köşede, yaprakların mayıs ayı olan bu mevsimin ilk uyanışı yaşanıyordu; kışın açan pembe bir akdiken gibi güleç, mucizevi bir japonsarmaşığının yaprakları, daha o sabah rengârenk açmışlardı. Boulogne Ormanı, bitkibilimsel bir kaygıyla ya da bir şenliğe hazırlık olarak, henüz yerlerinden sökülmemiş yaygın türden ağaçların ortasına iki üç değerli türün dikildiği ve garip yapraklı bu ağaçların adeta çevrelerine bir açıklık, aydınlık ve hava yaydığı fidanlıkla, parkların geçici ve suni havasına bürünmüştü. Kısacası, Boulogne Ormanı'nın en çeşitli türleri sergilediği, en çok sayıda farklı unsuru karmaşık bir bileşim halinde sunduğu mevsimdi. Aynı şey, günün o saati için de geçerliydi. Ağaçların henüz yapraklarını dökmemiş kısımları, sabah güneşinin neredeyse yatay ışınlarının değdiği noktadan itibaren, sanki bir madde değişimine maruz kalıyorlardı; ışık tıpkı birkaç saat sonra, günbatımı yaklaştığında da görüleceği şekilde, bir lamba gibi bir anda aydınlanarak ta uzaktaki yapraklara yapay, sıcak parıltılar yansıtıyor, gövdesi yanmaz, donuk bir şamdana benzeyen bir ağacın üstteki yapraklarını alev alev tutuşturuyordu. Güneş bir tarafta kestane ağaçlarının yapraklarını birer tuğla gibi kalınlaştırıyor, İran işi, mavi desenli sarı bir duvar gibi, gökyüzüne kaba bir işçilikle yapıştırıyor, öte tarafta, aksine gökyüzünden ayırdığı yapraklar, gergin, altın parmaklarını havaya uzatıyorlardı. Japonsarmaşıklarına bürünmüş bir ağacın tam ortasına, o göz alıcı parlaklıkta tam seçilemeyen, kırmızı çiçeklerden, belki bir cins karanfilden oluşan devasa bir buket aşılıyordu. Ormanın yaz mevsiminde yeşilliğin yoğunluğu ve tekdüzeliği nedeniyle iç içe geçen değişik bölümleri birbirinden ayrılmıştı. Açıklık alanlar, her bölümün başladığı yeri görme imkânı sağlıyordu; bazı bölümler de, önlerinde sancak gibi dikilen görkemli bir yaprak topluluğuyla işaretlenmişti. Armenonville, Pré Catelan, Madrid, Koşu alanı, gölün kıyısı, tıpkı renkli bir haritadaki gibi ayırt edilebiliyordu. Ara sıra, ağaçların kenara çekilip yer açtığı veya bir çimenliğin yumuşak platformunda taşıdığı gereksiz bir yapı, suni bir mağara, bir değirmen çıkıyordu ortaya. Boulogne Ormanı'nın bir orman olmakla kalmayıp, ağaçlarının hayatıyla ilgisiz bir amaca hizmet ettiği hissediliyordu; yaşadığım coşkunun kaynağı sonbahar hayranlığı değil, bir arzuydu. Ruhumuzun önce sebebini bilmeden, dışarıdan kaynaklanmadığını anlamadan hissettiği mutluluğun tükenmez kaynağı olan arzuydu. Ağaçlara, onları aşan ve her gün birkaç saat boyunca çevreledikleri o gezinen dilberler şaheserine doğru, benden habersiz yönelen, doyumsuz bir sevgiyle bakıyordum. Akasyalar yoluna doğru yürüyordum. İçinden geçtiğim yüksek ağaçlı korularda sabah güneşi yeni bölünmeler yaratıyor, ağaçları buduyor, değişik dalları birleştirip buketler oluşturuyordu. İki ağacı ustalıkla kendine çekiyor, ışık ve gölgenin keskin yontma kalemiyle her birinin gövdesini ve yapraklarını ortadan ikiye bölüp geriye kalan iki yarımdan ya etrafı güneşle sınırlanmış tek bir gölge sütunu, ya da suni, titrek silueti siyah bir gölge ağıyla kuşatılmış tek bir aydınlık hayalet örüyordu. Bir güneş ışınıyla altın rengine boyanan en tepedeki dallar, bütün koruluğun denize batmışçasına gömülü olduğu zümrüt renkli, sıvı atmosferden tek başlarına, pırıltılı bir ıslaklık içinde çıkar gibiydiler. Çünkü ağaçlar kendi canlarıyla beslenmeye devam ediyorlardı; yaprakları döküldüğü zaman bu hayatiyet gövdelerini saran yeşil kadife kılıfın üzerinde, veya kavakların tepesine serpiştirilmiş, Michelangelo'nun *Yaratılış*'ındaki güneş ve ay kadar yusyuvarlak ökseotu toplarının beyaz minesinde daha da güzel parlıyordu. Ama yıllardır adeta aşılanmış gibi, kadınlarla ortak bir hayat yaşamak zorunda kalmış olan ağaçlar, geçerken dallarıyla örttükleri, kendileri gibi mevsimin gücünü hissetmeye mecbur ettikleri orman perisini süratli, rengârenk sosyete dilberini çağrıştırıyorlardı bana; kadın zarafeti şaheserlerinin bilinçsiz ve suçortağı yaprakların arasında birkaç saniyeliğine görüneceği yerlere heyecanla koştuğum inançlı gençliğimin mutlu günlerini hatırlatıyorlardı. Ama Boulogne Ormanı'nın az sonra Trianon'da göreceğim kestane ve leylak ağaçlarından bu bağlamda daha etkileyici olan köknarlarıyla akasyalarının arzulattığı güzellik, benim dışımda, tarihi bir dönemin hatıralarında, sanat eserlerinde, önüne altın damarlı yaprakların yığıldığı küçük bir Aşk tapınağında sabitlenmiş değildi. Gölün kıyısına vardım, Atış alanına kadar gittim. O zamanlar kafamdaki mükemmeliyet kavramı, bir faytonun yüksekliğinden ve o yabanarısı kadar çevik, öfkeli ve Diomedes'in zalim atları gibi gözleri kanlı atların zayıflığından oluşuyordu; işte şimdi de, eskiden sevdiğim şeyleri yeniden görme isteğine, yıllar önce beni aynı yollara sürükleyen arzu kadar şiddetli bir arzuya kapılmıştım ve aynı atları görmek istiyordum; onları Mme Swann'ın dev arabacısı yanında yumruk büyüklüğündeki, Aziz George kadar çocuksu, küçük uşakla birlikte atların korkuyla çırpınan çelikten kanatlarına hâkim olmaya çalıştığı anda görmek istiyordum. Heyhat! Artık sadece iriyarı üniformalı uşakların eşliğindeki bıyıklı şoförlerin kullandığı otomobiller vardı. Hafızamın gözleriyle gördüğüm, basit birer çelenk kadar basık, küçük kadın şapkalarının sevimliliğini teyit etmek için, onları bir de bedenimin gözleriyle görmek istiyordum. Şimdi bütün şapkalar dev gibiydi ve meyvelerle, çiçeklerle, türlü çeşitli kuşlarla kaplıydı. Mme Swann'a bir kraliçe edası veren güzel elbiselerin yerini Tanagra plili, bazen de Direktuvar tarzı Yunan-Sakson tünikleri ve duvar kâğıdı gibi çiçeklerle bezeli Liberty şifonlar almıştı. Mme Swann'la Kraliçe Marguerite yolunda dolaşabilecek beyefendilerin başında o zamanın gri şapkaları, hatta herhangi bir şapka yoktu. Şapkasız çıkıyorlardı sokağa. Benimse, görüntünün bu yeni unsurlarına bir yoğunluk, bir bütünlük, bir varlık kazandıracak inancım kalmamıştı; önümden gelişigüzel geçen, dağınık, gerçeklikten yoksun unsurlardı, gözlerimin eskisi gibi bileştirmeye çalışabileceği bir güzellik içermiyorlardı. Zarafetlerine inanmadığım, kıyafetlerini önemsemediğim sıradan kadınlardı bunlar. Ama bir inanç yok olduğu zaman, yeni şeylere gerçeklik kazandırma gücümüzü kaybettiğimizde, bunun yokluğunu telafi etmek üzere inancımızın bir zamanlar hayat verdiği eski şeylere fetişistçe bir bağlılık, sanki ilahi güç bizim içimizde değil, onların kendisindeymiş ve inançsızlığımız tesadüfi bir sebepten, tanrıların ölümünden kaynaklanırmış gibi, gitgide güçlenerek varlığını sürdürür.

Ne korkunç bir şey! diyordum kendi kendime. Bu otomobillerde eski arabaların zarafetini bulmak mümkün mü? Herhalde benim artık yaşım geçti, ama kadınların kumaştan bile olmayan elbiselerin cenderesine girdikleri bir dünya, bana göre değil. Kızaran narin yaprakların altında bir araya gelen şeylerin hiçbiri artık yoksa, eskiden onların çerçevelediği zarafetin yerini şimdi bayağılık ve çılgınlık almışsa, bu ağaçları ziyaret etmenin ne anlamı var? Ne korkunç şey! Zarafetin artık bulunmadığı günümüzde tek tesellim, eskiden tanımış olduğum kadınları düşünmek. Peki ama, şapkalarına iri kuş kafesleri, sebze bahçeleri oturtulmuş bu feci yaratıkları seyreden insanların Mme Swann'ı minik, sade, eflatun bir şapkayla veya dümdüz, tek bir süsen çiçeğiyle süslü küçük bir şapkayla görmenin büyüsünü hissetmeleri mümkün müdür? Kış sabahları samur kürkünden bir paltoyla, başında iki düz keklik tüyüyle süslenmiş sade bir bereyle yürüyüş yapan Mme Swann'a rastladığımda yaşadığım heyecanı tahmin etmeleri mümkün müdür? Mme Swann'ın göğsüne taktığı, gri gökyüzüne, buz gibi havaya, dalları çıplak ağaçlara meydan okuyan canlı, mor menekşelerin, tıpkı salonundaki vazolardan, çiçekliklerden, yanan şöminenin yanından ve ipek kaplı kanepenin önünden, kapalı pencerelerin arkasında yağan karı seyreden çiçekler gibi, mevsimi ve havayı sadece bir dekor kabul edip insani bir atmosferde, bu kadının atmosferinde yaşamanın büyüsüne büründüklerini ve onun evinin suni sıcaklığını çağrıştırdıklarını anlamaları mümkün müdür? Zaten kıyafetlerin o eski yıllardaki kıyafetlerden farksız olması da bana yetmezdi. Bir hatıranın farklı bölümleri birbiriyle dayanışma halinde olduklarından ve hafızamız onları bizim herhangi bir parçasını çıkaramayacağımız, atamayacağımız, dengeli bir bütün halinde barındırdığından, günümü o kadınlardan birinin evinde, elimde bir fincan çayla, o yıllarda (bu kitabın ilk bölümünün son bulduğu yıldan bir yıl sonra) Mme Swann'ın henüz değiştirmemiş olduğu salonu gibi, duvarları koyu renklere boyanmış, kasım ayının alacakaranlığında kasımpatlarının turuncu bir ateşle, kızıl korlar halinde, pembe-beyaz alevlerle ışıldadığı salonunda, (ileride görüleceği gibi) arzuladığım hazları keşfedemediğim dakikalara benzer dakikalarla noktalamak isterdim. O dakikaları şimdi düşündüğümde, hiçbir yere varmasalar da, kendi içlerinde büyülü dakikalar olarak görüyordum. Onları tıpkı hatırladığım şekilde yeniden bulmak istiyordum. Heyhat! Artık mavi ortancalarla renklendirilmiş, bembeyaz, XVI. Louis üslubunda salonlar vardı bir tek. Zaten artık Paris'e çok geç dönülüyordu. Çok uzakta kalmış bir yıla, dönmeme izin verilmeyen bir çağa bağlı olduğunu hissettiğim bu hatıranın unsurlarını, kendisi de bir zamanlar nafile peşinde koştuğu haz kadar ulaşılmaz hale gelmiş olan bu arzunun unsurlarını tekrar bir araya getirmesini Mme Swann'dan rica etseydim, bana bir şatodan mektup yazıp Paris'e ancak şubat ayında, kasımpatı mevsiminden çok sonra döneceğini bildirirdi. Ayrıca bu kadınların, kıyafetiyle ilgilendiğim kadınların kendileri olmaları gerekirdi, çünkü inancımın henüz yok olmadığı yıllarda, hayalgücüm onları bireyselleştirmiş, birer efsaneyle donatmıştı. Heyhat! Acacias Caddesi'nde –mersinli yolda– o kadınlardan bazılarını gördüm; yaşlıydılar, eski hallerinin korkunç birer gölgesi, Vergilius'un korularında umutsuzca, kim bilir neyin peşinde, başıboş dolaşan birer hayalettiler. Onlar kaçıp gittikten çok sonra, ben hâlâ terk edilmiş yolları boş yere sorgulamaya devam ediyordum. Güneş saklanmıştı. Tabiat tekrar Boulogne Ormanı'nda saltanat sürmeye başlamış, buranın Kadın'ın Cennet Bahçesi olduğu fikri uçup gitmişti; suni değirmenin üzerindeki gerçek gökyüzü griydi; rüzgâr Büyük Göl'ün yüzeyini gerçek bir göl gibi minik dalgalarla kırıştırıyordu; gerçek bir ormandaki gibi, Boulogne Ormanı'nı süratle kateden iri kuşların tiz çığlıklar atarak peş peşe konduğu ulu meşeler, *druid*'leri hatırlatan taçları ve Dodona'ya özgü ihtişamlarıyla, sanki hizmet dışı kalmış ormanın insanlıkdışı boşluğunu haykırıyor, hafızanın resimlerini gerçekte aramanın çelişkisini ve bu resimlerin duyularla algılanmayışlarından, hafızanın kendisinden kaynaklanan büyüden daima yoksun kalacaklarını daha iyi anlamamı sağlıyorlardı. Benim bildiğim gerçeklik artık yoktu. Mme Swann'ın tıpkı eskisi gibi, aynı anda ortaya çıkmaması bile, caddenin farklı olması için yeterliydi. Eskiden bildiğimiz yerler, kendilerini kolaylık olsun diye yerleştirdiğimiz mekânlar âlemine ait değildirler sadece. O zamanlarki hayatımızı oluşturan, birbirine bitişik izlenimlerin ince bir dilimidirler; belirli bir görüntünün hatırası belirli bir ânın özleminden ibarettir ve evler, yollar, caddeler de, heyhat, seneler gibi uçup gider.